Paddy Richardson

# Der Vogelbrunnen

Paddy Richardson

# Der Vogelbrunnen

## Thriller

Aus dem Englischen von
Eva Bonné

Droemer

Die neuseeländische Originalausgabe dieses Buchs
erschien 2008 unter dem Titel »A Year to Learn a Woman«
bei Penguin Books, Neuseeland.

**Besuchen Sie uns im Internet:**
**www.droemer-knaur.de**

Deutsche Erstausgabe Mai 2010

Published by Arrangement with PEARSON NEW ZEALAND LTD.,
North Shore City 0632, Auckland, New Zealand

Redaktion: Maria Hochsieder
Umschlaggestaltung: ZERO Werbeagentur, München
Umschlagabbildung: Gettyimages / Tamara Staples
Satz: Adobe InDesign im Verlag
Druck und Bindung: GGP Media GmbH, Pößneck
Printed in Germany
ISBN 978-3-426-19884-1

2 4 5 3 1

*Für Jim*

## 1.

# Janine, 1994

Sie biegt in die Straße ein. Es ist Oktober. Frühling in Neuseeland, die Tulpen, die Narzissen und der Flieder blühen, und jeden Abend bleibt es ein bisschen länger hell. Sie sitzt jetzt immer öfter bis in den späten Abend im Garten, doch dafür ist es heute nicht warm genug. Heute ist es ein bisschen kühler, außerdem ist sie spät dran, sie wollte im Büro alles abarbeiten, um nach dem Wochenende an einen aufgeräumten Schreibtisch zurückzukehren.

Dort findet ihr Alltag statt, jenes Leben, das sie mit Begeisterung zu leben vorgibt, von acht Uhr morgens bis mindestens halb sieben am Abend. Sie hat sich darauf eingelassen, weil es ihr ermöglicht, ihr eigentliches Leben zu führen. Allein, in ihrem eigenen Haus, das zuverlässig im eigenen üppigen Garten zwischen den vielen anderen üppigen Gärten dieser Straße steht, durch die sie jeden Abend fährt. Sie atmet tief ein und weidet sich an ihrem Glück. Ein herrlicher Duft, schmiedeeiserne Gartentore, Rosen, so groß, dass man sie nur mit zwei Händen umschließen kann, blasierte Spaziergängerinnen mit Dalmatinern, Scotchterriern, Bichons. Sie winkt ihnen zu. Man kennt sich.

Sie kommt spät nach Hause, weil sich das für eine aufstrebende Bilanzbuchhalterin, die ihre Vorgesetzten mit außergewöhnlichem Fleiß beeindrucken will, so gehört. Man muss viele Überstunden machen, und jede Stunde ist in exakte Abschnitte unterteilt. Jeder Abschnitt wird genauestens verbucht und abgerechnet, und die Firma verdient ein Vermögen. Dabei kommt sie selbst nicht zu kurz. Sie ist munter und aufgeweckt und besonders bei den männlichen Klienten sehr beliebt. Im letzten Jahr hat sie eine durchaus saftige Gehaltserhöhung bekommen, und schon kursierte das Gerücht einer Teilhaberschaft; nicht, dass sie den Versprechungen dieser hinterlistigen Gauner glauben würde. Irgendwann wird sie alles hinschmeißen und sich selbständig machen. Die werden schäumen vor Wut.

Sie parkt in der Einfahrt. Der Motor ihres neuen Autos schnurrt, das erfüllt sie mit Stolz. Und mit Stolz öffnet sie die Haustür, aus der ihr ein Hauch von Lavendel entgegenfliegt. Sie geht nach oben, wie an jedem Abend, um das Schlafzimmerfenster zu öffnen. Obwohl es draußen kalt ist und der Wind bläst, schiebt sie das Fenster auf, so weit es geht. Hier oben wird es heiß, den ganzen Nachmittag knallt die Sonne herein. Manchmal ist es so verdammt heiß, dass man kaum noch Luft kriegt.

Jedenfalls fängt, sobald sie nach Hause kommt, ihr wahres Leben an. Sie schlüpft aus dem kurzen schwarzen Rock, dem schwarzen Jäckchen, der Seidenbluse. Unter den Kostümjacken trägt sie immer Seide, weil Seide sich auf der Haut gut anfühlt. All ihre Blusen haben Farben, die die Verkäuferinnen gerne *dezent* nennen. *Passt perfekt zu Ihnen. Dezent.* Diese eingebildeten Ziegen, hört sie den Alten sagen. Sie öffnet den Kleiderschrank und nimmt einen Rock heraus, die reinste Farbexplosion. Orange, Türkis, Lila, Schwarz, alles durcheinander. Im Bund ein Gummizug. Du liebe Güte, was für eine Wohltat, endlich durchatmen zu können, nachdem ihr der enge Rock den ganzen Tag in den Bauch geschnitten hat. Nicht, dass sie zugenommen hätte. Dafür ist sie zu vorsichtig. Sie muss gut aussehen.

Der bunte Rock, dazu ein schwarzes Stretch-Shirt, dann nach unten, eine rauchen. Dazu ein Glas Wein, vielleicht zwei, manchmal auch drei, wenn sie besonders gestresst ist. Und Zigaretten. Sie lässt sich aufs Sofa sinken, fühlt sich gleich ein bisschen leichter, atmet durch. Im Büro ist es das reinste Theater, manchmal ist es schwer durchzuhalten, ständig muss sie auf der Hut sein. Muss darauf achten, wie sie mit den Kollegen spricht, wie sie mit den Klienten spricht. Muss den Rücken durchdrücken und das Kinn in die Höhe recken, auch wenn diese verdammten High Heels sie umbringen. Darf sich nicht hängenlassen.

All das hatte sie erst lernen müssen. Zuerst an der Universität. Nicht übel für eine, die mit fünfzehn die Schule abgebrochen hatte. Aber sie hatte erkannt, dass sie nicht für den Rest ihres Lebens den Müll anderer Leute aufkehren wollte, dass sie von diesen Arschlöchern nicht wie der letzte Dreck behandelt werden wollte. Plötzlich wusste sie, was sie wollte, und sie setzte alles daran, es zu bekommen. Sie arbeitete Tag und Nacht, bis sie etwas Geld gespart hatte. Sie schrieb sich als Gasthörerin ein, bestand sogar einige Prüfungen. Nicht, dass es einfach gewesen wäre. Am Anfang hatte sie nicht einmal gewusst, wie man einen Computer einschaltet. Schließlich studierte sie in Vollzeit.

An der Universität – an der *Uni*, wie sie schnell zu sagen lernte – beobachtete und belauschte sie die Mädchen, zu denen sie gehören wollte. Sie fing an, so wie die anderen zu reden, was ihr nicht schwerfiel. Schon immer hatte sie eine Begabung dafür gehabt, andere nachzuahmen. Sie beobachtete, wie die anderen sich kleideten und welche Frisuren sie trugen, und auch das imitierte sie.

Nach dem Abschluss belegte sie einen Kurs an einer Modelschule. *Das neue Ich.* Sie befolgte alle Ratschläge bezüglich Kleidung und Make-up und ergatterte prompt einen Job. Und noch einen. Und während der ganzen Zeit sparte sie sich das Brot vom Mund ab, bis sie am Ende die Anzahlung für ihr Haus zusammenhatte.

Möglicherweise hatte sie anfangs nicht genau gewusst, wohin sie wollte – aber sie hatte gewusst, wohin sie *nicht* wollte. Sie wollte nicht nach Gore. Nach East Gore, in eine Sozialwohnung. Wenn man sagte, dass man da wohnte, wussten alle gleich, man gehörte zum Abschaum. Die anständigen Leute lebten in West Gore oder Central Gore, in schicken Altbauten oder funkelnagelneuen Apartmenthäusern. Auf keinen Fall wollte sie bei Charlie's Chippies arbeiten, nebenbei als Zimmermädchen im Motel dazuverdienen und abends nach Hause kommen, wo Dad besoffen auf dem Sofa lag und Mum in der Küche irgendeinen Fraß zusammenkochte.

Das Gute an einem eigenen Haus und am Alleinleben ist, dass man rauchen kann, dass man trinken und stundenlang stinkfaul herumsitzen kann, ohne dass jemand kommt und sagt: An deiner Stelle würde ich nicht rauchen, sieh mich an, ich rauche seit dreißig Jahren, und jetzt komme ich nicht mehr davon los, und außerdem solltest du nicht drinnen rauchen. Niemand kommt rein und verpasst dir eine Kopfnuss und schreit: Beweg deinen fetten Arsch und stell das Scheißding leiser. Außerdem kann man die Einrichtung selbst aussuchen. Niemand stiftet Unordnung. Sie mag es sauber und aufgeräumt, es duftet nach Blumen, Raumspray und Putzmitteln. Sie liebt es, abends nach Hause zu kommen. Die edlen Möbel, die blitzsaubere Küche, alles ist perfekt.

Sie hat jetzt Bekannte. Freundinnen. Alle sind auf der Suche nach einem Mann. Ständig quasseln sie von biologischen Uhren, die ticken, und Seelenverwandten, die gefunden werden wollen. Seelenverwandte? Falls es Männer mit Seele gab, hatte sie niemals einen getroffen, so viel stand fest. Alle Männer wollen Sex und Rugby und saufen und mit ihren Kumpels rumhängen.

Aber diese Frauen sind dumm wie Brot. Sie sind ihre Freundinnen und sie mag sie, sehr sogar, und sie hat versucht, mit ihnen darüber zu reden. Seht euch an, sagte sie, seht mich

an. Wir haben eigene Häuser und tolle Jobs. Wir können tun, was wir wollen und wann wir wollen. Wozu in aller Welt wollt ihr das aufgeben?
Immer wieder geht es um die Liebe, und dass man sein Leben mit jemandem teilen soll. Du liebe Güte, ganz offensichtlich mussten sie es nie mit drei Geschwistern teilen, vier Stockbetten, kein Platz für die eigenen Sachen, kein Platz, um sich zu rühren. Und immer wieder geht es um Kinder. Sie sagt zu ihren Freundinnen: Bekommt Kinder, wenn ihr unbedingt wollt, aber bekommt sie allein. So wird sie es vielleicht machen, eines Tages, wenn sie es sich leisten kann.
Vermisst du den Sex nicht? Was ist mit Sex?, fragen die anderen nach ein paar Gläsern Wein. Was soll damit sein? Sie hat Sex, wann immer sie will. Nicht, dass sie ihnen davon erzählen würde. Alan, ein Kollege von ihrem letzten Job, kommt jede Woche vorbei. Er ist verheiratet, was ihnen beiden gut passt. Kein »Ich liebe dich«, nur ehrlichen, harten Sex, und dann geht er wieder nach Hause. Anfang des Jahres hatte sie sich kurz Sorgen gemacht, weil sie am Valentinstag eine Karte mit Herzchen und Rosen bekommen hatte. Sie hatte befürchtet, Alan könne zu anhänglich werden; aber als er abstritt, die Karte geschickt zu haben, sah sie sein Gesicht und musste ihm glauben. Irgendjemand hatte sich einen Scherz erlaubt.
Manchmal, wenn sie genug geraucht und getrunken und etwas gegessen hat, legt sie Musik auf und tanzt. Tanzt allein im Dunkeln.
Es ist spät, weit nach elf, aber das ist egal, denn es ist Freitag, sie muss morgen nicht zur Arbeit und kann ausschlafen. Sie hat drei Gläser Wein getrunken und vier Zigaretten geraucht, sie fühlt sich richtig gut. Sie hat Buddy Holly aufgelegt. Ihre Liebe zu Buddy Holly hat sie von ihrem Vater geerbt, es ist das einzig Gute, was er ihr vermacht hat.

*If you knew Peggy Sue.* Sie tanzt, wiegt sich in den Hüften, hebt die Arme über den Kopf und schüttelt ihr Haar. Sie dreht die Stereoanlage auf und singt mit, *Peggy, ma Peggy Su-ah-u.* Sie singt gern, sie trifft die Töne nicht, aber das ist egal, wenn man allein ist.
Da ist ein Geräusch. Ein Rumsen. Möglicherweise ist das Gartentor nicht richtig geschlossen, oder der Wind ist durchs offene Schlafzimmerfenster hereingeweht und hat irgendetwas umgeworfen. Was immer es war, es dringt kaum in ihr Bewusstsein vor. Ein gedämpfter Schlag, kaum passiert und schon vorbei, und bei der lauten Musik ohnehin nur schlecht zu hören. Könnte auch vom Nebengrundstück gekommen sein, manchmal hört sie abends ihre Nachbarn. Der Wind trägt die Geräusche weit, wenn es auf der Straße still ist.
Später, in der Zukunft, wenn sich alles verändert haben wird, wird sie sich an den dumpfen Schlag erinnern und sich wünschen, sie hätte genauer hingehört. Genauso wird sie sich wünschen, sie hätte keine drei Gläser Wein getrunken, denn nach drei Gläsern kann man nicht mehr klar denken und überlegt reagieren.
Aber sie achtet nicht weiter darauf. Sie lässt sich richtig gehen. *Peggy Sue Peggy Sue pretty pretty pretty pretty Peggy Sue.*
Dann ist da ein zweites Geräusch. Dieses ist ganz in der Nähe, das Knarren der Bretter unter dem Teppich im Flur, den die Handwerker verlegt haben, ohne vorher die Holzdielen zu verschrauben. Sie hört es und dreht sich um, sie dreht sich zur Tür um, ihr Herz beginnt zu hämmern, und ein eiskalter Schreck fährt in ihre Eingeweide.
*Janine. Janine.*
Sie hört ihren Namen, folglich ist sie in Sicherheit; sie hat zwar verstanden, dass jemand in ihr Haus eingedrungen ist, aber es handelt sich offenbar um jemanden, den sie kennt

und der sie kennt. Aber wer? Sie schaut zur Tür, sie ist verwirrt und panisch und zögert, und dann sieht sie ihn und begreift, dass sie ihn *nicht* kennt. Schwarz gekleidet, schwarz von Kopf bis Fuß. Sie sollte sich bewegen, sie sollte fliehen, wo ist das Telefon, wo der Weg nach draußen? Aber sie kann nicht, sie ist wie gelähmt, denn er bewegt sich schnell und behende durch den Raum, und als er an der einzigen Lampe vorbeikommt, die brennt, sieht sie seine starrenden Augen und einen Schimmer von etwas, das unter seiner dunklen Kleidung hervorblitzt. Sie weiß, es ist ein Messer. Er zertrümmert die Lampe.

Und dann ist sie nicht mehr wie gelähmt, sie schreit: *Wer zum Teufel bist du, verschwinde aus meinem Haus, verdammt!,* mit allem Todesmut, mit jener Widerspenstigkeit einer Straßengöre, die man nie ganz ablegt, aber er hält ihr das Messer an den Hals. Lieber Gott, bitte lass es mich überstehen, wenn ich das bloß überlebe, lieber Gott, bitte lass ihn nicht mein Gesicht zerschneiden. Er fesselt ihre Handgelenke mit dem Strick, so fest, dass es ihr ins Fleisch schneidet, so fest, dass sie kein Gefühl mehr in den Händen hat, und während der ganzen Zeit redet er, er redet mit ihr, er sagt: *Tu ich dir weh, ich will dir nicht weh tun, sei ein braves Mädchen, sei still, sei leise, dann muss ich dir nicht weh tun.* Das Messer liegt an ihrem Hals, sie wird sanft zurückgeschubst, *setz dich da hin, da aufs Sofa,* und er setzt sich ihr gegenüber und beobachtet sie, *das ist nett, lass uns plaudern,* und seine Augen funkeln im schwachen Licht der Straßenlaterne, sie funkeln wie Eis, wie blaues Glas, sie kann nicht mehr erkennen als seine Augen.

*Hübsch siehst du heute Abend aus, Janine. Ich will dir nicht weh tun, Janine. Ich liebe dich, Janine. Sag mir, dass du mich auch liebst.*

## 2.
# Claire, 2005

Es war noch nicht lange vorbei, als ich eine E-Mail von einer mir völlig unbekannten Frau bekam. Sie hatte die Berichterstattung über mich und Travis Crill verfolgt und dachte, ich könnte an ihrem kürzlich abgeschlossenen Forschungsprojekt interessiert sein; eine Zusammenfassung war als Datei angehängt. Sie würde in Wellington im Rahmen einer Konferenz mit dem Titel »Neue Wege in ein neues Leben: Resozialisierung im Kontext von Kultur und Öffentlichkeit« einen Vortrag halten. Sie fragte, ob ich etwas dazu beisteuern wolle; neue Themenvorschläge würden noch berücksichtigt. Sie selbst werde über die Tatmotive von Vergewaltigern sprechen.

Mir war nicht wohl dabei. Sobald es um Crill geht, werde ich paranoid. Zum einen misstraue ich den Medien. Ich bekomme immer noch Anrufe, größtenteils von Sonntagszeitungen und Frauenmagazinen, die sich um ein Interview bemühen. *Crill-Opfer Claire packt aus.* Woher sollte ich wissen, ob diese Frau tatsächlich diejenige war, für die sie sich ausgab? Und obwohl ich weiß, dass Crill uns nichts mehr antun kann, laufen mir kalte Schauer über den Rücken, gegen die ich hilflos bin.

Ich schrieb ihr zurück und lehnte ab. Aus reiner Neugier öffnete ich die angehängte Datei und überflog das Dokument.

Im Laufe ihrer Studie war sie zu dem Ergebnis gekommen, dass Vergewaltiger sich eine Vergewaltigung nicht vornehmen, sondern eigentlich andere Ziele verfolgen. Laut ihres zweihundertsiebenundfünfzig Seiten starken Berichts, Ergebnis von fünf Jahren Forschungsarbeit, existieren verschiedene »Vergewaltigertypen«, die sich in drei Kategorien

einteilen lassen. Es gibt den gutgelaunten Vergewaltiger, den übelgelaunten Vergewaltiger und den zornigen Vergewaltiger.
Der gutgelaunte Vergewaltiger bemerkt den Widerstand nicht. Ihm ist gar nicht klar, dass er gerade jemanden vergewaltigt. Er hat ein paar Bier getrunken, er ist geil, er will noch mehr Spaß.
Der übelgelaunte Vergewaltiger badet in Selbstmitleid. Er beachtet den Widerstand nicht. Er braucht Sex, um sich besser zu fühlen, wenngleich es ihm hinterher noch schlechter geht.
Der zornige Vergewaltiger will eine offene Rechnung begleichen. Er hegt Frauen gegenüber einen Groll. Es geht ihm um Rache.
Alles läuft darauf hinaus, dass eine Vergewaltigung sich zufällig ergibt. Sie geschieht nie geplant und absichtlich. Vergewaltiger sind deprimiert oder wütend oder betrunken.
Wenn wir Taten, mit denen wir nicht einmal in unseren Gedanken konfrontiert werden wollen, in Kategorien stecken und in Forschungsergebnisse umwandeln, fühlen wir uns gleich sicherer. In der Form von Datenmaterial sind Vergewaltiger viel einfacher zu handhaben.
Trotzdem bleibt »Vergewaltigung« ein hässliches Wort. Man hört es und schreckt zurück. Anders als »ficken«, das niemanden mehr schockiert. »Ficken« klingt harmlos. Es impliziert Gegenseitigkeit und wird von jedermann jederzeit in den Mund genommen.
*Fick dich. Ich habe ihn gefickt. Verfickt noch mal.*
Aber »Vergewaltigung« klingt wirklich obszön. Bei dem Wort zuckt man zusammen.
Auch wenn die meisten Leute das Thema meiden, bin ich der Überzeugung, dass wir alle unsere eigenen, unbewussten Vergewaltigungstheorien haben. Zum Beispiel: Das Opfer trägt immer einen Teil der Schuld. Weil es die Tür nicht ab-

geschlossen hat oder spätabends allein unterwegs war. Weil es getrampt ist. Unbegleitet in eine Bar oder auf die falsche Party gegangen ist. Zu viel getrunken hat. Ein Fenster offen stehen gelassen hat. Weil es keine Alarmanlage hat. Weil es einen Fremden ins Haus gelassen hat.
Weil es in den Park oder an den Strand gegangen ist. Weil es eine Joggerin ist. Eine Blondine. Weil es mehr als zwei Ohrringe trug. Ein Nasenpiercing. Oder eine Tätowierung. Weil es einen Minirock trug.
Eine zweite weitverbreitete, aber seltener geäußerte Theorie lautet: Einige Vergewaltigungsopfer haben mehr Mitleid verdient als andere. Beispielsweise hat eine Ehefrau und Mutter nach einem Übergriff mehr Anspruch auf öffentliche Empörungsbekundungen als die Schlampe aus dem Massagesalon in Auckland.
Aber größtenteils denken wir gar nicht über das Thema nach – bis etwas Entsetzliches passiert und der plärrende Fernseher es uns vor die Füße spuckt. Wir erarbeiten Lösungen und beteiligen uns an Anrufersendungen im Radio. Man sollte die Frauen dazu bewegen, Selbstverteidigungskurse zu belegen, man sollte ihnen beibringen, auf sich selbst aufzupassen. Man sollte die Vergewaltiger heilen, indem man Therapieplätze und Bildungsangebote in den Gefängnissen bereitstellt, man sollte die Schweine einsperren und den Schlüssel wegschmeißen, man sollte die Wehrpflicht wiedereinführen, man sollte die Todesstrafe wiedereinführen, die Arschlöcher gehören erschossen, man sollte ihnen die Eier abschneiden.
Dann wird es uns leid, darüber nachzudenken, und wir finden das im Fernsehen ausgestellte Leid der Mütter, Väter, Ehemänner und Kinder ermüdend. Das nächste sportliche Großereignis steht vor der Tür. Das Leben geht weiter.
Vor meiner Begegnung mit Travis Crill war ich der Meinung, alle Vergewaltiger seien wütende, betrunkene Män-

ner mit unglücklicher Kindheit, die durch Liebe, Zuwendung und Bildung erlöst werden könnten. Ich dachte, man wäre sicher, wenn man nur immer alle Türen verriegelte, nachts nicht allein auf die Straße ging und seine Kinder von der Schule abholte.
Vor Travis Crill glaubte ich den Journalisten, die für mehr Verständnis und für die Resozialisierung der Täter warben.
Vor meiner Begegnung mit Travis Crill hatte ich keine Angst im Dunkeln.

## 3.
## 2001

Du bist es. Du bist es.
Ich weiß, dass du mich an jenem Tag gesehen hast. Ich musste mich mächtig beeilen, um hinterherzukommen. Ich musste mich beeilen, um sicherzugehen, dass du es wirklich warst.
Die anderen Mädchen waren nett, versteh mich bitte nicht falsch, und ich weiß, du wirst mich mit ihnen necken, so wie ich dich necken werde. Aber wir wissen beide, sie waren nicht von Bedeutung.
Du bist es.
Ich wusste gleich, du hast mich gesehen und dann so getan, als wäre nichts. Du hast geradeaus gestarrt und bist schnell weitergegangen. Ich wäre fast darauf hereingefallen, aber ich wusste es besser. Ich mag deine Spielchen. Ich muss im Stillen lächeln über deine Versuche, so zu tun, als wäre ich nicht da. Ich liebe deine zurückhaltende Art.
Ich mag es, wenn eine Frau sich benimmt wie eine Dame.
Du hast es also mir überlassen, mehr herauszufinden, und

ich habe vor Angst und Vorfreude gezittert, du ungezogenes Mädchen, weil ich fürchtete, ich könnte mich doch geirrt haben. Und während der ganzen Zeit, während des nervenaufreibenden, langwierigen Wartens und Beobachtens, hast du hinter dem Fenster gestanden und gelacht, denn du hast gewusst, dass du es bist.
Dennoch werden wir einige Veränderungen vornehmen müssen, und ich muss dich darüber aufklären, meine Liebe, weil es zwischen uns keine Geheimnisse geben soll. Nur bedingungslose Aufrichtigkeit.
Du musst mir versprechen, keine Jeans mehr zu tragen. Ja doch, ich genieße den Anblick deines kleinen, süßen Hinterns und deiner langen Beine, ich will deine Beine küssen, aber meine Frau muss einen Rock tragen, schicklich, elegant und feminin.
Dieses Strandhaus, zu dem du immer fährst ... Nein, nein, nein, nein, nein. Denn wenn ich zum ersten Mal in der Nacht zu dir komme, muss alles neu für uns sein. Unbefleckt und unberührt. Das Strandhaus muss weg.
Wir fangen ganz von vorn an.
Ich habe meinen Stolz, und es liegt nicht in meiner Natur, das Kind eines anderen großzuziehen. Das Mädchen muss weg. Du musst wissen, ich hasse Kinder.
Aber das sind Nebensächlichkeiten, die leicht zu regeln sind. Wie zärtlich, wie sehnsüchtig du aus dem Fenster schaust. Ich kann deine Ungeduld verstehen. Wäre ich ein unbeherrschter Mann, ich würde sofort zu dir kommen. Ich sehne mich ebenso nach dir, wie du dich, ich weiß es, nach mir sehnst.
Aber es braucht ein Jahr, um eine Frau kennenzulernen.

## 4.
# Annie, 2004

Ich bin mit Geschichten aufgewachsen. Vorgelesene Geschichten, erzählte Geschichten. Manchmal fällt es mir schwer, zwischen Wahrheit und Fiktion zu unterscheiden. Mum sagt, darauf komme es gar nicht an. Ausgeschmückt sei die Wahrheit sowieso viel interessanter.

So wie die Geschichte über meine Mum und wie sie erfuhr, dass sie schwanger war.

Als meine Mutter Claire achtzehn Jahre alt war und hörte, dass sie mich bekommen würde, nahm sie sich vor, stricken zu lernen. Weil aber keine Mütter in der Nähe waren, die es ihr hätten beibringen können, hatte sie ein Problem.

Meine Mum hat einen Dickkopf. Sie mag es nicht, wenn ihr etwas im Weg steht. Sie machte einen Strickzirkel ausfindig, indem sie die Pfarrbüros abtelefonierte. Der Strickzirkel traf sich jeden zweiten Mittwoch zwischen sieben und halb zehn in einem Haus mit einer Türklingel in Hundeform. Dort gab es Gobelinkissen, auf allen Möbeln lagen Häkeldeckchen, und die Frauen saßen in ausladenden Ohrensesseln am Kaminfeuer und strickten. Oder sie versuchten es, wie im Fall meiner Mum. Auf dem Boden lagen riesige weiche Knäuel aus gelber, rosa, lila, weißer und blauer Wolle, die die Frauen durch ihre flinken Finger zogen und im Handumdrehen in Mützen, Schals, Pullover, Strickjacken, Schlauchmützen, Kniewärmer und Sofadecken verwandelten.

Sie zeigten meiner Mum, wie man Maschen anschlägt und wie man auf rechts und links strickt, sie nannten sie ein geschicktes Mädchen, sie ließen sie direkt am Feuer sitzen, und sie erzählten von ihren eigenen Babys, die inzwischen vierzigjährige Männer und Frauen waren. Sie trugen Dauer-

wellen und Kleider, die sie »Ensembles« nannten, Rock und Strickjacke im selben Ton mit kontrastfarbiger Bluse darunter.
Um Viertel nach sechs wurde auf einem Teewagen der Tee hereingerollt, dazu gab es Scones, Kuchen und Sandwiches. Für mich strickten sie eine komplette Babyausstattung: zwei Jäckchen, vier Unterhemden, Leggings, zwei Mützen und sechs Paar Schühchen mit passenden Fausthandschuhen. Alles war weiß, abgesehen von einigen zitronengelben Schühchen und Mützchen, denn Zitronengelb konnten sowohl Mädchen als auch Jungen tragen.
Mum strickte einen Teddybären, dem ich später den wenig originellen Namen »Bäri« gab. Bäri war weich und kratzig und hatte riesige Ohren und ziemlich gelungene Arme, wohingegen seine Beine unförmig waren und die Füße im rechten Winkel abstanden, so als wäre er beim Ballettunterricht in der ersten Position erstarrt. Obwohl es nicht in der Anleitung stand, war meine Mum geschickt genug, um einen kurzen, dünnen Schlauch zwischen Bäris Beinen anzunähen, der zu seinem Teddypimmel wurde. Außerdem nähte sie Bäri eine Samtnase, schwarze Knopfaugen und einen roten Mund an.
Als ich klein war, störte mich der Pimmel überhaupt nicht, ganz im Gegenteil, kein anderes von Bäris Körperteilen hielt ich beim Einschlafen lieber zwischen den Fingern. Als ich älter wurde und Besuch von Freundinnen bekam, wurde Bäris Pimmel zum Problem; sie starrten ihn an und schlugen sich kichernd die Hände vor den Mund. Obwohl mir Bäris goldiger Wollkörper nackt am besten gefiel, zog ich ihm Puppenkleider an, um ihn vor dem Spott der Besucher zu schützen. Wenn ich seine Hose wechselte, schirmte ich ihn mit meinem Rücken von den anderen ab. Er war mein liebstes Kuscheltier, weich und nachgiebig, mit samtweicher Nase und durchdringenden Augen, die hellwach und

aufmerksam blieben, wenn ich ihn beim Einschlafen an mich drückte.
Als ich Mum nach dem Pimmel fragte, sagte sie, Bäri habe einen, weil er ein Bärenjunge sei und alle Bärenjungen einen hätten. Später erzählte sie mir, dass sie mich in aller Unbefangenheit großziehen wollte und dass sie selbst zwar eine glückliche Kindheit erlebt hätte, ihre Eltern sie und ihre Schwester aber von allen vermeintlich unschicklichen Dingen ferngehalten hätten, so dass ihr vieles im falschen Licht erschienen sei. Sie sagte, Oma und Opa hätten großen Wert auf einen geordneten, geregelten Lebensstil gelegt. Sie mochten es nicht, mit unangenehmen Wahrheiten konfrontiert zu werden. Nicht, dass Pimmel etwas Unangenehmes wären, fügte Mum lachend hinzu.
*Außerdem war es einfach, einen Schlauch zu stricken. Ich glaube, eine Scheide hätte ich nicht hinbekommen.*
Bäri, mein Sinnbild für Trost und Unbefangenheit, besitze ich bis heute. Aber im letzten Jahr habe ich Dinge erlebt, vor denen mich meine Mum sicher lieber beschützt hätte, trotz ihrer hochtrabenden Einstellung zum Thema Wahrheit. Ich habe gelernt, dass es Menschen gibt, die anderen gedankenlos und ohne die geringste Rücksicht weh tun. Menschen, denen man nicht helfen und die man nicht ändern kann, denn wenn sie auffällig werden, ist es längst zu spät.
Sobald die Schule zu Ende war, fuhren wir zum Strandhaus. Mum sagte, es handele sich um eine Mutprobe. Sie wolle herausfinden, ob wir es schaffen würden, allein zu sein. Sie war mit Freunden dort gewesen, um das Haus zu putzen, trotzdem fanden wir während der ersten Woche immer wieder leere Flaschen und Glasscherben, und wir mussten die Fenster aufreißen, damit der Gestank verflog. Abends schlossen wir die Fenster und verriegelten die Türen. Mum schlief oben bei mir, denn in der Nacht wirkten alle Geräu-

sche sehr laut, die herumstreunenden Possums, die Autos auf der fernen Straße.
Aber nach einer Woche schien das Strandhaus wieder ganz und gar uns zu gehören. Nachmittags legten wir uns im Garten in die Sonne und lasen, ohne viel zu reden. Dann, eines Abends, wagten wir, wovor wir am meisten Angst gehabt hatten. Wir gingen den Pfad zum Strand hinunter, standen in der Dämmerung, lauschten der Brandung und beobachteten die Seevögel, die am Ufer nach Krebsen jagten, die blinkenden Sterne am Himmel, die Lichter der hinaustuckernden Fischerboote.
An diesem Abend spürte ich ein Gefühl zurückkehren, das ich früher für selbstverständlich gehalten hatte. Mein Leben mit Mum war mir immer sicher, unbeschwert und einfach vorgekommen. Bei uns zu Hause ging es meist ruhig zu, es gab keine Dramen, wir unterhielten uns viel, hörten leise Musik, lasen. Das alles hatten wir verloren, aber an jenem Abend fühlte ich mich wieder sicher. Ich dachte, jetzt ist der Frieden in unser Leben zurückgekehrt.
Ich hatte nicht begriffen, wie wichtig Frieden ist, bis er uns während jener schrecklichen Monate verlorenging. Wegen der Ereignisse von damals kommt er mir immer wieder abhanden, selbst heute. Ich gehe am Strand spazieren, und plötzlich überfällt mich Todesangst, ein kaltes, leeres Gefühl. Ich beäuge die Dünen. Ich spüre, dass da oben einer sitzt und mich beobachtet. Aber wenn wir uns an den Strand wagen, können wir vielleicht wieder die Alten sein und uns sicher fühlen. Wenngleich Unwissenheit nicht vor potenziellen Bedrohungen schützt.
Mum sagt, in William Blakes Dichtung gehe es genau darum. Sie hat wieder angefangen, Blake zu lesen. Sie sagt, wenn sie keine Gedichte mehr schreiben kann, liest sie eben die von anderen Leuten. Manchmal liest sie mir laut vor und erklärt mir die Stellen, die ich nicht verstehe. Sie sagt,

es handele sich um ein grundsätzliches Lebensdilemma; entweder man bleibt unschuldig, was dasselbe wie vertrauensselig und unwissend ist, oder man setzt sich Erfahrungen aus und erntet Einsichten und Wissen, aber auch das damit einhergehende Misstrauen und den Zynismus. Wem will ich mich also anschließen? Oma und Opa, die nie die Fernsehnachrichten anschauen, oder Mum, die ein zu großes Risiko eingegangen ist?
Aber das sind bloß Vorstellungen, Worte und Theorien. Die helfen mir kein bisschen, wenn ich beim kleinsten Geräusch im Dunkeln aufwache und mein Herz zu hämmern anfängt und mein Mund schlagartig austrocknet. Es nützt mir nichts zu wissen, dass es da draußen Leute gibt, die anderen weh tun wollen und die mich erwischen können, wenn sie es wirklich darauf anlegen.
Tja. Mein ganzes Leben lang hat Mum mir Geschichten erzählt, wahre und erfundene. Geschichten von früher, als ich ein Baby und Dad noch bei uns war. Die hat sie mir oft erzählt, als ich noch klein war. Ich glaube, dass sie ihn auf diese Art länger präsent halten wollte. Sie erzählte mir von ihrer Kindheit mit Oma und Opa und Tante Sally. Darüber, sagte sie, gebe es aber nicht sonderlich viel zu berichten. Sie sagte, ihre Familie sei so gewöhnlich gewesen, dass es schon fast außergewöhnlich war. Niemals hätten sie gestritten, außer im Flüsterton, und es habe kein anderes Gesprächsthema gegeben als den Kopfsalat, der wieder einmal prächtig gedeihe. Mum sagte, es sei wie der Anfang einer Geschichte gewesen, die weiter und weiter und weiter geht, und immer wartet man auf das nächste Ereignis, aber nichts passiert.
Mums Erzählungen nach lebte sie mit normalen Eltern und einer normalen Schwester in einem normalen Haus. Opa unterrichtete Technik und Werken an der Highschool, Oma kümmerte sich um die Kinder und presste in ihrer Freizeit Wildblumen, um Karten und Bilder zu basteln. Opa fertig-

te Holzrahmen an und hängte die schönsten Blumenbilder im Flur auf.
Als Mum drei Jahre alt war, schob sie einen Stuhl an das verschlossene Gartentor und hievte erst ihr Dreirad und dann sich selbst hinüber. Als Oma sie nicht finden konnte, fing sie wie wild zu schreien an, und Opa rief die Polizei. Mum hatte zwei Straßen überquert und saß im Park auf der Schaukel. Das Dreirad wurde ihr weggenommen.
Ihr Haus sah genauso aus wie alle anderen in der Straße, abgesehen von dem Vogelbrunnen. Der Vogelbrunnen gehörte Mum. Als er aufgestellt wurde, hatten Oma und Opa Mum endlich zu einem wohlerzogenen kleinen Mädchen umgeformt, das innerhalb der Grundstücksgrenzen blieb. Mum sagte, jene Vogeltränke sei das letzte Überbleibsel ihrer Kindheit gewesen.
Zu dem Vogelbrunnen war sie auf folgende Art gekommen: An einem Ferientag besuchte Opa den botanischen Garten mit ihr. Tante Sally hatte die Masern und konnte nicht mitkommen. Hinter dem Ententeich entdeckte meine Mum eine Vogeltränke aus grauem Stein, versteckt unter einem Lavendelbusch. Sie wollte nicht mehr weg und schaute den ganzen Nachmittag wie gebannt von einer Bank aus zu. Die Vögel glitten heran, flatterten zögerlich herum und ließen sich dann auf dem Rand nieder, um ihr seidiges Gefieder aufzuplustern und den Schnabel zum Trinken ins Wasser zu halten. Die wagemutigeren Vögel tauchten ganz ein und planschten herum. Wann immer Opa meinte, nun sei es an der Zeit zu gehen, klammerte Mum sich an der Parkbanklehne fest und machte die Beine steif, so dass er sie nicht fortschleifen konnte. Am Ende musste er ihr versprechen, eine Vogeltränke anzuschaffen.
Opa hatte gesagt, sie würde von einem Lieferwagen gebracht, also stellte Mum sich um acht Uhr morgens in die Einfahrt und wartete. Opa erklärte ihr, der Vogelbrunnen

gehöre nicht ihr allein, sondern auch Sally. Mum warf ihm einen wütenden Blick zu und schwieg. Als die Tränke geliefert wurde, zeigte Mum Opa, wo sie aufgestellt werden sollte, unter einem Baum am Rand des Gartens, und sie half ihm, ein Loch zu graben. Sie stand daneben, während er den Zement anmischte. Sie half beim Schaufeln und beobachtete, wie Opa den Sockel aufstellte, und sie nickte, als er erklärte, die Schale könne erst aufgesetzt werden, wenn der Zement ausgehärtet sei. Was mindestens drei Tage dauern würde.

Sie beobachtete, wie sich der schwarze Zement grau verfärbte, und immer wieder prüfte sie mit den Fingern seine Festigkeit. Nachdem Opa die Schale aufgesetzt hatte, füllten sie sie mit Wasser aus dem Gartenschlauch. Mum setzte sich in einiger Entfernung hin und wartete ab. Sie hatte schreckliche Angst, die Vögel könnten den Weg vom botanischen Garten zu ihrem Haus nicht finden. Sie saß da, die gefalteten Hände in den Schoß gelegt, und wartete. Und endlich geschah es. Eine Amsel kam und trank, dann eine Drossel, dann ein paar Spatzen. Ich denke an die Kinderfotos von Mum, klein und dünn, mit riesigen Augen, aschblondem Haar und spitzem Gesicht. Ich stelle mir vor, wie sie geduldig, still und mit gefalteten Händen dasitzt und auf ihre Vögel wartet.

Im Winter kamen weniger Vögel. Mum streute Brotkrümel auf den Rasen in der Hoffnung, die Vögel würden sie entdecken, sie legte Äpfel aus und stellte Untertassen mit flüssigem Honig und Wasser auf. Jeden Morgen vor der Schule, wenn die anderen noch schliefen, ging sie hinaus. Dann kam der Frost, und das Wasser in der Tränke gefror.

Auch diese Geschichte mag ich sehr. Mum entdeckte im Vogelbrunnen eine dicke Eisscholle. Sie klopfte die Ränder frei und hob die Scholle aus ihrem schlammigen Bett. Sie legte sie auf den Boden, sorgfältig darauf bedacht, das Oval nicht zu zerstören, und zog sich die Schuhe aus. Dann ging sie ans andere Ende des Rasens, nahm Anlauf und rutschte über das Eis. Die Scholle diente ihr als Eislaufbahn, bis sie schmolz und im Rasen versickerte. Mum war eine berühmte Eiskunstläuferin, sie war Jane Torvill und segelte in halsbrecherischem Tempo über eine riesige Eisfläche in die offenen Arme von Christopher Dean. Während der Frostperiode ging Mum jeden Morgen heimlich Eislaufen. Sie weihte Tante Sally nicht in das Spiel ein. Alles, was mit dem Vogelbrunnen zu tun hatte, gehörte ihr allein.

Mum erzählte mir, meistens habe sie sich der Normalität ihrer Familie angepasst. Sie sagte, sie sei eines von diesen Kindern gewesen, die niemandem auffallen, weil sie aussehen wie alle anderen Kinder auch. Der Ausbruch mit dem Dreirad, der Vogelbrunnen, das Eislaufen und ihre Begegnung mit meinem Dad beweisen jedoch das Gegenteil.

Mum schrieb sich an der Uni ein und fand zu sich selbst, wenn auch nicht in akademischer Hinsicht. Sie muss immer lachen, wenn sie darüber spricht. *Nicht in akademischer Hinsicht.* Sie verließ Oamaru und zog nach Christchurch in ein Studentenwohnheim. In den Ferien zwischen dem ersten und dem zweiten Semester fragte ihre Tante Ellen, ob Mum im Buchladen aushelfen wolle. Ellen musste sich die Krampfadern ziehen lassen, und der Chirurg hatte ihr geraten, nach der Operation nicht zu lange zu stehen. Sie würde jeden Tag in den Laden kommen, um die Buchhaltung zu erledigen, aber sie bräuchte jemanden, der die Regale abstaubte, Bücher einsortierte und die Kunden bediente.

Mum sagt, sie habe, als sie das Angebot annahm, nicht geahnt, dass der Job ihr Leben verändern würde. Er war unglaublich langweilig, weil kaum Kunden in den Laden kamen. Ihre Tante sagte, sie dürfe nicht herumsitzen und lesen, sondern müsse immer beschäftigt wirken, denn beschäftigt zu wirken ziehe Kundschaft an. Gegen Ende der

zweiten Woche überlegte meine Mum, wie sie den Job wieder loswerden könnte.
An jenem Tag, jenem denkwürdigen Tag, rief Tante Ellen an und fragte, ob Mum auch allein zurechtkäme, da sie, Ellen, im Bett bleiben müsse. Mum wanderte gelangweilt durch den Laden und nahm hier und da ein Buch in die Hand, als ein Mann hereinkam. Sie sagte, als Erstes sei ihr sein Haar aufgefallen, das rot war – nicht rotblond, was ihr gar nicht gefiel, sondern von einem dunklen Kupferrot. Was für eine wundervolle Farbe, dachte sie. Wann immer Mum mir diese Geschichte erzählte, streckte sie den Arm aus, um mein Haar zu berühren.
Der Mann mit den tollen Haaren ging direkt auf Mum zu und erkundigte sich nach Ellen. Er sagte, sein Name sei Alex, er sagte, er besitze die Galerie gegenüber, er sagte, er lade all seine Bekannten zu einer Vernissage am Wochenende ein.
Während dieser Mann, dieser Alex, näher kam, stellte Mum fest, dass sie ihn sehr attraktiv fand, obwohl er ein ganzes Stück älter war als sie. Sie merkte, dass seine roten Haare ihr gefielen, obwohl sie rotes Haar bis zu diesem Augenblick nie wirklich gemocht hatte, und dass seine Augen dunkelbraun waren *(aber deine Augen hast du von mir).*
Dies war ihre erste Unterhaltung, originalgetreu, Wort für Wort.
Er sagte, er habe Mum noch nie hier gesehen. Er wusste gar nicht, dass Ellen eine Angestellte habe.
Mum erklärte, dass sie normalerweise nicht hier arbeite, dass Ellen wegen ihrer Operation eine Aushilfe brauche und sie Ellens Nichte sei.
Mum sagte, sie habe viel zu schnell gesprochen und sich geschämt, weil sie an jenem Tag unmöglich ausgesehen habe. Sie hatte sich das Haar mit einem Küchengummi zurückgebunden, außerdem fühlte es sich feucht an und kleb-

te ihr strähnig im Gesicht, weil der Laden völlig überheizt war. Bestimmt glühte ihr Gesicht knallrot, was gut zu der scheußlichen Bluse passte, die Oma ihr gekauft und die sie an diesem Morgen angezogen hatte, weil ihr ihr Aussehen im Buchladen völlig egal war. Und trotzdem, erzählte Mum mit einem breiten Grinsen, hörte dieser unglaubliche, hinreißende Mann nicht auf, sie anzusehen und mit seiner unglaublichen, hinreißenden Stimme, dieser ach so interessanten, kultivierten Stimme auf sie einzureden.

An seine Stimme kann ich mich bis heute erinnern.

»Worum geht es in diesem Buch?«, fragte er.

»Um das antike Rom.«

»Interessieren Sie sich für die Alten Römer?«

»Gezwungenermaßen. Ich studiere Klassische Philologie.«

»Sie sind Studentin?«

»Ja.«

»Welches Semester?«

»Zweites.«

»Wie alt sind Sie?«

»Achtzehn.«

»Ich bin fünfunddreißig. Haben Sie einen Namen?«

»Claire.«

Während des Gesprächs schaute er Mum ununterbrochen in die Augen, was nach Kitschroman klingt. Aber Mum schwört, dass es sich genau so abgespielt hat.

»Interessieren Sie sich für Kunst?«

Interessierte sie sich für Kunst? Bei ihren Eltern hingen gepresste Wiesenblumen an der Wand, neben Bergen, die sich in einem See spiegelten, und einem überquellenden Obstkorb mit Äpfeln, Birnen und Nelken.

»Ich weiß nicht.«

»Hätten Sie Lust, rüberzukommen und sich die Galerie anzusehen?«

»Jetzt?«

Wenn er lächelte, tauchten um seine Augen und um seinen Mund winzige Fältchen auf. Mum rechnete den Altersunterschied zwischen fünfunddreißig und achtzehn aus. Siebzehn Jahre. Kam ihr sehr viel vor. Fast so lang wie ihr Leben.

»Jetzt.«

Mum sagte, beinahe sei ihr ihre Normalität dazwischengekommen, denn normale Leute schließen nicht am helllichten Tag den Laden ab und verschwinden. Aber sie schloss ab und begleitete Alex auf die andere Straßenseite. Ich war noch ganz klein, als unsere Besuche dort aufhörten, aber ich kann mich noch erinnern, wie ich in den großen, weißen, lichtdurchfluteten Raum getragen wurde.

Wenn Mum an diese Stelle kommt, wird ihre Stimme weich und leise. Sie trat durch eine Flügeltür und entdeckte am hinteren Ende eines langen, hellen Raumes das Bild eines fliegenden Vogels. Gespreizte Flügel, ein schlanker Körper, der einen samtigen, goldgelben und azurblauen Himmel zerteilt.

Wann immer Mum das erzählte, hielt ich den Atem an, um kein Wort zu verpassen.

»Ich wusste, es war Schicksal.«

## 5.
## Claire

Es gibt Erlebnisse, die man in Geschichten einweben und der eigenen Tochter erzählen kann. Andere verschweigt man. Man erzählt seiner Tochter zum Beispiel nicht, dass man gleich bei der ersten Begegnung mit ihrem Vater geschlafen hat.

Die Galerie war ein langgezogener Raum mit weißen Wänden. Sechs großformatige Gemälde. Wir standen schweigend nebeneinander und betrachteten die Bilder. Vor dem Vogel blieb ich am längsten stehen. Dann schloss Alex die Galerie ab und fuhr mich zu seinem Apartment.

Während der Fahrt erzählte er, er habe die Ausstellungsräume erst vor kurzem übernommen. Obwohl er vorher schon andere Galerien geleitet habe, sei diese seine erste eigene. Er sagte, er sei in Wellington zur Welt gekommen, aber sein Vater sei Schiffskapitän gewesen und habe mit der Familie in London, Amsterdam und in Griechenland gelebt. Er sagte, sein Vater sei plötzlich und unerwartet an einem Herzinfarkt gestorben, seither lebe seine Mutter allein in Wellington. Alex war nicht verheiratet. Er erkundigte sich nach mir. Da gab es wenig zu erzählen. Er fragte mich nach meiner Lieblingsbeschäftigung. Ich sagte: lesen. Er fragte mich nach meinem Lieblingsautor, und ich sagte: Jane Austen. Er fragte nach dem Grund. Weil sie, antwortete ich, so unglaublich bissig ist und die Menschen durchschaut, woraufhin er lachte.

Er schloss die Wohnungstür auf und trat einen Schritt zurück, um mich vorangehen zu lassen. Noch mehr Weiß, noch mehr Bilder. Ich stellte mich an die Fensterfront und schaute auf die Stadt hinunter. Er stellte sich neben mich, legte seine Hand sanft auf meinen Rücken. Ich lehnte mich an ihn.

Er knöpfte meine Bluse auf, die vielen kleinen Knöpfe an der Vorderseite und an den Manschetten. Er öffnete den Reißverschluss des Rocks, den meine Mutter für mich genäht hatte. Er führte mich zum Bett und küsste und küsste mich, er leitete jeden Kuss ein, indem er mit der Zunge vorsichtig meine Lippen umspielte und seinen Mund dann an meinen presste. So blieben wir, die Münder aneinandergedrückt, die Zungen berührten sich, erforschten die warme Mundhöhle des anderen. Eine Hand lag an meinem Hinterkopf, die andere streichelte meinen Rücken, und dann wanderten beide Hände langsam über meine Arme, meine Brüste, meine Beine, zwischen meine Beine. Er hakte meinen BH auf, nicht nach verbissenem Kampf wie mein Ex-Freund, sondern mühelos, und dann zog er erst meine und dann seine Hose herunter. Ich spürte weder Misstrauen noch Angst, nur wie sich mein Körper genüsslich streckte.

Die Sonne ergoss sich ins Zimmer und wärmte das Bett, sein schlanker Körper schmiegte sich an mich, ich schaute in sein Gesicht hinauf. Hinterher zog er eine Decke über uns. Ich fühlte seine festen, angespannten Arme, als er mich an sich zog. Es war wie ein wunderbarer Traum. Ich fühlte jenes reine Glück, das jedem neuen Anfang innewohnt.

Als Tante Ellen entdeckte, dass ich, während sie sich zu Hause ausruhte, nicht ausgeholfen, sondern den Laden abgeschlossen hatte, um meine Nachmittage mit Alex zu verbringen, wurde sie böse. *Claire. Wie konntest du nur?* Sie rief Sally an, die wiederum mich anrief, um mir zu sagen, ich verhielte mich total egoistisch und mache mir ein schönes Leben und ließe die anderen im Stich. Sie rief meine Mutter an, die sofort anreiste. Inzwischen hatte ich mein Zimmer im Studentenwohnheim geräumt und war bei Alex eingezogen. Meine Mutter wollte alles einpacken und mich mit nach Hause nehmen. Ich sagte ihr, dass ich nicht mitkommen würde.

Sie warf mir diesen entsetzten Mutterblick zu. »Claire, was hast du dir bei diesem Verhalten gedacht? Es ging dir doch wunderbar, mein Schatz.«

»*Jetzt* geht es mir wunderbar.«

»Was ist mit der Universität? Die Seminare müssen längst wieder angefangen haben. Warum bist du nicht dort?«

»Ich will nicht.«

»Du willst nicht mehr studieren? Natürlich willst du! Was willst du sonst tun?«

»Ich kann lesen und Alex in der Galerie helfen.«
»Claire, du kommst sofort mit nach Hause. Ich bestehe darauf. Du kennst diesen Mann kaum. Er ist viele Jahre älter als du. Er nutzt dich aus. Du hast einen schrecklichen Fehler gemacht und Tante Ellen einen Mordsschrecken eingejagt, von Dad und mir ganz zu schweigen.«
»Ich habe keinen Fehler gemacht.«
Meine Mutter fuhr nach Hause und kam in Begleitung meines Vaters zurück. Als sie eintrafen, waren Alex und ich gerade dabei, meine soeben festgestellte Schwangerschaft mit einer Flasche Champagner zu feiern. Mum weinte. Dad war kein gewalttätiger Mensch, aber ich konnte sehen, dass er dieses Monster, das seine geliebte kleine Tochter vergewaltigt hatte, am liebsten ermordet hätte. Aber sie fingen sich wieder. Am Ende gaben Alex und mein Dad sich die Hand. Die Mischung aus gutem Champagner und dem Überfluss, in dem wir augenscheinlich lebten, hatte eine aufmunternde Wirkung auf meine Mutter. Ein Apartment in einer offensichtlich sehr begehrten Wohngegend, das für ihren Geschmack zwar ein wenig zu avantgardistisch eingerichtet war, immerhin aber von Wohlstand zeugte – ihre Claire würde kaum in der Gosse landen.
Und Alex war ein vollendeter Gastgeber. Er war attraktiv, wenn auch ein wenig zu alt. Er wäre in der Lage, sich um ihre Tochter zu kümmern. Vielleicht war ein Mann Mitte dreißig eher bereit, sesshaft zu werden. Und vielleicht sollte man das mit dem Kinderkriegen am besten hinter sich bringen, solange man jung und gesund war. Ich sah, wie die Farbe in ihre Wangen zurückkehrte, während ihr Blick umherwanderte. Damit könnte sie bei ihren Freundinnen wirklich Eindruck schinden.
*Tja, natürlich waren wir sprachlos, immerhin hat Claire nicht einmal das erste Studienjahr hinter sich. Aber Alex ist so charmant. Und die zwei sind ja sooo verliebt. Claire war*

*immer schon eine kleine Stubenhockerin. Nicht wahr, Andy, ich habe immer gesagt, Claire würde als Erste eine Familie gründen. Ich sehe es geradezu vor mir, Claire, daheim mit ihren Kindern. Claire wird eine ganz wundervolle Mutter sein.*

Ich muss zugeben, dass Alex in vielerlei Hinsicht tonangebend war und mich beeinflusst hat. Ich kann verstehen, dass die Vorstellung eines älteren Mannes, der sich eine junge Frau zu seinem Ideal formt, die Herzen von Feministinnen in Rage bringt. Aber so war es nicht. Alex sah das Kind in mir, das die Welt hinter dem verschlossenen Gartentor erkunden will. Er war ein Lehrer von der besten Sorte. Während ich auf meiner schmelzenden Eisscheibe herumschlitterte, hatte er Russland, Indien, Kroatien bereist. Er zeigte mir seine Welt. Wir liefen durch Kopfsteinpflasterstraßen, zu deren Seiten historische Bauten in den Himmel ragten, wir tranken Wein in rebenverhangenen Hinterhöfen, wir durchquerten den Dschungel, beobachteten die Sonne, wie sie über dem Meer aufging und den fahlen Himmel mit farbenprächtigen Seidenfetzen füllte. Wir schliefen im Zelt, im Auto, in einem Wohnmobil, in Hotelzimmern mit schweren, polierten Möbeln und riesigen Betten. Wir reisten nach Thailand, Vietnam, Kambodscha, wo die Luft schwer von Hitze, Gewürzdüften und Pflanzendunst war und wo es unglaublich viel Farbe und Lärm und Trubel gab. Tagelang bestaunte ich nichts als Menschen, Menschen, Menschen. Wir besuchten eine Insel und mieteten einen Bungalow, dessen Obergeschoss keine Fenster, sondern höhlenartige Löcher in den Wänden hatte, hoch über dem Meer, so hoch, dass man eine Viertelstunde durch das Dickicht klettern musste, um den weiter unten gelegenen Küstenort zu erreichen.

Mit meinem Schwangerenbauch, der meine T-Shirts ausleierte. Mit Annie, die triumphierend auf unseren Schultern ritt. Mit Alex. Alex, der mich an der Hand nahm, durch die Straßen führte und über meinen vor Staunen weit aufgerissenen Mund lachte. Alex, der mich an sich zog, egal in welchem Bett wir gerade lagen.

Aber meine Mutter hatte vielleicht recht, was meinen Hang zur Häuslichkeit betraf, denn am glücklichsten war ich in unserem Strandhaus. Alex zeigte es mir, als Annie noch ein Baby war. Wir fuhren aus der Stadt und schlängelten uns über die steile Straße den Berg hinauf. Alex hielt oben auf der Kuppe, hinter der ein Hang bis zur Bucht abfiel. Wir stiegen aus dem Auto und schauten hinunter. Eine Decke aus glitzerndem Blau, heller Sand, auf dem sich schäumende Wellen brachen. Ein Postkartenmotiv. Wir fuhren an den Strand, stiegen auf die Dünen, planschten in den Wellen. Alex sagte, er wolle mir etwas zeigen. Er nahm Annie auf die Schultern, und wir liefen am Strand entlang. Ich folgte ihm einen Trampelpfad hinauf, der durch Lupinen und Gestrüpp bis an eine Hecke führte. Alex fand die Lücke, winkte mich zu sich und zeigte mir das Haus.

»Was meinst du?«, fragte er. Ein altmodisches Strandhaus mit Veranda. Ein Schindeldach mit einer Luke, von der aus man, ich ahnte es, das Meer sehen konnte.

»Das ist ja unglaublich«, keuchte ich.

Es hatte angefangen zu regnen, jener träge, leichte Regen, wie er nur im Sommer herunterkommt. Ich stand wie gebannt da, während die Tropfen mir durchs Haar und über die Arme liefen. Der Himmel war blassgrau, die Luft schwer von Regen und Salz.

Alex sagte: »Wir sollten uns auf der Veranda unterstellen, bis der Regen aufhört.«

»Meinst du?«, fragte ich.

»Niemand ist da. Annie wird nass.«

Wir stießen das Tor auf, bahnten uns einen Weg durch das Flachsgestrüpp und setzten uns auf die Veranda. Sie war von beiden Seiten durch bunte Glasscheiben geschützt, die zu leuchten anfingen, als die Sonne wieder durch die Wolken brach. Als es zu regnen aufgehört hatte, umrundeten wir das Haus und spähten in die Fenster. Es gab ein kleines, rechteckiges Wohnzimmer, eine Küche mit Dielenboden und einem schwarzen, schmiedeeisernen Herd. Die beiden Schlafzimmer, eins davon mit Flügeltür, gingen auf die Veranda hinaus. In der Nähe der Eingangstür auf der Rückseite des Gebäudes stand ein separates, baufälliges Häuschen mit steinernen Bottichen, einem Kessel und einer Toilettenschüssel und Badewanne aus Zink.

»Wie findest du es?«, fragte Alex.

»Wunderschön.«

Alex fischte zwischen den Bottichen herum und hielt einen Schlüssel in die Höhe.

»Sollen wir mal reingehen und uns umsehen?«

»Alex, das geht nicht. Das wäre Einbruch.«

Er grinste. »Nein, wäre es nicht. Das Haus steht zum Verkauf. Ich war letzte Woche in der Gegend, um ein Bild abzuholen. Der Maler hat mir erzählt, dieses Haus stünde zum Verkauf, also bin ich zum Strand runtergelaufen und habe es mir angesehen. Möchtest du es haben?«

Wir stiegen nacheinander die enge Treppe zu einem winzigen Dachzimmer hinauf und schauten durch die schmutzige Luke auf das weite Meer, das nahtlos in den Himmel überging. Dieses Zimmer sollte Annie gehören. Wir würden das Bett so aufstellen, dass sie im Liegen die Sterne und das Meer sehen könnte. Ich würde dünne, pastellfarbene Vorhänge anbringen, die der Wind bei geöffnetem Fenster ins Zimmer blasen würde.

»Was meinst du?«, fragte Alex. »Hier muss viel renoviert werden. Als Erstes müsste man hier oben ein größeres Fenster einsetzen.«

»Ich liebe es«, sagte ich.

Es wurde unser Zuhause, viel mehr noch als das Apartment in der Stadt. Wir kamen her, wann immer wir Zeit fanden, um dem Meer und den Seevögeln zu lauschen und in der Abendsonne auf der Veranda zu sitzen. Wir ließen das Haus streichen und wetterfest machen und ersetzten die alten Rohre und einige der Fenster, aber im Großen und Ganzen blieb alles, wie es war. Durchgetretene Holzböden, schwere Leinenvorhänge, die sich im Wind blähten – all das gehörte dazu. Den Vogelbrunnen stellten wir neben den Keulenlilien im Garten auf.

Als ich um die Vogeltränke bat, zog Alex ein fragendes Gesicht. Ich erzählte ihm von der Tränke, die ich früher besessen hatte, und er suchte mir eine neue. Sie war mit Mosaiksteinchen in allen erdenklichen Farben besetzt, wunderschön und ein bisschen verrückt. Sie glänzte in der Sonne. Das große Becken war immer mit Wasser gefüllt, und die Vögel kamen, um den Schnabel ins Wasser zu tauchen und mit aufgeplustertem Gefieder zu baden.

Im Sommer gingen wir zwei- oder dreimal täglich schwimmen, liefen kilometerweit durch den Sand und kletterten auf die Felsen am Ende der Bucht. Wir spielten mit Annie, sprangen in die Wellen und bauten riesige Sandburgen, die wir mit Muscheln, Seetang und Treibholz verzierten. Am späten Nachmittag erledigte Alex seinen täglichen, einstündigen Lauf, während Annie schlief und ich mich zum Lesen auf die Veranda setzte. Am Abend tranken wir Wein und liebten uns zum rhythmisch an- und abschwellenden Rauschen der Wellen.

Vielleicht verkläre ich mein Leben mit Alex zur Idylle. Die meisten Leute würden von Verdrängung sprechen – *kein einziges böses Wort in so vielen Jahren.* Oder von einem Klischee. Von außen betrachtet musste das Ganze vielleicht zum Scheitern verdammt erscheinen. Eine vom Vaterersatz verhätschelte Kindsbraut. Schwanger und verheiratet mit achtzehn. Keine Ausbildung, von Talenten ganz zu schweigen. Aus der behüteten, abhängigen Tochter wurde eine behütete, abhängige Ehefrau. Kann eine junge Frau unter solchen Umständen zu sich selbst finden? Ich kann nur schildern, was passiert ist und wie ich es erlebt habe. Alex liebte mich. Er liebte Annie. Während jener Jahre fühlte ich mich wertgeschätzt und selig. Ich setzte die Pille ab. Wir freuten uns auf ein zweites Kind.

Ein Samstag im Spätherbst. Annie sitzt konzentriert über den Tisch gebeugt und malt mit braunem Buntstift einen Baum. Von den Fenstern des Apartments aus kann ich die Sonnenstrahlen sehen, die durch die rotgoldenen Blätter fallen. Gestern haben wir im Garten das Laub zusammengeharkt und zu einem großen Haufen aufgeschichtet. Gestern Abend haben wir darüber gesprochen, am Wochenende ins Strandhaus zu fahren, wir haben über Annies Einschulung gesprochen und an welcher Schule wir sie anmelden werden. Alex briet Steaks. Ich machte den Salat. Wir tranken Wein. Es war warm genug, um draußen zu essen.

Wir gehen wieder hinein. Ich schmiege mich auf dem Sofa an Alex, wir sehen uns eine Dokumentation über eine neue Therapieform für autistische Kinder an. Wir sehen Kinder, die ihre Eltern, ihre Erzieher und andere Kinder ignorieren, stumme Kinder, die sich in Ecken verkriechen. Wir sagen uns, dass wir großes Glück haben. Wir fragen uns, was wir tun würden, wenn wir ein Kind hätten, das auf irgendeine Weise anders wäre. Wir gehen ins Bett und lassen das Fenster offen. Die Nacht ist ruhig und warm. Alex sagt, unser Sommer dauert ewig.

Am späten Vormittag geht Alex joggen. Er sagt, später würden wir mit Annie in den Park gehen. Ich sehe, wie die Bäume sich im Wind wiegen. Ich überlege, warme Kleidung für Annie zu kaufen. Im vergangenen Jahr ist sie sehr gewachsen. Ich erinnere mich an die blaue Jacke, die ich in einem Schaufenster gesehen habe, ich frage mich, ob sie Annie passt, ob sie wasserdicht ist. Ein Streifenwagen rollt langsam am Haus vorbei, bremst ab, fährt rückwärts. Ein Polizist und eine Polizistin steigen aus und kommen ans Tor. Ich frage mich, was sie wollen.

Alex hatte einen Herzinfarkt. Er war fit, er war nicht übergewichtig und viel zu jung, aber in seiner Familie gab es einige Fälle von Herzproblemen. Ein Jogger entdeckte ihn im Park. Es war zu spät. Alex war kalt und blau. Als der Notarztwagen eintraf, war er schon tot.

Sie kommen zu uns nach Hause, um es mir zu sagen. *Ihr Mann ist tot. Es tut uns leid, Ihnen diese Nachricht überbringen zu müssen. Wen sollen wir anrufen? Möchten Sie sich setzen? Soll ich Ihnen einen Tee kochen?*

*Tot?*, schreie ich. Ich kenne dieses Wort nicht. Ich bin viel zu jung für dieses Wort. Alte Menschen sterben. Kranke sterben. Menschen in weit entfernten Kriegsgebieten sterben. Aber ich doch nicht. Alex nicht.

Annie kommt zu mir und vergräbt ihr Gesicht in meinem Schoß. Sie gibt ein Geräusch von sich, das ich noch nie gehört habe. Ein dünnes, ängstliches Winseln. Ich ziehe sie an mich. Ich stehe irgendwo außerhalb meines Körpers, während ich zusehe, wie eine Frau, nicht ich, ihr schluchzendes Kind tröstet.

Es ist ungerecht, wenn ein geliebter Mensch stirbt. Es ist ungerecht, weil du so viele andere Paare kennst, die sich nicht ansatzweise so sehr lieben, die kein zweites Kind planen, keinen Ausflug in den Park. Weil du Alex so geliebt hast, dass seine Abwesenheit dir körperliche Schmerzen bereitet. Du wachst morgens auf und wunderst dich, weil er nicht da ist, und dann erinnerst du dich und willst am liebsten gleich wieder einschlafen, in ein dunkles Loch fallen und nie mehr herauskommen. Den Anblick deiner Tochter kannst du kaum ertragen, du kannst sie kaum im Arm halten, weil sie wie Alex riecht. Sie hat sein Haar.

Das Apartment füllte sich. Sally kam, um sich um Annie zu kümmern. Meine Eltern organisierten die Beerdigung. Ich konnte nichts für Alex tun. Ich wollte kein Gedicht vorlesen, ich wollte nichts über ihn sagen. Während des Trauergottesdienstes war ich wie betäubt.

Die Leute sagen die seltsamsten Sachen, wenn jemand stirbt. Sie sagen *dahingegangen*, wenn sie *tot* meinen. Sie zählen auf, was der Verstorbene im Leben erreicht hat, so als könnte das die Tatsache aufwiegen, dass es nun vorbei ist. Sie sagen, man müsse sein Leben feiern. Ich wollte nicht feiern. Ich wollte ihn anschreien, weil er mich verlassen hatte.

Sie sagen, die Zeit heile alle Wunden. Sie sagen: *Ihr hattet zusammen ein wundervolles Leben,* so als würde das die ganze Sache besser machen, nicht schlimmer, so als könnte man besser auf jemanden verzichten, mit dem das Leben wundervoll war. Sie sagen: *Du bist noch jung,* aber jung zu sein bedeutete für mich nur, dass ich noch ein ganzes Leben ohne Alex zu überstehen hatte. Irgendjemand sagte, es sei Gottes Wille gewesen. Hätte ich nicht so gelitten, ich hätte laut gelacht.

Meine Eltern blieben. Mein Vater begleitete mich zum Notar. Das Apartment, die Galerie und das Strandhaus waren mit Hypotheken belastet. Die Galerie musste verkauft werden, aber der Zeitpunkt zur Veräußerung einer Gewerbeimmobilie war ungünstig. Unterm Strich blieben nur schlechte Nachrichten übrig. Alex hatte eine kleine Lebensversicherung abgeschlossen, aber die reichte nicht aus, um alle Schulden zu bezahlen.

Ich stimmte dem Verkauf des Apartments zu, aber das Strandhaus wollte ich behalten. Mein Vater sagte, das Geld würde für eine kleine Eigentumswohnung reichen. Der Makler führte uns durch unzählige Wohnungen in grauen Häuserblocks, die er *Wohneinheiten* nannte. Mein Vater wies mich auf die Vorzüge hin: *keine Instandhaltungskosten, kleine, pflegeleichte Gärten, geringe Heizkosten, sichere Vorstadt.*

Ich marschierte in Minutenschnelle hindurch und schüttelte den Kopf.

Meine Mutter schnalzte unzufrieden mit der Zunge. Sie fand, ein Mann habe seine Familie zu versorgen, tot oder lebendig. *Diese vielen Fernreisen,* sagte sie, *ich habe mich immer gesorgt, dass ihr es euch zu gut gehen lasst mit diesen vielen Fernreisen.*

Wie kann man es sich zu gut gehen lassen?

Ich fand mein Häuschen. Klein und quadratisch, mit Modergeruch und Blumen überall. Geblümte Teppiche, geblümte Tapeten, geblümte Vorhänge. Mein Vater untersuchte das Holz und riet mir zu einem Haus aus Stein. Aber es hatte einen Garten und eine Schule in der Nähe. Es würde reichen.

Alex war seit zwei Monaten tot. Ich saß in meinem winzigen Wohnzimmer zwischen den ganzen Blumen und sah den Winter kommen. Meine Periode war ausgeblieben. Im glorreichen Alter von zweiundzwanzig Jahren lebte ich von Witwenrente. Der Tratsch über mich hatte sich erfüllt.

Eines Nachts wache ich mit fürchterlichen Schmerzen auf. Die Krämpfe in meinem Unterleib werden immer schlimmer. An meinen Schenkeln klebt Blut. Dickflüssiges, schwarzes, Fäden ziehendes Blut. Ich krümme mich auf der Toilette, ich zittere und kotze, bis es vorbei ist.

Ich kümmerte mich um Annie, wusch ihre Klamotten und kochte ihr Essen. Nachts schlief sie in meinem Bett und drückte sich mit ihrem heißen, pummeligen Körper an mich. Ich lag wach und sehnte mich nach Schlaf, nach Alex,

ich lauschte ihren Atemzügen, ein und aus. Ich fürchtete, auch sie könnte sterben.
Der Herbst war in jenem Jahr besonders mild gewesen, und alle rechneten mit einem ebenso milden Winter. Aber dann brach er mit tagelangem Frost und dichtem Nebel ein, mit Südwinden und strömendem Regen aus schwarzen Wolken. Annie und ich standen morgens im Dunkeln auf. Ich fuhr sie zur Vorschule. Schon nachmittags legte sich die Dämmerung wieder über das Haus. Ich sah auf die Straße. Sie war unheimlich, beängstigend, im dichten Nebel erstickt. Ich kannte meine Nachbarn nicht. Ich hatte nur wenige Freunde. Alex war alles für mich gewesen. Alex und Annie.
Ich fürchtete, die Stromrechnung und die Telefonrechnung nicht bezahlen zu können, nicht überleben zu können. Ein Teil von mir wollte das auch gar nicht. Am Anfang war ich verrückt vor Trauer. Dann wurde ich wütend, weil ich alles so ungerecht fand. Weil ich Alex verloren hatte, weil Alex sich nicht um seine Gesundheit gekümmert und keine Vorsorgetermine wahrgenommen hatte. Schließlich fühlte ich mich schuldig. Ich hätte Alex zum Arzt schicken müssen. Ich wurde wütend auf meine Eltern, die mich besser hätten vorbereiten müssen, die mir verschwiegen hatten, wie schwierig das Leben sein kann. Dann versank ich in einer Art Dämmerzustand. Ich stand jeden Morgen auf und erledigte meine Pflichten wie ein Roboter. Frühstück machen, zur Vorschule fahren, nach Hause kommen, im Halbschlaf auf dem Bett liegen, bis es Zeit ist, Annie abzuholen. Fernsehen, frühes Abendessen. Um sieben legte ich mich mit Annie schlafen. Ich wachte tränenüberströmt auf. Ich überlegte, einen Arzt aufzusuchen. Aber was, wenn die Behörden herausbekamen, dass ich als Mutter überfordert war, und mir Annie wegnahmen?
Meine Mutter besuchte uns übers Wochenende. Sie käme

zum Shoppen in die Stadt, sagte sie, aber ich wusste, dass sie nach mir sehen wollte. Sie sagte, ich sei zu dünn. Sie warf einen Blick in die Schränke und in den Kühlschrank und runzelte die Stirn. Sie sagte, Alex' Tod sei ein schlimmer Verlust, aber nun müsse ich mich zusammenreißen, wenn nicht mir selbst, dann Annie zuliebe.

Sie meinte es nur gut. Ich wusste, dass ich mich zusammenreißen sollte. Aber wo sollte ich anfangen? Sollte ich Pillen schlucken, die den Schmerz dämpfen und ein chemisches Glücksgefühl erzeugen? Das wollte ich nicht. Ich fürchtete, mich besser zu fühlen sei gleichbedeutend damit, Alex loszulassen. Das kam nicht in Frage. Ich musste es aussitzen und ertragen, so gut ich konnte. An manchen Tagen fühlte ich mich halbwegs menschlich, und diese Tage bewahrte ich und pflegte sie wie seltene Kristalle, um mich an den schlechten Tagen an sie zu erinnern.

Irgendwann fiel mir auf, wie ich aussah. Aus dem Spiegel starrte mir eine Frau um die dreißig mit stumpfem Blick und ungepflegten Haaren entgegen. Ich ging zum Friseur an der Ecke, der mir den schlechtesten Haarschnitt aller Zeiten verpasste. Aber es brachte mich zum Lachen. Ich kaufte mir eine rote Jacke und Wildlederstiefel mit wolligem Futter, die mich umhüllten und wärmten wie ein weicher, bunter Kokon. Für Annie kaufte ich einen karierten Parka und gelbe Gummistiefel. Wir gingen in den Park. Ich setzte mich auf die Schaukel und schwang vor und zurück, während ich Annie beim Spielen beobachtete. Ich kaufte Farbe und übermalte die Blumentapete.

Ich schrieb Alex einen Brief. Ich arbeitete den Brief in ein Gedicht um. Es war nicht gut genug. Ich ging zur Bücherei und lieh mir Gedichtbände aus, die ich abends las. Verdrehte, durcheinanderfliegende Worte. Verspielt, zäh, trostlos. Ich schrieb ein zweites Gedicht.

## 6.
# Claire

Die Begegnung mit Alex. Alex' Tod. Das Aufschreiben. Der Versuch, durch Worte den Sinn zu erkennen. All das hat mich zu Travis Crill geführt.

Ich füllte Seite um Seite, ich schrieb und las und schrieb. In jener finsteren Zeit begann ich zu schreiben. Ich verschickte meine ersten Gedichte. Niemand wollte sie drucken.

Alex hatte gesagt, ich sei viel stärker, als ich mir selbst eingestünde. Er hatte das gesagt, als er mir das Skifahren beibrachte. Ich war durchnässt und fror und wollte nach Hause. Alex sagte, ich gäbe zu schnell auf. Ich lag im Schnee und sagte ihm, er solle sich verpissen, da musste er lachen.

Ich schrieb weiter und redete mir ein, ich sei nicht auf Publikum angewiesen. Darum gehe es nicht. Dennoch verschickte ich meine Gedichte und konzentrierte mich umgehend auf die nächste Aufgabe, auf das nächste Gedicht. Irgendein freundlicher Herausgeber nahm das erste an. Ich erinnere mich mit Schaudern daran. Ich hatte keine Ahnung. Irgendjemand nahm ein zweites an, das schon ein bisschen besser war. Ich belegte Kurse. Schloss mich einer Schreibgruppe an. Machte eine journalistische Ausbildung. Suchte mir einen Job. Kündigte, um nur für mich zu schreiben. Und so ging es weiter.

Wir fuhren wieder zum Strandhaus. Anfangs konnte ich den Gedanken, dort zu sein, kaum ertragen. Ich überlegte, das Haus zu verkaufen. Ich hatte mich sechs Monate lang nicht dorthin getraut. Aber schließlich packte ich Lebensmittel und Kleider ein, schnallte Annie im Kindersitz fest und fuhr los.

Die Straße war uneben. Ich musste mich aufs Fahren konzentrieren. Annie plapperte pausenlos vor sich hin – wohin wir fuhren, was wir tun würden. Ich dachte nicht an Alex. An Alex auf dem Fahrersitz und mich daneben. Wie er meine Hand nahm, wie er mir seine aufs Knie legte. Dass er oben auf der Bergkuppe immer anhielt, um den Ausblick zu genießen.

Alles sah genauso aus wie immer. Die Nachbarn vom Ende der Straße hatten das Gras gemäht. Bei der Beerdigung hatten sie mir versprochen, sich um den Garten zu kümmern und ein Auge auf das Haus zu haben. Ich hatte nicht geantwortet. Ich hatte kein Wort verstanden.

Annie rannte über den Weg.

*Das Strandhaus, das Strandhaus, unser Strandhaus, gehen wir jetzt an den Strand, gehen wir schwimmen, bauen wir eine Sandburg?*

Dann sagte sie es. »Wo ist Daddy?« Sie stand an der Tür und sah mich an.

Ich bemühte mich, mit fester Stimme zu sprechen. »Daddy ist nicht hier. Weißt du noch, was ich dir erklärt habe, Annie? Daddy ist sehr krank geworden. Er ist gestorben. Das bedeutet, dass er nicht mehr hier sein kann.«

Ich öffnete die Tür. Ich öffnete die Fenster. In unserem Schlafzimmer lagen Alex' alte Laufschuhe auf dem Boden. Sein T-Shirt lag auf dem Bett.

»Wir gehen an den Strand«, sagte ich zu Annie.

Ich holte eine Schaufel aus dem Schuppen, damit wir eine Burg bauen konnten. Wir blieben am Strand, bis es zu kalt wurde. Wir gingen über den Pfad zurück. Ich kochte. Annie ging schlafen. Ich setzte mich in den Garten und trank Wein. Ich zog Alex' T-Shirt an und legte mich ins Bett, ich konnte ihn riechen, sehnte mich nach ihm. Ich umklammerte sein Kissen und weinte.

Warum musstest du sterben, Alex, warum musstest du sterben?

Ich fand Freunde. Annie wuchs heran. Alex war seit zwölf Jahren tot. Zwölf Jahre lang hatte ich ihn vermisst, wenn es auch besser wurde. Ich weinte nicht mehr. Und obwohl der Schmerz und die Leere und die Einsamkeit im Strandhaus am schlimmsten waren, fühlte ich mich ihm nirgends so nah wie dort. Falls es Geister gibt, hält seiner sich dort auf. Ein wohlwollender, gutgelaunter Geist, der uns von einem anderen Zimmer aus zulächelt.

Hin und wieder gab es einen Mann. Aber immer war Annie meine Entschuldigung. *Annie geht es nicht gut, ich kann sie nicht allein lassen. Annie hat eine Schulveranstaltung. Ich habe Annie einen Ausflug versprochen.*

Und obwohl es Ausreden waren, war Annie tatsächlich der Grund. Ich hatte das Gefühl, mit Annie genug zu lieben zu haben, genug beschützen zu müssen. Ich konnte es nicht riskieren, noch jemanden zu lieben.

Als Annie auf die Welt kam, knipste Alex ein Foto von ihr. Es ist das erste in einer langen Reihe, die im Strandhaus über der Treppe hängt. Ich sehe unser Leben in dieser Reihe, ein Foto für jedes Jahr, das Annie auf der Welt ist. Die ersten vier hat Alex gemacht. Auf dem ersten ist sie winzig klein. Ihr Gesicht ist zerdrückt, sie ist ganz kahl und kneift die Augen zu, sie ist vollkommen und wunderschön in ihrer Neuheit. Auf dem zweiten lacht sie von ihrem Hochstuhl in die Kamera, auf dem dritten grinst sie und trägt die Jeanslatzhose, die sie seinerzeit täglich anziehen wollte. Dann das letzte von Alex' Fotos. Sie steht auf der Veranda des Strandhauses. Von da an übernahm ich. Vor der Schule. Beim Ballett. Beim Turnen. Am Strand. Die Vorpubertäre (*Mum, ich bin viiiiel zu dick!*) kommt auf die Highschool. Ein verstörend hübsches Mädchen, die Annie von heute. Sie ist so groß wie ich und von dem Verlangen erfüllt, alles zu tun und zu haben und zu sein. Die besten Eigenschaften ihrer Eltern, in einer Person vereint. Sie hat

Alex' wachen Geist und seinen Charme, dazu meine Entschlossenheit.
So war es damals. Zu Beginn des Jahres war Annie sechzehn, sie hatte noch zwei Schuljahre vor sich und keine größeren Sorgen als Klassenarbeiten und die gelegentlichen Hautunreinheiten. Man hatte mir angeboten, die Recherchen für eine Fernsehserie zu übernehmen, nebenher arbeitete ich an den üblichen Artikeln: Essen, Häuser, Gärten. Zweimal pro Woche unterrichtete ich Kreatives Schreiben, außerdem schrieb ich eine Kolumne für ein Frauenmagazin. Freitags fuhr ich ins Gefängnis.
Den Job hatte ich in einer finanziellen Notlage angenommen. Als ich bei der Zeitung kündigte, war ich auf ein anderes wöchentliches Grundeinkommen angewiesen. Die Stelle im Gefängnis wurde geschaffen, weil irgendjemand die Idee hatte, den Häftlingen zu ihrer Resozialisierung Kurse in Kreativem Schreiben anzubieten. Und irgendwer hatte von irgendwem gehört, dass ich solche Kurse gab.
Als Jane Simons, die Bildungsbeauftragte der Haftanstalt, mich zum ersten Mal anrief, lehnte ich spontan ab, obwohl ich das Geld wirklich brauchen konnte. Ich konnte mir nicht vorstellen, mit Häftlingen zurechtzukommen. Oder mit der Katharsis, die sie in meiner Erwartung durchleben würden, wenn sie ihre Geschichten aufschrieben. Ich stellte mir vor, wie ich von einem Haufen tobender, heulender Exgangster umringt würde. Jane bat mich, meine Entscheidung zu überdenken. Ich sprach mit Annie.
»Ich glaube, ich kann das nicht«, sagte ich. »Ehrlich, ich würde sterben vor Angst. Außerdem liegt das Gefängnis meilenweit entfernt. Zu pendeln wäre viel zu teuer. In finanzieller Hinsicht wäre der Job nicht rentabel.«
Meine Steuerberaterin hatte mir einen ernsten Vortrag zum Thema Rentabilität gehalten. Ich war stolz, mich daran erinnert zu haben. Außerdem war es eine gute Ausrede.

»Dann bitte sie, die Fahrtkosten zu übernehmen«, sagte Annie.
»Das könnte ich wohl. Aber ehrlich gesagt will ich den Job gar nicht.«
Annie nannte mich einen Feigling. Sie nannte mich eine Langweilerin. Sie sagte, dass ich dort wahrscheinlich unglaubliche Geschichten zu hören bekäme; dass *ich* diejenige sei, die immer behaupte, Autoren seien auf Erfahrungen angewiesen, und jetzt schlüge ich diese aus reiner Angst aus.
»Ich bin mir nicht sicher, ob ich diese Art von Erfahrung machen will.«
»Was soll schon schiefgehen? In deinem Kurs werden wohl kaum Psychopathen und Axtmörder sitzen.«
»Ich weiß nicht. Wahrscheinlich nicht.«
»Versuch es, Mum!«
Als Jane ein paar Tage später wieder anrief, konnte sie sicher das Zögern in meiner Stimme hören. Schnell ließ sie einfließen, wie viel man mir zahlen würde. Ich dachte an Annies Schuluniformen, an die Kosten für das Ferienlager, an mein überzogenes Konto. In meinem Kopf drehte sich alles. Ich fragte nach einem Fahrtkostenzuschlag, und Jane sagte ja, selbstverständlich.
»Äh … Wen würde ich unterrichten? Ich meine, falls ich die Stelle annehme.«
»Wir würden die Teilnehmer sorgfältig auswählen«, sagte Jane. »Sie hätten niemanden in Ihrem Kurs, der ernsthafte Probleme machen würde.«
Was sind *ernsthafte* Probleme?
»Wie meinen Sie das?«
»Nun ja, wir würden sicherlich keine Gewalttäter auswählen.«
Du liebe Güte. Wollte ich das wirklich?
»Warum geben Sie nicht einfach ein paar Probestunden? Dann sehen wir weiter. Wir könnten zwei Termine anset-

zen, und falls es nicht gut läuft, sind Sie nicht zum Weitermachen verpflichtet.«
»Ja«, sagte ich. »Das klingt gut.«

An jenem ersten Freitag setzte ich mich mit trockenem Mund und flauem Magen ins Auto. Rolleston erwartete mich. Ein riesiges, durch Stacheldrahtzäune und Wachtürme abgesichertes langgestrecktes Gebäude aus Beton. Unsicher ging ich aufs Tor zu, drückte auf die Klingel und flüsterte meinen Namen in die Gegensprechanlage. Ein Wachmann erwartete mich. Er schüttelte meine Hand und führte mich in ein Büro. »Sicherheitsvorkehrungen«, sagte er. »Tut mir leid, aber das muss sein.« Ein Metalldetektor fuhr an meinem Körper entlang. Eine Wärterin durchwühlte meine Handtasche. Ein zweites Büro. Jane und eine Sozialarbeiterin. Für den Kurs hatten sie acht Häftlinge ausgewählt. Die Sozialarbeiterin sagte: »Vergessen Sie bitte nicht, dass unsere Insassen in der Regel nicht gut lesen und schreiben können.« Man hatte mir für den Unterricht die Bibliothek zugewiesen, dort standen Computer. Falls ich noch irgendetwas bräuchte, sollte ich mich an Jane wenden.
»Okay?«, fragte Jane.
»Ja.«
»Na schön. Dann wollen wir mal.«
Wir folgten dem Wärter. Wir durchquerten lange Korridore mit Betonwänden und Metalltüren zu beiden Seiten. Am Ende jedes Ganges blieben wir vor einer Gittertür stehen, die der Wärter für uns aufschloss. Die Gitter fielen mit einem dumpfen, hallenden Krachen hinter uns ins Schloss. Ein helles, metallisches Klicken verriet, dass sie sich selbsttätig wieder verriegelten. Wir gingen durch fünf Gittertüren. Die Luft roch scharf, nach Desinfektionsmitteln. Ich hatte Mühe zu atmen.

Schreibtische, Bücherregale, eine Computerecke. Jane sah mich an. »Alles in Ordnung mit Ihnen?«

»Ja.«

»Sicher?«

Ich versuchte ein Lächeln. »Ich war noch nie im Gefängnis.«

»Sie werden sich dran gewöhnen.«

Eine Gruppe von Männern kam herein, gefolgt von einem zweiten Wachmann. Ich war erstaunt, wie normal sie alle aussahen. Ich hatte mir vorgestellt, von riesigen Monstern umringt zu werden.

Wir machten einander bekannt. Bill, Jason, Sam, Kahu, To, Lee, Jerry, Joe. Claire. Sie musterten mich von Kopf bis Fuß. Wir unterhielten uns über ihre *Schreiberfahrungen*, was sie gelesen hatten, worüber sie schreiben wollten.

Zunächst bin ich nervös. Ich bin es nicht gewohnt, durch Türen zu gehen, die sich hinter mir automatisch verriegeln. To, Jerry und Lee verlassen die Gruppe, andere stoßen dazu. Ich weiß nicht, wofür sie einsitzen. Sie erzählen nichts von sich. Einer bleibt wochenlang weg, nach seiner Rückkehr ist er schweigsam. Ich weiß nicht, was passiert ist. Am meisten erzählen sie von der Schule. Sams Eltern waren Schafscherer, deswegen ging er nicht allzu oft hin. Kahu ebenfalls nicht. Die Schule gefiel ihm nicht. Er sagt, er habe sich eingeengt gefühlt, er habe die Lehrer nicht leiden können und sie ihn auch nicht. Aber wir haben Spaß. Wir lachen viel. Kahu versucht, mich zu provozieren. Liest mit breitem Grinsen eine ziemlich anstößige Geschichte vor. Behauptet, man müsse ein bisschen Sex einstreuen, um den Leser bei der Stange zu halten.

Die Geschichten weckten den Wunsch in mir, schnell nach Hause zu fahren und nach Annie zu sehen. Die Geschichten weckten den Wunsch in mir, Annie nie wieder aus dem Haus zu lassen. Es handelte sich um Geschichten, die ich für unmöglich gehalten hätte, als ich noch bei Mum und Dad in dem Backsteinhaus hinter dem Rosenspalier wohnte. Es waren Geschichten von kleinen, verängstigten Kindern, die nachts allein gelassen wurden, von herumgeschubsten Kindern, die angebrüllt und geschlagen wurden. Aber es gab auch lustige Geschichten. Man musste unwillkürlich lachen und fragte sich gleichzeitig, ob das angebracht war. Geschichten über Ausreißer, Taschendiebe, Straßenkinder, Drogen und Autoknacker.

An die Pfiffe und gemurmelten Kommentare, die regelmäßig ertönten, wenn ich an den Zellen vorbeilief, gewöhnte ich mich. Der Job war wie jeder andere auch, nur waren die Kursteilnehmer interessanter. Ich lernte, die gelegentlichen Zwischenfälle zu ignorieren; manchmal stand einer auf und beschimpfte die anderen als blöde Arschlöcher. Ich lief durch die Korridore und unterhielt mich mit den Wärtern, als sei das alles ganz normal, ich zählte das Klicken der automatischen Türriegel. Eins, zwei, drei, vier. Fünf.

Manchmal begegnete ich Gefangenen, die in ein anderes Gefängnis verlegt wurden. Bei einer solchen Gelegenheit sah ich Travis Crill zum ersten Mal. Ich hatte es vergessen, aber jetzt weiß ich es wieder. Jemand ging vorbei. Da war etwas Beunruhigendes. Ein plötzlicher Ruck, er hob den Kopf und sah mich an. Ich konnte das Bild nicht abschütteln, als ich weiter durch den Flur lief.

Im Jahr darauf bekam ich den Anruf. »Guten Tag, spreche ich mich Claire Wright?«

»Ja.«

»Hier ist Angela Edwards von der Kanzlei Burt, Meredith und Downes.«

»Ja?«

»Mr. Downes würde gern einen Termin mit Ihnen vereinbaren. Es geht um einen seiner Mandanten.«

»Wie bitte? Um einen seiner Mandanten? Hören Sie, ich glaube, Sie haben die falsche Nummer.«

»Sie sind doch Claire Wright?«

»Ja.«

»Die Schriftstellerin?«

»Ja.«

»Mr. Downes würde gern einen Termin mit Ihnen vereinbaren.«

»Können Sie mir verraten, worum es geht?«

»Es geht um einen seiner Mandanten. Mehr kann ich Ihnen leider nicht sagen.«

Wir vereinbarten einen Termin am Ende der Woche, und bis dahin verbrachte ich meine Zeit damit, von einer mir bislang unbekannten Erbtante zu träumen, die mir ein Vermögen vermacht hätte. Ich rief sogar meine Eltern an, um sie zu fragen, ob wir in der Verwandtschaft irgendwelche wohlhabenden, kürzlich verstorbenen Leute hätten. Dann fiel mir ein, dass möglicherweise einer von Alex' Verwandten Annie Geld hinterlassen hatte. Dann machte ich mir Sorgen, ich könnte aus Versehen irgendwann irgendwo etwas Verleumderisches geschrieben haben.

Alistair Downes sprang von seinem Sessel hinter einem breiten, mit Dokumenten bedeckten Mahagonischreibtisch auf und kam mir mit ausgestreckter Hand entgegen. Sein Gesicht glänzte rosafarben, so als sei es frisch geschrubbt.

»Claire Wright?«, fragte er strahlend und wies auf den Stuhl vor seinem Schreibtisch.

»Ja.« Ich setzte mich.

»Prächtiges Wetter«, sagte er. »Waren Sie in letzter Zeit mal im Park? Einfach prächtig. War gestern Abend mit meinem Hund da. Weimaraner. Der beste, den ich je hatte.«

Ich schwieg. Das Wetter, Hunde? Was wollte er?

Er musterte mich kurz, schob seinen Sessel zurück und verschränkte die Arme über seinem dicken Bauch.

»Sie fragen sich, wozu Sie hier sind? Kommen wir zum Geschäft. Ist ziemlich vertraulich. Wär mir am liebsten, wenn es unter uns bliebe.«
Ich nickte.
»Was wissen Sie über Travis Crill?«
»Crill? War das nicht dieser Serienvergewaltiger?«
»Sexualstraftäter, um genau zu sein.«
»Was hat er mit mir zu tun?«
»Crill ist mein Mandant. Er will, dass jemand seine Biographie schreibt.«
»Ich nicht. So etwas mache ich nicht.«
»Nein? Wie wäre es, wenn ich Ihnen die Details erläutere?«
Sein Mandant war zu fünfzehn Jahren Haft verurteilt worden, mindestens acht davon ohne Bewährung. In der Praxis lief das auf etwa zehn Jahre hinaus. Da er drei abgesessen hatte, blieben ihm vermutlich noch sieben Jahre. Crill war achtunddreißig Jahre alt, was bedeutete, dass er bei seiner Entlassung Mitte vierzig sein würde. Immer noch jung. Alles deutete darauf hin, dass seine Freilassung sowohl in Neuseeland als auch in Übersee für großes Medieninteresse sorgen würde. Ein Buch über sein Leben käme vielleicht gut an, würde ihm möglicherweise sogar die finanziellen Mittel für einen Neuanfang in die Hand geben. Sein Mandant und dritte Personen, deren Namen er nicht preisgeben dürfe, wünschten sich diese Biographie. Sie wollten dafür einen professionellen Verfasser. Crill hatte nach einer Autorin verlangt. Er war der Überzeugung, nur eine Frau besitze das nötige Einfühlungsvermögen, seine Geschichte nachzuerzählen.
Ich schüttelte den Kopf. »Nein. Auf gar keinen Fall.«
»Die Autorin erhält einen Vorschuss von zwanzigtausend Dollar, dazu ein großzügiges Honorar, zuzüglich aller Spesen natürlich. Und eine Gewinnbeteiligung am Buchver-

kauf. Meiner Einschätzung nach beläuft sich das Gesamthonorar für die Autorin auf etwa einhunderttausend Dollar, eventuell noch mehr.«

»Meinen Sie das ernst?«, fragte ich.

»Sicher.«

»Hat Crill nicht beinahe eine Frau umgebracht?«

Der Anwalt sah mich stirnrunzelnd an.

»Was ist, hat er?«

Er gab keine Antwort.

## 7.
## Claire

Ich sagte Downes, ich würde den Auftrag nicht annehmen. Ich dächte gar nicht daran. Ich stellte mir vor, Travis Crill zu begegnen. Allein der Gedanke, mich im selben Raum aufzuhalten wie dieses Monster, das ganz gewöhnliche Frauen wie mich überfallen hatte, verursachte mir Übelkeit.

Aber dann war da noch das Geld. Das viele Geld führte mich in Versuchung. Ich war alleinstehend. Ich hatte eine Hypothek abzutragen. Manchmal reichte mein Einkommen kaum aus, uns über die Runden zu bringen. Und ich musste an Annie denken. Ich wollte, dass sie eine gute Ausbildung und beste Voraussetzungen erhielt. Ich träumte davon, nie wieder Geldsorgen zu haben, Fernreisen mit Annie zu unternehmen und sie zu verwöhnen, bevor sie erwachsen würde und mich sitzenließe.

Downes würde sich wieder bei mir melden. Bei unserem ersten Gespräch riet er mir, die Entscheidung nicht sofort zu fällen. Er sagte, er erwarte keine umgehende Antwort, und er kündigte an, sich im Laufe der nächsten zwei Wochen bei mir zu melden. Ich sagte nicht, dass er das nicht zu tun brauche. Völlig verwirrt und mit eingezogenem Kopf schlich ich aus der Kanzlei und in den Aufzug.

Warum habe ich Annie nicht gleich davon erzählt? Wollte ich sie nicht mit einer so hässlichen Sache konfrontieren? Oder fürchtete ich, sie könnte das Gesicht verziehen und mir sagen, etwas Ekelhafteres habe sie noch nie gehört, wie komme man bloß darauf, den Job ausgerechnet mir anzubieten? *Mum, du denkst doch nicht im Ernst darüber nach, oder?*

Aber das Geld. Du lieber Gott, das Geld. Konnte ich das ablehnen? Das Strandhaus bräuchte ein neues Dach. Ich wollte ein vernünftiges Auto. Ich musste Annies Klavierlehrerin bezahlen. Und später ihr Studium. Du lieber Gott, so viel Geld.

Wenn ich ablehnte, würde eine andere den Job erledigen. Wenn ich ablehnte, bedeutete das nicht, dass das Buch nicht geschrieben würde. Vielleicht war ich tatsächlich die ideale Autorin. Ich wäre kritisch und ehrlich. Ich würde mein Bestes geben.

Das redete ich mir in den Tagen nach dem Termin in der Kanzlei ein. Aber nachts, im Dunkeln, durchliefen mich Gruselschauer.

Ich wusste, ich sollte die Finger davon lassen. Es war nicht nur das Geld, das mich reizte. Mein ganzes Leben lang hatte ich dieses seltsame, unerklärliche Verlangen gespürt, mich gefährlichen Situationen auszusetzen. Ich war neugierig darauf, was passierte, wenn ich Verbotenes berührte. Als ich ein Kind war, stand beim Schlachter eine hell erleuchtete Kiste. Ich wusste, sie sollte Fliegen anlocken, die auf der Stelle verglühten, wenn der elektrische Strom sie traf. Ich rückte immer so nah wie möglich heran. Ich verspürte den unbändigen Wunsch, die Hand auszustrecken.

Die Sache mit Crill hatte etwas von diesem Drang. Ich streckte meine Hand nach dem gleißenden Licht der Fliegenmaschine aus.
Ich besuchte das Zeitungsarchiv und las die Prozessberichterstattung. Ich saß allein unten im Archiv. Was ich las, machte mich nervös. Jedes Geräusch ließ mich zusammenzucken. Falls ich den Auftrag annähme, würde ich Tag und Nacht mit der Materie beschäftigt sein. Ich würde darin leben. Sie einatmen. Wie konnte ich ernsthaft in Erwägung ziehen, einen Job anzunehmen, der mir Todesangst einjagte?
Downes rief immer wieder an. Persönlich. Ganz offensichtlich war die Angelegenheit zu wichtig, um sie Angela zu überlassen. Ich sagte ihm, ich würde mich wahrscheinlich dagegen entscheiden, weil ich starke Vorbehalte hätte. Ich würde mich trotzdem weiter über den Fall informieren. Braves Mädchen, sagte er. Er schlug ein zweites Treffen vor.
»Ah«, sagte er, als ich ihm gegenüber Platz nahm. »Inzwischen hat sich einiges getan. Am Ende werden wir finanziell noch besser dastehen, als wir gehofft hatten.«
Er erklärte mir die Bedingungen. Den Vorschuss, das Honorar, die Spesen, die Tantiemen. Und falls es, wovon inzwischen auszugehen war, zu einer Verfilmung käme, hätte ich noch mehr zu erwarten.
»Eine Verfilmung?«
Ja, das habe er mit »es hat sich einiges getan« gemeint. In der letzten Woche habe eine Produktionsfirma großes Interesse bekundet.
»Warum sind die so interessiert?«, fragte ich.
»Haben Sie den Fall nicht verfolgt? Sehr ungewöhnlich, wissen Sie.«
»Da haben Sie wohl recht. Crill hat sein Unwesen jahrelang unbehelligt treiben können, nicht wahr? Aber wer will sich

einen ganzen Film darüber ansehen? Mir fällt kein anderer Grund als Voyeurismus ein.«

»Wie Sie schon sagten, blieb er jahrelang unentdeckt. Aber das ist gar nicht so ungewöhnlich. Denken Sie an Jack the Ripper. Sie müssen nicht einmal so in die Ferne schweifen. Auch Malcolm Rewa wurde erst nach vielen Jahren geschnappt. Aber nein, darum geht es gar nicht. Es geht um Crill selbst. Er ist völlig untypisch. Passt in keins der Stereotypen. Höchst erfolgreicher Börsenmakler. Ein kluges Köpfchen. Den meisten Leuten ist er ein Rätsel.«

»Kann sein, dass er kein typischer Fall ist«, sagte ich, »aber gibt es in seiner Biographie nichts, was auf irgendein Problem hindeutet?«

»Falls dem so ist, weiß ich nichts davon. Crill ist ein Karrieretyp.«

»Aber niemand würde Frauen überfallen, wenn er nicht irgendeinen Schaden hat. Wie sieht es mit psychischen Erkrankungen aus?«

»Den Berichten zufolge gibt es keine.«

»Kennen Sie Crill? Wie sind Sie an den Fall gekommen?«

»Ich habe ihn verteidigt. Unsere Kanzlei vetritt die Familie Crill.«

»Und Sie wollen mir erzählen, er sei ein völlig normaler Kerl, der zufälligerweise ein paar Frauen in ihren Wohnungen überfallen und vergewaltigt hat?«

»Genau genommen sprechen wir von versuchter Vergewaltigung. Und das meine ich so, auch wenn es Ihnen komisch vorkommen mag. Falls es irgendwelche Auffälligkeiten gegeben hätte, wären sie mir nicht entgangen.«

Ich glaubte ihm kein Wort. Ich hielt ihn für ein arrogantes Arschloch. Ich war überzeugt, dass er einfach nicht sehen wollte, was für alle anderen offensichtlich war.

»Aus welchem Grund hat er die Taten Ihrer Meinung nach begangen? Glauben Sie, er ist einfach böse?«

Er zuckte die Achseln. »Ich habe keine Ahnung. Ganz offenbar sieht er die Sache anders.«
Downes hatte mich an der Angel. Trotz meines Widerwillens war ich neugierig geworden.
Ich könnte das Ganze in zwölf, höchstens achtzehn Monaten hinter mich bringen.
Ich würde das Buch schreiben, es vergessen und ganz viel Geld für Annie und mich haben.
Und dann war da noch Travis Crill selbst. Ich fing an, auf sonderbare Art von ihm fasziniert zu sein. Ich glaubte Downes nicht. Warum sollte ein normaler, psychisch gesunder Mensch andere willkürlich quälen?
»Was würde von mir erwartet, falls ich den Auftrag annähme? Wäre mir freigestellt, das Buch so zu schreiben, wie ich möchte, oder gäbe es Auflagen?«
»Keine Auflagen. Aber wir würden Ihre Arbeit gern verfolgen, und letztendlich würden wir uns vorbehalten zu entscheiden, was in der Endversion auftaucht und was nicht.«
»Wir?«
»Meine Mandanten.«
»Würde das Buch unter meinem Namen erscheinen? Damit wäre ich nicht einverstanden. Falls ich zusage, möchte ich anonym bleiben.«
»Diese Entscheidung liegt allein bei Ihnen.«
»Ich möchte das im Vertrag festgehalten wissen. Dass mein Name aus der Sache herausgehalten wird.«
»Was immer Sie wünschen. Meine Mandanten erwarten ohnehin, dass das Projekt vorerst vertraulich behandelt wird.«
»Ich bin mir einfach nicht sicher. Ich habe noch nie etwas Ähnliches gemacht. Ich wüsste gar nicht, wo ich anfangen sollte.«
»Ich würde dafür sorgen, dass Sie alles bekommen, was Sie brauchen. Sämtliche Gerichtsakten. Alles. Ich würde in

Rolleston Interviewtermine mit Crill vereinbaren. Ich würde helfen, wo ich kann.«

»Was ist mit den Frauen?«

»Wie meinen Sie das?«

»Würde ich Kontakt zu seinen Opfern bekommen?«

»Ehrlich gesagt, glaube ich nicht, dass die mit Ihnen sprechen würden. Ganz besonders nicht, wenn sie hören, dass das Buch Crill zu Geld verhelfen wird. Die Opfer einzubeziehen, könnte negative Publicity zur Folge haben.«

»Und Travis Crill muss dem Manuskript zustimmen?«

»Schwierige Frage.«

»Falls es so ist, schreibe ich das Buch nicht.«

Er nickte.

»Wer sonst gibt es frei? Wer bezahlt das Ganze? Travis Crill selbst? Sieht so aus, als wären die Auslagen beträchtlich. Woher wollen Sie wissen, ob das Buch Käufer finden wird?«

Wieder runzelte er die Stirn. »Das sind nicht die Probleme der Autorin. Die Autorin wird für ihre Arbeit gut bezahlt, egal, was am Ende herauskommt. Falls Sie zusagen, haben meine Mandanten genug Vertrauen in Ihre Fähigkeiten, um Ihnen einen großen Spielraum zuzugestehen. Was Crills Zustimmung angeht – diese Frage muss noch geklärt werden. Vielleicht sollten wir es für den Moment dabei belassen. Ich werde Näheres in Erfahrung bringen und Sie anschließend kontaktieren. Vielleicht haben Sie sich bis dahin zu einer Entscheidung durchgerungen?«

»Ich muss Ihnen ehrlich sagen, dass ich riesige Zweifel hege. Ich glaube nicht, dass ich zusagen werde.«

Er nickte. »Denken Sie drüber nach. Es ist allein Ihre Entscheidung.«

Als ich sein Büro verließ, schmunzelte er, so als wäre ihm klar, dass ich mehr Interesse an dem Projekt hatte, als ich zugeben wollte.

*Ist Travis Crill mit diesem Aufzug gefahren? Hat Travis Crill auf demselben Stuhl gesessen wie ich?*
Ich tauschte mich zu wenig mit Annie aus. Nachts lag ich grübelnd im Bett und legte mir vernünftig klingende Erklärungen zurecht. Wenn ich mich mit Crill beschäftigen und seinen Fall aufschreiben würde, leistete ich vielleicht einen gesellschaftlichen Beitrag. Vielleicht könnte man gegen Männer wie Travis Crill mehr ausrichten, wenn man sie nur besser verstand.
Aber was, wenn die Leute das Buch aus reinem Voyeurismus kauften, aus Sensationslust? Was, wenn die Frauen, die er überfallen hatte, unter dem Medienrummel litten? Und was war mit mir? Was war mit Annie? Könnte ich das Buch schreiben, ohne mir die Finger schmutzig zu machen? Aber vielleicht könnten seine Opfer anderen mit positivem Beispiel vorangehen, wenn sie trotz der traumatischen Erfahrung ihren Lebenswillen behalten hatten? Was, wenn ich eine einmalige Gelegenheit verpasste?
Und dann das Geld. Du lieber Gott. Und diese Faszination, diese schauerliche, überwältigende Faszination. Ich war durcheinander. Ich keifte Annie für Sachen an, die ich früher einfach ignoriert hätte. *Dreh die Musik leiser, bei dem Lärm kann ich nicht nachdenken, wie wäre es, wenn du deine Klamotten wäschst, anstatt sie einfach auf den Boden zu schmeißen?*
Annie sagte, ich hätte mich in eine Meckerziege verwandelt, was sei bloß los mit mir. Wenn ich nicht bald bessere Laune bekäme, würde sie weglaufen und Drogen nehmen. Ich sagte, ich sei müde und überarbeitet.
Sie zog die Augenbrauen hoch und seufzte übertrieben. »Mum, du bist immer überarbeitet.«
»Ich habe viel zu erledigen.«
»Normalerweise sagst du es mir, wenn dir alles zu viel wird.«

»Ja, aber diesmal ist es anders.«
»Wie kann es so anders sein, dass du nicht mal drüber reden willst?«
Ich recherchierte im Internet und in der Bücherei nach Informationen über Serienvergewaltiger. Ich fand ganze Romane über Serienmörder, aber die Vergewaltiger bekamen weniger Aufmerksamkeit. Vielleicht könnte meine Recherche dazu beitragen, ein öffentliches Bewusstsein zu schaffen und den Opfern von sexuellem Missbrauch in irgendeiner diffusen Form zu helfen.
Mit solch edelmütigen Vorstellungen rechtfertigte ich meine Überlegungen, es doch zu tun.
Aber eins wusste ich, deutlich spürte ich die Warnung, die aus der Tiefe meines Körpers kam. Ich sollte die Finger davonlassen.

## 8.
## Annie

Die meisten Veränderungen sind ganz offensichtlich. Wie wenn man zum Beispiel umzieht oder auf eine neue Schule geht oder neue Freundschaften schließt. Das sind die sonnenklaren Veränderungen, die kann man sehen. Es ist das Unsichtbare, das Gefühl, dass etwas an der Oberfläche gleich aussieht und sich trotzdem verändert, das einem Angst macht.
Als Dad starb, war ich noch klein. Ich kann mich trotzdem an ihn erinnern. Nicht unbedingt an sein Aussehen, eher an ein Gefühl. Seine Hände unter meinen Achseln, wenn er mich hochhob. Es war ein bisschen gruselig, da oben zu hängen und auf alles runterzuschauen, aber er hielt mich

mit seinen großen Händen fest, seine Schultern waren stark und breit.

Dann starb Dad, er war plötzlich verschwunden, und alles veränderte sich. Ich kann mich kaum an die Wohnung erinnern, die wir verließen, oder an den Umzug. Ich erinnere mich an ein ständiges Kommen und Gehen. Oma, Opa, Tante Sally. Ich erinnere mich, dass alle um mich herum geweint haben.

Aber die größte Veränderung konnte ich weder sehen noch berühren, und sie betraf die Luft in unserem neuen Haus. Früher hatte sich die Luft leicht und frisch angefühlt. Die Luft im neuen Haus war anfangs traurig und dünn, so als reiche sie nicht aus, egal, wie angestrengt man sie einatmete. Es machte mir Angst.

Mum war zwar da, aber gleichzeitig war sie nicht da. Es kam mir vor, als hätte ich zwei identisch aussehende Mütter. In das neue Haus war versehentlich die falsche mitgekommen, um sich um mich zu kümmern. Die falsche Mutter badete mich und ging mit mir spazieren und las mir vor, aber an ihren Augen und ihrer Stimme und ihrem Gesicht stimmte etwas nicht. Aus jener Zeit ist mir am deutlichsten in Erinnerung geblieben, dass ich Angst hatte und meine echte Mutter vermisste. Ich fragte mich, ob sie jemals wiederkäme.

Am Ende kam sie zurück. Die Luft fühlte sich an wie früher, und wenn ich in die Küche kam, stand meine richtige Mum da und machte den Toast und das Radio lief. Meine richtige Mum sagte *Guten Morgen, Schätzchen,* sie umarmte mich, hob mich hoch und drückte mich an sich. Ich wusste nicht, wie meine echte Mum den Weg zurückgefunden hatte, aber es war passiert, und sie war wieder da. So kam es mir damals vor.

Als ich etwa elf Jahre alt war, erzählte ich Mum davon. Sie wirkte bestürzt, aber ich sagte: Keine Sorge, ich weiß jetzt, wie du dich damals gefühlt haben musst, ich war zu klein, um das zu verstehen. Mum und ich haben viel über Dads Tod und die Zeit danach geredet, deswegen kann ich mir gut vorstellen, was sie damals durchgemacht hat. Ich war selbst noch nie wirklich verliebt, aber es muss furchtbar sein, wenn der Geliebte stirbt. Nachdem wir uns über die falsche und die richtige Mum unterhalten hatten, ärgerte ich sie manchmal damit. Wenn sie schlechte Laune hatte, sagte ich, oh, jetzt kommt die falsche Mutter zurück.

Aber kurz bevor die Schule wieder losging, am Ende der Sommerferien, herrschte bei uns zu Hause eine seltsame Stimmung. So als wäre die Luft dünner und die falsche Mutter wieder da. Mum war reizbar und angespannt. Ich fragte sie, was los sei, aber sie meinte nur, sie habe viel zu tun und alles käme in Ordnung, sobald sie damit fertig sei. Sie sagte, sie würde gern verreisen; vielleicht könnten wir zusammen eine kleine Weile im Ausland verbringen, bevor mein Studium anfing, wie würde mir das gefallen? Ich war ziemlich überrascht. Eigentlich hatten Mum und ich nie besonders viel Geld, aber ich sagte *cool.*

Ich glaubte ihr, als sie sagte, sie sei überarbeitet. Ständig hing sie am Telefon oder vor dem Computer, auch abends. Ich dachte, sie würde die Arbeit erledigen und dann wieder die Alte sein.

Aber eines Abends waren ihre Freundinnen zu Besuch, Linda und Marie. Sie saßen bei Wein und Knabbereien im Wohnzimmer. Ich kam vom Tennis und ging in die Küche, um mir etwas zu essen zu machen. Wenn Linda und Marie vorbeikommen, trinken sie Wein und kichern pausenlos. Linda lernt ständig irgendwelche neuen Männer kennen, über die sie reden müssen, und dann geraten sie richtig in Fahrt.

Aber diesmal unterhielten sie sich ganz leise, und niemand lachte. Ich schnitt mir eine Scheibe Brot ab, schmierte Re-

moulade darauf, belegte sie mit Käse und schob sie in den Ofen. Während ich wartete, stellte ich mich an die Tür, um zu lauschen.
»Claire, ich finde, du solltest ablehnen«, sagte Linda. »Diese ganzen Horrorgeschichten zu lesen, mit diesem Mann zu reden ... Wenn du die Wahrheit wissen willst, mir wird allein von der Vorstellung schlecht.«
»Das weiß ich auch«, hörte ich Mum sagen.
»Warum willst du es dann machen? Du hättest tagein, tagaus damit zu tun.«
»Nicht unbedingt«, sagte Mum. »Als Schriftstellerin muss ich in der Lage sein, objektiv zu bleiben und auch mal abzuschalten. Andernfalls würde ich all meine Themen ständig mit mir herumschleppen. Wenn es so wäre, käme ich gar nicht zum Schreiben.«
»Aber in diesem Fall wird es dir vielleicht schwerfallen abzuschalten. Marie, was meinst du?«
»Ich würde mir zweimal überlegen, ob ich mir so etwas aufbürden will«, sagte Marie.
»Na ja, dann sag Claire, dass sie es lassen soll!«
»Ich würde es lassen.«
Ich fragte mich, worüber sie sich unterhielten. Marie ist ebenfalls Schriftstellerin, und als sie sagte, sie würde sich das, worüber sie gerade sprachen, nicht aufbürden, fing ich an, mir Sorgen zu machen. Eigentlich ist Marie ziemlich hart im Nehmen. Meiner Ansicht nach viel härter als meine Mum.
»Okay, Marie«, sagte Mum, »dann verrate mir, warum du es dir zweimal überlegen würdest.«
»Zunächst einmal ist da der von Linda genannte Einwand. Mit diesem Job zu leben, könnte sich schwierig gestalten. Andererseits kannst du, wie du selbst sagst, möglicherweise eine Strategie entwickeln, um damit umzugehen. Aber die professionelle Integrität steht auf einem ganz anderen Blatt,

für mich jedenfalls. Ich würde mir sehr genau überlegen, welchen Einfluss so ein Buch auf meinen Ruf hätte.«

Mum unterbrach sie. »Das ist in diesem Fall kein Problem. Ich habe ausgeschlossen, dass mein Name veröffentlicht wird. Was noch?«

»Es geht um den zweiten Punkt. Vielleicht sind meine Bedenken überflüssig, wenn das Projekt geheim ist. Aber wenn ich beteiligt wäre, würde ich mich fragen, wie ich am Ende persönlich dastehe. Vielleicht spricht es sich doch rum. Was, wenn dein Name allen Vereinbarungen zum Trotz am Ende doch mit dem Buch in Verbindung gebracht wird? Werden die Opfer, ihre Familien und Freunde und halb Neuseeland dich verachten, weil du den ganzen Dreck wieder ans Licht gezerrt hast? Ganz zu schweigen davon, wenn die Leute erfahren, dass du Crill die nötigen Geldmittel verschafft hast, um nach seiner Entlassung ein unbeschwertes Leben zu führen. Ich frage mich einfach, ob es das wert ist, Claire. Klar, das Honorar ist unglaublich hoch, aber wie wirst du dastehen, wenn alles vorbei ist?«

»Aber das Buch wäre doch ein objektiver Bericht der Ereignisse«, sagte Mum. »Wenn Crills Taten in einem Buch enthüllt werden, ist den Opfern vielleicht sogar geholfen.«

»Vielleicht«, sagte Marie, »aber was würde das Buch darüber hinaus enthalten? Würde es Crill entschuldigen? Verständnis für ihn und seine Taten wecken? Am Ende lässt du ihn möglicherweise wie ein Opfer aussehen. Wie soll den Frauen damit geholfen sein?«

»Vielleicht ist er tatsächlich ein Opfer«, sagte Mum. »Anscheinend weiß niemand mehr von Crill als das, was auf den ersten Blick zu sehen ist.«

»Claire, wenn es hier irgendwelche Opfer gibt, dann sind es diese Frauen«, sagte Linda in scharfem Ton.

Ich hatte meinen Käsetoast vergessen. Er fing zu qualmen

an. Ich zog das Blech aus dem Ofen. Ich hörte Mum sagen: »Was ist das für ein Geruch?« Sie öffnete die Küchentür.

»Annie«, sagte sie, »ich habe dich gar nicht gehört. Seit wann bist du hier?«

»Mum, ich habe gehört, worüber ihr geredet habt«, sagte ich. »Ich will nicht, dass du das machst. Ich habe in der Zeitung davon gelesen. Ich will nicht, dass du irgendwas damit zu tun hast. Ich kann nicht fassen, dass du es mir verschwiegen hast.«

»Schätzchen, ich habe noch nichts unterschrieben«, sagte Mum. »Natürlich wollte ich mit dir darüber reden, aber im Moment bin ich noch am Abwägen. Es ist ein sehr gutes Angebot, in finanzieller Hinsicht, meine ich, und ich muss es wenigstens in Betracht ziehen. Aber du brauchst dir keine Sorgen zu machen. Was immer ich entscheide, es wird auf dich keine Auswirkungen haben, das verspreche ich.«

»Mum, wie kannst du so was sagen? Es könnte gefährlich für dich werden.«

»Ganz sicher nicht. Das meiste wäre Recherchearbeit. Wie dem auch sei, wir werden uns später unterhalten. Komm rüber und sag Linda und Marie guten Tag.«

Ich folgte ihr ins Wohnzimmer.

Marie hob den Kopf. »Hallo, Prinzessin.«

»Die Kleine ist da! Wie läuft es mit Sex, Drogen und Rock'n' Roll?«

Das sagt Linda immer. Eigentlich hasse ich es, wenn Erwachsene Jüngeren gegenüber auf cool machen, aber bei ihr stört es mich nicht. Linda hat eine kehlige Stimme, sie trägt völlig verrückte Klamotten und bringt mich zum Lachen. Außerdem macht sie sowieso nur Spaß; sie neckt mich, weil sie weiß, dass ich eigentlich ganz brav bin. Keine Drogen, keine Jungs, keine Probleme in der Schule.

Sie wechselten das Thema und stellten die normalen Langweilerfragen, die alle Erwachsenen stellen; was man so macht, was man studieren will, wie der Klavierunterricht läuft. Ich beantwortete alle Fragen und verzog mich samt Käsetoast in mein Zimmer.

Ich dachte, Mum würde mit mir reden, jetzt da ich wusste, was sie belastete. Aber sie wirkte immer noch bedrückt. Am Ende sprach ich sie noch einmal darauf an.

Sie erzählte mir, wie man auf sie gekommen war. Wie das erste Gespräch gelaufen war. Warum sie den Auftrag nicht annehmen wollte. Warum sie ihn annehmen wollte.

Ihrer Aussage zufolge ging es in erster Linie ums Geld.

»Mum, wir schaffen es auch so. Wir brauchen nicht zu verreisen.«

»Ich weiß, dass wir es irgendwie schaffen, aber es bleibt nie etwas übrig. So hätten wir endlich die Aussicht auf ein bisschen Stabilität, eine Reserve auf dem Konto.«

»Aber wir brauchen nicht so viel Geld.«

»Übernächstes Jahr gehst du auf die Uni, Annie. Das wird teuer.«

»Ich beantrage einen Studienkredit. Alle machen das so.«

»Du sollst nicht darauf angewiesen sein.«

»Aber wenn du den Job annimmst, musst du dich mit diesem Mann treffen. Das wäre gruselig.«

»Ich schaffe das schon.«

»Vielleicht ist es gefährlich, Mum.«

»Er sitzt im Gefängnis. Es wäre immer ein Wachmann dabei.«

»Aber was ist, wenn er entlassen wird?«

Mum sagte, er würde unseren Wohnort nie erfahren. Sie sagte, er werde erst in ein paar Jahren entlassen und sei bis dahin geheilt. Außerdem würde er unter Beobachtung stehen, er würde wissen, dass man ihn sofort verdächtigen würde, falls irgendetwas passierte. Sicher würde er keinen Ärger mehr wollen.

»Willst du es denn machen?«, fragte ich.

»Ich weiß es nicht. Ehrlich, ich weiß es nicht, Annie.«
»Aber du wirst es mir sagen, oder? Du wirst mir sagen, wenn du den Job annimmst. Und du wirst mich immer auf dem Laufenden halten, oder, Mum?«
Sie sagte ja, das würde sie, aber ich konnte ihr vom Gesicht ablesen, dass sie es nicht ganz ehrlich meinte. Es war, als hätte sie sich die Antworten auf meine Fragen zurechtgelegt. Sie überzeugten mich nicht, und ganz offensichtlich überzeugten sie nicht einmal Mum. Sie wollte mich schützen, sie wollte mir wider besseren Wissens vormachen, alles sei in Ordnung. Ich hätte wetten können, dass sie sich sogar mit Crill treffen würde, ohne mir davon zu erzählen.
Damals beschloss ich, ihre Arbeit zu verfolgen, indem ich ihren Computer ausspionierte. Dann würde ich wenigstens wissen, was los war, ob Mum in Sicherheit war.
Ein paar Tage später ging die Schule wieder los. Ich hatte ein neues Mädchen in meiner Klasse. Sie kam aus den USA und hieß Savannah. So fing das neue Schuljahr an, mit Gedanken an Mum und Travis Crill – und mit Savannah.

## 9.
## Claire

Die Woche vor dem Schulanfang verbrachten wir im Strandhaus. Die Tage waren durchgängig heiß, wir dösten in der Sonne, badeten im Meer und aßen zu viel. Blieben morgens lange im Bett liegen und lasen.
Ich musste mich entscheiden. Ich ging am Strand spazieren und dachte nach. Die Vernunft riet mir, die Gelegenheit zu ergreifen. Selbst wenn die Erfahrung nicht gerade angenehm werden würde, könnte sie mir, rational betrachtet,

kaum schaden. Immerhin würde ich mich keiner körperlichen Gefahr aussetzen. Das Leben, das ich für Annie und mich aufgebaut hatte, wäre zu keiner Zeit bedroht. Niemand könnte daran rütteln. Ich würde recherchieren und das Buch schreiben, fertig. Annie und ich würden verreisen. Wir hätten genug Geld für ihr Studium und endlich ein kleines Polster für Notfälle. Ich stand am Ufer. Vor mir erstreckte sich das tiefblaue Meer, das nahtlos in den Himmel überging. Alles war mit einem Hauch von Gold überzogen – der Sand, das Treibholz am Ende des Strandes. Alles glitzerte und glänzte. Nichts könnte uns passieren.

Ich rief Alistair Downes an und sagte ihm, dass ich den Auftrag übernehmen würde. Es fühlte sich okay an. Ich besuchte ihn in seinem Büro, wir gingen den Vertrag durch, er machte die nötigen Änderungen, ich unterschrieb. Als ich die Kanzlei verließ, war die erste Teilzahlung bereits auf mein Konto überwiesen worden. Der Gedanke, dieses Buch zu schreiben, war zu einer Herausforderung geworden, und ich war fast ein bisschen aufgeregt. Solange ich objektiv blieb und das Ganze als einen Job wie jeden anderen betrachtete, könnte mir nichts passieren.

In den folgenden Tagen entwarf ich die Grundstruktur des Textes. Ich beschloss, das Buch in drei Abschnitte zu unterteilen. Der erste Teil würde Crills Lebensgeschichte gewidmet sein, seiner Familie, seiner Herkunft. Der zweite würde Crills Taten schildern und mit Crills Verhaftung und dem Prozess enden. Wahrscheinlich würde ich es in diesem Abschnitt mit dem Schicksal der Opfer zu tun bekommen. Für den dritten Teil plante ich, Crills Zeit im Gefängnis zu beleuchten und die Resozialisierungsprogramme, an denen er möglicherweise teilnahm, außerdem würde ich ihn zu seiner Zukunft befragen.

Es gab so viel zu recherchieren. Zum Beispiel kannte ich mich nicht mit Serienvergewaltigern aus. Gab es einen bestimmten Tätertyp? Hatte Downes recht, als er behauptete, Crill passe in keine Schublade? Wie war Crill gefasst worden? Wie sah sein Umfeld aus? Ich schrieb eine Liste mit Fragen und notierte dazu, wo ich möglicherweise Antworten bekäme.

Dieser Teil war einfach. Der nächste Schritt, die eigentliche Recherche- und Schreibarbeit, fiel mir schwerer. Ich setzte alle Verzögerungstaktiken ein, über die eine Schriftstellerin verfügt. Ich fertigte weitere Listen an. Ich surfte stundenlang im Internet, um noch mehr Informationen zu sammeln. Ich erstellte Arbeitspläne: *Wenn ich drei Wochen lang täglich zehn Stunden recherchiere, wenn ich die Interviews innerhalb von sechs Wochen hinter mich bringe, wenn ich für die Rohfassung zwei- oder dreitausend Wörter am Tag schreibe und das Ganze in zwei Monaten überarbeite, benötige ich insgesamt vielleicht weniger als zwölf Monate.*

Ich konnte mich nicht überwinden. Schon beim Aufwachen erfüllte mich grauenhafte Angst. Während die Tage verstrichen, quälten mich Befürchtungen, die ich nicht abschütteln konnte.

Jedes einzelne meiner Vorhaben schien unmöglich zu bewältigen. Unmöglich anzufangen, unmöglich zu Ende zu bringen. Es war, als lähmte mich eine dunkle Vorahnung, die sich in meinem Magen festgesetzt hatte.

Ich fragte mich, ob ich möglicherweise depressiv sei. Schließlich ging ich zum Arzt. Mein Hausarzt war nicht da, deswegen schilderte ich meine Symptome – die Unsicherheit, die Nervosität, das Gefühl, nicht zu funktionieren – einer jungen Assistenzärztin. Frisch von der Uni, dachte ich. Sie machte sich Notizen, suchte und hielt den Blickkontakt. Sie nickte und machte beruhigend »hm-hm«. Fast musste ich lachen. Über sie. Über mich. Ich fragte mich, ob es zu ihrer Ausbildung gehört hatte: *Wie man einem Patienten Verständnis signalisiert und sein Vertrauen gewinnt.*

»Gibt es im Moment irgendetwas in Ihrem Leben, das Sie besonders belastet?«

Ich erzählte ihr von dem Buch. Ich sagte: Travis Crill. Ich sah, wie ihr Gesicht sich veränderte. Damals passierte es zum ersten Mal. Jenem ablehnenden Zucken, jener flüchtigen Abscheu sollte ich in den folgenden Monaten noch oft begegnen. Ein Gesichtsausdruck, der von stillem Tadel bis hin zu offener Empörung reichte, sobald meinem Gegenüber klar wurde, wer ich war.

»Können Sie schlafen?«, fragte sie.

»Nein«, sagte ich. »Nicht besonders gut.«

Sie hielt den Blick starr auf den Computermonitor gerichtet. »Schlafstörungen haben oft Angstgefühle zur Folge«, sagte sie. »Ich werde Ihnen etwas verschreiben, damit Sie besser schlafen können. Falls es Ihnen damit nicht besser geht, könnten wir Antidepressiva in Betracht ziehen. Wäre das alles?«

Ich wurde entlassen. Von der Patientin, die ein bisschen Aufmunterung brauchte, war ich zu jemandem geworden, den sie nicht leiden konnte. Ich nahm das Rezept. Obwohl ich mich stets damit gebrüstet hatte, den Widrigkeiten des Lebens ohne chemische Unterstützung getrotzt zu haben, löste ich es in der nächsten Apotheke ein. Zur Not würde ich eben Pillen schlucken.

Am darauffolgenden Wochenende fuhr ich zum Strandhaus. Allein. Annie war im Schulcamp. Es handelte sich um einen Führungskräfte-Workshop für die zwölften Klassen, die Teilnahme war Pflicht. »Wir sind die zukünftige Weltelite«, hatte sie mit ihrem sarkastischen Annie-Blick gesagt. Sie hatte auch gefragt, ob sie nach dem Camp mit zu ihrer neuen Freundin Savannah gehen dürfe, um mit den anderen Mädchen DVDs anzuschauen. Ich hatte nie von Savannah gehört. Ich fragte, wer das sei. Annie sagte, Savannah käme aus den Vereinigten Staaten. Sie sei mit ihren Eltern für ein Jahr nach Neuseeland gezogen.

»Ach, wirklich? Was machen ihre Eltern beruflich?«

»Die arbeiten an der Uni. Sie forschen. Hat irgendwas mit Musik zu tun.«

»Dann sind sie auf Forschungsurlaub?«

»Ja. Ist auch egal. Savannah ist cool.«

Ich verkniff mir jeden Kommentar zu diesem Vornamen. Ich stellte mir massenweise blondes Haar und jene strahlend weißen Zähne vor, wie sie nur Amerikanerinnen haben. Ich sagte Annie, sie könne ruhig hingehen, dürfe aber nicht zu spät nach Hause kommen. Am nächsten Tag musste sie zur Schule, und nach der langen Nacht im Camp wäre sie ohnehin müde.

Ich fuhr zum Strandhaus. Dort würde ich zur Ruhe kommen, wieder zu mir selbst finden. Normalerweise genieße ich die Fahrt, das sanfte Ansteigen der Hügel und wie der Busch sich zum Meer hin öffnet, den Anblick des riesigen, weiten Ozeans hinter der letzten Bergkuppe. Der Tag war heiß. Das Meer hätte einladend glitzern müssen, als ich oberhalb der Ortschaft um die Kurve bog. Ich hätte das vertraute Wiedererwachen meiner Lebensgeister spüren sollen, als ich die Segelboote draußen auf dem Wasser tanzen sah. Und doch war da nur dieses nagende, schlechte Gefühl.

Ich öffnete die Haustür und riss die Fenster auf. Die Hitze im Haus war unerträglich. Wir hatten wochenlang fast dreißig Grad im Schatten gehabt, so dass die Wärme sich angestaut hatte. Ich machte mir ein Sandwich, goss mir ein Glas Wein ein und setzte mich auf die Veranda. Ich hatte mir Arbeit mitgenommen. Downes hatte mir die Gerichtsakten beschafft. Ich hatte ein Buch und verschiedene Artikel zum Thema Serienvergewaltiger gefunden. Ich hatte einen

Notizblock dabei und eine meiner Fragenlisten. Ich breitete alles auf dem Tisch vor mir aus. Ich würde mit dem Verhandlungsprotokoll anfangen.
Ich begann zu lesen. Nach zehn Minuten gab ich auf. Verhandlungsprotokolle sind langweilig. Gleichzeitig spürte ich die Trauer und das Entsetzen zwischen den Zeilen der monotonen Kreuzverhöre. Ich nahm das Buch zur Hand. Berühmte britische Vergewaltigungsfälle. Ich legte das Buch beiseite und trank einen Schluck Wein.
Ich wollte nicht mehr. Zumindest nicht hier. Ich wollte diesen Ort, den ich so liebte, nicht mit dem Zeug besudeln. Aber ich musste weitermachen, musste es endlich angehen. Ich trank meinen Wein aus, ging in die Küche, schenkte mir ein zweites Glas ein und setzte mich wieder und starrte in den Garten.
*Reiß dich zusammen, Claire, du hast lange genug rumgetrödelt, konzentrier dich, Claire, so schwierig kann es nicht sein, du schaffst das schon.*
Ich nahm mir Folgendes vor: Ich würde mir dieses Wochenende, diesen letzten Urlaub gönnen und mich zu Hause auf die Arbeit stürzen. Dann würde ich nichts mehr aufschieben, keine Listen mehr schreiben, nicht mehr faulenzen.
Ich sammelte alle Bücher und Dokumente zusammen und ging zum Auto, wo ich sie auf den Rücksitz warf. Ich setzte mich wieder auf die Veranda und klappte den Roman auf, den ich mitgebracht hatte. Ich streckte mich auf dem alten Sofa aus, spürte die Sonne auf meiner Haut, lauschte dem Geräusch der Wellen, dem schrillen Zirpen der Grillen, dem trägen Platzen der Lupinenschoten. Am späten Nachmittag lief ich zum Strand hinunter, ich warf mich ins Wasser und verlor mich im Tosen und Schaukeln der Wellen.
An dem Abend trank ich zu viel Wein. Ich hatte es mit den Schlaftabletten versucht, aber sie machten mich schlapp,

und mein Mund trocknete aus. Wein ist ein besseres Beruhigungsmittel, dachte ich beim vierten Glas. Ich fiel ins Bett.

Dort, wo das Strandhaus steht, ist der Busch absolut finster. Es gibt keine Straßenlaternen, nichts erhellt die Nacht. Normalerweise empfinde ich diese Art von Dunkelheit als vertraut, gemütlich und freundlich. Als ich jedoch in jener Nacht im Dunkeln aufwachte, kamen mir die Schatten bedrohlich vor. Plötzlich war ich hellwach, all meine Sinne waren geschärft. Mit klopfendem Herzen starrte und lauschte ich angestrengt in die Dunkelheit. Ich versuchte ruhig zu atmen.

Ein Traum hatte mich geweckt. Ein böser Traum, aber nur ein Traum. Ich streckte eine Hand nach dem Lichtschalter aus. Ich hörte ein Geräusch. Versuchte es einzuordnen. Es war nah, aber nicht im Haus. Vermutlich ein Tier. Ein Hund oder ein Possum. Trotzdem war ich wie erstarrt und wagte nicht, das Licht einzuschalten. Ich lag reglos im Bett und lauschte, aber hörte nichts mehr. Irgendwann schlief ich wieder ein.

Ich schlief bis zum späten Vormittag, dann ging ich am Strand spazieren. Alles war genau so, wie es sein musste, die Sonne glitzerte auf dem Wasser und der Sand schimmerte feucht. Dass ich nachts aufgewacht war. Dass ich mich im Dunkeln so gefürchtet hatte. Ich schämte mich vor mir selbst. Meine Fantasie war mit mir durchgegangen. Es war an der Zeit, mich zusammenzureißen. Mich an diesem Wochenende zu entspannen, den Roman zu lesen, die Sonne zu genießen und mich auf die Aufgabe vorzubereiten. Je schneller ich mich an die Arbeit machte, desto schneller wäre ich frei. Ich füllte frisches Wasser in den Vogelbrunnen, setzte mich auf die Wiese und beobachtete die Spatzen, die ihren Schnabel und dann den weichen Federkörper ins Wasser tauchten.

Erst später am Nachmittag bemerkte ich, dass sich jemand an meinem Auto zu schaffen gemacht hatte. Die Gegend ist sicher, deswegen schließe ich das Auto oft nicht ab, wenn ich im Strandhaus bin. Aber nachdem ich die Bücher und die Unterlagen auf den Rücksitz geworfen hatte, war ich noch einmal ins Haus gegangen, um die Autoschlüssel zu holen. Ich hatte den Wagen abgeschlossen und mich vergewissert, dass die Seitenfenster geschlossen waren. Als ich bei meiner Abfahrt die Tasche in den Kofferraum stellen wollte, bemerkte ich, dass die Klappe nicht ganz zu war. Die Artikel, das Buch und die Gerichtsakten waren noch da, aber die Mappe mit meinen Notizen war verschwunden.

Zuerst konnte ich es nicht glauben. Ich durchsuchte das Haus in der Hoffnung, ich hätte die Mappe aus Versehen wieder mit hereingebracht und das Ganze in meinem leicht benebelten Zustand vergessen. Aber sie war weg. Vielleicht irgendwelche Teenager, die mir einen Streich spielen wollten. Trotzdem blickte ich mir über die Schulter, als ich das Haus absperrte und den Schlüssel wie immer an den Haken unter der Veranda hängte. Auf dem Nachhauseweg fuhr ich ein bisschen schneller als sonst und behielt die Autos hinter mir misstrauisch im Blick.

# 10.
# 2002

Du bist an mir vorbeigegangen. Du hast mich kurz angeschaut. Ich mag es, wie du schaust, ich mag deine scheuen, flüchtigen Blicke.
Sittsamkeit steht jeder Frau.
Aber als ich dich sah, musste ich mich schwer zusammenreißen, um nicht laut loszulachen.
Du erstaunliches Wesen, du schlaues Mädchen.
Sie brachten mich hinein, und hinter uns fielen die Türen zu. Sie nahmen mir Blut ab, sie nahmen meine Fingerabdrücke, sie ließen mich auf diesen aufgemalten Fußabdrücken stehen und fotografierten mich, sie nahmen mir meinen Gürtel und meine Schuhe weg. Mit donnerndem Hall krachte die Tür meiner engen, stinkenden Zelle ins Schloss.
Ich konnte nur noch an dich denken. Dass ich dich enttäuschte. Im Stich ließ.
Aber du warst zu schlau für sie. Zunächst hast du mir die Führung überlassen, das Finden und Beobachten. Aber als du begriffen hast, wie lange wir warten müssten, hast du gehandelt. Du bist zu mir gekommen.
Ich wollte auf die Knie fallen, meine Arme um dich schlingen, mein Gesicht in deinem süßen, süßen Schoß vergraben und vor Liebe und Dankbarkeit stammeln.
Verzage nicht, mein Liebling, wir werden einen Weg finden.
Ja. Du bist es, du bist es. Jeder Zweifel, den ich noch gehegt hatte, jede Unsicherheit verschwand in jenem wundersamen Moment, als du auf diese scheue, listige Art zu mir aufgeblickt hast.
Ich wusste, es war Schicksal.

## 11.
# Annie

Savannah war klein, dünn und dunkelhaarig. Sie trug enge Jeans, über deren Bund ihre Hüftknochen, zwischen denen sich ihr Bauch nach innen wölbte, wie Sicheln hervorstanden. Es fühlte sich seltsam an, in ihrer Nähe zu sein, so als brächte ihre Energie alles ringsum zum Funken und Knistern. Sie hatte eines von diesen Gesichtern, bei denen man nicht entscheiden kann, ob es wunderschön oder hässlich ist.

Sie hatte schwarze Augen. Und ich spreche von Schwarz, nicht Dunkelbraun. Schwarze Augen und einen Mund, den sie in jede gewünschte Form verziehen konnte.

Sie war komisch, zum Totlachen komisch. Damals verstand ich nicht, dass ihr Humor auch etwas Grausames hatte. Wie sie die Lehrer behandelte, machte mich sprachlos. Sie war so absolut höflich, sie war das mit Abstand zuvorkommendste Mädchen, das ich je kennengelernt hatte, und sie redete genau so, wie es sich die Lehrer gewünscht hätten, hätte man sie nach ihrer Meinung gefragt. Savannah trieb es bis zur Perfektion. Wie sie zum Beispiel *bitte, danke, Madam* oder *Sir* sagte, wie sie ehrerbietig den Kopf senkte und den Lehrern genau die Fragen stellte, die sie hören wollten. Und wenn die Lehrer mit dem Erklären fertig waren, hatte Savannah noch mehr Fragen auf Lager. Mir fällt nur ein Wort ein, um zu beschreiben, wie Savannah zuhörte: andächtig. Ich fragte Mum, wie man das nennt, wenn man aussieht, als könne man ewig zuhören. *Andächtig* vielleicht, sagte Mum.

So verhielt sich Savannah den Lehrern gegenüber. Aber sobald sie ihr den Rücken zukehrten, ahmte sie sie Wort für Wort nach, imitierte Stimme und Gestik.

»Das Bild, was *vermittelt* das Bild euch? Robert, falls du etwas zu sagen hast, kannst du es laut vor der ganzen Klasse sagen, nicht?« Mr. Petrie zieht die Lippen ein und zeigt auf ein Dia.

Sie war so gut darin. Ich sagte ihr, sie solle Schauspielerin werden.

Im Wochenendlager lachte ich so viel, dass mir der Bauch weh tat. Manchmal meldete sich mein schlechtes Gewissen, weil die Lehrer ehrlich gesagt gar nicht so schlimm waren. Aber Savannah war so komisch, dass ich mich nicht halten konnte.

Von allen Mädchen in der Klasse hatte sich Savannah ausgerechnet mich als beste Freundin ausgesucht. Als sie am ersten Tag in die Klasse kam und vorgestellt wurde, ließ sie ihren Blick abschätzend durch den Raum schweifen, um dann bei mir hängenzubleiben. Sie grinste mich an und wählte dann den Platz neben mir. Beim Mittagessen setzte sie sich zu mir, Kate, Charlotte und Sarah, und auch die Pausen verbrachte sie mit uns. Mit den anderen Mädchen bin ich seit der Grundschule befreundet. Wir alle mochten sie, wir waren stolz, dass sie uns gewählt hatte. Wir fühlten uns zu ihr hingezogen, wie man das immer fühlt bei jemandem, der ein bisschen exotisch ist und aus einem fremden Land kommt. Ich mochte ihre weiche, gedehnte Art zu sprechen, ihre Angewohnheit, die Worte in die Länge zu ziehen.

Am ersten Wochenende nach Savannahs Ankunft fuhren alle Zwölftklässler ins Schulcamp. Zu Beginn jedes Schuljahres verbringen wir ein Wochenende mit den neuen Lehrern, aber in diesem Jahr war es ein bisschen anders, weil wir, wie die Lehrer sagten, nun Oberstufenschüler seien und im Laufe der nächsten zwei Jahre lernen müssten, Verantwortung zu übernehmen. Deswegen lag der Schwerpunkt diesmal auf der Ausbildung unserer Führungsqualitäten. Das Ganze sollte im schuleigenen Ferienlager stattfinden, einer ziemlich coolen Anlage am Fluss, nicht weit von der Stadt entfernt. Da stehen ein paar Blockhütten und ein Haupthaus samt Küche und Aufenthaltsraum mit großem Kamin, vor dem wir abends sitzen. Als wir ankamen, tat Savannah, worauf ich gehofft hatte. Sie warf ihre Sachen auf das Etagenbett über meinem.

Für den ersten Tag stand Sport auf dem Programm – wir gingen wandern, schwimmen und spielten Volleyball. Savannah hielt sich ziemlich zurück, aber sie gab sich Mühe und konnte mithalten. Sie hatte noch nie Volleyball gespielt, machte aber trotzdem ein paar gute Würfe. Dann gingen wir in die Küche, um wie immer gemeinsam zu kochen. Jeder musste irgendeine Aufgabe übernehmen. Ab diesem Moment lief Savannah zu Hochform auf. Jeder von uns hatte, wie vereinbart, Lebensmittel mitgebracht. Einige fingen an, in der Küche herumzukramen und irgendwas zu kochen. Savannah übernahm das Kommando. Sie schnipste mit den Fingern und stieg auf einen Stuhl.

»Hey, Leute«, rief sie, »so geht das nicht. Was uns hier fehlt, ist ein Plan.«

Am einfachsten sei es, sagte Savannah, wenn wir alles zusammenlegten, uns einen Überblick verschafften und dann das Beste daraus machten.

Sie sah so süß aus, wie sie da oben auf dem Stuhl stand. Ich war stolz darauf, ihre Freundin zu sein. Sie hatte alles im Griff. Es sei ganz einfach, sagte sie, sie habe kochen gelernt, als sie in New York im Café gejobbt habe.

In New York? Die anderen waren sichtlich beeindruckt. Savannah schlug vor, dass wir Pizza backen sollten. Manche sollten die Kartoffeln zu Salaten und Pommes verarbeiten. Savannah hatte Zutaten für den Pizzateig mitgebracht, den sie im Handumdrehen angerührt hatte. Sie ließ uns die Öfen anheizen, dachte sich Beläge aus und passte auf, dass wir die

Zutaten in dünne Scheiben schnitten. Außerdem kochte sie eine tolle Tomatensauce. Nie hatten wir im Ferienlager besser gegessen, denn normalerweise gab es verkohlte Würstchen und klumpigen Kartoffelbrei, wirklich mieses Zeug. Die Lehrer waren begeistert und bedankten sich bei Savannah. Man konnte richtig sehen, wie erleichtert sie waren, nicht den üblichen Fraß vorgesetzt zu bekommen. Savannah gab sich schüchtern, so als sei es nicht ihr Verdienst. Dafür mochte ich sie umso mehr.

Nach dem Essen stand Brainstorming mit Ms. Farrow auf dem Programm. Wir sollten die Eigenschaften, die Führungspersönlichkeiten unserer Meinung nach besitzen mussten, aufzählen. Ms. Farrow schrieb an der Tafel mit. Wir würden, sagte Ms. Farrow, das Ergebnis in der Gruppe diskutieren und anschließend überlegen, wie man diese Ideale ins eigene Leben integrieren könnte. Jedenfalls fingen wir an, ihr Eigenschaften zuzurufen.

»Großzügigkeit«, riefen wir und wedelten mit den Händen. »Selbstachtung. Loyalität. Zuverlässigkeit.«

Savannah hob die Hand. »Ms. Farrow? Madam? Skrupellosigkeit!«

Ms. Farrow hielt inne. »Skrupellosigkeit?«, fragte sie. Sie schrieb das Wort nicht auf.

»Ist denn Skrupellosigkeit eine positive Eigenschaft von Führungskräften?«

»Verzeihung, Ms. Farrow, aber Sie haben von *Merkmalen* gesprochen. Ich habe den Eindruck, dass die meisten Führer auf dieser Welt unter anderem auch skrupellos sind. Das mag kein positiver Aspekt sein, aber er gehört doch dazu?«

»Savannah, ich würde weder Gandhi noch Mandela als skrupellos bezeichnen.«

»Nein, aber Churchill und Hitler und Stalin und Chruschtschow, und George Bush auch.«

Ms. Farrow zog die Augenbrauen hoch. »Da hast du aber eine interessante Mischung von Führungspersönlichkeiten zusammengestellt, Savannah.«
»Ja, aber die haben alle geführt, Ms. Farrow, und sie waren rücksichtslos. Und Gandhi und Mandela waren vielleicht nicht skrupellos, aber doch sicher sehr hartnäckig.«
Ms. Farrow lächelte. »Sollen wir Hartnäckigkeit aufschreiben?«
»Ja, Ms. Farrow.«
Savannah lächelte zurück, so als möge sie Ms. Farrow unheimlich gern. Aber als wir uns in unserem Zimmer bettfertig machten, fing sie an, Ms. Farrow zu parodieren.
»Hartnäckig«, sagte sie, zog die Augenbrauen bis unter den Pony hoch und riss die Augen auf. »Hat-nä-kich. Oje, ups, das sieht irgendwie falsch aus.«
Rechtschreibung war nicht gerade Ms. Farrows Stärke.
»Hey«, sagte Kate besänftigend, »ich mag Ms. Farrow. Sie ist wirklich eine gute Lehrerin. Alle mögen sie.«
Savannah errötete. »Tut mir leid, Kate, ich wollte dir nicht zu nahe treten«, sagte sie und kletterte in ihr Etagenbett.
Savannah rauchte. Auch das kam mir exotisch vor. Exotisch und leicht beunruhigend. Weder ich noch irgendeine meiner Freundinnen rauchte. Mum sagte, sie könne verstehen, dass ich es irgendwann einmal ausprobieren wolle; ich dürfe jedoch nicht vergessen, dass man seinem Körper kaum etwas Schlimmeres antun könne.
Aber als es schon richtig spät war und wir mehr oder weniger genug gequatscht hatten, beugte Savannah sich zu mir herunter und flüsterte, sie käme um, sie müsse jetzt unbedingt eine rauchen, und ich müsse mitkommen, weil sie sich nicht traue, allein nach draußen in den Busch und in die kalte neuseeländische Nacht zu gehen.
»Wir dürfen nicht raus«, flüsterte ich zurück.
»Warum nicht?«

»Wahrscheinlich, damit wir keinen Unsinn mit den Jungs machen«, flüsterte ich.
Sie kicherte. »Annie, kommst du bitte mit? Bittebitte-bitte.«
»Draußen ist es stockfinster.«
Ich hörte sie in ihrem Bett herumkramen, dann beugte sie sich wieder runter und leuchtete mir mit einer Taschenlampe ins Gesicht.
»Führungsqualität«, sagte sie. »Seien Sie auf jeden Notfall vorbereitet.«
Wir schlichen im Dunkeln nach draußen hinter die Hütte. Savannah zündete sich eine Zigarette an und atmete ein. Langsam, tief und gierig.
»Uuh«, sagte sie, »das habe ich gebraucht.«
Ich stand zitternd neben ihr im Dunkeln. Ich fühlte mich wagemutig und kühn. Normalerweise tat ich, was man mir sagte, ich hielt mich an die Regeln. Wenn Savannah an der Zigarette zog, wurde ihr Gesicht von der Glut erhellt. Ich stellte fest, dass sie älter wirkte als wir anderen. Irgendwie abgehoben und lebenserfahren. Natürlich kam sie aus Amerika, da musste sie einfach welterfahrener sein als wir. Sie hatte mir von ihrem Leben in New York erzählt und dass sie mit ihren Eltern schon überall in den USA gewohnt hatte. Ihre Eltern waren Akademiker, deswegen waren sie jetzt in Neuseeland, sie legten ein Forschungsjahr ein. Savannah sagte, ihr Dad sei Ethnomusikologe und arbeite an einem Buch über die musikalischen Traditionen im pazifischen Raum.
»Macht ihr diese Camps öfter?«, fragte sie.
»Nein«, sagte ich. »Aber wir fangen das neue Schuljahr immer mit einem Wochenende im Camp an. Soll die Gemeinschaft stärken oder so was.«
»Gemeinschaft, hm?«, lachte sie, so als sei ich der lustigste Mensch, dem sie je begegnet sei.

»Ja. Und dieses Jahr sollen wir lernen, Führungsqualitäten zu entwickeln. Weil wir nächstes Jahr den Abschluss machen und den jüngeren Jahrgängen mit gutem Beispiel vorangehen müssen.« Die letzten Worte sprach ich so aus wie Ms. Farrow, leicht atemlos und affektiert.

»Echt?«

»Echt«, sagte ich. »Aber keiner nimmt das ernst.«

Sie beugte sich vor und trat die Kippe aus. »Echt«, sagte sie, »das ist doch Mist. Aber das eine oder andere Privileg müsste einem als Schülerführungskraft doch zustehen.«

»Wir haben einen eigenen Aufenthaltsraum«, erklärte ich, »und Arbeitsräume. Und wir müssen keine Schuluniform mehr tragen.«

Eigentlich fand ich das alles ziemlich cool. Der Aufenthaltsraum für die Abschlussklassen liegt weit vom Lehrerzimmer entfernt. Er ist mit Sofas, einer Stereoanlage, einer Mikrowelle und einer Kaffeemaschine ausgestattet, und die Wände sind orange und dunkelblau gestrichen. Und so gekleidet zum Unterricht zu erscheinen, wie es mir gefiel, fand ich ebenfalls cool. Dass ich nach drei Jahren endlich die klobigen Schuhe, den karierten Rock, die Bluse, die Krawatte und den kratzigen braunen Pullover los war, freute mich so, als hätte man mich aus dem Knast entlassen. Aber Savannah wirkte nicht sonderlich beeindruckt. Vermutlich haben sie in Amerika ähnliche Aufenthaltsräume und dürfen zum Unterricht ohnehin anziehen, was sie möchten, so dass sie meine Erleichterung nicht nachvollziehen konnte.

Sie zündete sich eine zweite Zigarette an. »Und was macht ihr so, um Spaß zu haben?«

»Wir treffen uns zu Hause. Wir gucken Filme. Ich spiele Klavier und gehe zum Rudern, damit ist ein Großteil des Wochenendes verplant. Manchmal gibt es eine Party.«

»Partys? Finde ich super. Was ist mit den Jungs?«

»Was soll mit denen sein?«
»Einige von den Jungs in der Schule sind süß.«
Ich zuckte die Achseln. Ich kannte die Jungen noch aus dem Sandkasten. Mir kamen sie nicht besonders süß vor. Eher wie ein Teil des Inventars. Aber ich hatte schon gemerkt, dass die Jungs aus meiner Klasse sich für Savannah interessierten. Sie hatte so eine schmale, sexy Figur, wie Jungs sie mögen, und sie trug enge Tops und bewegte sich so, als wisse sie immer genau, wie ihr Körper im Gehen oder Bücken oder Sitzen aussah, und als ob sie ihn bewusst so platzierte, dass sie möglichst vorteilhaft rüberkam.
»Das mit den Freundschaften«, sagte sie.
»Was ist damit?«
»Na ja, du und Kate und Sarah und Charlotte, ihr seid die besten Freundinnen, oder?«
»Ja. Wir gehen immer schon auf dieselbe Schule. Im Kindergarten war Kate meine beste Freundin.«
Savannah atmete wieder ein. Jetzt sah ihr Gesicht plötzlich anders aus, verletzlich, beinahe verloren.
»Hey, Annie, willst du meine beste Freundin sein, solange ich hier bin? Manchmal fühl ich mich ein bisschen einsam.«
Ich spürte Aufregung und Freude in mir aufsteigen. Savannah war unglaublich, und sie hatte mich auserkoren. »Okay«, sagte ich.
Sie drückte die Zigarette aus und drehte sich grinsend zu mir. »Also? Beste Freundinnen?«
Ich grinste zurück. »Beste Freundinnen.«
Der nächste Tag war Sonntag. Wir paddelten mit den Kajaks zur Flussmündung. Nach dem Mittagessen kam der letzte Programmpunkt. Es lief immer gleich ab. Wir setzten uns in einen Kreis, und die Lehrer teilten Zettel aus. Auf den Zetteln standen unsere Namen. Man musste zu jedem Mitschüler einen Kommentar aufschreiben, und anschlie-

ßend wurden die Zettel gefaltet und in eine Kiste geworfen. Wenn wir fertig waren, teilten die Lehrer die Zettel aus. Das Ganze lief anonym, so dass man nicht wusste, wer was geschrieben hatte; aber für gewöhnlich war der Verfasser nicht schwer zu erraten.

Also. Als alle fertig waren, sortierten die Lehrer die Zettel. In der Zwischenzeit sangen wir wie immer. Mr. Jarrod hatte seine Gitarre mitgebracht. Er war ein Althippie und kannte nur solche Lieder wie »Blowing in the Wind«. Ein bisschen abgedroschen, aber eigentlich ganz lustig.

Ich konnte es gar nicht erwarten, meine Zettel zu lesen, auch wenn ich so tat, als interessierten sie mich nicht. Ich freute mich immer darauf, und ich hatte alle Zettel von den früheren Schulcamps aufbewahrt. In diesem Jahr faltete ich die Zettel langsam auseinander, strich sie glatt und las aufmerksam. *Danke, dass du so eine tolle Freundin bist. Du machst die besten Witze. Du hast ein wunderschönes Lächeln.* Im Grunde war es immer dasselbe, aber ich fühlte mich gut dabei. Nachdem ich alle gelesen hatte, faltete ich meine Zettel wieder zusammen und schaute mich um. Die anderen waren noch nicht fertig. Ich schaute zu Kate hinüber. Ich konnte gleich sehen, das irgendetwas nicht stimmte, weil sie kreidebleich geworden war und knallrote Flecken am Hals hatte. Ich versuchte, sie auf mich aufmerksam zu machen, aber sie hielt den Kopf gesenkt und starrte zu Boden.

Nachdem der Bus uns in die Stadt zurückgebracht hatte, schnappten wir unsere Taschen und machten uns auf den Weg zu Savannah. Charlotte, Sarah und ich. Kate war auch eingeladen, aber sie sagte, sie könne nicht mitkommen, sie müsse etwas für ihre Mutter erledigen. Sie sagte, ihre Mutter habe ihr eine SMS geschickt und sie gebeten, nach Hause zu kommen.

Savannah wirkte bestürzt. »Bist du sicher?«, fragte sie. »Ich hatte mich so gefreut, dass du dabei bist. Kannst du nicht wenigstens für eine Weile kommen?«

Aber Kate schüttelte den Kopf und ging. Ich dachte, dass bei ihr zu Hause vielleicht etwas passiert war und sie sich im Camp deswegen so aufgeregt hatte.

Das Haus von Savannahs Eltern war groß, *richtig* groß. Es hatte riesige Zimmer mit Panoramafenstern und Balkonen, außerdem gab es einen blau schimmernden Pool, einen Fernsehraum und einen Billardtisch. Ihr Zimmer war ungefähr dreimal so groß wie meins. Wir standen mit offenem Mund da. Charlotte sagte: »Wow, das ist ja unglaublich.«

»Wir haben es nur gemietet«, sagte Savannah. »Normalerweise wohnen wir nicht so. Unser Apartment in New York war so groß wie eine Abstellkammer.«

Savannah sagte, sie habe eine Schwester namens Liza, die aber älter und schon mit dem Studium fertig sei und in den Staaten einen Job angenommen habe. Savannah wohnte allein mit ihren Eltern. An diesem Nachmittag waren ihre Eltern nicht da, so dass wir das Haus für uns hatten. Wir gingen schwimmen und spielten Billard, anschließend setzten wir uns in den Fernsehraum und schauten DVDs an. Savannahs Eltern besaßen Unmengen davon, sie sagte, wir sollten uns einfach etwas aussuchen. Dann schleppte sie einen Haufen Knabbersachen an. Chips, Dips, Käse, Oliven, Schokoriegel. Sie schenkte jeder von uns ein Glas Wein ein.

»Wein?«, fragte Sarah.

»Ihr neuseeländischen Kids trinkt doch Alkohol, oder?«

So wie sie *neuseeländische Kids* aussprach, klang es, als wären wir irgendwie bescheuert. Deswegen traute ich mich nicht abzulehnen. Aber ehrlich gesagt trank ich so gut wie nie. Manchmal trank ich auf einer Party ein Bier oder auch mal einen Wein mit Mum, wenn wir einen besondern Anlass hatten und essen gingen. Aber ich hatte noch nie mit

Freundinnen um drei Uhr an einem Sonntagnachmittag Wein getrunken. Trotzdem sagte ich nichts, und Sarah und Charlotte auch nicht. Ich nippte an meinem Glas. Sobald ich ausgetrunken hatte, schenkte Savannah mir nach, und am Ende lachten wir uns über irgendwelche albernen Sachen schlapp, die wir gesagt hatten und die viel lustiger klangen, als sie eigentlich waren. Savannah legte Musik auf, und wir tanzten. Sarah fiel hin und fing an zu quieken, und wir kicherten aufgekratzt. Mir wurde ein bisschen schwindlig. Im Zimmer war es heiß. Irgendwann schliefen wir alle ein.

Als ich aufwachte, hörte Savannah über Kopfhörer Musik. Sie lächelte, als sie merkte, dass ich aufgewacht war.

»Wo sind Sarah und Charlotte?«, fragte ich.

»Sie mussten gehen.«

»Warum haben sie nicht auf mich gewartet?«

»Wir haben versucht, dich zu wecken, aber du hast tief und fest geschlafen. Charlottes Mum war hier, um die beiden abzuholen.«

»Wie spät ist es?«

»Fast sieben.«

»Das ist spät! Ich rufe lieber meine Mum an.«

Ich suchte nach meinem Handy, konnte es aber nicht in meiner Tasche finden. Ich befürchtete, ich könnte es im Ferienlager verloren haben. Das Handy war teuer gewesen. Mum hatte es mir gekauft. Ich suchte den Boden rings um meine Tasche ab. Vielleicht war es herausgefallen.

Savannah beobachtete mich. »Was ist los?«

»Ich kann mein Handy nicht finden.«

»Keine Sorge, du kannst meins nehmen. Hier.«

Sie reichte mir ihr Handy, und ich rief Mum an. Sie warte seit Stunden auf mich, sagte sie. Sie hätte es auf meinem Handy versucht, sei aber immer nur bei der Mailbox gelandet. Sie habe angefangen, sich Sorgen zu machen.

»Ich bin schon unterwegs«, sagte ich.

Der Weg war nicht weit. Mum sah nicht allzu glücklich aus, als ich nach Hause kam. Als ich mich nach ihrem Wochenende erkundigte, sagte sie *prima, alles in Ordnung,* aber ich konnte sehen, dass sie log. Ich erzählte ihr vom Camp, erwähnte den Nachmittag bei Savannah aber kaum. Ich wusste, sie würde nach Savannahs Eltern fragen, und dann hätte ich beichten müssen, dass die gar nicht zu Hause gewesen waren, und dann hätte Mum gesagt, sie wolle nicht, dass ich Freunde besuche, deren Eltern nicht da sind. Ich hatte das Gefühl, dass sie mich misstrauisch ansah und den Wein roch, aber sie sagte nichts. Ich aß etwas und ging früh ins Bett.

Das Wochenende war zum größten Teil gut gelaufen. Ich war aufgedreht, aber gleichzeitig auch ein bisschen durcheinander und nervös. Zum einen machte ich mir Sorgen wegen meines Handys. Außerdem fühlte ich mich unwohl, weil Savannah über die Lehrer und die Schule und die Idioten in unserer Klasse gelästert hatte und ich plötzlich alles mit anderen Augen sah. Mit kritischen, respektlosen Augen, und das fand ich gar nicht so toll. Gleichzeitig fühlte ich mich richtig gut, weil sie mich okay fand und mich als Freundin haben wollte.

Ich versuchte zu lesen. Aber ich war zu müde, und am Ende lag ich nur im Bett und starrte in den Baum, der fast mein ganzes Leben vor meinem Fenster gestanden hatte. Ich fragte mich, warum ich meine Umgebung plötzlich anders wahrnahm und ob ich dabei war, manche Dinge – und vielleicht auch Menschen – hinter mir zu lassen. Aber das war wohl normal, wenn man älter wurde. Man wurde erwachsen. Man hatte keine Wahl. Ich dachte daran, Kate anzurufen und sie zu fragen, ob alles in Ordnung sei und was passiert sei. Aber am Ende schlief ich einfach ein.

## 12.
# Claire

Okay, sagte ich mir. Zeit, endlich anzufangen; erledige die Recherchen, fang zu schreiben an. Es war an der Zeit, mit dem Trödeln aufzuhören.

Ich rief Angela in der Kanzlei von Alistair Downes an und kündigte an, die Kopie von Crills psychologischem Gutachten sowie den Rest der Verhandlungsprotokolle persönlich abzuholen. Ich fuhr in die Stadt und stieg die Treppe zur Kanzlei hoch, wo Angela mir die Dokumente über den Tresen reichte. Sie sah wie immer aus, perfekt gestylt und adrett wie eine Schaufensterpuppe.

»Würden Sie kurz warten? Alistair möchte Sie sprechen.«

Sie griff zum Telefonhörer und sprach leise hinein, woraufhin Downes aus seinem Büro getänzelt kam. Er war wie ein riesiger Cockerspanielwelpe, zu laut und zu lebhaft. Er packte meine Hand, riss sie auf und nieder und zerrte mich in sein Arbeitszimmer. »Wie geht's voran?«, fragte er, ließ sich in seinen Drehsessel fallen und schaukelte vor und zurück.

»Langsam«, sagte ich.

»Ah«, sagte er, »die kreative Inspiration!«

Er klang so albern und geziert, dass ich unwillkürlich lächeln musste. »Die Arbeit kann man kaum kreativ nennen«, sagte ich. »Im Moment recherchiere ich und bereite Interviews vor. Danach werde ich einen Tatsachenbericht schreiben.«

»Ah, ja«, sagte er, »aber *Sie* kommen doch sicherlich auch irgendwann ins Spiel? Ihre eigenen Vorstellungen, Ihre Sichtweise der Dinge?«

Ich beschloss, mich kurz zu fassen. Smalltalk mit Downes stand nicht auf meiner Erledigungsliste. »Ich dachte, genau das wollten Sie *nicht*«, sagte ich spröde. »Ich werde mir Mühe geben, aber ich glaube kaum, dass ich einen Lyrikpreis damit gewinnen werde. Angela sagte, es gebe etwas zu besprechen?«

»Ja.« Er setzte sich auf, legte die Fingerspitzen aneinander, betrachtete mich darüber hinweg und seufzte. »Zu meinem Leidwesen ist es nichts Erfreuliches. Wie es scheint, sind Gerüchte über unser Projekt zu den Medien durchgesickert.«

»Nicht durch mich«, sagte ich.

»Wie dem auch sei, nun ist es öffentlich. Die Leute haben hier angerufen. Wir lehnen es in so einem Fall grundsätzlich ab, Kommentare abzugeben. Falls Ihnen dasselbe passiert, muss ich Sie anweisen, sich entsprechend zu verhalten.«

»Sie weisen mich an?«

»Tut mir leid, ja. Der Vertrag beinhaltet eine Verschwiegenheitsklausel.«

»Ach so. Natürlich.«

»Schön. Da wäre noch etwas.«

Er spähte über den Schreibtisch zu mir herüber, so als sei er sich nicht sicher, wie er es mir beibringen sollte.

»Ja? Was denn?«

»An Ihrer Stelle würde ich Sicherheitsvorkehrungen treffen.«

»Wie meinen Sie das?«

»Passen Sie einfach auf, Claire. Schließen Sie die Türen ab. Behalten Sie Ihr Umfeld im Auge. Mehr nicht.«

Ich dachte an mein aufgebrochenes Auto. Wurde ich verfolgt? Es erschien lächerlich, es war die reinste Farce. »Was wollen Sie damit sagen? Wollen Sie andeuten, die Reporter würden bei mir einbrechen, um Informationen zu stehlen? Ich glaube kaum, dass das passieren wird.«

»Man kann nie wissen, man kann nie wissen. Vielleicht gibt es Menschen, die unser Projekt nicht befürworten und ver-

suchen werden, es zu verhindern. Jedenfalls sollten Sie darauf achten, Ihr Haus immer gut abzuschließen, Ihren Laptop immer bei sich zu tragen und Sicherungskopien von allen Dateien zu erstellen. Wir können sie hier im Safe aufbewahren, falls irgendwas verlorengeht. Vorsicht ist die Mutter der Porzellankiste, Sie wissen schon.«
»Aber wie konnte es so weit kommen?«
»Anscheinend ist was durchgesickert«, sagte er. »Vielleicht ist es nur ein Fehlalarm. Der sprichwörtliche Sturm im Wasserglas. Möchten Sie essen gehen?«
Essen gehen? Mit Alistair Downes? Wie stellte er sich das vor? Wollte er mich mit einem Essen dafür entschädigen, dass er mich hatte vorwarnen müssen, dass man bei mir einbrechen würde? »Nein«, sagte ich. »Nein danke. Ich muss wirklich wieder an die Arbeit.«
»Dann vielleicht ein andermal. Viel Glück.« Er streckte den Arm aus und riss meine Hand wieder auf und ab, bevor ich aus seinem Büro entkam.
Ich parke in der Einfahrt, schließe die Haustür auf, husche nervös hinein. Das Badezimmerfenster steht offen. Ich schleiche herum, spähe in Annies Zimmer, ins Schlafzimmer und ins Arbeitszimmer, immer in Erwartung einer dunklen Gestalt, die sich, meine Unterlagen unter dem Arm, aus einer Ecke auf mich stürzt. Ich komme mir vor wie in einem James-Bond-Film. So etwas gibt es im kleinen Christchurch nicht. Ich setze Wasser auf und koche Kaffee. Die Sonne scheint in den Garten hinterm Haus und wärmt die Veranda. Ich schließe die Türen nicht ab und öffne alle Fenster. Die neuen Dokumente nehme ich auf die Veranda mit. Ich nippe an meinem Kaffee und greife nach dem psychologischen Gutachten.
Zehn eng mit psychologischem Jargon bedruckte Seiten. Zwei Stunden später bin ich meinem Ziel, Crill besser zu verstehen, kein Stückchen näher gekommen.

Der Psychologe, Dr. James Lawrence, hatte keinen eindeutigen Hinweis auf eine psychische Erkrankung oder traumatische Erlebnisse gefunden.
Es gab keine Anzeichen dafür, dass Crill zum Zeitpunkt der Taten psychisch gestört war. Crills Biographie wird in aller Kürze abgehandelt. Stabiles Umfeld, vernünftige Eltern aus der gehobenen Mittelschicht, die ihren beiden Kindern Travis und Penelope ein sorgloses Leben bereiten konnten. Travis Crill besuchte eine Grundschule ganz in der Nähe des Elternhauses, danach eine private Knabenschule, auf die er im Alter von elf Jahren wechselte. Er erbrachte in Schule und Studium gute Leistungen und legte eine beachtliche Karriere hin.
Crill bezeichnet seine Taten als »Fehler«. Er hat nie eine ernste Beziehung mit einer Frau geführt. Trotzdem betrachtet er sich selbst als heterosexuell. In der Anwesenheit von Frauen fühlt er sich unwohl, was er unter anderem auf seine lange Zeit an der Knabenschule zurückführt. Der Mangel an Selbstvertrauen habe ihn nach eigenen Worten dazu veranlasst, sich Frauen auf »unangebrachte Weise« zu nähern. Zwar unterhielt er Freundschaften zu Männern, Frauen jedoch befanden sich nicht in seinem Bekanntenkreis. Sein Verhältnis zu Mutter und Schwester beschreibt er als »positiv und eng«. Er habe den Frauen, denen er sich »näherte«, keinen Schaden zufügen wollen. Er habe niemanden verletzen, habe sich lediglich unterhalten wollen, was dann aber aus dem Ruder gelaufen sei.
Lawrence ist der Meinung, dass Crill die Bedeutung seiner Taten leugnet. Er stellt weiterhin fest, dass diese Reaktion nicht unnormal ist und Crills Analyse der eigenen Vergangenheit unter diesen Umständen nicht ungewöhnlich. Darüber hinaus beschreibt er Crills Bedauern über den Schaden, den er den Opfern unabsichtlich zugefügt hat, als glaubwürdig.

Er kommt zu dem Schluss, Crill sei ehrlich an einer Therapiemaßnahme interessiert.
Ich überflog das Gutachten ein zweites Mal und machte mir Notizen. Fehler, Leugnen, Bedauern, ehrliches Interesse an einer Therapie. Ich notierte mir auch, dass Penelope und Travis Crill adoptiert wurden, die Schwester schon als kleines Baby. Travis hingegen war im Alter von zwei Jahren als Pflegekind in die Familie gekommen und im Alter von drei adoptiert worden. Ich dachte nach. War es von Bedeutung? Ich machte mir eine Notiz, beim Jugendamt nachzufragen. Vielleicht gab es dort Akten, die mir weiterhelfen würden. Lawrences Einschätzung nach betrachtete Crill seine Adoptiveltern als seine »wahre« Mutter und seinen »wahren« Vater. Angeblich hatte er mit seinem Schicksal als Adoptivkind seinen Frieden gemacht. Weder stellte er seine Position innerhalb der Familie in Frage, noch verspürte er den Wunsch, Kontakt zu seinen leiblichen Eltern aufzunehmen.
Ich kritzelte Notizen. Familienunterbringung, 2 J., Adoption, 3 J. Was war davor geschehen? Hatte seine Mutter versucht, sich um ihn zu kümmern? Beide Kinder waren adoptiert. Zuerst Travis. Dann Penelope. Hatte er sich gut mit Penny verstanden? Hatten die Crills Penny und Travis so geliebt, wie sie leibliche Kinder geliebt hätten? Haben sie beide Kinder gleichermaßen geliebt?
Ich wusste so wenig. Es ergab sich ein oberflächliches Bild von dem Jungen aus gutem Hause, der teure Schulen besucht und den vorgezeichneten Weg geht. Downes zufolge war Crill Gewinner und wohlhabend genug, um eine Eigentumswohnung in der Innenstadt zu besitzen und einen silbernen Jaguar-Oldtimer zu fahren. Was sollte ich in meinem Buch schreiben, was nicht alle Welt bereits wusste? *Aber Sie kommen doch sicherlich auch irgendwann ins Spiel.* Ich dachte an Downes, der sich in seinem Sessel zu-

rücklehnt und die verschrobene Künstlerin mustert, die ihm steif gegenübersitzt. Ich schüttelte den Kopf. Ich las weiter.

Ich ging zu den Verhandlungsprotokollen über und las den ganzen Nachmittag. Ich machte Anmerkungen. Unterstrich einzelne Stellen. Mühsam, Seite für Seite. Die Verhandlung hatte sieben Wochen gedauert. Da waren die Polizeiberichte der Überfälle, die im Gerichtssaal verlesen worden waren, medizinische Gutachten, Zeugenaussagen, die Aussagen von Forensikern und Nachbarn. Crills Kollegen attestierten ihm einen eigenwilligen Charakter. Die Opfer kamen zu Wort.

Crill verweigerte die Aussage. Der Staatsanwalt bezeichnete Crill als böse, als nicht einmal der Verachtung würdig. Crill könne sich nicht einmal mit einer schwierigen Vergangenheit herausreden. Er habe wehrlosen Frauen aufgelauert, er habe sie brutal überfallen und ihr Leben zerstört.

Downes entgegnete, Crill sei ein leistungsorientiertes, produktives, nicht vorbestraftes Mitglied unserer Gesellschaft. Crill sei schüchtern und habe im Umgang mit Frauen kein Selbstvertrauen. Downes hatte den Geschworenen gesagt, der junge Mann auf der Anklagebank habe nicht die Absicht gehabt, die Frauen zu erschrecken oder ihnen weh zu tun. Das könne niemand beweisen. Er wies auf eklatante Widersprüche in der Beweisführung hin und bezweifelte, dass Crill die ihm angelasteten Taten wirklich begangen hatte. Der Richter forderte die Geschworenen auf, die Beweisstücke bei der Urteilsfindung besonders zu berücksichtigen.

Um halb fünf zog die Jury sich zurück. Um halb zehn war sie immer noch nicht zu einem einstimmigen Urteil gekommen und wurde, so war es festgelegt worden, in einem Hotel unweit des Gerichtsgebäudes untergebracht. Der Richter wies die Geschworenen an, weder fernzusehen noch

Zeitung zu lesen oder Radio zu hören. Es war den Geschworenen untersagt, über den Fall zu sprechen, außer mit anderen Geschworenen. Sie nahmen sich drei Tage Zeit. Dann bat der Vorsitzende der Jury um die Klärung von vier offenen Fragen sowie um die Wiedervorlage von zwei Beweisstücken.

Ich fragte mich, ob Crills persönliche Anwesenheit diese Verzögerung herbeigeführt hatte. Die Zeichnungen vermittelten den Eindruck, dass er still und würdevoll in der Mitte des Saales saß. Er war attraktiv, jungenhaft und gut frisiert, er trug einen dunklen, maßgeschneiderten Anzug, ein helles Hemd und eine geschmackvolle Krawatte. Sein Haarschnitt war ordentlich, die Schuhe vermutlich auf Hochglanz poliert. Seine Kollegen beschrieben ihn als höflich, intelligent, verantwortungsbewusst, kompetent und allseits respektiert. Die weiblichen Geschworenen sahen in ihm den Mann, den sie sich als Sohn, Schwiegersohn oder Ehemann gewünscht hätten.

Die Männer sahen einen Bankmanager, Anwalt, Buchhalter. Es passte nicht zusammen – das Bild von dem jungen Mann, der dort saß, und die Frauen, die hinter einer Trennwand saßen und mal im Flüsterton, mal schluchzend ihre Aussage machten.

Sechs Frauen. Janine Bryant, Alison Brown, Lisa Evens, Hannah Moore, Catherine Johnstone, Isobel Scott. Sechsmal vorsätzlicher Einbruch. Einmal schwere Körperverletzung. Fünfmal sexuelle Nötigung und versuchte Vergewaltigung. Schuldig in allen Anklagepunkten. Die größten Schwierigkeiten bereitete den Geschworenen der Vorwurf der Vorsätzlichkeit. Hatte er vorgehabt, den Frauen zu schaden? Alistair Downes hatte überzeugende Argumente vorgebracht, die gegen eine solche Absicht des Täters sprachen. Aber die Staatsanwaltschaft hatte beweisen können, dass Crill eine Wollmaske und schwarze Kleidung getragen und ein Messer dabeigehabt hatte. Und hatte er nicht auch Handschuhe benutzt, um keine Fingerabdrücke zu hinterlassen?

Den Aussagen der Opfer nach hatte Crill keine Erektion bekommen und die Vergewaltigung deswegen nicht vollziehen können. Dieser Umstand bereitete den Forensikern Probleme. Es gab keine Spermaspuren. In Hannah Moores Fall hatte man zwei Schamhaare sichern können. Sie passten zu der Haut und dem Blut unter den Fingernägeln von Alison Brown, die sich gewehrt hatte, die dem Täter die Maske vom Kopf gerissen und ihm das Gesicht zerkratzt hatte.

Alison Brown war die Frau, die fast gestorben wäre. Er hatte ihr den Schädel eingeschlagen und sie nackt und mit dem Gesicht nach unten bei laufendem Wasser in der Dusche liegen lassen. Ihre Tochter verbrachte das Wochenende beim Vater. Alison Brown wäre gestorben, hätte ihre Tochter nicht sofort nach Betreten der väterlichen Wohnung zu schmollen angefangen, weil die neue Freundin des Vaters, kaum älter als die Tochter selbst, auch zugegen war. Alison wäre gestorben, wenn der Winter nicht so ausnehmend kalt gewesen wäre und aus diesem Grund die Skipisten bis weit ins Frühjahr geöffnet hatten. Und wenn ihr Ex-Mann nicht beschlossen hätte, der Tochter als Wiedergutmachung ein Skiwochenende zu spendieren und sie am späten Abend durch die halbe Stadt zur mütterlichen Wohnung zu fahren, wo die Skiausrüstung lag, die sie am nächsten Tag brauchen würde. Alison Brown wurde mit einem Schädelbruch und inneren Blutungen ins Krankenhaus eingeliefert. Den medizinischen Gutachten zufolge war sie inzwischen vollständig genesen und in der Lage, in ihre Vollzeitstelle zurückzukehren.

Ich wühlte mich gewissenhaft durch Verhandlungsprotokolle, Fragen, Antworten und Gutachten und war erschüttert. Ich legte die Dokumente in die Mappe zurück, schloss die Augen und hielt das Gesicht in die Sonne. Es war fast fünf Uhr. Ich hatte stundenlang gelesen.

Annie kam aus der Schule. Sie lief durch den Garten und grinste mich an wie immer. »Hallo, Ma!«

»Du siehst glücklich aus.«

»Ehrlich gesagt«, seufzte sie und ließ sich neben mir aufs Sofa fallen, »bin ich heilfroh. Ich dachte, ich hätte mein Handy verloren.«

»Hast du mir gar nicht erzählt«, sagte ich.

»Nein. Ich wusste, dass du sauer werden würdest, und ich habe gehofft, es wiederzufinden. Was auch geklappt hat. Es war echt seltsam, plötzlich lag es unten in meiner Tasche. Ich war mir sicher, genau nachgeschaut zu haben, dabei war es die ganze Zeit da.«

Ich lachte. Ständig verlor Annie irgendetwas. »Da bin ich auch heilfroh«, sagte ich. »Ich hätte keine Lust gehabt, dir ein neues zu kaufen.«

»Ich habe Savannah davon erzählt. Sieh mal, was sie mir geschenkt hat.« Sie hielt mir ihr Handy entgegen, das in einer hellrosa Schutzhülle steckte. »Cool, was? Es leuchtet im Dunkeln.«

»Wie aufmerksam«, sagte ich.

»Hmm. Ist sie wirklich.«

Ich hörte, wie Annie sich in der Küche etwas zu essen machte. Ihre Sandwiches sind legendär. Sie sind so großzügig mit Gurken, Käse, Tomaten und anderen Zutaten belegt, dass sie sie mit Messer und Gabel essen muss. Sie rief, dass sie jetzt in ihr Zimmer gehe und Hausaufgaben mache.

Ich schloss wieder die Augen und ließ mich gegen die Rückenlehne sinken. Ich dachte darüber nach, wie selbstverständlich es für uns war, abends die Türen zu schließen und uns in Sicherheit zu wiegen. Ich fragte mich, was eine »voll-

ständige Genesung« für Alison Brown bedeutete. Konnte man von so einer Sache jemals genesen?
Obwohl ich nicht mehr an Crill denken wollte, verfolgte mich das Bild von ihm, wie er tagein, tagaus im Anzug im Gerichtssaal saß und sich die Schilderung seiner Taten anhörte. Ich fragte mich, ob er Reue fühlte. Ich fragte mich, ob er sich gedemütigt fühlte, als die Frauen eine nach der anderen aussagten, er sei nicht in der Lage gewesen, in sie einzudringen.
Ich fragte mich auch, nach welchen Kriterien er seine Opfer ausgesucht hatte. War er einfach durch die Straßen gelaufen, um nach offenen Fenstern oder Türen Ausschau zu halten und einen Versuch zu wagen? Hatte er die Frauen im Wohnzimmer entdeckt, beim Fernsehen oder beim Lesen? Vielleicht hatten seine Opfer in der Küche gestanden und Kaffee gekocht oder sich im Badezimmer die Zähne geputzt, und er hatte sie beobachtet, festgestellt, dass sie allein waren, und beschlossen, bei ihnen einzubrechen.
Es war an der Zeit, das Ganze beiseitezulegen und an etwas anderes zu denken. Ich würde ein Glas Wein trinken und dann das Abendessen für Annie und mich kochen. Ich fühlte mich zu Hause wohler, wenn Annie da war. Sie gab mir Halt, sie erinnerte mich daran, dass der Job irgendwann erledigt wäre und ich ihn vergessen und mich der nächsten Aufgabe zuwenden würde. Als Ausgleich würde ich an einem neuen Gedicht arbeiten.
Nach dem Essen würde ich ein ausgiebiges Bad nehmen, in meinen kuscheligen Bademantel schlüpfen, mich an den Wohnzimmertisch setzen und schreiben, während Annie über den Hausaufgaben brütete. Wenn wir fertig waren, würde ich ihr etwas vorlesen. Mich mit meinen Gedichten zu beschäftigen, würde mich zu mir selbst zurückfinden lassen, mich für Crill entschädigen.
Ich hörte Annie leise ins Telefon murmeln, döste noch ein

paar Minuten in der Sonne. Alles würde in Ordnung kommen. Uns würde nichts passieren.

13.

## Alison, 1995

Sie war ein Angsthase, ein schrecklicher Angsthase. War sie immer schon gewesen, solange sie denken konnte. Ihr Dad hatte sie immer ausgelacht und gesagt, sie habe sogar vor ihrem eigenen Schatten Angst. Niemand wusste Bescheid. Sie hatte niemandem von den Schreckensszenarien erzählt, die sie nachts plagten. Auf dem Weg zur Arbeit mit einem Laster zu kollidieren. Auf dem Büroparkplatz überfallen zu werden. All ihr Geld zu verlieren, den Job zu verlieren. Die Leute sahen in ihr nur eine unauffällig gekleidete Frau mit höflichem, etwas verträumtem Lächeln, die immer das Richtige sagte. Nur weil sie ein Angsthase war, hatte sie sich all die Jahre an Bryan geklammert, anstatt Schadensbegrenzung zu betreiben und ihn gehen zu lassen.

Sie war bei Bryan geblieben und hatte sich eingeredet, ein Kind brauche beide Eltern. Sie wusste, wie dumm das war. Sie konnte nicht loslassen, weil sie Angst vorm Alleinsein hatte.

Am Ende war Bryan derjenige, der die Koffer packte und auszog. Kein Drama, kaum ein Abschied. Es war keine andere Frau und auch kein anderer Mann im Spiel, es war wegen jener unendlichen Langeweile, die sich über sie gelegt hatte wie ein dunkler, zäher Nebel. Am Ende waren sie nicht einmal mehr in der Lage, sich zu unterhalten oder über dasselbe Fernsehprogramm zu lachen.

Das Problem war, dass sie beide berechenbare, angepasste Langweiler waren. Zu dieser Einsicht war sie gekommen, so dachte sie über ihre Ehe. Sie hatten sich kennengelernt, weil ihre besten Freunde miteinander liiert waren. Sie hatten sich gefragt, ob sie ineinander verliebt wären, sie waren zu dem Schluss gekommen, dass es so sein müsse, und sie hatten geheiratet. Die Flitterwochen hatten sie auf den Fidschi-Inseln verbracht. Das schien der Ort der Wahl, wollte man etwas Romantisches erleben. Sie kauften ein Haus. Ein Backsteinhaus mit Garage. Als sie den Großteil der Hypothek abgetragen hatten, hatte sie die Pille abgesetzt. Achtzehn Monate später kam Laura zur Welt.
Laura. So ein strahlendes Kind, so lebendig mit den dunkelblauen Augen und den Grabschhändchen. Wie hatten sie ein solch wunderbares Wesen hervorbringen können? Hier lag eine weitere Angst begründet: Laura könnte nicht ihre Tochter sein, irgendwo könnte ein schüchternes, mausgraues Kind auf sie warten. Sie war in Sorge um Laura, was hatte man ihr bloß angetan, indem man sie dazu verdammte, mit zwei trägen Erwachsenen zusammenzuleben, die einander nicht mochten.
Sie wünschte sich für Laura andere Lebensumstände als die ihren. Ihr Beruf zum Beispiel – sie war Zahnarzthelferin. Wie aufregend konnte das schon sein? Wurde sie nach ihrem Beruf gefragt, schämte sie sich für die Antwort. In der Schule war sie ganz okay gewesen. Sie war naturwissenschaftlich begabt, hatte sich für ein Medizinstudium interessiert. Aber alle sagten ihr, das sei zu teuer, dauere zu lange, es sei zu schwer, einen Studienplatz zu kriegen, und das Ganze erfordere viel zu großen Einsatz. Und sie würde erst mit Ende zwanzig ins Berufsleben starten, was, wenn sie sich Kinder wünschte und einen Mann? Am schlimmsten war, dass sie es sich scheinbar von anderen ausreden ließ, in Wahrheit aber von der Angst zurückgehalten wurde, sie

könnte mittendrin versagen, und dann wären all die Mühe und das Geld vergeudet. So hatte sie es ihr ganzes Leben gehalten, immer hatte sie auf die anderen gehört. Sie nahm die Warnungen der anderen bereitwillig entgegen, um eine Ausrede zu haben und sich an nichts Neues oder Anspruchsvolleres heranwagen zu müssen.

Nach Bryans Auszug lief das Leben in gewohnten Bahnen weiter. Sie mussten den Besitz aufteilen. Zuerst spielte sie mit dem Gedanken, das Haus zu verkaufen, aber dann kam sie zu der Einsicht, dass es einfacher wäre zu bleiben. Lauras Schule war ganz in der Nähe, außerdem kannte sie die Nachbarn. Sie kratzte genug Geld zusammen, um Bryan seinen Anteil auszuzahlen.

Zunächst hielten sie und Laura sich an die gewohnte Routine. Morgens immer zur selben Zeit aufstehen, Frühstück, Laura auf dem Weg zur Arbeit vor der Schule absetzen, Abendessen um sechs, danach Hausaufgaben und Fernsehen. So lebten sie vor sich hin. Aber, bei Gott, nachts konnte sie nicht schlafen, sie wälzte sich im Bett herum und bemühte sich krampfhaft, ihre Arme und Beine in eine annähernd bequeme Position zu bringen. Ihr drehte sich der Kopf. Und tagsüber fühlte sie sich wie ein Zombie und erledigte alle Aufgaben völlig mechanisch; manchmal fragte sie sich, ob sie sich gerade am Anfang oder am Ende einer Zahnbehandlung befand, ob sie dem Patienten bereits einen guten Morgen gewünscht und die üblichen Fragen gestellt hatte: *Irgendwelche Probleme? Leiden Sie unter Zahnfleischbluten? Empfindlichen Stellen?* Ehrlich gesagt, interessierte sie sich überhaupt nicht für Zähne, hatte es nie getan. In den Stellenanzeigen wurde von den Bewerbern Begeisterungsfähigkeit und Leidenschaft gefordert. Wie sollte man sich leidenschaftlich für Zähne begeistern?

Alle sagten, das sei normal. Die Leute sagten, es liege am Trauerprozess. Sie sagten, sie vermisse Bryan. Dabei vermisste sie Bryan gar nicht. Sie hatte ihn nie vermisst. Wenn er auf Geschäftsreise gewesen war – manchmal wochenlang –, hatte sie niemals etwas anderes empfunden als Freude darüber, das Bett für sich allein zu haben und nichts Besonderes kochen zu müssen. Warum sollte sie einem Mann nachtrauern, den sie nie vermisst und kaum wahrgenommen hatte? Als sie im Februar eine Karte zum Valentinstag bekam – weiß Gott, wer die geschickt hatte, vermutlich Bekannte, die sich lustig machen wollten –, war sie tagelang wie gelähmt vor Angst. Was, wenn Bryan dahintersteckte und eine Versöhnung anstrebte? Das wollte sie auf keinen Fall. Gleichzeitig scheute sie davor zurück, ihre Position Bryan oder Laura gegenüber zu vertreten. Ihre Freunde rieten ihr zu Schlaftabletten, um zur Ruhe zu kommen, dabei hatte sie ihr ganzes Leben im Dämmerzustand verbracht.

Sie vermisste alles, was sie nie gehabt hatte. Am meisten fürchtete sie, Laura mit ihrer Apathie anzustecken. Wann immer Laura etwas Neues ausprobierte, musste sie sich zwingen, das Kind zu bestärken und zu ermutigen, es anzuspornen und ihm ohne zittrige Unsicherheit in der Stimme Glück zu wünschen. *Was, wenn sie verletzt wird, was, wenn sie scheitert und sich gedemütigt fühlt, was, wenn sie sich in Gefahr bringt?* Aber welches Beispiel konnte sie ihrer Tochter schon geben? Was tat sie anderes im Leben, als Zähne zu polieren, gesund zu kochen und das Leben der anderen im Fernsehen zu verfolgen?

Ihre Freunde schenkten ihr Ratgeberliteratur. *Nutze den Tag*, stand da, *an Problemen wachsen wir, behalten Sie immer das nächste Abenteuer im Blick, nichts ist kostbarer als das Hier und Heute.* Es kam ihr anstrengend vor, jeden Tag einzeln anzugehen, breitzuklopfen, auszuwringen, bis ihm auch noch die letzte denkbare Möglichkeit entrissen war. Sie war vollkommen damit beschäftigt, den Tag einfach nur

zu überstehen. Zu mehr war sie anscheinend nicht fähig und würde es niemals sein.
Sie fing an zu joggen. Es passierte rein zufällig, so wie immer, nur dass es diesmal anders war. Es war im Spätherbst, es war einer jener strahlenden, sonnenreichen Tage, an denen der Winter weit entfernt scheint. Es war Sonntag, sie hatte die Wäsche zum Trocknen auf die Leine gehängt und im Haus Staub gesaugt. Laura war über das Wochenende bei Bryan, und ein halbes Dutzend Aufgaben wartete auf sie: Gartenarbeit, Kühlschrank abtauen, Fotos sortieren und in Alben einkleben, alles Dinge, die sie seit Ewigkeiten erledigen wollte. Aber stattdessen legte sie sich aufs Bett, schloss die Augen und wartete, dass die Zeit verging, wartete aufs Abendessen und darauf, dass das Wochenende endlich vorbei wäre. Vorbei.
Sie lag einfach nur da und gab sich ihrem Selbstmitleid hin. Dem Selbstmitleid und den Schuldgefühlen. Warum konnte sie sich nicht zu mehr antreiben, so wie diese fantastischen Frauen, von denen sie gelesen hatte, die sich, kaum dass der Ehemann das gemeinsame Heim verlassen hatte, im Handumdrehen ein neues, fantastisches Leben herbeigezaubert hatten? Sie versuchte positiv zu denken, so wie es in den Ratgebern stand. *Sammeln Sie positive Gedanken und schicken Sie sie ins Universum hinaus.* Sie versuchte herauszufinden, was ihr an ihrem Leben gefiel, nach dem Motto *Nicht: ich möchte, sondern: ich habe,* als ihr plötzlich ein Gedanke kam. *Was, wenn ich jetzt einfach einen Ausflug an den Strand mache?*
Aber sie würde mit dem Auto fahren müssen. Eigentlich war es zum Strand recht weit. Unterwegs würde sie tanken müssen, der Tank war fast leer. Und würde sie nicht ein wenig seltsam aussehen, bemitleidenswert sogar – eine Frau mittleren Alters, die allein am Strand sitzt? Ein Hund wäre die Lösung, wenn sie einen Hund hätte, könnte sie allein

am Strand spazieren gehen, ohne dass es auffallen würde; sie hatte sich immer einen Hund gewünscht, andererseits brauchen Hunde zu viel Pflege, es wäre nicht fair, einen Hund den ganzen Tag allein zu Haus zu lassen. Und was, wenn er bellte und die Nachbarn sich darüber ärgerten? Dieser ganze *Mist, Mist, Mist* ging ihr pausenlos im Kopf herum. Aber sie konnte den Gedanken nicht vergessen. Der Strand. Die schaumigen Brecher, das strahlend blaue Wasser mit den jadefarbenen Einsprengseln. Der glitzernde Sand, und das Gefühl des kühlen, stechenden Windes im Gesicht. Am Ende stand sie auf, zog Lauras Turnschuhe an und machte sich auf den Weg.

Als sie angekommen war, war sie nervös. Blieb im Auto auf dem Parkplatz sitzen. Es war doch lächerlich, dass sich ihre Eingeweide zusammenzogen, bloß weil sie einmal etwas Ungewohntes unternahm. Auf den Fidschi-Inseln hätte sie gern einen Tauchkurs gemacht, aber sie hatte zu große Angst gehabt. *Haie, Stechrochen, Quallen, was, wenn sie keine Luft mehr bekam? Was, wenn man sie im Wasser vergaß? Haie, Haie, Haie.*

Sie stieg aus dem Auto, schloss es ab, steckte die Schlüssel tief in die Tasche ihrer Jeans und ließ die Hand sicherheitshalber stecken. Es käme einer Katastrophe gleich, wenn sie die Autoschlüssel am Strand verlor.

Sie überquerte den Parkplatz und ging zum Strand hinunter. Da waren viele Leute, die meisten zu zweit, ein paar von den Singles hatten einen Hund dabei. Sie zwang sich, die Tatsache zu ignorieren, und sie zwang sich, die anderen anzulächeln. Und die lächelten zurück, einige sagten sogar »hallo«. Und sie streichelte die Hunde, aber nur die kleinen, denn sie hatte genug über Hundebisse gelesen, um sich von den großen fernzuhalten. Sie mochte Hunde, wirklich, vielleicht würde sie sich doch einen anschaffen, ein kleiner Hund würde vielleicht nicht so viel Arbeit machen, außerdem hätte sie dann Gesellschaft, wenn Laura nicht da war, vielleicht sollte sie mit Laura darüber sprechen, oder vielleicht, noch viel besser, sollte sie Laura überraschen. Sie stellte sich Lauras Gesicht vor, wenn sie von einem Besuch bei Bryan nach Hause käme und ein Welpe sie erwartete.

Beim Nachdenken war sie zügig gegangen, und nun bemerkte sie, dass sie ein ganzes Stück zurückgelegt hatte und sich ziemlich weit von den anderen Leuten entfernt hatte. Der Wind blies ihr ins Gesicht, und die Wellen klatschten auf den Sand, und sie fühlte sich besser. Sie ging noch schneller, und plötzlich lief sie, und dann rannte sie; die Luft brannte ihr in der Kehle, und ihre Fußgelenke schmerzten, aber der Schmerz tat gut. Richtig gut.

Sie fuhr nach Hause und nahm ein heißes Bad. Sie schlief die Nacht durch, und am nächsten Morgen fuhr sie ohne nachzudenken in die Stadt und kaufte sich Joggingschuhe, ließ sich ausführlich beraten. Sie ging täglich joggen. Durch die Straßen, am Strand, durch den Park. Jeden Tag lief sie ein kleines bisschen weiter, und bald hörten die Schmerzen auf. Laura war begeistert, sie liebte es, wenn ihre Mutter joggte, sie begleitete sie. So liefen sie gemeinsam, zwei starke Frauen. Sie hörte Laura neben sich atmen. Im Gleichtakt berührten ihre Schuhsohlen den Asphalt.

Aber dann wurde es abends früher dunkel. Wenn sie nach Hause kam, war es stockfinster. Es war okay, wenn Laura mitkam, aber an manchen Abenden passte es nicht. Alison wollte täglich laufen, sie brauchte es, aber sie hatte Angst, allein im Dunkeln durch die Straßen zu laufen.

Sie redete mit Laura darüber. Das half. Denn plötzlich konnte sie Laura von ihrer Angst erzählen, von der Angst, die sie vor allem und jedem hatte. Sogar vor Situationen, über die die meisten Menschen nur lachen würden. Sie erzählte Laura, dass sie immer auf die anderen gehört hatte,

dass sie sich alles schlechtredete und sich anschließend nicht mehr traute zu tun, worauf sie Lust hatte.
Laura sagte: Warum belegst du nicht einen Selbstverteidigungskurs für Frauen? Im Gemeindezentrum wurde einer angeboten. Laura hatte das Plakat gesehen und würde ebenfalls teilnehmen, sie könnten zu zweit hingehen. Und wenn sie nach dem Unterricht nach Hause gingen, lachten sie über den Rat der Trainerin, den eigenen Körper als Geheimwaffe zu betrachten. Sie lachten, weil sie das Gefühl von Panik! Chaos! Verwirrung! in unbändige Kraft umsetzen sollten. Sie lachten über die Rollenspiele. Aber sie lernten auch, wie man Augen aussticht, Kniestöße verteilt und kratzt. Von nun an konnte Alison laufen und sich wehren, falls es nötig wäre.
Sie kaufte ein Taschenalarmgerät. Sie lief im Dunkeln. Sie lauschte auf Geräusche hinter sich. Im Kurs hatte sie gelernt, wachsam zu sein. Die Trainerin hatte gesagt, der beste Selbstschutz sei, nicht zur falschen Zeit am falschen Ort zu sein. Nichts passierte. Nur ein einziges Mal bekam Alison wirklich Angst, da war plötzlich jemand hinter ihr gewesen. Sie hatte getan, was sie im Kurs gelernt hatte, sie war schnell zum nächstbesten beleuchteten, mit Menschen bevölkerten Ort gerannt. Als sie mutig genug war, sich umzudrehen, sah sie einen Mann mit schwarzem, hohem Kragen. »Ein Priester«, erzählte sie Laura, als sie wieder zu Hause war. Sie schüttelte sich vor Lachen. »Ich habe einen Priester für einen Vergewaltiger gehalten.«
Sie lief jeden Abend, an den Wochenenden jeden Tag. Sie lief einen Semimarathon mit, sie kam als siebenundvierzigste durchs Ziel und war halbtot. Sie weinte, als sie die Ziellinie überquert hatte. Sie würde einen Marathon laufen. Vielleicht erst im nächsten Jahr, aber sie würde ganz bestimmt einen Marathon laufen.
Die Abende wurden heller. Sie lief gut, ihr Körper war

stark, sie spürte ihre Arm- und Beinmuskeln und noch andere, von denen sie gar nicht gewusst hatte, dass es sie gab. Sie fühlte sich rein und stark. Plötzlich schienen auch andere Ziele erreichbar. Ein Tauchkurs. Freiwilligendienst im Ausland. Reisen. Sie schrieb eine Liste.
Wenn Laura übers Wochenende zu Bryan gefahren war, ging Alison am frühen Abend joggen. Danach nahm sie ein Bad, trank ein oder zwei Glas Wein, aß etwas Leckeres, sah sich vielleicht einen Film an oder las ein Buch. Nahm sich Zeit für sich selbst.
So war es auch an jenem Abend. Sie rannte kilometerweit über den Strand, bis sie klatschnass und völlig erschöpft war. Sie fuhr nach Hause. Das Bad. Dann streckte sie sich auf dem Sofa aus. Sie dachte an Laura. Bryan hatte eine neue Freundin. Laura passte das nicht so ganz. Sie musste eingeschlafen sein. Sie dachte, sie träumte. Jemand rief ihren Namen.
*Alison. Alison.*
Jemand in diesem Zimmer. In diesem Haus. Er steht im Dunkeln, er beugt sich über sie. Schwarz. Sie sieht nur Schwarz. Ist das real, passiert das wirklich? Schrei, und deine Kehle ist wie zugeschnürt, beweg dich, und deine Arme und Beine sind wie gelähmt. Ein metallener Schimmer. Ein Messer?
*Alison. Alison.*
Panik! Chaos! Verwirrung! Dir bleiben weniger als fünf Sekunden, um zu reagieren. Eins. Zwei. Drei.
Er wird nicht. Ich werde es nicht zulassen.
Eins. Zwei. Tritt. Mit aller Kraft. Jetzt. Und schrei. Das kannst du besser, nun komm schon, lauter. Etwas fällt klingend aufs Parkett. Das Messer vielleicht? Vielleicht sind wir jetzt ebenbürtig. Schlag zu. Drücke deine Finger durch, setze sie wie Waffen ein, tritt zu und benutze deine Fingernägel, dafür sind sie da. Fliehe. Du kennst dieses Haus. Du

brauchst nur einen klitzekleinen Moment, die Tür ist nicht weit, die Tür, kratz, beiß, egal, fühl die Haut unter deinen Fingernägeln, tu es noch einmal.
Danach kannst du dich nur an eins erinnern, du sagst: Es fühlte sich an wie der Angriff eines Tiers, eines wütenden, gefährlichen Tiers, du dachtest, du müsstest kotzen, du dachtest, du müsstest sterben.
Sie wacht auf. Lichter. Geklapper. Jemand nimmt ihre Hand. Eine Krankenschwester hält ihre Hand. Sie spricht langsam und leise.
»Hallo. Sie sind im Krankenhaus. Sie haben es geschafft. Sie sind in Sicherheit. Wissen Sie, wie Sie heißen?«
»Alison. Alison.«
»Das ist gut. Können Sie mir sagen, welcher Tag heute ist, Alison?«
»Samstag? Ist heute Samstag? Oder schon Sonntag?«
»Ja, jetzt ist Sonntag. Wie fühlen Sie sich?«
»Mein Kopf … schmerzt … ich kann nicht … was ist passiert?«
»Sie wurden in Ihrem Haus überfallen. Der Krankenwagen hat Sie hergebracht.«
»Werde ich wieder gesund?«
»Ja, alles wird wieder gut.«
Sie versucht sich aufzusetzen, ihre Beine, Arme, Schultern tun weh, alles tut weh. Der Mann, o Gott, dieser Mann, was ist passiert? »Wurde ich … vergewaltigt?«
»Nein. Sie haben einen ziemlich bösen Schlag gegen den Hinterkopf bekommen, außerdem haben Sie ein paar schwere Prellungen, aber sonst ist nichts.«
»Aber … wissen Sie … Habe ich mich gewehrt? Ich habe mich gewehrt! O Gott.«
»Sie sind eine sehr tapfere Frau.«
»Wirklich? Bin ich das?«
»Ihre Tochter ist hier. Möchten Sie sie jetzt sehen?«

»Bitte.«
Laura. Laura.
»Mum, oh Mum!« Tränen laufen ihr übers Gesicht. »Mum, ich hatte solche Angst. Ich dachte, du wärst …«
»Laura. Ich habe mich gewehrt. Mein Körper. Meine Geheimwaffe.«
Sie weinen. Sie lachen.

# 14.
# Claire

Ich arbeitete die ganze Woche, wühlte mich langsam durch die Papierberge, machte mir Notizen, versuchte, irgendeine Ordnung in das viele Material zu bringen. Ziel meiner Bemühungen war es, aufgrund der Informationen eine Art Profil von Crill anzulegen.
Immer wieder tauchte der Name Max Williams auf. Er war der Detective Inspector, der die Ermittlungen geleitet, Crill schließlich verhaftet und die Beweise für das Verfahren gesichert hatte. Ich rief die Polizeihauptwache an, meldete mich mit meinem Namen und fragte nach Williams.
»Worum geht es, bitte?«
Ich erklärte, ich recherchierte einen Kriminalfall, den Williams bearbeitet habe.
»Um welchen Fall geht es?«
»Um Travis Crill.«
»Und Ihr Name war …?«
»Claire Wright.«
»Für welche Zeitung arbeiten Sie, Ms. Wright?«
»Ich arbeite freiberuflich.«
»Einen Moment, bitte.«

Ich wartete. Ich dachte schon, man hätte mich vergessen, und ich wollte gerade auflegen, als sich eine schroffe Männerstimme meldete.
Ich wiederholte meinen Namen, ich erklärte, dass ich an dem Fall Crill arbeite und gerne mit ihm darüber sprechen wolle.
»Wozu brauchen Sie die Informationen, und was werden Sie damit anstellen?«
»Äh, ich untersuche Fälle von sexuellen Übergriffen.«
»Für wen?«
Waren alle Polizisten so unfreundlich?
»Im Moment recherchiere ich noch, aber ich plane ein Buch über Sexualstraftaten und die Folgen für die Opfer.«
Das war nicht gänzlich gelogen. Ich musste mich vage ausdrücken. Ich hatte keine Wahl.
»Ich rede ungern mit Journalisten.«
»Eigentlich bin ich keine Journalistin«, sagte ich. »Ich bin Schriftstellerin. Ich wäre für Ihre Hilfe wirklich dankbar.«
»Wie ich schon sagte, ich …«
»Soviel ich weiß, war es vor allem Ihr Verdienst, dass man die Spuren an den Tatorten mit Crill in Verbindung bringen konnte. Der Fall ist ungemein wichtig, und ich würde mich wirklich sehr freuen, mit Ihnen darüber zu sprechen. Ich verspreche Ihnen, dass ich nicht viel von Ihrer Zeit in Anspruch nehmen werde.«
»Wie ich schon sagte …«
»Den Polizeiberichten zufolge waren Sie derjenige, der während der Verhöre am meisten mit Crill zu tun hatte. Ihr Wissen ist für meine Arbeit von entscheidender Bedeutung. Ich würde mich ganz nach Ihrem Terminplan richten.«
Höflich, so höflich. Und so ausgesprochen respektvoll.
»Miss, ich glaube kaum …«
»Claire. Nennen Sie mich Claire. Mr. Williams, Ihr Fachwissen und Ihre Berufserfahrung sind für mein Projekt un-

gemein wichtig. Bitte überlegen Sie es sich noch einmal. Ich verspreche, nicht viel von Ihrer Zeit in Anspruch zu nehmen, und gern können Sie das Gesprächsprotokoll hinterher lesen.«

Am anderen Ende der Leitung herrschte Schweigen.

»Worum ging es?«

»Ich recherchiere zum Thema Sexualdelikte.«

Kurz angebunden. »Okay. Ich werde mich mit Ihnen treffen. Kommen Sie am Mittwoch um zwei Uhr in die Hauptwache.«

Ich meldete mich am Empfang. Die Polizistin hinter dem Tresen warf einen Blick auf eine Liste. Sie reichte mir einen Aufkleber mit Nummer und der Bezeichnung *Besucher*. Ich unterschrieb eine Erklärung, der zufolge alles, was ich zu sehen bekam, der Geheimhaltung unterlag und nicht weiterverbreitet werden durfte. Sie betrachtete meine Unterschrift und griff dann zum Telefonhörer. Sie bat mich zu warten.

Max Williams kam ins Dienstzimmer. Er war groß und hielt sich sehr gerade. Er sah mir fest in die Augen, als er mir seine Hand reichte und sich vorstellte. Er begleitete mich durch einen Flur zu seinem Büro, bot mir Kaffee aus einem Automaten an, zeigte auf einen Stuhl, setzte sich hinter seinen Schreibtisch und warf mir einen missmutigen Blick zu.

»Bevor wir anfangen«, sagte er, »möchte ich eins klarstellen. Sie haben gesagt, Sie recherchieren zum Thema Sexualdelikte. Wofür?«

»Im Moment weiß ich das selbst nicht so genau. Ich stehe noch ganz am Anfang meiner Arbeit.«

Er kniff die Augen zusammen, ohne den Blick abzuwenden. Am liebsten hätte ich weggeschaut, aber ich zwang mich, seinem Blick standzuhalten. »Welche anderen Fälle recherchieren Sie?«

»Momentan konzentriere ich mich auf den Fall Crill. Von allen kontrovers diskutierten Fällen ist das der jüngste, und außerdem ist Crill ein, äh, interessantes Thema.«
»Warum sagen Sie das?«
Er ließ nicht locker. Hey, wollte ich sagen, *ich* stelle hier die Fragen. Kein Wunder, dass er mit diesem Schlangenbeschwörerblick zu den erfolgreichsten Ermittlern des Landes gehörte. Und seine Stimme erst. Offen und ehrlich, tröstlich und ernst, alles zugleich. *Ich gestehe alles.* Ich wollte ihn anlächeln, ihm sagen, dass er seinen Job ganz ausgezeichnet machte.
»Sein Profil entspricht nicht dem typischen Vergewaltiger«, sagte ich.
»Was ist ein typischer Vergewaltiger?«
»Nun ja, nach allem, was ich gelesen habe, und das ist zugegebenermaßen nicht besonders viel, bestehen in den meisten Fällen Vorstrafen. Außerdem wurden die Täter als Kinder oftmals vernachlässigt, wenn nicht gar misshandelt. Der typische Vergewaltiger ist – wie soll ich sagen – eher der Verlierertyp, vielleicht ist er arbeitslos, hat keinen festen Halt. Auf Crill trifft all das nicht zu.«
Immer noch musterte er mich aufmerksam. »Gesellschaftliche Außenseiter, wollen Sie sagen?«
»Nun ja … ja.«
»Es verhält sich natürlich nicht immer so, aber im Großen und Ganzen haben Sie recht. Obwohl Sie sich wundern würden, wenn Sie wüssten, wer zum Straftäter wird. Das sind Leute, die Sie und ich als ganz normal bezeichnen würden … falls es so was gibt. Aber ich stimme Ihnen zu. Sexualstraftäter weisen oftmals große Ähnlichkeiten im psychologischen Profil auf.«
»Würden Sie behaupten, dass man Crill erst nach so langer Zeit auf die Spur gekommen ist, weil er dem typischen Täterprofil nicht entspricht?«

»Vielleicht«, sagte er. »Aber wenn Sie sich andere Fälle von wiederholten Sexualstraftätern ansehen, werden Sie feststellen, dass diese Art von Täter ohnehin schwer zu fassen ist.«

Wir starrten uns weiterhin über den Schreibtisch an.

»Nun gut«, sagte er. »Sie stehen also am Anfang Ihrer Recherchen zum Thema Sexualverbrechen. Sie wissen noch nicht genau, wofür, und Sie konzentrieren sich auf den Fall Crill.«

Ich spürte, wie ich errötete. Das alles klang nach einer, wie Annie gesagt hätte, ziemlich lahmen Ausrede. »Ja, ungefähr so ist es«, sagte ich.

»Schön. Was wollen Sie von mir?«

»Ich versuche, eine Art Profil von Crill zu erstellen. Es ... es ist schwierig zu erklären, aber ich möchte herausfinden, wer Crill eigentlich ist.«

»Schwierig zu erklären? Sagen Sie, Ms. Wright, drücken Sie sich immer so unklar aus?«

Er grinste mich an, als wäre ich eine kleine Hobbydetektivin. *Nancy Drew, stets zu Diensten, Sir.*

»*Momentan* ist das schwierig zu erklären«, sagte ich beleidigt, »aber ich würde trotzdem gern wissen, wie es war, als Sie mit Crill zu tun hatten, an was Sie sich erinnern, was Ihnen bezüglich seines Charakters auffällig erschien. Macht es Ihnen etwas aus, wenn ich das hier einschalte?« Ich zeigte auf mein Diktiergerät.

Er runzelte die Stirn. »Hm ... okay. Aber ich warne Sie. Vielleicht beantworte ich nicht jede Ihrer Fragen.«

»Können wir anfangen? Wissen Sie noch, wie es dazu kam, dass Sie Travis Crill der Überfälle auf Frauen zwischen 1994 und 1999 zum ersten Mal verdächtigten?«

Williams erzählte, dass Crills Jaguar-Oldtimer aus der Werkstatt gestohlen worden war. Das Auto brauchte ein besonderes Ersatzteil, welches schwierig zu beschaffen war;

aus diesem Grund stand der Wagen über eine Woche in der Werkstatt. Nicht Crill hatte den Diebstahl gemeldet, sondern einer der Automechaniker. Der Mann hatte zu Beginn seiner Schicht bemerkt, dass in die Werkstatt eingebrochen worden war und mehrere Kundenfahrzeuge fehlten. Er rief sofort die Polizei.
Die Autos wurden schließlich in einer Lagerhalle außerhalb der Stadt entdeckt. Weil die Fahrzeuge wertvoll waren und eines davon einem Stadtrat gehörte, gingen die Beamten bei der Sicherung von Beweisen – wie zum Beispiel Fingerabdrücken – besonders gewissenhaft vor. Der Computer brachte die Fingerabdrücke aus Crills Wagen mit dem Fall Alison Brown in Verbindung; der Täter war damals überstürzt geflohen und hatte Fingerabdrücke im Badezimmer hinterlassen. Zunächst ging die Polizei davon aus, die Autodiebe hätten auch bei dem Überfall auf die Frau eine Rolle gespielt. Crill wurde auf die Wache gebeten. Man wollte seine Fingerabdrücke nehmen, um sie von denen der Täter abzugrenzen. Dabei kam die Übereinstimmung ans Licht.
»Wissen Sie noch, wie Crill reagierte, als man ihn um Fingerabdrücke bat?«
»Ich war nicht dabei.«
»Hat man Ihnen von seiner Reaktion berichtet?«
»Es handelt sich hier lediglich um Gerüchte. Aber ich habe mich, nachdem die Übereinstimmung bekannt wurde, tatsächlich danach erkundigt. Angeblich blieb er vollkommen ungerührt. Ein anwesender Polizist beschrieb ihn als ruhig und gefasst. Er widersetzte sich der Prozedur nicht, und seine einzige Frage war, wann er sein Auto wiederhaben könne.«
»Das erscheint merkwürdig. Er muss sich doch ganz bestimmt bedroht gefühlt haben. Konnte er nicht ahnen, dass man ihm auf die Spur kommen würde?«

»Nicht unbedingt. Er konnte nicht automatisch wissen, dass wir seine Abdrücke bereits erfasst hatten. Er hat bei allen Taten nur einen einzigen vollständigen Abdruck hinterlassen. Wir hatten nicht viel gegen ihn in der Hand. Er ging bei den Taten extrem umsichtig vor, was das anging.«

»Haben Sie die Erstvernehmung geleitet?«

»Ja. Wir luden ihn für den folgenden Tag vor. Er dachte, wir wollten ihn zu seinem Auto befragen.«

»Wie reagierte er, als er merkte, dass man ihn der Taten verdächtigte?«

»Keine erkennbare Reaktion. Er bat uns, Alistair Downes anzurufen.«

»Seinen Anwalt.«

»Sie kennen ihn?«

»Äh … nur flüchtig.«

»Tja, dabei sollten Sie es auch belassen, wenn Sie meinen Rat wollen. Er ist ein schäbiger Typ, aber das war jetzt nicht fürs Protokoll, das können Sie löschen.«

»Und anschließend haben Sie Crill vernommen?«

»Soweit es möglich war.«

»Wie meinen Sie das?«

»Downes ging sehr clever vor und riet Crill zu absolutem Stillschweigen. Aber auf Crills Aussage kam es nicht mehr an. Wir konnten ihn anhand der Fingerabdrücke und der DNA-Proben mit mehreren Taten in Verbindung bringen. Er hatte immer in der Nähe der Tatorte gewohnt. Er hatte kein Alibi. Und noch etwas war hilfreich: Obwohl es im Fall von Janine Bryant keine DNA-Spuren vom Täter gab, war sich das Opfer sicher, ihn wiederzuerkennen. Und sie hatte recht. Bei der Gegenüberstellung konnte sie ihn ohne zu zögern identifizieren.«

»Wie verhielt Crill sich während der Befragung? Wirkte er verunsichert oder durcheinander?«

»Niemals. Auch das unterschied ihn vom Großteil der Täter, mit denen ich im Laufe der Jahre zu tun hatte. Sicher, er war gebildet und wortgewandt. Aber ich bin schon vielen eloquenten Betrügern begegnet, sogenannten Wirtschaftskriminellen, und selbst die werden nervös, wenn sie begreifen, dass sie in der Falle sitzen. Falls Crill nervös war, habe ich nichts davon bemerkt.«

»Was für einen Eindruck hat er auf Sie gemacht?«

»Schwierige Frage. Wenn ich ihm unter anderen Umständen begegnet wäre, hätte ich ihn als entgegenkommend, sehr höflich und geradezu charmant beschrieben. Er lächelte, beantwortete die Fragen und verhielt sich so, als handele es sich um ein großes Missverständnis, das ihm zufällig zugestoßen war. Auch während der Verhandlung gab er sich so. Als die Opfer aussagten, beobachtete ich ihn ganz genau. Er saß da und betrachtete den Wandschirm, hinter dem die Frauen saßen. Er wirkte verwundert und ein bisschen enttäuscht angesichts der Tatsache, dass auf dieser Welt so schreckliche Dinge geschehen. Wissen Sie, Claire ... darf ich Sie Claire nennen?«

»Ja, sicher doch.«

»Mir war unwohl dabei, mir gefror das Blut in den Adern. Beim Schuldspruch war es nicht anders. Keinerlei Regung. Es war so, als habe er mit alldem nicht das Geringste zu tun.«

»Können Sie darüber hinaus noch irgendetwas über Crill sagen? Wie denken Sie über ihn?«

»Mein Bauchgefühl sagt mir, dass ich es nie mit einem gefährlicheren Verbrecher zu tun hatte.«

»Glauben Sie, dass er die Taten bereut?«

»Diese Frage kann ich nicht beantworten. Aber er scheint sich, wie ich schon sagte, nicht mit seinen Taten zu identifizieren.«

»Wie sieht es mit einer Resozialisierung aus? Halten Sie sie für möglich?«

Er zuckte die Achseln. »Diese Frage überlasse ich den Psychiatern. Ich persönlich würde nicht darauf vertrauen.«
Es war halb drei, und Williams fing an, auf seine Armbanduhr zu schielen. Ich bedankte mich. Er schüttelte meine Hand und wünschte mir Glück. Ich war erschüttert über seine Einschätzung von Downes und von Crill, und ich schämte mich ein bisschen, dass ich ihm den wahren Grund für meinen Besuch verschwiegen hatte. Ich verabschiedete mich ein wenig kühl.
Trotzdem musste ich auf dem Nachhauseweg immer wieder daran denken, wie unglaublich attraktiv Detective Inspector Williams doch war. Über eins achtzig groß und schlank, und dann diese dunklen Augen, und wie er einen damit ansah … Wann hatte ich das letzte Mal einen attraktiven Mann kennengelernt? Du lieber Himmel, wann hatte ich das letzte Mal mit einem geschlafen? Im Lauf der letzten Jahre hatte es die eine oder andere Begegnung gegeben, immer oberflächlich, niemals befriedigend, und jedes Mal hatte ich mich beeilt, zurück nach Hause zu Annie zu kommen. Aber nun malte ich mir aus, wie ich Williams anrufen, um ein zweites Gespräch bitten und ganz unverbindlich die Frage einfließen lassen würde, ob er gebunden sei. Ich musste lächeln. Ich hatte nicht mehr oft gelächelt, seit Crill in mein Leben getreten war. Er ist verheiratet, sagte ich mir, ganz bestimmt ist er verheiratet. Mit einer netten Frau, mit der er nette Kinder hat.
Ich hörte das Band ab und machte mir Notizen. Ich hatte das Material komplett gelesen, einige Dokumente sogar mehrfach, und ich hatte Karteikarten beschrieben. Ich breitete alles vor mir aus und überlegte. Die meisten Informationen klangen vertraut, dennoch gab es Muster, die mir bislang nicht aufgefallen waren. Alle Frauen waren Anfang dreißig gewesen, alle hatten im Eigenheim gelebt und waren Single. Alle Häuser standen im selben Viertel, das etwa

zwanzig Straßen umfasste; tatsächlich lag es nicht weit von meiner Wohngegend entfernt, einer Art Vorort, der direkt an die Innenstadt grenzte. Crills Wohnung war zu Fuß erreichbar.

Alle Überfälle hatten sich im neuseeländischen Frühling ereignet, im Oktober, und das Datum wich immer nur um wenige Tage ab. Der Täter hatte immer zur selben Uhrzeit zugeschlagen, kurz vor Mitternacht, bei völliger Dunkelheit. Vier der Frauen erinnerten sich, dass er sie beim Vornamen genannt hatte. In allen Fällen hatte er das Opfer zu nächst mit dem Messer bedroht, es dann mit einem mitgebrachten Seil gefesselt und anschließend in ein Gespräch verwickelt. Hannah Moore und Lisa Evens gaben übereinstimmend an, die Absichten des Täters zunächst nicht durchschaut zu haben. Evens hatte ausgesagt, der Täter habe »irgendwie, ich weiß, das klingt verrückt, aber er hat beinahe … *nett* gewirkt«. Während der Taten zeigte er offenbar überhaupt keine Emotionen, abgesehen von dem extremen Wutausbruch bei Alison Brown, die ihn gekratzt hatte. Ihrer Aussage nach »schäumte« er vor Wut, er war »aufgebracht und hatte vollkommen die Kontrolle verloren. Ich weiß nicht mehr, was dann passiert ist, aber ich dachte, er bringt mich um«.

Ich hatte mir während der Unterhaltung mit Max Williams die Wörter *höflich* und *entgegenkommend* notiert; diese Beschreibung schien auch zu den Gefängnisberichten zu passen, die Downes mir beschafft hatte. Angeblich sprach der Häftling Crill gut auf die Rehabilitationsmaßnahmen an, die man ihm zukommen ließ. Während der Sitzungen drückte er anscheinend echtes Bedauern über seine Taten aus. Aha. Ich hatte ein perfektes Zeugnis vor mir.

Ich überflog noch einmal mein Material. Das Datum, die Nähe der Häuser zu seiner Wohnung, Crills offenbar umfassende Kenntnis der Lebensumstände seiner Opfer und

das Ritual aus Gespräch und anschließender versuchter Vergewaltigung machte mich stutzig. Es war wie bei einem riesigen Puzzle; einige der Teile passten an Stellen zusammen, wo man es niemals erwartet hätte, andere – die wichtigsten – fehlten ganz. Hatte Crill die Frauen möglicherweise über eine längere Zeit ausgespäht? Und warum gab er sich so verdammt höflich, wenn er am Ende eine Vergewaltigung plante?
Vielleicht müsste ich Max Williams tatsächlich noch einmal anrufen, damit er mir dieses Muster erklärte. Gleichzeitig wollte ich mir vor ihm keine Blöße geben, ich wollte nicht wie eine dumme Gans mit detektivischen Ambitionen dastehen. Es war an der Zeit, mit Crill persönlich zu sprechen, Gesprächstermine mit seiner Familie und seinen Kollegen zu vereinbaren. Falls die überhaupt mit mir reden wollten.
In der folgenden Nacht träumte ich von Alex. Im ersten Jahr nach seinem Tod hatte ich fast jede Nacht von ihm geträumt und war immer wieder mit tränenüberströmtem Gesicht aufgewacht. Intuitiv hatte ich gespürt, dass ich aufwachen und ihn zurücklassen musste. Damals sehnte ich mich nach Schlaf in der Hoffnung, ihm im Traum zu begegnen. Inzwischen träumte ich kaum noch von ihm, und wenn doch, dann nur als undeutliche Figur im Hintergrund, als freundliche, mir wohlgesonnene Erscheinung.
Aber in diesem Traum jagte Alex mir Angst ein.
Wir gingen am Strand in der Nähe des Hauses spazieren, Annie, Alex und ich. Mit ernster Miene drehte er sich zu mir um und musterte mein Gesicht. Er schnappte sich Annie, nahm sie auf den Arm und lief weg. Ich versuchte, sie einzuholen, aber es gelang mir nicht. Ich schrie so laut ich konnte. Der Abstand zwischen uns vergrößerte sich. Vom Meer zog Nebel auf, er legte sich über den Strand wie ein zähes, alle Geräusche erstickendes Tuch.

Ich wachte schreiend auf. Ich hörte meine eigene, heisere, erschöpfte Stimme, die in die Dunkelheit rief.

## 15.
## Annie

Das erste Halbjahr lief wie üblich, die Lehrer wiesen uns unermüdlich darauf hin, wie wichtig dieses Schuljahr sei, wie entscheidend unsere Leistungen für das nächste seien, weil das zwölfte Schuljahr fast schon das letzte sei und einen riesigen Einfluss auf unseren Einstieg ins Studium habe. Zumindest für jene, die es bis auf die Uni schafften. Und so weiter und so fort.

Und natürlich taten sie so, als sei es das Allerwichtigste im Leben, einen Studienplatz zu bekommen.

Ich wollte ganz unabhängig davon an die Uni, und ich war bereit, etwas dafür zu tun. Ich wollte Film- und Theaterwissenschaften studieren und mich dann bei einer Filmhochschule bewerben, wenn möglich irgendwo im Ausland. Ich wusste selbst nicht genau, was ich beim Film arbeiten würde, aber mir war klar, dass das mein Berufsfeld werden sollte. Ich liebte Filme. Eine der Lieblingsbeschäftigungen von Mum und mir war, es uns an einem kalten Sonntagnachmittag mit Bergen von Süßigkeiten auf dem Sofa bequem zu machen und DVDs anzuschauen.

Ich erzählte Savannah von meinen Plänen. Sie fand das ziemlich cool und riet mir, in New York zu studieren, weil es dort die besten Filmhochschulen der Welt gäbe und ich außerdem bei ihr wohnen könne. Es wäre fantastisch, wir könnten zusammen eine Wohnung nehmen, und vielleicht würde sie sich selbst bei der Filmhochschule bewerben, auch wenn sie eigentlich Schauspielerin werden wollte. Inzwischen waren Savannah und ich eng befreundet. Im Unterricht saßen wir nebeneinander, und meistens verbrachten wir das Wochenende miteinander. Sarah und Charlotte waren auch dabei, aber Savannah hatte mich zu ihrer besten Freundin erklärt, was mich mit Stolz erfüllte.

Alle anderen betrachteten Savannah mit einer Art Ehrfurcht. Zum einen besaß sie die coolsten Klamotten und sah jeden Tag anders aus. Zum anderen verfügte sie über genug Geld, um ins Café zu gehen, wann immer es ihr passte, und so viel zu bestellen, wie sie wollte. Oft lud sie uns ein, besonders mich, auch wenn mir das manchmal ein bisschen unangenehm war. Was aber meine Mitschüler am tiefsten beeindruckte, war der kleine, leuchtend blaue, offene Sportwagen, mit dem Savannah durch die Gegend kreuzte. Sie fuhr morgens damit zur Schule, und nachmittags setzte sie uns meistens zu Hause ab. Sie sagte, ihr Dad habe ihr den Wagen gekauft, um sie in Neuseeland über das Heimweh hinwegzutrösten.

Da gab es noch andere Sachen, Geschichten, die Savannah nur mir anvertraute. Wir lagen bei ihr zu Hause mit Kissen auf dem Boden, hörten Musik und erzählten uns unsere Geheimnisse.

Ich erzählte ihr, wie mein Dad gestorben war, und dass mir niemand auf der Welt so nahestand wie meine Mum. Savannah sagte, dass sie mich darum beneide; sie selbst fühle sich ihrer Mutter nicht sonderlich nahe, sie habe viel mehr mit ihrer Schwester gemeinsam, obwohl die viele Jahre älter war als sie.

Savannah sagte, eigentlich sei sie von ihrer Schwester großgezogen worden, nicht von ihrer Mum. Mit niemandem hatte sie so viel geredet wie mit ihrer Schwester, und nun telefonierten sie und schickten sich laufend SMS und E-Mails. Trotzdem vermisse sie ihre Schwester sehr. Savannah

sagte, sie sei überzeugt, dass ihre Mum sie eigentlich nicht hatte haben wollen.
»Sieh es mal so«, sagte sie, »ich bin viel jünger als Liza. Als Mum mich bekam, war sie schon fast vierzig. Jede Wette, dass ich eigentlich nicht geplant war?«
Savannah war der Überzeugung, dass ihre Mum sie damals am liebsten abgetrieben hätte, nur dass ihr Dad das nicht zugelassen hatte. Sie sagte, einmal habe sie einen Streit der Eltern belauscht. Ihre Mutter habe gesagt, sie wäre schon längst über alle Berge, wenn er sie damals nicht zu diesem Baby überredet hätte.
Savannah tat mir leid. Manchmal, wenn sie mir solche Sachen erzählte, fing sie an zu weinen und sagte, sie sei so glücklich, mich zur Freundin zu haben. Wir würden für immer Freunde sein, nicht wahr? Ich würde sie niemals im Stich lassen, oder? Und dann lachte sie plötzlich und sagte, sie müsse wohl verrückt geworden sein, so zu reden, wir sollten lieber eine Spritztour machen. Wir nahmen ihr Auto, um in die Stadt zu fahren, Kaffee zu trinken und die Jungs zu beobachten, na ja, Savannah war mehr daran interessiert als ich, sie kicherte und flüsterte und brachte mich zum Lachen.
Sie brachte mich oft zum Lachen. Zum Beispiel, wenn sie sich über neuseeländische Ausdrücke lustig machte. »Hey Annie«, fragte sie, »was bedeutet *pipileicht?*«
»Das bedeutet, dass etwas wirklich einfach ist.«
»Und was bedeutet *anpissen?*«
»Schimpfen.«
»Und *aufspulen?*«
»Sich wichtig machen.«
»Ich spule mich auf? Ich *spule mich auf,* wenn ich mich wichtig mache?«
»Ja.«
»Annie, hör mal, die eine aus unserer Klasse, die mit der Brille.«

»Lucy?«
»Ja, Lucy. Neulich kam sie rein und sagte, sie hätte diese Party verpasst, und sie sagte, sie könnte sich in den Arsch beißen. Was heißt das?«
»Dass sie sich über sich selbst geärgert hat.«
»Sich in den Arsch zu beißen ist ein Zeichen von Ärger?«
Wir kringelten uns vor Lachen. Am lustigsten wurde es aber, als Savannah von diesem Typen erzählte, der sich im Café neben sie gesetzt hatte.
»Ein richtiger Idiot, Annie. Und stell dir mal vor, er trug *Sandalen*. Zu *Jeans*. Und er hatte ein *fanny pack!*«
»Ein was?«
»Ein *fanny pack.* Du weißt schon, diese kleinen Taschen mit Gürtel. Man trägt sie um die Hüfte.«
»Eine Gürteltasche? Das nennt man Gürteltasche.«
»Na ja, wir sagen *fanny pack* dazu.«
»Sag das nicht.«
»Was? *Fanny pack? Fanny?* Das heißt so viel wie Po.«
»Nein, nicht in Neuseeland. In Neuseeland heißt das … deine …« Ich musste so sehr lachen, dass ich mich verschluckte.
»Was? Was heißt das?«
»Es heißt Muschi.«
»Du liebe Güte!«
Auch darüber konnte ich mich köstlich amüsieren. Wenn sie es sagte, klang es komisch.
»Hey, Annie-Fanny!«
»Nenn mich nicht so!« Ich musste Tränen lachen.
Oft schenkte sie mir Klamotten, die ihr angeblich nicht mehr passten, weil sie fett geworden sei. Dabei war sie dünn wie ein Bleistift, viel dünner als ich. Wenn ich ablehnte, zog sie ein trauriges Gesicht und sagte, ich solle sie anprobieren, *los, nur um zu sehen, wie es dir steht.* Und wenn ich das Teil einmal anhatte, behauptete Savannah, es stehe mir viel bes-

ser als ihr, *bitte, Annie, behalte es, bitttebittebitte! Ich trage den Rock sowieso nie, bitte, Annie, nimm ihn!*

Mit anderen Sachen war es dasselbe. Schmuck, den sie, wie sie sagte, besser nicht gekauft hätte, weil er nicht zu ihr passte; Parfum, Make-up, Duschgel, Sonnenbrillen und Taschen, alles nagelneu. Sie besaß so unglaublich viel Zeug und tat nichts lieber, als es zu verschenken. Mum gefiel das nicht. Sie war tolerant und überließ mir die Entscheidung, was ich anzog, aber sie sagte, sie sei nicht glücklich darüber, dass Savannah mir so viel Kleidung und anderes Zeug schenkte. Sie wollte bei Savannahs Mutter anrufen und fragen, ob das alles seine Richtigkeit hätte, aber ich sagte *neiiin, Mum, das kannst du nicht machen, das wäre ja so peinlich! Peinlich und undankbar.*

Und überhaupt, fragte sie, ob das wirklich die Klamotten seien, in denen ich rumlaufen wolle?

Danach war ich ein bisschen sauer auf Mum. Im Nachhinein gesehen wohl nur, weil sie aussprach, was ich mich selbst auch gefragt, dann aber lieber verdrängt hatte. Ich wollte einfach nur glauben, dass ich diese tolle neue Freundin hatte, die alle anderen ebenfalls toll fanden. Ich will nicht behaupten, ich wäre davor in der Schule unbeliebt gewesen, immerhin hatte ich eine Menge Freundinnen. Aber ehrlich gesagt hatte ich nie zu einer richtig coolen Clique gehört, und nun schienen alle mich zu beneiden.

»Wie meinst du das, Mum? Willst du damit sagen, dass die Sachen dir nicht gefallen? Dass sie mir nicht stehen?«

Mum setzte ein taktvolles Gesicht auf. »Das habe ich überhaupt nicht gesagt, mein Schatz. Es ist bloß so, dass du dich normalerweise anders kleidest. Zum Beispiel kenne ich diese Farben gar nicht an dir.«

Mum sagte damit nur, dass ich normalerweise keine knalligen Farben und keine Glitzertops trug. Aber was sie eigentlich sagen wollte und was ich ihr von den Augen ablesen konnte, war, dass ich normalerweise keine so engen und knappen Klamotten trug. Aber Savannah kannte sich mit Mode aus und sagte, die Sachen stünden mir wunderbar. Sie lobte meine gute Figur, die müsse ich einfach herzeigen.

Mum ging allerdings die Wand hoch, als es um meine Haare ging. Ich hatte mein Haar immer lang getragen; es war glatt, dicht und dunkelrot. Mum sagte, ich hätte die Haare meines Vaters und sollte mich glücklich schätzen. Jedenfalls rief Savannah eines Tages an und meinte, sie habe ein Geschenk für mich. Es handele sich um eine Überraschung; ich müsse morgen nach der Schule mit ihr in die Stadt fahren und mindestens zwei Stunden Zeit mitbringen, deswegen dürfe ich mir nichts anderes vornehmen. Ich würde begeistert sein.

Sie war wirklich aufgeregt wegen ihres Geschenks. Den ganzen Tag redete sie von nichts anderem, und als ich erfuhr, worum es ging, traute ich mich nicht, nein zu sagen.

Sie nahm mich mit zu Zoe's, dem teuersten Friseurladen der ganzen Stadt. Sie hatte alles arrangiert. Sie sagte, es würde fantastisch, ich würde es lieben. Ich musste die Augen schließen. Ich wurde unruhig, als ich spürte, wie meine Haare abgeschnippelt wurden. Dann drehten sie mich vom Spiegel weg, um Farbe aufzutragen.

Ich wagte nicht, etwas zu sagen, weil Savannah so aufgekratzt war und sich so große Mühe gegeben hatte, diese Riesenüberraschung für mich vorzubereiten; dennoch versuchte ich, der Friseurin vorsichtig zu verstehen zu geben, dass ich mein Haar mochte, wie es war. Savannah sagte immer wieder, dass ich total cool aussehe und mich nicht so anstellen solle, und sie kicherte pausenlos. Ehrlich gesagt wusste ich nicht, was ich tun sollte.

Als ich einen Blick in den Spiegel werfen durfte, hätte ich am liebsten geheult. Ich muss zugeben, dass meine Haare toll aussahen, aber irgendwie hatte es den Anschein, als ge-

hörten sie nicht länger zu mir. Ich hatte das Gefühl, mit diesen Haaren nicht mehr ich selbst zu sein. Die Frisur war richtig kurz, mit einem fransigen Pony, der mir über die Augen fiel. Die Spitzen waren weißblond. Darunter hatten sie meine natürliche Haarfarbe stehen lassen, die aber in Kombination mit dem Blond alles andere als natürlich wirkte.
Savannah kreischte, ich sähe fantastisch aus, sie sei begeistert, und die Friseurin bestätigte, ich sähe toll aus, viel älter, und alle im Salon starrten mich an und sagten *wow, was für eine Veränderung.* Irgendwie sah es tatsächlich cool aus, aber ich fühlte mich nicht wohl. Und ich wusste, dass Mum es hassen würde.

Ich ging mit gesenktem Kopf ins Wohnzimmer, und Mum schaute auf und lächelte wie immer, aber dann gefror ihr Lächeln plötzlich, ihr Mund klappte auf, und sie starrte mich wortlos an.
»Ich war beim Friseur«, sagte ich. Mir fiel nichts Besseres ein.
»Aber …« Mum starrte mich an. »Ich dachte, deine Haare gefallen dir, so wie sie sind.«
Ich drehte mich weg. Ich konnte sehen, dass Mum meine Frisur abscheulich fand, ich fand sie auch abscheulich und wollte heulen, weil ich mich so mies fühlte. Mein ganzes Leben hatte ich mein Haar lang getragen, ich hatte vor Mum gesessen, und sie hatte mein Haar gekämmt und mir Bauernzöpfe geflochten und damit gespielt, und immer hatte sie gesagt, wie froh ich sein könne, die Haare von Dad zu haben. Aber dann wurde ich wütend. Jeder probierte dann und wann eine neue Frisur aus. Es ging schließlich bloß um Haare, oder?
»Ich wollte mal anders aussehen.«
»Aber warum denn, Schätzchen?«

»Meine Frisur war langweilig.« Ich hatte zu brüllen angefangen. »Meine Haare sehen seit eh und je gleich aus. Mum, ich bin kein Baby mehr.«
Dabei klang ich wie ein Baby, und ich merkte es selbst.
»Aber warum hast du mir nicht erzählt, dass du zum Friseur gehst, Annie?«
»Ich muss dir nicht alles erzählen. Ich bin fast erwachsen, falls es dir noch nicht aufgefallen ist. Außerdem sind es meine Haare.«
»Ich weiß, dass du fast erwachsen bist, Annie, aber normalerweise sprichst du mit mir, wenn du etwas veränderst. Wovon hast du das bezahlt? Der Schnitt sieht ganz schön teuer aus.«
»Ich habe mein Babysittergeld gespart.«
Ich musste lügen. Mum hätte nicht verstanden, dass Savannah mich überraschen wollte. Ich wollte unbedingt, dass sie Savannah mochte und sich mit ihr verstand, so wie sie sich mit meinen anderen Freundinnen verstand.
»Aber du warst doch gar nicht babysitten.«
Ich hatte Angst, sie könnte die Wahrheit herausbekommen. Und ich wollte meine Haare zurück, aber gleichzeitig wollte ich, dass Savannah meine Freundin blieb. Ich wollte von Mum hören, dass es in Ordnung war, dass meine Frisur gut aussah und dass sie mich liebte.
»Du glaubst mir nicht«, schrie ich. »Du glaubst mir nicht, du magst meine Frisur nicht und meine Klamotten auch nicht. Du willst, dass ich für immer deine kleine, langweilige Tochter bleibe, nicht wahr? Es gefällt dir nicht, dass ich erwachsen werde und meinen eigenen … meinen eigenen Stil entwickle.«
Mum wirkte ein bisschen überrascht, und als ich das mit dem Stil sagte, sah sie aus, als würde sie gleich lachen. Aber dann bedachte sie mich mit einem kühlen, ruhigen Blick, wie immer, wenn ich zu weit gegangen war. »Annie«, sagte

sie, »ich habe lediglich etwas gegen deine Vorgehensweise. Wir waren immer ehrlich zueinander, wir haben uns alles anvertraut, und das ist mir wichtig. Und was deinen eigenen Stil betrifft, so ist es natürlich deine Sache, was du anziehst und wie deine Haare aussehen. Aber nur solange es wirklich dein Stil ist und nicht der von irgendwelchen Leuten, denen du nacheiferst. Ich möchte, dass du darüber nachdenkst. Ich werde nichts mehr dazu sagen, aber ich möchte, dass du darüber nachdenkst.«

Sie machte eine abweisende Miene, wie immer, wenn sie nicht weiterreden wollte. Ich ging in mein Zimmer und holte meine Hausaufgaben raus. Ich starrte in den Spiegel und zupfte an meinen Haaren. Sie waren vor lauter Gel und Spray ganz steif. Ich trat einen Schritt zurück und betrachtete mich. Ich trug das knallrote Tanktop mit der silbernen Glitzerschrift, dazu einen Jeansmini. Die neue Frisur machte mich definitiv älter. Größer und schlanker und cool. Anders, aber ohne Zweifel cool.

Und die meisten anderen sahen das genauso, als ich am nächsten Tag in die Schule kam. Auf der Coolness-Skala war ich definitiv aufgerückt. Ich bemerkte, dass die Jungs mich wahrzunehmen begannen. Ich bemerkte, dass Jungs aus der dreizehnten mir und Savannah hinterherstarrten, besonders wenn Savannah und ich nach Schulschluss in ihren Sportwagen stiegen und mit offenem Verdeck und Sonnenbrille auf der Nase davonbrausten. Ich genoss die Aufmerksamkeit. Ich genoss es, wie die Jungs verstummten und uns auf die Beine starrten, wenn wir vorbeikamen.

Ich versöhnte mich mit Mum. Ich erzählte ihr, ich hätte sie mit der neuen Frisur überraschen wollen, aber dann hätte ich gesehen, dass sie ihr nicht gefiel, und von da an sei alles schiefgegangen. Mum sagte, sie sei im ersten Moment ein bisschen schockiert gewesen, weil ich so verändert ausgesehen hätte, aber es wäre schon okay, bei ihr lägen wegen

dieser Crill-Geschichte einfach die Nerven blank. Wir gingen sehr nett miteinander um. Nett, aber anders als früher. Wir sprachen nicht darüber, aber wir spürten es beide.
Wenn sie nicht zu Hause war, las ich, was sie geschrieben hatte. Crill war gruselig, und was Mum schrieb, machte mir Angst. Außerdem hatte sie mir erzählt, dass wir besonders vorsichtig sein müssten, was unsere persönliche Sicherheit anging. Sie erzählte mir, was der Anwalt über die Medien gesagt hatte, dass wir vorsichtig sein müssten und niemandem von ihrem Projekt erzählen dürften. Dass wir die Türen immer verriegeln und alle Fenster schließen müssten, wenn wir aus dem Haus gingen. Sie versuchte, das alles ganz normal klingen zu lassen, wir bräuchten nur ein bisschen vorsichtiger zu sein als sonst, wahrscheinlich gäbe es ohnehin keine Probleme, außerdem wäre es nur für kurze Zeit. Sobald sie das Buch geschrieben hätte, wäre alles wie früher.
Mir gefiel das nicht. Mir gefiel die Vorstellung nicht, irgendwer könnte bei uns einbrechen. Ich hatte nicht gewollt, dass Mum ein Buch über Crill schrieb, und ich fühlte mich in meiner bösen Vorahnung nur bestätigt. Es wirkte sich schon jetzt auf unser Leben aus. Der Gedanke, dass bei uns eingebrochen werden könnte, machte mir Angst, außerdem belastete mich die Tatsache, dass das Geheimnis zu groß war, um es mit meinen Freundinnen zu teilen. Und Mum wollte nicht darüber reden, nicht wirklich. An wen sollte ich mich also wenden?

Ich hatte noch eine andere Sorge, und die betraf Kate. Kate war seit dem Kindergarten meine beste Freundin gewesen, aber nach dem Schulcamp hatte alles aufgehört. Sie wollte nicht mit mir reden. Sie antwortete nicht auf meine SMS. Wir hatten keinen gemeinsamen Unterricht mehr, weil sie sich für Naturwissenschaften entschieden hatte und ich für

Geisteswissenschaften, aber wann immer wir uns auf dem Gang begegneten, lief sie einfach an mir vorbei und tat so, als hätte sie mich nicht gesehen. Sie traf sich immer noch mit Sarah und Charlotte, aber nur, wenn ich nicht dabei war. Schließlich rief ich sie zu Hause an und fragte, was los sei. Sie schnappte nach Luft, so als sei das eine echte Frechheit.

»Tu nicht so, als wüsstest du nicht Bescheid«, sagte sie.

»Ich *weiß* nicht Bescheid«, sagte ich. »Deswegen rufe ich an.«

»Du hast mir ziemlich direkt gesagt, was du von mir hältst. Wozu rufst du mich an?«

»Hör mal, ist es, weil ich mit Savannah befreundet bin? Denn wenn es so ist, finde ich das verrückt.«

Ich wollte hinzufügen, dass wir doch alle miteinander befreundet sein könnten, dass meine Freundschaft mit Savannah nicht bedeutete, dass ich nicht mehr mit Kate befreundet sein wollte. Aber sie unterbrach mich.

»Das finde ich echt gemein«, sagte sie. »Ich bin hier wohl kaum die Verrückte, Annie. Warum hast du das getan?«

»Ich? Was habe ich getan?«

»Das weißt du«, sagte Kate. »Hör mal, vergiss es einfach. Ruf mich nicht wieder an, okay?«

Sie legte auf. Savannah sagte, Kate sei nur eifersüchtig, manche Leute seien einfach, was ihre Freunde anging, zu besitzergreifend und könnten es nicht ertragen, wenn neue Freunde dazukämen. Sie sagte, solche Freundschaften seien ungesund. Sie sagte, es tue ihr leid um Kate, sie hatte Kate wirklich gemocht, aber Kate sei sehr kühl zu ihr gewesen, kühl und unfreundlich. Kate würde schon drüber hinwegkommen, da solle ich mir keine Sorgen machen.

Ich vermisste Kate und verstand nicht, was angeblich vorgefallen war, aber gleichzeitig war ich wütend auf sie. Auch Sarah und Charlotte hatten sich mit Savannah angefreun-

det – warum wollte Kate ihr keine Chance geben? Warum sagte sie mir nicht wenigstens, was los war? Ich versuchte, es nicht zu schwerzunehmen.
Außerdem ließ sich das Schuljahr ziemlich aufregend an, bei all den Sachen, die Savannah und ich unternahmen. Vielleicht hatte sie recht. Vielleicht würde ich die Filmhochschule in New York besuchen. Vielleicht würden wir zusammenwohnen. Manchmal lagen wir auf den Betten in Savannahs Zimmer und malten uns aus, wie unsere New Yorker Wohnung aussehen würde. Ganz oben in einem Hochhaus, so dass man, trat man auf den Balkon, ganz New York überblicken konnte, die erhabenen Wolkenkratzer und den Central Park, der in der Sonne schimmerte.
Wir würden uns weiße Ledersofas und hinreißende Freunde anschaffen. Ich würde eine berühmte Regisseurin sein, und Savannah würde in meinen Filmen mitspielen.
Und Kate würde wieder meine Freundin sein und mich besuchen kommen. Und Mum würde mit dem Crill-Buch einen Haufen Geld verdienen. Und alles wäre wieder in Ordnung.

## 16.
## Claire

Was war mit meiner Annie los? Sie erledigte die Hausaufgaben, sie übte Klavier. Wenn ich nachfragte, meinte sie, sie käme in der Schule prima zurecht, ihre Noten seien gut. Aber ihr Tonfall war vorwurfsvoll, so als beweise meine Frage, dass ich ihr misstraute.
Oh, hin und wieder gab es sie noch, meine alte Annie, wenn sie gelegentlich einmal lächelte, wenn sie über einen meiner

Kommentare lachte. Doch sie war grüblerisch, sie schmollte, und das Abendessen schaufelte sie sich in den Mund, fast ohne ein Wort mit mir zu reden. Wo war das süße, stürmische Kind geblieben, das seine Arme um mich geschlungen hatte? Ich hatte diesen Moment gefürchtet, den Moment, in dem sich meine offene, spontane Annie in ein verbissenes, neurotisches Teenagermonster verwandeln würde.

Ich sprach mit Linda und Marie darüber, wenn sie freitags auf einen Drink vorbeikamen. Beide hatten ihre Kinder im Teenageralter erlebt. Ich erzählte ihnen, dass es mir nicht mehr gelang, dieselbe Nähe zu Annie herzustellen wie noch vor ein paar Monaten. »Sie scheint mich auszuschließen. Ich verstehe nicht, was passiert.«

Linda zog lachend die Augenbrauen hoch. »Gar nicht schlecht, wenn du überhaupt irgendeine Form von Nähe hinbekommst«, sagte sie. »So sind Teenager nun einmal, Claire. Sie suchen sich eigene Freunde und schließen die Eltern aus.«

Marie sagte, das würde sich geben, wenn sie älter würden, irgendwann nach ihrem zwanzigsten Geburtstag kämen sie darauf, dass ihre Mutter gar nicht so übel sei.

»Aber was soll ich tun?«

»Nichts«, sagte Marie, »außer ein Auge auf sie zu haben und zu verhindern, dass sie in heikle Situationen gerät.«

»Sie ist ein vernünftiges Mädchen«, sagte Linda. »Sie wird es überstehen. Kannst du dich nicht mehr daran erinnern, wie deine Hormone verrücktgespielt haben?«

»Doch«, sagte ich, »ich wurde schwanger und habe Alex geheiratet.«

»Na ja, war doch keine schlechte Entscheidung«, sagte Marie.

»Vielleicht nicht, aber das war etwas anderes. Ich möchte nicht, dass Annie mit achtzehn schwanger wird und heiratet.«

Marie und Linda lachten mich aus. *Etwas anderes?*, fragten sie. Dass es etwas anderes gewesen sei, denkt man als Eltern immer, aber das eigene Kind soll bitte nicht dieselben Risiken eingehen. Sie sagten, Annie würde das schon schaffen, ich solle mir keine Sorgen machen, für eine Tochter im Teenageralter sei sie wirklich pflegeleicht.
Ich antwortete, dass mir damit kein bisschen geholfen sei. Ich sagte, dass ich Annie vermisste, alles war immer so einfach gewesen, und nun war es plötzlich kompliziert, aber sie wiederholten: *Mach dir keine Sorgen, das ist völlig normal.*
Es fühlte sich nicht normal an, es machte mich verzweifelt und traurig. Ich wechselte das Thema. Ich erzählte ihnen von Downes, der mich gewarnt und mir geraten hatte, das Projekt geheimzuhalten und besonders vorsichtig zu sein. Ich erzählte ihnen von meinem Besuch bei Max Williams. Dass er mir empfohlen hatte, mich von Downes fernzuhalten, dass er Downes einen schmierigen Typen genannt hatte.
Marie seufzte. »Nimm dich in Acht«, sagte sie. »Ich habe bei alldem ein schlechtes Gefühl.«
Ich zuckte die Achseln. »Jetzt komme ich da nicht mehr raus. Aber es geht langsam vorwärts. Ich werde nicht mein gesamtes Leben danach ausrichten.«
Linda beobachtete mich aufmerksam. »Dieser Max Williams«, fragte sie, »wie war der?«
»Warum fragst du?«
»Ich habe da so ein kleines Blitzen in deinen Augen gesehen, als du von ihm erzählt hast.«
»Ich habe ihn nur ein Mal getroffen.«
»Ist er Single?«
»Keine Ahnung«, lachte ich. »Woher soll ich das wissen?«
»Du meinst, du hast es noch nicht rausgefunden?«
»Nein, habe ich nicht. Wozu sollte es mich interessieren?

Mein Gott, Linda, sobald es um Männer geht, mutierst du zum Raubtier!«
»Ach komm schon, Claire, reg dich ab. Er hat dir gefallen, oder?«
»Ich kenne ihn gar nicht, und vermutlich werde ich ihn nie wiedersehen. Aber gut, wenn ihr unbedingt die Wahrheit hören wollt – er war ziemlich attraktiv.«
»Tja, dann finde es raus, Frau Privatdetektivin!«
»Ich werde ihm nicht hinterherlaufen. Außerdem ist er bestimmt gebunden. Ich kann es mir nicht anders vorstellen.«
»Soll ich es für dich rausfinden? Wenn du willst, höre ich mich mal um. Irgendjemand kennt ihn sicher.«
»Wage es nicht! Hört mal, ich brauche noch einen Rat von euch. Es geht wieder um Annie. Sie hat diese neue Freundin, Savannah.«
»Savannah?«, fragte Marie. »Um Gottes willen, was ist das für ein Name?«
»Sie ist Amerikanerin. Sie ist wahnsinnig höflich und nett, aber ich kann sie einfach nicht leiden.«
»Behalte es lieber für dich«, sagte Linda. »Wenn du durchblicken lässt, dass du sie nicht leiden kannst, wird Annie sie aus reinem Trotz noch besser finden. Und dann verwandeln sie sich im Handumdrehen in siamesische Zwillinge.«
»Kommt mir so vor, als wäre das schon passiert«, sagte ich.

Savannah war zu einem Dauergast in unserem Haus und unserem Leben geworden. Annie trug ihre Kleidung, ihre Sonnenbrillen, ihre Taschen und ihren Schmuck. Mir gefiel das nicht, aber ich versuchte, mich an den Rat von Linda und Marie zu halten. *Beruhige dich, das muss Annie selbst wissen, es wird vorbeigehen.*
Normalerweise kam ich gut mit Annies Freundinnen aus.

Ich gab mir Mühe mit Savannah. Annies Freundinnen waren bei uns stets ein und aus gegangen, sie hatten auf Matratzen in Annies Zimmer übernachtet und bis in die Puppen DVDs angeschaut. Hin und wieder hatte ich einen Blick ins Zimmer geworfen, wo sie reglos vor dem Gerät saßen und nichts zu hören war als der gedämpfte Fernsehton, gelegentliches Kreischen und ein beständiges Rascheln, während sie sich durch unzählige Tüten Chips aßen.

Ich versuchte, meine Intoleranz Savannah gegenüber zu überwinden. Sie war höflich. Offenbar hatte Annie sie sehr gern. Sie hatte mir nichts getan.

Trotzdem verstörte sie mich, ihr Einfluss auf Annie machte mir Sorgen. Sie war so dünn. Erschreckend dünn. Niemals aß sie, wenn sie bei uns war. Wenn sie nach der Schule bei uns war, bot ich ihr ein Sandwich, ein Stück Kuchen, eine Suppe an, aber sie lehnte dankend ab, sie sei nicht hungrig. Auch ihre Art, sich zu kleiden, beunruhigte mich. Diese Miniröcke, diese knappen Tops. Ihre Lippe und ihre Nase waren gepierct, auf dem rechten Arm prangte eine tätowierte Schlange. Ich fragte mich, wie ich damit umgehen sollte, falls Annie eine Tätowierung und Piercings haben wollte. Nachdem sie einfach so beim Friseur gewesen war, fürchtete ich, sie könnte es machen lassen, ohne mir etwas davon zu sagen.

Außerdem fragte ich mich, warum Kate nicht mehr zu uns kam. Annie sprach nicht darüber.

Einmal kamen Sarah, Charlotte und Savannah für einen Fernsehabend vorbei. Als Annie in die Küche kam, um noch mehr Cola zu holen, fragte ich sie, warum Kate nicht dabei sei.

Annie wandte sich von mir ab, öffnete den Kühlschrank und nahm die Cola heraus. Ihre Stimme klang leise und tonlos, es war die Art von Stimme, die keine Fragen beantworten will. »Sie hatte was anderes vor.«

Ich versuchte, unbeschwert zu klingen. »Ich habe Kate lange nicht gesehen. Wie geht es ihr?«
»Gut«, sagte Annie und steuerte auf die Tür zu, »Kate geht es gut.«
Ich sah zu, wie die Tür sich schloss. Ich hörte Savannah flüstern. Ging es um Kate? Um mich? Was war da los? Ich hörte Annie kichern. Ich schlich an die Tür. Plötzlich fielen Sarah und Charlotte ein: »Oh Mann, das ist ja sooo lustig!«, sagte Sarah.
Es ging um den Film. Sie lachten über den Film. Beschämt schüttelte ich den Kopf. Savannah war ein ganz normaler Teenager, ein bisschen nervig vielleicht, aber harmlos. Ich hatte sie nicht in mein Herz geschlossen, aber mal ehrlich, konnte ich erwarten, alle Freundinnen von Annie zu mögen? Okay, Savannah mied meinen Blick, nie sah sie mir direkt in die Augen, aber wahrscheinlich war sie bloß schüchtern. So wie die meisten Jugendlichen. Sie hatte an einen fremden Ort umziehen müssen, in ein fremdes Land. Es war sicher nicht leicht, sein Zuhause und die Freunde zurückzulassen, besonders in dem Alter. Und nach allem, was Annie erzählte, arbeiteten Savannahs Eltern viel und hatten wenig Zeit für sie. Statt das arme Mädchen abzulehnen, sollte ich herzlicher sein und ihr das Gefühl geben, bei uns willkommen zu sein. Vielleicht kämen Annie und ich uns dann wieder näher.
Die Sache mit Crill. Nur deswegen wuchs mir alles über den Kopf, nur deswegen kam mir alles viel bedeutsamer vor, als es eigentlich war.
Wovor ich in Wahrheit Angst hatte, woran ich am liebsten nicht denken wollte, war das Interview mit Crill. Ich spielte mit dem Gedanken, gar nicht persönlich hinzugehen und stattdessen Downes zu bitten, Crill die Fragen zu überbringen und die Antworten zu notieren.
Aber ich musste den Mann treffen. Ich musste ihn sehen.

Ich musste seine Stimme hören und versuchen, ihn zu durchschauen. Ich würde unsere Begegnungen auf ein Minimum begrenzen. Vier einstündige Gespräche. Das würde reichen. Die erste und zweite Stunde für den familiären Hintergrund, Schule, Studium und Karriere. In der dritten Stunde würde es um die Überfälle gehen. In der vierten um sein Leben, wie er es heute sah. Um seine Zukunft.
Ich hatte die Fragen vorbereitet und die Termine vereinbart. Während der Gespräche würde immer ein Wärter in der Nähe sein. Downes hatte mir versichert, Crill würde kooperieren, er freue sich auf das Treffen mit mir, er arbeite gern an dem Buch mit.
Alles klang machbar. Wovor hatte ich Angst?

## 17.
## Claire

Ich verließ die Stadt und fuhr zum Gefängnis. Im Auto lief eine CD von Lisa Ekdahl. Süßlich, mit einem bitteren Unterton. Ich summte mit, konzentrierte mich auf die Straße. Ich sah die Hügel, das Gebirge dahinter. Das Grün verlief zu Blau, zu Lila, zu Weiß mit goldenen Einschüssen. Die massiven grauen Gefängnisblocks hinter dem hohen Gitterzaun, die Stacheldrahtrollen, die Wachtürme. Ich fuhr ans Gefängnistor. Ich drückte auf die Klingel.
Downes hatte alles arrangiert. Ich nannte dem Wachmann meinen und Downes' Namen. Er schien sich betont viel Zeit zu nehmen, um meinen Ausweis zu prüfen. Er telefonierte, öffnete die Tür.
Metalldetektor, Taschenkontrolle. Diesmal ohne Entschuldigungen, ohne Lächeln. Ich folgte dem Wärter, der auf

mich gewartet hatte. Schweigend führte er mich durch ein Labyrinth aus Korridoren. Er schwenkte seinen Schlüsselbund, und das ohrenbetäubende Krachen der zufallenden Metalltüren hallte von den Betonwänden, Decken und Fußböden wider.

Der Wärter schloss eine Tür auf und trat beiseite, um mich durchzulassen. Ich hatte das Gefühl, eine winzige, rechteckige Betonkiste zu betreten. Ein Tisch und zwei Stühle, und der Raum war voll.

»Bitte warten Sie hier.« Er klang schroff und knapp.

Dabei sehnte ich mich nach menschlichem Kontakt. Nachdem die Wärter meine Handtasche durchwühlt und mich von oben bis unten gemustert hatten, fühlte ich mich wie eine Kriminelle. Ich wünschte mir, dass der Wärter mit mir sprach. Ich wollte mir versichern lassen, dass ich auf der richtigen Seite stand.

»Kennen Sie Travis Crill?«, fragte ich. Was für eine idiotische Frage. Ich hörte meine Stimme, schrill und zittrig hallte sie von den nackten Wänden wider.

Der Wärter sah mich an, als wäre ich ein bisschen dumm.

»Hier gibt es sehr viele Gefangene, Miss«, sagte er.

Er schloss die Tür und stellte sich daneben. Ich fing an zu schwitzen. Ich wusste nicht, was ich tun sollte. Sollte ich mich auf einen der Stühle setzen? Auf welchen? Auf den, von dem aus man die Tür im Blick hatte, oder auf den anderen? Ich ging zu dem winzigen, vergitterten Fenster. Ich musste mich auf die Zehenspitzen stellen, um hinauszuschauen. Ich sah eine umzäunte Betonfläche, menschenleer bis auf zwei Wachmänner.

Im Raum war es heiß. Vielleicht sollte ich meine Jacke ausziehen. Aber ich wollte professionell wirken, kompetent. Ich hatte unmäßig viel Zeit mit der Kleiderfrage verbracht. Am Ende hatte ich mich für Rock und Kostümjacke entschieden. Sehr hochgeschlossen.

Das war schwärzester Humor. Was zog man zu einem Treffen mit einem Vergewaltiger an? Ich schwankte zwischen Hysterie und Todesangst, während ich Verschiedenes anprobierte und verwarf. Rotes Oberteil? Nein, lieber etwas Tristes, Ernstes. Grau. Haare zurückfrisiert. Brille statt Kontaktlinsen. Ich sah aus wie ein Sekretärinnenklon.
Ich spürte, wie mir der Schweiß über den Rücken lief und mein Gesicht rot wurde. Ich warf einen Blick auf die Uhr. In einer Stunde würde sich das Gefängnistor hinter mir schließen, dann hätte ich eine Sitzung überstanden und nur noch drei vor mir. Ich würde es schaffen.
Die Tür ging auf. Ich trat vom Fenster zurück. Crill kam in Begleitung eines Wärters herein, der meinem Wärter zunickte, Crill die Handschellen abnahm und wieder verschwand. Crill sah mich an.
Ich spürte einen Schrecken, der meinen Mund schlagartig austrocknete und mein Herz rasen ließ. War es Ekel? Ich kann nicht sagen, was es war. Ich habe wieder und wieder darüber nachgedacht. War es Abscheu über seine Taten, vermischt mit der Panik, ich könnte mich übernommen haben? Bei den folgenden Treffen war ich auf das Gefühl vorbereitet, doch bei dieser ersten Begegnung sprang es mich rücklings an. Einen Moment lang bekam ich keine Luft, mir wurde übel und schwindlig.
Im gleichen Moment spürte ich instinktiv, dass ich gelassen wirken musste. Ich spürte Crills Blick. Der Wärter beobachtete uns. *Tief durchatmen. Atmen.*
»Alles in Ordnung, Miss?«, fragte er.
*Reiß dich zusammen. Reiß dich zusammen, Claire.*
»Ja … ja, alles in Ordnung.«
Crill stand reglos an die Wand gelehnt. Ich sah ihn an. Der Wärter sah mich an. Ich trat zum Tisch.
»Vielleicht sollten wir einfach anfangen. Mr. Crill. Wie Sie bereits wissen, heiße ich Claire Wright.«

Ich setzte mich auf den Stuhl gegenüber der Tür. Crill kam näher und setzte sich. Die Luft im Raum war stickig.
Er sah mich lächelnd an, er versuchte, den Blickkontakt zu halten. Ich schaute weg.
*Ein lächelnder Vergewaltiger.* Er hatte feine, fast filigrane Gesichtszüge, eine schmale Nase, einen kleinen Mund mit wohlgeformten Lippen. Sein Gesicht wirkte beinahe hübsch. Er war blass. Sein helles Haar lockte sich, obwohl es so kurz war.
Es lag an seinen Augen. Sie erinnerten mich an Glas, an blaues, durchsichtiges Glas. Sie standen ein wenig schräg. Wolfsaugen. Und dann war da noch etwas. Plötzlich war ich mir sicher, ihn schon einmal gesehen zu haben. Nicht auf Fotos, sondern persönlich.
Ich legte meinen Block, den Stift und das Diktiergerät zwischen uns. Ich musste meine Hände anspannen, um das Zittern zu verbergen. Ich musste die Führung übernehmen. Vielleicht hatte er meinen anfänglichen Schrecken bemerkt. Was hielt er davon? Reagierten alle Frauen so, denen er begegnete? Wärterinnen. Sozialarbeiterinnen. Wie reagierten sie auf Crill?
»Vielleicht fangen wir am besten damit an, dass ich den voraussichtlichen Aufbau des Buches erkläre und was ich mir von den Gesprächen mit Ihnen erhoffe«, sagte ich.
»Ich werde mich gerne nach Ihren Plänen richten«, sagte er.
Ich erklärte ihm in groben Zügen die Struktur des Buches und fragte ihn, ob er eigene Vorschläge habe. Er beobachtete mich aufmerksam und nickte eifrig. Ich erläuterte ihm meinen Plan, sein Leben in unseren vier Sitzungen chronologisch aufzuarbeiten. Seine Herkunft, die Familie, seine Ausbildung und Karriere und so weiter, und anschließend die, ähem, die Taten, der Prozess, der Gefängnisaufenthalt, wie er sich seine Zukunft vorstellte.

Wieder lächelte er. »Sie sind hier der Profi. Ich werde tun, was immer Sie vorschlagen.«
»Okay«, sagte ich. »Dann sollten wir jetzt über Ihre Familie sprechen.«

## 18.
## Erstes Interview:
## Travis Crill

Ich höre seine Stimme aus dem Diktiergerät. Sie klingt sanft und gleichmäßig. Er kann sich gut ausdrücken, kann gut mit Wörtern umgehen. Er ist sehr genau. Manchmal hält er inne, um einen Gedanken zu formulieren. Ich weiß noch, dass ich seinen Blick mied, wenn er über eine Frage nachdachte und mich über den Tisch hinweg stirnrunzelnd anstarrte. Hin und wieder geriet er ins Stocken, dann warf er mir einen Blick zu, als erhoffe er sich meine Hilfe.

»Wir fangen mit Ihrer Familie an. Können Sie mir etwas über Ihre Kindheit erzählen?«
»Gern. Wo soll ich anfangen?«
»Bei Ihren Eltern. Standen Sie ihnen nah?«
»Ja, wir standen uns nah. Sie waren ausgezeichnete Eltern. Ausgezeichnet. Dad hatte natürlich viel zu tun, er war Anwalt, aber er war ein sehr engagierter Vater.«
»Und Ihre Mutter?«
»Mum war sehr herzlich, ein liebevoller Mensch. Sie war nicht berufstätig, sie sagte, Dad sei sehr mit seiner Karriere beschäftigt und brauche ihre volle Unterstützung. So war sie immer für uns da.«

»Dann würden Sie die Familienstruktur als stabil bezeichnen?«
»Ja. Sehr stabil.«
»Wie würden Sie die Beziehung Ihrer Eltern zueinander beschreiben?«
»Sie verstanden sich sehr gut. Ich würde sagen, dass sie eine hervorragende Ehe führten.«
»Was verstehen Sie unter einer hervorragenden Ehe?«
»Sie hatten … man könnte sagen, dass sie die Rollen klar verteilt hatten, die Aufgaben innerhalb der Familie. Dad arbeitete hart außerhalb des Hauses, und Mum arbeitete hart, um alles zusammenzuhalten. Damit waren beide einverstanden. Es klappte gut.«
»War diese Rollenverteilung in irgendeiner Form einschränkend oder rigoros? Haben Ihre Eltern einen glücklichen Eindruck gemacht?«
»Absolut. Ich glaube, sie haben das von ihnen gewählte Lebensmodell als sehr zufriedenstellend empfunden.«
»Und Ihre Mutter? Hatte sie irgendwelche Interessen, abgesehen vom Haushalt?«
»Nicht, dass ich mich erinnern kann. Wir hatten ein großes Haus mit Garten. Es schien ihr zu reichen.«
»Hatte sie Freunde?«
»Freunde? Doch, ich glaube schon.«
»Sie haben Ihre Mutter geliebt? Respektiert?«
»Selbstverständlich.«
»Und Ihre Schwester Penny? Haben Sie sich gut mit Ihrer Schwester verstanden?«
»Ja, wir waren gut befreundet.«
»Soviel ich weiß, war der Altersunterschied nicht groß.«
»Das stimmt.«
»Können Sie sich an irgendwelche Rivalitäten oder Probleme zwischen Ihnen erinnern? Wie ich gelesen habe, waren Sie zwei sehr unterschiedlich veranlagte Kinder.«

»Das waren wir wohl. Aber das hat keine Probleme mit sich gebracht. Wir haben uns vertragen, wie Geschwister das so tun. Hin und wieder gab es Streit.«
»Betraf der Grundsätzliches?«
»Nicht, dass ich wüsste.«
»Haben Ihre Eltern Sie gerecht und gleich behandelt?«
»Absolut. Darauf haben sie großen Wert gelegt.«
»Wie ich gelesen habe, waren Sie der Überflieger der Familie.«
»Penny war sehr gut in Sport und beim Theaterspielen. Ich würde nicht sagen, dass ich der Überflieger war.«
»Dann gab es also keine besonderen Konflikte oder Probleme?«
»Nein. Wir waren eine ganz normale Familie. Meine Schwester und ich wurden sehr umsorgt. Meine Mutter hat sich um uns gekümmert und uns immer unterstützt. Sie half, wo sie nur konnte.«
Seine Stimme klingt fest.
»Und wo war das?«
»Wie bitte?«
»Hatten Sie Hobbys? Irgendwelche speziellen Interessen? Was haben Sie nach der Schule gemacht?«
»Ich mochte Vögel.«
»Vögel?«
»Ja. Ich hatte eine Voliere. Wir hatten einen großen Garten, und Dad und ich bauten zusammen die Voliere.«
Ein Vergewaltiger, der Vögel hielt.
»Äh … was für Vögel hatten Sie?«
»Kanarienvögel, Wellensittiche. Zwergpapageien. Die Zwergpapageien mochte ich am liebsten. Die kleinen süßen Dinger!«
Kleine süße Dinger?
»Okay, äh … warum mochten Sie die Vögel?«
»Sie waren hübsch – diese schillernden Farben. Jeder Vogel

hatte einen eigenen Charakter. Ich mochte ihre seidigen Federn, wie zart sie waren, und gleichzeitig so zäh.«
Ich spürte einen leichten Schauder. Vögel? Crill liebte Vögel?
»Irgendwelche anderen Interessen?«
»Sport. Das normale Programm. Kricket. Tennis. Rugby. Die ganze Familie ist häufig Ski gefahren.«
»Aus den Unterlagen habe ich erfahren, dass die Crills nicht Ihre leiblichen Eltern sind.«
Schweigen. Ich warte auf eine Reaktion. Sein Gesicht bleibt höflich und ausdruckslos.
»Ja. Ich wurde adoptiert.«
»Haben Sie ... Wie war das für Sie?«
»Ich verstehe nicht ganz, wie Sie das meinen. Könnten Sie sich bitte deutlicher ausdrücken?«
»Hat es Sie belastet? Hat es Sie als Heranwachsenden oft beschäftigt?«
»Absolut nicht. Ich hielt Mum und Dad für meine einzigen, für meine wahren Eltern. Bis heute.«
»Fragen Sie sich manchmal, wer Ihre leiblichen Eltern sind, oder haben Sie sich die Frage je gestellt? Haben Sie jemals daran gedacht, Kontakt zu ihnen aufzunehmen?«
»Nie.«
»Empfinden Sie ihnen gegenüber Verbitterung?«
»Ich denke nie an sie.«
»Auch früher nicht?«
»Warum hätte ich sollen?« Sein Gesicht wirkt teilnahmslos.
»Äh, hören Sie, Sie müssen mehr erzählen ... Das Thema nimmt im ersten Teil des Buches einen großen Raum ein. Ich muss mehr über Ihre Familie erfahren. Die Namen, woher Ihre Eltern stammten, wofür sie sich interessierten – alles, was Ihnen einfällt, könnte hilfreich sein. Sollen wir bei Ihrem Vater anfangen?«

Crill erzählt geduldig. Name des Vaters: Thomas James. Name der Mutter: Jean Francis. Schwester: Penelope Francis.
Und es ist alles dabei. Chor, Schule, Rhetoriktraining, Golf. Zu besonderen Anlässen geht es in die Kirche. Dinnerpartys, Geburtstagspartys, Urlaub, Skifahren. Gäbe es eine Auszeichnung für ein besonders durchschnittliches Familienleben in der gehobenen Mittelschicht, die Crills würden sie mühelos gewinnen. Nicht einmal ein Hauch von Außergewöhnlichkeit. Wozu sollte das führen? Anscheinend mühte ich mich gerade damit ab, die sorgfältige Erziehung eines ganz normalen jungen Mannes zu dokumentieren.
Worauf hatte ich gehofft? Falls es tatsächlich irgendwelche Merkwürdigkeiten gäbe, wäre Crill der Letzte, mir davon zu berichten. Trotzdem hatte ich gehofft, irgendeine Reaktion zu bekommen, einen Hinweis auf etwas Abweichendes.
»Nun ja, damit hätten wir wohl das Wichtigste abgedeckt. Was ist mit Ihrem Zuhause? Wie sah es dort aus?«
»Recht groß. Ein Backsteinhaus. Ein Makler würde es vermutlich als Herrenhaus bezeichnen. Hübscher Garten. Vor dem Haus Rosenbüsche. Sie kennen das ja.«
»Ich verstehe.«
Er wird ein wenig geschwätzig. Sein Gesicht verrät jetzt zärtliche Erinnerungen. »Es sah aus wie alle anderen Häuser in der Straße. Mit einer kleinen Ausnahme.«
»Sie meinen die Voliere?«
Meine Stimme klingt leicht gelangweilt. Die Zeit ist fast um. Ich habe nichts Neues erfahren. Das meiste habe ich bereits in den Akten gelesen.
An dieser Stelle der Aufnahme schweigt er, so als denke er über die Antwort nach. »Nein, nicht die Voliere. Vor dem Haus stand eine Vogeltränke auf dem Rasen.«
Ich erinnere mich an sein Lächeln. Auf der Aufnahme höre

ich mich kurz nach Luft schnappen, bevor ich nachfrage: »Eine Vogeltränke?«
»Ja.«
Ich stoppe das Band und bedanke mich für das Gespräch. Der Wärter legt ihm Handschellen an. Sie gehen durch die Tür. Ein zweiter Wärter kommt, um mich aus dem Gefängnis zu eskortieren. Meine Absätze klackern über den Betonboden.

Ich stieg ins Auto, blieb reglos sitzen. Ich steckte den Schlüssel ins Zündschloss, ließ den Motor an. Eine Vogeltränke?
Langsam rollte ich vom Gelände und fuhr nach Hause. Viele Leute hatten eine Vogeltränke im Garten. Sich irgendetwas Böses dabei zu denken, wäre albern.
Aber er hatte mich beobachtet, als er es sagte, sehr genau und mit einem Lächeln. Falls er es wusste – wie hatte er es herausbekommen?

## 19. Zweites Interview: Travis Crill

Dasselbe Szenario. Der beklemmende Raum, der Tisch, die beiden Stühle. Der Wärter neben der Tür wie eine Pappfigur aus der Videothek, aufrecht, reglos. Der Notizblock, der Stift, das Diktiergerät in Stellung gebracht. Heute in strahlend weißem Hemd und schwarzer Hose.

»Ich würde gern noch einmal über Ihren familiären Hintergrund sprechen und Ihnen dann einige Fragen zu Schulzeit,

Studium und vielleicht auch Ihrer beruflichen Karriere stellen.«
»Sicher. Ich werde Ihnen erzählen, woran ich mich erinnern kann.«
Dieses Lächeln. Sollte es entwaffnend wirken? Sollte es mich beruhigen und von seiner Harmlosigkeit überzeugen?
»Nun, dann fangen wir mit der Schule an. An welche Erlebnisse während Ihrer Schulzeit können Sie sich erinnern? Waren Sie damals glücklich?«
»Ich bin außerordentlich gern zur Schule gegangen.«
»Was hat Ihnen am besten gefallen?«
»Ich habe gern gelernt. Ich lese gern. Lesen Sie auch gern, Claire? Darf ich Sie Claire nennen?«
»Nein. Und wir wollen bei Ihnen bleiben, okay?«
»Verzeihung. Ich wollte nicht aufdringlich sein. Ich dachte, dass Sie meine Vorliebe für die Literatur teilen, wo Sie doch Schriftstellerin sind, genau genommen Dichterin, oder?«
Lass dir nicht anmerken, wie verstört du bist. Mach mit den Fragen weiter.
»Haben Sie schnell Freundschaften geschlossen?«
»Ja, ich hatte gute Freunde.«
»Freunde, die Sie auch außerhalb der Schule trafen? Besonders gute Freunde?«
»Ja.«
»Darauf sollten wir kurz eingehen. Aus den mir vorliegenden Unterlagen geht hervor, dass Sie ein ziemlicher Einzelgänger waren.«
»Da hat man Sie falsch informiert.«
»Sie hatten Freunde, mit denen Sie reden konnten, mit denen Sie Ihre Freizeit verbracht haben?«
»Ich sagte es bereits.«
»Wie alt waren Sie bei der Einschulung?«
»Sechs.«

»Sechs? In Neuseeland werden die meisten Kinder mit fünf eingeschult.«
»Wirklich?«
»Warum wurden Sie ein Jahr später eingeschult als die anderen Kinder?«
»Ich habe keine Ahnung.«
»Wurde Ihre Schwester ebenfalls mit sechs eingeschult?«
»Ich kann mich nicht erinnern.«
»Hat es Ihnen Probleme bereitet, ein Jahr älter als Ihre Klassenkameraden zu sein?«
»Nicht im Geringsten.«
»Haben Sie die örtliche Grundschule besucht?«
»Ja.«
»Und Sie haben die Schulzeit als positiv empfunden?«
»Absolut.«
»Das Lernen hat Ihnen keine Schwierigkeiten bereitet?«
»Ich hatte keine Lernschwierigkeiten. In der Tat waren meine Leistungen während meiner Schulzeit überdurchschnittlich.«
»Schön. Können Sie mir einzelne Erlebnisse schildern?«
Vielleicht verriet er sich, wenn ich ihn einfach reden ließ. Ich ließ ihn reden. Schulpicknicks, Klassenfahrten, Schulausflüge. Keine besonderen Vorkommnisse. Langweilig, langweilig, langweilig.
»Hm-hmm. Und die weiterführende Schule? Haben Sie die ebenfalls positiv in Erinnerung?«
»Ja. Ich habe die zusätzliche Herausforderung begrüßt. Ich besuchte natürlich dieselbe Schule wie Dad früher. Er war beglückt darüber, einen Sohn an seiner alten Schule zu haben.«
Ich versuchte, nicht sarkastisch zu klingen.
»St. John's, nicht wahr? Waren Sie ebenfalls beglückt?«
»Selbstverständlich. Es stand nie in Frage, dass ich in seine Fußstapfen treten würde.«

»Und die Entscheidung war richtig?«
»Ich habe dort viel gelernt. Obwohl …«
Seine Stimme schwankt.
Treffer. Endlich ein Riss im Crillschen Familienidyll.
»Sie wirken zögerlich.«
»Damals … Ich hielt die Schule für superb. Was sie natürlich auch ist. Wie ich schon sagte, kam ich gut zurecht.«
»Aber?«
»Ich bin mir nicht sicher, ob die Schule für mich ideal war. St. John's ist eine Knabenschule, und ich fing im Alter von elf Jahren dort an.«
»Dann hat es Ihnen damals gut dort gefallen, aber heute denken Sie anders darüber?«
Er runzelte die Stirn. Sein Gesicht sollte offenbar Verwirrung ausdrücken, aber sein Blick hatte sich nicht verändert. Ich schaute ihm in die Augen und sah – nichts.
»Ich fürchte, es war meiner sozialen Entwicklung nicht zuträglich. In der Gegenwart von Mädchen fühlte ich mich zunehmend unsicher.«
Wir kamen dem Kern näher. Wenngleich nicht jeder Abgänger einer Jungenschule zum Vergewaltiger wurde. Das war mir zu billig. Trotzdem wirkte Crill offen und ehrlich. Anscheinend wollte er darüber reden.
»Glauben Sie, es hatte langfristig einen Effekt auf Sie?«
»Ja. Das glaube ich. Mädchen gegenüber war ich schüchtern. Ich wusste nicht, wie man sie anspricht, wie man sich ihnen nähert.«
*Deswegen hast du sie gefesselt und terrorisiert?* Bleib gefasst. Konzentrier dich.
»Aber Sie hatten Ihre Mutter und Ihre Schwester. Sie haben erzählt, Sie hätten ihnen sehr nahegestanden. Außerdem muss es noch andere Frauen in Ihrem Leben gegeben haben – die Freundinnen Ihrer Schwester und Ihrer Mutter zum Beispiel.«

»Das war etwas anderes.«
»Inwiefern?«
Er sieht traurig aus, niedergeschlagen. »Ich war sehr sensibel.«
»Wurden Sie in der Schule von Lehrerinnen unterrichtet?«
Er zieht die Schultern hoch, wirft an mir vorbei einen Blick zum Wärter hinüber. »Ehrlich gesagt, weiß ich das nicht mehr.«
»Sie wissen nicht mehr, ob das Schulpersonal teilweise weiblich war? Aber Sie haben die Schule doch ... wie lange? Sieben Jahre lang besucht!«
»Das ist alles sehr lange her.«
Er wirkte jetzt teilnahmslos.
»Ich möchte, dass Sie kurz darüber nachdenken. Ich möchte wissen, ob Sie sich möglicherweise an Lehrerinnen erinnern, die Sie beeinflusst haben.«
»Wenn ich mich nicht an sie erinnern kann, waren sie für mich ganz offensichtlich nicht von Bedeutung.«
*Sag nichts. Lass ihn reden.*
»Ich halte diesen Umstand für unwichtig.«
»Vielleicht ist er es. Wir sollten trotzdem beim Thema bleiben.« Meine Stimme klingt fest und ruhig. »Sie sagen, Sie hätten sehr jung an der St. John's angefangen, und aus diesem mangelnden Umgang mit Mädchen hätte sich bei Ihnen eine zunehmende Unsicherheit entwickelt.«
»Ja. Aber nur Mädchen ... Frauen gegenüber.«
»Und Sie können sich nicht an weibliche Lehrkräfte erinnern, an irgendwelche Frauen, die das durchgängig männliche Bild, das Sie von der Schule zeichnen, durchbrochen hätten?«
»Nein.«
»Okay. Können Sie sich überhaupt an weibliche Lehrkräfte erinnern, aus der Grundschule zum Beispiel?«

»Nein, überhaupt nicht.«
»Haben Sie sich gut mit den Lehrern verstanden?«
»Absolut.«
»Gab es Lehrer, mit denen Sie sich nicht verstanden haben?«
»Nicht, dass ich wüsste.«
»Irgendwelche Mitschüler?«
»Mit denen ich Streit hatte? Nein.«
»Waren Sie an der Schule beliebt? Mochten Ihre Mitschüler Sie?«
»Ich glaube schon.«
»Wurden Sie jemals drangsaliert?«
»Nein.«
»Und später? Nach der Schule? Bewahrten Sie Ihre Freundschaften?«
»Es war nicht einfach, den Kontakt aufrechtzuhalten. Ich studierte an der Canterbury. Einige meiner Freunde gingen woanders hin.«
»Wie ich gelesen habe, machten Sie ein dreijähriges kaufmännisches Studium und schlossen weitere zwei Jahre später in Betriebswirtschaft ab?«
»Ja.«
»Und wie hat es Ihnen an der Universität gefallen? Das Studentenleben? Während der Jahre dort müssen Sie doch auch Frauen kennengelernt haben.«
»Ich habe viel gelernt. Ich wollte einen guten Abschluss machen … Ich war sehr ehrgeizig. Wie ich schon sagte, war ich Frauen gegenüber gehemmt.«
»Wo haben Sie zu der Zeit gewohnt? In einem Studentenwohnheim oder in einer WG?«
»Ich habe zu Hause gewohnt.«
»Warum? Die meisten Studenten wünschen sich Unabhängigkeit und ziehen mit Freunden zusammen.«
»Zu Hause hatte ich ein stabileres Umfeld. Ich war ehr-

geizig und sehr fleißig. Es war vom finanziellen Standpunkt betrachtet sinnvoller, zu Hause zu wohnen.«
Eine Privatschule. Das Herrenhaus. Die Skiurlaube, die Auslandsreisen. Der finanzielle Standpunkt schien irrelevant. Wieder wich er mir aus. Und da war noch etwas.
»Wie sah es zu jener Zeit mit Freunden aus?«
»Ich hatte viel zu tun.«
»Sie hatten keine Freunde?«
»Nicht viele.«
»Aber ein Student hat neben der akademischen Ausbildung auch noch ein soziales Leben. Was haben Sie in Ihrer Freizeit getan?«
»Ich habe Kricket gespielt. Im Ehemaligenteam von St. John's. Außerdem war ich im Schachclub.«
»Freundinnen?«
»Nein. Wie ich schon sagte ...«
»Sie waren schüchtern. Und nach der Uni?«
»Ging ich ins Ausland. Ich habe zwei Jahre in London gearbeitet. Ein Geschäftspartner meines Vaters hatte Kontakte dorthin, und er half mir, eine Stelle in einer internationalen Investorenfirma zu finden. Für meine nachfolgende Karriere hat sich das als Glücksfall herausgestellt. Nach meiner Rückkehr bekam ich einen Job bei Fordyce's.«
»Wo Sie innerhalb von zwei Jahren zum Juniorteilhaber aufstiegen?«
»Ja.«
»Während Ihrer Zeit in London und später, als Sie wieder in Neuseeland waren, müssen Sie doch Freunde und Bekannte gehabt haben?«
Mein Gott, ich klang wie eine überbesorgte Mutter, *mein armer Schatz, hast du denn niemanden zum Spielen?*
»Selbstverständlich.« Er gab sich jetzt distanziert, gelangweilt, starrte zum Fenster hinüber.
»Sie haben zwei Jahre in London verbracht. Eine aufregende

Stadt. Was haben Sie, abgesehen von der Arbeit, dort gemacht?«

»Ach, essen gehen, ins Theater gehen, solche Sachen. Meine Eltern haben Bekannte in Großbritannien, die haben mir alles gezeigt.«

»Und keine Freundin während dieser Zeit?«

»Nein.«

»Gute Freunde?«

»Nein, zu jener Zeit nicht.«

»Sagen Sie, hatten Sie jemals einen Freund, in dessen Gegenwart Sie sich absolut frei und wohl gefühlt haben?«

»Oh ja. Peter Ford. In der Grundschule war Peter mein bester Freund. Wir standen uns sehr nah.«

»Aber Sie haben sich aus den Augen verloren?«

»Ja. Seine Eltern sind in einen anderen Distrikt gezogen. Aber ich kann mich noch sehr gut an Peter erinnern.« Er lächelt mir direkt ins Gesicht, so als habe er endlich etwas gefunden, das mich glücklich macht.

»Können Sie sich auch an andere erinnern?«

»Hamish Price natürlich. Er war mein bester Freund bei Fordyce's.«

»Bis heute?«

»Leider nein. Als Gefängnisinsasse wird man leider stigmatisiert. Zu meinem großen Bedauern hat Hamish dem Druck, der wegen seines Kontaktes zu mir auf ihn ausgeübt wurde, nicht standgehalten.«

»Mr. Crill, um noch einmal auf den von Ihnen genannten langfristigen Effekt Ihrer Schulzeit an der St. John's zurückzukommen: Würden Sie sagen, dass Ihre Zurückhaltung und Schüchternheit bei Ihren Überfällen auf Frauen eine Rolle gespielt haben?«

»Sagen Sie bitte nicht ›Überfälle‹.«

»Aber …«

Er beugt sich vor, stützt den Kopf auf die Hände. »Ich wollte

nicht … Ich wollte nur … Das reicht. Ich möchte jetzt aufhören.«
Der Wärter schaut zu.
»Würden Sie bitte die Frage beantworten?« Meine Stimme klingt sanft, schmeichelnd.
Er antwortet zögerlich. »Ja, ich glaube schon. Ich habe … Ich habe mich so sehr danach gesehnt, einer Frau nahe zu sein, ich wollte das, was alle anderen Männer auch haben, aber ich wusste nicht, wie ich es anstellen sollte. Ich habe … schreckliche Fehler begangen.«
Er schaut mich wieder an, seine Augen sind weit aufgerissen, er fleht mich an. Bitte, glaub mir.
Und ich fühle Mitleid. Einen Augenblick lang vergesse ich die Opfer und sehe nur einen kleinen, hilflosen Jungen. Es gibt vieles, das ich nicht weiß. Vielleicht wurde er in der Schule gehänselt. Vielleicht war er der Junge, auf dem alle herumhackten. Der Junge mit einer Vorliebe für Bücher und Vögel, der hübsche Junge.
»Möchten Sie in der Zeit, die noch bleibt, über Ihre Freundschaft mit Peter sprechen? Das war noch vor St. John's, oder?«
Ich höre bloß zu. Die Zeit ist fast um.
»Ich würde gern über Peter sprechen. Ich habe ein paar sehr schöne Dinge mit ihm erlebt. Den größten Spaß hatten wir am Wochenende und in den Ferien. Seine Eltern besaßen ein Ferienhaus. Ich weiß nicht mehr genau, wo. Ich war damals noch klein, wissen Sie, aber dort war es wunderbar. Über einen kleinen Pfad konnte man direkt zum Strand laufen. Bei Ebbe sammelten wir Muscheln und die seltsamsten Fundstücke, außerdem gab es dort die verrücktesten Seevögel. Ein wunderbares Plätzchen, versteckt zwischen Flachs und Pampasgras. Ich habe es nie vergessen.«
Er spricht ungehemmt, und seine Worte überspülen mich

wie eiskaltes, schmutziggraues Wasser. *Das reicht für heute,* sage ich. Der Wärter kommt an den Tisch, legt Crill Handschellen an und führt ihn ab. Ich spule das Band zurück, bleibe sitzen und warte auf den Wärter, der mich zum Ausgang bringen wird.
Es hat angefangen zu regnen, trotz des klaren blauen Himmels. Gruselig. Riesige Tropfen klatschen an die Fensterscheibe.
Der Vogelbrunnen? Das Strandhaus?
Ich zittere. Das mit der Vogeltränke hätte ein Zufall sein können. Aber nun auch das Strandhaus?
Der Wärter geleitet mich durch die Gittertüren. Ich fahre schnell nach Hause, werfe immer wieder einen Blick in den Rückspiegel, um die Straße hinter mir zu beobachten.
Ich bin nicht in Gefahr. Es kann gar nichts zu befürchten geben. Crill sitzt im Gefängnis.
Aber woher weiß er über mich Bescheid?

Ich ging ins Haus, kochte Tee. Denk nach. Ruhig, vernünftig. Es gibt auch andere Leute mit Haus am Meer, es gibt auch andere Leute mit einer Vogeltränke.
Aber wie er den Ort beschrieben hatte. Es könnte mein Strandhaus sein. Und wie er mich beim Reden von unten angeschielt hatte. Ach so ernsthaft, so aufrichtig. Dabei könnte ich schwören, ich hätte einen Hauch von Spott bemerkt. Ich könnte darauf schwören.
Ich griff zum Telefon. Ich rief in der Kanzlei von Alistair Downes an, nannte Angela meinen Namen.
»Tut mir leid, Claire. Alistair telefoniert gerade.«
»Ich warte. Es ist dringend.«
»Kann er Sie zurückrufen?«
»Ich möchte lieber warten.«
Ich umklammerte den Hörer. Endlich Alistairs Stimme. »Claire?«

»Ich muss mit Ihnen über Crill reden.«
»Ach ja? Wie laufen die Interviews?«
»Deshalb rufe ich an. Ich bin aus verschiedenen Gründen beunruhigt.«
»Ja?«
»Nun ja. Erstens. Ich wollte es Ihnen eigentlich nicht erzählen, für den Fall, dass ich mich geirrt habe. Aber inzwischen bin ich sicher, dass aus meinem Auto Unterlagen gestohlen wurden.«
»Wann?«
»Vor ein paar Wochen.«
»Warum haben Sie mir das nicht sofort erzählt?«
»Wie ich schon sagte, war ich mir nicht sicher.«
»Und jetzt sind Sie es?«
»Ich glaube, ja. Aber deswegen mache ich mir keine solchen Sorgen. Ich habe mit Crill gesprochen.«
»So, wie wir es vereinbart hatten. Und?«
»Ich komme nicht weiter. Wenn man ihm so zuhört, könnte man ihn glatt für den Erzengel Gabriel halten.«
»Sie werden schreiben müssen, was er Ihnen erzählt.«
»Ich glaube nicht, dass er mir die Wahrheit sagt. Zumindest nicht die ganze Wahrheit.«
»Sie stehen ganz am Anfang, meine Liebe. Vermutlich werden sich noch andere Perspektiven auftun, sobald Sie andere Leute interviewen. Claire, es tut mir leid, aber mein Mandant wartet. Angela hat gesagt, Sie hätten auf einem sofortigen Gespräch bestanden. Ich verstehe nicht, warum Sie es so eilig hatten.«
*Meine Liebe?*
»Es ist eilig, weil … Anscheinend hat er … Travis Crill weiß Dinge über mich. Privater Natur.«
»Was für private Dinge?«
Ich erzählte ihm alles. Die Vogeltränke. Das Strandhaus. Und noch während ich durch meinen Vortrag stolperte,

merkte ich, wie lächerlich ich klang. Lächerlich und melodramatisch. Ich spürte, wie mein Gesicht rot wurde.
Downes' Stimme klang beruhigend, tröstlich. »Aber viele Leute haben eine Vogeltränke im Garten, Liebes. Ich besitze selbst eine. Und was das Strandhaus angeht – angesichts der Kreise, in denen die Crills sich bewegten, scheint es nur wahrscheinlich, dass jede zweite Familie ein Ferienhaus besaß. Das begreifen Sie doch?«
»Sie halten es für Zufall? Sie finden, dass ich überreagiere?«
»Ich bin ganz sicher, dass es sich hier um einen Zufall handelt. Sie klingen müde, Claire. Vielleicht sollten Sie sich einen oder zwei Tage freinehmen? Tut mir leid, aber ich muss jetzt wirklich auflegen. Bitte rufen Sie wieder an, falls Sie noch andere Sorgen haben.«
Das Haus schien leer und viel zu still, so als belausche mich jemand. Der Regen hatte aufgehört, aber der Himmel war bleischwer und bedrohlich. Ich schaltete den Computer ein.

## 20.
## Claire

Ich bin in der Nacht aufgewacht. *Denk nach. Ohne Gefühle, ohne Dramatisierung. Denk nach.*
Mein Werk. Das war es. Er hatte meine Bücher gelesen und sich Details gemerkt, die er in unser Gespräch einfließen ließ, um mich zu verunsichern. Aber wozu sollte er so etwas tun? Aus reiner Bosheit?
Das nächste Gespräch war das schwierigste. Ich sträubte mich dagegen, Crill ein weiteres Mal gegenüberzutreten. Tagsüber, wenn ich beschäftigt war, wurde mir klar, dass ich

überreagiert hatte. Ein Strandhaus, eine Vogeltränke. In Neuseeland gehörten sie zum Allgemeingut, es gab sie tausendfach.
Aber nachts überfiel mich die Sorge, und ich konnte nicht mehr schlafen.
Sein Blick. Wie er meine Reaktionen abschätzte. Spielte er ein Spiel? Welches? Was wusste er noch über mich? Vielleicht hatte er wirklich nur meine Bücher gelesen. Aber was, wenn er es auf andere Weise herausgefunden hatte? Die Zweifel übermannten mich nachts, das Flüstern der Gespenster ließ mich nicht zur Ruhe kommen, ich lauschte auf Geräusche, auf Eindringlinge. Ich traute mich nicht, eine Schlaftablette zu nehmen, ich fürchtete, nicht aufzuwachen, falls etwas passierte.
Was sollte passieren? Und wann hatte ich angefangen, die Türen auch tagsüber zu verriegeln, wann hatte ich angefangen, die Vorhänge vor Einbruch der Dunkelheit zuzuziehen, wann hatte ich angefangen, verängstigt in den Garten zu starren, bevor ich schlafen ging?

## 21.
## Drittes Interview: Travis Crill

Crill kommt in Begleitung des Wärters herein. Man nimmt ihm die Handschellen ab. Er setzt sich mir gegenüber hin. Ich schalte das Diktiergerät ein und spreche hinein. »Zwanzigster April. Drittes Interview. Travis Crill.«
Ich habe mir sorgsam überlegt, womit ich anfange. Diesmal werde ich nicht die Kontrolle abgeben. Ich werde mich von

ihm nicht aus dem Konzept bringen lassen. Ich werde mir keinen Schrecken einjagen lassen. Ich sitze ihm aufrecht gegenüber. Ich wende den Blick nicht ab. Ich spreche mit ruhiger Stimme. Ich sage, dass diese Sitzung vielleicht schwierig wird, da es um heikle Fragen geht, ich bitte ihn, es mich wissen zu lassen, falls er für eine Antwort mehr Zeit braucht oder eine Pause einlegen will. Aber wir müssen da jetzt durch.

Crill reißt die Augen auf. Dieser Blick. Arglos, offen. Eisblaue Augen, glänzende, schwarze Pupillen. Er hebt die Arme, zeigt seine Handflächen. »Bevor wir beginnen«, sagt er langsam und deutlich in das Diktiergerät, »möchte ich mein ehrliches Bedauern ausdrücken über alles, was diesen Frauen zugestoßen ist. Es tut mir leid, dass sie verletzt wurden.«

»Ihre Taten tun Ihnen leid?«

»Die Frauen tun mir leid. Was sie durchmachen mussten, tut mir leid. Nachts liege ich wach und mache mir Sorgen um sie. Manchmal wird es hier nachts ziemlich laut, dann kann ich nicht gut schlafen. Dann denke ich an die Frauen. Ich sorge mich um sie.«

»Sie übernehmen die Verantwortung für das, was passiert ist?«

Er sieht zum Wärter hinüber, beugt sich vor und flüstert: »Muss der dabei sein? Alles wird hier weitererzählt. Ich sollte offen darüber sprechen können. Mit meinem Anwalt darf ich auch allein reden. Können wir nicht dieses eine Mal ohne Bewacher sein?«

Er muss mein Erschrecken bemerkt haben. »Sie haben doch nicht etwa Angst vor mir, oder? Wir befinden uns in einem Gefängnis. Ringsum wird alles überwacht. Schauen Sie, wir werden beobachtet.« Er zeigt auf die Kamera über der Tür. »Das ist mit der Gefängnisleitung so abgemacht. Alle Treffen finden unter Aufsicht statt.«

»Ich bitte um etwas Privatsphäre, nur für diese eine Sitzung.«
»Das ist nicht möglich.«
»Ich werde mich zu Ihren Fragen nicht äußern, solange es nicht in vertraulichem Rahmen möglich ist.«
»Aber diese Thematik ist ein entscheidender Teil des Buches.«
»Es geht um ein hochsensibles Thema. Es sollte mir möglich sein, vertraulich mit Ihnen zu sprechen. Das Buch kommt einer Biographie gleich. Spricht ein Biograph nicht unter vier Augen mit dem Sujet seines Buches?«
»Wollen Sie damit sagen, Sie verweigern ab jetzt die Zusammenarbeit?«
»Ich weigere mich, über diesen besonderen Aspekt zu reden, solange ich das nicht offen tun kann. In Anwesenheit eines Gefängnisbeamten darüber zu sprechen, würde meiner Stellung hier schaden.«
Ich schalte das Diktiergerät aus. Ich bitte den Wärter, mit mir vor die Tür zu gehen.
Ich folge ihm hinaus. Er schließt die Tür hinter uns. Ich höre das Klicken der automatischen Verriegelung.
»Der Gefangene ... Crill möchte heute allein mit mir sprechen. Er hat das Gefühl, sich nicht frei äußern zu können, wenn ihm keine Privatsphäre zugestanden wird.«
»Ich habe Anweisung, bei Ihnen zu bleiben.«
»Ich habe dabei selbst kein gutes Gefühl, aber er ist hartnäckig, und ich bin auf seine Aussage angewiesen. Könnten Sie nicht einfach die Tür offen stehen lassen und für den Rest der Sitzung draußen warten?«
»Das darf ich nicht. Das müssten Sie sich zunächst genehmigen lassen.«
Wir gingen wieder hinein.
»Ich müsste mir eine Genehmigung holen.«
»Ich rede erst, wenn wir allein sind.«

»Dann müssen wir abbrechen, bis alles geregelt ist.«
Ich warte auf den Wärter, der Crill wegbringt. Wohin brachte er ihn? Verbrachte Crill den ganzen Tag in einer Zelle? In einem Aufenthaltsraum? Mit wem unterhielt er sich, was tat er? Was tut ein Gefangener den ganzen Tag?
Der Wärter erklärt mir, dass ich Formulare ausfüllen muss. Ich folge ihm in ein Büro. Er bittet die Beamtin um ein Formular. Er wirkt besorgt.
»Haben Sie kein Problem damit, mit Crill allein zu sein?«, fragt er. »Sie sollten sich nicht manipulieren lassen.«
»Aber würde nicht direkt vor der Tür jemand stehen?«
»Ich habe nicht behauptet, dass Sie in Gefahr wären.«
»Was wollen Sie dann sagen?«
»Immer setzt Crill seinen Kopf durch. Mir persönlich gefällt das nicht.«
»Wie meinen Sie das, er setzt seinen Kopf durch?«
»Er genießt mehr Privilegien als jeder andere Gefangene im Hochsicherheitstrakt. Er macht hier auf Vorzeigehäftling.«
»Und Sie sagen, er ist keiner?«
»Er kommt so rüber. Therapie. Resozialisierung. Meldet sich zu allem freiwillig. Hat die Beschäftigungstherapeutin dazu gebracht, ihm Töpferunterricht zu geben.«
»Na und?«
»Er hat das bis ins Letzte perfektioniert. Er hat sogar den Psychojargon übernommen: Bislang hat er seine kreative Seite vernachlässigt. Er ist überzeugt, sich in einen besseren Menschen zu verwandeln. Er nimmt sich jetzt selbst besser wahr … Er redet so einen Mist.«
»Und er verstellt sich bloß?«
»Natürlich verstellt er sich. Alles nur für das Bewährungskomitee, damit er positive Gutachten bekommt und aus dem Hochsicherheitstrakt rauskommt. Als Nächstes wohnt er dann in einem von diesen schäbigen Motels neben dem Gefängnis, und dann ist er frei. Eigentlich müsste er die

ersten zehn Jahre ohne Möglichkeit auf Bewährung absitzen, aber das dreht er garantiert. Er kommt nach spätestens sieben Jahren frei, jede Wette.«
»Und Sie finden das nicht richtig?«
»Du lieber Gott, nein! Hören Sie, Lady, ich habe Ihr Gesicht gesehen, als Sie ihm begegnet sind. Sie brauchen gar nicht den Kopf zu schütteln. Ich sehe doch, wie es Sie mitnimmt. Ich sehe, was diese verdammten Sitzungen Sie kosten. Du liebe Güte, auf was haben Sie sich da bloß eingelassen?«
»Ich recherchiere.«
»Na dann, viel Glück. An Ihrer Stelle würde ich den ganzen Mist sofort hinschmeißen. Wissen Sie, die anderen Häftlinge kommen ihm nicht zu nah. Das tun nur Leute, die zu wirr im Kopf sind, um ihn zu durchschauen. Sozialarbeiterinnen, Psychiater, solche Typen.«
»Sie sind sehr direkt.«
»Ja, und demnächst suche ich mir einen anderen Job. Hier wird man ja verrückt.«
Die Beamtin kam zurück und reichte ihm das Formular.
»Hören Sie«, sagte er, »sind Sie sicher, dass Sie damit weitermachen wollen?«
Ich nickte. »Ich habe praktisch keine Wahl. Es ist schon okay. Mir wird schon nichts passieren.«
»Ist Ihre Sache«, sagte er.

Der Rekorder läuft, der Wärter ist draußen vor der offenen Tür. Er wandert ruhelos durch den Korridor. Hin und wieder schaut er zu uns herein.
Crill lässt mich nicht aus den Augen. »Danke«, sagt er, »jetzt fühlt es sich viel entspannter und sicherer an. Ich habe mit meinem Anwalt darüber geredet, und er sagt, ich hätte richtig daran getan, meine Bedürfnisse zu äußern.«
»Nun ja«, sage ich, »wir sollten …«

»Ich hoffe, Sie fühlen sich ebenfalls wohl, Ms. Wright, und dürfte ich Sie bitte Claire nennen? Ich weiß, ich habe Sie schon einmal gefragt, und Sie haben abgelehnt, aber …«

»Nein«, sage ich in scharfem Ton. »Nein, dürfen Sie nicht. Und ich fühle mich keinesfalls wohl. Aber ich bin bereit, Ihrer Bitte für diese eine Sitzung nachzukommen. So. Sind Sie so weit?«

Er zwinkert, lehnt sich zurück. »Tut mir leid, wenn ich Sie verärgert habe, Ms. Wright.«

»Sie sagten, die Frauen täten Ihnen leid und bereiteten Ihnen Sorge.«

»Ja. Das stimmt. Aber ich wollte auch sagen, dass es mir leid tut, falls ich Sie verärgert habe. Ich möchte nicht, dass unser Gespräch von Spannungen belastet wird. Ich möchte, dass unsere Beziehung sich angenehm und leicht gestaltet.«

»Mr. Crill, wir haben keine Beziehung.«

»Also bitte, entschuldigen Sie, ich möchte Sie nicht noch mehr verärgern, aber eine Beziehung haben wir in der Tat. Sie schreiben meine Memoiren. Für mich zeugt das ganz eindeutig von einer Beziehung.«

»Ich möchte das nicht weiter diskutieren. Wir sollten uns mit den Fragen beschäftigen, die ich vorbereitet habe.«

»Aber ich fühle mich nicht in der Lage, Ihre Fragen zu beantworten, wenn Sie wütend auf mich sind.«

»Mr. Crill, ich bin nicht wütend auf Sie. Könnten wir nun bitte …?«

Er lehnt sich zurück und lächelt. »Ich bin froh, dass wir das geklärt haben. Natürlich werde ich Ihre Fragen beantworten.«

»Bei unserer letzten Sitzung haben Sie Bedauern über das Schicksal der betroffenen Frauen geäußert. Aber als ich auf Ihre Verantwortung zu sprechen kam, baten Sie um ein vertrauliches Gespräch.«

»Ja, das stimmt.«
»Können Sie mir genauer erklären, warum Sie diese Unterhaltung unter vier Augen führen möchten?«
»Weil ich Ihnen klarmachen möchte, dass es sich um Fehler gehandelt hat. Ich möchte, dass Sie das in Ihrem Buch so schreiben. Es handelte sich um Fehleinschätzungen. Ich wollte niemanden verletzen und niemandem weh tun.«
»Aber Sie haben die Frauen überfallen. Sie sind in ihre Häuser eingebrochen. Wollen Sie das abstreiten?«
Seine Stimme bleibt ruhig, geduldig. »Ich bin in die Häuser eingedrungen, ohne im direkten Sinn eingeladen worden zu sein.«
»Es war mehr als das. Sie haben das Fenster neben der Tür eingeschlagen, um in das Haus von Hannah Moore zu kommen. Bei Alison Brown haben Sie ein Badezimmerfenster aufgedrückt. Sie sind auf das Dach von Janine Bryants Haus geklettert, um von dort aus durch ein Fenster im ersten Stock einzusteigen.«
»Das mag so gewesen sein.«
»Es *mag* so gewesen sein?«
»Ms. Wright, ich habe das Gefühl, Sie greifen mich an. Ich habe um ein Gespräch unter vier Augen gebeten, damit ich Ihnen die Wahrheit erzählen kann. Ich habe nicht den Eindruck, dass Sie zuhören.«
Ich hole tief Luft. »Okay. Reden Sie weiter.«
»Wie ich schon sagte, betrat ich diese Häuser, ohne eingeladen worden zu sein. Darin lag meine Fehleinschätzung.«
»Was war Ihre Absicht, als Sie ohne Einladung in die Häuser eingedrungen sind?«
»Diese Frauen waren attraktiv. Ich wollte sie kennenlernen. Ich weiß, dass mein Vorgehen unangemessen war, aber ich bin, ich erklärte es Ihnen bereits, von Natur aus schüchtern. Diese Frauen haben einen einsamen Eindruck gemacht. Ich dachte, vielleicht freuen sie sich über meine Gesellschaft.«

»Sie sagen, die Frauen seien attraktiv gewesen. Woher wussten Sie das? Wie kamen Sie auf den Gedanken, sie würden sich über Gesellschaft freuen? Woher wussten Sie, dass sie alleinstehend waren?«

»Reiner Zufall. Ich kam an dem jeweiligen Haus vorbei und bemerkte die Frau.«

»Sie haben sie beobachtet?«

»So kann man das nicht sagen. Sie waren im Garten oder draußen auf der Straße. Ich kann mich nicht an die Einzelheiten erinnern, aber sie fielen mir auf. Sie waren ungefähr in meinem Alter. Und attraktiv. Wie ich bereits sagte, fehlt mir Frauen gegenüber das Selbstvertrauen. Ich dachte, dass ich sie auf diese Art vielleicht kennenlernen könnte.«

»Das passt nicht zusammen. Wenn Sie schon zu schüchtern waren, die Frauen unter normalen Umständen anzusprechen, können Sie doch unmöglich gedacht haben, sie würden sich über einen Einbruch freuen.«

»Ich habe mich eben geirrt. Ich bin mir voll und ganz im Klaren darüber, dass mein Verhalten verfehlt war.« Dieser aufrichtige Blick. Ein kleiner Junge, der mit der Hand im Bonbonglas erwischt wurde. »Ich weiß, es war falsch. Aber Sie können sich nicht vorstellen, unter welchem Druck ich stand. Alle haben Druck ausgeübt – meine Eltern, die Kollegen. Ständig diese Fragerei, warum ich keine Freundin habe, wann ich mir endlich eine nette Freundin suchen würde? Manche fragten mich nach meinem Privatleben aus, ob ich schwul sei. Dabei habe ich mir eine Freundin gewünscht. Ich wollte jemanden lieben. Aber ich war anscheinend nicht in der Lage, jemanden zu finden.«

Ich schwieg. Ich wusste nicht mehr, was ich fragen wollte, worauf ich eigentlich hinauswollte. Er war verrückt. Kein Zweifel, er war verrückt. Kein zurechnungsfähiger Mensch würde seine Einbrüche und Überfälle auf Frauen mit dem Wunsch nach einer Freundin rechtfertigen.

»Sie sind also uneingeladen in die Häuser dieser Frauen eingedrungen, weil Sie das Gefühl hatten, sie auf diese Art kennenlernen zu können?«
»Ja.« Er beobachtet mich aufmerksam.
»Damit ich Sie richtig verstehe: Sie trugen schwarze Kleidung, Handschuhe und eine schwarze Sturmmütze, die Ihr Gesicht zum größten Teil verdeckte?«
»Es war Abend.«
»Ja, kurz vor Mitternacht, um genau zu sein. Ist das nicht ein wenig ungewöhnlich, um die Zeit noch unterwegs zu sein?«
»Ich bin früher oft am späten Abend spazieren gegangen. Wenn ich im Büro mit der Arbeit fertig war, war es oft schon nach neun Uhr. Ich habe etwas zu Abend gegessen und bin dann spazieren gegangen.«
»Der Staatsanwalt war der Meinung, Sie hätten die schwarze Kleidung und die Sturmmütze getragen, um unerkannt zu bleiben. Die Handschuhe haben Sie benutzt, um keine Fingerabdrücke zu hinterlassen.«
»Ich bin sehr kälteempfindlich. Die Handschuhe und die Wollmütze habe ich getragen, um nicht zu frieren.«
»Sie hatten einen Strick dabei. Und ein Messer.«
Dazu hat er anscheinend nichts zu sagen. Ich warte. Schweigen.
»Was passierte, nachdem Sie ins Haus eingestiegen waren?«
»Nach der anfänglichen Überraschung über mein Erscheinen haben wir uns unterhalten. Ich glaube, die meisten dieser Gespräche sind sehr gut verlaufen.«
»Könnten Sie das näher erläutern?«
»Finden Sie nicht, wir sollten diesen Frauen etwas mehr Respekt zollen, indem wir einzeln über sie reden? Wir scheinen über ein Kollektiv zu sprechen, nicht über Individuen.«

»Okay. Reden Sie weiter.«
»Janine war ziemlich unhöflich. Die Unterhaltung mit ihr hat mir keine Freude gemacht. Ich finde das in gewisser Hinsicht überraschend, denn immerhin war sie Buchhalterin. Man sollte doch annehmen, dass wir aufgrund unserer Berufe ähnliche Interessen hätten.«
»Woher wussten Sie, dass sie Buchhalterin war?«
Er wirft mir einen missbilligenden Blick zu. »Das habe ich Ihnen schon gesagt. Wir haben uns unterhalten. Sie hat erwähnt, dass sie Buchhalterin ist.«
»Weiter bitte.«
»Hannah und Isobel waren sehr nett zu mir. Wahrscheinlich lag es daran, dass beide Lehrerinnen waren. Gut im Umgang mit Menschen, falls Sie verstehen. Ich habe meine Lehrerinnen in der Schule immer sehr gemocht. Sie waren freundlich und verständnisvoll.«
»Aber Sie haben gesagt, Sie könnten sich an keine Lehrerinnen erinnern.«
»Tatsächlich?« Weit aufgerissene Augen. »Dann muss ich das vergessen haben. Catherine wirkte ziemlich unentschlossen. Lisa war nicht mein Typ. Alison wollte nicht mit mir reden. In meinen Augen eine sehr verbitterte Person.«
*Er ist verrückt. Er ist definitiv verrückt.*
»Und nachdem Sie sich mit ihnen unterhalten hatten?«
»Tja. Nun wird es ziemlich intim. Hoffentlich trete ich Ihnen damit nicht zu nahe, Ms. Wright.«
»Sie haben die Frauen belästigt?«
»Ich habe ihnen Avancen gemacht. Ich dachte, so macht man das.«
»Sie haben sie gefesselt.«
»Manche Frauen mögen es, gefesselt zu werden. Das habe ich gelesen.«
»Sie haben sie vergewaltigt.«
»Haben Sie die Anklageschrift nicht gelesen?«

»Sie haben versucht, sie zu vergewaltigen.«
»Nein. Das haben die sich ausgedacht. Reine Erfindung.«
»Sie haben gelogen? All diese Frauen haben gelogen?«
»Nicht absichtlich. Es handelte sich um erstklassige Frauen. Ich würde niemals behaupten, sie hätten bewusst gelogen. Ich glaube nur, dass sie mein Anliegen missverstanden haben.«
Ich hole tief Luft. Ich betrachte meine Notizen. »Hier steht, Sie hätten die Frauen sexuell genötigt. Mit einer mitgebrachten Taschenlampe.«
Er sieht mich verständnislos an. »Das muss ein Irrtum sein.«
»Außer Alison Brown erlitten alle Frauen schwere vaginale Verletzungen. Da gibt es keinen Irrtum. Alle Opfer wurden nach dem Eintreffen der Polizei von einem Arzt untersucht.«
Er schaut gelangweilt aus dem Fenster.
»Alison Brown trug Kopfverletzungen davon. Sie wäre fast gestorben.«
»Haben Sie die Akten nicht gelesen? Mein Anwalt hat der Jury demonstriert, wie sie sich die Kopfverletzungen bei einem Sturz im Badezimmer zugezogen hat.«
»Als sie wieder bei Bewusstsein war, hat sie etwas anderes ausgesagt.«
»Sie hatte eine schwere Gehirnerschütterung. Das beeinträchtigt das Erinnerungsvermögen. Meiner Theorie nach wollte sie nach meinem Besuch duschen und ist dabei ausgerutscht.«
»Sie hatte Prellungen. Am Hals, an den Brüsten und Schultern. Wie erklären Sie sich das?«
Er zuckt die Achseln. »Warum sollte ausgerechnet ich das erklären? Ich könnte bloß raten.«
»Sie behaupten, Sie hätten mit diesen Verletzungen nichts zu tun?«

»Ja. Genau.«
»Und Sie streiten ab, die Frauen absichtlich verletzt zu haben?«
»Absolut.«
»Und Sie behaupten, sie nicht sexuell belästigt zu haben?«
»Natürlich nicht.«
»Warum haben Sie das vor Gericht nicht gesagt? Sie haben nicht ausgesagt, oder?«
»Alistair wollte das nicht.« Sein Tonfall ist beleidigt.
Ich frage ihn, warum er auf nicht schuldig plädiert hat, obwohl Beweise gegen ihn vorlagen und er bei der Gegenüberstellung identifiziert worden war. Ich frage ihn, warum er die Gerichtsverhandlung ausgesessen hatte. Hätte er nicht, wenn er sich schuldig bekannt hätte, eine kürzere Haftstrafe erwarten können?
»Alistair hat mir davon abgeraten. Die Verteidigung basierte auf … Kennen Sie sich mit *objektivem* und *subjektivem Tatbestand* aus?«
»Nein.«
»Tja, der objektive Tatbestand ist die Tat an sich. In einem Strafverfahren muss dem Täter aber ein Vorsatz nachgewiesen werden, ein subjektiver Tatbestand. Der Täter muss vorsätzlich gehandelt haben.«
»Wollen Sie mir sagen, Sie hätten nicht vorgehabt, die Opfer zu überfallen?«
Seine Stimme ist eiskalt. »Ich habe Ihnen die Wahrheit erzählt.«
Der Wärter späht herein und zeigt auf die Uhr. Sein Blick ist gleichgültig. Ich schalte das Diktiergerät aus.

## 22.
# Viertes Interview: Travis Crill

Unsere vorerst letzte Begegnung. Ich werde ihn noch einmal treffen müssen, bevor ich die Arbeit an dem Buch abschließe, aber bis dahin ist noch eine ganze Weile Zeit. Gott sei Dank, noch eine ganze Weile. Er sitzt am Tisch. Der Wärter steht an seinem gewohnten Platz. Im Raum. Neben der Tür.

Ich schalte das Diktiergerät ein. »In der heutigen Sitzung wollten wir eigentlich über Ihre Haft sprechen, über Ihre Resozialisierung und über Ihre Pläne für die Zeit nach der Entlassung.«

»Ja.«

»Aber wir konnten beim letzten Mal nicht alle Themen ansprechen, die ich vorbereitet hatte. Ich würde Ihnen gern einige abschließende Fragen zu Ihren Taten stellen, besonders im Hinblick auf Ihre heutige Sicht der Dinge.«

»Ja.«

»Wie schätzen Sie Ihr Handeln heute ein? Fühlen Sie Reue?«

»Ich habe unverantwortlich gehandelt. Es tut mir leid, wenn ich irgendwem unabsichtlich Schaden zugefügt haben sollte.«

»Unabsichtlich?«

»Ja.«

»Sie beharren darauf, die Frauen nicht absichtlich verletzt zu haben?«

»Ja.«

»Möchten Sie dem noch etwas hinzufügen?«

»Nur, dass ich mir wünsche, dass Sie mir glauben.«

»Die Beweislage spricht dagegen.«
»Es gibt einen Haufen von Fällen, in denen sich die Beweise als falsch herausgestellt haben.«
»Wir wollen uns nun mit Ihren aktuellen Lebensumständen befassen. Können Sie mir Ihr Leben in der Haft schildern?«
Du liebe Güte, ich klinge wie ein Talkmaster. Als Nächstes werde ich ihn fragen, wie es sich anfühlt, im Gefängnis zu leben.
»Ich finde es nicht einfach, inhaftiert zu sein.«
»Könnten Sie das näher erläutern?«
»Ich fühle eine gewisse Frustration. Ich war sehr gut in meinem Job. Ich hatte das Gefühl, einen wichtigen gesellschaftlichen Beitrag zu leisten. Hier falle ich nur dem Steuerzahler zur Last.«
»Noch etwas?«
»Meine Eltern werden alt. Ich bin nicht in der Lage, sie zu unterstützen.«
»Dann bewerten Sie Ihre Zeit im Gefängnis als ausschließlich negativ?«
»Nein, nicht unbedingt. Seit ich hier bin, ist mir klargeworden, dass mein Verhalten unangemessen war. Wenn ich irgendwann aus der Haft entlassen werde, werde ich mich selbst besser verstehen können.«
»Wie trägt eine Haftstrafe dazu bei, sich selbst besser zu verstehen?«
»Die Resozialisierungsmaßnahmen hier sind beeindruckend. Außerdem habe ich hier eine völlig neue Seite des Lebens kennengelernt. Ich bin zu einem tieferen Verständnis des Menschen gelangt. Auch habe ich erkannt, wie privilegiert ich aufgrund meiner Familienverhältnisse bin, ich kann all die Vorteile, die ich genießen durfte, viel besser wertschätzen. Nun möchte ich etwas davon zurückgeben.«
Und so weiter und so fort. Die Bedeutsamkeit der Thera-

piestunden. Die konstruktiven Gruppensitzungen. Die durch den Umgang mit den anderen Häftlingen gewonnenen Einsichten. Sein ernsthafter Gesichtsausdruck. Seine ausschweifende Gestik. Er hatte einen Psychoratgeber verinnerlicht. Heile Dich selbst und kremple Dein Leben um. Ich lasse ihn reden. Ich will, dass er sich öffnet und aus der Reserve kommt. Ich habe noch mehr Fragen.

»Bevor wir die Sitzung beenden … Ich habe mir in den letzten Tagen noch einmal die Gerichtsakten angesehen. Es gibt da eine oder zwei Fragen, die ich gern klären würde. Vielleicht können Sie mir helfen?«

»Ich werde mein Bestes tun.«

»Mir ist aufgefallen, dass alle Übergriffe zur selben Jahreszeit passiert sind, im Oktober, in der Tat fallen sie fast auf denselben Tag. Haben Sie eine Erklärung dafür?«

»Mir fällt keine ein.«

»Sämtliche Überfälle geschahen in der Innenstadt.«

»Ja?«

»Alle Frauen waren alleinstehend. Und zum Zeitpunkt des Einbruchs waren sie allein zu Haus.«

Schweigen. Das verwirrte Gesicht.

»Einige der Frauen waren überzeugt, Sie hätten sie beim Vornamen genannt.«

Schweigen.

»In Anbetracht dieser Umstände drängt sich der Eindruck auf, dass Sie die Taten geplant haben. Anscheinend haben Sie viel über diese Frauen gewusst. Sie müssen sie ausgespäht haben.«

Schweigen.

»Haben Sie irgendeine andere Erklärung?«

»Sie glauben mir nicht?«

»Ihren Schilderungen Glauben zu schenken, fällt mir angesichts der Beweislage schwer.«

Er sackt auf seinem Stuhl zusammen, kneift die Augen zu.

»Ich bin zu müde, um weiterzumachen. Ich möchte jetzt abbrechen.«
»Heute ist unsere letzte Sitzung. Möchten Sie noch irgendetwas sagen, bevor ich gehe?«
Er öffnet die Augen. »Kommen Sie mich wieder besuchen?«
»Nein, nicht in der nächsten Zeit.«
»Aber was ist, wenn mir etwas einfällt, das ich Ihnen zu erzählen vergessen habe?«
»Sagen Sie es Alistair Downes. Er wird es weiterleiten.«
»Wann ist das Buch fertig, Ms. Wright?«
»Das weiß ich noch nicht.«
»Vermutlich keine schöne Aufgabe. Darüber zu schreiben, muss Sie anwidern. Widert es Sie an, Ms. Wright?«
»Auf Wiedersehen, Mr. Crill.«
»Darf ich Ihnen, bevor ich abgeführt werde, noch eins sagen, Ms. Wright?«
»Was denn?«
Er beugt sich vor und flüstert.
»Sie sehen heute sehr hübsch aus, Ms. Wright.«

Durch die Flure, durch die Türen. Ins Auto. Das Radio einschalten. Überschwemmungen im Norden. Der Immobilienmarkt.
*Sie sehen heute sehr hübsch aus, Ms. Wright, sehen heute sehr hübsch aus, Ms. Wright, sehr hübsch, Ms. Wright.*
Ich massierte mir die Schultern. Es war das letzte Mal. Du musst nicht wieder herkommen. Du kannst jetzt nach Hause fahren, das war der schwierigste Teil, und er ist geschafft.
Ich durchsuchte meine Handtasche nach meiner Sonnenbrille. Max Williams trat aus dem Gefängnistor. In Begleitung einer Frau. Glänzendes schwarzes Haar, schlanke Beine, High Heels, schwarzer Minirock. Sie unterhielten sich.

Intensiv. Er beugte sich vor. Offenbar interessierte er sich sehr für das, was sie zu sagen hatte.

Er interessierte sich ein bisschen zu sehr, fand ich. Ich ließ den Motor an.

Er warf einen Blick herüber. Ich versuchte es mit einem freundlichen und meiner Meinung nach unverbindlichen Winken. Er kam auf mich zu. Ich kurbelte das Seitenfenster herunter.

»Ms. Wright«, sagte er grinsend, »sagen Sie mir nicht, Sie hätten jemanden im Gefängnis besucht.«

»Nicht wirklich.«

»Ah, Sie weichen mir aus. Was tun Sie hier?«

»Nun ja, wenn Sie es so genau wissen wollen ... Ich habe mit Travis Crill gesprochen.«

»Oh.«

»Hat mit der Recherche zu tun, von der ich Ihnen erzählt habe.«

»Ihre Ich-weiß-noch-nicht-wofür-Recherche?«

»Hmm.«

»Gar nicht so einfach, an Crill ranzukommen. Wer hat das Treffen für Sie arrangiert?«

Ich möchte Downes nicht erwähnen. Ich weiche aus und sage, die Gefängnisleitung habe alles organisiert. Crill habe zugestimmt.

Er wirft mir einen zweifelnden Blick zu. Er hat noch Fragen.

»Wissen Sie«, sage ich, »ich habe bei der Beschäftigung mit diesem Fall ein paar Dinge entdeckt, die ich nicht ganz verstehe. Ich habe mich gefragt ... Eigentlich wollte ich Sie anrufen, um mit Ihnen darüber zu sprechen.«

»Warum haben Sie es nicht getan?«

»Sie haben gesagt, Sie seien sehr beschäftigt. Ich wollte Sie nicht stören.«

Er schaute auf seine Armbanduhr. Schaute zu der Frau hin-

über, die immer noch am Tor stand. »Ich habe einen Gefangenen verhört. Jetzt muss ich Sue in der Stadt absetzen, aber danach hätte ich eine Stunde Zeit. Was ist mit Ihnen?«
»Ich bin frei.«
»Wollen wir einen Kaffee trinken? Kennen Sie das Leo's? Nicht weit von meinem Büro. Wir könnten uns in einer halben Stunde dort treffen.«
Ich raste hin. Fand einen Parkplatz. Schaute in den Spiegel, zupfte an meinen Haaren, legte Lippenstift auf. Ich fand das Leo's, setzte mich mit einer Zeitung an einen Tisch draußen. Ich versuchte gelassen und ein wenig unnahbar zu wirken.
Max kam die Straße entlang auf mich zu und setzte sich. »Kaffee? Ich lade Sie ein.«
»Nein, ich bezahle«, sagte ich. »Sie tun mir einen Gefallen.«
»Keinesfalls. Ich darf keine Bestechungsversuche akzeptieren.« Er grinste mich wieder an. »Was möchten Sie?«
»Äh … Milchkaffee. Mit fettarmer Milch.«
Ich beobachtete ihn, während er sich am Tresen anstellte. Ich wollte meine Hände unter seine Jacke schieben und seinen Rücken streicheln. Glatt, fest, muskulös, da war ich mir sicher.
Das war lächerlich.
Er kam mit einer Nummer zurück, die er auf den Tisch stellte. »Sollte nicht allzu lange dauern. Erzählen Sie mir, was Sie am Fall Crill nicht verstehen.«
Ich erzählte ihm, was mir aufgefallen war. Die jahreszeitlichen Überschneidungen, die vergleichbaren Lebensumstände der Opfer, die Tatsache, dass Crill sie gekannt und mit Vornamen angesprochen hatte.
Er hörte aufmerksam zu. »Das ist typisch für Wiederholungstäter. Wir nennen das die ›Signatur‹. Eine Reihe von Parallelen, anhand derer wir die Fälle letztendlich mitein-

ander verknüpfen und erkennen können, dass es sich nicht um Einzeltaten handelt.«

»Downes ist in seiner Verteidigung davon ausgegangen, Crill habe die Frauen nicht vorsätzlich verletzt.«

»Ja, aber das wurde widerlegt. Der Täter ist maskiert und mit einem Messer bewaffnet in die Häuser eingebrochen.«

»Wann sind der Polizei die Parallelen aufgefallen?«

»Lisa Evens. An dem Punkt wurde ich hinzugezogen.«

»So spät? Warum hat es so lange gedauert?«

»Crills Fall war knifflig. Es gab nur ein Opfer pro Jahr. Normalerweise schlägt der Täter in immer kürzeren Abständen zu, so dass man leichter darauf kommt, es mit einem Serienvergewaltiger zu tun zu haben.«

»Da sind also die Maske, das Messer und der Strick. Die Nähe der Tatorte zueinander, die Jahreszeit, der Familienstand der Frauen. Noch etwas?«

»Das war's.«

»Glauben Sie, er hat die Opfer willkürlich ausgewählt? Oder glauben Sie, dass er Sie vor dem Überfall eine Zeitlang beobachtet hat?«

»Ich glaube, er hat sie ausgespäht, er hat sie beobachtet, bevor er zuschlug. Aber das ist nur meine Meinung. Wir konnten es ihm nicht nachweisen.«

»Was steckt dahinter? Warum tut ein Mann so etwas?«

»Ich habe keine Ahnung. Bei Einzeltaten läuft es anders, da sind fast immer Alkohol oder Drogen im Spiel oder ein gewaltbereiter Mann, der sich nimmt, was er will. Aber diese Serientäter haben etwas Trauriges, Krankes, die sind irgendwie verschroben. Man muss sie finden, von der Straße holen und schnellstmöglich wieder vergessen. Man denkt am besten nicht weiter drüber nach.«

»Woher wollen Sie wissen, dass Crill – oder jeder andere Wiederholungstäter – nach der Entlassung nicht einfach in das alte Muster zurückfällt?«

»Das weiß keiner. Und man kann es nie wissen. Viele Täter bekommen keine Bewährung, aber letztendlich sind die meisten irgendwann wieder auf freiem Fuß.«
»Halten Sie Crill für verrückt?«
»Laut psychiatrischem Gutachten ist er es nicht.«
»Aber was denken Sie?«
Er sah mich neugierig an. »Sie haben ihn kennengelernt. Was glauben Sie?«
»Er streitet alles ab. Er zeigt keine Gefühle. Ich bin mir sicher, dass er mit mir gespielt hat.«
»Das macht ihn noch nicht zu einem Verrückten. Und Sie dürfen nicht vergessen, dass es einen himmelweiten Unterschied gibt zwischen der juristischen Definition von Unzurechnungsfähigkeit und dem, was wir im Allgemeinen für verrückt halten.«
»Wie kann ein zurechnungsfähiger Mensch Taten begehen, wie Crill sie begangen hat? Und sich auch noch dafür rechtfertigen?«
Er schüttelte den Kopf. »Ich weiß es nicht. Wenn Sie sich mit der Motivation hinter einer Straftat befassen, wenn Sie herausfinden wollen, wie diese Täter ticken – na dann gute Nacht. Ich kann Sie bloß davor warnen.«
»Aber Sie müssen sich das von Berufs wegen fragen.«
»Soll ich mich fragen, warum jemand seine Kinder verprügelt? Warum jemand bei einer alten Frau einbricht, sie schlägt und am Ende vergewaltigt? Ich versuche auszublenden, woher diese Leute kommen, was sie zu dem gemacht hat, was sie sind. Andernfalls würden mich meine Wut und Hilflosigkeit bei der Arbeit behindern.«
»Seit der Begegnung mit Crill habe ich das Gefühl, dass nichts mehr sicher ist.«
»Trinken Sie Ihren Kaffee, Claire. Sie sitzen in einer wunderschönen Stadt in der Sonne. Es passieren schlimme Sachen. Aber nicht allen Menschen. Die meisten geraten nie

damit in Berührung, sie bekommen nichts davon mit außer im Fernsehen.«

Ich griff nach meiner Tasse. Meine Hand zitterte. »Ich verstehe nicht, wie Sie Ihre Arbeit schaffen.«

»Tja, manchmal ist es nicht leicht. Aber es gibt auch die schönen Seiten.«

»Warum machen Sie das?«

»Hey«, lachte er, »nun wird es mir zu ernst. Werde ich verhört? Ein Bulle packt aus? Nicht gerade subtil, Ms. Wright.«

»Nein, so ist es nicht. Ich frage aus Interesse.«

»Okay. Die Wahrheit. Ich werde es Ihnen beichten. Ich mache diesen Job, weil ich daran glaube. Ich könnte den Job nicht machen, wenn es anders wäre.«

»Sie glauben daran?«

»Ja, das tue ich. Ich finde, dass die Polizei alles in allem eine gute Sache macht. Ich glaube, wir machen das Leben für alle ein bisschen sicherer. Das System ist nicht perfekt, aber ohne uns würden solche Arschlöcher wie Crill frei herumlaufen.«

Ich trank meinen Kaffee aus und beobachtete die Straße. Die Sonne brannte und überzog alles mit ihrem Glanz, sie ließ die Welt erstrahlen. Junge Mütter schoben ihre Kinderwagen, Paare schlenderten an den Schaufenstern vorbei. Es war kurz nach vier. Die Schulkinder in Uniform, mit Ranzen auf dem Rücken, tippten SMS, warteten auf den Bus. Mädchen in Annies Alter, deren Schottenröcke gegen die Waden schlugen. Ich musste lächeln – als ich zur Schule ging, hatten wir immer versucht, den Rock bis über die Knie hochzuziehen.

Aber wer noch war am Beobachten, während ich dort saß und mir die Sonne ins Gesicht scheinen ließ? Wer außer mir beobachtete die Mädchen, wer war auf der Suche nach einem Kind, das allein unterwegs war? Ein Raubtier, das auswählte, beobachtete, seine Gelegenheit abwartete. Ich schauderte.

»Was ist mit Ihnen?«

Max sah mich an.

»Wie bitte?«

»Was ist mit Ihnen?«

»Was soll mit mir sein?«

»Sie hören mir gar nicht zu, oder? Ich habe Sie gefragt, ob Sie mit Ihrem Beruf zufrieden sind. Was arbeiten Sie eigentlich?«

»Ich bin freie Journalistin. Außerdem schreibe ich Gedichte.«

»Was schreiben Sie?«

»Alles Mögliche. Artikel für Zeitschriften und Magazine. Über Reisen, Häuser, Gärten, Essen, über Frauen, die etwas Besonderes erreicht haben. Ich schreibe über das Bildungs- und Gesundheitswesen. Ich schreibe über Musiker, Künstler, Schriftsteller, Babys und Haustiere, ich rezensiere Bücher und Filme und Theaterstücke.«

Er lachte. »Sonst noch etwas?«

»Der ganze Rest.«

»Einschließlich Crill. Mit diesem Thema scheinen Sie sich weit von Haustieren und Essen entfernt zu haben.«

»Ist ein Frauenthema«, antwortete ich schlagfertig, »ich habe die Herausforderung gesucht.«

»Sie sagen, Sie schreiben Gedichte?«

»Ja.«

»Wurden die veröffentlicht?«

»Ich fürchte, ja.«

»In Buchform?«

»Drei Stück.«

Er schaute auf seine Uhr. »Ich habe in zehn Minuten eine Besprechung. Äh …« Er sah mich fragend an. »Ms. Wright, sind Sie Single?«

Ich lachte. »Ja.«
»Da haben wir etwas gemeinsam. Darf ich Sie anrufen? Wir könnten uns wieder einmal in die Sonne setzen und Kaffee trinken. Oder ein Abendessen. Wie gehen essen. So machen es die Singles doch, oder?«
»Da haben Sie wohl recht.«
»Geben Sie mir Ihre Nummer, dann gehen wir essen und setzen unsere Unterhaltung fort. Dann können Sie mir etwas über Gedichte erzählen.«
»Okay.«
»Schön. Vergessen Sie Crill. Genießen Sie die Sonne. Versprochen?«
Ich nickte.

## 23.
## Annie

Sobald Mum das Haus verließ, setzte ich mich vor ihren Computer. Ich kam mir feige dabei vor. Immer wieder schaute ich über meine Schulter aus Angst, sie könnte früher zurückkommen. Als sie Geld für diese Crill-Sache bekommen hatte, hatte sie sich einen neuen Laptop gekauft und mir ihren alten Computer geschenkt. Ich hatte also keinen Grund, vor ihrem zu sitzen.
Ich hatte ein schlechtes Gewissen, weil ich es hinter Mums Rücken tat. Dann wiederum fühlte ich mich im Recht, weil sie mir die Sache verschweigen wollte. Immer wieder spricht sie davon, wie wichtig Ehrlichkeit sei. Tja, meiner Ansicht nach gilt das für beide Seiten.
Okay, wahrscheinlich würde sie sagen, dass sie mich lediglich beschützen wollte. Aber das ist verrückt. Um mich vor

dem Mist zu beschützen, müsste sie mir Fernseher, Radio und Zeitungen verbieten. Sie müsste mir alles verbieten und dürfte mich nicht mehr aus dem Haus lassen. Im Moment schreiben zum Beispiel alle über diese Polizisten, die Frauen vergewaltigt haben. Ich finde das so krank. Während meiner Schulzeit sind regelmäßig Polizisten in den Unterricht gekommen, um uns zu erklären, dass man nicht mit Fremden mitgeht und wie man sich schützen kann. Und jetzt kommt raus, dass man nicht einmal der Polizei trauen kann.

Obwohl ich ein mulmiges Gefühl dabei hatte, in Mums Computer herumzuspionieren und ihre Texte zu lesen, redete ich mir ein, dass ich nur ein Auge auf sie haben konnte, wenn ich Bescheid wusste. Ich wollte mich persönlich davon überzeugen, dass sie kein zu hohes Risiko einging.

Aber ihre Aufzeichnungen und die Abschriften der Tonbänder waren gruselig. Ich verlor fast die Nerven. Ich schaltete das Diktiergerät ein und hörte mir seine Stimme an. Am unheimlichsten fand ich, dass er ganz normal klang. Eigentlich sogar ganz nett, wie ein Lehrer vielleicht. Er redete langsam und bedächtig. Seine Stimme klang ein bisschen flach, aber auch sehr ruhig. Wenn ein Vergewaltiger so klang, wie sollte man dann ahnen, dass er einem weh tun wollte? Woher sollte man wissen, wem man vertrauen konnte, wenn ein Vergewaltiger klang wie ein Lehrer? Und selbst die Polizisten, an die man sich wenden sollte, wenn man sich verlaufen hatte oder in Schwierigkeiten steckte, waren in Wahrheit manchmal Vergewaltiger. Wie sollte man sich da noch auf irgendwen verlassen?

Ich las, was Mum geschrieben hatte. Was Crill ihr erzählt hatte. Ich fragte mich, ob ein Irrtum vorlag, wo er doch so nett klang und alles abstritt. Man liest ja ständig von Leuten, die für Sachen ins Gefängnis müssen, die sie nie getan haben. Man liest ja sogar von Polizisten, die Unschuldigen falsche Beweise unterschieben, damit sie verurteilt werden. Ich las die Stelle mit der Vogeltränke und dem Ferienhaus seines Schulfreundes. Ich wurde echt nervös. *Zufall?*, hatte Mum dazugeschrieben. Sie hatte geschrieben: *Tausende von Vogeltränken/Strandhäusern.*

Hoffentlich hatte sie recht. Aber wenn es anders war – woher wusste er das? Ich schaltete den Computer aus. Ich lief durchs Haus, machte alle Fenster zu und vergewisserte mich, dass die Tür abgeschlossen war. Mum hatte gesagt, wir müssten ein bisschen mehr auf unsere Sicherheit achten, sie wolle nicht, dass die Presse irgendwas erfuhr. Aber inzwischen glaubte ich, dass sie sich das bloß ausgedacht hatte und dass wir in Wahrheit wegen Crill aufpassen mussten. Aus dem Gefängnis konnte man ausbrechen. Crill könnte entkommen und uns finden.

Aber wozu sollte er das tun? Mum schrieb das Buch für ihn. Er würde einen Haufen Geld damit verdienen. Lauter beängstigende Gedanken rasten durch meinen Kopf.

Nichts war mehr selbstverständlich. Kate zum Beispiel. Sie war meine beste Freundin gewesen, und nun redete sie nicht einmal mehr mit mir. Oder Mum. Ich konnte nicht mehr mit ihr reden, zumindest nicht über ihre Arbeit. Dabei war es wichtig. Ich hatte Angst, wenn ich allein zu Hause war, und darüber müsste ich doch mit ihr reden können. Aber wenn ich es ansprach, würde sie wissen, dass ich an ihrem Computer gewesen war. Außerdem war es nicht nur das. Manchmal war sie mir so fern. Dann stand sie in der Küche und schnippelte Gemüse, oder sie saß neben mir auf dem Sofa und sah fern, aber ich konnte an ihrem Blick erkennen, dass sie ganz woanders war.

Anscheinend war Savannah der einzige Mensch, auf den ich mich noch verlassen konnte. Als ich letztes Wochenende bei ihr zu Hause war, musste ich weinen. Ich konnte nicht anders. Sie packte meine Arme. Sie fragte: »Was ist los? Was ist los?«, und sie sah bestürzt aus, ehrlich betroffen. Ich erzählte ihr von Mum. Nicht von Crill, das durfte ich nicht. Aber ich erzählte ihr, dass ich mich Mum nicht mehr so nah fühlte wie früher, dass ich nicht mehr alles mit ihr bereden konnte.

Savannah hörte mir zu. Sie sagte, sie habe ihrer Mutter nie irgendwas erzählt. Sie sagte, ich müsse endlich aufwachen und einsehen, dass alle Kinder ihren Eltern irgendwann entwachsen. Denn die Eltern sind zu alt und können sich nicht mehr daran erinnern, wie es war, jung zu sein. Ich sagte, ich hätte das Gefühl, niemandem mehr vertrauen zu können.

Savannah sagte: »Du kannst nicht allen vertrauen, aber du kannst mir vertrauen.«

Damit hatte sie in gewisser Weise recht. Ich konnte Kate nicht mehr vertrauen. Ich konnte der Polizei nicht trauen, und auf meine Mum war auch kein Verlass. Aber ich hatte Savannah. Sie war für mich da, immer. Sie kam zu mir nach Hause und nahm mich jeden Morgen mit zur Schule. Sie fuhr mich jeden Tag nach Hause. Sie rief ständig an. Sie schenkte mir Sachen. Sie sagte, eine bessere Freundin als mich habe sie nie gehabt.

Und mit Savannah machte alles Spaß. Trotz Kate und trotz meiner Mum hatte ich mehr Spaß als je zuvor. Alle wollten mit uns rumhängen. Am Wochenende fuhren wir mit Savannahs Auto zum Strand und lernten Jungs kennen, wie ich sie früher niemals kennengelernt hätte, Jungs aus der dreizehnten Klasse unserer Schule und anderer Schulen. Wir lagen am Strand und hörten Musik. Ich lernte surfen. Manchmal hatte ich das Gefühl, in einem irren Kinofilm aufgewacht zu sein, nur dass wir echte Mädchen waren, die jede Menge echten Spaß hatten und tolle Sachen erlebten.

Nur Mums Umgang mit Savannah hätte ich mir anders gewünscht. Savannah mochte unser Haus, und sie mochte

Mum. Als sie zum ersten Mal bei uns war, konnte sie gar nicht oft genug sagen, wie süß sie alles finde, wie süß mein Zimmer sei und wie nett unser Haus eingerichtet sei. Bei uns hängen jede Menge Bilder an der Wand, die Dad gekauft hat, überall liegen Kissen, außerdem haben wir einen Haufen Bücher und viele Glasvasen mit Muscheln und Steinen drin und unzählige Kerzenhalter. Savannah zeigte auf alles und sagte: *Ooh, ich liiiebe das!*

Mit Mum war es genauso. Sie liebte Mum von Anfang an, gleich vom ersten Treffen an. Savannah und ich saßen in der Küche und tranken Kaffee, als Mum nach Hause kam. Kurz darauf musste Savannah los, und ich begleitete sie zum Auto.

»Deine Mum ist hübsch«, sagte sie, »sie ist jung und so cool. Du hast echt Glück, Annie.«

Als ich wieder im Haus war, erzählte ich Mum davon. Mum sagte, Savannah mache einen netten Eindruck, dann fragte sie mich, wem das Auto gehöre. Als ich sagte, es sei Savannahs, wirkte Mum ein bisschen schockiert.

»Das Auto gehört ihr allein?«, fragte sie.

»Ihre Eltern haben viel Geld.«

»Sieht ganz danach aus.«

»Was stört dich daran?«

»Nichts.«

Aber ich konnte ihr an den Augen ablesen, dass sie nicht mit Savannahs Auto einverstanden war. Und manchmal fragte sie mich, wieso ich nicht mehr wie früher mit meinen Freundinnen zu Fuß zur Schule oder nach Hause lief. Sie sagte, es sei viel gesünder, zu Fuß zu gehen. Und sie sagte, sie mache sich Sorgen, weil ich in einem schnellen Auto und mit einer unerfahrenen Fahrerin unterwegs war. Ich sagte ihr, Savannah sei eine gute Autofahrerin, sie fahre seit vielen Jahren. Sogar in New York war sie herumgefahren, und dafür musste man ziemlich gut fahren können.

Savannah sagte immer wieder, wie hübsch Mum sei. Irgendwann sagte sie dann, sie fühle sich in Mums Gegenwart nicht wohl, sie habe den Eindruck, Mum könne sie nicht leiden. Ich sagte ihr, das liege bloß daran, dass meine Mum immer etwas Zeit zum Auftauen brauche, wenn sie neue Leute kennenlernte. Sie sei eben so. Ich sagte, sie habe im Moment viel Arbeit und sei deswegen nicht so entspannt wie sonst. Aber im Grunde erfand ich bloß irgendwelche Ausreden. Bei meinen anderen Freundinnen war Mum freundlich und lustig. Bei Savannah schien sie auf der Hut zu sein. Aber ich war alt genug, um mir meine Freunde selbst auszusuchen. Mum würde damit klarkommen müssen.

Savannah tat verrückte Sachen. Eines Abends zum Beispiel. Es war spät, ich schlief schon. Ich wachte auf, weil jemand an mein Fenster klopfte. Ich erschrak, aber dann hörte ich Savannahs Stimme. »Annie-Fanny! Annie-Fanny!«

Ich konnte es nicht fassen. Ich kniete mich aufs Bett und riss den Vorhang beiseite. Savannah stand direkt vorm Fenster, drückte ihr Gesicht an die Glasscheibe und schnitt Grimassen. Ich streckte den Kopf hinaus. »Was tust du da?«, flüsterte ich.

»Ich langweile mich.« Ihre Augen blitzten. Sie wirkte aufgekratzt und hellwach. »Los, wir machen eine Spitztour.«

»Das geht nicht. Mum wird uns hören.«

»Sie schläft!«

»Ich glaube, ich sollte es besser lassen.«

»Ach komm! Deine Mum wird es nie erfahren. Bittebittebitte!«

Ich lauschte. Alles war ruhig. Ich kletterte aus dem Fenster und schloss es bis auf einen winzigen Spalt, damit ich später wieder ins Haus käme. Wir schlichen durch die Einfahrt zu Savannahs Auto. Sie ließ es ein Stück weit ohne Licht rollen, bevor sie den Motor startete. Wir fingen an zu kichern.

Wir fuhren und kicherten. Savannah drehte das Radio auf. Sie fuhr schnell. Sie nannte uns die *Girlieboy Racers.* In der Stadt war kaum etwas los, kaum Verkehr, und die Straßen lagen still und düster da. Wir entdeckten einen Schnellimbiss. Wir kauften Hamburger und frische, heiße Pommes, die wir im Auto aßen. Das Salz klebte an unseren Fingern. Wir kicherten.
Savannah brachte mich nach Hause, sie hielt am Ende der Straße und düste davon. Alles war anders, sobald sie weg war. Die Straße war so still. Ich fühlte mich unwohl so ganz allein im Dunkeln. Was, wenn Mum aufgewacht war? Sie würde sich furchtbar erschreckt haben, weil ich nicht da war. Sie würde wirklich sauer auf mich sein.
Ich schlich durch die Einfahrt. Nichts. Alles war still und ruhig. Ich schob das Fenster auf und kroch ins Bett. Ich zitterte vor Kälte. Aber ich fühlte mich mutig, abenteuerlustig und ein bisschen verrückt. Ich fühlte mich so wie das furchtlose, wilde Mädchen, das ich sein wollte.

Am Wochenende rief Savannah an und lud mich ein. Ich sagte, dass ich für die Klavierprüfung üben müsse. Sie schlug mir vor, das auf den nächsten Tag zu verschieben. Sie habe eine Überraschung für mich, ich müsse unbedingt rüberkommen. Ich sagte, das ginge jetzt nicht. Außer dem Klavierüben hatte ich noch Hausaufgaben zu erledigen.
»Aber Annie-Fanny«, sagte sie, »Klavier spielen ist echt uncool.«
»Es ist wegen Mum«, sagte ich. »Sie hat gesagt, dass ich heute wegen der Prüfung zu Hause bleiben muss. Ich spiele nicht so gern, aber Mum besteht darauf, dass ich weitermache.«
Das war eigentlich nicht die Wahrheit, aber ich wollte um keinen Preis, dass Savannah mich für eine Streberin hielt. Ich ging zum Klavierunterricht, seit ich acht war, und ehr-

lich gesagt spielte ich gern, besonders jetzt, wo mir auch schwierigere Stücke gelangen. Ich merkte, dass Savannah ein bisschen sauer war, aber die Prüfung war mir wichtig. Vielleicht würde ich »mit Auszeichnung« bestehen, wenn ich nur genug übte.

Ich übte den ganzen Samstag und den halben Sonntagvormittag. Savannah meldete sich nicht, dabei schrieb sie normalerweise stündlich eine SMS oder rief an. Am Sonntagnachmittag schrieb ich ihr eine SMS: *Hallo, was machst du gerade?* Sie antwortete nicht. Ich wartete etwa eine Stunde, dann rief ich sie an. Ihr Handy war ausgeschaltet. Ich versuchte es bei ihr zu Hause, erwischte aber nur den Anrufbeantworter.

Am Sonntagabend bekam ich ein komisches Gefühl. Ich rief Sarah an. Sie klang seltsam, so als wolle sie nicht mit mir reden.

Ich fragte: »Was ist los?«

»Wie meinst du das?«

»Du klingst so komisch.«

»Warum rufst du an?«

»Ich wollte nur hallo sagen.«

»Ich und Charlotte kriegen dich kaum noch zu Gesicht.«

»Ich hatte viel zu tun, Hausaufgaben und so.«

»Tja. Ich bin grad beschäftigt.«

»Ach so.« Ich versuchte locker zu klingen. »Hast du Savannah dieses Wochenende gesehen?«

»Nein.« Ihre Stimme klang gepresst.

»Es ist ja nicht so, dass ich euch nicht mehr sehen will«, sagte ich, »ich hatte einfach nur viel zu tun, weißt du.«

»Ja. Ich weiß. Viel zu tun, mit Savannah.« Sie sprach den Namen in einer Art Babystimme aus.

»Sarah, ich verstehe nicht, was los ist. Ich dachte, wir wären alle Freundinnen. Du und Charlotte und ich und Savannah.«

»Was ist mit Kate?«
»Was soll mit ihr sein?«
»Sie hat Charlotte und mir erzählt, was du getan hast.«
»Ich habe nichts getan. Sie redet einfach nicht mehr mit mir.«
»Uns hat sie was anderes erzählt. Und wir glauben ihr.«
»Aber ich habe nichts getan!«
»Hör mal, Annie, wir waren Freundinnen. Weißt du noch, was wir gesagt haben? Freundinnen fürs Leben?«
»Ja, und das sind wir auch. Daran hat sich nichts geändert.«
»Doch, hat es. Savannah ist aufgetaucht, und du hast uns abserviert.«
»Nein, habe ich nicht. Außerdem bist du doch auch mit Savannah befreundet.«
»Nicht mehr.«
»Warum nicht?«
»Ich will nicht darüber reden. Bis dann.« Sie legte auf.
Ich probierte es noch einmal auf Savannahs Handy. Es klingelte, dann wurde ich weggedrückt. Sie wollte nicht mit mir reden. Sarah, Charlotte und Kate waren nicht mehr meine Freundinnen. Ich hatte keine Freundinnen mehr. Ich hatte keine Freundinnen, und ich hinkte mit den Hausaufgaben hinterher. Ich hatte meinen Englischaufsatz noch nicht geschrieben, dabei musste er am Dienstag fertig sein. Ich kriegte es nicht hin. Ich wusste, dass alles, was ich bis jetzt geschrieben hatte, nichts taugte. Ich hatte noch nicht angefangen, für den Geschichtstest zu lernen, außerdem wusste ich, dass ich bei der Klavierprüfung versagen würde. Wahrscheinlich würde ich durchfallen. Ich hatte zu wenig geübt. Ich saß auf dem Sofa. Ich wusste nicht, was ich tun sollte. Ich wusste nicht, ob ich noch einmal bei Sarah anrufen und das Ganze klären sollte, oder ob ich Charlotte anrufen oder zu Savannah gehen sollte, um mit ihr zu reden. Ob ich

Klavier üben oder doch lieber für den Test lernen oder mich doch lieber um den Aufsatz kümmern sollte.
Mum kam herein. Als sie mich weinen sah, stürzte sie auf mich zu und nahm mich in den Arm. »Annie«, sagte sie, »mein Schatz, was ist los?«
Sie hielt mich fest, als sei ich wieder ihr kleines Mädchen, und ich schluchzte, bis ihr T-Shirt ganz nass war. Als ich mich einigermaßen beruhigt hatte, hielt sie mich ein Stück von sich weg und musterte mein Gesicht.
»Annie, sag mir, was los ist. Los, du musst es mir sagen.«
Aber ich konnte ihr unmöglich erzählen, dass ich keine Freundinnen mehr hatte. Denn dann würde sie Fragen stellen, und ich würde erzählen müssen, was Sarah über Savannah gesagt hatte. Dann würde Mum Savannah noch weniger leiden können.
»Ich will nicht mehr Klavier spielen«, heulte ich und fing wieder zu schluchzen an. »Der Druck wird mir zu viel, Mum, ich halte das nicht aus.«
Mum sah bestürzt aus. »Aber Annie, du spielst doch gern! Und du spielt so gut!«
»Ich schaffe es neben der Schule nicht. Ich habe zu wenig Zeit.«
»Aber bis jetzt hast du es doch auch immer geschafft.«
»Aber in diesem Jahr ist es zu viel, Mum. Ich habe mein Bestes versucht. Ich habe versucht, es dir recht zu machen, aber ich kann nicht mehr.«
Mum wirkte wirklich bestürzt. »Willst du damit sagen, du hast nur um meinetwillen Klavier gespielt?«
»Ja. Ich weiß, wie sehr es dir gefallen hat, deswegen habe ich immer weitergemacht und nichts gesagt.«
»Das überrascht mich sehr. Du hast mir immer erzählt, wie gern du spielst.«
»Ja, aber das stimmt nicht.«
»Du sagst, Schule *und* Klavierunterricht sind dir zu viel?«

»Mum, ich habe überhaupt keine Zeit mehr für mich.«
Sie holte tief Luft und sah mir in die Augen. »Das hat doch nichts mit Savannah zu tun, oder?«
»Nein, nur mit mir. Ich schaffe das nicht. Mum, ich kann jederzeit wieder mit dem Unterricht anfangen, wenn ich mich wieder besser fühle. Ich brauche nur eine Pause.«
»Bist du dir sicher?«
»Ja. Würdest du Mrs. Spain anrufen und ihr sagen, dass ich nicht mehr zum Unterricht komme und dass ich die Prüfung nicht schaffe? Ich schaffe es nicht, Mum, ich schaffe es einfach nicht.«
»Okay. Annie, warum lässt du die Hausaufgaben nicht einfach liegen und ruhst dich ein wenig aus? Ich werde dir für die Schule eine Entschuldigung schreiben.«
Ich nickte. »Mum?«
»Ja, Annie?«
»Kannst du heute Pfannkuchen machen? Mit gebackenen Bananen und Ahornsirup?«
»Natürlich.«
»Darf ich Savannah einladen?«
»Wenn du möchtest.«
Ich schrieb Savannah eine SMS. *Hab mit dem Scheißklavier aufgehört. Mum macht Pancakes. Kommst du?*
Ich wartete. Ich hielt den Atem an. Die Antwort kam sofort. *Klar.*
Wir aßen Unmengen. Wir hatten Spaß. Mum war echt nett zu Savannah. Wir schauten uns zusammen einen Film an. Wir lachten viel. Savannah tat so, als sei nichts gewesen.
Ich brachte sie nach draußen zum Auto. »Hey«, sagte ich. »Ich habe das ganze Wochenende versucht, dich anzurufen. Ich habe auch SMS geschickt und auf die Mailbox gesprochen.«
Ich sagte das, als sei es nicht wichtig, als sei es mir eben erst eingefallen.

»Wirklich?«
»Hast du nichts bekommen?«
»Vielleicht nicht.«
Sie starrte mir streng ins Gesicht, so als sei sie wütend. Dann öffnete sie ihre Handtasche und holte etwas heraus. »Da, deine Überraschung.«
Es war eine laminierte Karte mit meinem Foto auf der Vorderseite. Ich drehte sie um.
»Was ist das?«
Sie kicherte. »Dein Ausweis, Dummkopf. Schau dir das Geburtsdatum an. Du bist achtzehn. Achtzehn, Baby. Und ich bin es auch.«
»Woher hast du das? Woher hast du das Foto?«
»Ich kenne einen Typen, der die Dinger bastelt. Toll, was? Das Foto hast du für deinen Schülerausweis machen lassen, ich habe es aus deinem Spind. Den schließt du nie ab, was?«
»Aber wozu?«
»Annie-Fanny, denk mal nach. So kommen wir in jeden Club rein. Das wird ein Riesenspaß.«
Ich starrte auf meine Karte.
»Und, wie gefällt dir deine Überraschung? Hab mich mächtig ins Zeug gelegt, um da ranzukommen.« Sie starrte mich an, ihr Gesicht war hart und ernst.
Ich versuchte zu lächeln. »Krass«, sagte ich.
Ich schaute ihrem Auto nach, wie es auf unserer Straße davonjagte. Die Karte ließ ich in meiner Tasche verschwinden. Ich sagte Mum gute Nacht, und dann wickelte ich die Karte in eine Unterhose und versteckte sie ganz unten in der Kommode.

# 24.
# 2004

Ich habe so lange darauf gewartet, deine Stimme zu hören. Deine Stimme ist bezaubernd.
Nein. Sie ist perfekt.
*Ihre Stimme war stets sanft, zärtlich und mild; ein köstlich Ding an Frau'n.*
Siehst du, mein Liebling, auch ich kenne mich in der Dichtung aus. Wir werden uns darüber unterhalten.
*Da lass uns singen, wie Vögel in dem Käfig.*
Vögel, mein Liebling.
Dein Gesicht ist ein offenes Buch. Ich sehe jede Regung. Jenes zarte, fast unmerkliche Erröten, sobald ich eines unserer Geheimnisse erwähne, jene Botschaften, die nur du und ich verstehen, während dieser Trampel an der Tür steht und uns belauscht.
Deine Kleidung ist vorteilhaft und passend. Dein Lippenstift gefällt mir. Nicht knallrot, sondern ein dezenter, blasser Rosenholzton. Nur Schlampen tragen Rot.
Aber bitte keine Hosen. Merke es dir, keine Hosen.
Dieser Trampel an der Tür. Ich habe mich danach gesehnt, mit dir allein zu sein; und zusammen haben wir es geschafft, und auf welch elegante Weise! Wieder jenes hauchzarte Erröten auf deinem Gesicht, du weißt, wie sehr ich dich begehre, es war dir peinlich, weil ein Fremder zugegen war. Aber da saßest du, nur wenige Zentimeter von mir entfernt, ich hätte nur den Arm ausstrecken müssen, um dein Gesicht zu berühren, dein Gesicht zu küssen, deine Arme Beine Füße Brüste Fotze.
Nein nein nein nein nein. Ich will und werde diese Fragen zu den anderen nicht beantworten. Ich verstehe, warum du mich fragst. Ich weiß, das gehört zu deiner Strategie, zum

Spiel, zur Tarnung. Ich möchte dir helfen, aber einige dieser Fragen erniedrigen uns, mein Liebling, und deswegen verbietet sich jede Antwort.
Komm und besuch mich wieder komm und besuch mich wieder komm und besuch mich wieder.
Bald bald bald bald bald.

## 25.
## Claire

In der Woche, die auf jenen Sonntag folgte, beobachtete ich Annie aufmerksam.
Seit Jahren hatte ich sie nicht mehr so aufgebracht gesehen, nicht seit sie ein kleines Mädchen gewesen war und vor Müdigkeit oder Aufregung außer sich. Und genau so war sie jetzt gewesen. Ein kleines Mädchen, aufgelöst und krank vor Kummer. Und ihre Erklärung dafür? Klavier und zu viele Hausaufgaben. Es ergab keinen Sinn. Normalerweise bewahrt sie einen kühlen Kopf, meine Annie, sie bewältigt alles ganz locker.
Und als sie endlich mit dem Weinen aufgehört hatte und Savannah auftauchte, war sie wieder da, die Sonnenschein-Annie, die lustige, optimistische Annie. Aber irgendetwas fehlte, irgendetwas stimmte überhaupt nicht. Sie war überspannt. Sie riss Witze, versuchte zu gefallen, ich hörte den hysterischen Unterton in diesem schrillen Kichern, das sie anscheinend nicht mehr ablegen konnte, seit Savannah aufgetaucht war. Hin und wieder bemerkte ich, wie sie zu Savannah hinüberschielte, um ihren Gesichtsausdruck zu deuten, Zustimmung darin zu finden. Es brach mir das Herz.

Allein ein Kind großzuziehen, hat seine Vor- und Nachteile. Einer der Vorteile ist die konzentrierte Liebe, die Nähe, die wächst und wächst. Das Kind wird zur liebsten Freundin. Ein weiterer Vorteil ist, dass man alle Entscheidungen allein treffen kann. Ich hatte Freundinnen, die wegen der Kinder anstrengende, bittere Streitgespräche mit ihren Partnern führten.
Ich hatte niemanden, mit dem ich über Annie hätte streiten müssen. Niemanden außer mich selbst. Und hier lag eine der Schwierigkeiten. Man traf eine Entscheidung, und dann konnte man niemandem die Schuld geben außer sich selbst. Und man konnte nicht alles richtig machen. Man konnte nur hoffen, dass man richtig entschieden hatte und das Kind diesen bestimmten Moment unbeschadet überstehen würde.
Deswegen beobachtete ich Annie, und ich machte mir Sorgen. Ich fragte mich, ob ich sie hätte überreden sollen, den Klavierunterricht wenigstens bis zum Ende des Schuljahres fortzusetzen. Sie hatte erwogen, sich für ein Musikstudium einzuschreiben. Ich liebte es, sie spielen zu hören, wenn ich nach Hause kam; wenn sie innehielt, um eine besonders knifflige Stelle bei Chopin zu wiederholen, und am Ende etwas Jazziges, Beschwingtes aus dem Ärmel schüttelte.
Vielleicht war das unser Problem, oder zumindest ein Teil davon. Vielleicht war ich diejenige gewesen, die Annies Klavierspiel liebte. Und hier haben wir einen der Nachteile, wenn man ein Kind allein großzieht. Es ist schwierig auseinanderzuhalten, was man sich für sein Kind wünscht und was das Kind selbst wünscht. Es ist nicht einfach, das Kind sein zu lassen, es loszulassen. Aber Annie hatte den Klavierunterricht geliebt, oder? Ich konnte nicht glauben, dass sie nur gespielt hatte, um mir zu gefallen. Warum hatte sie das gesagt? Was wollte sie damit überspielen?
Diese überwältigende, alles verschlingende Liebe zu Annie.

So stark, auch wenn ich zunehmend die Verletzlichkeit dieser Liebe zu spüren bekam. In ein paar Jahren würde sie studieren, in eine WG ziehen, ins Ausland reisen, sich verlieben. Ich wusste, irgendwann würde sie mich verlassen, und ich versuchte, mich zu rüsten, mich darauf vorzubereiten. Ich hatte Freundinnen. Ich liebte meine Arbeit. Wenn sie ging, wäre ich immer noch jung. Vor mir lag ein neues, ein anderes Leben.

Aber das sagte mir nur die Vernunft. In meinem Herzen betrauerte ich schon jetzt ihren Verlust, das Fehlen ihrer Gegenwart, ihrer Bedürftigkeit, ihrer Arme um meinen Hals. Vielleicht misstraute ich Savannah, weil ich eifersüchtig war. Annie hatte sich in eine tiefe Freundschaft begeben, die für eine Heranwachsende völlig normal war, und ich nahm es viel zu schwer. Ich war nicht länger Annies wichtigste Vertraute. Sie wurde erwachsen. Sie entwuchs mir, und es musste so sein. Ich sagte mir, dass ich Annie vertrauen müsse, dass die Nähe, die unser Leben so viele Jahre lang geprägt hatte, sie beschützen würde und ihr helfen würde, die richtigen Entscheidungen zu treffen.

Ich stürzte mich in die Arbeit. Je früher ich fertig wurde, desto mehr Zeit hätten wir füreinander. Ich würde mit Annie verreisen. Ein gemeinsamer Urlaub würde alles wieder einrenken, alles wäre wieder so wie früher. Ich entwarf die ersten Kapitel, schrieb die Aufnahmen nieder und straffte sie, stellte Material zusammen. Als ich es am Ende durchlas, empfand ich es als unbefriedigend und leblos. Die Parallelen bei den Überfällen ergaben eine interessante Lektüre, aber der Rest hing zusammenhanglos in der Luft. Er war weder spannend noch glaubwürdig.

Crill liebte seine Eltern und seine Schwester, er hatte Freunde, war sportlich, ging mit der Familie auf Reisen. Er hatte einen Schulabschluss gemacht und danach studiert. Worum sollte es in diesem Buch gehen? Eine Bestandsaufnahme des

vorhersehbaren Lebenslaufes eines Sohnes aus gutem Hause? Ein Lebenslauf, der schließlich in einer Karriere als Finanzinvestor und Serienvergewaltiger gipfelte?
Wonach suchte ich? Anomalien, absonderliche Erlebnisse, Traumata? Ich wollte hören, dass er zu Hause schlecht behandelt und in der Schule ausgelacht worden war. Er musste ein einsamer Außenseiter sein, es konnte gar nicht anders sein. Denn wie wären seine Taten andernfalls zu erklären?
Und wo musste ich suchen, um fündig zu werden? Ich war überzeugt, dass Crill mir etwas verschwiegen hatte. War es überhaupt von Bedeutung, wenn das Buch nur einen Teil der Wahrheit enthielt? Am Anfang hatte ich nur aufschreiben wollen, was passiert war, um dann das Geld zu nehmen und zu verschwinden. Warum gab ich mich nicht damit zufrieden, warum wühlte ich im Dreck?
Vielleicht lag es an Crill selbst. Crill verfolgte mich. Ich konnte seinen Blick und was er gesagt hatte nicht abschütteln. Ich lauschte seiner Stimme auf dem Tonband, die seine Fehler entschuldigte und beteuerte, er habe den Frauen nicht weh tun wollen. Dennoch bewiesen die Tatsachen das Gegenteil. Er war ein geschickter Lügner. Dann wiederum war vorstellbar, dass er selbst davon überzeugt war, die Wahrheit zu sagen und unschuldig zu sein. Ich hatte von traumatischen Erlebnissen gelesen, die bewirken konnten, dass jemand sich gar nicht oder nur verzerrt an die Ereignisse erinnerte.
Aber Spekulationen halfen mir nicht weiter, wenn ich etwas zu Papier bringen wollte. Ich brauchte einen besseren Einblick in Crills Leben, eine andere Perspektive.
Da war die Adoption. Vielleicht würde mich das weiterbringen. Ich hatte mich an das Jugendamt gewandt und war in einer Sackgasse gelandet. *Nein, wir dürfen diese Informationen nicht herausgeben. Datenschutz.*
Ich rief Downes an und bat ihn, mir bei der Suche nach

Informationen zu Crills Adoption zu helfen. Ich erzählte ihm, ich wolle in Erfahrung bringen, wo Travis die ersten zwei Lebensjahre verbracht hatte, bevor er zu den Crills kam. Ich fragte ihn, ob er an Crills Akte herankäme. Downes' Antwort war knapp und wenig entgegenkommend. Er habe genauso wenig Zugang zu diesen Informationen wie ich. Die Details einer Adoption seien unmöglich in Erfahrung zu bringen, es sei denn, die leiblichen Eltern oder das betroffene Kind stellten den Antrag. Ich fragte ihn, ob er den Antrag für Crill stellen könne, sein Einverständnis einholen könne. Das käme nicht in Frage. Crill habe kein Interesse. Ehrlich gesagt sehe er, Downes, nicht ein, wozu das gut sein sollte.

Ich trug ihm mein Problem erneut vor. Es gab nichts zu erzählen. Kein Aufhänger. Alles war viel zu gewöhnlich, zu banal.

»Claire, ich verstehe Ihr Problem nicht«, sagte er. »Ihre Aufgabe ist es, mit den zur Verfügung stehenden Fakten zu arbeiten. Wir haben Sie nicht beauftragt, Travis Crills Charakter oder seine Taten zu erklären oder zu bewerten. Außerdem dürfen Sie keine Tatsachen erfinden oder übertreiben, um sie interessanter zu machen.«

»Ich habe nicht vor, irgendwas zu erfinden oder zu übertreiben. Ich wünsche mir lediglich einen klareren Überblick.«

Er seufzte. »Es gibt keinen klareren Überblick, meine Liebe. Alles ist genau so, wie man es Ihnen gesagt hat. In der Tat macht Travis Crills Normalität das Ganze so interessant.«

»Das glaube ich nicht.«

»Das tut nichts zur Sache.«

»Wenn ich nur aufschreibe, was ich bislang gefunden habe – wer wird das lesen wollen?«

»Machen Sie sich darüber keine Gedanken. Wir haben Sie

dafür angeworben, das Buch zu schreiben. Danach haben Sie mit der Sache nichts mehr zu tun. Ist das klar?«

»Ja, ich glaube schon.«

»Dann wäre das geklärt. Auf Wiederhören, Claire.«

Seine Stimme klang schneidend. *Tu, was man dir sagt, Claire. Stell keine dummen Fragen, Claire.* Verdammt, es war mein Buch. Ich war die Autorin. Ganz offenbar hatte er sich vorgestellt, es mit einer gefügigen, nachgiebigen Person zu tun zu haben, als er mir den Auftrag anbot. Verfasserin von Texten über hübsche Häuser und hübsche Gärten. Dichterin. Exzentrisch, labil. Wenn er meine Gedichte gelesen hätte, wüsste er, wie zäh ich sein kann. Er würde schon noch merken, wie widerspenstig die süße, kleine, liebe Claire war.

Ich rief Crills alte Schule an und fragte nach dem Direktor.

»Hier spricht Andrew Willis.«

»Guten Tag, Mr. Willis, hier ist Claire Wright. Ich würde gern einen Gesprächstermin vereinbaren.«

»Ja. Möchten Sie Ihren Sohn bei uns anmelden, Mrs. Wright?«

»Nein. Mr. Willis, ich bin Journalistin. Zur Zeit recherchiere ich das Leben von Travis Crill, und ich habe gehofft ...«

Er unterbrach mich. »Ich kann Ihnen nicht weiterhelfen. Guten Tag.«

Ich wartete ein paar Tage ab, um noch einmal anzurufen. Ich nannte der Sekretärin einen falschen Namen und sagte, ich arbeitete an einer Artikelreihe über die renommiertesten Schulen Neuseelands. Aus diesem Grund bräuchte ich eine Liste der Direktoren, die das Institut während der 1980er Jahre geleitet hätten.

»Das ist leicht«, sagte die Sekretärin, »es gab nur einen Direktor. Dr. William Gordon war von 1978 bis 1992 unser Schuldirektor. Ein richtiges Original. Wenn Sie möchten, kann ich Ihnen gern ein paar Fotos zukommen lassen.«

Ich bedankte mich und sagte, ich würde mich wieder bei ihr melden, falls ich die Fotos bräuchte. William Gordon zu finden, würde nicht einfach werden. Er mochte sonstwo leben, außerdem musste er inzwischen über achtzig sein, wenn er nicht schon gestorben war. Und selbst wenn ich ihn aufspürte, würde er sich vielleicht weigern, mit mir zu sprechen, oder wäre vielleicht gar nicht in der Lage dazu. Aber immerhin hatte ich eine Spur. Im Telefonbuch fand ich ein Dutzend W. Gordons. Ich rief alle an, bis ich den richtigen gefunden hatte. Er lebte in einer von diesen exklusiven Seniorenwohnanlagen.
Er weigerte sich, mich zu treffen, was mich wenig überraschte. Wollte nichts mit dieser hässlichen Sache zu tun haben, wollte sich davon fernhalten. Aber er war zu höflich, um einfach aufzulegen, und nach langer Bettelei ließ er sich widerwillig, sehr widerwillig, dazu breitschlagen, wenigstens ein paar allgemeine Fragen zu beantworten. Telefonisch. Nein, ich dürfe nicht vorbeikommen.
Ja, so weit er sich erinnern könne, sei Crill ein aufgeweckter Junge gewesen. Wohlerzogen. Ein guter Sportler. Ein Alleskönner. Nein, keine Probleme. Niemals. Ein Schock, die ganze Geschichte. Passe so ganz und gar nicht zur Reputation der Schule, niemals habe es in all den Jahren einen vergleichbaren Fall gegeben, immerhin handele es sich um eine der ältesten und besten Privatschulen des Landes. Mehr gebe es nicht zu sagen.
Es führte zu nichts, langsam begann ich selbst daran zu glauben. Der nette Junge mit der weißen Weste, der aus Versehen sechs Frauen überfallen hatte. Ich machte einen ehemaligen Lehrer ausfindig und bekam dieselbe Geschichte zu hören. Überflieger, durch und durch netter Junge, riesiger Schock.
Eine weitere Möglichkeit war seine Arbeitsstelle. Ich rief bei Fordyce's an, nannte meinen Namen und bat um ein

Gespräch mit Tim Martin, Crills früherem Vorgesetzten. *Worum geht es?* Ich bin Journalistin, ich möchte mit Mr. Martin über einen ehemaligen Angestellten reden. *Und der ehemalige Angestellte heißt …?* Travis Crill. *Mr. Martin ist in einer Besprechung. Er wird Sie zurückrufen.*

Zwei Tage später hatte ich immer noch nichts gehört. Ich rief noch einmal an. Mr. Martin war in einer Besprechung, er würde mich zurückrufen. Einen Tag später rief ich wieder an und bat um einen Termin. Ich sagte, es sei dringend. Am Freitag würde Mr. Martin nach Sydney fliegen, bis dahin sei sein Terminkalender voll. Ob ich einen Termin nach seiner Rückkehr bekommen könne? Mr. Martin wisse noch nicht, wann er zurückkommen werde, zur Zeit sei es ihm unmöglich, sich festzulegen.

Ich zog mich schick an. High Heels. Schwarzes Kostüm mit Seidenhemdchen, das aus dem Ausschnitt hervorblitzte. Make-up. Glattes, offenes Haar. Ich marschierte in das Fordyce-Gebäude aus Glas und Stahl und über die Marmorfliesen direkt auf den chromglänzenden Empfangsbereich zu.

Ich zeigte meinen Presseausweis, der mir einmal ausgestellt worden war, als ich an einem Beitrag für die TV3-Nachrichten gearbeitet hatte. Die Empfangsdame schreckte auf. »Kann ich Ihnen helfen?«

»Mein Name ist Claire Wright. Ich recherchiere im Fall Travis Crill.«

Resoluter Tonfall. Gebieterisch, laut, fordernd. Auf den Ledersofas im Empfangsbereich saßen Leute und warteten, junge Männer und Frauen wuselten hin und her, alle auffällig professionell, beschäftigt, gepflegt. Die Wartenden drehten den Kopf.

»Äh …«

»Nach meinen Informationen war er in dieser Firma angestellt. Ich möchte mit Mr. Martin sprechen.«

Die Empfangsdame starrte mich an. Ich starrte zurück. Sie griff zum Telefonhörer, und fast im selben Moment tauchte ein Anzugträger auf, schnappte sich meinen Ausweis vom Tresen, prüfte ihn stirnrunzelnd und bedeutete mir dann, ihm in einen riesigen, sonnendurchfluteten Raum mit breiter Fensterfront zu folgen.

Er streckte die Hand aus. »Tim Martin.«

Reich und schön. Er sah aus wie der junge Cary Grant, den meine Mutter damals auf dem MGM-Spielfilmsender angehimmelt hatte.

»Wie kann ich Ihnen behilflich sein?«

Er war ganz offensichtlich verärgert, aber, du lieber Gott, er klang sogar wie Cary Grant. *Setz deinen Charme ein, Claire.*

Ich lächelte. »Vielen herzlichen Dank für diese Unterredung, Mr. Martin. Ich bin Claire Wright. Ich habe versucht, Sie zu erreichen, aber offensichtlich waren Sie sehr beschäftigt. Deswegen habe ich beschlossen vorbeizuschauen.«

»Ich habe nicht viel Zeit, Miss Wright. Was ist der Anlass Ihres Besuchs?«

»Zur Zeit recherchiere ich im Fall Crill.«

»Und?«

»Soviel ich weiß, hat Travis Crill zum Zeitpunkt seiner Festnahme hier gearbeitet.«

»Das ist korrekt.«

»Soviel ich weiß, war er Teilhaber der Firma.«

»Ja.«

»Mr. Martin, ich möchte, dass Sie mir dabei helfen, ein Profil von Travis Crill zu erstellen.«

»Darf ich fragen, wozu, Ms. Wright?«

»Tut mir leid, aber das Projekt unterliegt noch der Geheimhaltung.«

»Ich verstehe. Ich muss schon sagen, Ms. Wright, dass ich über Ihre Vorgehensweise nicht glücklich bin.«

»Mr. Martin, ich habe tagelang versucht, Sie anzurufen, aber Sie haben meine Anrufe nicht erwidert. Mir wurde kein Gesprächstermin angeboten. Ich war offen und ehrlich, was mein Anliegen betraf, aber anscheinend haben Sie versucht, jeden Kontakt zu mir zu vermeiden.«

»Ich sehe nicht, inwiefern ich Ihnen behilflich sein könnte.« Er schaute demonstrativ auf seine Armbanduhr.

»Ich kann verstehen, dass Sie und die Firma wegen Ihrer Verbindung zu Crill keine zusätzlichen Negativschlagzeilen gebrauchen können. Aber ich will nichts als Ihre persönliche Einschätzung, was Crills Charakter angeht. Ich weiß nicht, ob ich Ihre Informationen verwenden werde, aber falls es so ist, wird Ihr Name nirgends auftauchen, das verspreche ich Ihnen. Und falls die Firma überhaupt erwähnt wird, dann nur in einem allgemeinen Zusammenhang.«

»Ms. Wright, ich bezweifle, dass ich Ihnen weiterhelfen kann.«

»Claire.«

»Na schön, dann eben Claire.«

Ich setzte ein strahlendes Lächeln auf und versuchte, ihn für mich einzunehmen. »Könnten Sie mir ein paar Fragen beantworten, so gut es geht? Ich würde mich wirklich über jede kleinste Information freuen.«

Ein vorsichtiges Lächeln. »Na gut, ich werde es versuchen.«

»Hat Travis Crill gut mit seinen Kollegen zusammengearbeitet?«

»Soviel ich weiß, ja. Obwohl ich meine, mich zu erinnern, dass er am liebsten allein gearbeitet hat.«

»Hatten Sie oft persönlichen Kontakt zu ihm?«

»Ja, in der Tat. Er hat sich immer wieder mit der Bitte um Rat an mich gewandt.«

»Rat in welchen Dingen?«

»Es ging um Geschäftliches.«
»Kommt das häufig vor? Dass Sie von Angestellten um Rat gefragt werden, meine ich.«
»Nein. Ehrlich gesagt, hat es mich amüsiert, wie elegant er seinen direkten Vorgesetzten umschifft hat, um sich direkt an die Geschäftsleitung zu wenden.«
»Mit anderen Worten: Er ist direkt zum Boss gelaufen.«
»Ich war in dem Sinne nicht sein Boss. Eigentlich gab es da mehrere Vorgesetzte zwischen uns.«
»Trotzdem kam er zu Ihnen. Hat Sie das gestört?«
»Überhaupt nicht. Er trat nur an mich heran, wenn es notwendig war, und seine Fragen waren immer berechtigt, manchmal haben sie sogar zur positiven Entwicklung der gesamten Firma beigetragen. Er hatte ein paar recht innovative Ideen, und mit denen kam er dann zu mir.«
»Dann haben Sie sich über seine Fragen gefreut?«
»Ja, das habe ich.«
»Sie wurden zu seinem Mentor?«
»Ja, das kann man vielleicht so sehen.«
»Gab es nie Probleme?«
»Nein, nicht zwischen uns.«
»Zwischen ihm und den anderen?«
»Dass er sich immer direkt an mich gewandt hat, hat hier und da für Unstimmigkeiten gesorgt.«
»Was für Unstimmigkeiten?«
Plötzlich versuchte er auszuweichen, so als habe er sich verplappert. »Nichts Ernstes. Es gab ein kleines bisschen Ärger, weil Crill sich nicht an die vorgeschriebenen Dienstwege hielt. Ich mochte ihn trotzdem. Ich hielt ihn für exakt die Sorte Mitarbeiter, die hier gebraucht wird. Er war unheimlich ehrgeizig, die Karriere stand bei ihm an erster Stelle.«
»Das heißt, er hat sich nicht immer mit seinen Kollegen verstanden?«

»Das will ich nicht sagen. Nach allem, was ich hier im Büro und bei gesellschaftlichen Anlässen mitbekommen habe, war er ein aufgeschlossener, angenehmer Kerl. Und die Kunden haben sich nie beschwert, im Gegenteil, er hat immer nur höchste Anerkennung bekommen. Und darum geht es bei diesem Spiel.«

»Trotzdem gab es Probleme.«

»In unserem Geschäft gibt es immer Probleme. Die Ausgangssituation ist immer, dass junge Männer und Frauen versuchen, sich gegenseitig von der Karriereleiter zu stoßen, während die Alten ganz oben an ihren Posten festhalten. Hier herrscht ein harter Wettbewerb, da kommt man nicht an die Spitze, ohne auf dem Weg den einen oder anderen Freund zu opfern. So läuft es nun einmal.«

Wieder schaute er auf seine Uhr. »Ms. Wright, Claire, jetzt habe ich Ihnen wirklich alles erzählt, was ich weiß. Ich habe einen Termin, ganz ehrlich.«

»Sie können mir tatsächlich nicht mehr verraten?«

»Nichts. Travis Crill war ein hochbegabter junger Mann. Das Ganze war ein furchtbarer Schock und für uns alle völlig unverständlich.«

»Vielen Dank, dass Sie sich die Zeit genommen haben.«

Durch den Empfangsbereich zum Aufzug. Ich drückte den Knopf für das Erdgeschoss. Als die Türen sich schon fast geschlossen hatten, schob sich ein Mann herein und stellte sich neben mich.

Der Aufzug stoppte. Der Mann streckte den Arm aus und drückte mir einen zusammengefalteten Zettel in die Hand. Ich öffnete ihn auf dem Weg zum Auto. Ein Name und eine Telefonnummer.

Hamish Price.

Den Namen hatte ich schon einmal gehört.

Ich schaltete mein Handy wieder ein. Da war eine Nachricht von Max. Ob ich am Freitag Zeit für ein Abendessen mit ihm hätte? Ich rief zurück und hinterließ eine Nachricht. Ja.

Ich hatte ein Date. Ein Date und einen Namen. Vielleicht würde es ab jetzt bergauf gehen.

## 26.
## Claire

Ich fuhr aus der Stadt, bog von der Hauptstraße in nördlicher Richtung ab, kam an Obstplantagen und Verkaufsständen rechts und links der Straße vorbei, die Gemüse und Äpfel anboten. Um zu Hamish Price zu kommen, musste man zwanzig Kilometer aus der Stadt hinaus und weitere zehn Kilometer über eine unbefestigte Straße fahren. Er sagte, das Haus – wenn man von einem Haus sprechen konnte – sei von der Straße aus kaum zu sehen. Ich solle auf den Briefkasten achten. Der Name stand auf der linken Seite. Ich solle in die Einfahrt einbiegen und auf Schlaglöcher achten.

Am Telefon klang Hamish Price jovial. Ja, er würde sich gerne über Crill unterhalten. Travis Crill habe ihm den größten Gefallen seines Lebens getan. Diese Information gefiel mir überhaupt nicht. Und inzwischen war mir wieder eingefallen, wo ich den Namen zuvor gehört hatte. Crill hatte ihn erwähnt. Hamish sei sein Freund. Ich fragte mich, ob es sich lohnte, in die Wildnis zu fahren, nur um die alte Leier zu hören. Crill war intelligent, begabt, charmant. Alles war so unerwartet, so unglaublich. Was für ein Schock.

Ich entdeckte den Briefkasten und rumpelte über die Einfahrt. Holzlatten, damit man nicht im Dreck versank. Das Haus war eine Art umgebaute Scheune, dahinter erstreckte sich ein Obstgarten. Es war Spätherbst, und alle Äste waren schwer von Äpfeln und Birnen. Neben der Scheune war ein üppiges Gemüsebeet angelegt, sattes Grün auf dunklem Grund. Ich konnte mir Crill inmitten dieser grünen Idylle kaum vorstellen.

Hamish Price saß auf einer halbfertigen Veranda auf einem alten Sofa in der Sonne, vor sich ein Kleinkind in einem Hochstuhl. Er versuchte, dem Mädchen Apfelmus in den fest verschlossenen Mund zu schieben. Das Kind betrachtete ihn ungerührt.

Ich streckte ihm die Hand entgegen. »Claire Wright.«

Er zeigte auf einen Stuhl. »Hamish«, sagte er, »und diese willensstarke junge Dame heißt Molly. Macht es Ihnen was aus, hier draußen zu sitzen? Möchten Sie einen Kaffee?«

Ich bejahte, woraufhin er mir das Apfelmus und den Löffel in die Hand drückte. »Sie sehen aus wie jemand, der so was kann«, sagte er. »Vielleicht spricht sie auf weibliches Fingerspitzengefühl an.«

Ich ahmte Flugzeuggeräusche nach, dann versuchte ich es mit Eisenbahnzügen. Der Mund verzog sich zu einem Lächeln, blieb aber geschlossen. Hamish kam mit einer Kanne voll dunklem Kaffee zurück.

»Vielleicht mag sie keine Äpfel«, sagte er, »was wirklich ärgerlich wäre angesichts des Vorrats.« Er zeigte auf die Bäume. »Sie ernährt sich von Toast mit Marmite, nur dass sie das Marmite ableckt und den Toast liegen lässt.«

Ich sagte, ich könne mich an eine Zeit erinnern, in der meine Tochter Annie nur Vanillepudding essen wollte.

Er reichte Molly ein Stück Toast mit Marmite. Gnädig griff sie danach und fing an, das Brot abzulutschen.

»Nun«, sagte Hamish, »was kann ich für Sie tun?«

Ich fing mit der üblichen Einleitung an, ich befände mich am Anfang meiner Recherche und so weiter. Er hörte aufmerksam zu, nippte an seinem Kaffee und warf mir hin und wieder einen Blick zu. Er war groß. Etwa so alt wie Crill meiner Einschätzung nach. Er schien, anders kann ich es nicht beschreiben, mit sich selbst im Reinen; er schien sich wohl zu fühlen, wie er da in seinem alten T-Shirt und Jeans auf dem Sofa, aus dem das Pferdehaar herausquoll, in der Sonne saß und seine Tochter fütterte. Er war mit sich selbst und mit der Welt in Einklang. Das genaue Gegenteil von Crill.

»Ich wäre schon neugierig zu erfahren, woher Sie meinen Namen haben«, sagte er.

»Ich auch«, sagte ich. »Es war wie in einem Agentenfilm.« Ich erzählte ihm von dem jungen Mann, der mir den Zettel in die Hand gedrückt hatte.

Er lachte. »Wie im Krimi. Wie sah er aus? Finster, geheimnisvoll?«

»Er sah aus wie alle anderen dort«, sagte ich. »Schwarzer Anzug. Ich glaube, er war groß und hatte dunkles Haar. Ja, er hatte ganz sicher dunkles Haar.«

»Wahrscheinlich Harry Clarke. Harry meldet sich noch bei mir.«

»Aber ich kannte Ihren Namen schon. Crill hat mir erzählt, Sie wären sein Freund gewesen.«

»Tatsächlich?« Hamish wirkte nachdenklich.

»Ich gebe mir größte Mühe, irgendetwas anderes zu finden als Travis Crill, den netten Durchschnittskerl. Ich habe mit Tim Martin gesprochen. Er hat gesagt, Crill sei der perfekte Mitarbeiter gewesen.«

»Ja, das kann ich mir vorstellen. Auf keinen Fall würde er zulassen, dass der Name Fordyce beschmutzt wird. Als alles rauskam, erzählte Harry mir, man habe den Angestellten verboten, mit der Presse zu reden.«

»Sie haben auch dort gearbeitet?«

»Ja, aber zu dem Zeitpunkt nicht mehr.«

»Crills Lehrer, die Sozialarbeiterinnen im Gefängnis – alle

vermitteln dieses Bild von Crill als dem vorbildlichen Bürger, dem ein paar Missgeschicke unterlaufen sind. Ich kann das nicht glauben, aber ich habe nicht mehr als ein paar seltsame Bemerkungen, die darauf schließen lassen, dass doch noch mehr dahintersteckt. Tim Martin hatte lediglich auszusetzen, dass Crill sich bei Fragen stets an ihn gewandt hat statt an den direkten Vorgesetzten.«

»Tja.« Hamish nahm Molly ein zerfetztes Stück Toast aus der Hand und reichte ihr ein frisches. Er starrte zum Obstgarten hinüber.

»Haben Sie andere Eindrücke für mich? Am Telefon sagten Sie, Crill habe Ihnen einen großen Gefallen getan.«

»Ja, aber ohne es zu wollen.« Er lächelte mich an. Sein Lächeln wirkte unerwartet bitter.

Er zeigte auf die Kaffeekanne. »Mehr?«

»Ja, danke«, sagte ich.

Er schenkte uns nach. »Eigentlich sollte ich Wein trinken, wenn ich über dieses Thema rede. Oder Brandy. Ja, Brandy wäre passend.«

Ich muss ein erschrockenes Gesicht gemacht haben, denn er lächelte mich wieder an, es war das freundliche Lächeln, das ich schon kannte. »Keine Sorge, ich bin kein verrückter Alkoholiker. Ich wurde damals nicht wegen meiner Trinkgewohnheiten … entlassen. Aber es fällt mir schwer, darüber zu sprechen. Der Alkohol macht es mir leichter. Aber da ich mich in angetrunkenem Zustand nicht um mein Kind kümmern kann, wird Kaffee reichen müssen.«

»Lassen Sie sich Zeit«, sagte ich. »Sie haben mit Travis Crill zusammengearbeitet. War er Ihr Freund?«

Hamish sprach langsam. »Ich war schon da, als er zu Fordyce's kam. Das System dort ähnelt dem der meisten Finanzfirmen, man bildet Teams, die sich regelmäßig zusammensetzen, und in der Zwischenzeit arbeitet jeder für sich allein. Ich war Crills Teamleiter.«

Er holte tief Luft, betrachtete seine Hände. »Damals war ich bei Fordyce's ganz oben. Ich habe hart gearbeitet, sehr hart. Die Arbeitszeiten waren unmenschlich. Wir wohnten nicht hier. Wir wohnten in einem Haus am Hügel. Mit Pool. Mit allem Schnickschnack, wie man so schön sagt. Ich fuhr einen Geländewagen, Anne einen kleinen Sportwagen, die Kinder – wir haben noch zwei ältere – besuchten eine Privatschule. Wir hatten uns bis über beide Ohren verschuldet, aber das war nicht schlimm. Ich war als nächster Juniorteilhaber vorgemerkt, dann würde ich noch mehr verdienen. Viel mehr.«

Er schwieg.

»Und Crill?«

»Als Crill neu dazukam, mochte ich ihn. Wir haben uns fast auf der Stelle angefreundet. Wir waren im selben Alter, wir waren beide sehr ehrgeizig. Nach der Arbeit gingen wir zusammen einen trinken und unterhielten uns stundenlang über Fordyce's. Ich lud ihn zu uns nach Hause ein. Er war sehr charmant zu Anne, immer brachte er Blumen mit und ihren Lieblingswein. Er kam regelmäßig zum Essen vorbei. Anne hatte ihn so gern, dass sie sogar ein paarmal versuchte, ihn zu verkuppeln. Sie lud ihre alleinstehenden Freundinnen ein. Du liebe Güte, wenn ich nur dran denke ...«

»Aber es ergab sich nichts?«

»Nein, Gott sei Dank, es ergab sich nichts.«

»Wie hat er sich Frauen gegenüber verhalten?«

»Wie ich schon sagte, Anne gegenüber war er sehr charmant. Redegewandt, sympathisch. Wenn ihre Freundinnen dabei waren, wirkte er unsicher und distanziert.«

»Haben Sie mit ihm darüber geredet?«

»Nicht im Ernst. Er pflegte zu scherzen, er werde für den Rest seines Lebens ein Junggeselle bleiben, weil er keine Frau wie Anne finden könne. Die Kinder mochten ihn nicht. Wenn ich daran denke, wie nah er Anne und meinen

Kindern gekommen ist ... dann wird mir schlecht vor Angst. Dieses Schwein ist bei uns ein und aus gegangen, während die Frauen überfallen wurden. Ich werde Ihnen sagen, was nach Crills Verhaftung passiert ist. Wie Sie sicher noch wissen, war sein Gesicht in allen Zeitungen und auf allen Fernsehkanälen zu sehen. Belinda – sie war damals sieben Jahre alt – stellte sich vor ihre Klasse und berichtete stolz, Travis Crill hätte uns immer zum Abendessen besucht. Sie wusste natürlich nicht, was sie da redete. Sie hielt ihn für eine Art Star. Anne und ich wussten nicht, ob wir lachen oder weinen sollten.«

»Sie waren also befreundet. Er war in Ihrem Team. Was ist dann passiert?«

»Zunächst waren es nur Kleinigkeiten. Zum Beispiel habe ich ihn ein paarmal bei diesem Vorgesetztentrick erwischt. Er war direkt zu Tim Martin gelaufen, mit Fragen, die wir innerhalb des Teams hätten klären müssen. Mir war das peinlich. Er war mein Freund, also wollte ich nicht den Abteilungsleiter raushängen lassen, falls Sie verstehen. Ich wollte keinen Streit.«

»Was haben Sie getan?«

»Ich beschloss, die Sache offen anzusprechen. Ich sagte ihm, dass ich mich als Teamleiter hintergangen fühle und dass er sich an die normalen Abläufe halten solle.«

»Was hat er geantwortet?«

»Er hat alles abgestritten. Er sagte, Tim Martin hätte *ihn* angesprochen. Tatsächlich gab er sich erschüttert und sagte, er würde so etwas nie tun, unsere Freundschaft sei ihm viel zu wichtig. Er könne nicht fassen, dass ich ihm solche Vorwürfe mache. Er war sehr überzeugend.«

Ich dachte an Crill. *Glauben Sie mir nicht?*

»Was ist dann passiert?«

»Ich verlor zunehmend die Kontrolle. Ich verstand nicht, warum. Die Teamsitzungen bröckelten. Ständig wurden meine Entscheidungen hinterfragt. Anscheinend hatte mein Team das Vertrauen in mich verloren. Meine eigenen Ideen wurden mir als Innovationen von ganz oben präsentiert.«

»Von ganz oben?«

»Sie kamen direkt von Martin. Dabei ging es um Ideen, über die ich mit Crill gesprochen hatte.«

»Wie haben Sie reagiert?«

»Was hätte ich tun sollen? Wäre ich zu Martin gegangen, um mich über Crill zu beschweren, hätte Martin mich für kleinlich gehalten. Zu dem Zeitpunkt hatte Crill sich längst bei Martin eingeschmeichelt. Ich bezweifle, dass Martin mir überhaupt zugehört hätte.«

»Und dann?«

»Ich fing an, an mir selbst zu zweifeln. Ich dachte, ich werde paranoid.«

»Haben Sie Crill jemals wieder zur Rede gestellt?«

Er lachte. »Nein! Ich konnte ihm nichts nachweisen, außerdem quälten mich diese Selbstzweifel. Ich dachte ernsthaft, Crill wäre mein einziger Freund. Er kam regelmäßig mit einer Flasche Whisky vorbei. Um mich aufzuheitern, wie er sagte. Ich trank, er hörte zu. Ich wurde indiskret. Anne machte sich schreckliche Sorgen. Wir stritten ständig. Ich arbeitete fast jeden Abend und auch am Wochenende. Plötzlich befanden wir uns in dieser schrecklichen Lage, wo man den klaren Blick verliert. Man will alles durch vermehrten Arbeitseinsatz wiedergutmachen, aber aus reiner Erschöpfung begeht man nur noch weitere Fehler. Wie sagt man so schön – man sieht den Wald vor lauter Bäumen nicht.«

Er zuckte die Achseln. »Es wurde immer schlimmer. Irgendwann merkte ich, dass alles, was ich Crill im Whiskyrausch anvertraut hatte, die Runde machte. Ich wurde verwarnt und degradiert. Damit konnte ich meine Hoffnungen auf eine Teilhaberschaft begraben. Ich dachte, ich könnte mich selbst begraben. Crill wurde aus meinem alten Team herausgenommen und zum Leiter eines neuen gemacht. Er kam uns nicht mehr besuchen. Er ging nicht mehr mit mir aus. Er zog in ein neues Büro. Er saß jetzt ein Stockwerk höher, neben Tim Martin.«

»O Gott. Wie schrecklich.«

»Ich konnte es nicht fassen. Ein Teil von mir weigerte sich zu glauben, dass er mir das angetan hatte. Dieser Teil vertraute Crill immer noch und hielt das Ganze für ein Missverständnis. Ich wollte einfach nicht akzeptieren, dass jemand, den ich gemocht und dem ich so vertraut hatte, den ich in mein Heim gelassen hatte, in der Lage war, mir so etwas anzutun. Und Anne und den Kindern auch. Der andere Teil von mir hasste Crill so sehr, dass er ihn am liebsten umgebracht hätte. Ich hasste mich dafür, dass ich so blöd gewesen war.«

»Was ist dann passiert?«

»Ich war am absoluten Tiefpunkt meines Lebens. Meine Karriere stockte. Meine Ehe war so gut wie am Ende. Ich kannte meine eigenen Kinder kaum. Wenn ich morgens ins Büro kam, betrachteten mich alle – von den Sekretärinnen aufwärts – mit einer Mischung aus Mitleid und Verachtung. Ich war eine Witzfigur. Ich bekam ausgewachsene Panikattacken. Egal wo, auf der Straße, in meinem Büro, plötzlich fing ich zu zittern an. Ich konnte nicht mehr richtig atmen und konnte mich nicht mehr bewegen. Haben Sie so etwas je erlebt?«

»Ja, als mein Mann starb.«

»Oh.« Er schaute mich an. »Dann verstehen Sie, was ich meine.«

»Ja. Was hat Sie gerettet?«

»Anne. Sie kam nach Hause. Ich saß weinend unter der Dusche. Ich hatte nicht einmal mehr die Kraft, aufzustehen und das Wasser abzustellen. Sie hat mich angezogen und in die nächste psychiatrische Praxis gefahren. Da bekam ich ein Beruhigungsmittel. Ich habe drei Tage durchgeschlafen. Anne setzte sich mit mir hin und erklärte mir, sie biete das Haus zum Verkauf an. Und falls ich jemals wieder einen Fuß ins Büro von Fordyce's setzte, würde sie mich verlassen. Sie ist eine starke Frau, und ich wusste, sie meint es ernst. Wir redeten die ganze Nacht, und am Morgen wusste ich, dass es eine Zukunft für uns gab. Wir verkauften das Haus und kamen hierher. Anne arbeitet drei Tage pro Woche in der örtlichen Bibliothek, die Kinder besuchen eine öffentliche Grundschule. Ich arbeite von zu Hause aus, seit ich mich als Unternehmensberater selbständig gemacht habe. Und ich kümmere mich um die Kleine.«

Er wischte Molly liebevoll das Gesicht ab und gab ihr noch mehr Toast. »Wir haben es geschafft«, sagte er. »Glückliche Kinder. Glückliche Eltern. Anne und ich waren uns nie näher. Insofern hat Crill mir, ich sagte es am Telefon, den größten Gefallen meines Lebens getan. Doch hätte es ganz anders ausgehen können. Crill hätte mich beinahe zerstört.«

»Mein Gott, was für eine Geschichte.«

»Das können Sie laut sagen. Aber für mich ist das Schnee von gestern. Ich verbiete mir jeden Gedanken an Crill. Ich habe es aufgegeben, aus ihm schlauwerden zu wollen. Ich kann Ihnen nur eins sagen – ich habe nie ein herzloseres, berechnenderes Arschloch als ihn getroffen.«

»Kam Ihnen, als Sie mit ihm befreundet waren oder das zumindest glaubten, jemals der Verdacht, er könnte es nicht ehrlich meinen?«

»Nie. Ich hielt ihn wirklich für meinen besten Kumpel. Eigentlich kann ich immer noch nicht glauben, dass er mich nur benutzt hat, um Karriere zu machen. Aber wahrscheinlich war es so. Übrigens ... was hat Sie gerettet?«

»Was mich gerettet hat?«

»Als Ihr Mann gestorben ist.«
»Annie. Meine Tochter.«
Ich ließ ihn und Molly in der Sonne zurück.
Annie. Nach Alex' Tod hatte Annie mich gerettet. Und jetzt war sie ein ruppiger, distanzierter Teenager. Sie hatte ein Geheimnis. Ich hörte sie in ihrem Zimmer ins Telefon flüstern, und sie verstummte, sobald ich an ihrer Tür vorbeikam. *Du musst Annie vertrauen. Annie wird das schon schaffen.* Ich sagte es mir wieder und wieder vor in der Hoffnung, es möge stimmen.
Endlich aber hatte ich etwas über Crill in der Hand. Ich jubelte innerlich. Man hatte mir etwas Wahrhaftiges erzählt, meine Ahnung hatte sich bestätigt. Travis Crill war völlig gefühllos. Er hatte kein Herz und kein Gewissen. Crill war ein Lügner.

## 27.
## Claire

Freitagabend. Der Gedanke daran machte mich fast so nervös wie die Interviews mit Crill. Ich hatte in meinem Leben nur wenige Dates gehabt. Ich war Alex begegnet, war schwanger geworden und hatte geheiratet. Ich fragte mich, ob ein Date immer noch Date hieß, was man bei der Gelegenheit anziehen sollte, ob es irgendwelche Regeln gab. Dieses Abendessen raubte mir den letzten Nerv. Ich rief Linda an. Sie traf sich ziemlich regelmäßig mit neuen Männern. Sie liebte es, andere zu beraten. Nicht, dass sie in der Vergangenheit bei mir viel zu beraten gehabt hätte. Linda war eine selbsternannte Männerexpertin.
Ich erzählte ihr von meiner Verabredung.

»Hmm«, sagte sie, »wie nett.«
»Mit einem Mann.«
Augenblicklich hob sie die Stimme. »Mit einem Mann? Doch nicht etwa mit Mr. Detective Superstar?«
»Doch.« Ich hoffte, cool und lässig zu klingen.
»Kein Wunder, dass du in heller Aufregung bist. Und? Erzähl mir mehr! Wann ist es? Wo habt ihr euch verabredet? Oh Claire, das ist ja so aufregend!«
»Freitag. Er sagt, er hat einen Tisch bei Savour reserviert.«
»Wow. Nett. Anscheinend will er dich beeindrucken.«
»Wahrscheinlich will er nur gut essen.«
»Ach Claire, entspann dich. Wird er bezahlen?«
»Mein Gott, woher soll ich das wissen? Ich weiß nicht, wie die Etikette heutzutage aussieht.«
»Er hat den Tisch reserviert, also wird er dich wahrscheinlich einladen. Claire, ich biete in solchen Fällen an, meinen Anteil selbst zu zahlen, und dann hoffe ich inständig, dass er ablehnt.«
»Okay, so werde ich es machen.«
»Was wirst du anziehen?«
»Schwarze Hose und eine Bluse?«
»Claire!«
»Linda, ich weiß nicht, was ich tragen werde, und ich weiß nicht, worüber ich mit ihm reden soll. Vielleicht ist es doch keine so gute Idee.«
»Wie meinst du das?«
»Seit Alex' Tod bin ich kaum mit Männern ausgegangen. Ich glaube, ich sollte besser Spaghetti kochen und daheim bei Annie bleiben. Das wäre viel bequemer und vermutlich auch lustiger.«
»Claire, du kannst nicht für den Rest deines Lebens mit Annie zu Hause bleiben und Spaghetti essen.«
»Warum nicht?«
»Weil ich das nicht zulassen werde. Wir gehen shoppen.«

»Ich habe keine Zeit. Ich muss schreiben.«

»Los, Claire, wann hast du dir zum letzten Mal etwas Schönes gegönnt?«

»Ich kaufe mir schöne Klamotten.«

»Ja, aber keine *umwerfend* schönen Klamotten. Keine atemberaubenden Ich-will-Sex-Klamotten. Das wird solchen Spaß machen! Ich hole dich ab.«

Ich folgte Linda in eines jener schrecklich eleganten, unverschämt teuren Geschäfte, an deren Schaufenster ich normalerweise mit abgewendetem Blick vorbeilief. Sie schob mich in die Umkleide und nötigte mich, ein rotes Kleid mit dem tiefsten Ausschnitt, den ich je gesehen hatte, anzuprobieren.

»Nein, auf keinen Fall.«

»Aber Claire, es ist hinreißend. Es sitzt wie angegossen. Die Farbe steht dir perfekt.«

»Es zeigt zu viel … Busen.«

»Es heißt Dekolleté, Liebes. Du brauchst einen neuen BH.«

»Aber ich werde dieses Kleid nie anziehen.«

»Doch, zum Abendessen am Freitag und später zu deinen Lesungen.«

Ich kicherte. Lesungen. Alle kommen in Jeans und Wollpullover, und mittendrin ich in diesem hauchdünnen Fetzen.

»Ich werde das am Freitag nicht anziehen. Es ist viel zu auffällig.«

»Auffällig? Was meinst du damit? Was ist falsch daran, gut auszusehen?«

Ich starrte in den Spiegel. Das Kleid schmiegte sich wunderbar an meinen Körper. Linda hatte recht. Die Farbe war hinreißend.

»Ich kenne Max kaum. Ich würde mich so nicht wohl fühlen.«

»Okay, dann kauf es trotzdem und zieh es ein andermal an.«
»Du machst wohl Witze. Hast du den Preis gesehen?«
Linda stemmte die Arme in die Hüften und sah mich streng an. Sie redete leise, aber entschlossen auf mich ein. »Claire, es ist an der Zeit, dir etwas zu gönnen. Du arbeitest so viel, du steckst all deine Energie in Annie. Weiter. Zieh das an.« Sie reichte mir eine schwarze Samthose und ein silberfarbenes Top. »Versuch's mal, okay?«
»Okay.«
Ich verließ den Laden mit der schwarzen Hose, die perfekt saß, am Bein weit und oben in der Taille eng, und mit dem seidenweichen Top. Und mit dem roten Kleid. Wir kauften hochhackige Peeptoes und eine kleine, eckige Handtasche. Wir kauften einen neuen BH, neue Schlüpfer, neuen Lippenstift und neues Parfum. Mir wurde schwindlig, wenn ich die Preise addierte, und irgendwann gab ich auf. Ich zahlte mit Kreditkarte. Gedanken um das Geld könnte ich mir später machen.
Ich hatte Annie nichts von meiner Verabredung erzählt. Ich wusste nicht, wie sie reagieren würde. Ich war so nervös wie ein Teenager, der um Erlaubnis bitten muss. Um Himmels willen, sagte ich mir, wer ist hier eigentlich die Erziehungsberechtigte?
Beim Abendessen erwähnte ich das Thema ganz nebenbei.
»Äh, Annie, am Freitag gehe ich aus.«
»Wohin?«
»In ein Restaurant.«
»Mit wem?«, fragte sie gelangweilt und mit dem Mund voller Nudeln.
»Mit einem Mann, den ich bei der Arbeit kennengelernt habe.«
»Wie heißt er?«
Ich beobachtete sie verstohlen. War sie besorgt, erfreut, aufgeregt?

Ihr Gesicht blieb ausdruckslos.
»Max Williams. Er ist Polizist. Detective Inspector, genau genommen.«
»Mum, du gehst mit einem Polizisten aus?«
»Was ist daran nicht in Ordnung?«
»Liest du keine Zeitung?«
»Annie, ich glaube nicht, dass ich wegen einem oder zwei schwarzen Schafen keinem alleinstehenden neuseeländischen Polizisten mehr vertrauen kann.«
»Es waren mehr als ein oder zwei. Woher willst du wissen, dass er in Ordnung ist?«
»Er ist ein Ehrenmann, da bin ich mir sicher.«
»Das haben die anderen Frauen auch gedacht.«
»Annie, wir gehen essen. An einem öffentlichen Ort. Mir wird nichts passieren.«
»Na schön«, sagte sie. »Du musst wissen, was du tust.«
»Das zu sagen, ist mein Part.«
»Wie bitte? Ach ja.«
»Ich glaube nicht, dass es spät wird, aber vielleicht solltest du dir jemanden einladen, damit du nicht ganz allein bist.«
»Darf ich Savannah fragen?«
»Klar«, sagte ich leichthin.
»Cool. Ich werde sie fragen.«

Ich fragte mich immer noch, ob Spaghetti und ein Film mit Annie nicht die bessere Wahl gewesen wären. Max hatte gesagt, er würde mich abholen. Linda riet mir, ihn im Restaurant zu treffen. Sie sagte, es sei besser, unabhängig zum ersten Date zu erscheinen. So konnte man, falls es nicht so gut lief, früh gehen. Man fühlte sich nicht zu Sex verpflichtet. Und falls man den Mann nie wiedersehen wollte, kannte er die Adresse nicht.
»Sex?«, fragte ich. »Ich kenne ihn kaum.«
»Meine Güte, Claire, was hat das damit zu tun?«

Als Max wieder anrief und vorschlug, mich gegen halb acht abzuholen, zögerte ich. Was sollte ich sagen? *Nein, komm nicht, wir treffen uns dort,* würde unhöflich klingen. Ich hätte Linda an meiner Seite gebraucht. Sie hätte gewusst, was zu tun ist. Aber Max klang so nüchtern, so normal, dass ich ihm brav meine Adresse durchgab.

O Gott. Ich hatte ihm meine Adresse gegeben, er würde mich in sein Auto laden, und ich hätte die Kontrolle über die Situation verloren. Vielleicht erwartete er Sex. Vielleicht hatte Annie recht. Vielleicht war er ein verbeamteter Vergewaltiger.

*Hör auf,* sagte ich laut zu mir selbst. *Hör einfach auf, Claire.*

Da war ich nun, frisch geduscht, parfümiert, geschminkt und mit neuer Frisur, ich trug meine hinreißenden Klamotten und klammerte mich an meine winzige Handtasche und fragte mich, ob ich in den verdammten Schuhen überhaupt würde laufen können. Annie und Savannah tauchten Chips in Sauerrahm, als ich in die Küche kam. Annie starrte mich an.

»Wow, Claire, Sie sehen toll aus«, sagte Savannah.

Ich sagte ihnen, wo ich sein würde, ich bat sie anzurufen, falls irgendetwas sei, und ich kündigte an, gegen elf wieder da zu sein, vielleicht sogar früher, in der Tat, viel früher.

»Savannahs Eltern haben mich eingeladen, heute bei ihnen zu übernachten«, sagte Annie.

»Wir haben neue DVDs. Mum holt gerade was zu Knabbern, und Dad will grillen«, sagte Savannah. »Mum wünscht sich sehr, dass wir rüberfahren und den Abend mit ihnen verbringen. Sie sagt, sie will einen Familienabend veranstalten.«

»Ich dachte, ihr zwei bleibt hier«, sagte ich.

»Wo ist der Unterschied?«, fragte Annie. »Jedenfalls werde ich nicht allein sein, wenn du ausgehst.«

Mir gefiel nicht, wie sie *ausgehen* sagte. Mir gefiel nicht, dass sie Pläne gemacht hatte, ohne mich vorher zu fragen. Aber ich war zu durcheinander.
Max würde jeden Augenblick vor der Tür stehen, ich wollte keine schlechte Stimmung. Sie schauten mich unschuldig aus großen Augen an, so als regte ich mich über eine Nichtigkeit auf.
»Annie, du weißt doch, dass ich lieber direkt mit den Eltern spreche, wenn du irgendwo übernachten willst. Außerdem würde ich gern etwas zum Abendessen beitragen.«
»Aber Savannah hat mich eben erst eingeladen«, sagte Annie.
»Tut mir leid, Claire. Mum hat mir eben erst gesagt, dass sie einen Familienabend plant. Das mit dem Essen ist schon okay«, sagte Savannah, »wir haben jede Menge da.«
»Aber ich habe noch nie mit deinen Eltern geredet. Kann ich sie telefonisch erreichen?«
Savannah machte ein unglückliches Gesicht. »Im Moment sind sie nicht da. Sie sind mit mir zusammen aus dem Haus gegangen, um einkaufen zu gehen. Aber es ist schon in Ordnung, Claire. Sie haben nichts dagegen, dass Annie bei uns schläft. Sie freuen sich wirklich darauf. Sie haben schon alles geplant.«
Aber ohne mich, wollte ich sagen. Ohne mich. Ich sah Annie an. Sie zog ihr rebellisches Du-vertraust-mir-nicht-Gesicht. *Ach komm schon, Claire, warum machst du aus einer Mücke einen Elefanten?*
Ich lächelte. »Okay. Amüsiert euch gut. Annie, ich rufe dich morgen früh an.«
Warum warfen sie sich diesen Blick zu? Aber im selben Augenblick klingelte es an der Tür, und da stand er. Er ließ seinen Blick an mir herunterwandern und grinste, er war viel zu attraktiv, und ein lächerlicher heißer Blitz durchzuckte mich.

Ich bat ihn herein, ich stellte ihm Annie und Savannah vor. Ich bemerkte, wie er Savannah ansah.
Ich wurde zum Auto eskortiert und zu einem warmen, luxuriösen Restaurant gefahren. Gedämpftes Licht. Stimmungsvolle Musik. Köstliche Düfte. Der Kellner schenkte uns Wein ein, blieb immer in der Nähe unseres Tisches. *Ich bin hier, um jeden Ihrer Wünsche vorauszuahnen und zu erfüllen.* Das Essen war exquisit, der Wein fantastisch.
Aber worüber sollten wir uns unterhalten? Was rieten die Frauenmagazine?
Fragen stellen, den anderen animieren, von sich zu erzählen. Gute Zuhörerinnen kommen immer an. Denk dir schnell eine Frage aus. Ist das Ihr Lieblingsrestaurant, waren Sie schon einmal hier, wie alt sind Sie, haben Sie Kinder, mögen Sie asiatisches Essen, lesen Sie gern und falls ja, was, sind Sie geschieden und wenn ja, warum, besuchen Sie Filmfestivals? Oje, dieses Unbehagen.
Er warf mir über den Tisch hinweg einen Blick zu. »Ms. Wright, Sie scheinen sich ausgesprochen unwohl zu fühlen.«
»Wirklich?«
»Wahrscheinlich fragen Sie sich gerade, warum zum Teufel Sie hier mit einem Fremden sitzen und woher wir genügend Gesprächsstoff für die nächsten zwei Stunden nehmen sollen.«
»Das ist sehr anmaßend von Ihnen.«
Er lachte. Ich lachte. Es würde schon werden.
Ich vergaß Crill. Ich vergaß Savannah. Wir aßen, redeten, lachten, teilten uns ein Dessert. Redeten weiter, auch über ernste Themen, stellten uns gegenseitig Fragen.
Seine Scheidung lag etwa fünf Jahre zurück, ganz undramatisch, sie hatten jung geheiratet und sich unterschiedlich entwickelt. Zwei Töchter, die ältere arbeitete in einer Anwaltskanzlei, nachdem sie im letzten Jahr ihr Jurastudium

abgeschlossen hatte. Die jüngere studierte im dritten Jahr. Ja, er verstand sich gut mit seinen Töchtern.

»Ich muss mir abgewöhnen, zu aufdringlich zu sein.«

»Wie meinst du das, aufdringlich?«

»Ich fürchte, dass mein Beschützerinstinkt einen Hauch zu ausgeprägt ist. Sie sagen, ich soll cool bleiben. Dabei versuche ich nur, ihnen mit Rat zur Seite zu stehen.«

Ich dachte an Annie. Noch vor einem Jahr hatte sie mich immer um Rat gefragt. Offen, ungezwungen. Ich dachte an den Blick, den Annie und Savannah getauscht hatten. Ich hätte den Plan überprüfen und Savannahs Eltern anrufen sollen. Was hatte Linda letzte Woche zu mir gesagt? Einem hormongesteuerten Teenager darf man nur die Hälfte glauben.

»Ist alles in Ordnung?« Max sah mich fragend an.

»Ja, alles okay. Es ist nur, na ja. Töchter.«

»Irgendwelche Probleme?«

»Nicht mehr als andere Mütter auch haben. Wahrscheinlich sogar weniger. Im Grunde genommen ist Annie ziemlich unkompliziert.«

Wir sprachen wieder über Filme, die wir gesehen, Orte, die wir bereist hatten. Unkomplizierte, unverfängliche Themen. Und dann wurde es Zeit zu gehen. Wir waren die letzten Gäste im Restaurant.

Auf der Rückfahrt schaute er zu mir herüber. »Die Freundin deiner Tochter ist Amerikanerin, oder?«

»Ja.«

»Lebt sie schon länger hier?«

»Nein, sie ist gerade erst angekommen. Die Familie ist vor vier oder fünf Monaten hergezogen.«

»Sie und deine Tochter sind eng befreundet?«

»Scheint so.«

»Du klingst nicht gerade glücklich darüber.«

»Eigentlich ist es nichts. Die Freunde der Kinder kann man sich sowieso nicht aussuchen.«

»Das stimmt. Im Laufe der letzten Jahre waren ein paar ziemlich dubiose Charaktere in meinem Haus. Einer von Lizzies Freunden verließ es mit einigen Flaschen eines sehr guten Chardonnay, die er sich unter die Jacke gesteckt hatte.«

»Wusste er nicht, dass du Polizist bist?«

»Danach wusste er es.«

Wir standen vor meiner Einfahrt. Was sollte ich jetzt tun? Ihn hereinbitten? Und wenn ich es täte, was würde das bedeuten? Wollte ich Sex? Ja, ich wollte. Aber jetzt noch nicht. Noch nicht.

Er schaltete den Motor aus. Er stieg aus und öffnete die Beifahrertür für mich. Er begleitete mich bis zur Haustür. Er wartete, bis ich meinen Schlüssel gefunden und die Tür aufgeschlossen hatte. Er kam näher und küsste mich sehr sanft auf die Wange.

»Vielen Dank, dass du mit mir essen gegangen bist. Das war ein toller Abend.«

»Für mich auch«, sagte ich.

»Wir sollten das bald wiederholen.«

»Das ist eine sehr gute Idee.«

»Ich melde mich.«

Er wartete, bis ich im Haus war. Ich hörte ihn zur Straße zurücklaufen. Ich lehnte mich an die Tür und schloss die Augen.

## 28.
# Annie

Ich lud Savannah ein, bei uns zu übernachten, aber als sie da war, flüsterte sie mir zu, es sei besser, bei ihr zu schlafen. Ich wusste, Mum wäre dagegen. Mum sah wunderschön aus. Na ja, sie sieht immer wunderschön aus, aber diesmal war sie glamourös, ihr Gesicht war geschminkt, und sie trug das Haar anders, außerdem hatte sie neue Kleider an.

Sie sah schön aus, und ich wollte es ihr sagen, aber irgendwie hatte ich ein komisches Gefühl bei der ganzen Sache und sagte nichts. Wie würde es sein, wenn Mum einen Freund hatte? Vielleicht täte es ihr gut, vielleicht täte es mir weniger gut. Ich war es gewohnt, Mum für mich allein zu haben. Und mich so zu fühlen, irgendwie eifersüchtig, machte alles noch schlimmer, so als wäre ich ein egoistisches Biest.

Ich fuhr mit Savannah nach Hause. Ihre Eltern waren ausgegangen. In dem Punkt hatte Savannah Mum nicht die Wahrheit erzählt, ihre Eltern waren auf eine Party gegangen und würden in den nächsten Stunden nicht zurückkommen. Savannah sagte, wir würden ebenfalls ausgehen. Wir würden uns in einer Bar mit ein paar Jungs treffen und dann durch die Clubs ziehen.

Die Vorstellung machte mich nervös. Und falls Mum es je erfuhr, würde sie mir für den Rest meines Lebens Stubenarrest erteilen. Aber Savannah war total aufgeregt. Sie war so lustig. Zuerst müssten wir uns fertig machen. Sie hatte Drinks in den Kühlschrank gestellt. Ich trank eine Dose von einem Zeug namens *Bullet*. Es schmeckte wie Cola, nur süßer. Savannah hatte jede Menge Klamotten für uns auf ihrem Bett ausgebreitet. Ich fragte: »Woher hast du die?

Die sind alle neu, oder?« Sie sagte, ihre Mum habe ihr erlaubt, shoppen zu gehen.
Savannah füllte die Drinks in Cocktailgläser mit breitem Rand und hohen, schlanken Stielen. Mein nächster hieß *Rebel*, und so fühlte ich mich auch. Wir zogen uns um und stolzierten mit dem Glas in der Hand vor dem Spiegel auf und ab. Ich trug ein rotes Top, einen blauen Minirock und silberne Sandaletten. Savannah trug ein lilafarbenes Kleid und Stiefel. Wir posierten wie Models. Dann schminkten wir uns. Savannah schmierte mir Gel in die Haare, bis sie stachelig abstanden. Wir kicherten viel.
Wir teilten uns eine Dose namens *Wild Turkey*. Wir machten Truthahngeräusche und watschelten wie Truthähne. Dann zogen wir los. Ich fragte Savannah, ob sie noch fahren könne. Sie sagte, in den Drinks sei kaum Alkohol, keine Sorge, Kumpel. Sie sagte *keine Sorge, Kumpel* in ihrem nachgemachten Neuseeland-Akzent, und wir mussten wieder kichern.
Aber als wir im Auto saßen, machte ich mir trotzdem Sorgen. Ich fragte: »Wie viel kostet es, in eine Bar und dann in einen Club zu gehen? Ich habe bloß zehn Dollar dabei.«
Savannah wiederholte: »Keine Sorge, Kumpel.« Sie sagte, sie habe jede Menge Geld dabei. Ich könne es ihr irgendwann zurückzahlen, außerdem würden wir mit ein bisschen Glück von den Jungs eingeladen werden.
Wir gingen in eine Bar. Da waren echt alte Typen, manche an die dreißig oder vierzig, die uns anstarrten. Einige sagten: »Hallo, Mädels«, und zwinkerten sich zu. Andere glotzten bloß. Einer rief: »Hierher, ihr Süßen.« Mein Gesicht brannte, ich wusste, ich war knallrot. Ich wollte nach Hause, aber Savannah lächelte und marschierte einfach an ihnen vorbei. Dann sagte sie: »Da sind sie ja.«
Keiner ihrer Freunde ging auf unsere Schule, keinen von ihnen hatte ich jemals am Strand gesehen. Aber Savannah

kannte sie, sie sagte hallo und umarmte jeden. Zu mir sagte sie: »Nun komm schon!« Ich folgte ihr an die Bar.

Sie sagte, wir sollten einen Cocktail bestellen, weil die anderen Mädchen auch Cocktails tranken, was ich wolle? Ich wusste es nicht. Ich sagte: »Bestell du.« Meine Stimme klang zu hoch und schwach und verängstigt. Eine Bardame kam zu uns rüber. Sie musterte uns misstrauisch und fragte nach unserem Ausweis. Ich hielt meinen schon bereit. Meine Hand zitterte, als ich ihn hinüberreichte. Sie betrachtete erst das Foto, dann mich. Sie ging zu einem älteren Typen am anderen Ende des Tresens und zeigte auf Savannah und mich.

»Die wissen Bescheid«, sagte ich. »Komm, wir müssen gehen.«

»Halt die Klappe«, sagte Savannah. »Halt die Klappe und rühr dich nicht. Verdammt noch mal, Annie, führ dich nicht auf wie ein Kleinkind.«

Der ältere Typ schaute zu uns rüber, betrachtete den Ausweis und zuckte die Achseln. Die Bardame kam zurück. Savannah griff in ihre Tasche und zeigte ganz gelassen ihren Ausweis vor. »Zwei Tropical Sundowners«, sagte sie.

Wir bekamen zwei riesige Gläser mit einem zitronenfarbenen Getränk und Kirschen und Ananasstückchen, die auf Spießen steckten. Ich hatte ein schlechtes Gewissen. Tränen standen mir in den Augen. Savannah lächelte mich an und stieß ihr Glas gegen meins. »Sorry«, sagte sie. »Sorry, Annie-Fanny. Ich wollte nicht böse sein. Ich hatte bloß Angst. Okay?«

Wir gingen an den Tisch zurück. Ich wusste nicht, was ich mit den Jungen reden sollte. Sie waren viel älter als ich. Ich nippte an meinem Cocktail. Er schmeckte nach Kokos, Orange und Ananas.

Mir wurde ein bisschen schwindlig, und mein Mund fühlte sich seltsam und ein bisschen taub an. Plötzlich schnatterte

ich drauflos. Die anderen waren wirklich nett. Sie unterhielten sich mit mir. Savannah beugte sich kichernd zu mir rüber. *Trink nicht so schnell.*
Aber ich amüsierte mich prächtig. Ich leerte mein Glas. Ich schlürfte den letzten Rest durch den Strohhalm. Das gurgelte lustig. Alle lachten. Wir fuhren zum Club. Savannah ließ einen Typen fahren, sie saß auf dem Beifahrersitz. Obwohl es kalt und dunkel war, fuhren wir mit offenem Verdeck. Es fühlte sich gut an. Mir war heiß, ich fühlte mich leicht und benebelt. Ein zweiter Typ saß mit im Auto hinten auf dem Rücksitz, er hatte seinen Arm auf die Rückenlehne gelegt. Ich mochte ihn weniger als den Jungen, neben dem ich in der Bar gesessen hatte. Dave. Dave war so süß. Dave hatte glattes, glänzendes Haar. Das sagte ich dem anderen, als er versuchte, mich in den Arm zu nehmen. Ich sagte*: Ich wünschte, Dave wäre hier. Dave ist viel süßer als du.* Savannah drehte sich um und prustete los. Sie lachte und lachte über mich.
Im Club war es dunkel, und die Band war einfach fantastisch. Ich schrie: *Diese Band ist fantastisch!* Die Musik war so laut, dass sie in meinem Kopf pulsierte. Ich trank Wein und tanzte, ich tanzte mit Dave, oder vielleicht war er es gar nicht, ich trank noch mehr Wein und tanzte, ich tanzte, ich lachte und schrie, diese beiden Jungs schubsten mich hin und her, ich machte mich steif und ließ mich kippen, und sie schubsten mich zwischen sich hin und her, so wie damals, als ich ein Kind war, das Spiel hieß Soldat, deswegen rief ich *Soldat! Soldat!* Und dann tanzte ich noch mehr und trank noch mehr, denn ich hatte wirklich Durst. Ich suchte Savannah, plötzlich musste ich Savannah finden, ich musste zum Klo, ich musste raus, es war so heiß, es war so dunkel, ich konnte nichts mehr sehen. Es ging mir schlecht, mir wurde übel, ich torkelte, meine Füße taten nicht, was sie sollten, ich konnte niemanden mehr erkennen, ich saß auf

dem Boden und würde gleich kotzen, jemand stolperte über mich, *Scheiße.*
Jemand hielt mich fest, schob mich vorwärts, zog mich, die Luft schlug mir entgegen, und ich krümmte mich und übergab mich mitten auf dem Bürgersteig, ich weinte, Rotz und Tränen liefen mir übers Gesicht, und Savannah war wieder da, sie kicherte und kicherte, *Scheiße, Annie.*
Irgendjemand fuhr uns heim. Als wir vor Savannahs Haus angekommen waren, sagten sie, *wach auf,* sie zogen mich aus dem Auto, und ich musste mich wieder übergeben, diesmal in den Rinnstein. Savannah machte *pssst, pssst.* Sie stützte mich, und wir gingen rein.
Wir waren in ihrem Zimmer, und ich lag heulend auf dem Bett, denn ich würde sterben, und sie holte einen Eimer für den Fall, dass ich mich wieder übergeben musste. Sie wischte mir das Gesicht mit einem nassen Handtuch ab und deckte mich zu.
Ich wachte auf. Ich wusste nicht, wo ich war. Der Raum schwankte und drehte sich. Ich würgte in den Eimer. Ich würgte und würgte, aber nichts kam raus außer diesem sauren, brennenden Schleim. Ich schlief wieder ein.
Ich wachte auf. Im Zimmer war es hell. Ich lag im Bett und versuchte nachzudenken. Mein Kopf. Mein Kopf tat so weh. Er hämmerte. Die Augen zu öffnen tat weh. Es roch nach Erbrochenem. Ich spürte Nässe. Ich hatte mir in die Hose gemacht.
Ich stand auf und suchte nach meinen Klamotten. Savannah hatte sich zusammengerollt und schlief. Ich nahm den Eimer und meine Kleider und ging ins Badezimmer. Ich spülte den Eimer aus und übergab mich über dem Klo, dann setzte sich mich auf den Klodeckel und stützte den Kopf auf meine Hände. Ich zog Savannahs Klamotten aus. Sie waren vollgekotzt. Ich legte sie zusammen mit meiner Unterhose in die Dusche und drehte das Wasser auf. Ich war

zu schwach zum Stehen. Ich saß in der Dusche und ließ mich berieseln.
Ich wrang die Sachen aus, rollte sie in ein Handtuch und verstaute sie in meinem Rucksack. Ich zog mich an. Ich ging in Savannahs Zimmer. Mein Handy klingelte. Ich nahm es und schlich zurück ins Bad.
»Hallo, Schätzchen.«
Ich flüsterte. Ich wollte Savannah nicht wecken. »Mum, ich bin schon auf dem Weg.«
»Ich wollte mich bei Savannahs Mum für die Einladung bedanken.«
»Sie schläft noch.«
»Bist du sicher? Es ist schon fast elf Uhr.«
»Mum, ich komme nach Hause. Wir reden dann.«
Savannah schaute auf, als ich die Tür öffnete. »Was tust du da?«
»Mum sagt, ich soll nach Hause kommen.«
Savannah zog sich die Decke über den Kopf.
Ich ging zu Fuß. Ich fürchtete, den Weg nicht zu schaffen. Zwischendurch musste ich mich immer neben der Straße ins Gras setzen. Ich hing würgend über dem Rinnstein. Ich fragte mich, ob ich eine Alkoholvergiftung hatte. Ich hatte von Jugendlichen gehört, die im Krankenhaus gelandet waren, wo ihnen der Magen ausgepumpt wurde. Ich hätte nie gedacht, dass mir so etwas passieren könnte.
Als ich vor unserer Einfahrt ankam, richtete ich mich auf. Ich wollte heulen. Ich wollte mich zu Hause einschließen und nie wieder nach draußen gehen.
Mum sah mich an, als ich hereinkam. »Hallo.« Sie schaute ein zweites Mal hin. »Annie? Du siehst furchtbar aus.«
Ich ließ mich in den am nächsten stehenden Sessel fallen. »Mir geht's schlecht.«
Mum legte eine Hand auf meine Stirn. »Seit wann? Was ist passiert?«

»Ich habe mich übergeben.«
»Du hättest es mir sagen sollen, als wir telefoniert haben. Dann hätte ich dich abgeholt. Warum hat mich gestern Abend niemand angerufen?«
»Es war schon spät, Mum. Es ist schon okay. Savannah hat sich um mich gekümmert.«
»Du gehörst ins Bett«, sagte sie. »Ich hole das Heizkissen. Wie wäre es mit einem schönen, heißen Bad, während das Bett anwärmt? Schätzchen, du zitterst ja. Bleib sitzen, ich mache dein Bett und lasse dir eine Wanne einlaufen.«
»Okay.«
Ich schlief den ganzen Tag. Als ich aufwachte, hatte ich Hunger. Die Kopfschmerzen waren nicht mehr so schlimm. Mum kam mit Hühnerbrühe und Toaststreifen herein. Das bekam ich immer, wenn ich krank war, schon als kleines Mädchen. Sie setzte sich auf die Bettkante und schaute mir beim Essen zu. »Wie geht es dir?«
»Besser.« Die Tränen schossen mir in die Augen.
»Annie, ich möchte, dass du mir die Wahrheit sagst. Falls irgendetwas nicht in Ordnung ist, will ich es wissen. Egal, was es ist, wir werden damit fertig.«
Ich wünschte, ich hätte es ihr in dem Moment gesagt. Ich wollte mich in ihre Arme verkriechen und wieder klein sein und ihr alles beichten. Dass ich mich danebenbenommen hatte und niemals wieder irgendwem unter die Augen treten konnte, dass ich sie enttäuscht hatte, dass ich mich selbst enttäuscht und meine richtigen Freundinnen verloren hatte. Aber es ging nicht. Es war zu viel.
Wie hätte ich ihr zum Beispiel sagen sollen, dass wir nicht bei Savannah DVDs angeschaut hatten? Wie sollte ich ihr sagen, dass wir Alkohol getrunken und eine Bar besucht hatten? In dem Fall würde ihr nämlich auch die Sache mit dem Ausweis beichten müssen. Und wenn ich Mum erzählte, dass ich mit der angetrunkenen Savannah Auto gefahren

war, würde sie mir nie wieder vertrauen. Wieder und wieder hatte sie mir eingeschärft, niemals im Leben zu jemandem ins Auto zu steigen, der Alkohol getrunken hatte.

Zu viele Lügen.

*Das Einzige,* hatte Mum gesagt, *das Einzige, was ich nicht dulde, sind Lügen.*

»Ich mache mir bloß Sorgen um die Schule und so. Das wird schon wieder, Mum.« Meine Stimme klang erstickt von den Tränen, die ich zurückzuhalten versuchte.

Mum seufzte. Ich wusste, dass sie mir kein Wort glaubte. »Annie, vergiss nicht, dass du mir immer alles erzählen kannst, was dich bekümmert. Wir waren immer ehrlich zueinander, und so soll es bleiben.«

»Ja, Mum.«

»Versuch zu schlafen. Ich glaube, du musst dich noch ein bisschen ausruhen.«

»Okay.«

»Und morgen solltest du auch im Bett bleiben. Und nicht nach draußen gehen.«

»Okay. Mum?«

»Ja, Annie?«

»Falls jemand anruft … also, ich möchte jetzt mit niemandem reden. Ich bin zu müde.«

Ich schlief wieder ein. Als ich wieder aufwachte, versuchte ich mich an den Abend zu erinnern, aber da waren riesige Lücken. Ich war so blau gewesen, dass ich nicht mehr gewusst hatte, was ich tat. So blau, dass ich vor allen Leuten auf den Bürgersteig gekotzt und mir in die Hose gemacht hatte.

Ich wollte nicht mehr Savannahs Freundin sein. Ich wollte meine alten Freundinnen zurück und meine alte Frisur und mein altes, langweiliges, uncooles Leben. Jedes Mal, wenn ich an das Kotzen und an meine nasse Unterhose dachte, überkam mich brennende Scham. Ich wollte nicht mehr in die Schule gehen. Irgendjemand würde es rumerzählen. Alle würden mich auslachen und hinter meinem Rücken tuscheln.

*Annie Wright hält sich für cool. Annie Wright hat sich in die Hose gemacht.*

Ich dachte, ich würde nie wieder Freundinnen haben. Ich würde mich in der Schule anstrengen. Alle würden mich für eine Streberin halten, aber es wäre mir egal.

Aber Savannah kam vorbei. Ich hörte sie mit Mum reden. Ich hörte, wie Mum sagte, ich schliefe wahrscheinlich, ich sei sehr krank. Ich hörte, wie sie Savannah ausfragte. Wann ich so krank geworden sei, und ob es Savannah ebenfalls schlechtgehe. Ob ein Virus im Umlauf sei.

Ich hörte, wie Savannah Mum darum bat, mich kurz besuchen zu dürfen. Ich drehte mich um, rollte mich zu einer Kugel zusammen und machte die Augen zu. Mum und Savannah kamen herein.

Savannah sagte: »Annie? Schläfst du?«

Sie klang so besorgt und traurig, dass ich mich umdrehte und langsam die Augen öffnete, so als wachte ich gerade auf.

»Darf ich kurz bleiben, Claire?«, flüsterte Savannah.

»Nun ja …« Mum sah mich an. Ich nickte.

»Ich habe dir Saft und Schokolade mitgebracht«, sagte Savannah laut, als Mum im Flur war. Sie saß auf dem Bett und starrte mich an. Sie nahm meine Hand, in ihren Augen standen Tränen.

»Ich habe dir eine SMS nach der anderen geschrieben«, flüsterte sie. »Ich habe mir solche Sorgen um dich gemacht!«

»Mum hat gesagt, ich soll das Handy ausschalten.«

»Weiß sie Bescheid über … du weißt schon. Du hast ihr doch nichts gesagt, oder?«

Ich schüttelte den Kopf. »Nein, ich würde es nie verraten.«

»Es tut mir wirklich leid. Ich hätte auf dich aufpassen müssen.«
»Es war nicht deine Schuld«, flüsterte ich, so leise ich konnte, »ich hätte nicht so viel trinken dürfen.«
»Ich hätte dir sagen müssen, dass der Cocktail wirklich stark ist.«
»Ich hätte den Wein nicht trinken dürfen. Ich habe mich wirklich zum Affen gemacht.«
»Mach dir keine Gedanken«, sagte sie. »Das passiert jedem mal.«
»Ich mache mir aber Gedanken«, sagte ich. »Es war ekelhaft. Ich habe nicht mehr gemerkt, was ich tue.«
Savannah sah mich ernst an, dann fing sie an zu kichern. »Annie, du warst so lustig.«
»Nein, war ich nicht. Ich war überhaupt nicht lustig.«
»Doch, warst du. Die Jungs fanden dich toll.«
»Bestimmt nicht.«
»Doch, wirklich!«
Ich schloss die Augen und schüttelte den Kopf. Ich wollte, dass sie ging.
»Dave steht auf dich.«
Ich machte die Augen auf.
»Dave steht auf dich, Annie-Fanny.«
Sie verfiel in einen Singsang und grinste.
»Woher weißt du das?«
»Er hat mich angerufen und nach dir gefragt.«
»Echt?«
»Echt. Außerdem *warst* du lustig, Annie. Du hast getanzt wie eine Wilde.«
Sie kicherte wieder. Ich musste mitkichern. Ich konnte nicht anders.

## 29.
# Claire

Was soll man tun, wenn man merkt, dass mit der eigenen Tochter irgendetwas nicht stimmt, etwas, von dem man fürchtet, es könnte gefährlich sein? Was tut man, wenn man tief im Herzen spürt, dass man nur die halbe Wahrheit, vielleicht sogar eine Lüge zu hören bekommt? So war es, als Annie von Savannah nach Hause kam. Sie wollte mir etwas sagen. Was hat sie daran gehindert? Was war los?

Ihre Klamotten. Ich hatte die Sachen nicht gekauft, ich hätte solche Klamotten nie bezahlen können. Ich fragte immer wieder nach. »Annie? Diese Jeans, das Top, diese Schuhe, dieser Rock gehören doch nicht etwa dir, oder?«

»Savannah hat sie mir geschenkt. Sie will sie nicht mehr haben.«

»Aber die Sachen sind neu.«

»Sie passen ihr nicht.«

»Dann kann ihre Mutter sie doch umtauschen.«

»Mum, Savannah hat Unmengen an Klamotten. Das ist kein Problem.«

Am Ende des Halbjahres bekam Annie ihr Zeugnis. Normalerweise war sie eine Einserschülerin. Diesmal sah ich Dreien, ein paar Zweien. Und eine Vier.

Annie zuckte die Achseln. »Der Stoff war diesmal schwieriger«, sagte sie.

Ich ging zum Elternsprechtag. Ich sagte, ich mache mir Sorgen um Annie, früher sei sie immer eine gute Schülerin gewesen. Die Lehrer gaben sich unbesorgt. Das komme in dem Alter schon einmal vor, manche schlügen einfach eine Zeitlang über die Stränge, Annie werde sich schon wieder fangen.

Die Einzige, die meine Ängste ernst zu nehmen schien, war Elena Farrow, Annies Englischlehrerin. Sie hatte Annie seit dem ersten Jahr an der weiterführenden Schule unterrichtet, sie kannte Annie gut. Ich sagte ihr, dass ich von Annies Zensuren überrascht sei.

»Das kann ich gut verstehen.«

»Annie hat mir erzählt, der Stoff sei in diesem Jahr besonders anspruchsvoll.«

Sie zog die Augenbrauen hoch, lächelte. »Annie ist eine begabte Schülerin. Leider bleibt sie weit hinter ihren Möglichkeiten zurück.«

»Bis jetzt hat es ihr nie Mühe bereitet, gute Noten zu schreiben.«

»Es war immer ein Vergnügen, Annie zu unterrichten, aber in diesem Schuljahr ist sie ziemlich nachlässig, was die Hausaufgaben angeht.«

»Ich möchte nicht indiskret sein«, sagte ich, »aber halten Sie es für möglich, dass ihre Freundschaft mit dieser neuen Schülerin, Savannah, etwas damit zu tun hat?«

»Ich möchte ebenfalls nicht indiskret sein. Ja, so ist es, da bin ich mir sicher.«

»Ich bin nicht glücklich über den Einfluss, den Savannah auf Annie zu haben scheint.«

»Ich darf mich eigentlich nicht dazu äußern«, sagte Elena, »weil es hier um eine Mitschülerin geht. Und ich glaube nicht, dass Sie sich ernstlich Sorgen um Annies Leistungen machen müssen. Sie ist begabt, und wenn sie beschließt aufzuholen, wird sie es schaffen. Aber zu diesem anderen Problem … Sagen wir mal, wir haben es hier mit einer besonders starken Persönlichkeit zu tun.«

»Können Sie mir einen Rat geben?«

»Ich könnte die Schulpsychologin bitten, Annie zu einem Gespräch einzuladen. Soll ich das tun?«

Wie würde Annie reagieren? Wenn sie erfuhr, dass ich mit

der Lehrerin über sie geredet hatte, würde sie sich vielleicht noch weiter von mir entfernen.
»Ich glaube, ich werde noch eine Weile abwarten und beobachten, wie die Dinge sich entwickeln.«
»Ich bin mir sicher, dass Annie es gut überstehen wird«, sagte Elena. »Sie ist ein tolles Mädchen. Ich weiß, dass Sie beide ein fantastisches Verhältnis haben. Ich werde sie im Auge behalten und Sie anrufen, falls es ein Problem geben sollte.«
»Bitte«, sagte ich, »bitte rufen Sie mich an, falls irgendetwas ist.«

Und mitten in dem ganzen Chaos mit Crill, Annie und Savannah traf ich mich mit Max. Zwischen Tür und Angel, zwischen seinen und meinen Terminen. Zum Kaffee. Auf ein kurzes Mittagessen. Auf ein langes, köstliches Abendessen. Auf seltene, aber um so leidenschaftlichere Küsse in seinem Auto. Nächtliche Telefonate, wenn ich mich ins warme Bett gekuschelt hatte. Spontane SMS: *Im Stress? Wo bist du?* Ja. Ich hatte mich mitten in diesem Chaos verliebt. In seine Augen, in seinen glatten, gebräunten Hals, in seine langen, geraden, schlanken Beine, in seinen Gang, wie er konzentriert geradeaus sah und die Fäuste ballte.
Ich stürzte in seine Arme, dann zog ich mich wieder zurück.
Ich hatte ein Buch zu schreiben und eine Tochter zu versorgen. Ich musste meine Freundinnen besuchen, den Rasen mähen, den Garten pflegen. Ich hatte mir unter großen Entbehrungen ein schönes, solides Leben aufgebaut. Ich hatte Angst davor, dieses Leben zu verlieren, die Kontrolle darüber. Ich hatte Angst vor dem Schmerz.
Meine Liebe zu Alex war so tief und umfassend gewesen, dass meine Identität auf gewisse Weise mit seiner verschmolzen war. Umso schwerer war es mir gefallen, seinen

Tod zu verwinden und als heile, ganze Person zu überleben. Ich war überzeugt, nie wieder so – oder so sehr – lieben zu können. Ich wollte nicht.

Aber nun musste ich jedes Mal, wenn Max anrief, blöde grinsen wie eine Geistesgestörte.

Crill. Ich sollte mich auf Crill konzentrieren. Der Stoff war nicht gerade eine angenehme Ablenkung, aber wenigstens hielt er mich davon ab, sehnsüchtig das Telefon zu bewachen oder jedes Wörtchen und jede Geste von Max auf die Goldwaage zu legen. Ich musste mich mit Crills Familie in Verbindung setzen. Ich wusste, dass Downes seit Ewigkeiten für sie tätig war, deswegen rief ich ihn an und bat ihn, den Mittler zu spielen und ein Treffen zu arrangieren.

Zu meiner Verwunderung ermutigte Downes mich in diesem Punkt. Er war also damit einverstanden, dass ich mit den Crills sprach. Offenbar würde man mir auch dort die Geschichte vom armen Jungen und dem schlimmen Schock auftischen. Aber wenigstens bekäme ich das Haus zu sehen, in dem Crill aufgewachsen war. Und ich würde herausfinden, wo seine Schwester war, vielleicht würde ich sogar etwas über Crills Adoption und seine leiblichen Eltern erfahren.

Ein paar Tage später klingelte das Telefon. »Thomas Crill ist bereit, sich mit Ihnen zu treffen«, sagte Downes.

»Was ist mit der Mutter?«

»Thomas Crill wird sich stellvertretend für sie äußern. Er möchte Mrs. Crill nicht damit belasten.«

Das Haus der Crills war, wie Travis beschrieben hatte, ein Herrenhaus. Eine weitläufige Einfahrt, üppige Rosenbüsche, uralter Baumbestand, ein sprudelnder Brunnen auf einer weiten, saftig grünen Rasenfläche. Eine von schmiedeeisernen Gittern gesäumte Veranda, hübsche Dachgauben. So pittoresk wie das Bild eines englischen Adelssitzes auf einer Keksdose. Und alles natürlich im besten Wohnviertel der Stadt. Ich fragte mich, ob der kleine Travis Crill auf diese Bäume geklettert war.

Ich klingelte. Fast im selben Moment öffnete sich die Tür.

»Mrs. Wright?«

»Claire«, sagte ich. »Bitte nennen Sie mich Claire.«

Tweedsakko, schütteres Haar. Ein stattlicher Mann. Er geleitete mich zügigen Schrittes durch die Eingangshalle in einen holzgetäfelten Raum, wo er sich hinter einem glänzenden, schweren Schreibtisch in einen Ledersessel sinken ließ. Ich setzte mich ihm gegenüber. Seine Stimme dröhnte, die Töne schienen in der Luft zu hängen wie makellos geformte Äpfel. »Wie ich gehört habe, schreiben Sie das Buch über meinen Sohn.«

»Ich freue mich sehr darüber, auch Sie zu Wort kommen zu lassen.«

Ich strahlte. Mein Ich-bin-nett-und-vertrauenswürdig-Strahlen. »Zur Zeit sammele ich alle verfügbaren Informationen über das Umfeld Ihres Sohnes.«

»Gut. Schießen Sie los. Ich werde mir Mühe geben.«

»Alistair sagte, es sei möglicherweise eine zu große Belastung für Ihre Frau, mit mir zu sprechen. Ich bin sehr dankbar für Ihr Einverständnis, mit mir zu sprechen, trotzdem hätte mich die Sichtweise Ihrer Frau sehr interessiert.«

Er runzelte die Stirn. »Sie ist dazu nicht in der Lage. Wie Sie wissen müssen, hat die ganze Angelegenheit sie sehr mitgenommen.«

»Mrs. Crill hat natürlich mein volles Mitgefühl. Ich versuche dennoch herauszufinden, ob im Leben Ihres Sohnes irgendetwas vorgefallen ist, das Ihnen, seinen Eltern, Anlass zur Sorge gegeben hätte. Das die Ereignisse vorausahnen ließ. Ich hatte gehofft, Mrs. Crills Einschätzung zu hören.«

»Meine Frau wird nicht mit Ihnen sprechen«, fuhr er mich an.

»Ich respektiere diese Entscheidung.« Ich versuchte, ruhig und verständnisvoll zu klingen. »Mr. Crill, soviel ich weiß, wuchs Ihr Sohn in einem liebevollen, stabilen Umfeld auf.«

»Natürlich. Dem besten, das wir ihm geben konnten.« Er starrte mich immer noch böse an.

»Sie haben ein wunderschönes Haus. Ein idyllischer, idealer Ort für eine Familie.« *Schleim dich ein, Claire, gib dir Mühe.*

»Das finden wir auch.«

»Wie Ihr Sohn mir erzählt hat, war seine Kindheit sehr glücklich, er war gut in der Schule und hatte viele Freunde.«

»Das stimmt.«

»Können Sie sich an irgendwelche Sorgen erinnern, die er Ihnen während seiner Kindheit bereitet hat?«

»Nein. Absolut nicht.«

»Wie sah es mit seiner Gesundheit aus?«

»Perfekt.«

»Travis hatte niemals Sorgen? Er benahm sich nie anders als andere Kinder?«

»Falls es so war, habe ich es nie gesehen. Er war ein guter Junge. Machte nie Probleme.«

»Er hatte Freunde?«

»Natürlich hatte er Freunde. Er hat Kricket gespielt. Später dann Golf. Und er ist auch im Skiteam der Schule mitgefahren.«

»Gab es jemals Probleme mit den Lehrern?«

»Nie.«

»Er hat sich mit weiblichen und männlichen Lehrkräften gleichermaßen gut verstanden?«

»Absolut. Er wurde durchgängig als intelligenter, wohlerzogener Junge beurteilt.«

»Und später? Ihr Sohn hat mir erzählt, er sei in Gegenwart

von Frauen sehr schüchtern. Vielleicht fühlte er sich isoliert?«

»Ich persönlich denke, das kam von zu viel Arbeit und zu wenig Freizeit. Er hat sich verdammt übernommen. Bei Fordyce's war er der jüngste Teilhaber in der Unternehmensgeschichte.«

»Er hat mir den Eindruck vermittelt, er fühle sich jungen Frauen gegenüber nicht gesellschaftsfähig. Er hat sich als sensiblen Jungen beschrieben.«

»Sensibel? Davon weiß ich nichts. Meiner Ansicht nach kam er so gut zurecht wie alle anderen auch.«

»Soviel ich weiß, ist Ihr Sohn adoptiert.«

»Ich wusste, dass Sie das ansprechen würden. Warum fragen Sie?«

»Mir ist aufgefallen, dass er bereits zwei Jahre alt war, als er zu Ihnen kam. Ziemlich alt für ein Adoptivkind, oder?«

»Wie meinen Sie das?«

»Soviel ich weiß, werden die meisten Kinder gleich nach der Geburt adoptiert.«

»Vermutlich muss ich jetzt mit Ihnen darüber reden, obwohl ich nicht möchte, dass irgendetwas davon in Ihrem Buch auftaucht. Jean konnte keine Kinder bekommen. Das hat sie furchtbar belastet, Sie wissen ja, wie Frauen sind. Sie hat sich zu einer Adoption entschlossen, sie wollte unbedingt ein Kind, aber die Warteliste war länger als Ihr Arm. Dann war da plötzlich dieser kleine Junge. Er brauchte ein Zuhause. In meinem Beruf hört man hin und wieder von solchen Fällen. Ich habe meine Verbindungen spielen lassen, und wir haben ihn bekommen.«

»Was wissen Sie über seine Eltern?«

Er machte eine ungeduldige Geste. »Ich wollte nur wissen, ob er gesund und intelligent ist. Der Rest hing von uns ab.«

»Und, war er es? Gesund und intelligent?«

»Völlig normal. Völlig gesund. Nichts außer ein paar Windpockennarben.«
»Wollen Sie damit sagen, Sie wussten über seine Eltern rein gar nichts?«
»Ich wusste, dass seine Mutter aus gutem Hause stammte.«
»Aber wie hat er während der ersten zwei Jahre gelebt?«
»Das ist egal. Wir haben ihm ein gutes Zuhause gegeben. Er war ein toller Junge.«
»Mr. Crill, nach allem, was ich weiß, und nach allem, was die Psychologen mir erzählt haben, sind die Taten, die man Ihrem Sohn vorwirft, oftmals ein Resultat von Vernachlässigung und Misshandlung im Kindesalter.«
»Ich habe den Jungen nie angerührt. Habe ihm nie eine Ohrfeige verpasst. Und seine Mutter auch nicht. Wir haben ihn geliebt. Kindesmisshandlung? Wovon zum Teufel reden Sie da?«
»Mr. Crill, ich habe nicht eine Sekunde gedacht, Sie könnten Ihren Sohn misshandelt haben. Ich habe mich aber sehr wohl gefragt, ob er nicht eventuell traumatische Erfahrungen gemacht hat, bevor er zu Ihnen kam.«
»Dieses Psychogebrabbel. Junge Dame, wir waren unserem Sohn liebevolle Eltern, wir haben ihm alles zukommen lassen. Was immer er sich gewünscht hat, er hat es bekommen.« Er atmete hörbar ein. »Schauen Sie«, sagte er und zeigte an mir vorbei, »schauen Sie.«
In einem Regal an der Wand standen unzählige Fotos in Silberrahmen.
Eine lächelnde Frau hält ein Kleinkind in die Kamera. Ein kleiner Junge im Overall sitzt in einer Schubkarre und wird von einem jungen, lachenden Thomas Crill geschoben. Ein kleiner Junge mit Schulranzen blinzelt in die Kamera. Er trägt eine makellose Schuluniform, hält einen Kricketschläger, eine Angelrute, er trägt einen Skianzug und grinst. Da

ist er bei der Schulabschlussfeier, er steht neben einem Londoner U-Bahn-Schild, vor dem Eiffelturm, er lehnt sich an ein funkelndes Auto.
»Sieht so ein Krimineller aus?« Er starrt mich über den Schreibtisch hinweg an, als wolle er mich schlagen, als wolle er in Tränen ausbrechen. Er tat mir leid, so leid. Die englische Adelsfassade, das Tweedsakko, die Holzvertäfelung. Das Herrenhaus, die Chintzsofas, die auf Hochglanz polierten Möbel, die sprachlose Frau. Sie hatten ihr Bestes gegeben, ich hegte keinen Zweifel daran. Sie hatten ihr Bestes gegeben.
So, wie ich mein Bestes für Annie gab. Man tappt im Dunkeln und gibt sein Bestes für seine Kinder. Und manchmal ist es nicht genug.
Ich sah ihm in die Augen. »Mr. Crill«, sagte ich leise, »ich bin überzeugt, dass Sie für Ihren Sohn getan haben, was nur möglich war. Ich muss mich trotzdem fragen, ob er Schaden genommen hat, bevor er zu Ihnen kam.«
»Wie ich bereits sagte, er war ein gesundes Kind, als er zu uns kam, er war unsere ganze Freude.«
»Sie haben überhaupt keine Erklärung für das, was passiert ist?«
Er sah mich an, als ringe er mit sich selbst.
»Doch, ich habe eine Erklärung«, sagte er schließlich. »Aber es handelt sich um eine These, die niemand hören will.«
»Bitte lassen Sie mich selbst entscheiden.«
»Meiner Theorie zufolge handelt es sich um eine Verschwörung.«
»Eine Verschwörung? Von wem?«
»Der Polizei. Als Anwalt habe ich das wieder und wieder erlebt. Ein Verbrechen wird verübt – in diesem Fall sogar mehrere Verbrechen – und stößt auf großes Medieninteresse. Ein Täter wird gebraucht. Die Politiker und alle anderen in diesem Land hacken auf der Polizei herum,

wenn in solch bedeutenden Fällen nicht bald ein Täter präsentiert wird.«

»Aber warum sollte man ausgerechnet Ihren Sohn beschuldigen? Er war nicht vorbestraft.«

»Als Sündenbock ist denen jeder recht. Wie Sie schon sagten, war er ein ziemlicher Einzelgänger. Er lebte allein, war Single, hatte wenige Freunde. Außerdem wohnte er im Zielgebiet. Mein Gott, *ich* wohne im Zielgebiet!«

»Aber warum gerade er?«

»Für ein Verbrechen wie versuchte Vergewaltigung brauchten sie einen, der ein bisschen anders war. Außerdem haben sie etwas gegen Anwälte. Es hat ihnen gefallen, über den Jungen auch mir zu schaden.«

»Sie halten Ihren Sohn für ein Opfer der Korruptheit in der Polizei?«

»Es ist die einzig sinnvolle Erklärung. Denken Sie einmal nach. Heutzutage wird solchen Fällen eine enorme Aufmerksamkeit geschenkt. Alles nur wegen diesem feministischen Quatsch, der in den Siebzigern angefangen hat, als jeder Mann ein potenzieller Vergewaltiger war. Was für ein Müll. Jeder anständige Mann und Familienvater ein potenzieller Vergewaltiger. Dieser arme Kerl, wann war das gleich? In den Achtzigern? Nackt an einen Baum gefesselt, war es nicht so? Als Vergewaltiger beschimpft. Das war wegbereitend für die heutigen Zustände. Die Karrieren ehrbarer Männer werden ruiniert, ihre Familien durch den Dreck gezogen. Das ist Anarchie. Kein Wunder, dass mein Sohn Frauen gegenüber verunsichert war. Die Frauen von heute sind Monster.«

Ich saß sprachlos da.

»Nehmen Sie es nicht persönlich. Aber überlegen Sie mal, junge Dame, wie viel Aufmerksamkeit auf alles gelenkt wird, was mit Vergewaltigung zu tun hat. Was soll man mit solchen Weibern wie dieser Louise Nicholas machen, die

Polizisten als Vergewaltiger in Verruf gebracht hat? In meinen Augen ist mein Sohn ein Opfer. Ein Kollateralschaden einer Gesellschaft, die traurigerweise aus dem Ruder läuft. Deswegen rede ich mit Ihnen, deswegen möchte ich, dass Sie dieses Buch schreiben. Ich möchte, dass Sie schreiben: Travis Crills Vater ist von der Unschuld seines Sohnes überzeugt.«

Ich sagte: »Vielen Dank für die Unterhaltung. Sie haben mir sehr geholfen.«

Er runzelte die Stirn und wiederholte, sein Sohn sei ein Opfer.

Ich stand auf und reichte ihm die Hand, und er schüttelte sie. Ich wusste, er hoffte sehnlichst darauf, dass ich ihm zustimmte.

»Wir haben gar nicht über Ihre Tochter gesprochen«, sagte ich. »Glauben Sie, sie würde sich mit mir treffen?«

»Penny? Wohl kaum.«

»Dürfte ich ihre Kontaktdaten haben?«

»Nicht von mir«, sagte er schroff. »Keine Ahnung, wo sie steckt. Wir haben uns entfremdet. Es gab da ein paar, sagen wir einmal, Unstimmigkeiten.«

»Tut mir leid, das zu hören.«

»Kein Grund zur Sorge. Wird sich schon wieder einrenken, irgendwann.«

Er begleitete mich durch die Eingangshalle, als seine Frau in einer Tür erschien. Groß, elegant. Sie streckte mir ihre Hand entgegen. »Ich habe gehört, was Thomas zu Ihnen gesagt hat«, sagte sie. »Ich hoffe sehr, dass Sie gut über seine Worte nachdenken. Ich hoffe sehr, dass Sie unvoreingenommen sind.«

Ich sagte, dass es für mich nicht viel nachzudenken gebe; ich würde für das Buch recherchieren und lediglich die Fakten präsentieren, auf die ich gestoßen war.

»Wenn Sie meinen Sohn kennen würden, wüssten Sie ge-

nau, dass er niemals jemandem etwas zuleide tun könnte«, sagte sie mit fester Stimme.
Ich verließ das Grundstück und ging zu meinem Auto. Ich hatte keine Vogeltränke entdecken können. Vielleicht hatte ich sie übersehen.
Ich machte kehrt, ging zum Haus zurück, sah mich um. Keine Vogeltränke. Ich klingelte.
Thomas Crill öffnete die Haustür.
»Ja? Haben Sie etwas vergessen?«
»Es tut mir leid, Sie noch einmal zu stören. Es ist eigentlich nicht wichtig, aber Ihr Sohn erwähnte eine Vogeltränke, die Sie früher hatten. Er sprach darüber, als sei sie ihm als Kind sehr wichtig gewesen. Ich habe mich bloß gefragt, wo sie steht.«
Er warf mir einen verständnislosen Blick zu. Da regte ihn diese Verrückte mit ihren vielen Fragen auf und klingelte dann tatsächlich ein zweites Mal, um sich nach einer Vogeltränke zu erkundigen.
Ich versuchte, meine Glaubwürdigkeit zu retten. »Ich hatte mir überlegt, im Eingangskapitel Ihren idyllischen Garten zu beschreiben.«
»Wir hatten nie eine Vogeltränke. Sie müssen sich irren. Da hinten steht der Brunnen. Den Brunnen hat er immer sehr gemocht.«
»Ja«, stotterte ich, »ein hübscher Brunnen.«
»Also dann, auf Wiedersehen«, sagte er und schloss die Tür.

30.
# Claire

Penny Crill war Vorschullehrerin mit Montessori-Ausbildung. Vor der Verhaftung und dem Gerichtsverfahren ihres Bruders hatte sie an einer Montessori-Schule in der Stadt gearbeitet, aber kurz danach gekündigt. Die Schulsekretärin war geschwätzig. Ja, sie erinnere sich an Penny. Hübsches Mädchen, die Kinder haben sie geliebt. Nein, sie wisse nicht, wo Penny jetzt sei, aber sie habe gehört, Penny wohne immer noch in der Region Canterbury. Vielleicht Little River. Oder wie hieß gleich dieser andere Ort ... Duvauchelles? Irgendwo da.

Penny stand nicht im Telefonbuch. Ich rief alle Vorschulen der Banks-Halbinsel an. Sie hatte in einem privaten Kindergarten gearbeitet, war dort aber nicht mehr. Ob man ihre Telefonnummer habe? Ja, aber es handele sich um eine Geheimnummer, man dürfe sie mir nicht herausgeben. Ich hinterließ meine Nummer. Ob man sie an Penny weiterleiten könnte? Ja, das sei möglich.

Ich hatte nicht mit einer Reaktion gerechnet, aber Penny rief noch am selben Abend zurück. Ich erklärte ihr, wer ich war und was ich wollte.

»Ich hatte schon gehört, dass da irgendwas im Busch ist«, sagte sie.

»Wären Sie bereit, sich für ein persönliches Gespräch mit mir zu treffen?«

»Das müsste bald passieren. Ich werde ins Ausland reisen.«

»Sagen Sie mir, wann es Ihnen passt.«

»Sie müssten herkommen.«

»Das wäre okay. Wann?«

»Jederzeit. Im Moment arbeite ich nicht.«

»Samstagnachmittag?«
»Gern.«
Penny lebte in Akaroa. Ich dachte, vielleicht hätte Annie Lust, mich zu begleiten. Wir könnten irgendwo zu Mittag essen und am Strand spazieren gehen. Sie sagte, sie hätte noch Hausaufgaben zu erledigen. Wie wäre es mit einer Pause? Sie mochte Akaroa, ich würde mich freuen, wenn sie mitkäme. Aber ich hätte mich doch über ihre Zensuren beschwert, sie dachte, sie solle sich mehr bemühen. Sie sagte das in vorwurfsvollem, durchtriebenem Ton. Ich sagte, sie müsse es selbst wissen.

Penny Crill trug eine Batikhose und eine weite, blaue Bluse. Sie war klein und drall. Ein strahlendes Lächeln, wirre, rotblonde Locken. An einem Ohrläppchen trug sie ein geschnitztes Knochenstück.
»Kommen Sie rein«, sagte sie. Ich folgte ihr durch den Flur in ein winziges Zimmer mit gewölbter Decke. »Tee? Pfefferminz, Kamille oder Himbeerblätter?«
»Himbeere. Danke.«
Sie reichte mir einen Becher und setzte sich mir gegenüber aufs Sofa. Wir saßen so dicht beieinander, dass unsere Knie sich fast berührten.
»Was für ein Glück, dass Sie mich überhaupt noch erwischt haben«, sagte sie. »Ende nächster Woche reise ich ab.«
»Wohin geht es?«
»Ich habe in Seoul eine Stelle als Englischlehrerin gefunden. Ich werde ein oder zwei Jahre dort bleiben und anschließend weiterziehen. Vielleicht nach China.«
»Dann werden Sie Neuseeland für eine ganze Weile den Rücken kehren?«
»Vielleicht für immer. Hier hält mich nichts.«
»Ich habe mit Ihrem Vater gesprochen. Er hat mir erzählt, dass Sie sich der Familie entfremdet haben.«

Sie grinste. »Ja, so könnte man es wohl nennen.«
»Wegen Ihres Bruders?«
»Teilweise. Aber es steckt noch mehr dahinter.«
»Nun ja, falls Ihnen das zu persönlich ist und Sie nicht drüber reden möchten … Ich bin hier, um über Travis zu sprechen.«
»Unsere Entfremdung, wie Dad es nennt, hat teilweise mit Travis und teilweise mit mir selbst zu tun. Sehen Sie mich an. Ich sehe nicht aus, als würde ich besonders gut in diese Familie hineinpassen, nicht wahr? Wissen Sie, was ich meine? Da war Dad, Sie haben ihn kennengelernt, und meine schöne, elegante Mum und der perfekte Travis – und ich, die kleine Dicke mit den roten Haaren. Meine Marotten haben sie mir selbst an der St. Margaret's Privatschule nicht austreiben können.«
»Und Travis?«
»Mum und Dad machen sich was vor. Anders kann man es nicht nennen. Sie haben sich eine Verschwörungstheorie ausgedacht und reden sich ein, Travis sitze aufgrund einer Justizfarce im Gefängnis. Sie wollen dieses Buch veröffentlichen, damit die ganze Welt endlich von der Unschuld ihres Sohnes erfährt. Meine Eltern würden sich in die Hosen machen vor Angst, wenn sie wüssten, dass Sie mit mir reden.«
»Sie wissen über das Buch Bescheid?«
»Klar. Mum hat es mir vertraulich erzählt. Sie tragen zur Finanzierung bei.«
»Das wusste ich gar nicht.«
»Machen Sie sich keine Sorgen. Sie kriegen Ihr Geld. Woher, kann Ihnen egal sein.«
»Dann glauben Sie nicht an eine Verschwörung?«
»O Gott, nein. Er war's.«
»Sie klingen sehr überzeugt.«
»Sie haben die Akten gelesen, oder? Hören Sie, ich habe

sieben Wochen im Gerichtssaal gesessen. Ich dachte, dass meine Eltern mich brauchen, deswegen habe ich mir seinerzeit Sonderurlaub genommen. Ich habe während der gesamten Verhandlung sehr gut aufgepasst. Ich wollte nicht davon überzeugt werden, dass Travis tatsächlich schuldig war. Aber am Ende wusste ich, dass er es war. Wäre ich eine Geschworene gewesen, ich hätte ihn verurteilt.«

»Damals sind Sie noch gut mit Ihren Eltern ausgekommen?«

»Ganz gut. Wir standen uns nicht besonders nahe, aber es war okay.«

»Dann ereignete sich der Bruch nach der Verurteilung Ihres Bruders?«

»Ja. Sie weigerten sich, die Wahrheit über Travis zu akzeptieren. Ich konnte das nicht ertragen, und so kam es zum Streit.«

»Sie sagen, Sie wollten nicht von Travis' Schuld überzeugt werden. Lag es daran, dass Sie ihn nicht für fähig hielten, solche Taten zu begehen, oder wollten Sie die Tatsache einfach nicht wahrhaben?«

»Oje. Gute Frage.«

Sie fuhr mit den Fingern über den Rand ihrer Teetasse. In ihren Augen standen Tränen.

»Es ist hart, wenn der eigene Bruder, mit dem man aufgewachsen ist und den man geliebt hat, diesen Frauen etwas so Entsetzliches angetan hat.«

»Sie haben Travis geliebt?«

»Natürlich. Wir alle haben ihn geliebt.« Ihre Stimme klingt belegt, erstickt.

»Ihr Vater sagt, Travis sei ein fröhliches Kind gewesen und habe eine ganz normale Kindheit gehabt. Würden Sie dem zustimmen?«

»Sie haben das Haus gesehen. Wir hatten alles, was wir uns nur wünschen konnten. Die besten Schulen, die schönsten

Urlaube. Mum und Dad haben Travis und mich geliebt. Sagen Sie mir, was fröhlich und normal ist.«
»Sie zweifeln daran?«
»Hören Sie, als Kind weiß man doch gar nicht, was normal ist, oder? Man erlebt seine Kindheit so, wie sie ist. Man hinterfragt das nicht.«
»Aber heute tun Sie das?«
»Ja. Heute erkenne ich, dass wir keine normale Familie waren. Ich will damit aber nicht sagen, ich hätte eine schreckliche Kindheit gehabt.«
»Ihre Eltern waren liebevoll?«
»O Gott, ja. Sie konnten keine Kinder bekommen. Es lag an Dad. Er wird Ihnen erzählen, es habe an Mum gelegen, aber das stimmt nicht. Mum hat es mir verraten. Er weigerte sich zu akzeptieren, dass es so war, er sträubte sich gegen jede Untersuchung, deswegen dauerte es Jahre, bis sie sich endlich eingestanden, dass sie adoptieren müssten, wenn sie überhaupt Nachwuchs haben wollten. Als wir in die Familie kamen, waren wir sehr willkommen, gelinde gesagt.«
»Travis wurde zuerst adoptiert, dann Sie?«
»Ja, sie hatten Travis bekommen, und drei Monate später bekamen sie mich angeboten. Es muss eine ganz schöne Umstellung gewesen sein. Ein Zweijähriger und ein Neugeborenes, beide im selben Jahr.«
»Aber sie waren gute Eltern?«
»So gut es ihnen möglich war. Ich weiß, dass sie uns trotz allem, was mit uns passiert ist, so lieben, wie man seine Kinder nur lieben kann. Aber sie waren schon älter, beide über vierzig. Mum hat uns fast erdrückt, sie hat uns so überbehütet, dass wir kaum irgendwas durften. Ständig befürchtete sie, wir könnten einen schrecklichen Unfall haben.«
»Können Sie sich erinnern, wie Travis als Kind war?«
»Er war ein ausgesprochen schönes Kind, wirklich. Er war wie ein kleiner Gentleman, wie ein Miniaturerwachsener.

Er benahm sich tadellos und drückte sich vorsichtig aus, so als überlege er lieber dreimal, bevor er etwas Falsches sagte. Mum liebte das.«
»Noch irgendetwas?«
»Manchmal wurde er ziemlich wütend. Ich kann mich daran erinnern, weil es mir Angst machte. Er verlor dann vollständig die Kontrolle.«
»Wie sind Ihre Eltern damit umgegangen?«
»Gar nicht. Sie ignorierten es und taten dann so, als wäre nichts passiert. Alle Probleme mit Travis waren unbedeutend. Es war niemals seine Schuld.«
»Es gab Probleme?«
»Oh ja.«
»Welche?«
»Die Lügen. Er log ständig. Er log sogar, wenn es gar keine Notwendigkeit dazu gab.«
»Und Ihren Eltern war das bewusst?«
»Sie taten so, als glaubten sie ihm.«
»In welcher Angelegenheit hat er gelogen?«
»Wo er gewesen war, wie viele Punkte er beim Kricket gemacht hatte, wer dabei gewesen war.«
»Noch etwas?«
»Er hat sich oft im Garten oder im Haus versteckt, und als er älter war, ist er ein paarmal ausgerissen und stundenlang weggeblieben, bis alle in Panik ausbrachen. Er hat Geld aus Mums Handtasche geklaut.«
»Hat das Ihre Eltern nicht beunruhigt?«
»Sobald es um Travis ging, litten sie unter einer verzerrten Wahrnehmung. Er machte niemals etwas falsch.«
»Aber Sie haben ihn geliebt? Sie standen ihm nah?«
»Ich würde sagen, ich war ihm so nah, wie man Travis nah sein kann.«
»Was heißt das?«
»Travis hat mich bezaubert. Es ist schwierig zu erklären,

aber für mich, seine kleine Schwester, war es so. Er erfand Geschichten für mich, fantastische Geschichten. Es ging immer um uns, Prinz Travis und seine kleine Schwester Penny mit den goldenen Haaren, die aufregende Abenteuer erlebten und am Ende reich und berühmt wurden. Wir gewannen immer.«

»Hatte Travis Freunde?«

»Nicht viele. Ich aber auch nicht. Wir durften keine Kinder zu uns nach Hause einladen. Mum sagte, es sei zu anstrengend für sie, sich um so viele Kinder zu kümmern.«

»Travis hat mir von einem guten Freund namens Peter Ford erzählt.«

»Tatsächlich? An den Namen erinnere ich mich nicht.«

»Er hat gesagt, er habe viel Zeit mit dem Jungen verbracht. Er sagt, die Fords hätten ihn oft mit zu ihrem Ferienhaus genommen.«

»Das kann nicht stimmen. Wir haben nie bei anderen Leuten übernachtet. Mum hat es nicht erlaubt, weil sie meinte, deren Kinder später im Gegenzug zu uns einladen zu müssen. Ich bin mir sicher, dass ich mich an so etwas erinnern würde.«

»Ich habe Travis nach seinen Lehrerinnen gefragt. Es war seltsam, denn zuerst konnte er sich nicht erinnern, ob er überhaupt jemals Frauen als Lehrerinnen hatte. Später widersprach er sich. Wissen Sie, ob er mit Lehrerinnen Probleme hatte?«

»Ich weiß nichts Genaues.«

»Wirklich nicht?«

»Hm … Ich weiß nicht, da hat es mal einen Vorfall gegeben, aber ich kann Ihnen nicht sagen, worum es genau ging. Es war wie immer – man sagte mir nichts, aber ich schnappte zu Hause das eine oder andere auf. Ich glaube, der Zwischenfall hat sich während seiner Zeit an der St. John's Schule ereignet. Na ja, es klingt recht vage, aber ich glaube,

Travis hatte sich über eine Lehrerin beschwert, die ihn angeblich ungerecht behandelt hatte. Sie hatte ihn vor der ganzen Klasse zurechtgewiesen und ihm schlechte Noten gegeben. Mum und Dad beschwerten sich bei der Schulleitung.«

»Und das war eine Lehrerin?«

»Ja, ganz sicher.«

»Die Schule sagt, Travis habe nie irgendwelchen Ärger gemacht.«

»Tja, was soll sie sonst sagen.«

»Und Sie wissen nicht, was passiert ist?«

»Überhaupt nicht. Ich kann mich nur an das Geflüster von Mum und Dad erinnern und an den Aufstand, den Travis damals gemacht hat.«

»Sie können sich wahrscheinlich nicht an den Namen der Lehrerin erinnern?«

»Oje, schwierige Frage, aber ich weiß noch, dass ich den Nachnamen lustig fand, es war einer dieser Namen, mit denen man aufgezogen wird. Irgendwas mit Stiefel, Winterstiefel …«

»Gab es noch andere Vorfälle mit Lehrerinnen?«

»Nicht, dass ich wüsste.«

»Travis hat mir von seiner Voliere erzählt. Er sagt, er liebe Vögel.«

»Wie bitte? Nein, das haben Sie falsch verstanden. Ich hatte die Voliere.«

»Travis hat behauptet, sie habe ihm gehört.«

»Tja, das stimmt nicht. Es war meine. Ich habe sie geliebt, aber letztendlich mussten wir sie abschaffen.«

»Warum?«

»Die Vögel sind immer wieder entflogen. Und immer wieder hat irgendein Tier den Weg hineingefunden. Ich entdeckte dann die toten Vögel am Boden der Voliere. Dad sagte, das wären wohl die Frettchen. Dabei hatte ich aufgepasst. Immer wieder habe ich den Käfig auf Löcher überprüft. Jeden Abend achtete ich darauf, dass alle Türen verschlossen waren.«

Sie betrachtet ihre Hände, dreht den Ring an ihrem Finger.

»Ich weiß, dass es Travis war«, sagt sie leise. »Ich weiß es. Es gibt keine andere Erklärung. Er war so neidisch.«

»Das tut mir leid.«

»Ich möchte nicht mehr darüber sprechen.«

»Darf ich Ihnen noch eine letzte Frage stellen?«

»Okay. Eine.«

»Was wissen Sie über die Familie, aus der Travis kam? Wissen Sie, wie er vor der Adoption mit Nachnamen hieß?«

»Das waren zwei«, sagte sie lächelnd. »Sie schummeln.«

»Bitte!«

»Okay. Aber die Antwort ist einfach. Nein, ich weiß nichts. Ich vermute, aber das ist natürlich reine Spekulation, dass seine leibliche Mutter versucht hat, ihn selbst großzuziehen, es ihr aber irgendwann zu viel wurde. Was den Nachnamen betrifft – er hat den Namen meiner Eltern angenommen, Crill, aber ich habe keine Ahnung, wie er davor hieß. Aber er hieß Travis. Das weiß ich, weil Mum es mir erzählt hat. Sie lachte darüber. Sie und Dad wollten Travis eigentlich Jonathon nennen, aber Travis spielte nicht mit. Anscheinend war sein Name das einzige Wort, das er sagen konnte, er gehörte ihm. Er war sein Eigentum, und er würde ihn nicht hergeben. Wenn sie ihn Jonathon nannten, korrigierte er sie sofort.«

»Dann hat er also seinen Vornamen behalten, und sein Familienname wurde niemals erwähnt?«

»Nein.«

»Das tut mir alles sehr leid.«

»Tja«, sagte sie, »mit so etwas rechnet man nicht. So etwas passiert immer nur in anderen Familien, oder? Wenn ich sage, wie ich heiße, starren die Leute mich peinlich berührt an, so als wäre mein Name obszön. Trotzdem würden sie am liebsten fragen, ob ich mit diesem Vergewaltiger verwandt bin. Zuerst wollte ich meinen Namen ändern, aber dann dachte ich, was soll's. Ehrlich gesagt, kann ich es kaum erwarten, aus Neuseeland wegzukommen.«

»Viel Glück.«

»Danke. Ich werde übrigens meine Eltern besuchen, bevor ich abreise. Vielleicht vertragen wir uns wieder. Sie liegen mir wirklich am Herzen.«

»Das verstehe ich«, sagte ich.

Ich ging Kaffee trinken und machte dann einen Strandspaziergang, um über Pennys Worte nachzudenken. Ich fuhr in die Stadt zurück. Hinter mir fuhr ein dunkelblaues Auto, ein Honda vielleicht. Außer uns waren weit und breit keine anderen Autofahrer unterwegs. Ich bekam das komische Gefühl, den Wagen schon einmal gesehen zu haben, auf dem Hinweg vielleicht. Ich bremste, und auch das dunkelblaue Auto fuhr langsamer und hielt Abstand. Ich warf einen Blick in den Rückspiegel. Der Fahrer trug eine Sonnenbrille. Als wir uns der Stadt näherten, trat er aufs Gaspedal, überholte mich und bog in die nächste Seitenstraße ein. Mein Mund war trocken, mein ganzer Körper steif vor Anspannung.

Es war nichts. Niemand verfolgte mich. Ich bildete mir irgendwelche Sachen ein, malte mir maskierte Männer aus, die aus dem Dunkeln über mich herfielen.

# 31.
# Annie

Nach dem Abend mit Savannah wurde ich vorsichtiger. Wir gingen weiterhin in Bars und Clubs, aber ich hielt mich zurück. Ich kaufte mir meine Getränke selbst. Meistens bestellte ich eine Limo und tat so, als wäre es Gin. Nach der besagten Nacht wurde mir sowieso schlecht, sobald ich Alkohol nur roch. Außerdem konnte ich nicht vergessen, wie sehr ich mich geschämt hatte, als ich vollgekotzt und bepinkelt und ohne Erinnerung bei Savannah aufgewacht war.

Savannah und ich waren uns so nah wie nie. Ich brauchte keine anderen Freundinnen, die Mitschüler kamen mir viel jünger vor. Das Einzige, worüber Savannah und ich uns große Sorgen machten, war der Umstand, dass ihre Eltern am Ende des Schuljahres in die Staaten zurückgehen und sie mitnehmen würden. Savannah sagte, ich sei die beste Freundin, die sie jemals gehabt hätte. Sie wolle nicht weg. Sie sagte, dass ihre Eltern ihr möglicherweise erlauben würden, zu bleiben und den Schulabschluss zu machen, wenn sie bei irgendjemandem wohnen konnte. Ich fand die Vorstellung, Savannah könnte bei uns einziehen, unglaublich cool. Ich müsste nur Mum überreden. Ich kochte ein paar Tage in Folge das Abendessen, erledigte meine Hausaufgaben rechtzeitig und putzte die Küche. Wenn sie sah, wie hilfsbereit und verantwortungsbewusst ich war, würde sie vielleicht ja sagen. Ich wartete, bis sie ganz offensichtlich gute Laune hatte. Ich hatte mir alle Argumente zurechtgelegt.

»Mum? Wie würdest du es finden, wenn eine von meinen Freundinnen bei uns einzieht?«

Als ich fragte, saß Mum gerade am Computer. Sie tippte weiter und schien mir gar nicht zuzuhören. Sie runzelte

bloß leicht die Stirn, so als habe sie noch nie einen dümmeren Vorschlag gehört und käme gar nicht darauf, ihn ernst zu nehmen.
»Ich glaube nicht, dass das gehen würde, Annie«, sagte sie unkonzentriert, ohne den Blick vom Bildschirm abzuwenden.
»Warum nicht?«
»Äh … ehrlich gesagt aus mehreren Gründen. Hör mal, Annie, wenn es dir nichts ausmacht …«
»Mum! Es ist wichtig, und du hörst mir nicht einmal zu.«
Sie hob den Kopf. Sie hatte diesen eisigen Blick. »Annie, du weißt genau, dass du mich nicht bei der Arbeit stören sollst, solange es sich nicht um einen Notfall handelt.«
»Es ist ein Notfall, Mum. Warum sagst du, dass es nicht geht, wenn eine meiner Freundinnen hier einzieht?«
»Erstens wäre das Haus zu klein.«
»Ich würde mein Zimmer mit ihr teilen. Ich habe genug Platz, außerdem stehen da sowieso zwei Betten.«
»Ja, aber in deinem Zimmer machst du deine Hausaufgaben. In dem Zimmer können unmöglich zwei Leute schlafen und lernen.«
»Wir könnten zusammen lernen, Mum. Du bist sehr beschäftigt und oft nicht zu Hause. Es wäre viel sicherer für mich, nicht allein hier zu sein.«
Ich hielt das für ein schlagendes Argument.
»Wenn ich abends ausgehe, sorge ich immer dafür, dass du nicht allein bist.«
»Aber wenn meine Freundin hier wohnen würde, müsstest du dir um mich keine Gedanken mehr machen.«
»Aber ich mache mir gern Gedanken um dich. Du bist meine Tochter. Tut mir leid, aber ich bin mit allem zufrieden, so wie es ist. Ich möchte nicht, dass außer uns noch jemand hier wohnt.«
»Und wie soll ich das finden? Ich wohne auch hier.«

»Ich nehme an, dass es sich bei der Freundin, die hier einziehen soll, um Savannah handelt?«
»Ja, und es wäre nur für ein Jahr. Ihre Eltern wollen in die Staaten zurück. Du hättest überhaupt keine Mühe. Wir würden im Haushalt helfen und kochen und alles, und ich verspreche, dass ich mich in der Schule anstrenge. Sag ja, bitte, Mum!«
»Annie, mir gefällt nicht, dass du mich unter Druck setzen willst, außerdem glaube ich nicht, dass du dir die Sache gut überlegt hast. Was sollen Savannahs Eltern davon halten? Sie ist erst sechzehn. Ich bezweifle stark, dass ihre Eltern sie für so lange Zeit allein lassen möchten. Ich würde das nie tun.«
»Warum nicht?«
»Weil ich überzeugt bin, dass junge Menschen ihre Eltern brauchen.«
»Aber wenn Savannah bei uns einzieht, bist du da.«
»Ja, und damit wären wir beim zweiten Grund. Ich würde mir eine so große Verantwortung nicht aufbürden.«
»Wenn es um ein anderes Mädchen ginge, würdest du ja sagen. Du kannst Savannah nicht leiden, und deswegen sagst du nein.«
»Hier geht es nicht darum, ob ich Savannah leiden kann oder nicht. Ich werde nicht die Verantwortung für eine Sechzehnjährige übernehmen, deren Eltern am anderen Ende der Welt leben.«
»Warum nicht? Was soll schon passieren?«
»Eigentlich will ich nicht darauf eingehen, aber nun, da du fragst – eine ganze Menge könnte passieren! Vielleicht kommt sie in der Schule nicht mit, und dafür bekäme ich dann die Schuld. Oder sie könnte krank werden oder Ärger bekommen. Oder ihr könntet Streit bekommen, und sie könnte unglücklich darüber sein, hier zu wohnen.«
»Was für Ärger?«

»Das war nur ein Gedanke. Irgendwelchen Ärger.«
»Willst du sagen, du traust Savannah nicht? Du meinst, sie würde Ärger bekommen?«
Ein langer Seufzer. Eine langsame, bedächtige Erklärung. »Annie, diese Unterhaltung ist wirklich albern. Ich habe nicht gesagt, dass ich Savannah nicht traue. Ich habe gesagt, dass ich nicht bereit bin, die Verantwortung für sie zu übernehmen.«
»Aber Savannah ist meine beste Freundin, und am Ende des Jahres muss sie weg. Wir wollen nicht getrennt werden.«
»Bis zum Jahresende sind noch Monate Zeit. Vielleicht verlängern ihre Eltern den Aufenthalt. Es bringt nichts, sich den Kopf über Dinge zu zerbrechen, die vielleicht nie eintreten werden, Schätzchen.«
»Savannah sagte, ich könne mit nach New York, um bei ihr zu wohnen und auf die Filmhochschule zu gehen. Sie sagt, in New York gebe es weltberühmte Filmhochschulen.«
Mum schaute wieder auf den Monitor. »Hmm-hmm. Das ist alles noch weit weg.«
»Aber warum? Viele Leute gehen zum Studium ins Ausland.«
»Du hast noch fast zwei Schuljahre vor dir. Dann musst du den Abschluss schaffen. Danach ist es an der Zeit, sich Gedanken über ein Auslandsstudium zu machen.«
»Du hoffst ja nur, dass unsere Freundschaft nicht hält. Du hoffst, dass alles vorbeigeht. Aber das wird nicht passieren.«
»Annie, das reicht. Ich werde mich nicht mit dir über Savannah streiten. Du bist alt genug, um dir deine Freundinnen selbst auszusuchen, und wenn du alt genug bist, um in New York zu studieren, kannst du dir auch das überlegen. Aber in diesem Moment habe ich zu tun, und du solltest dich um den Aufsatz kümmern, den du zu Ende schreiben wolltest.«

So viel dazu. Mum hatte eine Entscheidung getroffen, und ich sollte mich einfach damit abfinden. So, wie ich mich damit abfinden sollte, dass sie mit ihrem neuen Freund ausging oder mit ihm telefonierte oder mit ihren Freundinnen über ihren neuen Freund telefonierte, so dass ihr für mich keine Zeit mehr blieb.

Weil Mum mir nicht zuhörte und unfair war, fühlte ich mich Savannah umso näher. Savannah und ich beschlossen, am Ende des Schuljahres einfach zu verschwinden. Dann würden unsere Eltern endlich einsehen, wie wichtig es für uns war zusammenzubleiben. Sie würden eine Lösung finden, damit wir nicht getrennt würden.

Aber eigentlich wusste ich, dass es nicht klappen würde. Tief in meinem Herzen wusste ich es. Das Schuljahr würde zu Ende gehen, und Savannah würde abreisen.

Davor hatte ich Angst, denn wenn Savannah ging, hätte ich keine Freundinnen mehr. Ich wusste es, weil Charlotte und Sarah nicht mehr mit mir redeten, sie hielten sich von mir fern und vermieden es sogar, mich anzusehen. Ich wusste es, nachdem ich mich ein allerletztes Mal mit Kate unterhalten hatte.

Ich war im Waschraum der Schule. Es war in der Mittagspause, ich stand vor dem Spiegel und zupfte meine Frisur zurecht. Kate kam aus einer der Toilettenkabinen. Sie sah mich und zögerte kurz, so als überlege sie, sich umzudrehen und zu gehen, ohne sich die Hände zu waschen. Aber dann kam sie heran, stellte sich neben mich und drehte den Wasserhahn auf. Wenn Kate sich aufregte, wurde ihr Gesicht weiß und ihre Nase knallrosa. Es war immer schon so gewesen, selbst im Kindergarten. Wir hatten oft darüber gelacht, dass sie sich dann noch mehr aufregte, weil es ihr so unangenehm war, wie ein Kaninchen auszusehen. Ich sah Kates weißes Gesicht mit der roten Nase im Spiegel und wurde wütend und traurig zugleich.

»Hallo«, sagte ich. Irgendetwas musste ich ja sagen. Ich konnte nicht neben ihr stehen und glotzen. Meine Stimme klang piepsig und schrill.
Sie sah mich an. Sie sagte nichts.
»Du könntest wenigstens hallo sagen«, meinte ich. »Schließlich habe ich dir nichts getan.«
»Ja klar«, sagte sie.
»Okay, was habe ich dir getan? Was habe ich jemals getan, um dich zu verletzen? Du hast dir irgendwas ausgedacht, und jetzt reden Sarah und Charlotte nicht mehr mit mir.«
»Ich habe mir nichts ausgedacht. Ich habe ihnen die Wahrheit erzählt.«
»Ich habe mich mit einem anderen Mädchen angefreundet, und du bist damit nicht klargekommen. Du bist eifersüchtig.«
»Eifersüchtig? Worauf sollte ich eifersüchtig sein?«
»Darauf, dass Savannah cool ist und wir jetzt richtige Freundinnen sind.«
»Annie, hör mal«, sagte Kate, »nur, damit du es weißt. Ich finde Savannah überhaupt nicht cool, und ich bin garantiert nicht eifersüchtig auf sie. Ehrlich gesagt, halte ich Savannah für bösartig, und sie macht Sachen, die euch beide einen Haufen Ärger einbringen werden.«
»Wovon redest du? Was für Sachen?«
»Zum Beispiel die Klamotten, die ihr tragt.«
»Was ist damit nicht in Ordnung?«
»Woher habt ihr die? In der Schule gehen Gerüchte um.«
»Ich verstehe nicht, wovon du redest. Was für Gerüchte?«
»Alle reden über euch. Alle wissen, dass du alles tust, was Savannah von dir verlangt.«
»Die sind bloß neidisch.«
»Nein, Annie, sind sie nicht, da liegst du falsch. Ich an deiner Stelle wäre ein bisschen vorsichtiger.«
Ich drehte mich um und ließ sie stehen. Ich schäumte vor

Wut, mein Herz hämmerte, und mein Gesicht brannte und wurde knallrot, außerdem stiegen mir Tränen in die Augen. Und dann sagte ich es. Danach wusste ich, dass sie nie wieder meine Freundin sein würde. Sie würde mir niemals vergeben.

»Verpiss dich!«, sagte ich und knallte die Tür hinter mir zu.

Ich musste Savannah finden. Sie war in die Innenstadt gefahren, um uns etwas zum Mittagessen zu holen. Nun parkte sie gerade wieder ein. Ich rannte nach draußen und sprang zu ihr ins Auto. Ich sagte: »Wir müssen weg hier.« Ich weinte. Savannah fuhr los. Sie fragte: »Was ist los, wo fahren wir hin?« Ich sagte ihr, ich könne jetzt unmöglich in die Schule zurück, ich würde nie wieder in die Schule gehen, ich sei so wütend auf diese Zicken, die angeblich meine Freundinnen waren, die waren doch bloß neidisch, allesamt, sie konnten es nicht ertragen, dass ich nicht länger eine von ihnen sein wollte.

»Wo sollen wir hin?«, fragte Savannah. »Meine Mum ist heute zu Hause. Wenn wir da hingehen, wird sie uns in die Schule zurückschicken.«

»Du kannst sagen, du wärst krank.«

»Und du auch? Wohl kaum. Warum fahren wir nicht zu dir?«

»Mum ist da.« Ich wollte Mum nicht sehen. Ich wollte mir keine Ausreden ausdenken und ihre Blicke ertragen, die besagten, dass sie mir und Savannah nicht traute. »Wir könnten zu unserem Strandhaus fahren.«

Ich wünschte, ich hätte es nicht gesagt. Savannah bettelte seit Ewigkeiten um einen Ausflug zum Strandhaus. Ich hatte mir immer irgendwelche Ausreden ausgedacht. Mums Freundin sei gerade dort, Mum wolle selbst hin. Irgendwie bereitete mir der Gedanke Unbehagen, Savannah zum Strandhaus mitzunehmen. Außerdem hätte Mum niemals erlaubt, dass ich allein mit einer Freundin hinfahre, und ich wollte sie in dieser Sache nicht enttäuschen, selbst wenn sie nie etwas erfahren würde.

Es lässt sich nur schwer beschreiben, aber das Strandhaus ist was sehr Privates. Ich hatte niemals eine Freundin dorthin eingeladen, weil ich dort am liebsten mit Mum allein war. Zuerst war es ein besonderer Ort für sie und Dad gewesen, und ich kannte die Geschichte, wie Dad es entdeckt hatte und wie sie es gekauft und mich als Baby dorthin mitgenommen hatten. Meine deutlichsten Erinnerungen an Dad stammen von dort. Ich habe Bilder von Dad im Kopf, wie er, die Arme voll Holz, zur Tür hereinkommt. Wie Dad und Mum auf dem alten Sofa auf der Veranda sitzen, wie Dad und ich durch die Wellen laufen und der Schaum an unsere Beine klatscht. Ich wollte das Strandhaus mit niemandem teilen, ich wollte nicht, dass die Erinnerung an mich und Mum und Dad durch neue Bilder in Unordnung geriet.

Aber nun war ich wütend. Auf Mum. Auf die Schule. Auf alle außer Savannah.

»Hey«, sagte sie, »super. Wie kommen wir hin? Wie lange dauert die Fahrt?«

»Fast eine Stunde. Vielleicht sollten wir es sein lassen. Man könnte uns in der Schule vermissen. Ich will nicht, dass du Ärger kriegst. Es geht mir schon besser. Vielleicht sollten wir zurückfahren.«

»Das wird toll«, sagte sie. »Wir sind vor vier zurück. Niemand wird es merken. Zeig mir den Weg.«

Also erklärte ich ihr den Weg. Über den Highway und dann links ab. Wir fuhren durch die Berge. Die Straße war sehr steil, und das Auto geriet in jeder der engen Kurven ins Schlingern. Savannah fuhr zu schnell.

»Bei der nächsten Kurve fährt Mum immer besonders langsam«, sagte ich. »Die ist schwierig.«

Aber Savannah fuhr nicht langsamer. Ich spürte, wie das Auto zu rutschen anfing, und Savannah stieg auf die Bremse. Doch wir schafften es auch über den letzten Berg. Ich zeigte ihr den Weg, vorbei an den Häusern, vorbei an dem Milchladen an der Ecke, vorbei an den Schnellrestaurants, den Berg hinauf, und da waren wir.

Wir öffneten das Tor und liefen über den Gartenpfad zum Haus. »Annie«, sagte Savannah immer wieder, »das ist ja sooo cool!«

Ich tastete unter die Veranda, nahm den Schlüssel vom Haken und schloss die Haustür auf. Ich führte Savannah durch alle Räume, dann gingen wir nach oben in mein Dachzimmer, und Savannah sagte, wie toll alles sei, wie sehr sie es liebe. Und während der ganzen Zeit fühlte ich mich, als verrate ich Mum, und auch Dad, denn dieser besondere Ort gehörte allein unserer Familie. Ich hätte es nicht tun dürfen.

Ich zeigte Savannah den Weg zum Strand. Wir kämpften uns durch die Lupinen und das Gestrüpp, liefen über den nassen Sand und stürzten uns in die Wellen. Dann gingen wir zurück und setzten uns auf die Veranda. Wo Mum und ich sonst am Ende eines Tages saßen. Wo wir lasen und uns unterhielten, Mum ein Glas Wein trank und wir grillten. Wind war aufgekommen und rauschte in den Pinien, ich konnte die Brandung hören. Noch nie zuvor hatte ich mich an diesem Ort traurig gefühlt.

»Wir sollten los«, sagte ich. »Es ist spät.«

»Hey, Annie«, sagte Savannah, »hier könnte man eine Spitzenparty feiern.«

»Ja«, sagte ich und tat so, als fände ich das auch, »aber Mum würde es nie erlauben.«

»Da hast du wohl recht«, sagte Savannah.

Ich schloss das Haus ab, und wir fuhren in die Stadt zurück. Wir kamen nicht besonders spät an, es war erst kurz nach halb fünf. Savannah setzte mich vor unserem Haus ab.

Ich ging in die Küche. Mum wartete schon auf mich. Sie sah besorgt und sehr böse aus. »Wo warst du? Die Schulsekretärin hat angerufen, weil du nicht zum Nachmittagsunterricht erschienen bist. Wo warst du die letzten fünf Stunden?«

»Ich habe mich in der Schule aufgeregt. Und bin spazieren gegangen.«

»Annie, das ist nicht wahr. Du warst mit Savannah zusammen. Die Schulsekretärin hat gesagt, ihr würdet beide fehlen.«

»Wir haben einen Ausflug gemacht.«

»Wohin? Und warum bist du nicht ans Handy gegangen?«

»Der Akku war leer. Ich musste es ausschalten.« Das Lügen fiel mir immer leichter.

»Aber wo wart ihr? Ich will die Wahrheit wissen.«

»Ich sage dir die Wahrheit. Wir sind rumgefahren. Einfach so. Das habe ich doch gesagt. Ich habe mich in der Schule über was aufgeregt, und Savannah hat sich um mich gekümmert. Sie hat einen Ausflug mit mir gemacht. Okay?«

»Nein«, sagte Mum, »nein, das ist nicht okay. Es ist überhaupt nicht okay. Annie, ich weiß nicht, was hier los ist, aber ich kann dir nicht helfen, solange du mir nicht die Wahrheit sagst. Dein Verhalten ist inakzeptabel. Du hast Stubenarrest. Keine Besuche, keine Unternehmungen für die nächsten vier Wochen. Es reicht.«

Zum zweiten Mal an diesem Tag knallte ich eine Tür hinter mir zu. Ich warf mich auf mein Bett. Ich wollte heulen und schreien, ich wollte weglaufen und nie wiederkommen. Ich wollte mich Mum an den Hals werfen und ihr alles erzählen, damit sie dafür sorgte, dass alles wieder in Ordnung kam.

## 32.
# Claire

Vor gar nicht allzu langer Zeit war mein Leben noch geordnet und überschaubar gewesen. Ich war durch die atemberaubenden Häuser atemberaubender Leute spaziert und hatte ihnen bestätigt, wie charmant, elegant und geschmackvoll die Einrichtung sei. Ich hatte Gedichte geschrieben, war einigermaßen regelmäßig zum Sport gegangen und hatte das gute Verhältnis zu meiner Tochter für selbstverständlich gehalten.

Aber nun plagte ich mich mit diesem Buch ab. Und ich plagte mich mit der Aufgabe, mich irgendwo zwischen strenger Erzieherin und liebevoller Mutter zu positionieren.

Ich hatte Annie Hausarrest erteilen müssen. Das war noch nie passiert. Aber die Schule zu schwänzen und einfach zu verschwinden, war eine ernste Angelegenheit. Also war es an der Zeit für eine Strafe.

Aber eines muss ich gestehen. Es passte mir nicht. Wer hat schon gern den ganzen Tag einen schmollenden, schweigenden, türenknallenden Teenager im Haus? Stubenarrest für den Teenager bedeutet Stubenarrest für die Mutter. Es ist, als müsse man einen zu Hausarrest verurteilten Strafgefangenen bewachen. Ich musste streng sein. Ich hatte die Regeln aufgestellt. Ein Monat. Zurück von der Schule um Viertel vor vier, keine abendlichen Telefonate, keine Unternehmungen am Wochenende. Was bedeutete, dass auch ich zu Hause bleiben musste. Die Interviews, die Recherchen musste ich während Annies Unterrichtszeit erledigen. Keinen Kaffee zwischendurch, keine Shoppingtouren mit meinen Freundinnen mehr. Auch ich hatte Arrest.

Weswegen ich Max nicht mehr sah. Dabei sehnte ich mich

nach ihm. Ich wollte seine Hände auf meiner Haut spüren, ich wollte unter sein Hemd greifen und meine Finger über seine warme, glatte Haut gleiten lassen. Bei unseren Abendessen hatten wir geredet, gelacht und geflirtet, im Kino hatte er meine Hand gedrückt, wir hatten uns vor meinem Haus geküsst. Aber wie sollte man eine Beziehung zum Laufen bringen, wenn man von einem Ort zum nächsten hetzte, wenn man eine Tochter zu beaufsichtigen und ein Buch zu schreiben hatte? Und dann fragte er mich beiläufig, ob ich Lust auf einen Wochenendausflug hätte, an die Westküste vielleicht, einer seiner Freunde habe dort ein Ferienhaus, ziemlich abgelegen, aber sehr hübsch. Was ich davon hielte? Ich antwortete ebenso beiläufig, dass ich liebend gern mitkommen würde, aber nicht für die nächsten vier Wochen, in den nächsten vier Wochen hätte ich zu viel zu tun. Ich erzählte ihm nichts von Annie. Das war eine Sache zwischen ihr und mir.

Ich hörte mir die Aufnahme von meinem Gespräch mit Penny Crill an. Die Sache mit Travis' Lehrerin. Vielleicht war es nicht von Bedeutung, trotzdem hatte ich so eine Ahnung. Aber wie sollte ich die Frau ausfindig machen? Ich musste mir etwas einfallen lassen. Ich fuhr zur St. John's und behauptete, meinen Sohn an der Schule anmelden zu wollen. Die Sekretärin schien angesichts meiner Unbedarftheit überrascht. *Wie alt ist Ihr Sohn? Wie Sie wissen müssen, gibt es eine ziemlich lange Warteliste, die Schule ist sehr gefragt, und die Söhne der Ehemaligen werden bevorzugt aufgenommen. Die meisten Jungen werden schon im Kleinkindalter auf die Liste gesetzt.*

Ich nickte betrübt, *was für eine fantastische Schule, welch fantastischer Ruf.* Ich sagte, wir hätten uns erst vor kurzem in Christchurch niedergelassen, wir hätten eine Immobilie gekauft und seien nun verzweifelt auf der Suche nach einer

guten Schule. Unser Sohn sei noch klein, vielleicht wäre es möglich, ihn auf die Warteliste zu setzen? Und nun, wo ich schon einmal hier sei, könne ich mich doch einmal umsehen, vielleicht einen Blick in die Bibliothek werfen, das Archiv befinde sich dort, oder? Ich sei schrecklich neugierig, mein Cousin habe die Schule vor langer Zeit besucht, es musste irgendwann in den Achtzigern gewesen sein. Ich würde ihm nur zu gern erzählen, ich hätte sein Klassenfoto gesehen.
Die Sekretärin sah mich zweifelnd an, *der Unterricht läuft und darf nicht gestört werden.* Aber die Bibliothek sei gleich hier, und ja, man bewahre die alten Klassenfotos dort auf.
Die Bibliothek war riesig. Es war die Sorte Bibliothek, die jeden Besucher von St. John's davon überzeugte, die beste Wahl für den Sohn getroffen zu haben. Gedämpftes Licht, absolute Stille. Sorgfältig abgeteilte Lernbereiche, endlose Reihen von Bücherregalen, dicker Teppichboden, eine beeindruckende Reihe blitzender Computer. An den Wänden Fotos, die ältesten datierten vom Anfang des zwanzigsten Jahrhunderts und belegten die ehrenwerte Schultradition. Ich schlich herum, immer ein Auge auf die wachsamen Bibliothekarinnen gerichtet. Schülersprecher, Klassenbeste, Sportmannschaften. Der Lehrkörper. Endlich, da waren sie, die achtziger Jahre. Gesichter. Namenslisten. Winterstiefel. Irgendetwas mit Stiefel.
Es war 1983. Nicht Winterstiefel, sondern Winterbotten. Adele Winterbotten. Dritte von rechts, vierte Reihe. Das Foto war grobkörnig, ihr Gesicht nur eins von vielen. Sie wirkte jung, und sie schien klein zu sein, denn sie reichte dem Mann neben sich nur bis an die Schulter. Klein und hübsch. Sie lächelte.
Ich suchte sie auf dem Foto von 1984. Sie fehlte. Auch auf dem von 1982 war sie nicht zu sehen. Ich suchte die anderen Fotos ab. Sie tauchte nicht mehr auf.

Vielleicht lag es an Crills ausweichenden Äußerungen zum Thema Lehrerinnen, aber ich hatte das Gefühl, auf eine Spur gestoßen zu sein. Aber wie sollte ich die Frau finden? Ich rief im Bildungsministerium an, wieder der Datenschutz, *wir dürfen keine Informationen herausgeben.* Ich rief alle Winterbottens in Christchurch an. Keine Adele. Ich versuchte es mit Google. Meinten Sie *Adele Winterbottom?* Nein, meinte ich nicht.

Ich rief die Direktorin einer großen Schule in Auckland an. Sie hatte ihr ganzes Leben im Bildungssektor gearbeitet. Vor etwa einem Jahr hatte ich sie interviewt; ich war damals im Auftrag einer Zeitschrift der Frage nachgegangen, ob Jungen im heutigen Schulsystem benachteiligt seien. Ich konnte mich an sie erinnern, weil sie kompetent war und eine verbindliche Art gehabt hatte.

Ich nannte meinen Namen, brachte mich und unser damaliges Gespräch in Erinnerung. Ihre Reaktion war herzlich, sie habe den Artikel gelesen und sehr gut gefunden. Ob sie etwas für mich tun könne?

»Im Moment recherchiere ich für eine ganze Reihe von Artikeln. Dabei ist mir ein Name untergekommen. Eine Lehrerin, die 1983 an der St. John's in Christchurch unterrichtet hat. Ich würde sie gern kontaktieren. Adele Winterbotten.«

»Unterrichtet sie noch? Glauben Sie, sie lebt in Auckland?«

»Ich habe keine Ahnung. Möglicherweise hat sie geheiratet und einen anderen Namen angenommen. Sie anzurufen, war ein Schuss ins Blaue.«

»Adele Winterbotten«, sagte sie. »Überlassen Sie das mir. Ich werde mich umhören und melde mich bei Ihnen, falls ich etwas in Erfahrung bringen kann.«

Eine Woche später rief sie an. »Claire? Ich glaube, wir haben Glück. Ich denke, ich habe die Frau gefunden, nach der

Sie suchen. Eine der Lehrerinnen an meiner Schule hat zusammen mit Adele Winterbotten studiert. Sie hat sie vor ein oder zwei Jahren bei einer Konferenz wiedergetroffen. Angeblich arbeitet Adele an einer Mädchenschule irgendwo in Hawke's Bay.«
»Hat sie ihren alten Namen noch?«
»Offenbar nicht. Aber sie hat auf der Konferenz einen Vortrag gehalten. Vielleicht können Sie sich eine Teilnehmerliste beschaffen und sie anhand ihres Vornamens identifizieren? Ich gebe Ihnen die Daten der Konferenz durch. Vielleicht werden Sie fündig.«
Danach ging alles relativ schnell. Ich kam an die Teilnehmerliste und brauchte lediglich die Vornamen abzugleichen. Adele Preston, MA. Stellvertretende Schulleiterin am St. Agnes College. Ich googelte den Namen der Schule. Sie war in Hawke's Bay. Ich rief an. Ms. Preston sei gerade nicht in der Lage, den Anruf entgegenzunehmen. Ich bat um die E-Mail-Adresse.
Ich schrieb ihr. Ich erklärte, wer ich war, dass ich im Fall Crill recherchierte und in diesem Zusammenhang Crills frühere Lehrer kontaktierte. Ich sei für jede Art von Information dankbar.
Die Antwort-Mail kam wie aus der Pistole geschossen. *Ich möchte mit dieser Angelegenheit nichts zu tun haben.*
Ich wartete ein paar Tage ab und schrieb ein zweites Mal. Ich wurde direkter und erklärte, mir lägen verschiedene Hinweise darauf vor, dass Travis Crill in der Vergangenheit Probleme mit weiblichen Lehrern gehabt habe. Ich schrieb, ich hätte keine Vorstellung, um welche Art von Problemen es sich gehandelt habe, aber es sei für meine Recherchen von unschätzbarem Wert, falls sie diese Informationen bestätigen könne.
Ich garantiere ihr, ihre Identität in meinem Text keinesfalls preiszugeben, falls sie dies wünsche. Ich gab ihr meine Ad-

resse und meine Telefonnummer und wiederholte, dass ich für jede Hilfe dankbar sei.
Keine Antwort.

## 33.
## Claire

Wieder einmal war ich in einer Sackgasse gelandet. Falls Adele Preston etwas wusste, würde sie es mir nicht sagen.
Dennoch hatte ich für den ersten Teil des Buches genug Material gesammelt, genug, um es interessant zu machen. Ich hatte die Informationen von Penny. Hinweise darauf, dass mit Crill von frühester Kindheit an irgendetwas nicht gestimmt hatte. Ich wusste immer noch nicht, was er vor der Adoption erlebt hatte. Ich beschloss, die Augen offen zu halten. Vielleicht würde ich doch noch irgendetwas entdecken. Nun aber musste ich mich an den zweiten Teil des Buches machen, es war an der Zeit, nach den Opfern zu suchen.
Alistair Downes bat um ein Treffen. Er wollte einen Zwischenbericht, bevor er mir die zweite Rate auszahlte. Ob ich in die Kanzlei kommen könne?
Ich nahm eine vollgestopfte Mappe mit. Konzepte, Notizen, Kapitelentwürfe. Falls er einen Tätigkeitsnachweis brauchte, sollte er ihn bekommen.
Alistair wirkte weniger freundlich als sonst und spähte mich über den Tisch hinweg an. Mir fiel auf, dass er sich im Gegensatz zu sonst nicht in den Sessel fläzte, sondern aufrecht saß. »Wie kommen Sie voran?«
»Sehr gut.« Ich reichte ihm die Mappe. »Ist alles hier drin.«

»Wie weit sind Sie?«
»Die Rohfassung des ersten Teils ist fertig. Ich habe gerade mit dem zweiten angefangen.«
»Und da geht es um ...?«
»Die Überfälle auf die Frauen und die Gerichtsverhandlung.«
»Vergessen Sie nicht, es handelt sich hier um ein heikles Thema. Sie müssen es mit viel Fingerspitzengefühl behandeln.«
»Ja«, sagte ich, »das ist mir klar.«
»Wie ich hörte, haben Sie mit Penny Crill gesprochen?«
»Ja, das habe ich. Woher wissen Sie das?«
»Hat man mir erzählt.«
»Sie hat mir sehr weitergeholfen.«
»Inwiefern?«
»Die meisten Interviews haben nicht dazu beigetragen, Travis Crill besser zu verstehen. Ich habe immer nur die Geschichte von dem Jungen aus gutem Hause zu hören bekommen, der zur allgemeinen Überraschung Frauen überfällt. Penny und noch ein paar andere Gesprächspartner haben mir geholfen, die Lücken zu schließen.«
»Welche anderen Gesprächspartner?«
»Das ist vertraulich.«
»Wir bezahlen Sie dafür, dieses Buch zu schreiben. Alle Ergebnisse sind uns mitzuteilen.«
»Im Vertrag wurde mir freie Hand beim Schreiben zugesichert.«
»Claire, ich warne Sie, ich bin mit der Richtung Ihrer Recherchen alles andere als einverstanden.«
»Wie ich gehört habe, kommen die Crills teilweise für die Finanzierung des Projekts auf?«
»Wer hat Ihnen das erzählt?«
»Penny. Ich weiß, dass die Crills ihren Sohn für unschuldig halten. Hoffentlich hegen sie nicht die Illusion, mein Buch

könne für ihn bewirken, was Joe Karams Buch für David Bain bewirkt hat.«

»Die Motivation der Finanziers soll für Sie nicht von Interesse sein. Sie werden nur dafür bezahlt, das Buch zu schreiben.«

»Ja, und genau das tue ich. In der Hinsicht sollte Sie der Inhalt dieser Mappe zufriedenstellen.«

»Nicht, wenn er unseren Erwartungen widerspricht. Ich habe Ihnen ganz zu Anfang schon erklärt, dass die Medien sich für den Fall Crill nur deshalb so interessieren, weil Crill aus einem soliden Umfeld stammt, beruflich sehr erfolgreich war und nicht dem Profil eines Serientäters entspricht. Aber Sie scheinen entschlossen, diese Annahmen über den Haufen zu werfen und die Grundlage unseres Projekts zu kompromittieren. Wir wollen kein Buch, in dem Crill als ganz normaler Serienvergewaltiger dargestellt wird. Sie wühlen im Dreck, aber das ist vollkommen unnötig und wird zu absolut nichts führen.«

»Wie ich schon sagte, erlaubt mir der Vertrag zu schreiben, was ich für richtig und von Bedeutung halte. Ich erkenne keinen Sinn darin, nur die halbe Wahrheit zu schreiben.«

»Dürfte ich Sie daran erinnern, dass Sie am Gewinn beteiligt sind? Falls das Buch floppt und niemand die Filmrechte erwirbt, wird es keinen Gewinn geben.«

»Niemand wird das Buch ernst nehmen, wenn es nicht ehrlich ist.«

»Woher wollen Sie wissen, was ehrlich ist? Woher wollen Sie wissen, dass Penny Crill die Wahrheit gesagt hat? Immerhin kennen Sie sie nur flüchtig. Zum Beispiel könnte Ihnen entgangen sein, dass Penny auf ihren Bruder krankhaft eifersüchtig war. Er war ein Überflieger, sie konnte da nicht mithalten. Und dieser andere Kerl, mit dem Sie sich getroffen haben … Price. Bei Fordyce's hat man ihm gekündigt, er hat's einfach nicht gebracht. Welche Glaubwürdigkeit messen Sie einem unfähigen Idioten bei, der Crill um seinen Erfolg beneidet hat, genau wie Penny?«

»Woher wissen Sie, dass ich mit Hamish Price geredet habe?«

»So was spricht sich rum.«

»Ich werde alle Informationen verwerten, die ich bekommen kann.«

»Wie ich sehe, werden Sie keines meiner Argumente berücksichtigen. Also schön. Machen Sie nur weiter. Ich an Ihrer Stelle wäre ein bisschen vorsichtiger. Besonders wenn es um diese Frauen geht. Wahrscheinlich wollen Sie die ebenfalls befragen?«

»Ja, hoffentlich. Crill hat gesagt, es sei ein Fehler gewesen, die Frauen zu überfallen. Glauben Sie, er meint es ehrlich?«

»Er hat mir dasselbe gesagt. Ich halte mich an das, was mir gesagt wird, nicht an meinen Glauben.«

»Aber ganz unter uns ... was glauben Sie?«

»Diese Frage werde ich nicht beantworten.«

»Wissen Sie, was Travis Crill zugestoßen ist, bevor er adoptiert wurde?«

»Du gütiger Himmel, Sie geben keine Ruhe, was? Nichts. Crill ist nichts zugestoßen, bevor er adoptiert wurde. Wenn Sie mich jetzt bitte entschuldigen würden.«

»Wie lautet Crills Geburtsname? Wozu halten Sie diese Information geheim?«

»Das habe ich Ihnen gesagt. Ich verfüge nicht über diese Information. Und nun habe ich, wie schon gesagt, noch andere Termine.«

Ich stampfte aus der Kanzlei. Ich schäumte und kochte vor Wut. Ich würde schreiben, was *ich* wollte. Es war mein Buch. Und woher wusste er, dass ich Penny getroffen hatte, woher wusste er von Hamish Price? Wie »sprach sich das rum«? Es gefiel mir nicht. Und mir gefiel nicht, was er über

Ehrlichkeit gesagt hatte. Was, wenn er recht hatte? Ich warf einen Blick auf meine Uhr. Verdammt. Ich war mit Max verabredet. Ich war spät dran.

Er saß vor dem Café. Er hob den Kopf und lächelte mich an. »Ist es dir recht, draußen zu sitzen?«

»Ein bisschen windig.« Ich setzte mich. Zog meinen Mantel fester um mich, zitterte.

»Hey, wenn es so schlimm ist, gehen wir rein.«

»Ist schon gut. Macht mir nichts aus.«

Max grinste mich an. »Du stehst neben dir. Was ist passiert?«

*Ich schreibe ein Buch über Travis Crill, und Alistair Downes hat damit zu tun, und er will mir vorschreiben, was ich zu tun habe. Und vermutlich werde ich paranoid, denn ich glaube, jemand beschattet mich und beobachtet, mit wem ich mich treffe. Aber mir ist bewusst, dass normale Frauen Mitte dreißig, die einer normalen Arbeit nachgehen, nicht beschattet werden. Max, nun weißt du, dass ich dir, seit wir uns kennen, nur die halbe Wahrheit erzählt habe, oder ein Viertel, um genau zu sein.*

Ja, klar.

»Nichts ist passiert. Ich bin müde und komme mit dem Schreiben nicht weiter.«

»Du hast gar nichts mehr von deinem Artikel über Serienvergewaltiger erzählt. Hast du irgendwas in der Crill-Sache rausgefunden?«

»Ich versuche immer noch, eine Art Profil zu erstellen.«

»Irgendwas Interessantes?«

»Eigentlich nicht.«

»Claire?« Er griff nach meiner Hand, streichelte meine Finger. »Bist du sicher, dass alles in Ordnung ist?«

*Ich habe Streit mit meiner Tochter. Sie steckt möglicherweise in großen Problemen, aber ich weiß nicht, worum es geht. Sie weigert sich, mit mir zu reden.*

Garantiert würde ihm diese Information die Aussicht auf eine Beziehung mit mir noch verlockender erscheinen lassen.

»Nein. Nein, wirklich, nichts ist los. Vielleicht habe ich zu viel gearbeitet.«

»Nimm dir einen Abend frei. Wir könnten essen gehen. Wie wäre es mit heute?«

»Das geht nicht, Max. Im Moment kann ich mir unmöglich freinehmen.«

»Wie wäre es mit einem Strandspaziergang? Ich hätte zwei Stunden Zeit. Was ist mit dir?«

Ich schaute auf meine Uhr. »Ich muss vor vier Uhr zu Hause sein.«

»Das schaffen wir.«

Wir schlendern über den grauen Sand, außer uns ist niemand zu sehen, nur die Seevögel. Ein Schwarm verdichtet sich zu einem weißen Klumpen und stiebt in den bleiernen Himmel auf. Der Wind bläst mir ins Gesicht, ich ziehe die große, weiche Jacke aus Max' Auto fester um mich, er nimmt meine Hand, und wir rennen nebeneinander her. Ich lache, bin außer Atem, plötzlich erscheint alles leichter. Frische Luft, nette Gesellschaft und das Meer. Wir klettern über die Felsen. Ich knie mich neben die Pfützen, tauche die Finger hinein.

Max' große, warme Hand hält meine fest. Durch die Wolken scheint ein blasser Sonnenstreifen. Bevor wir zum Auto zurückgehen, zieht Max mich an sich. »Wann machen wir unseren Wochenendausflug?«

»Bald. Sehr bald.«

Er setzte mich an meinem Auto ab. Ich fuhr nach Hause. Mein Gesicht brannte vom Wind.

Es war spät. Es war schon fast halb fünf. Ich rief: »Annie!«

Ich ging in ihr Zimmer. Sie war nicht zu Hause. Sie war nicht da, aber ihre Schultasche lag auf dem Boden.

Sie wusste, dass sie daheimbleiben sollte. Musste ich ständig anwesend sein, um sie zu kontrollieren, konnte ich ihr keine Minute lang vertrauen? Meine Güte, durfte ich kein eigenes Leben mehr haben? Wo steckte sie? Vermutlich kurvte sie gerade mit Savannah durch die Gegend, weiß Gott wo.

Gegen halb sechs kam sie hereingeschlendert, als sei nichts passiert. »Hallo, Mum!«

»Wo zum Teufel bist du gewesen?«

»Beim Zahnarzt. Schon *vergessen?*«

»Davon hast du nichts gesagt.«

»Doch, habe ich. Die Karte mit dem Termin hängt genau hinter dir an der Pinnwand.«

Da hing sie. Tatsächlich.

»Annie, das tut mir leid. Ich bin zu spät nach Hause gekommen, und du warst nicht da.«

»Du traust mir überhaupt nicht, was? Du traust mir nicht, und du benimmst dich, als hättest du mich überhaupt nicht mehr lieb.«

»Annie, natürlich habe ich dich lieb!«

Ich nahm sie in den Arm. Sie machte sich steif. Nach einer langen, traurigen Weile erwiderte sie die Umarmung. Halbherzig. Nicht so fest und begeistert wie früher. Immerhin, besser als nichts. Vielleicht hatte ich nicht mehr verdient.

»Es tut mir leid. Ich hatte einen harten Tag.«

»Ist schon gut. Ich muss noch Hausaufgaben machen.«

Ich hörte, wie sich die Tür zu ihrem Zimmer schloss.

## 34.
# Annie

Savannah hatte mir gesagt, wie ich es machen sollte. Sie sagte, es funktionierte immer. Gib deinen Eltern das Gefühl, etwas falsch gemacht zu haben. Gib ihnen das Gefühl, du wärst zutiefst verletzt, weil du glaubst, sie liebten dich nicht mehr und hätten kein Vertrauen mehr in dich.

Ich hatte Mum nichts von dem Zahnarzttermin erzählt. Ich hatte es ihr nach der Schule sagen wollen. Ich wollte, dass sie mich hinfährt, aber dann war sie nicht zu Hause. Ich hätte ihr eine Nachricht hinterlassen können, stattdessen pinnte ich die Terminkarte an die Wand.

Ich hinterließ keine Nachricht, weil ich sie bestrafen wollte. Sie sollte sich Sorgen machen. Ich war wütend über alles und brauchte einen Sündenbock. Dafür, dass die Schüler und die Lehrer an meiner Schule mich nicht mehr mochten. Dafür, dass Annette Blaikie eine Auszeichnung fürs Klavierspielen bekommen hatte. Sie hatten es stolz bei der Schülerversammlung verkündet, und ich wusste, ich hätte auch eine bekommen, wenn ich den Unterricht nicht abgebrochen hätte. Ich spielte nicht mehr, nicht einmal so zum Spaß, aber ich spürte jedesmal, wie mein Magen sich verkrampfte, wenn ich am Klavier vorbeiging. Denn auch das hatte ich verloren. Ich wusste, wenn ich den Deckel aufklappen und spielen würde, würde Mum sagen, Annie, es ist zu schön, dass du wieder spielst. Dann hätte ich das Gefühl, sie enttäuscht zu haben. Und mich selbst auch. Ich log mir selbst etwas vor. Mum hatte mich nicht genug unterstützt, sie hätte nicht zulassen dürfen, dass ich einfach aufgebe. Ich gab ihr die Schuld dafür, dass Savannah am Jahresende abreisen müsste. Ich gab ihr die Schuld an allem. Ich redete mir ein, der Stubenarrest sei ungerecht.

Das erste Wochenende unter Stubenarrest verbrachten Mum und ich gemeinsam, und ehrlich gesagt, war es gar nicht so schlimm.
Mum wollte backen, irgendwann machte ich mit und half ihr, und dann kam Linda, und wir tranken Tee und aßen Muffins und Lebkuchen. Ich konnte sehen, dass Linda über alles Bescheid wusste, aber sie war trotzdem sehr nett zu mir. Ich vergaß, dass ich wütend war, und wir lachten viel. Am Samstagabend schauten wir eine DVD an, am Sonntag erledigte ich meine Hausaufgaben.
Bei Mum zu Hause fühlte ich mich entspannter. Ich musste mir keine Sorgen darüber machen, dass irgendwer mich in einer Bar entdeckte und es Mum verriet, oder dass irgendjemand den gefälschten Ausweis erkannte und vielleicht sogar die Polizei rief. Davor hatte ich richtig Angst. Ich hatte eine Scheißangst davor, man könnte mich ins Büro der Geschäftsleitung mitnehmen und die Polizei rufen, die mich zur Herkunft des Ausweises verhören würde. Mit einem gefälschten Ausweis herumzulaufen war illegal. Wenn das aufflog, würde ich ernsthafte Schwierigkeiten bekommen.
Zum Hausarrest gehörte auch, dass ich mein Handy abends und an den Wochenenden nicht benutzen durfte. So konnte ich mich nicht einmal mehr mit Savannah unterhalten. Ich hatte Angst, sie könnte sauer werden und nicht mehr mit mir reden. Aber sie war sehr lieb. Wenn nach dem Wochenende die Schule wieder losging, jammerte sie, wie sehr sie sich gelangweilt und wie sehr sie mich vermisst habe, aber sie war deswegen kein bisschen sauer auf mich. Sie sagte nicht einmal was Schlechtes über Mum. Savannah meinte, vielleicht überlege sie es sich ja noch anders.
Mum sagte, am nächsten Samstag wolle sie zum Strandhaus fahren, um zu lüften, ein bisschen zu putzen, aufzuräumen und nach dem Rechten zu sehen. Sie sagte, ich solle mit-

kommen und wir würden dort übernachten. Ich fühlte mich ein bisschen komisch, weil ich mit Savannah dort gewesen war. Aber am Ende war es wirklich schön, mit Mum durch die Berge zu fahren. Sie hatte ein paar leckere Sachen fürs Mittagessen eingekauft. Sie war richtig nett zu mir, und ehrlich gesagt, verstanden wir uns so gut wie seit Jahren nicht.

Am Strandhaus anzukommen ist immer etwas Besonderes. Wenn wir vor dem Haus halten, kommen mir plötzlich wieder all die schönen Erinnerungen in den Kopf. Ich sehe den schmalen Gartenpfad und unser Häuschen, und mein Herz platzt beinahe vor lauter Liebe, weil all unsere Erinnerungen und Geschichten dort aufbewahrt sind.

Ich holte unsere Sachen aus dem Kofferraum. Mum ging voraus und schloss die Haustür auf. Im Flur blieb sie verwirrt stehen. »Ich habe das merkwürdige Gefühl, dass jemand hier war«, sagte sie.

Verdammt. Wie konnte sie das ahnen?

»Wieso?«, fragte ich mit angespannter, nervöser Stimme. »Wieso glaubst du, jemand wäre hier gewesen?«

Mum warf mir einen aufmerksamen Blick zu. »Keine Angst, Annie. Wahrscheinlich ist es nichts.«

»Warum hast du es dann gesagt?«

»Es riecht komisch. Riechst du es nicht?«

»Nein.«

Sie ging ins Wohnzimmer. Ich sah mich argwöhnisch um. Tatsächlich. Da war ein Geruch, nicht besonders stark, aber süßlich und ein bisschen faulig.

»Der Stuhl steht doch normalerweise nicht dort, oder?«

»Vielleicht hast du ihn beim letzten Mal so hingestellt?«

»Vielleicht. Vielleicht sehe ich Gespenster. Komm, wir gehen runter an den Strand. Wir gehen spazieren, und danach legen wir los. Vorher machen wir alle Fenster auf, ich hier unten und du oben in deinem Zimmer.«

Aber als ich die Treppe hinaufgestiegen war, sah ich, dass mein Fenster sperrangelweit offen stand und die Bettdecke nass vom Regen war. Vielleicht hatte ich das Fenster geöffnet. Vielleicht hatte ich vergessen, es wieder zu schließen, nachdem Savannah und ich hier oben gewesen waren.

Wir putzten das Haus und harkten die Blätter im Garten zusammen. Mum fand leere Bierflaschen. Sie hielt sie in der Hand und sah besorgt aus. Sie warf sie in den Müllbeutel. Sie sagte, jemand müsse die Flaschen über den Zaun geworfen haben.

Wir kochten Spaghetti. Zum Essen setzten wir uns vor den Fernseher ins Wohnzimmer. Inzwischen war es schon ziemlich spät, wir hatten eine Menge geschafft und waren müde und reif fürs Bett.

»Mein Gott«, sagte Mum, »was ist das denn?«

Plötzlich leuchteten Scheinwerfer ins Haus. Scheinwerfer von Autos mit dröhnenden Stereoanlagen. Draußen wurde gekreischt und gejohlt. Ich blieb wie erstarrt sitzen. Ich ging nicht ans Fenster. Ich hörte, wie die Motoren aufheulten und die Autos wieder verschwanden.

Mum schaute hinaus. »Das gefällt mir gar nicht. Hier war es immer so ruhig. Hoffentlich ändert sich das nicht.«

Am nächsten Morgen packten wir zusammen. Wir stellten sicher, dass alle Fenster verschlossen waren. Mum beugte sich hinunter, um den Schlüssel unter die Veranda zu hängen, aber dann steckte sie ihn in ihre Handtasche.

»Den nehme ich besser mit«, sagte sie. »Vielleicht ist es hier draußen nicht mehr so sicher wie früher.«

Auf der Rückfahrt musste ich ständig an Savannah denken. Ich musste an den Geruch im Haus denken, der mich an verschütteten Wein erinnert hatte, und an die Bierflaschen im Garten. Ich musste an die Autos denken.

Ich würde Savannah fragen müssen. Ich hatte Angst davor, aber es musste sein.

Am nächsten Tag in der Schule sagte ich es. Wir saßen beim Mittagessen. »Am Wochenende waren Mum und ich im Strandhaus.«
»Wirklich?«
»Bist du noch mal da gewesen?«
»Ja, klar. Ich bin jeden Abend zum Feiern da.«
Ich starrte sie an, und sie brach in Gelächter aus. »Wieso sollte ich ohne dich da hinfahren?«
»Ich habe mich bloß gefragt, ob du noch mal einen Ausflug dorthin gemacht hast. Schien dir gut gefallen zu haben.«
»Nicht allein. Da ist doch sonst niemand am Strand. Das wäre mir zu unheimlich. Vielleicht fahren wir wieder mal hin, wenn du aus dem Knast kommst, Annie-Fanny?«
»Ja.«
»Hey, die Sandwiches sind toll, mit Pesto und Feta und Oliven. Möchtest du eins?«
»Ja, danke.«
Sie reichte mir ein Sandwich. Ich glaubte ihr. Ich musste einfach.

## 35.
# Juni 2004

*Sehr geehrte Ms. Wright,*
*ich antworte Ihnen auf Ihre Anfrage zu Travis Crill. In Ihrem Brief hatten Sie mir zugesichert, meinen Namen nicht zu verwenden. Mein Anwalt hat mir geraten, Sie darauf hinzuweisen, dass Sie die Informationen aus diesem Schreiben sehr wohl zu Publikationszwecken verwenden dürfen, mein Name jedoch keinesfalls genannt werden darf. Jedes andere Verhal-*

*ten wäre sittenwidrig und würde zu einer Strafanzeige führen.*
*Ich habe zunächst gezögert, Ihre Fragen zu beantworten. Nach gründlicher Erwägung bin ich jedoch zu dem Entschluss gekommen, Ihnen die erbetene Auskunft zu geben. Die folgenden Ereignisse habe ich jahrelang für mich behalten, und ich möchte Sie nochmals darauf hinweisen, mich nicht namentlich damit in Verbindung zu bringen.*
*Im Jahr 1983 wurde ich als Naturkundelehrerin an der St. John's Privatschule in Christchurch angestellt. Ich war über das Angebot sehr erfreut, da besagte Schule, wie Sie wahrscheinlich wissen, einen hervorragenden akademischen Ruf genießt und auf eine lange Tradition zurückblickt. Der Schulleiter, William Gordon, hatte bis zu jenem Zeitpunkt gezögert, weibliches Lehrpersonal einzustellen; vor dem Hintergrund des gesellschaftlichen Wandels und angesichts des Drucks von Seiten der Schulbehörde sah er sich jedoch gezwungen, etwas gegen das unausgewogene Geschlechterverhältnis im Kollegium zu tun.*
*Meine Aufgabe war es, Naturkunde in den unteren Klassen zu unterrichten. Darüber hinaus wurde in einer Neuerung für die älteren Jahrgänge ein gemischter Physikunterricht angeboten, zu dem Schülerinnen von der ›Partnerschule‹ der St. John's herüberkamen. Jener Kurs setzte sich aus elf Jungen und einer ähnliche Anzahl von Mädchen zusammen, die von verschiedenen Lehrern in den Räumen der St. John's unterrichtet wurden. Die Klasse wurde meistenteils von einem männlichen Kollegen geleitet, ich kam als Assistenzkraft hinzu.*
*Travis Crill war ein Schüler dieser Klasse.*
*Während des Unterrichts hatte ich mit Travis Crill*

*keine Probleme. Er war ein begabter Schüler, der sich tadellos benahm und gute Fortschritte machte. Im Rückblick, als ich versuchte, die Vorfälle gedanklich zu ordnen, fiel mir auf, dass er mich im Unterricht oft beobachtet hatte, was jedoch nichts Ungewöhnliches war. Ich war eine junge Lehrerin inmitten eines vorwiegend männlichen Kollegiums, also zog ich gezwungenermaßen mehr Aufmerksamkeit auf mich, als mir lieb war. Ich legte großen Wert darauf, mich stets professionell zu kleiden und zu verhalten.*

*Ich lebte mit meinem damaligen Verlobten zusammen. Am Ende des Jahres wollten wir heiraten. Jeweils dienstags und donnerstags arbeitete mein Verlobter bis spät in den Abend, und so gewöhnte ich mir an, an jenen Tagen ebenfalls länger zu arbeiten. Ich bereitete den Unterricht vor und ordnete meine Aufzeichnungen, anschließend fuhr ich zur Arbeitsstelle meines Verlobten, um ihn abzuholen und gemeinsam mit ihm zu essen. Ich muss hinzufügen, dass der Klassenraum, in dem ich arbeitete, abseits des Schulhauptgebäudes lag. Weiter ist für meine folgenden Ausführungen von Bedeutung, dass sich der Lichtschalter außerhalb des Zimmers auf dem Gang befand.*

*An einem Dienstagabend ging, während ich bei der Arbeit saß, das Licht aus, und der Klassenraum wurde völlig dunkel. Zunächst machte ich mir keine Gedanken und führte das Ganze auf einen banalen Zufall zurück, etwa eine durchgebrannte Glühbirne. Ich hatte den größten Teil meiner Arbeit erledigt, deswegen legte ich meine Unterlagen in den Schreibtisch und machte mich zum Gehen bereit. Da hörte ich ein Geräusch und bemerkte, dass sich außer mir noch jemand im Klassenraum aufhielt. In dem Moment erschrak ich, vermutete jedoch zunächst, dass es sich um den*

*Hausmeister handelte, der die Schulräume oft zu später Stunde sauber machte und kontrollierte. Ich fragte, wer da sei, als sich mir eine Gestalt näherte, eine große Gestalt, die dunkle Kleidung und eine Sturmmütze trug.*

*Bei den älteren Schülern war es seinerzeit Mode geworden, schwarze Wollmützen zu tragen. Die Schulleitung war dagegen, denn eigentlich waren die Schüler angehalten, die zur Schuluniform gehörige Kappe zu tragen. Die Schüler entschuldigten ihr Verhalten damit, die Wollmützen seien wärmer, gerade abends nach dem Sportunterricht. Ich dachte mir folglich, es müsse sich um einen Schüler handeln, und ich wiederholte meine Frage, wer er sei und ob er mich sprechen wolle. Aber ich hatte Angst. Im Raum war es dunkel.*

*Die Gestalt kam direkt auf mich zu. Er redete seltsames Zeug, nannte mich beim Vornamen, sagte, ich sei hübsch und noch andere, intimere Sachen. Ich wich zurück. Der Mann folgte mir, ganz ruhig, und er betonte, er wolle mir nicht weh tun. Als ich das hintere Ende des Raumes erreicht hatte, wo sich ein Nebenausgang befand, sprang er auf mich zu. Er packte mich an den Armen und drückte mich gegen die Wand.*

*Ich wehrte mich, und es gelang mir, meinen Arm zu befreien. Ich wusste, dass sich an dieser Wand der Schalter der Tafelbeleuchtung befand, und ich erwischte ihn.*

*Ich erkannte Travis Crill und schrie seinen Namen, so laut ich konnte. Er hob die Fäuste, so als wolle er mich schlagen. Er war ein hochgewachsener Junge, er überragte mich, und sein Gesicht machte mir Angst. Aber ich hatte Glück. Wir hörten ein Geräusch. Es war weit entfernt, schien jedoch aus dem Inneren der Schule zu kommen. Travis Crill drehte sich um und lief weg.*

*Ich zitterte vor Angst und schaffte es kaum zu meinem Wagen. Am nächsten Morgen rief ich in der Schule an und meldete mich krank. Ich hatte vorgehabt, dem Direktor von dem Vorfall zu berichten, aber noch am selben Tag wurde ich angerufen und ins Büro der Schulleitung bestellt.*
*Der Schulleiter sagte, von Seiten einflussreicher Eltern habe es Beschwerden über mich gegeben. Man warf mir vor, die Schülerinnen des Physikkurses zu bevorzugen, die Jungen nur mangelhaft zu fördern und mit schlechten Noten zu bestrafen. Er sagte außerdem, es habe Beschwerden über mein Auftreten und Benehmen an der Schule gegeben. Er wies mich darauf hin, dass die Schule auf anglikanischen Prinzipien gegründet sei und er Informationen erhalten habe, wonach ich in wilder Ehe lebte. Diese Tatsache hätte ich bei meinem Bewerbungsgespräch verschwiegen.*
*Ich wies die Vorwürfe zurück und erzählte ihm, Travis Crill habe mich am Vorabend überfallen. Ich war – und bin bis zum heutigen Tag – davon überzeugt, dass Travis Crill und seine Eltern die Anschuldigungen gegen mich zum alleinigen Zweck erhoben hatten, die zu erwartende Strafanzeige zu verhindern. Der Schuldirektor glaubte mir ganz offensichtlich nicht. Er nannte Travis Crill einen »Spitzenschüler aus einer Spitzenfamilie«, und ganz offensichtlich hätte ich sein Verhalten missinterpretiert. Er sagte, ich hätte mich nicht abends allein im Klassenzimmer aufhalten dürfen, das fordere die Probleme ja geradezu heraus. Er sagte, ihm bliebe keine andere Wahl, als mich zu entlassen. Ich sei ab sofort von sämtlichen Pflichten entbunden.*
*Ich war noch jung und kannte meine Rechte nicht. Ich wollte die Schule nicht verlassen, schon gar nicht unter solchen Umständen, aber ich wurde von niemandem*

*unterstützt und hatte gleichzeitig schreckliche Angst, Travis Crill wieder zu begegnen. Nach dem Übergriff stand ich unter Schock und glaubte meine Karriere in Trümmern.*

*Mein Verlobter riet mir, einen Anwalt aufzusuchen. Dort empfahl man mir, zur Polizei zu gehen und eine Anzeige wegen Nötigung zu erstatten. Ich haderte und entschied mich letztendlich dagegen. Ich hatte den Eindruck, dass Travis Crills Wort gegen meins stehen würde, außerdem drohte jungen Frauen, die eine derartige Anzeige erstatten, der Rufmord. Ich wollte das Erlebnis einfach hinter mir lassen und mein Leben und meine Karriere an einem anderen Ort fortsetzen. Schließlich kam es zu einer Einigung zwischen der Schule und meinem Anwalt. Man würde mir mein Gehalt weiterzahlen, bis ich eine andere Stelle gefunden hätte, und man würde mir ein positives Arbeitszeugnis ausstellen. Ich war entschlossen, Christchurch den Rücken zu kehren, und ich fand eine Stelle in Hawke's Bay, wo ich bis heute arbeite.*

*Das Erlebnis war für mich extrem traumatisch, und es hat mich viele Jahre lang schwer belastet. Ich schreibe »belastet«, weil ich von den Überfällen gelesen habe, die Travis Crill in der Folgezeit begangen hat. Ich verspüre außerordentliches Bedauern und Schuldgefühle, vor all den Jahren nicht zur Polizei gegangen zu sein. Ich kann nicht anders, als mich für meine Feigheit zu schämen, aber ich war damals, wie gesagt, noch sehr jung und hatte nicht den Mut, mich den Härten eines Gerichtsverfahrens zu stellen, welches mich möglicherweise persönlich beschädigt hätte.*

*Adele Preston*

## 36.
# Claire

Ich hatte Adele Prestons Aussage. Alles lief wie geschmiert. Ich hatte nicht mehr als eine Rohfassung, aber wenn ich in meinen Arbeitspausen überflog, was ich geschrieben hatte, konnte ich ganz zufrieden damit sein.

Manchmal fuhr ich nachts aus dem Schlaf hoch. Er war da gewesen. Crill. Diese Augen, stumpf wie blaues Metall, leer, hypnotisierend. Ich fragte mich, worauf zum Teufel ich mich da eingelassen hatte. Aber das Ende war in Sicht.

Ich machte mir Gedanken, ob die Erfahrung mich härter, abgebrühter machte. Ich las noch einmal die Verhandlungsprotokolle durch, um mich auf die Begegnungen mit den Opfern vorzubereiten. Meine Reaktion war diesmal eine andere. Beim ersten Mal hatte ich einen Schock verspürt. Einen Schock und Mitleid und Angst. Eine Frau ist zu Hause allein im Dunkeln, und jemand bricht in ihre Wohnung ein und überfällt sie, missbraucht sie auf demütigendste Weise.

Diesmal ging ich analytischer vor, ich suchte nach Zusammenhängen und nach Fragen. Beim Lesen bewertete ich, was Crill mir erzählt hatte. Er hatte Mist erzählt, so viel war klar. Er hatte sich auf die Taten vorbereitet. Die dunkle Kleidung, die Sturmmütze, die Handschuhe, die Taschenlampe, das Seil, das Messer. Er hatte nicht im Affekt gehandelt. Er hatte seine Opfer eine ganze Weile lang im Visier gehabt, das konnte ich schwören. Er kannte ihre Namen, Gewohnheiten, er wusste, wann sie allein waren und wie er in ihre Häuser einsteigen konnte.

Ich fragte mich, ob er selbst an seine Behauptung glaubte, er habe die Opfer kennenlernen wollen. Ich fragte mich, warum Crill, ein wohlhabender, eloquenter, auf seine eige-

ne, kühle Art sogar attraktiver Mann, bei wehrlosen Frauen einbrach, um sie anzugreifen.
Ich sprach mit Marie und Linda. Wir unterhielten uns über Grausamkeit. Über Vergewaltigung. Wenn eine Frau nachts allein zu Fuß unterwegs war und vergewaltigt wurde, handelte es sich dann um ein Verbrechen im Affekt? Konnte man in dem Fall besser verstehen, wie es zu der Tat gekommen war? Wenn jemand eine Frau ausspähte, wenn er über einen längeren Zeitraum hinweg plante, wie sie am besten zu überfallen sei, wirkte das so kalkuliert, so überlegt, so böse. Konnte man überhaupt davon ausgehen, dass jemand, der so etwas tat, psychisch gesund war?
Ich dachte über das Böse nach. Gab es das Böse überhaupt? Und existierte es ohne fremdes Zutun, oder war es immer eine Folge von Ignoranz und Misshandlung? Wie kann jemand so völlig ohne Mitgefühl und Empathie sein, dass er einen anderen willkürlich quält?
Wenn ich nachts wach lag und diese Gedanken endlos in meinem Kopf kreisten, wenn ich aufstand, das Licht einschaltete, Tee kochte, zu lesen versuchte, das Licht ausschaltete, zu schlafen versuchte, dann erschien es mir so, als würden wir alle lügen und betrügen, als wären wir alle eifersüchtig, herablassend, grausam, nur ansatzweise vielleicht, aber doch grausam.
Trotzdem scheuten wir davor zurück, anderen Schmerzen zuzufügen. Wir empfanden Mitleid. Wir zeigten Mitgefühl. Aber Crill? Menschen wie Crill? Vielleicht fehlte ihnen etwas, irgendeine entscheidende Komponente.
Andererseits: Ich betrachtete mich selbst als rational, menschlich, zur Gewalt unfähig. Und doch würde ich jeden töten wollen, der Annie etwas antat. Das würde ich wirklich. Das wäre dann aber aus einem Grund, nicht ungezielt und um des Tötens willen.
Waren Menschen wie Crill Psychopathen? Was war über-

haupt ein Psychopath? War »psychopathisches Verhalten« ein fortschrittlicher Begriff für das, was man früher »das Böse« nannte?
Schreib das Buch zu Ende. Hak es ab. In einem Jahr ist alles vorbei. Dann fährst du mit Annie an irgendeinen schönen, warmen Ort. Der Winter schien endlos. Bitterer Frosteinbruch, ohne jene glitzernden Sonnentage, die normalerweise darauf folgten. Dichter Nebel. Sprühregen, der in den Straßen zu stehen und mir die Kehle zuzuschnüren schien. Es war so düster. Am Morgen, am späten Nachmittag. Manchmal schmerzte die Kälte buchstäblich.
Also. Mach weiter. Es war an der Zeit, die Frauen zu finden. Ihre Geschichten zu hören.
Sechs Frauen.
Eine pro Jahr.
Janine Bryant. Alison Brown. Lisa Evens. Hannah Moore. Catherine Johnstone. Isobel Scott.
Ich schrieb eine Namensliste, notierte hinter dem jeweiligen Namen, was mir von der Person bekannt war. Alle waren Mitte dreißig. Einige waren verheiratet gewesen, zum Zeitpunkt des Überfalls hatten jedoch alle allein gelebt. Hannah Moore war verwitwet. Isobel Scott, Lisa Evens und Alison Brown hatten jeweils eine Tochter, die nicht zu Hause war, als Crill einbrach. Ein weiterer Hinweis darauf, dass er alles sorgfältig geplant, dass er seine Opfer beobachtet hatte. Isobel Scott und Hannah Moore waren Lehrerinnen. Lisa Evens führte ein Café. Janine Bryant war Buchhalterin. Catherine Johnstone war Maklerin, Alison Brown Zahnarzthelferin.
Janine Bryant, das erste Opfer, war direkt nach der Gerichtsverhandlung nach Brisbane umgezogen. Es war mir nicht gelungen, sie ausfindig zu machen. Möglicherweise hatte sie ihren Namen geändert. *Geh irgendwo hin, weit weg, neues Haus, neuer Job, neuer Name. Lass es hinter dir.*

*Fang von vorn an.* Ich fragte mich, ob sie nachts immer noch von der Erinnerung an Crill heimgesucht wurde.
Sechs Frauen. Sechs Leben. Ihr Leben, das Leben ihrer Familien, ihrer Freunde, ihrer Arbeitskollegen, der Nachbarn, die Folgen, die sich ausbreiteten und Kreise zogen wie Wellen auf einer dunklen Wasseroberfläche. Konnte man sich jemals erholen, konnte man sich jemals wieder sicher fühlen, würde man je wieder darauf vertrauen, dass man selbst oder die Tochter oder die Freundin gefahrlos das Haus verlassen oder gefahrlos daheimbleiben konnte? Bestand überhaupt eine Aussicht darauf, irgendwann wieder so zu leben wie alle anderen, wie man früher gelebt hatte, ohne Todesangst? Was konnte man dagegen unternehmen? War es wie Sterben oder eine plötzliche, schwere Krankheit oder wie der Tod eines geliebten Menschen? Wenn man für lange Zeit lebensunfähig war und der Schmerz nur langsam, ganz langsam nachließ.
Janine Bryant war nicht aufzufinden. Auch Alison Brown war nach der Verhandlung untergetaucht. Das nächste Opfer war Lisa Evens gewesen.
Sollte ich sie anschreiben und um ein Interview bitten? Sollte ich ihr einen förmlichen Brief schreiben oder eine E-Mail? Ich beschloss anzurufen. Einen Brief konnte man ignorieren. Ich schrieb mir auf, was ich sagen würde, und übte es ein. Ich musste warmherzig klingen, wie eine Frau, der man gern sein Herz ausschüttete, der man auf Anhieb vertraute.
*Ich untersuche den Langzeiteffekt von sexuellen Übergriffen und konzentriere mich momentan auf den Fall Crill.*
Es war nicht gelogen, aber genauso wenig war es die Wahrheit.

## 37.
# Claire

Ich suchte nach einer weiß-grauen Villa mit Walnussbaum im Vorgarten. Sie hatte mir gesagt, dass ich das Haus daran erkennen könne, *halten Sie einfach nach dem Walnussbaum Ausschau.*

Ich hatte sie angerufen und eine Nachricht hinterlassen. Sie rief nicht zurück. Aber irgendwann ging sie doch ans Telefon. Ich sprach langsam und deutlich. Claire Wright. Am Anfang der Recherchen. Untersuchung des Falles Crill. Ich wäre so dankbar. Ihr Beitrag wäre von unschätzbarem Wert.

»Woher haben Sie meinen Namen?«, fragte sie. »Mein Name wurde nie veröffentlicht, die anderen Namen auch nicht. Woher zum Teufel wissen Sie, wer ich bin?«

»Ich habe Zugang zu den Verhandlungsakten bekommen. Ich wollte Sie nicht verärgern. Ich würde mich gern mit Ihnen unterhalten, und sei es nur kurz. Ich erwarte nicht von Ihnen, dass Sie über Dinge reden, die Ihnen unangenehm sind.«

»Ich rede nicht.«

Ich wartete ein paar Tage ab, dann rief ich wieder an. Ich würde mich wirklich sehr freuen, ich würde nicht viel Zeit in Anspruch nehmen, ihr Beitrag sei überaus wichtig, er sei entscheidend.

»Ich möchte nicht reden«, sagte sie. »Ich verstehe nicht, was Sie von mir wollen. Können Sie nicht verstehen, dass ich genug durchgemacht habe?«

»Doch, das verstehe ich«, sagte ich, »aber wenn ich darüber schreibe, kommt alles ans Licht. Vielleicht hilft es, andere Frauen vor einem ähnlichen Schicksal zu bewahren.«

»Wie sollte Ihnen das gelingen?«

»Man würde Sie endlich verstehen. Ich will die Wahrheit schreiben. Deswegen möchte ich mit Ihnen sprechen.«
Ich höre meine Stimme. Cool. Selbstsicher. Oh ja. Ich bin eine talentierte Autorin, deren geschickte Wortwahl alles wiedergutmacht.
»Ich brauche kein Verständnis. Ich will in Ruhe gelassen werden.«
»Ja, das ist mir klar. Aber wäre es nicht …«
»Was?«
»Wäre es für Sie nicht hilfreich, wenn die Wahrheit über Crill veröffentlicht würde? Vor Gericht haben Sie die Gelegenheit nicht bekommen. Nun hätten Sie die Möglichkeit, Ihre Geschichte zu erzählen, welche Auswirkungen das Ganze auf Ihr Leben hatte. Außerdem wäre es anonym.«
»Haben Sie eine Vorstellung davon, was dieser Mann mir angetan hat? Haben Sie irgendeine Vorstellung, wie es ist, mit so etwas leben zu müssen?«
»Ich weiß nur, was in den Gerichtsakten steht. Deswegen möchte ich mit Ihnen sprechen.«
»Ich kann jetzt gerade nicht klar denken.«
»Brauchen Sie Zeit, sich die Sache zu überlegen?«
»Ich glaube nicht. Ich weiß es nicht.«
»Kann ich Sie morgen anrufen, und dann besprechen wir es noch einmal?«
»Rufen Sie nicht an. Geben Sie mir Ihre Nummer. Vielleicht rufe ich Sie an. Ich kann nichts versprechen.«

Die grau-weiße Villa mit dem Walnussbaum. Eine hübsche Straße. Baumgesäumte Rasenflächen, Lattenzäune, sattgrüne Hecken. Alle Opfer hatten in hübschen Straßen gewohnt, die Sorte Straßen, wo Kinder in den Gärten spielten und die Leute schicke, glänzende Autos fuhren.
Ich stieß das Gartentor auf und betrat den Weg zum Haus. Das Nachbarhaus stand dicht am Zaun. Ich fragte mich, ob

die Nachbarn in der Nacht des Überfalls irgendetwas gehört oder gesehen hatten. Aber hätten sie sich Gedanken gemacht, selbst wenn sie Crill gesehen hätten? Er war jung und gutaussehend. Was war ungewöhnlich daran, wenn eine junge Frau Männerbesuch bekam?
Es gab eine Alarmanlage. Ich drückte auf die Klingel und sagte meinen Namen in die Sprechanlage. Ich hörte Schritte, entdeckte ihr misstrauisches Gesicht hinter dem Sicherheitsglas.
Sie öffnete die Tür, und ich streckte die Hand aus. »Lisa? Ich bin Claire. Claire Wright.«
Sie zögerte, dann ergriff sie meine Hand. Sie sah mir nicht in die Augen. »Ich weiß nicht, ob ich das wirklich tun sollte.«
»Wir können es langsam angehen lassen«, sagte ich. »Wie ich am Telefon schon sagte, müssen wir über nichts reden, was Ihnen unangenehm ist.«
Erste Regel für ein Interview. Beruhige den Gesprächspartner. Baue Vertrauen auf. Und ich wollte, dass sie mir vertraute. Ich wollte gerecht sein. Das Buch musste gerecht sein. Vielleicht würde es die Tatsache aufwiegen, dass ich ihren schlimmsten Alptraum ans Licht zerrte und vor den Augen aller ausbreitete.
»Äh, wollen wir uns hier hinsetzen? Möchten Sie einen Kaffee? Tee?«
»Kaffee wäre toll.«
»Ich habe nur Instantkaffee, wäre der in Ordnung?«
»Prima«, sagte ich, »ich habe auch selten anderen im Haus.«
Wir lächelten uns an. Zwei vielbeschäftigte Singlefrauen, die im Haushalt immer ein bisschen hinterher waren. Wir waren angespannt, aber wir lächelten.
Sie zeigte mir den Weg ins Wohnzimmer. Deckenhohe Glastüren, die auf die Veranda hinausgingen. Sorgfältig ein-

gerichtet. Bücher, viele Bücher. Und Farben. Orangerote Wände, gelbe und blaue Kissen, bunte Flickenteppiche. Sie stellte einen blauen Kaffeebecher vor mich.

»Sie haben ein hübsches Haus«, sagte ich.

»Ich hätte es beinahe verkauft. Nach allem, was passiert ist. Aber dann dachte ich mir, warum sollte ich seinetwegen mein Heim verlassen? Das käme einem Sieg für ihn gleich. Außerdem ist sowieso egal, wo man wohnt, vor Eindringlingen ist man nirgendwo sicher. Also habe ich eine Alarmanlage einbauen lassen und bin geblieben.«

»Gute Entscheidung«, sagte ich. »Das war sehr mutig von Ihnen. Lisa, hätten Sie was dagegen, wenn ich das Interview aufzeichne?«

»Dagegen habe ich nichts, ich mache mir viel mehr Sorgen um das, was Sie schreiben. Vielleicht werde ich nervös und sage etwas, das ich nicht so meine, und Sie schreiben es auf.«

»Was ich über Sie schreibe, können Sie gern lesen«, sagte ich. »Und falls mir Fehler unterlaufen, können Sie mich korrigieren. In Ordnung?«

»In Ordnung«, sagte sie.

»Lisa, wir fangen an. Okay?«

Sie holt tief Luft. Sie zittert leicht. Ich schalte das Diktiergerät ein. »Lisa, ich weiß, wie schwer das für Sie sein muss, aber könnten Sie mir bitte schildern, was Ihnen am zehnten Oktober des Jahres 1996 zugestoßen ist? Lassen Sie sich Zeit.«

## 38.
# Lisa Evens, 1996

Sie liebte ihr Haus. Hatte mehr dafür bezahlt, als sie eigentlich vorgehabt hatte, und die Hypothekenraten waren saftig. Aber das Café gehörte zur Hälfte ihr, und es lief gut. Sie hatte genug zum Leben. Es würde schon reichen. Nach den Häusern, die sie mit Bill bewohnt hatte – Glas, Stahl und spitze Winkel –, wollte sie an einem Ort sein, an dem sie sie selbst sein konnte. Dieses Haus würde ihr allein gehören. Ihr und Emma. Vor der Haussuche hatte sie deswegen eine Liste geschrieben. Ein Garten war Bedingung. Nicht unbedingt groß, aber nicht einsehbar. Sie malte sich einen kleinen Hinterhofgarten mit hohen Mauern aus, hinter denen sie sich zum Träumen und zum Lesen verstecken konnte.

Das Haus sollte ein Altbau mit hohen Decken sein, eventuell mit Bleiglasfenstern. Eine überdachte Veranda, auf der sie die Sonnentage verbringen konnte. Es sollte lichtdurchflutet sein, damit die Räume sich tagsüber aufwärmten, und eine tiefe, große Badewanne haben, außerdem mindestens einen Kamin, vor dem man sitzen konnte. Und es sollte solide sein und in gutem Zustand, das Dach dicht, das Fundament aus Beton. Sie würde sich keine hohen Instandhaltungskosten leisten können. Es musste in einem sicheren Viertel liegen. Und in der Nähe einer Bushaltestelle, damit Emma zur Schule kam.

Sie erklärte den Maklern, wonach sie suchte. Man sagte ihr, es wäre kein leichtes Vorhaben, in diesem Preissegment ein so individualistisches Haus zu finden. Aber sie behielt die Zeitungen im Auge, und am Ende entdeckte sie die Anzeige. Sie hatte ihr Haus gefunden.

Sie und Emma gewöhnten sich an das neue Leben. Manchmal war es anstrengend. Manchmal musste sie abends arbeiten, obwohl sie das eigentlich vermeiden wollte, sie ließ Emma nur ungern allein, auch wenn die schon fast sechzehn war. Sie hatte viel um die Ohren, musste im Café arbeiten und die Bücher führen und sich gleichzeitig um das Haus und den Garten kümmern, aber Emma war ein liebes Mädchen, sie half mit. Manchmal fiel Lisa abends wie ein Stein ins Bett, zu erschöpft für alles andere. Aber sie führten ein schönes Leben. Sie stritten nicht. Niemand wurde wütend. Niemand brüllte herum. Nur sie und Emma. Sie waren in Sicherheit.

Anfangs vermisste sie Emma an den Wochenenden, wenn sie bei Bill und seiner neuen Freundin war. Dann wanderte sie unruhig durchs Haus, räumte hier und da etwas weg, ohne sich auf eine Sache konzentrieren zu können. Dann begann sie sich zu fragen, ob die Trennung das Richtige für sie und Bill gewesen war. Sie fragte sich, wie es Emma damit erging, ob sie nicht doch unsichtbaren Schaden genommen hatte. Aber irgendwann wurde es zur Routine. Bill holte Emma an jedem zweiten Freitag ab und brachte sie am folgenden Montagmorgen zur Schule. Lisa fing an, ihren Freiraum an den Wochenenden zu genießen, die Ruhe und die Stille der Zeit allein. Das Haus umgab sie wie ein Kokon. Sie las, schlief, hörte ihre Musik. Wenn Emma da war, war das Wochenende mit Sportveranstaltungen und Gitarrenunterricht verplant. Nicht, dass es Lisa etwas ausgemacht hätte. Emma war ein begabtes Mädchen, sie strengte sich an, und Lisa unterstützte das. Aber wenn Emma nicht zu Hause war, hatte sie endlich Zeit für sich allein.

Sie fing an, sich an diesen Wochenenden zu verwöhnen, sich ein wenig Luxus zu gönnen. Sie putzte das Haus von oben bis unten, stellte frische Blumen in die Vasen und Wein in den Kühlschrank, so als erwarte sie Besuch, nur dass die ganzen Extras und Vorbereitungen ihr allein galten.

Sie bezog das Bett neu, ließ sich ein Bad einlaufen und kippte Zusätze hinein, bis die Wanne überschäumte. Sie ölte ihre Haut ein und schlüpfte in ihr duftendes Bett. Ihr Bett allein. In seiner gesamten Breite. Um sich auszustrecken und einzukuscheln und darin zu versinken.
Es war Frühling, der erste im neuen Haus. Überall im Garten kamen die Narzissen und Freesien büschelweise aus dem Boden. Die Kamelie hatte zu blühen angefangen, rosa leuchtende Farbkleckse vor dem Zaun. Es war warm genug, auf der Veranda zu sitzen. Warm genug, mit den Händen in der Erde zu graben.
Sie hatte Pläne für das Wochenende. Sie hatte Pflanzen gekauft, die sie am Samstag einsetzen wollte, und am Freitagabend ging sie nach der Arbeit mit Prue ins Kino. Erst wenn man selbst getrennt lebt, merkt man, wie viele alleinstehende Frauen es gibt. Man entdeckt diese ganz neue Welt. Eine Subkultur von Singlefrauen, mit denen man sich zum Kaffee und fürs Kino verabreden und mit denen man reden kann. Man dachte, man wäre mit dem einzigen Schürzenjäger von Christchurch verheiratet gewesen, dabei gab es Dutzende davon. Und Dutzende Frauen, die die Nase voll hatten, die lieber allein leben wollten. Zum Schluss hatte sie Bill nicht mehr geliebt, beinahe gehasst. Ihre Freundinnen halfen ihr, darüber hinwegzukommen, darüber zu lachen. Es war eine der Freuden ihres neuen Lebens, mit den Freundinnen Pizza zu essen, Wein zu trinken und über die Ex-Männer zu lachen.
Als sie und Prue an dem Abend ins Kino gingen, brachte der Film sie zum Weinen. Danach konnte sie kaum sprechen. Sie weinte nicht um die Frau, die in der Höhle gestorben war. Sie weinte wegen der Leidenschaft und Sinnlichkeit. So etwas hatte sie nie erlebt, niemals. Sie hatte Bill geheiratet. Alle hatten sie eine hübsche Braut genannt. Sie hatten hart gearbeitet, hatten Häuser ge- und verkauft. Sie

ging regelmäßig zum Sport, um in Form zu bleiben, obwohl sie sich manchmal fragte, ob die Mühe sich lohnte. Nachdem Emma auf die Welt gekommen war, hatte Bill sich abends immer länger herumgetrieben.

Wenn sie mit Bill geschlafen hatte, hatte es solch eine Sehnsucht und Nähe und Zärtlichkeit wie in dem Film niemals gegeben. Mein Gott, die Leinwand schien zu sprühen, sie konnte es förmlich spüren. Manchmal hatte sie sich gefragt, ob sie irgendetwas verpasste, ob ihr irgendetwas entging. Sie hatte vor Bill Freunde gehabt, mit denen sie auch geschlafen hatte, aber niemals war es auch nur annähernd so gewesen wie in diesem Film.

Gab es das überhaupt? Gab es Männer, die anders waren als Bill und die Typen, über die sie mit ihren Freundinnen lachte und lästerte? Männer, die wirklich fühlten und kommunizierten? Vielleicht war es ihre Schuld. Auch Bill war unzufrieden gewesen. Andernfalls hätte er sich wohl nicht auf andere Frauen eingelassen.

Sie entdeckte einen Buchladen, der abends geöffnet hatte, und kaufte das Buch, auf dem der Film basierte. Sie fuhr nach Hause, legte sich ins Bett und las bis Mitternacht. Sie lag wach, während ihr Kopf voller Bilder war. Sie machte sich Gedanken um die Männer und um die Liebe. Einige ihrer neuen Bekannten gingen hin und wieder mit Männern aus. Eine andere sagte, lieber bleibe sie zu Hause vor dem Fernseher und äße Bohnen mit Toast. Aber Leidenschaft? Selbst wenn es nicht von Dauer wäre, selbst wenn sie sich danach hundeelend fühlte, sie würde das Risiko eingehen.

Aber im Augenblick war sie noch nicht bereit für Leidenschaft, nicht mit Emma und dem Haus und dem Café, die zu versorgen waren. Im Augenblick hatte sie genug zu tun. Außerdem hatte sie sich erst vor kurzem von Bill getrennt. Vielleicht würde sie irgendwann in der Zukunft einem Mann begegnen, der anderes im Kopf hatte als nur ein regelmäßiges Abendessen und der sich nicht zur Hintertür davonmachte wie ein kleiner Junge, der seiner Mutter wegläuft. Ein Mann, mit dem sie reden, den sie berühren und mit dem sie lachen konnte. Ein Mann, von dem sie sich geliebt fühlte. Angebetet. Das Wort war altmodisch, aber genau danach sehnte sie sich. Angebetet zu werden. Einzigartig und besonders zu sein. *Meine Angebetete.* Sie flüsterte das Wort in die Dunkelheit.

Sie wachte spät auf, die Sonne fiel durch die Vorhänge auf ihr Gesicht. Sie hörte die Vögel, die spielenden Kinder im Nachbargarten. Sie dachte an den langen Sommer, der bevorstand, und dass sie mit Emma einen Campingtrip an die Westküste unternehmen wollte.

Sie verbrachte fast den ganzen Tag mit Gartenarbeit, sie pflanzte und sie jätete Unkraut, sie kürzte die Äste, die in den Gartenpfad ragten. Sie dachte an den Film und das Buch. Sie würde sich das Ende für den Abend aufsparen. Sie würde ein langes Bad nehmen, einen Salat essen, ein Glas Wein trinken und lesen. Stundenlang.

Um fünf wurde sie müde. Sie fuhr zum Einkaufszentrum, um noch vor Ladenschluss ihre Einkäufe zu besorgen. Eilig suchte sie das Nötige zusammen. Plötzlich wurde ihr bewusst, wie sie aussah, verschwitzt und klebrig und ungepflegt. Sie fühlte sich nicht wohl in ihrer Haut. In diesem Moment bemerkte sie den Mann. Sie war gerade dabei, die Einkäufe ins Auto zu laden, als er auf einmal hinter ihr stand und sie erschreckte. Beim Klang seiner Stimme zuckte sie zusammen und wich zurück. Er fragte sie, wann der Supermarkt schließe. Sie sagte, sie wisse es nicht.

Sie fuhr nach Hause. Da war etwas an ihm, das ihr nicht geheuer war. Und noch etwas kam hinzu. Sie war sich sicher, ihn schon einmal gesehen zu haben. Irgendwo. Sie wusste nicht, wo. Wie albern, sich deswegen Gedanken zu machen. Sie stellte den Wein in den Kühlschrank, legte den

Kopfsalat, die Tomaten, das Hühnchen, den Camembert und das Brot auf den Küchentresen. Sie ließ sich eine Badewanne einlaufen, streute Badesalz hinein. Bevor sie ins Wasser stieg, vergaß sie nicht, alle Türen abzuschließen. Man musste vorsichtig sein, wenn man allein war.
Sie zog ihre Gartenklamotten aus und legte sich ins Wasser. Sie schloss die Augen, fühlte das warme Wasser an ihrer Haut, sog den Duft des Flieders ein, den sie in die Vase auf dem Badezimmerregal gestellt hatte. Ihre Schultern schmerzten ein bisschen, wahrscheinlich hatte sie einen leichten Sonnenbrand; obwohl der Frühling gerade erst angefangen hatte, war es draußen heiß gewesen. Ihre Arme und Beine waren zerkratzt, sie fühlte sich steif und müde. Aber sie war glücklich. Mein Gott, war sie glücklich. Sie fühlte sich, als sei nichts mehr unmöglich. Ihr Haus, ihr Leben, ihr Abend und die vielen weiteren, die noch folgen würden und an denen sie tun und lassen könnte, wozu sie Lust hatte.
Mit der Körperlotion, die Emma ihr zum Geburtstag geschenkt hatte, cremte sie sich die Beine, Arme, Brüste ein. Veilchen. Veilchen und Zitronen. Sie schlüpfte in den Morgenmantel aus Seide, den sie sich eine Woche nach Bills Auszug gekauft hatte. Sie öffnete das Badezimmerfenster, damit der Dunst abziehen konnte.
Sie zerpflückte den Kopfsalat, schnitt Tomaten und Avocados, röstete das Brot, holte die Flasche mit der Salatsauce aus dem Kühlschrank. Sie öffnete den Wein, schenkte sich ein Glas ein und nippte vorsichtig daran, genoss den süffigen Geschmack. Sie wählte eine CD aus, legte sie ein, drehte den Ton lauter, summte beim Anrichten des Salates, arrangierte Hühnchen, Käse und Brot auf einem Teller. Sie stellte den Wein und den Teller auf ein Tablett und ging ins Wohnzimmer, um es auf dem Tisch neben dem Sofa abzustellen. Beim Essen schaute sie fern. Die Sendung war

albern, aber lustig. Sie schenkte sich ein zweites Glas Wein ein. Ein Film fing an, irgendeine komplizierte Detektivgeschichte. Sie war zu müde, um der Handlung zu folgen. Sie schaltete den Fernseher aus und ging durch den Flur zum Schlafzimmer, um das Buch zu holen.
Sie ging durch den Flur. Auf der Schwelle zum Schlafzimmer blieb sie stehen. Die Vorhänge waren geschlossen. Sie konnte sich gar nicht erinnern, sie zugezogen zu haben. Aber hin und wieder vergaß sie so etwas, besonders wenn sie müde war. Wenn sie müde war, erledigte sie alles automatisch und vergaß es dann.
Aber wie kam es, dass ihr Telefon, das eigentlich auf dem Nachtkästchen stehen sollte, auf dem Fußboden lag? Sie ließ das Telefon nie auf dem Boden liegen. Und das Anschlusskabel war aus der Buchse gezogen.
Im selben Augenblick wurde ihr Mund trocken, und ihr Herz fing zu rasen an. Im selben Augenblick sah sie ihn auf sich zukommen. Er kam schnell näher. Er hatte ein Messer.
*Lisa. Hab keine Angst, Lisa. Du siehst hübsch aus, Lisa.*

Sie weint. »Ich höre jetzt auf. Ich kann Ihnen nicht mehr sagen.«
Ich höre meine Stimme auf dem Band. »Darf ich Ihnen eine letzte Frage stellen? Sie haben gesagt, Sie hätten den Mann vom Supermarktparkplatz schon zuvor gesehen. Wissen Sie, wo?«
»Ich glaube, er war im Café.«

## 39.
# Hannah Moore, 1997

Bei Hannah Moore musste ich einige Überzeugungsarbeit leisten, aber letztendlich willigte sie in ein Interview ein. Sie sagte, sie würde sich nicht zum Tathergang selbst äußern, wohl aber zu den Auswirkungen, die der Überfall auf ihr Leben hatte. Ihre Stimme klang kühl und reserviert. Wir vereinbarten ein Treffen in ihrer Wohnung in der Innenstadt.

Sie lebte im Stadtzentrum. In einem jener sanierten Altbauten mit Blick auf den Park. Ich drückte auf die Klingel an der Sprechanlage, nannte meinen Namen und wurde eingelassen. Ich stieg die Treppe hinauf. Der Bauherr hatte die hübsche, breite Treppe aus Kauriholz und die alten Bleiglasfenster erhalten. Ich klopfte an die Wohnungstür. Sie fragte noch einmal nach meinem Namen. Ich spürte ihren Blick, als sie mich durch den Spion inspizierte. Sie öffnete die Tür und gab mir die Hand. Ihre Hand war feingliedrig, zerbrechlich. Hannah Moore war so klein und zierlich wie eine Ballerina.

»Was für eine tolle Wohnung«, sagte ich. Ich trat ans Fenster. »Sie haben einen wunderschönen Blick auf den Park.«

»Ja«, sagte sie. »Das ist nett. Das Laub wechselt die Farbe, und da unten ist immer etwas los, die Leute joggen oder führen ihre Hunde spazieren. Es gibt immer etwas zu sehen.«

»Mir gefällt, dass das alte Holz und die Bleiglasfenster bei der Sanierung erhalten wurden.«

»Ich habe mir einige Wohnungen angesehen, aber die meisten waren so modern, dass sie schon fast seelenlos wirkten. Diese hier hat mir auf Anhieb gefallen. Im Keller gibt es eine Parkgarage, so dass ich mit dem Aufzug runterfahren und eine Minute später in meinem Auto sitzen kann.«

»Sehr praktisch«, sagte ich.
»Sehr sicher.« Sie lächelte schief. »Das ist mir inzwischen wichtiger als alles andere.«
»Das kann ich verstehen.«
Die beiden Sofas waren mit weißem Leinen bezogen. Blütenweißes Leinen. Alles war so makellos sauber, so unfehlbar geschmackvoll. Helle, blitzblanke Flächen. Weißer Teppichboden, weiße Kissen, weiße Vorhänge. Igelte sie sich hier oben an diesem makellosen Ort ein, um das Leben der anderen dort unten im Park zu beobachten? Verließ sie die Wohnung nur zum Arbeiten und Einkaufen, wenn es unbedingt sein musste?
»Sie wollen also mit mir über Travis Crill sprechen«, sagte sie. »Könnten Sie mir noch einmal erklären, wozu?«
Ich war vorbereitet. »Ich befinde mich in der Recherche zum Thema Wiederholungstäter und den Langzeitfolgen sexueller Übergriffe.«
»Klingt nach einem ziemlich trostlosen Thema.« Sie zog leicht die Augenbrauen hoch und dehnte das Wort *trostlos.*
»Das stimmt schon. Aber gleichzeitig ist es sehr interessant und meiner Ansicht nach auch der Mühe wert.«
»Inwiefern?«
»Ich hoffe, dass ich zum aktuellen Forschungsstand etwas beitragen und das öffentliche Bewusstsein zum Thema Serienvergewaltiger schärfen kann.«
»Aber das Thema war doch bereits Gegenstand zahlreicher Forschungsarbeiten, oder?«
»Weltweit schon, aber auf lokaler Ebene hat sich nicht viel getan.«
»Wollen Sie damit sagen, neuseeländische Vergewaltiger legten ein besonderes Verhaltensmuster an den Tag?«
»Nicht notwendigerweise, aber statistisch gesehen liegt die Rate der Gewaltverbrechen bei uns recht hoch.«
»Und Sie wollen die Gründe erforschen?«

»Ja, vielleicht, im kleinen Rahmen.«
Sie spitzte die Lippen und ging in die Küche. »Nehmen Sie Platz. Möchten Sie vielleicht einen Tee? Ich habe nur Kräuter im Angebot. Kamille, Himbeerblätter oder Pfefferminz.«
»Pfefferminz bitte.«
Sie kam mit zwei zartgeblümten Tassen und passenden Untertassen zurück, die sie vorsichtig auf dem Sofatisch abstellte. »Was haben Sie über die Vergewaltiger herausgefunden?«
»Vieles, was mir vorher unbekannt war. Zum Beispiel wiederholen sich Serientäter in ihrer Vorgehensweise, sie hinterlassen eine Art Signatur.«
»Bis sie gestellt werden?«
»Ja.«
»Und wenn man das Muster durchschaut hat, kann man sie schneller fassen?«
»Möglicherweise.«
»Gibt es Statistiken zur Rückfallquote? Ist eine Resozialisierung denkbar?«
»Die Zahlen lassen darauf schließen, dass sie möglich ist.«
Sie schüttelte den Kopf. »Nicht bei diesem Schwein.«
»Warum sagen Sie das?«
»Haben Sie ihn gesehen?«
»Ich habe mit ihm gesprochen.«
Sie schauderte. »Ich verstehe nicht, wie Sie das fertiggebracht haben. Haben Sie seine Augen gesehen?«
»Was meinen Sie damit?«
»Sie sind leer. Anders als Sie und ich betrachtet er sein Gegenüber nicht als einen Menschen, der irgendeine Bedeutung hat. Er betrachtet andere nur als Mittel zum Zweck. Aber er wirkt so überzeugend. In der Jury saß eine Frau, etwa so alt wie ich. Während meiner Aussage konnte man ihr die Ungläubigkeit vom Gesicht ablesen.«

»Aber es lag doch eine Unmenge von Beweisen gegen ihn vor.«
»Er wäre trotzdem beinahe ungeschoren davongekommen. Er wird freikommen. Er wird es wieder tun.«
»Ich glaube, das kann niemand wissen.«
»Doch. Ich.« Ihre Stimme klang schroff, schrill. »Ich sage Ihnen: Er ist in diesem Moment dabei, es zu planen, das kann ich Ihnen versichern. Nichts tut er lieber. Er spielt mit den Menschen.«
»Es gibt Vorschriften. Er wird sich einem Bewährungskomitee vorstellen müssen. Man wird ihn erst freilassen, wenn sicher ist, dass von ihm keine Gefahr mehr ausgeht. Er wird unter Beobachtung stehen.«
Sie warf mir einen mitleidigen Blick zu. »Falls Sie das wirklich glauben, sind Sie außerordentlich naiv. Hören Sie, es passiert ständig. Jeden Tag kommen in diesem Land Mörder und Vergewaltiger auf freien Fuß, nur um erneut zuzuschlagen. Und die Leidtragenden sind die Opfer. Ich habe nicht einmal mehr einen Garten. Ich habe meinen Garten geliebt. Ich habe all das verloren.«
»Wie im Vorfeld besprochen, möchte ich Ihnen ein paar Fragen zu den Auswirkungen des Überfalls stellen. Sie sagen also, Sie hätten nach dem Vorfall umziehen müssen?«
»Meine Sicherheit ist zu meiner obersten Priorität geworden. Angeblich ist die Sicherheit in dieser Wohnanlage nicht zu übertreffen.«
»Gibt es noch andere Auswirkungen?«
»Ich kann abends nicht mehr ausgehen, ich kann meine Freunde nicht mehr so oft treffen. Abgesehen davon habe ich kaum noch Freunde. Am Anfang hatten alle sehr viel Mitleid. Inzwischen halten sie mich für neurotisch.«
»Wollen Sie damit sagen, der Vorfall hätte Sie isoliert? Sie haben nicht nur Ihr Zuhause, sondern auch Ihre sozialen Kontakte verloren?«

»Ja, und das ist längst nicht alles. Ich habe auch berufliche Auswirkungen zu spüren bekommen. Ich kann nicht bis in den Abend arbeiten, weil die meisten Bürogebäude nicht ausreichend gesichert sind. Ich nehme Medikamente gegen Panikattacken, was sich negativ auf meine Denkfähigkeit auswirkt. Ich kann mich nicht mehr konzentrieren.«

»Das muss sehr schwer für Sie sein.«

»Ich habe mein altes Leben verloren.«

»Können Sie mir von weiteren Folgen berichten?«

Sie schwieg und starrte auf ihre Hände. »Körperliche Folgen. Na ja, wahrscheinlich haben Sie gelesen, was er getan hat. Ich hatte innere Abschürfungen und Blutungen, die ewig nicht verheilten. Aber das Schlimmste ist, dass ich mein Selbstvertrauen verloren habe. Ich habe Angst. Die ganze Zeit. Nicht bloß vor einem weiteren Überfall. Ich habe vor allem Angst. Vor dem Aufstehen am Morgen, vor dem ganzen Tag. Ich kann nicht mehr richtig arbeiten. Das weiß ich. Meine Kollegen decken mich, aber langsam denken sie, dass ich mich wieder berappeln sollte. So wie meine Freunde. Am Anfang hatte jeder Verständnis, aber nach einer Weile erwarten alle, dass man drüber wegkommt und sich wieder dem Leben zuwendet.«

»Bekommen Sie Unterstützung?«

»Professionelle Beratung, meinen Sie? Ich gehe einmal pro Woche zu einem Therapeuten. Ich nehme Tabletten. Trotzdem habe ich das Gefühl, dass mein Leben an jenem Abend zu Ende ging, als Crill in mein Haus eingebrochen ist. Ich habe mich hier verbarrikadiert. Niemand kann rein, aber genauso wenig kann ich raus.« Sie hielt die Hände auf dem Schoß gefaltet, die Fingerknöchel waren weiß vor Anspannung.

Ich versuchte, beruhigend zu klingen. »Aber Sie fühlen sich sicher hier? Ist Ihnen das kein Trost?«

»Ich warte nur darauf, dass irgendwer die Alarmanlage überlistet. Ich habe eine Schusswaffe.«
»Eine Schusswaffe?«
»Übers Internet gekauft. Ich nehme sie überallhin mit. Es ist illegal, aber das kümmert mich nicht. Solange es kranke Schweine wie Crill gibt, ist keine Frau sicher. Wenn man allein lebt, ist man ein potenzielles Opfer. So und nicht anders sieht es aus.«
»Das ist demnach eine weitere Folge des Überfalls? Sie haben das Gefühl, sich selbst schützen zu müssen?«
»Ich habe nicht das *Gefühl*, mich schützen zu müssen. Ich *muss* mich selbst schützen. So ist es. Leben Sie allein?«
»Meine Tochter wohnt bei mir.«
»Zwei wehrlose Frauen auf einmal. Hoffentlich haben Sie zu Hause vernünftige Sicherheitsvorkehrungen getroffen, denn wenn jemand bei Ihnen einbrechen will, müssen Sie es verhindern können. Wissen Sie, vor Crill war ich ein vertrauensseliger Mensch. Ich ließ die Fenster offen stehen und schloss die Türen nicht ab. Ich dachte mir nichts dabei.«
»Vermutlich geht es den meisten von uns so.«
»Inzwischen habe ich begriffen, dass niemand sicher ist. Wenn man sich vor der Gefahr schützen will, muss man sich einkerkern, so wie ich hier oben. Nur so kann man verhindern, verletzt zu werden. Man kann kein normales Leben führen und sich gleichzeitig in Sicherheit wiegen.«
»Es tut mir sehr leid, dass Ihnen das zugestoßen ist.«
»Ich brauche kein Mitleid. Mir hätte nichts Schlimmeres passieren können, aber ich werde dafür sorgen, dass es sich nie wiederholt.«
»Glauben Sie, dass Sie sich irgendwann sicher genug fühlen werden, um ein, wie Sie es nennen, normales Leben zu führen?«
»Sagen wir so: Als alleinstehende Frau hat man die Wahl. Entweder schließt man sich ein und bleibt daheim. Oder

man lebt ganz normal und nimmt das Risiko in Kauf, von einem kranken Schwein gefoltert zu werden und eine Taschenlampe in die Vagina gerammt zu kriegen.«
»Ihrer Ansicht nach gibt es nichts dazwischen?«
»Nicht für mich. Nicht jetzt. Aber eigentlich habe ich dem Gespräch mit Ihnen nur zugestimmt, um etwas über Crill zu erfahren. Er wird freikommen, und dann wird er nach mir suchen. Sie haben von einem Verhaltensmuster gesprochen, von einer Signatur. Wie sah seine aus?«
»Einer der Faktoren bei Crill war, dass er nur ein Opfer pro Jahr überfiel und die Taten deswegen lange nicht in Zusammenhang gebracht werden konnten. Wären die Abstände kürzer gewesen, wäre die Polizei vielleicht früher auf einen Serientäter gekommen. Dann hätte sie die Frauen in der Gegend zu besonderer Vorsicht aufrufen können.«
»Das stimmt. Ich wusste, dass ein paar Straßen weiter eine Frau überfallen worden war, aber das lag Jahre zurück, und die Gegend war ruhig. Mein Gott, ich war so dumm.«
»Nein, waren Sie nicht. Was der Frau damals zugestoßen war, wurde als Einzelfall betrachtet, sie hatte einfach Pech gehabt. Hätten sich mehr solcher Überfälle ereignet, wären Sie sicher misstrauischer gewesen.«
»Crill ist ein gerissenes Schwein«, sagte sie.
»Vielleicht.«
»Was waren die anderen Faktoren?«
»Vermutlich hat Crill sich eine Frau ausgesucht und dann ihr Leben ausspioniert. Vielleicht hat er seine Opfer über einen längeren Zeitraum beobachtet.«
»Wussten Sie, dass er meinen Namen kannte? Damit ging es los, so habe ich überhaupt gemerkt, dass außer mir jemand im Haus war. Und er kam mir irgendwie bekannt vor. Das habe ich der Polizei auch gesagt, aber in der Verhandlung kam es nicht mehr zur Sprache. Der Verteidiger sagte, man könne es nicht beweisen.«

»Auch das gehört zum Muster. Anscheinend hat er schon vor dem Einbruch eine Art Kontakt zu den Opfern aufgenommen.«
»Sie meinen, er hat sie angesprochen?«
»Er hat sie angesprochen. Blickkontakt hergestellt. Er hat sie im Supermarkt oder auf der Straße angerempelt. Irgendwas in der Art.«
»Woher wissen Sie das?«
»Aus den Zeugenvernehmungen. Einige der Opfer haben ausgesagt, ein Mann, der Crill ähnlich sah, habe sie kurz vor dem Überfall direkt angesprochen oder sich in ihrer Nähe aufgehalten.«
»Was noch?«
»Die Gegend. Alle Tatorte lagen relativ dicht beieinander. Und die Taten ereigneten sich immer zur selben Jahreszeit.«
»Das weiß ich. Noch etwas?«
»Seine Kleidung. Und er hatte immer ein Messer und ein Seil und eine ...«
»Und eine Taschenlampe dabei.« Ihre Fingernägel waren bis aufs Blut abgekaut. Ihre Hände zitterten. »Was Sie eben über Crill sagten, dass er die Frauen beobachtet hat. Nachdem er meinen Namen gesagt hatte, hat er mich gefesselt, so wie die anderen auch. Ich dachte, er ersticht mich mit dem Messer. Ich dachte, ich würde sterben. Er hat mich gefesselt und mich gezwungen, neben ihm zu sitzen. Ganz dicht, aber ohne ihn zu berühren. Ich habe gezittert. Ich konnte nicht sprechen. Und er hat die ganze Zeit geredet, auf mich eingeredet. Er hat gesagt, er wolle mir nicht weh tun, er wolle sich nur unterhalten. Er hat darüber geredet, wie ich die Tulpenzwiebeln und die Magnolie gepflanzt habe. Er hat darüber geredet, wie ich den Wein zurückgeschnitten und eine Bank unter den Fliederbusch gestellt habe. Das habe ich der Polizei erzählt, aber die meinten nur, wahr-

scheinlich hätte er kurz vor dem Einbruch das Grundstück beobachtet.«

»Sie aber sind der Meinung, er hat Sie über eine längere Zeit ausgespäht?«

»Ja. Denn die Bank hatte ich im Sommer davor gekauft, und den Wein schneide ich immer im Spätherbst zurück. Das war alles Monate vor dem Überfall. Und da war noch mehr.«

»Was?«

»Na ja … Sagen Sie, was wird eigentlich mit meinem Bericht passieren? Ich möchte nicht namentlich genannt werden. Das habe ich Ihnen schon gesagt. Und ich möchte nicht, dass Sie in Ihrer Arbeit irgendwelche Hinweise auf meine Person geben.«

»Ich verspreche Ihnen, alle Informationen in einem sehr allgemeinen Kontext zu verwenden. Ich werde sie lediglich benutzen, um das Täterprofil zu erstellen. Gibt es da noch etwas?«

»Es hat mit dem Umstand zu tun, dass er mich kannte. Ich habe es der Polizei damals nicht erzählt. Es war unmöglich, weil es eine dritte Person betraf.«

»Wie ich schon sagte, werde ich Ihren Wunsch nach Anonymität respektieren.«

»Damals hatte ich einen Freund. Jetzt nicht mehr. Ich will mit Männern nichts mehr zu tun haben. Aber dieser Freund war verheiratet. Crill wusste Bescheid. Er kannte seinen Namen. Er sagte, dieser Mann sei nicht zuverlässig, er würde mich im Stich lassen, und außerdem sei ich viel zu gut und zu hübsch für ihn. Crill sagte, ich hätte diesem Mann schon zu viel von meiner Zeit geschenkt.«

»Warum haben Sie das der Polizei verschwiegen?«

»Ich wollte nicht, dass seine Ehefrau davon erfährt. Das wäre nicht fair gewesen.«

»Wie lange waren Sie mit diesem Mann zusammen?«

»Etwa ein Jahr.«
»Wer wusste davon?«
»Niemand. Ich habe es keinem erzählt, und ich bin mir sicher, dass er ebenso verschwiegen war.«
»Glauben Sie, Crill hat es herausbekommen, weil er Ihr Haus beobachtet hat?«
»Ja, aber woher wusste er seinen Namen? Dafür hätte er bei mir einbrechen und meine E-Mails lesen müssen. Zwischendurch hatte ich schon das Gefühl, jemand wäre in meinem Haus gewesen, aber Sie wissen ja, wie das ist, wenn man allein lebt. Man bildet sich alles Mögliche ein.«
»Aber heute glauben Sie, Crill ist in Ihrem Haus gewesen?«
»Es ist die einzige Erklärung. Das meinte ich mit ›gerissen‹. Crill beobachtet und wartet ab und macht sich sein Wissen zunutze.«
»Gibt es noch mehr, was Sie mir sagen können?«
»Nein, mir fällt nichts mehr ein.«
Sie brachte mich zur Tür und warf einen Blick durch den Spion. »Doch, da ist noch etwas«, sagte sie. »Wahrscheinlich ist es Ihnen längst klar, aber als ich im Gericht einer der anderen Frauen begegnet bin, dachte ich mir, sie könnte glatt meine Schwester sein. Wir sahen uns alle ziemlich ähnlich. Ausnahmslos.«
Sie tippte die Zahlenkombination ein, um die Wohnungstür zu öffnen.
»Ehrlich gesagt, finde ich das ziemlich unheimlich. Sie könnten glatt eine von uns sein.«

## 40.
# Catherine Johnstone, 1998

Es war ein guter Monat gewesen. Ein gutes Jahr. Gegen Ende des Jahres 1997 hatte sie ihren Job als Krankenschwester gekündigt, um als Maklerin Karriere zu machen. Anfangs machte ihr die Veränderung ein bisschen Angst, nicht zuletzt, weil sie kurz zuvor eine langjährige Beziehung beendet hatte.

Sie hatte immer bereut, Krankenschwester geworden zu sein. Ihre Mutter hatte in der Krankenpflege gearbeitet und hatte es geliebt. Catherine war mit Anekdoten von der Pflegestation aufgewachsen. Von dem Spaß, den die Krankenschwestern im Schwesternwohnheim hatten. Von den lustigen und dankbaren Patienten. Von dem guten Gefühl, das sich einstellte, wenn man sich, wie ihre Mutter es beschrieb, um andere kümmerte. Catherine fand Gefallen an der Vorstellung, in einer weißen Uniform herumzuschweben und gute Laune zu verströmen, jedermanns Lieblingskrankenschwester zu sein. Die Ausbildung hatte ihr keinen Spaß gemacht. Aber ihre Mutter hatte ihr versichert, es würde ihr schon noch gefallen, sobald sie ins Krankenhaus käme und dort die praktische, richtige Arbeit kennenlernte. Erst als sie die Ausbildung hinter sich gebracht und auf der Station gearbeitet hatte, wurde ihr klar, dass sie eigentlich ungern unter Kranken war. Aber da hatte sie bereits die teure Ausbildung bezahlt, und es schien der reinste Irrsinn, einfach aufzuhören.

Also hielt sie durch, und meistens auch ganz gut. Sie arbeitete effizient, gründlich und sorgfältig, bis zu einem gewissen Punkt. Aber als sie und Dan sich trennten, hatte sie das Gefühl, etwas Neues anfangen, sich eine neue Herausforderung suchen zu müssen. Sie besuchte eine Wahrsagerin, die ihr bestätigte, ein besonderes Talent dafür zu haben, Menschen dort unterzubringen, wo sie sich wohl fühlten. Am darauffolgenden Samstag hatte sie die Stellenanzeige in *The Press* gelesen: »Schon einmal an eine Karriere als Immobilienmakler gedacht?« Nein, hatte sie nicht, aber sie interessierte sich für Häuser. Sie beschloss, es zu versuchen.

Die ersten Monate waren grauenhaft. Auf dem nächsten Anzeigenfoto des Maklerbüros war sie mit dabei, sie stand zwischen den anderen »Teammitarbeitern«, grinste verkrampft in die Kamera und trug dieses schreckliche Kostüm mit dem kurzen Rock und den High Heels, Kleidung, in der sie sich plump und unsicher fühlte. Sie arbeitete nicht eigenverantwortlich, und wenn tatsächlich einmal ein Verkauf anstand, erwies sich der Wettbewerb als so hart, dass das Haus oft schon vom Markt war, wenn sie mit ihren Kunden dort auftauchte.

Aber dann beauftragten Freunde ihrer Eltern sie mit dem Verkauf ihres Hauses, und sie fand sofort einen Käufer. Danach lief alles wie am Schnürchen. Die Frauen mochten sie. Wenn sie beauftragt wurde, ein Haus anzubieten, lobte sie das Mobiliar, die Farben, die Vorhänge und den gesamten Einrichtungsstil, selbst wenn er ihr zuwider war. Sie bewunderte die Gärten, und sie war unvergleichlich taktvoll, wenn es darum ging, einem Verkäufer schonend beizubringen, welche Ausbesserungsarbeiten nötig waren, um einen guten Preis zu erzielen. Sie wusste intuitiv, welche Art von Haus ein Interessent suchte, und sie hatte ein Gespür dafür, welche Änderungen vonnöten waren, um ein Haus den Ansprüchen eines potenziellen Käufers anzupassen. Auch mit der Vertragsgestaltung und der Finanzierung kannte sie sich aus. Sie hatte ihre Hausaufgaben gemacht.

In jenem Oktober hatte sie neun Häuser verkauft, und der Monat war noch nicht einmal um. Sie liebte ihren Job. Sie

liebte es, in ihrem kleinen, roten Sportwagen durch die Gegend zu flitzen. Sie liebte es, einen Handel zustande zu bringen, besonders wenn er kompliziert gewesen war.
An jenem Freitagabend hatte sie ihre Kollegen zu einem Umtrunk zu sich nach Hause eingeladen, denn der Monat war für alle erfolgreich gewesen. Der Immobilienmarkt boomte, und sie schöpften den Gewinn ab. Auf dem Nachhauseweg besorgte sie Köstlichkeiten aus dem Delikatessenladen, dazu Wein und frische Blumen. Sie hatte ihre Kollegen noch nie zu sich nach Hause eingeladen, und ihr Haus sollte einen guten Eindruck machen.
Sie war zufrieden, weil sich anscheinend alle wohl fühlten und amüsierten. Um acht Uhr waren alle wieder weg. Sie sammelte Teller und Gläser ein und stellte sie in den Geschirrspüler. Sie ging mit einem Weinglas und einer halbvollen Flasche ins Wohnzimmer, schenkte sich ein, zog ihre Schuhe aus und legte sich aufs Sofa. Sie schloss die Augen und summte zu der Musik, die aus der Stereoanlage kam.
Alles war schön, so schön. Sie liebte ihren Job, sie hatte tolle Freunde, im Moment gab es in ihrem Leben nichts zu verbessern. Absolut nichts.
Sie vermisste nicht einmal einen Mann, alles war so, wie sie es sich wünschte.
Morgen gäbe es einiges zu erledigen. Das Haus mit den vielen Katzen. Sie hatte die Besitzer überredet, die Katzen in Pflege zu geben, bis ein Käufer gefunden war, sie hatte taktvoll von Allergien gesprochen. Aber das Haus stank. Katzenpisse, sie war sich sicher. Sie würde Duftspray mitnehmen und im ganzen Haus versprühen, bevor sie die Interessenten herumführte. Vielleicht sollte sie sogar ein Duftlämpchen aufstellen. Das Haus lag nicht im oberen Preissegment, auf jeden Fall würde sich ein Käufer finden, Häuser in dieser Preiskategorie gingen immer weg, aber sie wollte den höchstmöglichen Preis erzielen. Sie schloss die

Augen. Lauschte der Musik. Döste ein. Fühlte sich gut. Entspannt. Sicher.

Catherine Johnstone war umgezogen, aber sie arbeitete immer noch als Immobilienmaklerin für dieselbe Firma. Sie zu finden, war einfach gewesen. Ich hatte sie anrufen wollen, aber dann hatte ich den Hörer wieder aufgelegt. Ich war immer noch zu sehr mit Lisas Geschichte beschäftigt, mit Hannahs Geschichte.

Außerdem hasste ich es. Ich hasste es, die Frauen anzurufen und um ein Interview zu bitten. Ich hasste es, das Misstrauen in ihren Stimmen zu hören, die Zweifel, die Wut. *Warum tun Sie das, habe ich nicht schon genug durchgemacht?* Ich hasste es. Ich hasste es, mit Crill in Verbindung gebracht zu werden.

Aber es musste sein. Ich wählte die Nummer und bat die Frau an der Zentrale, mich durchzustellen.

»Hier spricht Catherine Johnstone.«

»Hier ist Claire Wright. Ich bin Journalistin und momentan recherchiere ich …« Und so weiter. Bla bla bla.

»Wie bitte? Wie war Ihr Name?«

»Claire Wright. Ich bin Journalistin.«

»Woher haben Sie meinen Namen?«

»Ich habe die Gerichtsakten im Fall Crill studiert.«

»Dann erfährt jeder meinen Namen, der Akteneinsicht verlangt? Wollen Sie mir das sagen?«

»Die wenigsten wissen das, aber ja, so ist es wohl.«

»Du lieber Gott. Das ist so ungerecht. Ich kann es nicht fassen. Da wird einem versichert, man würde anonym bleiben, und dann ruft eines Tages irgendeine Journalistin an. Für wen schreiben Sie?«

*Bleib ruhig. Sprich mit gefasster, entspannter Stimme.* »Ich stehe am Anfang von Recherchen zum Thema Sexualstraftäter. Ich arbeite freiberuflich.«

»Für wen? Für irgendein schmieriges Sensationsblatt?«
»Nein.«
»Für wen dann?«
»Wie ich schon sagte, steckt meine Recherche noch im Anfangsstadium.«
»Aber zu welchem Zweck recherchieren Sie?«
»Ich sammle Erkenntnisse über die Muster, die serienartigen Übergriffen auf Frauen zugrunde liegen, und ich erforsche den sozialen Hintergrund der Täter. Der Fall Crill scheint besonders interessant, weil der Täter nicht der Norm entspricht.«
»Ein *interessanter* Fall? Sie bezeichnen das Monster, das in mein Haus eingebrochen ist und mich vergewaltigt hat, als einen interessanten Fall?«
»Entschuldigen Sie. Ich spreche von einem rein analytischen Standpunkt aus. Ich wollte nicht gefühllos klingen.«
»Von welcher *Norm* reden Sie überhaupt?«
»Normalerweise ist der Täter unterprivilegiert. Ungebildet, vernachlässigt, Opfer von Misshandlungen.«
»Und dann kommt der nette Mr. Crill mit seinem tollen Job und der blitzblanken Familiengeschichte, der so gar nicht ins Raster passt?«
»So könnte man es sagen. Ich möchte mit Ihnen sprechen, weil ich so viel wie möglich über Crill in Erfahrung bringen möchte.«
»Sie haben die Akten gelesen. Da steht alles drin.«
»Ja, aber es wäre viel besser, Sie persönlich zu sprechen. Bei meinen Gesprächen mit anderen Frauen habe ich festgestellt, dass viele ihrer Überlegungen und Beobachtungen nicht in die Akten eingegangen sind.«
»Die anderen haben mit Ihnen geredet?«
»Einige. Es ist mir nicht gelungen, zu allen Kontakt aufzunehmen.«
»Ehrlich gesagt, will ich das Ganze nicht noch einmal er-

zählen. Mit so einer Sache wird man am besten fertig, indem man sie abhakt und nach vorn blickt. Mit einem Gespräch wäre höchstens Ihnen geholfen. Mir nicht.«
»Es würde nicht lange dauern. Sie wären mir wirklich eine große Hilfe.«
»Lassen Sie mich drüber nachdenken. Geben Sie mir Ihre E-Mail-Adresse.«
Etwa eine Woche später meldete sie sich bei mir. Sie würde sich auf einen Kaffee im Miranda's mit mir treffen, das in der Nähe ihres Büros lag. Am Freitag hätte sie Zeit, von halb zwölf bis zwölf.
Hannah Moore hatte recht. Die Frauen sahen sich tatsächlich ähnlich. Catherine Johnstone hätte Hannahs Schwester sein können. Aber sie war alles andere als ein Opfer, so viel war klar. Ich beobachtete sie, als sie mit langen Schritten auf mich zukam. Hohe, rote Stiefel, schmales Kostüm. Sie lächelte nicht.
»Claire?«
»Ja. Ich hole den Kaffee. Was möchten Sie?«
»Einen doppelten Espresso. Mit kalter Milch, aber bitte separat.«
»Okay.«
Ich nahm ihr gegenüber Platz.
»Ich habe über das nachgedacht, was Sie über Crill gesagt haben. Sie meinten, er entspräche nicht der Norm. Warum haben Sie das gesagt?«
»Soviel ich herausfinden konnte, ist seine Herkunft untypisch. Aber er gleicht anderen Serientätern insofern, als er eine Art Ritual befolgt hat.«
»Und das wäre?«
»Er trug immer dieselbe Kleidung, ging immer gleich vor. Die Art und Weise, in die Häuser einzudringen, legt nahe, dass er die Taten von langer Hand geplant und die Umgebung ausgespäht hatte. Beispielsweise stieg er durch Fens-

ter ein, die regelmäßig offen standen. Alle Überfälle erfolgten im Oktober, außerdem hat er sich mit den Opfern unterhalten, er hat sie mit Namen angesprochen.«

»Bei mir ist er nicht eingebrochen. Ich habe ihm die Tür geöffnet.«

»Wie ist es dazu gekommen?«

»Am frühen Abend hatte ich Besuch von Freunden gehabt. Es war eine aufregende Woche gewesen, und ich hatte etwas Wein getrunken. Ich bin auf dem Sofa eingeschlafen. Als ich aufwachte, hatte ich Hunger. Ich hatte an jenem Tag weder mittags noch abends gegessen. Ich bestellte eine Pizza. Ein paar Minuten nachdem der Pizzabote sie gebracht hatte, klopfte es an der Tür. Ich habe einfach aufgemacht. Ich habe nicht nachgedacht. Ich dachte, der Bote hätte irgendwas vergessen. Aber es war Crill. Er drängte sich ins Haus.«

»Hat er Ihren Namen gesagt?«

»Ja, was aber noch lange nicht bedeutet, dass er mich beobachtet hat. An dem Abend hätte er nur zufällig an meinem Haus vorbeikommen müssen, um meinen Namen zu erfahren. Wie gesagt, ich hatte Freunde zu Besuch. Beim Abschied haben sie bestimmt meinen Namen gerufen.«

»Sie denken also, es könnte reiner Zufall gewesen sein. Er kam vorbei, und das Haus ist ihm aufgefallen, Sie sind ihm aufgefallen.«

»Vielleicht.«

»Aber er hatte ein Messer und ein Seil dabei? Er trug Handschuhe und eine Sturmmütze und schwarze Kleidung?«

»Ja, aber Crill ist ein krankes Schwein. Niemand kann wissen, ob er nicht jede Nacht so unterwegs war.«

»Trotzdem haben sich alle Taten rund um das Datum ereignet, an dem auch Sie überfallen wurden.«

»Woher wissen Sie das? Vielleicht gab es noch Dutzende anderer Frauen, die nie zur Polizei gegangen sind. Manchmal wünsche ich mir selbst, ich hätte nie ausgesagt. Das Ganze war sehr demütigend. Die machen Abstriche und stochern in dir herum, während du dich furchtbar schämst. Nach so einem Erlebnis will man seinen Körper verstecken und schützen, man will nicht von Fremden angefasst und ausgefragt werden. Die Polizei kommt ins Haus, und dann gibt es eine Gerichtsverhandlung, bei der diese Sau von Verteidiger mich als betrunkene Schlampe darstellt, die jedem die Tür aufmacht. So als hätte ich es nicht anders gewollt. Du liebe Güte. Falls mir so etwas noch einmal passiert, werde ich bestimmt nicht zur Polizei gehen. Ich würde den Mund halten und irgendwie damit leben. Vielleicht waren da noch andere Frauen, die klug genug waren, den Mund zu halten. Vielleicht gibt es Ihr hübsches, kleines Muster gar nicht.«

»Sie hatten in dem betreffenden Jahr niemals das Gefühl, beobachtet zu werden?«

»Ich hatte unglaublich viel zu tun. Ich hatte keine Zeit, rumzusitzen und mich zu fragen, ob irgendjemand mich beobachtet. Aber, nein, ich hatte nie das Gefühl.«

»Die anderen Opfer meinen, Crill habe sich ihnen kurz vor der Tat anderweitig genähert, er habe sie angesprochen oder ihre Nähe gesucht. Können Sie sich an irgendetwas in der Art erinnern?«

»Nein. An den Wochenenden hatte ich eine Hausbesichtigung nach der anderen. Ich habe in der Zeit viele Kunden getroffen, im Büro herrschte ein ständiges Kommen und Gehen, und dazu kamen noch die ganzen Versteigerungen. Kann schon sein, dass Crill irgendwo dabei war, aber ich war zu beschäftigt, um ihn zu bemerken.«

»Dann können Sie sich an absolut nichts erinnern, was möglicherweise darauf hinweist, dass Sie Crill schon vor jenem Abend aufgefallen sind?«

»Absolut nichts. Es gab da einen etwas mysteriösen Vorfall, aber ich glaube nicht, dass der mit der Sache zu tun hatte.«

»Ja?«

»Am Valentinstag habe ich eine Karte bekommen. Es stand kein Absender drauf, aber das ist ja nichts Ungewöhnliches. Jemand hatte sie unter der Hintertür durchgeschoben. Ich fand das ein bisschen gruselig, immerhin hat es bedeutet, dass dieser Jemand durch den Garten und einmal ums Haus gelaufen ist. Ich habe alle meine Bekannten gefragt, ich habe wirklich nachgehakt, weil es mir überhaupt nicht passte, dass jemand in meiner Abwesenheit durch meinen Garten läuft. Alle stritten es ab. Eine meiner Kolleginnen hatte mich gewarnt, bei den männlichen Kunden auf Abstand zu gehen und niemals meine Privatadresse rauszugeben, was ich auch befolgt habe. Trotzdem war es seltsam, und ich habe nie rausbekommen, wer dahintersteckte.«

»Eine Karte zum Valentinstag?«

»Ja. Mehr kann ich Ihnen nicht sagen. Ich muss jetzt wirklich los.«

Ich blieb sitzen und schaute ihr nach. Ich warf einen Blick auf meine Uhr. Viertel nach zwölf. Hannah Moore war jetzt wahrscheinlich in der Mittagspause. Ich rief sie auf dem Handy an. »Hannah, es tut mir leid, Sie einfach so anzurufen, aber ich habe da etwas entdeckt und muss unbedingt mit Ihnen sprechen. Können Sie reden?«

»Ich bin im Büro. Ich hatte Ihnen doch gesagt, dass ich keinen weiteren Kontakt wünsche.«

»Nur eine letzte Frage noch.«

»Nur eine Frage, und danach rufen Sie mich bitte nie wieder an.«

»Das Jahr, als es passiert ist. Wissen Sie noch, ob Sie damals eine Karte zum Valentinstag bekommen haben?«

»Ja, habe ich. Ich dachte, mein Freund hätte sie vorbeigebracht. Er stritt es ab, aber ich war mir sicher, dass er mich damit aufziehen wollte.«

»Sie meinen, die Karte kam nicht mit der Post?«

»Sie wurde unter der Tür durchgeschoben. Warum fragen Sie? Meinen Sie, die Karte war von Crill?«

»Möglicherweise.«

»Ich muss auflegen. Ich möchte nicht mehr von Ihnen hören. Verstanden?«

»Ja. Vielen Dank, Hannah.«

Ich rief Lisa an. Ich hörte den Cafélärm im Hintergrund.

»Claire? Ich habe zu tun. Außerdem hatte ich gesagt …«

»Bitte. Nur einen Augenblick. Es ist wichtig.«

»Ich muss Sie zurückrufen. In zehn Minuten?«

Ich starrte auf mein Handy.

»Lisa?«

»Ich habe nur ein paar Minuten. Hier laufen die Mittagsbestellungen.«

»In dem Jahr, in dem es passiert ist. Haben Sie da eine Karte zum Valentinstag bekommen?«

»Was?«

»Eine Karte zum Valentinstag. Haben Sie in dem Jahr eine bekommen, ohne Absender?«

»Ja, habe ich, aber ich war mir sicher, dass sie von Bill kam. Zu der Zeit bemühte er sich um eine Versöhnung. Ich habe die Karte ins Feuer geschmissen.«

»Wo war sie?«

»Wie meinen Sie das?«

»Kam sie mit der Post?«

»Sie steckte unter der Hintertür. Ich dachte mir, dass er sie dort deponiert hatte, als er Emma abholte.«

»Haben Sie ihn je danach gefragt?«

»Ich habe sie ignoriert. Wollen Sie mir sagen, die Karte war von Crill?«

»Ich halte es nicht für ausgeschlossen.«

»Damals schon? Er war damals schon an meiner Hintertür?«
»Möglicherweise.«
»Das ist schrecklich.«
Ich steckte mein Handy ein. Ich verließ das Café und blieb auf dem Gehweg stehen. Es war bitterkalt, ein leichter Nieselregen hing in der Luft, grauer Nebel verdunkelte die Straßen.
Ich sah aus wie sie. Ich hatte am Valentinstag eine Karte bekommen. Sie hatte unter der Hintertür gesteckt.
Ich stand wie angewurzelt da, obwohl ich zu gehen versuchte. Ich bekam kaum noch Luft. Die Straße war voller Leute, die nach der Mittagspause auf dem Weg zurück ins Büro waren.
*Was, wenn Crill einen Weg gefunden hatte, das Gefängnis zu verlassen, was, wenn er gar nicht der Täter war, was, wenn da draußen ein anderer sein Unwesen trieb, was, wenn ich reingelegt worden war, die nächste auf der Liste war, was, wenn jemand versuchte, in mein Haus einzubrechen, was, wenn Annie etwas zustieß?*
Ich schaute auf meine Uhr. Annie war noch in der Schule. Wenn sie nach Hause kam, musste ich dort sein. Ich musste nach Hause fahren. Ich musste sicherstellen, dass alle Fenster und Türen verschlossen waren.
Aber ich konnte mich nicht bewegen. Ich fing an zu zittern.
Ich trat einen Schritt zurück, drehte mich um, lief in eine kleine Gasse, die zur Parallelstraße führte. Nimm dir Zeit. Atme. Atme.
*Claire. Claire.*
Eine Berührung an meinem Arm. Ich zucke zusammen, höre mich schreien, ein heiseres, ängstliches, hilfloses Kreischen. Jemand packt mich am Arm und dreht mich um. Max starrt mir ins Gesicht. »Was ist los?«

»Ich habe nur … du hast mich erschreckt.«
»Unsinn. Irgendwas stimmt nicht. Du bist weiß wie die Wand. Erzähl mir, was los ist.«
»Nichts. Es ist gar nichts.«
»Komm mit. Da rein. Ich hole dir einen Tee.«
Ich saß am Fenster und starrte hinaus, während er den Tee bestellte.
»Okay. Erzähl. Irgendetwas ist los, und ich möchte wissen, was.«
Was sollte ich sagen? »Ich habe im Fall Crill recherchiert. Das weißt du.«
»Ja.«
»Ich habe mit einigen der Opfer gesprochen.«
»Das muss hart gewesen sein.«
»Es ist mehr als das. Sie sehen aus wie ich. Sie sehen sich ähnlich, und sie sehen aus wie ich.«
»Er hat Frauen überfallen, die einem bestimmten Typ entsprachen. Was hat das mit dir zu tun?«
»Alle Frauen, mit denen ich gesprochen habe, haben im Jahr des Überfalls am Valentinstag eine Karte bekommen. Meine kam dieses Jahr.«
Er schwieg. Er nahm meine Hand. »Claire, hör mir bitte zu. Crill sitzt im Gefängnis. Er kann nicht raus. Du bist in Sicherheit. Vielleicht identifizierst du dich zu sehr mit der Sache. Es macht dir zu schaffen. Vielleicht solltest du eine Pause einlegen.«
»Aber wie erklärst du, dass ich wie die anderen Opfer aussehe und am Valentinstag eine Karte unter meiner Tür gefunden habe, genau wie sie?«
»Warum sprichst du von den *anderen Opfern?* Du bist kein Opfer, okay? Du wirst kein Opfer sein. Das Ganze wird dir zu viel. Du solltest auf Abstand gehen.«
»Aber …«
»Vielleicht siehst du den Frauen, die Crill überfallen hat,

tatsächlich ähnlich, aber das ist reiner Zufall. Ein Zufall, Claire. Es gibt viele, viele kleine, schlanke, hübsche Blondinen auf dieser Welt.«

»Danke.«

»Aber du bist natürlich einmalig.«

Er grinste mich an. Ich musste lächeln.

»Aber die Karte.«

»Okay, die Karte. Hör mal, das wird auch nur ein Zufall sein. Du bist eine attraktive Frau, du hast zu vielen Menschen Kontakt, alle möglichen Leute können dir eine Karte vorbeigebracht haben. Aber dass Crill dir persönlich eine Valentinskarte gebracht hat, ist absolut ausgeschlossen. Niemals in der Welt. Der Gedanke ist einfach absurd.«

»Was, wenn Crill gar nicht schuldig ist? Was, wenn der richtige Täter noch frei herumläuft?«

»Crill ist schuldig. Daran gibt es keinen Zweifel. Du hast selbst recherchiert. Du weißt, dass er schuldig ist. Er sitzt im Gefängnis, und er wird noch sehr lange dort bleiben. Ende der Geschichte.«

»Und was, wenn irgendjemand Crill nachahmt und mir nachstellt?«

»Was, wenn? Was, wenn? Claire, meinst du wirklich, ich würde zulassen, dass dir irgendwas zustößt? Falls sich irgendjemand anders deiner Tür nähert, hast du innerhalb von Sekunden zwanzig Streifenwagen vor dem Haus.«

»Oho«, lachte ich. »Mein Beschützer.«

»Ich passe auf dich auf. Nun zu einem weiteren ›was wäre, wenn‹. Was wäre, wenn wir heute Abend zusammen ausgehen?«

»Heute Abend?«

»Heute Abend.«

»Annie.«

»Annie wird schon nichts passieren. Sie ist alt genug, um ein paar Stunden allein zu Haus zu bleiben, während ihre

gestresste Mutter sich entspannt. Wenn du willst, lasse ich das Haus so lange observieren.«
»Ich weiß nicht.«
»Ich hole dich gegen sieben ab.«
»Also gut. Ja, gern.«
»Und hör auf, dir Sorgen zu machen. Du siehst Gespenster. Es stimmt, manchmal werden Frauen überfallen, das ist furchtbar, aber statistisch gesehen ist ein Verkehrsunfall viel wahrscheinlicher. Tatsächlich ist es, statistisch gesehen, sogar wahrscheinlicher, dass du mit einem Flugzeug abstürzt. Und du weißt, das passiert selten.«
»Damit machst du mir wirklich Mut! Fahr nicht mehr Auto, steig in kein Flugzeug mehr. Danke!«
»Es freut mich, einen positiven Einfluss auf Sie zu haben, Ms. Wright! Ich eskortiere dich jetzt zu deinem Auto, und heute Abend sehen wir uns wieder.«
Er begleitete mich zum Auto. Er beugte sich herunter und küsste mich auf die Wange. »Nächstes Jahr bekommst du zum Valentinstag eine Karte von mir, okay?«
»Okay.«

## 41.
## Annie

Noch eine Woche, dann durfte ich wieder nach draußen. Ich drehte langsam durch. Während der letzten drei Wochen hatte ich nichts anderes getan, nichts anderes tun dürfen, als zur Schule zu gehen, nach Hause zurückzukommen, die Hausaufgaben zu erledigen. Keine Telefonate. Keine Wochenendausflüge. Kein gar nichts.
Es war nicht fair. Wieder und wieder hatte ich versucht,

Mum zu erklären, was passiert war. Ich hatte mich aufgeregt, ich hatte einfach nicht in den Unterricht zurückgekonnt. Aber es war ihr egal. Sie hörte mir nicht einmal zu, wenn ich ihr erzählte, dass ich in der Schule geärgert, eigentlich sogar gemobbt wurde. Ich hatte keine andere Wahl gehabt als zu flüchten. Die Erwachsenen redeten ständig davon, dass man auf sich aufpassen und sich aus gefährlichen Situationen raushalten sollte. Aber wenn man es dann so machte, war es doch wieder falsch, und man wurde bestraft. Es war auch unfair von der Schule gewesen, Mum einfach so anzurufen. Die anderen schwänzten scharenweise den Unterricht. Aber mich hatten sie auf dem Kieker. Auf mir hackten sie rum.

Es war nur wegen Savannah, da war ich mir sicher. Die Lehrer hatten ein Auge auf uns. Am Anfang jeder Unterrichtsstunde ließen sie den Blick durchs Klassenzimmer schweifen, um sich zu vergewissern, dass wir auf unseren Plätzen saßen. Es war so offensichtlich und so unnötig. Und das war nicht alles. Beispielsweise fragten sie ständig nach, ob wir schon mit unseren Hausarbeiten angefangen hätten, und sie veranstalteten ein riesiges Theater, wenn wir sie nicht pünktlich abgaben. Sie fragten uns aus und zogen die Augenbrauen hoch, wenn wir mal die Antwort nicht wussten.

So etwas war mir früher nie passiert. Ich war immer die Musterschülerin gewesen. Und jetzt musste ich mir diesen Mist antun, bloß weil ich eine neue Freundin hatte, die die Lehrer nicht leiden konnten.

Savannah sagte, vergiss es, ist doch deren Problem, wenn sie sich dermaßen lächerlich aufführen. Aber ich konnte es nicht einfach vergessen. In meinen Augen war es Schikane. Wir wurden rausgepickt und wie Kriminelle behandelt.

Ich wurde sogar ins Büro der stellvertretenden Schuldirektorin bestellt. Vor Unterrichtsbeginn hatte Mr. Jones mir

einen Brief gegeben und mir gesagt, ich solle mich bei Ms. Dowling melden, und ich saß die ganze Stunde lang da und fragte mich, was ich verbrochen hatte. Und vor ihrer Tür musste ich noch einmal eine halbe Ewigkeit warten.
Endlich wurde ich reingerufen. Sie schrieb einfach weiter, ließ mich vor ihrem Schreibtisch herumstehen. Ihr Verhalten war so leicht zu durchschauen. Sie zeigte auf den Stuhl, dann starrte sie mich durch ihre randlose Brille mit finsterer, strenger Miene an, als wäre sie von der Gestapo. Sie kannte Mum. Sie war sogar ein paarmal bei uns zu Hause gewesen. Wenn sie mir im Schulgebäude über den Weg gelaufen war, hatte sie mich *Kleine* genannt. Nicht, dass mir das gefallen hätte. Aber nun starrte sie mich an wie den letzten Dreck.
»Annie«, sagte sie.
Ich starrte unverhohlen zurück. Auf gar keinen Fall würde ich mit gesenktem Kopf vor ihr sitzen und so tun, als schämte ich mich.
»Dein Rock ist ein bisschen zu kurz für die Schule«, sagte sie, »außerdem sollen unsere Schülerinnen sich nicht schminken.«
»Ja, Ms. Dowling.«
Sie hatte mich in ihr Büro bestellt, weil mein Rock zu kurz war?
Sie seufzte und warf mir einen freundlichen, aber irgendwie gequälten Blick zu.
»Annie, ich habe dich zu mir gebeten, weil sich deine Lehrer an mich gewandt haben. Sie machen sich Sorgen um dich. Du weißt, deine Lehrer haben immer große Stücke auf dich gehalten, ehrlich gesagt, hat man dich schon als die nächste Schulsprecherin gehandelt. Aber in diesem Jahr haben deine Leistungen stark nachgelassen, und auch dein sonstiges Benehmen … Na ja, offen gesagt, sind einige Lehrer von deinem Benehmen enttäuscht.«

Das war so unfair. Ich fühlte, wie mein Gesicht knallrot wurde. Ich hatte das Gefühl, im nächsten Augenblick in Tränen auszubrechen.
»Ja, Ms. Dowling.«
»Ich möchte wissen, wie du darüber denkst.«
»Über meine Zensuren, meinen Sie?«
»Nun ja, zunächst einmal auch das.«
»Ich finde den Stoff in diesem Jahr besonders schwierig. Es ist nicht mehr so einfach, gute Zensuren zu bekommen.«
»Aber du bist eine begabte junge Frau, Annie, trotzdem erzählen mir deine Lehrer, dass du die Hausaufgaben nicht pünktlich abgibst und deine Leistungen zudem nicht unseren Erwartungen entsprechen. Könnte es sein, dass du einfach nicht genug lernst?«
Ich schwieg. Sie runzelte die Stirn und tat so, als überfliege sie meine Noten, die vor ihr auf dem Tisch lagen.
»Annie, wann immer wir uns in der Vergangenheit unterhalten haben, hast du den Eindruck vermittelt, dir große Ziele gesteckt zu haben. Um diese Ziele zu erreichen, brauchst du gute Noten. Glaubst du wirklich, dass du dein Bestes gibst?«
»Ja, Ms. Dowling.«
Ein langgezogener Seufzer. »Aber hauptsächlich geht es mir, und in diesem Punkt sind sich alle Lehrer einig, um deine Einstellung. Bis jetzt bist du immer nur durch dein freundliches, aufgeschlossenes Wesen und durch dein großes Engagement bei den Aktivitäten außerhalb des Stundenplans aufgefallen. Letztes Jahr zum Beispiel warst du in der Rudermannschaft, du hast Badminton und Tennis gespielt und warst beim Schulmusical dabei. Ich weiß noch, dass ich deinen Auftritt beeindruckend fand. Aber dieses Jahr hast du dich anscheinend aus allen Aktivitäten zurückgezogen. Mr. Breen war furchtbar enttäuscht, als du dich geweigert hast, für die diesjährige Aufführung vorzusingen.

Kannst du mir erklären, warum du dich aus allem zurückgezogen hast?«
»Wahrscheinlich habe ich mit den Hausaufgaben mehr als genug zu tun.«
Pause. Starren. Werden Lehrer von der Polizei in der Technik des Kreuzverhörs ausgebildet? »Aber deine Noten, Annie. Deine Noten.« Stimme: leicht atemlos und in einem laaangen Seufzen ausklingend. Körperhaltung: schlaff, Hoffnungslosigkeit und Verzweiflung ausdrückend.
»Ich werde mir mehr Mühe geben, Ms. Dowling.«
Rücken wieder durchgedrückt. Durchdringender Blick. »Das hoffe ich sehr. Wenn du möchtest, organisiere ich Nachhilfeunterricht für dich. Soll ich mich darum kümmern?«
»Nein danke, Ms. Dowling.«
Stirnrunzeln. »Eine Sache noch, bevor du gehst, Annie. Deine Lehrer haben sich ernstlich besorgt über deinen momentanen Umgang geäußert. Ich will an dieser Stelle keine Namen nennen, aber ich möchte, dass du gut über das nachdenkst, was ich dir jetzt sage. Seine Freunde sollte man sich sehr sorgfältig aussuchen. Manchmal wollen jene, die sich deine Freunde nennen, nicht das Beste für dich. Im Gegenteil, sie fügen deinem Ruf irreparablen Schaden zu. Loyalität ist etwas sehr Wichtiges, aber manchmal ist sie unangebracht. Eine bestimmte Schülerin dieser Schule hat für Gerüchte und schwerwiegende Vorwürfe gesorgt. Ich möchte nicht, dass du mit hineingezogen wirst.«
»Ja, Ms. Dowling.«
Nach vorne beugen. Vertrau mir. »Hast du mich verstanden, Annie?«
Ich starrte zurück.
»Wenn du möchtest, vereinbare ich einen Termin bei der Schulpsychologin für dich. Heute noch. Sofort, wenn du willst. Sie unterliegt der Schweigepflicht. Vielleicht kannst

du mit ihr offener reden als mit mir oder deinen Lehrern. Und keiner deiner Mitschüler braucht zu erfahren, dass du bei ihr warst.«
*Ja, klar.* Das Büro der Schulpsychologin liegt direkt neben dem Haupteingang. Alle wissen, wer zur schuleigenen Seelenklempnerin geht.
»Wenn du willst, vereinbare ich gleich einen Termin.«
*Sag nichts.*
»Möchtest du mit der Schulpsychologin reden, Annie?«
»Nein, Ms. Dowling.«
»Hast du noch eine Frage?«
»Kann ich jetzt gehen, Ms. Dowling? Ich habe gleich Mathe, da möchte ich nicht zu spät zum Unterricht kommen.«
»Annie, dein Benehmen gefällt mir ganz und gar nicht.«
»Das tut mir leid, Ms. Dowling.«
»Also schön. Du kannst gehen. Annie, du bist uns nicht egal. Wir möchten die alte Annie von früher zurück. Bitte, denk drüber nach.«
»Ja, Ms. Dowling.«
Ich wollte nur raus. Ich wollte raus, weg, egal wohin. Aber ich saß in der Falle. Wenn ich jetzt auch nur eine Stunde schwänzte, hätte ich die Artillerie am Hals. Ich konnte das Schulgelände nicht verlassen, ohne dass irgendwer Mum anrief. Ich konnte nicht im Aufenthaltsraum oder in der Bibliothek sitzen, ohne dass irgendein Lehrer mich fragte, warum ich nicht im Unterricht war.
Ich konnte nicht einmal mit Savannah reden. Sie war nicht in der Schule. Savannah war oft nicht in der Schule, aber *ihre* Mutter schrieb ihr Entschuldigungen. Das mit den Fehlstunden sah sie locker. Savannahs Mutter hatte Verständnis dafür, dass man sich manchmal eben nicht so gut fühlte und dass die Schule in dem Fall nicht der richtige Ort war. Savannahs Mutter sagte, die Begegnung mit einer frem-

den Kultur würde einen schon weiterbilden, außerdem könne Savannah den Stoff nachholen, sobald sie wieder in den Vereinigten Staaten sei.

Wieder in den Vereinigten Staaten. Ich versuchte zu ver drängen, wie einsam ich mich nach Savannahs Abreise fühlen würde. Das Jahr verflog, es war schon August, und Ende November würde Savannah wegziehen. Inzwischen redete sie über die Rückkehr, als freue sie sich darauf, als könne sie es gar nicht erwarten, wieder bei ihren alten Freundinnen zu sein. Ich schob es auf die Tatsache, dass wir uns kaum noch sahen. Mum verhinderte, dass ich Savannah traf, sie nahm uns auch noch das bisschen Zeit, das uns blieb.

Als ich von der Schule nach Hause kam, war Mum in der Küche. Sie belegte eine Pizza.

»Hallo, Annie. Heute Abend gehe ich aus. Ich habe dir eine Pizza gemacht. Du brauchst sie nur noch für zehn Minuten in den Ofen zu schieben. Und im Kühlschrank steht Apfelkuchen.«

»Hmm, wie lecker«, sagte ich in sarkastischem Ton.

»Hey, Pizza hast du immer gemocht.«

Ich starrte auf den Pizzabelag, als fände ich ihn wirklich ekelhaft. »Nicht solche.«

»So essen wir sie doch immer.«

»Warum müssen wir immer das Gleiche essen? Wo willst du überhaupt hin?«

»Das weiß ich noch nicht.«

»Gehst du mit Max aus?« Ich sprach seinen Namen aus, als fände ich auch ihn wirklich ekelhaft.

»Ja.«

»Ach so.« Ich ging zur Tür.

»Annie, was ist mit dir los?«

»Wie schön für dich. Mit deinem *Freund* auszugehen, während ich allein diese Ekelpizza essen muss.«

»Annie, dein Ton gefällt mir gar nicht.«

»Ent-schul-di-gung.«
»Annie, entschuldige dich richtig, auf der Stelle!«
»Ich habe die Schnauze voll davon, ständig hier zu sein. Ich habe mir in der Schule wirklich Mühe gegeben, trotzdem darf ich nirgendwohin. Ich fühle mich wie im Gefängnis.«
»Es ist nur noch für eine Woche.«
»Ja. Klar. Geh aus und amüsier dich. Kümmere dich nicht um mich.«
Ich ging in mein Zimmer und warf mich aufs Bett. Ich weinte. Es war Freitagabend, und ich würde für den Rest des Wochenendes niemanden sehen und nichts unternehmen. Ich konnte mit Mum nicht über das Gespräch mit der Schulleiterin reden. Klar, sie würde mir zuhören und sagen, es tue ihr leid, dass ich mich so geärgert hatte, aber dann würde sie sagen, dass Ms. Dowling mir sicher nur helfen wolle und in einigen Punkten vielleicht recht habe. Ich wusste, dass sie mit Ms. Dowling einer Meinung war und dass sie eigentlich nur wollte, dass ich mir den Arsch aufriss, meine Noten besser wurden, ich wieder mit Schulsport anfing, Savannah fallenließ und mich mit meinen alten Freundinnen versöhnte. Mum wollte nur die kleine, brave Annie zurück, denn dann wäre alles wieder so wie früher. Und ein Teil von mir weinte, weil auch ich all das wiederhaben wollte. Aber dafür war es zu spät.
Ich konnte nicht einmal meine beste Freundin anrufen und alles mit ihr besprechen, denn ich durfte das Handy nicht benutzen.
Mum kam herein und setzte sich aufs Bett. »Annie, Schätzchen, ich möchte nicht, dass es zwischen uns so ist.«
»Ich hasse die Schule. Ich hasse alles.«
»Ich werde Max anrufen und absagen. Ich bleibe bei dir.«
»Nein, Mum, geh aus. Ich will allein sein. Wirklich.«
»Aber ich möchte dich nicht allein lassen, wenn du so unglücklich bist.«

»Ich will allein sein.«
Sie nahm meine Hand und drückte sie. Ich drückte nicht zurück, aber ich musste wieder weinen. Ich liebte Mum. Ich liebte sie, aber irgendwie war alles schiefgegangen.
»Annie, während der letzten Wochen hast du dir wirklich Mühe gegeben. Du hast viel für die Schule getan. Ich will den Hausarrest nicht vorzeitig aufheben, ich möchte, dass du dich noch eine Woche lang daran hältst. Aber wenn du heute Abend eine Freundin einladen möchtest, zum Teetrinken oder Fernsehen, dann würde ich es erlauben. Ausnahmsweise.«
Ich setzte mich auf und starrte sie an. Sie wirkte gar nicht glücklich über ihren Vorschlag, so als zweifle sie daran, dass es richtig war.
»Darf ich Savannah einladen?«
»Ja.«
»Darf sie bei uns übernachten?«
Mum überlegte kurz. »Ja, aber nur, weil morgen schulfrei ist. Sie kann zum Frühstück bleiben, und wenn du möchtest, backen wir Pfannkuchen.«
»Ich rufe sie an. Mum, du bist die beste Mutter der Welt.«
»Ich weiß nicht. Manchmal fühle ich mich eher wie die schlechteste Mutter der Welt.«
»Darf ich mein Handy haben?«
»Ja, und meinetwegen kannst du es von jetzt an behalten. Du hast dir, wie ich schon sagte, viel Mühe gegeben, deswegen bekommst du dein Handy zurück.«
Mum gab mir mein Handy. Mein Gott, es fühlte sich so gut an, es wieder in der Hand zu halten. Mein eigenes, kleines schwarz-silbernes Handy. Ich rief Savannah an.
»Annie?«
»Mum sagt, ich darf dich über Nacht einladen. Sie hat eine Verabredung.«
»Cool!«

»Komm rüber, sobald du kannst. Willst du eine DVD mitbringen?«

»Okay.«

Mum zog sich um, und ich kümmerte mich um die Pizza. Ich belegte sie mit allem, was ich mochte, Oliven, Paprika, getrocknete Tomaten. Savannah war immer noch nicht da, als Max kam, um Mum abzuholen.

»Vielleicht sollten wir warten, bis sie hier ist«, sagte Mum.

»Wenn du möchtest, rufe ich im Restaurant an und ändere die Reservierung«, sagte Max.

Eigentlich mochte ich Max ganz gern. Für einen relativ alten Mann sah er noch ziemlich gut aus, außerdem mochte er Mum offensichtlich sehr. Ich merkte es an der Art, wie er sie ansah und ihr zuhörte und versuchte, sie glücklich zu machen.

»Ist schon okay«, sagte ich, »wahrscheinlich kann sie sich nicht entscheiden, welche DVD sie mitbringen soll. Ich warte allein auf sie.«

»Wenn du meinst«, sagte Mum. »Aber schließ die Tür ab, bis sie kommt, hörst du? Und wenn sie da ist, schließt du wieder ab.«

Ich bemerkte Max' Blick, als sie das sagte, so als beunruhige ihn ihre übertriebene Sorge.

»Ist schon okay, Mum«, sagte ich. »Wir können auf uns aufpassen.«

Aber Savannah kam nicht. Ich versuchte, sie anzurufen, erwischte aber immer nur die Mailbox. Zuerst dachte ich, sie ließe sich einfach nur Zeit und kaufe ein und suche eine DVD aus. Dann machte ich mir Sorgen. Vielleicht war ihr etwas zugestoßen. Vielleicht würde sie nicht kommen.

Dann hörte ich ein Auto vor dem Haus und ihre schnellen Schritte auf dem Gartenpfad. Ich öffnete die Tür.

Savannah hatte zwei Jungen mitgebracht. Sie hielt eine Weinflasche in der Hand und kicherte. Mist. Mum würde

ausrasten, wenn sie davon erfuhr. Ich wusste nicht, was ich tun sollte.
»Das ist Annie. Und das hier sind Joe und Sam.«
»Hallo«, sagte ich. Ich blieb einfach in der Tür stehen.
»Willst du uns nicht reinlassen?«
»Äh, ja. Okay.«
Sie gingen an mir vorbei in die Küche. »Pizza. Cool«, sagte Savannah.
»Ich muss sie noch backen.«
Ich kam mir unbeholfen und ein bisschen dumm vor. Die anderen schauten mir zu, während ich den Ofen einschaltete und die Pizza hineinschob. Savannah legte eine DVD ein. Sie kam mit der Weinflasche zu mir. »Gläser?«, fragte sie.
»Savannah«, flüsterte ich, »wenn Mum erfährt, dass Jungs hier waren, flippt sie aus. Eigentlich habe ich Hausarrest, schon vergessen?«
»Das ist schon in Ordnung. Ich habe ihnen gesagt, dass sie früh gehen müssen. Ich war schon mit ihnen verabredet, deswegen habe ich sie, als du mich eingeladen hast, einfach gefragt, ob sie mitkommen wollen. Wann kommt deine Mum nach Hause?«
»Gegen elf. Aber …«
»Ist schon gut, Annie. Spätestens um halb elf sind sie hier raus.«
»Aber ich will … eigentlich will ich Mum nicht anlügen.«
»Musst du auch gar nicht. Sie wird nichts merken. Komm, das wird toll. Supertoll.«
Sie sah mich an und kicherte wieder, und ich lächelte zurück. Obwohl ich es gar nicht wollte. Vielleicht, vielleicht würde ja nichts passieren. Es war nicht mein Fehler. Es war ein Missverständnis.
Die Jungs hatten Bier dabei. Savannah und ich tranken Wein. Wir aßen die Pizza auf, und dann machte ich eine zweite, die wir ebenfalls aßen.

Die Jungen waren nett. Sie sahen echt gut aus. Sam hatte dunkles Haar und dunkelblaue Augen, und er lachte viel. Wir hörten Musik und unterhielten uns, und dann knipsten wir die Lichter aus und tanzten. Savannah und Joe verließen das Zimmer. Ich saß mit Sam auf dem Sofa. Mein Kopf drehte sich ein bisschen, die Musik war richtig gut, und der ganze Ärger in der Schule war vergessen. Ich küsste Sam, seine Lippen waren warm und weich. Ich wehrte mich nicht, als er seine Hände unter mein Top schob und meinen BH aufhakte. Wir drückten uns eng aneinander und küssten und küssten uns.

Ich hörte ein Geräusch. Ich sprang vom Sofa auf, als hätte ich einen Stromschlag bekommen, und rückte mir das Top zurecht. Mist. Wie spät war es? Ich knipste das Licht an und schaute auf mein Handy. Fast elf.

»Du musst gehen. Schnell. Sammel dein Zeug ein. Du musst sofort gehen.«

Sam setzte sich auf und blinzelte mich im hellen Licht an. »Was ist los?«

»Du musst gehen. Sofort. Meine Mum kommt. Verdammter Mist.«

Ich lauschte. Das Geräusch war verstummt. Es war nicht Mum. Noch nicht. Aber sie würde jeden Moment hier sein.

Ich öffnete die Tür und rief durch den Flur: »Savannah? Es ist spät, kommt raus.«

Sie und Joe kamen eng umschlungen durch den Flur.

»Los«, sagte ich, »beeilt euch. Hier, nehmt die Bierflaschen und die Weinflasche mit. Ihr müsst gehen.«

Sam versuchte, mich noch einmal zu küssen, aber ich schubste ihn weg. »Du musst gehen. Du musst sofort gehen.«

Savannah ging mit den Jungs nach draußen. Ich fing an aufzuräumen. Auf dem Boden waren Kissen und Gläser, in der

Küche herrschte das reine Chaos. Savannah kam zurück und schaute mir zu. »Entspann dich. Das kommt schon in Ordnung.«
»Nicht, falls Mum was erfährt.«
»Hey, Annie-Fanny, ich helfe dir.«
Sie wirbelte durchs Wohnzimmer und sammelte die Kissen ein, sie kratzte Käsereste vom Boden, warf die übrig gebliebenen Tomaten und Zwiebeln in den Müll und wischte den Küchentresen ab. Sie sang ein Lied aus einer Putzmittelwerbung. Sie stürmte aus dem Zimmer und kam mit einem Raumspray zurück, das sie überall versprühte, auch auf mich. »Frisch und rein«, trällerte sie.
Ich musste lachen. Die Jungen waren weg, alles war sauber und aufgeräumt und Mum noch nicht einmal zurück. Ich hatte mich völlig umsonst aufgeregt.
»Sorry«, sagte ich. »Ich hatte solche Angst, Mum würde nach Hause kommen und mir für den Rest meines Lebens Hausarrest erteilen.«
»Ist schon okay.«
»Möchtest du einen Kakao? Und Apfelkuchen mit Eis?«
»Ja.«
Wir zogen uns Schlafanzüge an und nahmen den Kakao und den Kuchen mit ins Bett.
»Wie fandest du Sam?«
»Oh mein Gott«, sagte ich, »er ist so süß! Und jetzt komme ich mir blöd vor. Ich habe gedacht, ich höre draußen ein Geräusch. Ich habe ihn fast vom Sofa geschubst.«
Savannah kicherte. »Was habt ihr auf dem Sofa gemacht?«
»Was habt ihr im Schlafzimmer gemacht?«
Wir mussten beide kichern. Alles war wieder in Ordnung. Savannah war da, wir aßen und kicherten und unterhielten uns und hatten Spaß. Ich erzählte ihr von Ms. Dowling.
»Mach dir keine Sorgen. Am besten, du denkst nicht mehr drüber nach. Sie ist bloß eine alte, neidische Kuh.«

»Sie hat mir das Gefühl gegeben, dass alle Lehrer mich hassen.«
»Und wenn schon?«
Aber es war mir nicht egal. Auch wenn ich es mir anders gewünscht hätte.
»Annie, hör mal, was die Lehrer denken, ist doch egal. In zwei Jahren bist du da weg, dann hast du dein eigenes Leben, während die immer noch in der Schule sitzen. Wie traurig ist das denn, bitte?!«
»Das ist ja wohl der schlimmste Job der Welt«, sagte ich.
Wir unterhielten uns wieder über die Jungen, und Savannah meinte, Sam würde mich sehr mögen. Wir würden alle viel Spaß haben, sobald ich aus dem Gefängnis entlassen war.
Ich lag wach und lauschte Savannahs Atem und wartete auf Mum, aber irgendwann schlief ich ein und hörte sie nicht nach Hause kommen. Als wir am nächsten Morgen in die Küche kamen, war sie schon dabei, den Pfannkuchenteig anzurühren.
»Ihr zwei habt so tief und fest geschlafen«, sagte sie. »Danke fürs Aufräumen. Die Küche hat geglänzt.«
»Ist schon okay«, sagte ich. »Das meiste hat Savannah gemacht.«
»Habt ihr einen guten Film gesehen?«
»Wir haben nur Musik gehört und uns unterhalten«, sagte Savannah, »und wir haben Pizza gegessen. Wir haben uns zwei gemacht. Wir hatten solchen Hunger.«
»Ihr habt zwei ganze Pizzen gegessen?«
»Ja. Sie waren köstlich, vielen Dank. Hatten Sie einen schönen Abend, Claire?«
»Ja, danke.«
»Tja, wir auch.«
Der Morgen war sonnig, wir setzten uns an den Gartentisch und aßen Pfannkuchen. Mir schien, dass Savannah und Mum sich besser verstanden als früher. Sie lachten und

redeten viel mehr als sonst. Mum wirkte richtig glücklich. Ich hatte nicht mehr gelesen, was sie über Crill schrieb. Sie war die meiste Zeit zu Hause gewesen, deswegen hatte ich nicht an ihren Computer gekonnt. Vielleicht näherte sie sich dem Schluss, vielleicht ging es ihr mit der Arbeit insgesamt besser.

Oder vielleicht hatte sie eine wirklich tolle Zeit mit Max gehabt. Das war ein komisches Gefühl für mich. Mum und ich waren immer zu zweit gewesen. Was, wenn er bei uns einzog? Was, wenn sie wollte, dass wir bei ihm einzogen? In dem Fall würde es ihr vielleicht nicht mehr so viel ausmachen, wenn ich zu Savannah nach New York ging. Tief in meinem Herzen wusste ich aber, dass ich noch nicht so weit war.

Wie ich da in der Sonne saß und zuhörte, wie Mum und Savannah sich unterhielten, ein Lächeln aufsetzte und Interesse vorschützte, hatte ich das Gefühl, dass alles um mich herum ins Wanken geraten war. Und mir blieb nichts anderes übrig, als irgendwie durchzuhalten.

## 42.
# Claire

Als Annie sagte, ich sei die beste Mutter der Welt, fing ich fast zu weinen an. Früher hatte sie das dauernd gesagt und sich dabei an meinen Hals geworfen. Nun erinnerte es mich daran, dass sie es kaum noch sagte und wie sehr ich es vermisste.

Ich fühlte mich wie die schlechteste Mutter der Welt. Bis zu diesem Jahr hatte ich mich nie mit Erziehungsratgebern beschäftigt. Die meiste Zeit war alles ganz einfach gewesen.

Als es schwierig wurde, machte ich mich auf die Suche nach Antworten. Linda steckte mir Bücher über den Umgang mit Teenagern zu. *Nicht, dass die helfen würden,* sagte sie, *aber man fühlt sich besser, wenn man sieht, dass es den anderen nicht besser ergeht.*

Konsequentes Verhalten. Klare Grenzen. Denken Sie gut über die Regeln nach, die Sie aufstellen wollen. Setzen Sie sie durch.

Und dann brach ich sämtliche Regeln, indem ich Savannah an jenem Abend bei uns übernachten ließ.

Nur, damit ich mit meinem *Freund* ausgehen konnte. Herrgott, Claire, du hast den Wochenpreis für Inkonsequenz gewonnen.

Daran musste ich denken, als Max mir in sein Auto half und mich durch die Stadt fuhr.

»Ich habe einen Tisch bei diesem neuen Japaner reserviert«, sagte er. »Du magst doch japanisches Essen, oder?«

»Klingt gut.«

»Ich glaube, wir müssen dort unsere Schuhe ausziehen und auf dem Boden sitzen. Wäre das okay?«

»Mmm.«

»Bist du in Gedanken? Doch nicht immer noch wegen Crill, oder?«

»Ich hatte einen Mutter-Tochter-Streit.«

»Worum ging es?«

»Ist nicht so wichtig.«

Er schwieg und konzentrierte sich aufs Fahren. Er steuerte einen Parkplatz an, stellte den Motor ab, drehte sich zu mir um. Sein Gesicht war ernst. »Wieso habe ich das Gefühl, du erzählst mir von allem nur die Hälfte? Ganz offensichtlich machst du dir Sorgen um Annie, aber du tust es einfach ab. So wie die Sache mit Crill. Als ich dich heute getroffen habe, warst du wie unter Schock, aber du erzählst mir, alles sei in Ordnung. Was ist los mit dir?«

»Das sind meine Probleme. Ich will dich nicht damit belasten.«
Ich hörte meine Stimme. Spröde. Distanziert. Aber was zum Teufel sollte ich tun? Ihn mit hineinziehen? Ihn mit meinen banalen Horrorgeschichten zu Tode langweilen? Wie lange würde er es in dem Fall mit mir aushalten?
»Was willst du also tun, Claire? Kann ich von dir nicht mehr erwarten als eine oberflächliche Beziehung? Wie soll ich dich kennenlernen, wenn du mir nichts aus deinem Leben erzählst?«
»Ich erzähle dir etwas.«
»Ein bisschen was von deiner Arbeit, Bruchstücke, wenn es um deine Tochter geht. Ich kenne deinen Musikgeschmack ein wenig und weiß, was du gern liest. Was den Rest angeht, hältst du mich immer eine Armeslänge auf Abstand. Was ist los? Vertraust du mir nicht?«
»Darum geht es nicht. Überhaupt nicht. Es ist nur, na ja, du hast mich zu einem etwas schwierigen Zeitpunkt kennengelernt, mehr nicht. Diese Recherchen, die ich da mache – die setzen mir zu. Und dann ist da noch Annie. Sie war immer eine Mustertochter, ein liebes, offenes Mädchen, aber jetzt … mein Gott, manchmal habe ich das Gefühl, sie entgleitet mir.«
Er wandte den Kopf ab, legte beide Hände ans Steuer und starrte geradeaus. »Dann bin ich eine weitere Komplikation?«
»Nein, bist du nicht. Aber wir haben uns eben erst kennengelernt. Ich möchte nicht unsere gemeinsame Zeit mit meinem Gejammer verschwenden.«
»Ich möchte einfach nicht in dem Gefühl leben, ständig außen vor zu stehen.«
»Ich möchte nicht, dass du dich mit mir langweilst.«
»Langweilst?«
»Ja. Langweilst.«

»Warum sollte ich mich langweilen?«

»Wer will schon einer Frau zuhören, die immerzu über ihre Arbeit und ihre Teenagertochter meckert?«

»Ich. Falls es das ist, worüber du meckern willst, möchte ich es hören.«

Ich saß da, fühlte mich elend und starrte den Autos nach, die an uns vorüberfuhren. Ich saß angeschnallt auf dem Beifahrersitz, in Gedanken immer noch bei Annie, und fragte mich, ob Savannah endlich gekommen war, sorgte mich, dass Annie immer noch allein sei.

Ich fühlte, wie er meinen Sicherheitsgurt löste und mich an sich zog.

Ich schloss die Augen. Ließ mich umarmen und an seine Brust ziehen, legte mein Gesicht an seinen Hals, roch ihn, spürte sein Kinn an meiner Stirn. Mein Gott, es fühlte sich so gut an, sich an jemand Größeren anzuschmiegen, sich sicher zu fühlen.

Dann glitten seine Lippen über meinen Hals, fanden meinen Mund, seine Hände steckten unter meiner Bluse und streichelten meinen Rücken, und plötzlich war es mehr, als sich an einen großen, verlässlichen, verantwortungsbewussten Mann anzulehnen, mein ganzer Körper prickelte, meine Zunge war in seinem Mund, mein Körper bog sich ihm entgegen.

Dann schob er mich weg und schaute mir ins Gesicht. »Du liebe Güte«, sagte er, »ist eine Weile her, dass ich das letzte Mal Sex im Auto wollte.«

Mir war schwindlig vor Lust. Ich rückte wieder an ihn. »Für mich auch.«

»Möchtest du essen gehen?«

Ich zuckte die Achseln.

Er nahm meine Hand, ließ den Motor an. Ich lehnte mich mit geschlossenen Augen auf dem Beifahrersitz zurück.

Aus dem Auto, eine Einfahrt hinauf, über eine Treppe,

durch eine Tür, Arm in Arm, Küsse, Küsse, durch einen Flur, auf ein Bett.
Das erste Mal. Das Verlangen, zu schmecken und zu streicheln, alles zu bekommen, alles auf einmal. Auf jenem großen, weichen Bett, unsere Hände, Zungen überall, überall, finden, berühren, die langgezogene Fläche seines nackten Rückens, seine Finger, Zehen, Ohren, sein köstlich flacher Bauch, und da ist er schon in mir, konnte nicht warten.
Ich lag dicht neben ihm, mein Kopf auf seinem Arm, mein Körper der Länge nach an seinen gepresst.
»Viel besser als japanisches Essen«, sagte ich.
»In jeder Hinsicht.«
Er streichelte meine Schulter, meine Brust. Ich schloss die Augen.

Um drei Uhr morgens schlich ich unsere Einfahrt hinauf. Ich schloss die Haustür auf, öffnete sie vorsichtig. Wie würde ich es erklären, wenn Annie jetzt mit verschränkten Armen auf dem Sofa saß und mit finsterem Blick auf die Uhr starrte, *was glaubst du eigentlich, wie spät es ist?*
Die Küche stank nach Raumspray. Sehr verdächtig. Hatten die Mädchen geraucht? Reg dich ab, Claire, jeder probiert es mal aus. Ich warf einen Blick in Annies Zimmer. Die Mädchen schliefen tief und fest.
Kein Grund zur Aufregung. Ich machte mir zu viele Sorgen. Ich knipste die Lampe in meinem Schlafzimmer an, ging zum Fenster und wartete, bis Max die Scheinwerfer einschaltete, dann hörte ich das Auto davonfahren. Ich fiel auf mein Bett. Ich roch nach ihm, nach uns. Ich streckte mich aus, grinste, rollte mich zu einer verzückten, zufriedenen Kugel zusammen und schlief ein.

## 43.
# Annie

Die letzte Woche Knast. Und ich war das brave Mädchen. Ich schrieb drei Aufsätze, machte Mathe, lernte für den Geschichtstest. Ich vertrug mich mit Mum und jammerte nicht über den Hausarrest.
Aber Mum ging aus. Manchmal war sie nicht da, wenn ich von der Schule nach Hause kam. Sie erzählte mir, sie hätte die Recherchen zu dem Crill-Buch fast abgeschlossen und sei mit ihrer Arbeit ganz zufrieden. Sie brachte mir Schokolade mit und lachte öfter. Manchmal war Max zum Kaffee da, wenn ich von der Schule nach Hause kam. Die Dinge änderten sich. Daran würde ich mich gewöhnen müssen.
Savannah fehlte oft in der Schule. Während der vergangenen zwei Wochen war sie nur an zwei Tagen zum Unterricht erschienen. Aber auch daran gewöhnte ich mich. In der Schule saß ich jetzt meistens allein, während der Pausen ging ich in die Bibliothek. Ich holte den verpassten Stoff nach. Beim Geschichtstest schaffte ich siebenundneunzig von hundert Punkten. Mr. Jones lächelte sogar, als er mir die Arbeit zurückgab. Das war so bescheuert. Er hatte mich seit dem Beginn des Schuljahres kaum angesehen, und plötzlich lächelte er? Bildete er sich ein, ich hielte das für eine besondere Auszeichnung? Aber ich hatte lange über Ms. Dowlings Worte nachgedacht. Ich musste Savannah darin zustimmen, dass es egal war, ob die Lehrer mich mochten oder nicht; aber was Ms. Dowling darüber gesagt hatte, dass gute Noten für später wichtig seien, war richtig. Ich hatte mein Ziel aus den Augen verloren. Wenn ich auf die Uni und Film studieren wollte, bräuchte ich gute Noten.
Einmal kam ich früher aus der Schule zurück als sonst.

Mum war noch nicht zu Hause. Sie hatte mir einen Zettel an der Pinnwand hinterlassen und angekündigt, gegen fünf zurück zu sein. Ihr Laptop stand auf ihrem Schreibtisch. Ich klappte ihn auf und gab Mums Passwort ein. Ich las den Teil über die Frauen. Mittendrin stand ich auf, um alle Fenster zu schließen und die Hintertür zu verriegeln. Ich hatte Angst bekommen, und ich ekelte mich.

Ich hasste Crill. Als ich die Interviews mit ihm gelesen hatte, war er mir fast ein bisschen bemitleidenswert vorgekommen. Er war gruselig, aber er konnte einem leid tun. Ich dachte, wahrscheinlich war er bloß ein armer, trauriger, kranker Typ, der keine Freundin abbekommen und diese Sachen gemacht hatte, weil er ein bisschen verrückt war und sich nicht unter Kontrolle hatte. Solche Leute gibt es nun einmal. Sie machen Blödsinn, aber eigentlich können sie nichts dafür. Ich stellte mir vor, wie schrecklich es sein musste, jahrelang im Gefängnis zu sitzen und von allen gehasst zu werden.

Aber nachdem ich gelesen hatte, wie er in die Häuser eingebrochen war und diese Frauen gequält hatte und dabei so getan hatte, als wolle er ihnen nicht weh tun, als sei er ein Freund, um danach diese kranken Sachen mit ihnen anzustellen, wurde ich einfach nur wütend. Und die Tatsache, dass es solche Typen gab, machte mir Angst. Eine Frau hatte er halbtot im Badezimmer liegen lassen. Wie konnte man so etwas tun? Wie konnte man davonspazieren und einen sterbenden Menschen im Stich lassen? Wie konnte man jemanden verletzen, ohne etwas zu fühlen, ohne Mitleid oder schlechtes Gewissen? Gab es Menschen, die nicht fühlten wie wir?

Ich brachte es nicht über mich, alles zu lesen. Ich schaltete den Computer aus, stellte mich ans Fenster und wartete auf Mum. Da war ein Auto. Es fuhr dreimal an unserem Haus vorbei.

Jemand beobachtete unser Haus. Ich war mir sicher. Als Mum kam, rannte ich nach draußen und umarmte sie, dann half ich ihr, die Einkäufe reinzutragen. Ich half ihr, alles einzuräumen. Ich sagte, ich würde das Abendessen kochen. Nudeln mit Kürbis, Speck und Sahne.
Mum setzte sich mit einem Kaffee in die Küche und beobachtete mich. »Annie«, sagte sie, »ich hoffe, dass es dir inzwischen bessergeht. Ich weiß, das war kein einfaches Jahr.«
»Ist schon gut, Mum. Wirklich.«
»Na ja, das hoffe ich auch. Ich kann es nicht ertragen, wenn wir uns streiten.«
»Ich auch nicht«, sagte ich. Ich schnitt den Kürbis in kleine Würfel. »Mum?«
»Ja?«
»Meinst du … meinst du, dass wir hier sicher sind?«
»Ja. Warum fragst du?«
»Ach, da war dieses Auto, das die Straße rauf- und runtergefahren ist. Ich dachte, irgendjemand beobachtet unser Haus.«
Mum wirkte erschreckt. »Was für ein Auto?«
»So eine Art Van. Er war grün.«
»Grün? Ach, das ist der Wagen von Mandy Baird. Sie lebt ganz unten am Ende der Straße. Sie hat vier Kinder, die alle in irgendwelchen Vereinen sind. Sie kutschiert sie ständig durch die Gegend.«
»Oh.«
»Ein grüner Familienvan ist nicht gerade ein Terroristenauto, Annie.« Sie lachte.
»Mum, mir gefällt nicht, dass du an dieser Crill-Sache arbeitest. Wann bist du endlich fertig?«
»Mir gefällt es genauso wenig, aber ich habe einen Vertrag unterschrieben, da komme ich nicht raus. Aber ich brauche nicht mehr lange. Ich glaube, ich bin bald fertig. Wenn nicht

am Jahresende, dann ganz sicher Anfang des nächsten Jahres.«

»Werden wir dann verreisen, wie du es versprochen hast? Ins Ausland?«

»Gern. Vielleicht sollten wir eine Reise für Ende des kommenden Jahres planen, wenn du mit der Schule fertig bist. Wir bräuchten erst zurückzukommen, wenn die Uni losgeht.«

»Könnten wir nach New York?«

»Ich war noch nie dort. Dein Dad hat die Stadt geliebt. Wir wollten immer dorthin.«

»Aber jetzt könntest du mit mir hin, Mum.«

»Ja, könnte ich.«

»Glaubst du, es gibt viele Typen wie Travis Crill?«

»Nein, das glaube ich nicht. Max sagt, es sei wahrscheinlicher, mit dem Flugzeug abzustürzen, als einem Menschen wie Crill zu begegnen.«

»Mum, wie kann es jemandem egal sein, dass er anderen weh tut?«

»Das weiß ich nicht, Schätzchen. Ich habe keine Ahnung.«

Wir aßen die Nudeln, anschließend las ich mir noch ein paar Sachen über das Filmstudium durch und ging ins Bett. Ich lag wach und lauschte. Auf klappernde Fenster, auf Autos, auf Schritte im Garten.

Noch ein letztes Wochenende, dann war ich frei. Savannah lud mich ein, meine Freiheit mit einem Essen und DVDs bei ihr zu feiern. Ich fragte Mum um Erlaubnis.

»Morgen ist Schule, Annie. Du weißt, dass ich es nicht mag, wenn du unter der Woche ausgehst.«

»Aber Mum, ich habe keinen Stubenarrest mehr. Ich habe meine Strafe abgesessen.«

»Ja, ich weiß, und ich werde es ausnahmsweise erlauben. Aber bald stehen die Prüfungen an, und du weißt selbst, wie viel du in der letzten Zeit aufgeholt hast. Ich möchte nicht, dass deine Leistungen wieder absacken. Also nur dieses eine Mal, okay?«

»Okay, Mum.«

Es war wirklich okay. Denn inzwischen hatten meine Noten sich verbessert, und die Schule machte wieder mehr Spaß. Ich hatte mir eine Liste gemacht. Eine Menge der Punkte hatte ich bereits abgehakt. Ich hatte beschlossen, mir für jedes Jahr eine Liste zusammenzustellen mit allen Aufgaben, die ich erledigen musste, um meinem Ziel näher zu kommen. Ich würde sie abhaken, nach und nach. New York. Eine Wohnung mit Savannah. Annie Wright. Regisseurin.

Trotzdem wollte ich an jenem Abend zu Savannah. Sie zog mich in ihr Zimmer, sobald ich angekommen war. Sie hatte eine Jeans für mich, Oberteile, Ohrringe, Stiefel.

»Savannah, die sind nagelneu!«

»Ich habe sie für dich gekauft«, sagte sie. »Mein Geschenk zum Unabhängigkeitstag.«

Es gab Hamburger, Zitronenbaisers, Schokolade und Cola. Wir schauten eine DVD an, und alles war so wie früher. Wir hatten Spaß. Alberten herum. Wir lagen zwischen den Kissen auf dem Boden und lachten uns über den Film schlapp. Savannah lackierte mir die Zehennägel und frisierte mich. Ich dachte nicht an ihre Abreise. Ich dachte an gar nichts.

Aber irgendwie war es anders. Wir sahen uns nicht mehr so oft. Savannah kam kaum noch in die Schule, sie sagte, das Schuljahr sei so gut wie um und außerdem nehme sie an den Prüfungen ohnehin nicht teil. Also war ich in der Schule allein. Ich strengte mich an und ging den anderen aus dem Weg. Der Schulball rückte näher. Ich ging nicht hin. Ich hörte, wie die anderen Mädchen sich über ihre Kleider und Frisuren und den Selbstbräuner unterhielten, den sie benutzen würden. Ich dachte daran, wie mich ein

Jahr zuvor dieselben Fragen beschäftigt hatten, was ich anziehen und welcher Junge mich begleiten würde. Ich fühlte mich ausgeschlossen. Gleichzeitig spürte ich, dass ich anders war als die anderen, dass ich dieses ganze Zeug hinter mir gelassen hatte.

An den Wochenenden traf ich mich immer noch mit Savannah. Aber Joe war immer dabei. Und Sam war immer bei Joe, und so kam es, dass Sam und ich uns ständig sahen. Auch das machte es anders als früher. Ich mochte Savannah nicht ganz so gern, wenn Joe in der Nähe war. Ich mochte es nicht, wie sie kicherte, ununterbrochen und in diesem nervtötenden, schrillen Ton, außerdem knutschten die beiden ständig, so dass es einem peinlich war. Seit Savannah mit Joe zusammen war, kiffte und trank sie sehr viel.

Während des Hausarrests hatte sich in mir etwas getan. Ich konnte Savannah die Stirn bieten. Ich würde keinen Alkohol trinken, nur um ihr zu gefallen, und ich würde kein Hasch rauchen. Und wenn sie mit Joe in ihrem Zimmer verschwand, würde ich nicht mit Sam schlafen, nur weil alle es von mir erwarteten. Klar, er sah gut aus. Aber er wusste das auch. Er bildete sich wirklich etwas darauf ein. Offensichtlich war er der Überzeugung, er könnte jede haben. Eigentlich war er nicht mein Freund. Er rief mich nie an und schrieb keine SMS und so etwas. Joe brachte ihn mit, und dann wollte er mich immer küssen und seine Finger in meine Klamotten stecken. Er wollte Sex. Wenn ich nein sagte, wurde er sauer.

Eigentlich hätte ich gern mit ihm geschlafen, weil ich wissen wollte, wie es war. Aber ich nahm die Pille nicht und hatte ein bisschen Angst. Zwei Mädchen aus meiner Klasse hatten eine Abtreibung gehabt, und ich wollte nicht dasselbe erleben. Außerdem wollte ich mit dem Sex warten, bis ich einen richtigen Freund hatte, einen, den ich wirklich liebte. Und Sam war es nicht.

Savannah sagte, ich sei verrückt, alle wären hinter Sam her. Sie sagte, Sex mache Spaß und ich sei wirklich eine Langweilerin.
Wir stritten uns. Über Sam und Joe. Darüber, dass ich nicht mehr in die Clubs und Bars mitkommen wollte. Dass ich wegen der Hausaufgaben nicht mehr so viel ausging. Manchmal schrieb sie mir gemeine SMS; sie schrieb, sie sei mit Sam und Joe unterwegs und Sam habe ein Mädchen dabei, das viel sexier sei als ich. Ich versuchte, es an mir abprallen zu lassen. Irgendwann meldete sie sich dann wieder, und wir hatten Spaß, und alles war wie früher. Ich versuchte mich an diesen Momenten festzuklammern, denn Savannah war meine einzige Freundin.
Gleichzeitig rückte ihre Abreise unweigerlich näher. Sie erzählte mir, ihre Eltern hätten schon die Flugtickets gebucht, Ende November würden sie fliegen. Wenn sie von ihrer Abreise sprach, sprach sie davon, Joe nicht verlassen zu wollen.
Jeden Abend ging ich meine Aufgabenliste durch und setzte Häkchen. Neben meiner Liste lag ein Foto von Dad in New York. Er hatte damals langes Haar. Er steht lachend im Central Park und hält eine Frisbeescheibe hoch, als habe er sie gerade eben gefangen.
Vielleicht würden Mum und ich nächstes Jahr dort sein und in diesem Park spazieren gehen. Und vielleicht würde ich eines Tages dorthin zurückkehren, um in einer eigenen Wohnung zu leben und auf die Filmhochschule zu gehen oder tolle Filme zu drehen. Dass Savannah dabei sein würde, kam mir immer unwahrscheinlicher vor. Aber inzwischen war es mir fast egal. Was auch immer käme, ich würde es allein schaffen.

## 44.
# Claire

September. Die Narzissen im Park. Der bittersüße Duft am Morgen. Die länger werdenden Abende, so warm und hell, dass Annie und ich draußen essen konnten. Ich jätete Unkraut, beobachtete die Freesien, die bald aufblühen würden. Ich stellte Vasen mit riesigen Fliedersträußen auf, bis das ganze Haus nach Frühling roch.

Das Jahr war so elend gewesen, so schwierig, und dann war alles umgeschlagen und hatte sich zum Guten gewendet. Annie und ich waren glücklicher, wir fühlten uns wieder wohl miteinander. Das Buch über Crill war fast fertig. Ich hatte mich verliebt.

All diese köstlichen, quälenden Gefühle, die ich vergessen hatte. Die süßen Stunden in seinem Bett. Die Telefonate, die sich bis in die Nacht hinzogen, die hastigen Treffen auf einen Kaffee zwischendurch. Ich wollte ständig bei ihm sein. Ich wachte nachts voller Verlangen nach ihm auf. Ich glühte vor Energie, all meine Sinne waren geschärft.

»Wann machen wir endlich unseren Wochenendausflug?«, fragte Max.

Es war schon spät. Ich saß mit meinem Laptop im Bett. Max kam aus einer Sitzung.

»Bald.«

»Wie bald?«

»Ich weiß es nicht. Ich habe einiges um die Ohren.«

»Was?«

»Die Arbeit. Annie. Ich würde sie nur ungern allein lassen.«

»Könnte sie nicht bei einer Freundin bleiben?«

»Der Freundin, bei der sie bleiben würde, traue ich nicht so ganz. Dieses Jahr ging es mit uns ziemlich auf und ab, aber inzwischen läuft es wieder gut. Ich möchte das nicht gefährden.«

»Aber Claire, ich möchte einen Ausflug mit dir machen.«

»Wohin?«

»An die Westküste vielleicht? Nach Akaroa? Wohin möchtest du?«

Ich dachte an das Strandhaus. Ich hatte ihm nie davon erzählt. Er würde es lieben.

Noch nicht. Vielleicht würde es mir nie möglich sein, ihn dorthin mitzunehmen. Das Haus gehörte Alex. Alex, Annie und mir, der Familie, die wir gewesen waren. Wie konnte ich einen Fremden dorthin mitnehmen?

Mein Gott, ich hatte Alex so geliebt. Wie sollte es möglich sein, noch einmal so zu lieben? Wie sollte ich mit einem anderen Mann dort sein, Sex haben, mit ihm in Alex' und meinem Bett schlafen, mit ihm über den Strand laufen?

»Ich weiß nicht«, sagte ich. »Max, ich bin wirklich müde. Lass mich ein paar Tage darüber nachdenken.«

»Was ist los?«

»Nichts. Ich bin nur müde.«

Ich hörte, wie seine Stimme sich veränderte. Leg auf. Du lieber Gott. Woher kam sie, diese plötzliche Sehnsucht nach Alex, dieser überwältigende Schmerz in der Magengegend? Diese Schuldgefühle. Ich war dabei, Alex zu vergessen. Ich ließ ihn zurück. Vielleicht war ich noch nicht bereit. Vielleicht war es zu schwierig.

Ich hatte einen Termin mit Alistair Downes. Ich hatte ihm die Rohfassung der ersten Kapitel zukommen lassen. Angela war nicht da. Eine neue Sekretärin führte mich hinein. Downes' Körperhaltung verriet seine gute Laune, er hing zurückgekippt in seinem Drehsessel.

»Claire«, rief er, sprang auf und ergriff meine Hand. »Wie schön, Sie zu sehen. Setzen Sie sich.«

Zum ersten Mal seit längerer Zeit lächelte er wieder. Er tippte auf meine Mappe.
»Gutes Zeug. Habe es meinen Leuten gezeigt, und sie waren sehr zufrieden. Sehr zufrieden. Gut verständlich, der Ansicht waren alle. Und ansprechend. Ganz eindeutig ansprechend. Lässt sich gut an. Sehr gut, in der Tat.«
»Danke. Ich bin aber noch nicht ganz zufrieden damit.«
»Nicht?«
»Da klafft eine Lücke. Die ersten zwei Jahre von Crills Leben sind eine Leerstelle.«
Alistair wirkte ungeduldig. »Unwichtig.«
»Das finde ich nicht. Und Sie können mir ganz sicher nicht dabei helfen, Crills Herkunft zu ermitteln?«
»Ich habe es Ihnen doch gesagt. Eine Anfrage ist ausgeschlossen, es sei denn, Crill stellt sie persönlich.«
»Und er weigert sich? Sogar, wenn Sie ihm sagen, es sei für das Buch von großer Bedeutung?«
»Ja, sogar dann. Wie geht es weiter, wie lässt sich der Rest an?«
»Im nächsten Abschnitt folgt die Gerichtsverhandlung, außerdem beinhaltet er die Aussagen der Opfer und die Interviews, die ich mit den Frauen gemacht habe.«
»Sie haben mit den Frauen gesprochen?«
»Ja.«
»Aber nicht mit allen?«
»Zwei von ihnen sind nicht ausfindig zu machen, da musste ich auf die Gerichtsakten zurückgreifen. Ich habe versucht, mit Isobel Scott zu sprechen, aber sie verweigert jeden Kontakt.«
Isobel Scott. Die ins Telefon geschrien hatte. *Du Schlampe, lass mich in Ruhe, sonst rufe ich die Polizei.*
»Harte Nuss, diese Isobel Scott. Guter Auftritt im Zeugenstand. Weigerte sich, auch nur einen Zentimeter von ihrer Version abzuweichen. So wie die anderen auch.«

»Version?«

»Von jedem Ereignis existieren verschiedene Versionen, Claire. Das müssen Sie als Schriftstellerin doch wissen.«

»Die Frauen, mit denen ich gesprochen haben, halten nicht allzu viel von Ihnen«, sagte ich.

»Wie bitte?« Er zog ein betrübtes Gesicht. »Ich mache nur meinen Job, Claire. Nur meinen Job.«

»Fällt es Ihnen nicht manchmal schwer? Jemanden zu verteidigen, der offensichtlich schuldig ist?«

»Niemand ist *offensichtlich* schuldig. Das festzustellen, ist Aufgabe der Geschworenen. Wie ich schon sagte, waren diese Frauen recht verschlagen. Hannah Moore. Das war ein ganz harter Brocken. Überrascht mich, dass sie sich mit Ihnen getroffen hat.«

Woher wusste er, dass ich bei Hannah Moore gewesen war?

»Wie dem auch sei«, fügte er hinzu, »kommen wir zum Geschäft. Da wäre noch das eine oder andere. Sie wollen doch ein Feedback, oder? Die Auftraggeber wollen, dass das Interview mit Penny Crill gestrichen wird.«

»Aber es ist wichtig. Sie ist eine zentrale Person in Crills Vergangenheit.«

»Nun ja, mag sein. Aber der Teil mit den Vögeln kommt wirklich nicht gut an. Es gibt keinen Grund anzunehmen, dass Crill die Vögel getötet hat, und es gibt keinen Grund, darüber zu schreiben.«

»Ich habe nicht geschrieben, dass es so war, nur, dass Penny es vermutet.«

»Meine Leute wollen es nicht. Und auch nicht diesen ganzen Unsinn, den dieser Kerl erzählt hat, dieser Ex-Kollege von Crill, wie hieß er gleich?«

»Hamish Price?«

»Hamish Price. Die Stelle wollen sie ebenfalls gestrichen haben. Reine Spekulation.«

»Die Stelle ist entscheidend. Ich werde sie nicht streichen.«
»Kein Grund, sich aufzuregen, Claire. Sie arbeiten im Auftrag meiner Mandanten. Falls der Text ihren Ansprüchen nicht genügt, werden Sie ihn ändern. Ende der Debatte.«
»Das ist eine Frechheit!«
»So ist es nun einmal.«
Er warf einen Blick auf seine Armbanduhr, griff nach einem Kugelschreiber und fing an, die Mine rein- und rausschnappen zu lassen. Er wollte, dass ich den Mund hielt und endlich ging. »Also dann, Claire, für heute wäre das alles. Wie ich schon sagte, sind wir zufrieden, sehr zufrieden. Es geht nur um ein paar winzige Änderungen, hm?«
»Hm.«
Es war sinnlos, mit ihm zu diskutieren. Er würde sich so oder so durchsetzen. Aber ich würde den Text nicht ändern. Sollten sie es doch selbst tun. Sollten »seine Leute« mein Buch doch entrümpeln und daraus machen, was sie wollten.
»Kann ich noch irgendetwas für Sie tun?«
»Sie hatten gesagt, Sie könnten mir Alison Browns Krankenakte beschaffen.«
Er stand auf. »Ja, die habe ich. Miriam wird Ihnen eine Kopie geben. Angela ist nicht da. Fidschi, glaube ich. Irgend so eine kitschige Insel.«
Er begleitete mich zum Empfang. »Ich habe jetzt einen Termin. Bei Miriam sind Sie in guten Händen.«
»Danke.«
Er rauschte aus der Kanzlei. Ich wartete neben dem langen Tresen, während Miriam in einem Zimmer verschwand. Sie kam zurück und reichte mir einen Umschlag.
»Danke«, sagte ich. »Alistair sagt, Sie seien Angelas Vertretung?«
»Ja. Zeitarbeit. Ist aber mein letzter Tag heute.«
»Nette Kanzlei?«

»Nicht übel.«
Ich öffnete den Umschlag und gab vor, mir den Inhalt anzusehen. Mein Herz raste. »Ähem, Miriam … Alistair meinte, er habe eine Kopie von Crills Adoptionsurkunde für mich. Die ist nicht hier drin.«
»Nein?«
»Nein. Ich brauche sie unbedingt noch heute.«
»Ich könnte Mr. Downes auf dem Handy anrufen.«
»Ich möchte ihn nicht stören. Wissen Sie, wenn die Urkunde nicht in Crills Akte liegt, komm ich später noch einmal vorbei.«
»Ich gehe nachsehen, ob ich was finde.«
»Nur, wenn es Ihnen keine Umstände macht.« Mein Mund war trocken. Du liebe Güte, was, wenn Alistair plötzlich zurückkam? Was, wenn sie ihm davon erzählte?
Lächelnd kam Miriam an den Empfang zurück. »Kein Problem. Brauchen Sie eine Kopie oder das Original?«
»Eine Kopie genügt vollkommen.«
Sie reichte mir die Papiere. Ich steckte sie in den Umschlag.
»Danke, Miriam.«
Aus der Kanzlei, in den Aufzug, durch die Schwingtür. Zu meinem Auto. Nach Hause.

Ich saß an meinem Schreibtisch. Geburtstag. Geburtsort. Munro. Travis.
Ich hatte seinen Namen. Ich hatte Travis Crills Namen.
Mutter: Carol Anne Munro. Ich rechnete nach. Bei Travis' Geburt war sie achtzehn Jahre alt gewesen.
Der angegebene Beruf war Studentin.
Okay, sie war ein ganz normales, durchschnittliches Mädchen gewesen, war erst seit einem Jahr fort von zu Hause gewesen, war schwanger geworden. Mitte der sechziger Jahre, eine typische Geschichte. Die Pille war für unverhei-

ratete Frauen nur schwer zu bekommen. Legale Abtreibungen gab es nicht.
Anders als andere Mädchen in ihrer Lage hatte Carol Anne das Baby nicht sofort nach der Geburt zur Adoption freigegeben.
Vielleicht hatte sie das Kind von Anfang an behalten wollen. Oder sie brachte es nicht mehr übers Herz, ihn herzugeben, als sie ihn gesehen hatte. Vielleicht hatte sie ihn nach der Geburt in eine Pflegefamilie gegeben, um ihn später zu sich zu holen, und dann hatte sie das Vorhaben aufgegeben und ihn zur Adoption freigegeben. Vielleicht hatte sie ihn behalten und war überfordert gewesen. Unwahrscheinlich, dass ihre Eltern sie unterstützt hatten; uneheliche Kinder waren damals eine Schande. Vielleicht waren die Bedürfnisse eines Kleinkindes und der finanzielle Druck zu viel für sie geworden, so dass sie die Adoption als einzigen Ausweg sah.
Vielleicht, vielleicht.
Vielleicht sollte ich die Sache vergessen und einfach das Buch zu Ende schreiben. Denn selbst wenn ich sie aufspüren konnte und sie etwas von Belang zu erzählen hatte, würde Downes die entsprechenden Stellen streichen.
Aber ich wollte sie finden. Ich hatte dem Projekt ganze Monate meines Lebens geopfert. Ich musste die Wahrheit erfahren.
Ich legte die Unterlagen in meinen Aktenschrank und verschloss ihn. Ich würde später darüber nachdenken.
Auf meinem Anrufbeantworter war eine Nachricht, und es wurde höchste Zeit, sich darum zu kümmern. Es war Max. Ob ich noch einmal über unseren Ausflug nachgedacht hätte? Er hatte ein Ferienhaus an der Westküste gefunden. Direkt am Strand. Mit Whirlpool. Ob das nicht verlockend klinge?
Ja, das klang es. Ein Haus in der Sonne, das Meer vor der

Tür. Nachts nackt im heißen Whirlpool liegen, ein Glas guten Weins in der Hand. Es klang verlockend. Sehr sogar.
Ich rief ihn zurück. Ich würde mit Annie sprechen. Ich würde eine Lösung finden.

## 45.
# Claire

Eine genüssliche, gemächliche Fahrt über die Küstenstraße. Manchmal hielten wir an, um die Wanderpfade neben dem Highway zu erkunden. Ich liebte die Stille des Waldes, den Anblick der hohen Wipfel, das plötzliche Trällern und Flattern der Glockenvögel, den feuchten, sanften Duft der Büsche, das dicke Polster aus Blättern und Kiefernnadeln unter meinen Füßen. Wir standen am Ufer von Bächen, die über dunkle Findlinge strömten, schauten in die weiße Gischt von Wasserfällen hinauf, legten auf der Terrasse eines kleinen, versteckt im Wald gelegenen Cafés eine Kaffeepause mit Muffins ein.
Das Haus war von der Straße aus nicht zu sehen. Wir überprüften die Hausnummer am Tor, stießen es auf, rollten über den knirschenden Kiesweg hinunter.
Zu beiden Seiten nichts als der Busch, keine anderen Häuser in Sicht. Das Haus stand hoch über dem Erdboden, die breite Fensterfront strahlte im Sonnenlicht. Wir öffneten die Flügeltüren und betraten die Holzveranda.
Das schäumende Meer lag zu unseren Füßen, und wir fühlten uns wie auf einem Schiff. Ein wildes Meer, das intensiv nach Salz und grünen Algen roch, ein tosendes Meer, das Massen von Seetang und Schaum auf den dunklen, nassen Sand warf.

Der Himmel war von dunkelroten und goldenen Wolkenfetzen durchsetzt, die Sonne hing dicht über dem Horizont.
Max holte eine Flasche und zwei Gläser. »Komm«, sagte er und nahm meine Hand. »Wir gehen runter an den Strand und genießen die letzten Sonnenstrahlen.«
Ich folgte ihm die Außentreppe hinunter. Ich zog meine Sandalen aus, krempelte meine Jeans hoch und wagte mich ins Wasser. Ich spürte die Kälte, den kraftvollen Sog der Wellen, das Ziehen und Schieben, wenn die Strömung mir Sand und Kies unter den Füßen absaugte.
»Schau mal«, rief Max und zeigte in den Himmel.
Ich lief zu ihm zurück. Wir schauten zu, wie die Sonne sich dunkelrot verfärbte und hinter dem Meer verschwand.
»Auf uns.« Max hatte den Wein eingeschenkt und hielt mir ein Glas entgegen.
Wir saßen im Sand und tranken Wein. Ich atmete die salzige Luft ein. Fühlte den Wind, der an meinen Haaren zerrte. Beobachtete die Wasseroberfläche. Silber, Zinn, Lakritz. Die Wellen schimmerten und brachen sich. Ich sah den Himmel dunkel werden.
Ich schauderte und rutschte näher an Max, der einen Arm um mich legte.
»Ist dir kalt?«
»Eigentlich nicht. Es liegt am Meer. Im Dunkeln finde ich es irgendwie unheimlich. Es ist seltsam. Ich liebe das Meer, aber nachts finde ich es bedrohlich.«
»Möchtest du zurück ins Haus?«
»Noch nicht.«
Wir beobachteten ein Fischerboot, das aufs Meer hinaustuckerte und dessen Lichter aufs Wasser schienen.
»Manchmal«, sagte ich, »würde ich am liebsten in ein Boot steigen und mich wegtreiben lassen. Einfach verschwinden.«

Max lachte. »Das ist nicht sehr schmeichelhaft für mich. Weg von mir? Wir sind gerade erst angekommen, und du willst verschwinden?«
»Es ist nur ein Bedürfnis, das ich hin und wieder spüre. Auf einem Boot mitten auf dem Ozean scheint alles irgendwie weit entfernt, oder?«
»Du willst dich von allem entfernen?«
»Manchmal. Aber nicht dauerhaft. Es gibt genug schöne Dinge in meinem Leben, die mich immer wieder zurückholen.«
»Ich zum Beispiel?«
»Vielleicht«, lachte ich. »Mal sehen.«
Ich ließ mich zurückfallen und legte meinen Kopf auf seine Brust. Ich schloss die Augen und atmete tief ein. Der beißende Salzgeruch, das sachte Rauschen und Fließen des Wassers, die sanfte Dunkelheit, die uns umschloss.
Er streichelt meine Schulter, streicht mir sanft über den Arm, fährt mit den Fingern über mein Handgelenk, über meine Hand, seine Hände liegen auf meinen Brüsten, sie streicheln mich behutsam, nur mit den Fingerspitzen, bis kleine Schauer durch meinen ganzen Körper laufen. Ich drehe mich zu ihm und sehe ihn an, unsere Lippen tasten, schmecken, Zungen, sein Mund an meiner Brust, seine Zunge umkreist meine Brustwarze, langsam, ganz langsam, und dann abwärts, abwärts, seine Zunge, sein Mund, seine Zähne, mein Bauch, meine Beine, o Gott, zwischen meinen Beinen. Ich krümme und verbiege mich, spanne mich an vor Erwartung. Ich höre seinen Atem, meine anschwellende Stimme, seltsam fremd in der Dunkelheit, wir bewegen uns zusammen, gierig, angespannt, verzweifelt, ich höre mich schreien, wieder und wieder.
Der Freitag. Der Samstag. Der Sonntag.
Das Meer, die Sonne, die Liebe.
Ich denke an jene Tage zurück. Ich bin dankbar dafür. Ich

wundere mich selbst darüber, wie hoffnungsfroh ich war, wie vertrauensselig und einfältig.
Ich dachte, ich hätte die Dinge, die ich in Gang gesetzt hatte, unter Kontrolle. Ich hielt das Meer für freundlich, die Nacht für wohlwollend. Ich dachte, da draußen im Dunkeln belauere mich nichts.

## 46.
## Isobel Scott, 1999

Lassen Sie mich eins klarstellen, Miss Scott. Nachdem Sie das Telefonat mit Ihrer Mutter beendet hatten, begaben Sie sich in Ihr Wohnzimmer?«
»Ja.«
»Der Fernseher war eingeschaltet?«
»Ich schaltete ihn ein, als ich ins Zimmer kam.«
»Hatten Sie von dort irgendwelche ungewöhnlichen Geräusche wahrgenommen?«
»Nein, aber ich war im Schlafzimmer gewesen und hatte ziemlich lange telefoniert, so dass ich vermutlich sowieso nichts gehört hätte.«
»Ihr Schlafzimmer liegt in einiger Entfernung zum Wohnzimmer?«
»Ja.«
»Erzählen Sie dem Gericht, was Sie bemerkten, als Sie ins Wohnzimmer kamen.«
»Ich spürte eine starke Zugluft. Die Fenster waren geschlossen, aber es gibt noch eine Terrassentür. Mir fiel auf, dass sie nicht richtig verschlossen war.«
»Was passierte, nachdem Sie die offene Tür bemerkten?«
»Ich bekam Angst. Ich achte immer sehr darauf, abends alle

Türen zu schließen. Ich habe die Terrassentür geschlossen und verriegelt. Dann habe ich alle Lichter eingeschaltet und bin durchs Haus gegangen.«

»Haben Sie etwas Ungewöhnliches bemerkt?«

»Nein. Ich dachte mir, dass ich die Tür nicht richtig verschlossen und der Wind sie aufgestoßen hätte.«

»Sie sind also durchs Haus gegangen. Können Sie uns sagen, was Sie danach getan haben?«

»Ich habe eine Weile ferngesehen, aber ich war ziemlich müde. Ich schlief auf dem Sofa ein.«

»Sie sind in Ihrem Wohnzimmer auf dem Sofa eingeschlafen. Können Sie dem Gericht beschreiben, wovon Sie aufgewacht sind?«

»Ich spürte einen Druck an meinen Handgelenken und hörte eine Stimme. Ich dachte, ich würde träumen. Ich öffnete die Augen. Es war dunkel. Dieser Mann stand über mich gebeugt.«

»Konnten Sie sehen, wie der Mann gekleidet war?«

»Ja. Ganz in Schwarz. Schwarze Kleider, eine schwarze Sturmmütze, und er trug schwarze Handschuhe.«

»Konnten Sie sein Gesicht erkennen?«

»Nur die Augen.«

»Miss Scott, ich weiß, das muss sehr schwer für Sie sein, aber könnten Sie dem Gericht bitte schildern, was als Nächstes passierte?«

»Er hat mit mir geredet. Ich konnte mich nicht wehren. Meine Hände waren gefesselt.«

»Er hat mit Ihnen geredet?«

»Ja.«

»Bitte erzählen Sie uns, was er gesagt hat.«

»Er sagte, er würde mir nicht weh tun. Er sagte, ich sei hübsch. Wunderschön. Solche Sachen. Er sagte, ich hätte einen guten Mann verdient.«

»Können Sie uns erzählen, wie Sie reagiert haben?«

»Ich habe versucht, ruhig zu bleiben. Ich habe versucht, vernünftig mit ihm zu reden, damit er weggeht.«

»Hat er auf Sie gehört?«

»Nein. Er hat einfach weitergeredet, so als ... so als hörte er mir gar nicht zu.«

»Erzählen Sie uns, was dann passierte.«

»Dann hat er ... Er hat angefangen. Hören Sie, muss das sein?«

»Das Gericht muss erfahren, was vorgefallen ist. Lassen Sie sich bitte Zeit, Miss Scott.«

»Er hat mich angefasst. Er hat ... meinen Körper angefasst.«

»Welche Teile Ihres Körpers hat er berührt, Miss Scott?«

»Meine Brüste. Meine ... meine Geschlechtsteile.«

»Wie haben Sie reagiert?«

»Ich habe versucht, ihn zu treten. Ich habe versucht zu beißen. Er hat mich geschlagen. Ins Gesicht. Er hielt ein Messer hoch und sagte, er würde mir damit weh tun, wenn ich nicht stillhielte.«

»Haben Sie sich weiter gewehrt?«

»Ich habe aufgehört, als er so wütend wurde. Ich hatte Angst vor dem Messer.«

»Sie haben aufgehört, sich zu wehren, weil Sie dachten, er würde Sie mit dem Messer erstechen, Miss Scott?«

»Ja.«

»Bitte reden Sie weiter, Miss Scott.«

»Er. O Gott. Kann ich bitte einen Schluck Wasser haben?«

»Euer Ehren, könnte Miss Scott ein Glas Wasser bekommen?«

»Miss Scott, können wir weitermachen?«

»Ja.«

»Können Sie dem Gericht sagen, was passiert ist?«

»Er hat mir die Kleider ausgezogen. Meine Unterwäsche.

Er hat eine Hand in mich gesteckt. Er hat versucht, mich zu … seinen Penis in mich einzuführen. Aber er konnte nicht.«

»Er war nicht in der Lage, Geschlechtsverkehr mit Ihnen zu haben?«

»Nein. Ja, meine ich. Er war nicht in der Lage, Geschlechtsverkehr mit mir zu haben.«

»Was passierte als Nächstes?«

»Er hatte eine Taschenlampe. Er hat sie in mich gerammt. Er lag auf mir und hat dieses Ding in mich gerammt. Es hat so weh getan. Er hat seine Schulter auf mein Gesicht gestützt und mich niedergedrückt. Ich bekam keine Luft mehr. Ich glaube, ich bin ohnmächtig geworden. Ich bin aufgewacht. Ich lag auf dem Fußboden, und er war weg.«

»Können Sie uns erzählen, was Sie dann getan haben, Miss Scott?«

»Da war Blut. An meinen Beinen und auf dem Teppich. Meine Hände waren immer noch gefesselt.«

»Waren Sie in der Lage, Hilfe zu rufen?«

»Ich konnte mich nicht bewegen. Ich dachte, ich müsste sterben.«

»Vielen Dank, Miss Scott. Keine weiteren Fragen, Euer Ehren.«

»Wie spät war es ungefähr, Miss Scott, als Sie nach Hause kamen, nachdem Sie – was war es gleich? – Ihre Tochter zu ihrer Freundin gebracht hatten?«

»Kurz nach sieben. Ich weiß das, weil die Siebenuhrnachrichten im Autoradio liefen.«

»Und dann haben Sie, Ihrer Aussage zufolge, Ihr Auto geparkt?«

»Ja.«

»Wo haben Sie Ihr Auto geparkt, Miss Scott?«

»Direkt vor meinem Haus.«

»In der Einfahrt? In einer Garage? Auf der Straße? Wo stand Ihr Auto genau?«
»Auf der Straße.«
»Sie haben Ihr Auto auf der Straße geparkt. Sind Sie anschließend direkt ins Haus gegangen?«
»Nein. Ich bin noch für einen Moment sitzen geblieben.«
»Sie sagen, Sie seien noch für einen Moment sitzen geblieben?«
»Ja, ich bin sitzen geblieben und habe nachgedacht.«
»Sie sind sitzen geblieben und haben nachgedacht?«
»Ja.«
»Und haben Sie, als Sie im Auto saßen, über ein bestimmtes Problem nachgedacht, oder haben Sie einfach nur die gute Abendluft genossen?«
»Ich glaube, wahrscheinlich war es ... Ich hatte tatsächlich ein Problem.«
»Und hatte dieses Problem mit Ihrer Tochter zu tun? Oder mit einem Mann? Oder vielleicht sogar mit einer Frau?«
»Einspruch, Euer Ehren.«
»Stattgegeben.«
»Miss Scott, war es zu jenem Zeitpunkt hell oder dunkel?«
»Es wurde gerade dunkel.«
»Seien Sie bitte etwas genauer. Offenbar liegt Ihr Haus etwas abseits der Straße. Konnten Sie Ihr Haus vom Auto aus deutlich erkennen?«
»Wahrscheinlich nicht. Es war ziemlich dunkel.«
»Ziemlich dunkel. Also gut. Sie sagen, Sie seien, nachdem Sie eine Weile im Auto gesessen und über Ihr Problem nachgedacht hatten, aus dem Wagen gestiegen.«
»Ja.«
»Haben Sie Ihr Auto abgeschlossen?«
»Oh ja. Ich würde sagen, ich habe es abgeschlossen.«
»Sie würden sagen. Sind Sie ein sicherheitsbewusster Mensch, Miss Scott?«

»Ja, schon, ich kann mich nur nicht bewusst daran erinnern, das Auto abgeschlossen zu haben.«

»Sie können sich nicht erinnern. Also schön. Sie sind also aus dem Auto gestiegen und zum Haus gegangen?«

»Ja.«

»Wie weit war es Ihrer Einschätzung nach vom Auto bis zum Gartentor?«

»Zwei, vielleicht drei Meter.«

»Und wie lange läuft man vom Auto zum Tor?«

»Ein paar Sekunden.«

»Ein paar Sekunden. Und während jener Sekunden näherte sich Ihnen, wie Sie dem Gericht gesagt haben, ein Mann?«

»Ja.«

»War er Ihnen schon zuvor aufgefallen? Dieser Mann, von dem Sie behaupten, er habe sich in der Nähe Ihres Autos auf der Straße herumgetrieben?«

»Ich habe nicht gesagt, dass er sich herumgetrieben hat.«

»Nein? Hat er nicht? Wie würden Sie sein Verhalten dann beschreiben, Miss Scott?«

»Nun ja, er war … einfach da.«

»Zurück zu meiner Frage. War der Mann Ihnen in der Nähe Ihres Autos aufgefallen?«

»Nein.«

»Weil Sie nachgedacht haben? Über Ihr Problem vielleicht?«

»Vielleicht. Ich weiß es nicht.«

»Also schön. Während jener wenigen Sekunden, die Sie vom Auto bis zum Gartentor brauchten, tauchte plötzlich ein fremder Mann auf, der Sie belästigte?«

»Ich habe nicht gesagt, dass er mich belästigt hat.«

»Oh. Er hat Sie nicht belästigt?«

»Er hat nach dem Weg gefragt.«

»Nach dem Weg?«

»Ja.«

»Kam Ihnen das nicht eher normal vor? Ein Passant, der sich nach dem Weg erkundigt?«

»Ich fühlte mich bedroht. Es war dunkel. Er war ein Mann, und ...«

»Er war ein Mann. Sagen Sie, Miss Scott, hätten Sie sich, wenn eine Frau auf der Straße stehen geblieben wäre und Sie nach dem Weg gefragt hätte, ebenfalls bedroht gefühlt?«

»Also ... nein.«

»Also nein. Miss Scott, trifft es zu, dass Sie Männer nicht besonders mögen, ihnen nicht vertrauen? Trifft es zu, dass Sie sich erst vor kurzem geoutet haben? Als Lesbe?«

»Einspruch.«

»Stattgegeben.«

»Fahren wir fort, Miss Scott. Es war dunkel. Dunkler als zu dem Zeitpunkt, zu dem Sie ursprünglich vor dem Haus angekommen waren?«

»Ja. Ich glaube, inzwischen war es ziemlich dunkel.«

»Vorhin haben Sie dunkel gesagt, Miss Scott. Was war es denn nun ziemlich dunkel oder dunkel?«

»Dunkel.«

»Dann konnten Sie zu jenem Zeitpunkt nicht sehr viel sehen. Konnten Sie dem Mann den Weg weisen, Miss Scott?«

»Ich hätte es gekonnt, aber ich wollte nicht.«

»Sie hätten es gekonnt, aber Sie wollten nicht. Nach welcher Straße erkundigte sich der Mann?«

»Arthur's Place.«

»Und wo liegt Arthur's Place von Ihrem Haus aus gesehen?«

»Um die Ecke.«

»Und trotzdem wollten Sie dem Mann nicht helfen? Was haben Sie eigentlich zu ihm gesagt, Miss Scott?«

»Ich habe ihm gesagt, er solle sich verpissen.«

»Sie sagten ihm, er solle sich verpissen. Was ist dann passiert?«

»Er hat mich angefasst. Er hat mich angefasst, und dann ist er weggelaufen.«

»Er hat Sie angefasst? Mit der Hand?«

»Ja.«

»Wo hat er Sie angefasst? An einer intimen Stelle? An der Brust oder am Oberschenkel vielleicht?«

»Am Arm.«

»Am Arm. Und hat er Ihren Arm vielleicht fest gedrückt und Ihnen weh getan? Oder hat er Sie leicht berührt?«

»Leicht. Es war leicht.«

»Ein Tätscheln? Hat er Sie nur gestreift?«

»Ja.«

»Und wie lange hat diese Berührung gedauert? Hat dieser Mann Sie auf der Straße festgehalten und Ihren Arm über einen längeren Zeitraum hinweg berührt?«

»Nein, natürlich nicht. Ich bin zurückgewichen.«

»Sie waren in der Lage zurückzuweichen. Also nur kurz. Wie lange?«

»Ich weiß es nicht. Wahrscheinlich nur Sekunden.«

»Sie wissen es nicht. Wir sprechen also über ein kurzes Streifen mit der Hand?«

»Ja.«

»Und sind Sie sicher, Miss Scott, dass diese Berührung absichtlich geschah?«

»Ich denke, schon.«

»Sie denken, schon. Dann lassen Sie mich Folgendes zusammenfassen. Während der wenigen Sekunden, die Sie brauchen, um von Ihrem Auto zum Gartentor zu gelangen, hat sich Ihnen ein Fremder genähert, ein Mann, er ist wie aus dem Nichts aufgetaucht und hat Sie nach dem Weg gefragt, woraufhin Sie ihm gesagt haben, er solle sich verpissen. Er streift Sie mit seiner Hand und verschwindet. Ein beängstigendes Erlebnis, Miss Scott? Grund zur Panik?«

»Ja.«

»Dennoch hielten Sie den Vorfall nicht für ernst genug, um die Polizei zu rufen?«
»Nein.«
»Nein? Ein Fremder lungert vor Ihrem Haus herum und fasst Sie an, und Sie halten das für nicht ernst genug, um die Polizei einzuschalten?«
»Nein. Ich habe es kurz in Betracht gezogen, aber dann, na ja, kam mir die Sache nicht mehr so ernst vor.«
»Nicht so ernst. Und wie lange, Miss Scott, hat dieser Vorfall Ihrer Einschätzung nach gedauert?«
»Ich bin mir nicht sicher.«
»Sekunden? Minuten?«
»Kurze Zeit.«
»Sekunden oder Minuten?«
»Minuten vielleicht.«
»Aber eben sprachen Sie von einer kurzen Zeit, Miss Scott. Eine Minute? Zwei? Fünf?«
»Eine. Glaube ich.«
»Eine, glauben Sie. Was meinen Sie, ein bisschen mehr als eine Minute oder ein bisschen weniger?«
»Ein bisschen weniger.«
»Weniger als eine Minute. Miss Scott, offenbar ist Ihre Straße nur schlecht beleuchtet. Angeblich haben die Anwohner beim Stadtrat eine Petition eingereicht, weil sie mehr Straßenlaternen fordern. Ist das zutreffend?«
»Ja.«
»Und es war, Sie sagten es bereits, dunkel. Hatten Sie eine Taschenlampe dabei, Miss Scott?«
»Nein.«
»Also gut. Sie haben dem Gericht gesagt, Sie seien der festen Überzeugung, es handle sich bei dem Mann, der sich Ihnen auf der Straße genähert hat, um Travis Crill?«
»Ja. Der Überzeugung bin ich.«
»Weiterhin behaupten Sie, der Mann, der Sie später über-

fallen hat, sei derselbe Mann gewesen, der Sie auf der Straße nach dem Weg gefragt hat?«

»Ja.«

»Sie behaupten, der Mann, der Sie überfallen hat, habe schwarze Kleidung, Handschuhe und eine schwarze Sturmmütze getragen?«

»Ja.«

»Was trug der Mann, der Sie nach dem Weg fragte, Miss Scott?«

»Eine Jacke. An mehr kann ich mich nicht erinnern.«

»Eine Jacke? In welcher Farbe?«

»Das konnte ich nicht genau erkennen. Es war dunkel.«

»Ja, es war dunkel. Trug der Mann eine Sturmmütze?«

»Nein. Sein Gesicht war nicht bedeckt.«

»Trug er Handschuhe?«

»Ich bin mir nicht sicher.«

»Sie sind sich nicht sicher. Doch er hat angeblich Ihren Arm berührt. Hätten Sie in dem Fall nicht bemerkt, ob er Handschuhe trug oder nicht?«

»Ich glaube, er trug keine Handschuhe.«

»Aber Sie sind sich nicht sicher?«

»Nein.«

»Wie dicht stand der Mann vor Ihnen?«

»Ich bin mir nicht ...«

»Zentimeter? Meter?«

»Nicht so nah. Ich bin in Richtung Gartentor zurückgewichen.«

»Nicht so nah?«

»Nein.«

»Sie sagen, Sie seien zurückgewichen, als der Mann Sie ansprach? Vielleicht haben Sie sich umgedreht, um nachzusehen, wo das Tor war und ob jemand in Ihrer Nähe war?«

»Ja. Kann sein.«

»Aber Sie sind überzeugt, dass es sich bei dem Mann um Travis Crill gehandelt hat?«
»Ja.«
»Derselbe Mann, der Sie überfallen hat?«
»Ja.«
»Sie haben sein Gesicht eindeutig erkannt?«
»Ja. Ja, das habe ich.«
»In der Zeit, die der Zwischenfall gedauert hat – weniger als eine Minute, und unter Bedingungen, die Sie als dunkel beschreiben, in einer unbeleuchteten Straße, wollen Sie den Fremden, der Sie angeblich angesprochen hat, zweifelsfrei erkannt haben?«
»Ja.«
»Dennoch können Sie diesem Gericht nicht sagen, welche Farbe die Jacke des Mannes hatte und ob er Handschuhe trug oder nicht?«
»Nein.«
»Miss Scott, Sie haben dem Gericht vorhin gesagt, die Lampen seien ausgeschaltet gewesen, als Sie in Ihrem Wohnzimmer aufwachten und ein unbekannter Mann bei Ihnen war.«
»Ja.«
»Sie sagten, Sie konnten wegen der Sturmmütze nur seine Augen sehen?«
»Ja.«
»Lassen Sie mich das wiederholen. Ihre Begegnung mit dem Mann auf der unbeleuchteten Straße dauerte weniger als eine Minute. Ein Mann mit beinahe komplett maskiertem Gesicht überfällt Sie, ebenfalls in der Dunkelheit. Dennoch wollen Sie das Gericht glauben machen, der Mann auf der Straße sei mit dem Mann in Ihrem Haus identisch und dieser Mann sei Travis Crill?«
»Es war Travis Crill.«
»Miss Scott, würden Sie dem Gericht bitte schildern, war-

um Sie fast sechs Monate mit der Anzeige des vermeintlichen Überfalls gewartet haben?«
»Ich habe es nicht über mich gebracht, darüber zu reden. Ich habe mich geschämt.«
»Sie haben sich geschämt? Ein Fremder ist in Ihr Haus eingebrochen und hat Sie brutal überfallen, und Sie haben sich geschämt?«
»Ja.«
»Und doch haben Sie letztendlich darüber reden können, Miss Scott. Sagen Sie mir, wie es dazu kam?«
»Ich habe in der Zeitung von dem Verfahren gegen Travis Crill gelesen. Ich habe gelesen, was den anderen Frauen passiert ist, und da wusste ich, dass er es war, der mir das angetan hatte.«
»Sie haben es in der Zeitung gelesen?«
»Ja.«
»Haben Sie auch die Berichterstattung im Fernsehen verfolgt?«
»Ja, das habe ich.«
»Ganz schön aufregend, nicht wahr, Miss Scott, dieses ganze Medieninteresse. Ein Mann bekommt seine wohlverdiente Strafe, er kriegt sein Fett weg, nicht wahr?«
»Einspruch.«
»Stattgegeben.«
»Also gut, Miss Scott. Sie haben Mr. Crill gesehen. Im Fernsehen? In der Zeitung?«
»Ja.«
»Und Sie haben den Mann, den Sie auf einer unbeleuchteten Straße im Dunkeln weniger als eine Minute lang gesehen haben, als Mr. Crill identifiziert?«
»Ja.«
»Keine weiteren Fragen.«

# 47.
# Claire

Carol Anne Munro. Geboren in Kaikoura. Studentin. Travis Crill war in der Frauenklinik von Christchurch zur Welt gekommen. Möglicherweise war Carol von zu Hause weggezogen, um auf die Canterbury-Universität zu gehen. Vielleicht gab es dort noch Angehörige. Ich rief jeden Munro an, der im Telefonbuch von Kaikoura stand.

»Ich bin auf der Suche nach einer Carol Munro.«

»Hier haben wir keine Carol.«

»Wissen Sie, ob es in Ihrer Gegend eine Carol Munro gibt?«

»Sorry.«

Sorry. Sorry. Wie zum Teufel sollte ich sie finden? Das Ganze war über dreißig Jahre her. Mittlerweile wäre sie Mitte fünfzig. Vielleicht war Carol Munro inzwischen ehrbar verheiratet und hatte erwachsene Kinder. Vielleicht wusste niemand in ihrem neuen Leben von Travis' Existenz. Ich fragte mich, ob sie an ihn dachte, von seinen Taten wusste.

Archive. Das Universitätsarchiv. Ich las mir endlose Graduiertenlisten durch. Kein Eintrag. Sie hatte das Studium nicht abgeschlossen. Und falls doch, dann unter einem anderen Namen. Ich ging zur Stadtbücherei, um mir das Wählerverzeichnis anzusehen. Kein Eintrag. Falls sie geheiratet hatte, trug sie wahrscheinlich einen anderen Namen. Ich ging zur Stadtverwaltung. Dort boten sie einen besonderen Service zur Rekonstruktion der Familiengeschichte an. Ich wurde zur Hobby-Genealogin. Ich faxte dem Standesamt meine Kreditkartennummer und ihren Namen, dazu ihren Geburtstag und -ort, und bat um den Abgleich mit allen Eheschließungen seit 1967. Vielleicht hatte sie einen anderen Kerl kennengelernt, sie hatten geheiratet, und er hatte Travis nicht gewollt. Kein Ergebnis.

Ich bat um einen Abgleich mit allen Todesfällen von 1966 bis heute.

Der Ausdruck kam per Fax. Carol Anne Munro war 1969 gestorben, ein Jahr, nachdem sie Travis zur Adoption freigegeben hatte. Unter Todesursache stand »Unfall«.

So viel dazu. Sie war gestorben. Vermutlich hatten die Crills aus diesem Grund Travis schon ein Jahr, nachdem er zu ihnen gekommen war, adoptieren können. Vielleicht hatte sie immer vorgehabt, ihn zu sich zurückzuholen. Dabei stellte sich die Frage, ob die Crills ihn aufgenommen hätten ohne die Aussicht, ihn behalten zu können. Nein, das war unwahrscheinlich. Irgendetwas musste gewesen sein, etwas, das ihnen die Sicherheit gab, dass Travis bei ihnen bleiben würde.

*Was, wenn? Was, wenn?* Reine Spekulation.

Was, wenn ich ins Standesamt marschierte, mich für Crills Bewährungshelferin ausgab, den Namen seiner Mutter vorlegte und um Akteneinsicht bat?

*Was, wenn?* Man würde mich bitten, mich auszuweisen, dann würde man im Gefängnis anrufen und mich hinauswerfen.

Ich sah mir noch einmal den Ausdruck an. Carols Eltern waren eingetragen. Munro, Edward Charlton. Munro, Ruby Anne.

Ich nahm mir wieder das Telefonbuch vor. Munro, E. Keine Munros mit Vornamen E. oder R. in Kaikoura. Zwei Einträge für Munro, E. in Christchurch.

*Nein. Wie bitte? Hier gibt es keinen Edward.*

Eine letzte Chance. Es gab einen Munro, R.

Das Telefon klingelte endlos. Ich legte auf. Versuchte es ein zweites Mal.

»Ja?«

»Ich bin auf der Suche nach einer Ruby Anne Munro. Können Sie mir helfen?«

»Wer spricht da?«
»Mein Name ist Claire Wright. Ich bin auf der Suche nach Informationen.«
»Wird das eine Umfrage?«
»Nein. Ich recherchiere momentan für ein bestimmtes Projekt. Ich bin auf der Suche nach Ruby Munro.«
»Das könnte meine Mutter sein.«
»Ruby Anne Munro? Geboren 1929? Verheiratet mit Edward Charlton Munro?«
»Das stimmt. Was wollen Sie?«
»Ist sie da? Wäre es möglich, mit ihr zu sprechen?«
»Hören Sie, sind Sie von der Versicherung?«
»Nein, bin ich nicht. Ich bin Journalistin.«
»Meine Mutter ist gestorben. Vor ein paar Monaten. Ich bin nur hier, um den Haushalt aufzulösen.«
»Oh. Das tut mir leid.«
»Tja.«
»Lebt Ihr Vater noch?«
»Nein. Er ist schon vor zehn Jahren verstorben. Was soll das?«
»Ich habe eine Frage zu einer Tochter. Carol.«
»Carol? Sie ist schon seit Jahren tot.«
»Ja, ich weiß. Aber ich würde gern mit einem ihrer Angehörigen über sie reden.«
»Warum?«
»Weil ich glaube, dass sie etwas mit der Sache zu tun hat, die ich gerade recherchiere.«
»Geht es um Drogen?«
»Nein, ganz bestimmt nicht.«
»Um was dann?«
»Es geht um ihren Sohn.«
»Ihren Sohn?«
»Soviel ich weiß, hat sie im Jahr 1966 einen Jungen zur Welt gebracht.«

»Ja, aber der wurde adoptiert.«

»Ja, das stimmt. Ich würde mich trotzdem gern mit Ihnen unterhalten.«

Ein hörbares Einatmen. Langes Schweigen. »Was sagten Sie eben, wofür Sie recherchieren? Doch nicht etwa für eine dieser Frauenzeitschriften, oder?«

»Nein. Darf ich Sie besuchen? Es gibt viel zu erklären. Ich würde Sie gern treffen und Ihnen alles erzählen, und dann können Sie selbst entscheiden, ob Sie mit mir über Ihre Schwester reden wollen.«

»Und Sie machen keine Fotos?«

»Nein, nichts dergleichen.«

»Ich möchte nicht, dass Sie meinen Namen verwenden.«

»Natürlich.«

»Ich bin in Spreydon. Wenn Sie möchten, können Sie heute Nachmittag hier vorbeikommen. Ich bin hier und räume auf.«

## 48.
## Interview: Shelley Newton (geborene Munro)

Carol war die Älteste. Wir waren zu dritt. Carol, dann ich, dann Marty.

Carol war ihr ganzer Stolz. Sie kam nach Mum. Hatte Mums Aussehen und Verstand geerbt. Mum war Kindergärtnerin. Sie war zum Arbeiten nach Kaikoura gekommen, und am Ende hatte sie Dad geheiratet.

Carol war ein Siebenmonatsbaby, falls Sie verstehen, aber Mum hat immer gesagt, Carol habe sie für die entgangene Hochzeitsfeier mehr als entschädigt. Dad war einer aus dem

Ort. Ein Bauer. Marty lebt immer noch dort, in Kaikoura, auf der Farm.
Sie war hübsch. Wirklich hübsch. Blond, blauäugig. Gut in der Schule. Sie war in der Highschool Klassenbeste, schrieb sich zum Studium ein. Die erste Universitätsstudentin in der Familie, väterlicher- wie mütterlicherseits. Mum und Carol standen sich sehr nah. Als Carol auszog, hat Mum sich die Augen ausgeweint. Aber sie sagte, Carol solle es besser haben. Was sollte eine Frau mit Carols Begabungen an einem Ort wie Kaikoura?
Carol wohnte bei Mums Cousine in Christchurch zur Untermiete. Wir nannten sie Tante Joy. Durch sie erfuhren Mum und Dad irgendwann, dass etwas nicht stimmte. Mum bekam einen Brief. Carol bliebe über Nacht weg. Mum fuhr nach Christchurch. Sie konnte Carol eine Woche lang nicht finden, aber dann tauchte Carol doch noch auf, um ihre Sachen bei Tante Joy abzuholen.
Sie hatte einen Freund. Ein hoffnungsloser Verlierertyp. Arbeitslos. Er gab sich als Student aus, aber nach allem, was ich weiß, hat er nichts gemacht. Er war derjenige, der Carol drogenabhängig machte.
Carol brach das Studium ab. Inzwischen war sie in anderen Umständen.
Dad sagte, wir sollten nichts mehr mit ihr zu tun haben. Nicht, bevor sie nicht zur Besinnung gekommen sei. Er sagte das wegen der Wirkung, die die Sache auf Mum hatte. Dad war nicht besonders streng, und Carol war sein Lieblingskind gewesen, aber er sah seine Frau leiden, und das konnte er nicht ertragen. Wenn ich nur daran denke, wie Mum vor Carols Auszug war und wie sehr sie sich danach verändert hat … Mum hat Carol so geliebt. Sie hat sie geradezu angebetet, verstehen Sie, was ich meine? Als Carol auszog, hat Mum ein Jahr lang geweint. Und später ging sie alles wieder und wieder haarklein durch, sie konnte von

nichts anderem mehr reden, sie fragte sich ständig, warum alles so gekommen war, und sie gab sich die Schuld.
Mum ignorierte, dass Dad keinen Kontakt zu Carol wollte. Sie schrieb ihr ständig und schickte ihr Geld. Als das Baby zur Welt kam, fuhr Mum nach Christchurch zu Tante Joy und versuchte zu helfen. Sie wollte sich um das Baby kümmern, sie konnte sehen, dass Carol überfordert war, aber Carol ließ es nicht zu. Nicht, weil sie das Kind unbedingt selbst großziehen wollte, sondern weil sie hoffte, den Kindsvater an sich zu binden. Jedenfalls war das meine Einschätzung.
Am Ende musste Mum nach Hause zurück. Sie sagte, sie habe ihr Bestes versucht, Carol wolle sie nicht um sich haben, und so könne sie nur noch hoffen und beten. Sie schrieb weiterhin Briefe und schickte Geld, aber sie bekam keine Antwort. Monatelang nicht.
Dann rief Carol an. Es war mitten in der Nacht, sie weinte und schrie. Ihr Freund war verschwunden, sie war pleite und wollte nach Hause kommen. Sie sagte, es tue ihr leid. Sie würde am nächsten Tag in den Bus steigen. Mum war glücklich. Sie sagte, sie habe immer gewusst, dass Carol eines Tages zurückkommen würde. Sie ging in die Stadt und kaufte Babysachen. Carol kam nicht.
Später erfuhren wir dann, dass der Freund zurückgekommen war. Von da an lief es immer gleich ab. Sie hatten einen Riesenstreit, Carol rief an und sagte Mum, sie käme nach Hause, und Mum glaubte ihr. Und dann kam der Freund zurück.
Am Ende verschwand er für immer und ließ Carol mit dem Kind sitzen. Da muss der Junge schon fast zwei Jahre alt gewesen sein.
Mum hatte ihn ein paarmal gesehen, ich nie. Mum sagte, er sei ein süßer kleiner Junge. Sie sagte, er sei sehr hübsch und sehe Carol ähnlich. Sie sagte, Carol kümmere sich gut um

ihn, meistens jedenfalls. Ich mag gar nicht drüber nachdenken. Als Carol starb, war sie vollgepumpt mit Drogen. Wie soll sich jemand, der mit Drogen vollgepumpt ist, gut um ein kleines Kind kümmern? Wenn es um Carol ging, stellte Mum sich blind. Andererseits – was hätte sie schon tun können?

Ich weiß nicht genau, was vorgefallen war, als man ihr den Jungen wegnahm. Ich weiß nur, dass Carol und das Kind ins Krankenhaus eingeliefert wurden. Sie wurden getrennt. Die Polizei wurde gerufen. Carol durfte sich dem Kind nicht mehr nähern. Mum fuhr hin, aber sie ließ man ebenfalls nicht zu dem Jungen. Ich weiß nicht, wie sie es erfahren hat, aber sie hat mir später einmal erzählt, er sei verletzt gewesen. Blaue Flecken. Blaue Flecken am ganzen Körper. Sein kleiner Arm war gebrochen, und er hatte Verbrennungen von Zigaretten. Mein Gott, wenn ich nur daran denke. Er war immerhin mein Neffe, verstehen Sie? Carol starb im darauffolgenden Jahr. An einer Überdosis, aber auf dem Totenschein trugen sie »Unfall« ein.

Was dem Kleinen zugestoßen ist, hat mich nie losgelassen. Besonders später, als ich eigene Kinder hatte. Ich hasste Carol für das, was sie Mum und ihrem Kind angetan hatte. Ich hasste sie. Hasse sie bis heute. Ich bin froh, dass sie tot ist. Wie kann man ein Kind misshandeln? Mum sagte, wahrscheinlich habe Carol dem Kind nichts getan, das müsse ihr Freund oder irgendjemand anderes gewesen sein. Aber wie kann man danebenstehen und so etwas hinnehmen? Wie ist das möglich?

## 49.
# Annie

Die Septemberferien. Noch ein letztes Halbjahr. Ich bestand die Prüfungen mit Bravour und kassierte für meine Hausarbeiten reihenweise Einsen. Ich bewies allen, dass ich vielleicht nicht mehr die liebe, brave Annie, deswegen aber noch lange kein Dummkopf war. Ich nahm mir vor, in mindestens zwei Fächern Klassenbeste zu werden. In Englisch wäre es möglich, in Geschichte ebenfalls, und in klassischer Philologie holte ich rasend schnell auf. Was würden sie dazu sagen? Die böse Annie ganz vorn dabei, wenn die Auszeichnungen vergeben wurden.

Wenn die Lehrer sagten: »Toller Aufsatz, Annie«, schaute ich demonstrativ zur Seite.

Vor zwei Monaten hatten sie mich noch gehasst, und jetzt liebten sie mich wieder, nur weil ich gute Noten schrieb. Wie oberflächlich war das? Sie mochten nur die guten Schüler? Sie interessierten sich nur für dich, wenn du tatst, was sie wollten?

Mir in der Schule solche Mühe zu geben und wahnsinnig viel zu lesen, fand ich eigentlich ganz okay. Es zeigte mir, dass ich immer noch in der Lage dazu war, außerdem lenkte es mich ab. Denn ich fühlte mich einsam. Savannah erschien nicht mehr zum Unterricht, und außerhalb der Schule traf ich sie kaum noch. Die meiste Zeit igelte sie sich mit Joe ein. Wohin wir auch gingen, Joe war dabei.

Ich verspürte ein kaltes, trauriges Gefühl, es war das schreckliche Gefühl, jemanden zu vermissen. Manchmal bekam ich Magenkrämpfe vor lauter Einsamkeit.

In der Schule tat ich so, als sei mir alles egal. Ich tat so, als ginge es mir prima, so ganz allein, als wolle ich mit niemandem etwas zu tun haben. Wenn in der Klasse diskutiert

wurde, senkte ich den Kopf und malte auf meinem Notizblock herum. Wenn mich jemand etwas fragte, antwortete ich schleppend, so als sei ich zu Tode gelangweilt.
Mit Mum redete ich nicht darüber, denn sie hatte von Anfang an recht gehabt, was ich nicht zugeben wollte. Außerdem, was hätte sie schon tun können? All meine alten Freundinnen auf Pfannkuchen und eine DVD zu uns einladen?
So blieb mir in den Septemberferien nicht viel anderes zu tun, als auszuschlafen und zu lernen. Mum und ich fuhren für ein verlängertes Wochenende ins Strandhaus, und dort war es schön. Eine leichte, warme Brise, das blaue, schäumende Meer.
Wir lagen auf der Veranda und lasen oder gingen am Strand spazieren. Im Haus war alles in Ordnung, so, wie wir es hinterlassen hatten. Mum sagte, wahrscheinlich habe sie sich nur eingebildet, dass jemand da gewesen war. Sie ließ den Schlüssel dort, so sei es am einfachsten, falls Linda oder Marie ins Haus wollten, sagte sie. Aber diesmal hängte sie ihn nicht an den Haken unter der Veranda, sondern legte ihn unter eine Dose im Regal im Schuppen. Das Versteck unter der Veranda war zu offensichtlich, zu leicht zu finden.
Wenn Mum unterwegs war, las ich ihr Crill-Buch weiter. Ich las, was passiert war, als Travis Crill klein gewesen war. Ich las, was die Frau erzählt hatte, und ich las den Zeitungsbericht, den Mum kopiert und in ihre Mappe gelegt hatte. Dort stand, ein achtzehn Monate altes Kleinkind sei schwer verletzt ins Krankenhaus eingeliefert worden.
Ich musste weinen. Ich dachte an die Babys, die ich schon auf dem Arm gehalten hatte, wie klein und leicht sie waren, wie verletzlich. Man möchte sie drücken und knuddeln und ihnen zuflüstern, dass man sie nicht im Stich lassen und gut auf sie aufpassen wird. Ich stimmte der Frau zu. Wie konn-

te man ein Kind misshandeln? Ich dachte an Mum, und ich wusste, dass sie mich liebte, selbst wenn sie mal wütend auf mich war oder ich auf sie.

Ich dachte an Dad.

Am besten konnte ich mich an dieses Gefühl von Sicherheit erinnern, an seine starken Arme, auf seinen Schultern zu sitzen, mich an ihn zu kuscheln. *Wer ist das beste Mädchen auf der ganzen Welt?* Ich wusste, Mum und Dad liebten mich über alles. Ich wusste, sie würden immer auf mich achtgeben.

Warum passierten schlimme Sachen? Warum musste Dad sterben? Nichts von alldem wäre passiert, wenn Dad nicht gestorben wäre. Nichts schien mehr richtig, alles kam mir ungerecht vor. Ich schluchzte, bis ich Angst vor meiner eigenen Stimme bekam, aber ich konnte nicht mehr aufhören.

Ich legte mich auf mein Bett. Irgendwann schlief ich ein. Ich schlief den ganzen Nachmittag. Als ich aufwachte, fühlte ich mich irgendwie seltsam, ruhig und stark. So als hätte ich mir alles, was mich belastet und verletzt hatte, von der Seele geheult.

Ich holte meine Englischmappe heraus. Wir hatten eine Hausaufgabe auf. Kreatives Schreiben. Wir sollten einen Brief verfassen, der niemals abgeschickt würde. Ich schrieb meinen an Travis Crill.

Ich schrieb, wie wütend und angewidert ich gewesen war, als ich gelesen hatte, was er getan hatte. Dass mir der Gedanke Angst machte, dass Typen wie er durch die Gegend liefen und unschuldige Frauen quälten. Ich schrieb, wie froh ich darüber gewesen sei, ihn im Gefängnis zu wissen, und dass er meiner Ansicht nach dort bleiben sollte. Ich war der Meinung gewesen, er sollte bestraft werden, bestraft auf ewig. Ich schrieb, dass ich gedacht hatte, er hätte ein schönes Zuhause und liebende Eltern gehabt, und dass

er am Ende alle enttäuscht und vielen Menschen geschadet hätte.
Ich schrieb, dass ich inzwischen erfahren hätte, was ihm als kleinem Jungen zugestoßen war, und dass es mir zu denken gebe. Ich schrieb, dass ich seiner Erklärung, er sei Frauen gegenüber schüchtern und habe die Einbrüche als einzigen Weg gesehen, zu einer Frau in Kontakt zu treten, inzwischen Glauben schenken konnte. Ich schrieb, dass es vielleicht an seinen Kindheitserlebnissen lag. Dass er schlimme Erinnerungen mit sich herumschleppte. Und dass er mir, obwohl er Schlimmes verbrochen und alles falsch gemacht hatte, leid täte.
Ich schrieb, ich wisse sehr gut, wie es sei, sich einsam und traurig zu fühlen, jedem ginge es manchmal so, und doch würde ich niemals nachvollziehen können, was er als kleines Kind durchgemacht hatte. Es musste schrecklich und traumatisch gewesen sein, es war ungerecht, und niemandem auf dieser Welt durfte so etwas passieren. Ich schrieb, dass er sich im Gefängnis hoffentlich bessern und sich helfen lassen könne und dass er nach seiner Entlassung hoffentlich eine Frau treffen würde, die ihn wirklich liebte, denn das hatte jeder Mensch verdient. Jeder Mensch auf dieser Welt.
Ich adressierte den Brief nicht, denn das sollten wir nicht tun. Ich druckte ihn aus und legte ihn in meine Mappe. Dann setzte ich mich wieder an den Computer. Ich schrieb »Lieber Travis Crill« über den Brief. Ich druckte ihn ein zweites Mal aus und unterschrieb mit Annie. Ich steckte den Brief in einen Umschlag, schrieb seinen Namen vorne drauf, suchte die Anschrift der Haftanstalt aus dem Telefonbuch und setzte sie darunter. Ich klebte eine Briefmarke auf den Umschlag.
Ich trug den Brief in meiner Tasche mit mir herum. Ich wusste, dass ich ihn besser nicht abschicken sollte. Aber ich

musste dauernd an den kleinen Jungen mit den blauen Flecken und den Verbrennungen denken. Ich musste an Travis Crill denken, der im Gefängnis saß, wo ihn alle hassten und ihm die Schuld gaben.

Niemand hatte ihm geholfen, als er klein war. Niemand würde ihm jetzt helfen.

Schließlich warf ich den Brief in einen Briefkasten und ging mit klopfendem Herzen davon.

## 50.
## Claire

Alles fügte sich zusammen. Ich arbeitete bis spät in die Nacht. Das Schreiben fiel mir leicht, die ersten beiden Teile waren fertig, und mit dem dritten hatte ich gerade angefangen.

Ich konnte die Gefängnisgutachten verwerten, die einen großen Teil davon ausmachen würden; Informationen von Wärtern, Sozialarbeitern und der Gefängnispsychologin. Crills Prognose für die Zeit nach der Haftentlassung war reinste Spekulation. Ich hatte nicht vor, mich lange mit den Möglichkeiten der Resozialisierung aufzuhalten; ehrlich gesagt, würde der dritte Teil recht oberflächlich ausfallen.

Crill war ein vorbildlicher Gefangener. Während seiner Haft hatte er sich immer kooperativ gezeigt, zum Beispiel im Küchendienst, zu dem man ihn eingeteilt hatte. Er war ein ganz passabler Koch geworden. Außerdem hatten sich einige Häftlinge für Weiterbildungskurse in Finanz- und Rechnungswesen angemeldet, und er stand ihnen als Tutor zur Seite. Seine Gesprächsbeiträge in der Gruppentherapie waren »einfühlsam und überlegt«. Er besuchte Selbsthilfegruppen zur Aggressionsbewältigung und für Sexualstraftäter.

Konnte er sich erinnern? Wusste er es noch? Diese Frage beschäftigte mich beim Schreiben am meisten. Ich fragte mich, ob die Crills wussten, was dem Jungen vor der Adoption zugestoßen war. Ein paar Windpockennarben, hatte Thomas Crill gesagt. Hätte er die Narben erwähnt, wenn ihm bewusst gewesen wäre, dass es sich um verheilte Brandwunden handelte? Dem Datum im Zeitungsartikel nach war Travis etwa sechs Monate, bevor er zu den Crills kam, ins Krankenhaus eingeliefert worden. In der Zwischenzeit mussten die blauen Flecken verschwunden, der Bruch verheilt, die Brandnarben verblasst gewesen sein. Jean Crill hatte sich »verzweifelt« nach einem Kind gesehnt, Thomas Crill hatte »Verbindungen spielen lassen«. Vielleicht war er so erpicht darauf gewesen, dem Kinderwunsch seiner Frau, den er nicht auf natürlichem Wege erfüllen konnte, nachzukommen, dass er den Blick bereitwillig von allen bitteren Wahrheiten abwandte, die möglicherweise im Weg gestanden hätten.

Ich ließ Alistair Downes in regelmäßigen Abständen meine Entwürfe zukommen. Ich schickte ihm jene Kapitel, von denen ich dachte, sie würden ihm gefallen. Den Rest würde er zum Schluss sehen, wenn das Buch fertig war. Was er und »seine Leute« dann mit dem Manuskript anstellten, war ihre Sache. Es war mir egal. Vom Augenblick der Übergabe an würde das Buch ihnen gehören, und mein Name würde nicht darin stehen. Mir war nur wichtig, die Wahrheit zu schreiben oder der Wahrheit zumindest so nahe zu kommen, wie ich konnte.

Dann rief Downes an. »Crill möchte Sie sehen.«

»Warum?«

»Er will über das Buch reden.«

»Ich hatte nicht vor, ihn zu diesem Zeitpunkt schon zu besuchen. Erst wenn das letzte Kapitel ansteht.«
»Er will Sie sehen. Er sagt, es sei dringend.«
»Dringend?«
»Ich habe Ihren Besuch für heute Nachmittag angemeldet. Halb drei.«
»Aber ich habe zu tun.«
»Crill kommt für einen Großteil des Projektes persönlich auf. Also, heute Nachmittag um halb drei?«
»Na schön.«
Es war zwecklos, mit ihm zu diskutieren. Ich müsste nicht mehr lange durchhalten. Nicht mehr lange, und ich wäre Downes los.
»Übrigens sitzt Crill nicht mehr im Hochsicherheitstrakt.«
»Warum nicht?«
»Er hat ein neues Gutachten bekommen. Stellt für sich selbst und sein Umfeld keine Gefahr mehr dar.«
Ich fuhr zum Gefängnis. Das Auto hinter mir fuhr zu dicht auf. Ich bremste ab, um es passieren zu lassen. Es düste vorbei, hielt sich immer zwei Autos vor mir. Ich parkte vor dem Gefängnistor.
Ausweiskontrolle. Taschenkontrolle. Metalldetektor. Durch die Gittertüren. Das Klicken, als die Schlösser in meinem Rücken zuschnappten. Daran hatte ich mich beim Durchqueren der Flure nie gewöhnen können, an das Scheppern der Türen.
Ich folgte dem Wärter. Er öffnete eine Tür.
Crill sitzt am Tisch. Er hält ein Stück Papier in der Hand. Er trägt keine Handschellen.
Als wir den Raum betreten, steht er auf.
»Sie sind gekommen.«
Er starrt mich an. Er sieht bleicher aus, als ich ihn in Erinnerung habe, und er knetet sich aufgeregt die Hände, so als sei er nervös.

»Eigentlich hatte ich vor, Sie erst später zu besuchen, wenn ich am letzten Kapitel arbeite.«
Ich setze mich an den Tisch.
»Alistair sagte, Sie wollten mich sprechen. Er sagte, es sei dringend.«
»Ich möchte wissen, was Sie über mich schreiben.«
»Aber das haben Sie doch gelesen. Alistair hat Ihnen Kopien geschickt. Das hat er mir erzählt.«
»Was Penny gesagt hat, gefällt mir überhaupt nicht. Das müssen Sie streichen. Es ist nicht die Wahrheit. Ich hätte ihren Vögeln niemals etwas angetan. Ich liebe Vögel. Wir hatten eine Vogeltränke, das habe ich Ihnen erzählt.«
»Ich muss schreiben, was man mir erzählt. Ich kann es nicht auslassen, bloß weil es unbequem ist.«
»Was Hamish Price gesagt hat. Das stimmt auch nicht. Hamish war mein Freund.«
»Wie ich schon sagte, kann ich nur schreiben, was die Leute mir erzählen.«
»Selbst wenn es gelogen ist?«
»Es ist nicht an mir zu entscheiden, was gelogen ist und was nicht.«
»Ich habe einen Brief bekommen.«
»Tatsächlich?«
»Von Ihrer Tochter.«
»Von meiner Tochter? An Sie? Nein, da müssen Sie sich irren.«
»Von Ihrer Tochter. Von Annie.«
Er reicht mir den Brief. Annie. O Gott. Er ist von Annie. Was zum Teufel hat sie sich bloß dabei gedacht?
Und woher weiß sie Bescheid? *Wie hat sie davon erfahren?*
Er beobachtet mich, lässt mein Gesicht nicht aus den Augen. Er sagt: »Das verstehe ich nicht.«
»Es tut mir leid. Das wollte ich nicht.«

»Aber was hat es zu bedeuten? Was meint sie damit?«
»Es bedeutet … ich habe Ihre Mutter ausfindig gemacht.«
»Meine Mutter wohnt am Cresswell Place, zusammen mit meinem Vater.«
»Ihre natürliche Mutter. Ihre leibliche Mutter.«
»Sie schreibt: *Was Ihnen passiert ist.* Was will sie damit sagen?«
»Sie wurden … verletzt. Sie waren im Krankenhaus.«
»Wie? Wie wurde ich verletzt?« Seine Stimme schwillt an.
Der Wärter kommt heran, als wolle er eingreifen. »Alles in Ordnung?«
»Sagen Sie es mir«, sagt Crill.
»Bleiben Sie ruhig. Ich weiß nicht, wie man Sie verletzt hat. Sie wurden ins Krankenhaus gebracht. Ihre Mutter konnte sich nicht mehr um Sie kümmern. Später wurden Sie zu den Crills gebracht.«
»Sie behaupten, meine Mutter hätte mich verletzt? Das stimmt nicht. Ich wurde nie … So war es nicht.«
»Ich habe nicht gesagt, dass es Ihre Mutter war.«
»Es stimmt nicht. Das können Sie nicht schreiben. Ich will das nicht.«
»Es tut mir leid.«
»Ich warne Sie. Schreiben Sie es nicht. Ich werde das nicht zulassen. Ich, ich … ich gehe jetzt.«
Sein Gesicht ist aschfahl, er steht unter Schock, sein Stuhl kippt um und kracht hinter ihm zu Boden. Ich stehe rasch auf.
Er taumelt, er wankt mit ausgestreckter Hand auf mich zu und stützt sich an meinem Arm ab. Und während er mich berührt, starren wir uns in die Augen, ganz ruhig, und sein Blick ist nicht leer, kalt, gläsern. Ich sehe unbeschreiblichen Schmerz, einen nach innen gerichteten Strudel aus Schmerzen.
Der Wärter durchquert den Raum.

»Claire. Claire.« Er lässt sich auf einen Stuhl fallen. »Mir ist schlecht«, flüstert er.
»Komm schon, Junge. Wir gehen zurück«, sagt der Wärter. »Alles in Ordnung, Miss?«
»Ja«, sage ich, »alles in Ordnung.«

## 51.
## Claire

Annie. Annie?«
Sie wusste Bescheid, sobald sie mein Gesicht sah.
»Mum?«
»Annie, sag jetzt nicht, es täte dir leid. Du hast mein Buch gelesen. Du weißt ganz genau, dass das absolut tabu ist. Und schlimmer noch, du hast mich beruflich in eine unmögliche Lage gebracht. Was zum Teufel hast du dir dabei gedacht?«
»Mum, es tut mir leid. Ich habe mir Sorgen um dich gemacht. Ich habe es gelesen, weil ich wissen wollte, ob es dir gutgeht.«
»Du wolltest wissen, ob es mir gutgeht? Warum hast du mich nicht einfach gefragt, anstatt in meinem Computer herumzuschnüffeln?«
»Ich dachte …«
»Du hast nicht gedacht, Annie. Du hast überhaupt nicht gedacht. Du hast meine professionelle Glaubwürdigkeit beschädigt. Du hast meinen Auftraggebern bewiesen, dass ich nicht vertrauenswürdig bin. Was sollen die von mir denken? Was sollen sie rumerzählen? Dass ich meiner pubertierenden Tochter hochsensibles Material zu lesen gebe? Dass meine Tochter Briefe an Travis Crill schreibt? Er ist

ein verurteilter Sexualstraftäter, Annie, er ist gefährlich. Wie konntest du das nur tun? Sag es mir!«

»Es war für einen Schulaufsatz. Ich wollte ihn nicht abschicken. Es ist ... irgendwie so passiert.«

»Ein *Schulaufsatz*? Wie vielen Leuten hast du davon erzählt?«

»Ich habe seinen Namen weggelassen. Niemand von der Schule kann wissen, um wen es sich handelt.«

»Du hast mein privates Material benutzt, um einen Aufsatz für die Schule zu schreiben?«

»Mum, ich wollte nicht ...«

»Du wolltest nicht. Du dachtest nicht. So ist es das ganze Jahr gewesen, nicht wahr? Ich habe diesen Auftrag angenommen, diesen schrecklichen, schwierigen Auftrag, damit wir finanziell abgesichert sind, aber du hast alles nur noch schwieriger gemacht. Früher waren wir ein Team. Aber du arbeitest ständig gegen mich. Und nun das.«

»Ich habe einen Fehler gemacht, Mum. Es tut mir leid.«

»Mein Gott, Annie, hast du überhaupt eine Ahnung, was du da angerichtet hast?«

»Es tut mir leid, Mum. Es tut mir so leid.«

Tränen liefen über ihre Wangen, aber in dem Moment hasste ich sie. Ich hasste mein eigenes Kind.

*Tief durchatmen. Nachdenken.*

Was war zu tun? Sollte ich auf Downes' Anruf warten, der mich in die Kanzlei bestellen und mir Vertragsbruch vorwerfen würde? Sollte ich einfach abwarten, dass er mich feuerte? Verklagte? Du lieber Gott, wenn er mich verklagte, würden wir alles verlieren.

»Mum, es tut mir leid. Bitte hör mich an. Ich wollte dir nicht weh tun. Ich habe nicht nachgedacht.«

Ich starre sie an. Sie ist meine Tochter. Ich liebe meine Tochter. Töchter machen Fehler, und Mütter vergeben. So ist es nun einmal.

»Ich weiß, Annie. Das wird schon wieder.«
»Ist es sehr schlimm? Was ich getan habe?«
»Ich weiß nicht, was jetzt passieren wird. Wir müssen abwarten.«
»Aber was könnte passieren?«
»Ich weiß es nicht. Vielleicht passiert gar nichts. Was immer es ist, wir werden es überstehen.«
»Ich mache alles falsch. Ich mache alles kaputt ...«
Sie heult vor Kummer laut auf. Wie kann es sein, dass dieses Kind, das ich geliebt habe, das ich immer nur beschützen wollte, einen solchen Ton von sich gibt?
Ich drücke sie fest an mich, während sie schluchzt. Ich streiche ihr über den Rücken, langsam und beruhigend. »Du hast nur einen einzigen Fehler gemacht, Annie. Nur einen. Das wird schon wieder. Ich verspreche es dir.«
»Mir war so elend zumute. Weil ihm diese schrecklichen Sachen zugestoßen sind. Ich wollte, dass er sich besser fühlt.«
»Ich weiß, Annie. Ich weiß.«
»Mum, wie kann man einem kleinen Baby weh tun?«
»Ich weiß es nicht, mein Schatz. Ich habe keine Ahnung.«

## 52.
## Claire

Ich wartete auf die Katastrophe. Ich saß neben dem Telefon, rief alle fünf Minuten meine Mails ab.
Aber nichts passierte. Kein Anruf von Downes. Kein offizielles Schreiben. Nichts.
Also arbeitete ich weiter. Ich schrieb von acht Uhr morgens bis eins oder zwei in der Nacht. Ich wollte es hinter mich

bringen. Es sollte endlich vorbei sein. Ich wollte mein altes Leben zurück. Mich für fremde Gärten begeistern. Zu Pensionen umgebaute, friedliche Landhäuser in Meeresnähe bewundern, die von eifrigen, glücklichen Paaren mittleren Alters geführt wurden, die von Aucklands Berufsverkehr die Nase voll hatten. Ich wollte über normale Menschen schreiben, die normale Dinge taten. Ich wollte auf der Veranda des Strandhauses sitzen und Gedichte schreiben. Ich wollte Zeit mit Annie verbringen. Mit Max.

Es war Anfang Oktober. Wenn ich in dem Tempo weiterarbeitete, wäre ich Ende Januar fertig. Großzügig geschätzt. Ich würde das Manuskript Downes überreichen und es auf der Stelle vergessen. Oder es zumindest versuchen.

Max und ich hatten in eine Art Routine gefunden. Unbefriedigend und ziemlich frustrierend, wenn man sich so sehr nach jemanden sehnt, dass man jeden wachen Moment mit ihm verbringen will. Aber mehr bekamen wir nicht hin. Am Wochenende gingen wir aus: ins Kino, essen, ins Theater, spazieren. Ich wollte Annie nicht über Nacht allein lassen, deswegen fuhr ich nach dem Sex wieder nach Hause. Jeden Mittwochabend kochten wir bei ihm, um uns danach ins Bett zu stürzen. Spätestens um zehn war ich zu Hause. Wir telefonierten jeden Abend. Wir fingen an, uns *ich liebe dich* zu sagen.

Es war der gewohnte Mittwochabend.

Max kochte Nudeln. Ich schnitt Paprikaschoten für den Salat klein. Wir standen dicht nebeneinander, er hatte eine Hand an meinem Hintern, und ich lachte und sagte, er lenke mich ab. Wir hatten eine Flasche Wein aufgemacht. Im Fernseher liefen die Nachrichten, aber der Ton war abgestellt. Trautes Glück.

Crills Gesicht erschien auf dem Bildschirm. Aufnahmen von Szenen, die sich während des Prozesses vor dem Gerichtsgebäude abgespielt hatten. Max griff zur Fernbedienung und stellte den Ton lauter. Travis Crill. Verurteilt wegen sexueller Nötigung, Körperverletzung, Einbruchs.

*Zur Zeit arbeitet die Journalistin und Dichterin Claire Wright an einem höchst umstrittenen Buch. Die Autorin hat Travis Crill im Gefängnis besucht. Crills Anwalt, Alistair Downes, hat uns bestätigt, das Buch werde neues Licht auf den Fall werfen. Die Veröffentlichung ist für den Anfang des kommenden Jahres geplant. Ms. Wright war für eine Stellungnahme nicht zu erreichen.*

Mein Gesicht auf dem Bildschirm. Bilder von mir, wie ich vor dem Gefängnistor aus dem Auto steige. Ein weiteres Bild. Eine Aufnahme von Max und mir vor einem Café. Ich schaue zu ihm auf. Er lächelt.

*Detective Inspector Max Williams, hier im Bild mit Ms. Wright, leitete die Ermittlungen gegen Travis Crill.*

Max steht wie vom Donner gerührt da, starrt auf den Bildschirm.
Die Nachrichten wechseln zum nächsten Thema. Er schaltet den Fernseher aus. Ich lege das Messer hin.
»Du schreibst ein Buch über Crill?«, fragt er leise. Sein Gesicht ist bleich und fassungslos.
»Ja.«
»Warum hast du mir nichts davon gesagt?«
»Ich wollte. Irgendwann hätte ich es auch getan. Aber die Arbeit ist vertraulich. Ich durfte mit niemandem darüber reden.«
»Vertraulich? Verdammt noch mal, Claire, es lief gerade im Fernsehen.«
»Ich verstehe nicht, wie es dazu gekommen ist. Eigentlich

darf niemand davon wissen. Die Presse muss irgendwie Wind davon bekommen haben. Ich verstehe das nicht.«

»Und wie hast du dir vorgestellt, das Ganze geheim zu halten? Wenn du ein Buch schreibst, steht dein Name auf dem Umschlag.«

»Nein, mein Name sollte da herausgehalten werden. Ich sollte für meine Arbeit bezahlt werden und anschließend nichts mehr mit der Sache zu tun haben.«

»Dann hättest du mir wohl nie davon erzählt? Du hättest es mir verschwiegen?«

»Nein. Ich hätte es dir erzählt. Ich wollte. Es war schrecklich für mich, das Ganze von dir fernzuhalten.«

»Du hast mich die ganze Zeit belogen. Du hast mich über deine Arbeit belogen, von jenem ersten Interview an, das du mit mir geführt hast. Und nun hänge ich mit drin. Mein Gesicht war zu sehen, verdammt.«

»Eigentlich habe ich nicht gelogen. Ich habe dir lediglich nicht alles erzählt.«

»Nein, Claire. Du hast gelogen.«

»Ich durfte dir nichts von dem Buch erzählen, begreifst du das nicht?«

»Ich begreife nur, dass du mir nicht vertraust und ich dir nicht vertrauen kann.«

»Das stimmt nicht.«

»Und was sollte das mit dem neuen Licht, in dem der Fall angeblich erscheinen wird? Was hast du mit diesem ekelhaften Downes zu tun? Willst du die ganze Arbeit zunichtemachen, die wir geleistet haben, um Crill zu finden und hinter Gitter zu bringen, wo er hingehört? Was schreibst du in diesem Buch? Meine Güte, Claire, triffst du dich deswegen mit mir? Um Crill reinzuwaschen?«

»Nein, nichts dergleichen. Ich habe deine Arbeit nicht zunichtegemacht. Ich verstehe nicht, wovon Downes redet. Ich verstehe nicht, warum er sich öffentlich zu dem Thema

geäußert hat, ohne mich darüber zu informieren. Ich verstehe nichts mehr.«
Mein Handy. Ich hatte es ausgeschaltet. Ich schaltete es wieder ein. Sechs verpasste Anrufe von Annie. Mein Gott, Annie. Wahrscheinlich hatte sie es im Fernsehen gesehen. Sie musste außer sich sein vor Panik.
»Max, ich kann das erklären. Aber jetzt muss ich nach Hause.«
»Ja«, sagte er. »Geh nach Hause, Claire.«
»Ich rufe dich an, sobald ich kann. Ich werde dir alles erzählen. Alles. Es tut mir leid. Oje, Max, es tut mir wirklich so leid.«
»Mir auch«, sagte er. »Ruf mich nicht an. Wir sollten uns für eine Weile nicht sehen. Ich melde mich bei dir.«

Annie. Annie hatte am Fenster gewartet, sie kam mir über den Gartenpfad entgegengerannt. »Mum, ich habe immer wieder versucht, dich anzurufen. Du warst im Fernsehen. Das Telefon klingelt die ganze Zeit. Ich gehe nicht mehr ran. Ich habe den Anrufbeantworter eingeschaltet. Mum, was ist los? Mum, warum weinst du?«
»Ich habe ... es war ein Schock. Ich weiß nicht, wie das passieren konnte. Ich muss sofort Alistair anrufen.«
»Mum, ich habe Angst.«
Ich drücke sie an mich. Eine stürmische Umarmung. *Atmen. Hör auf zu weinen. Reiß dich zusammen.*
»Alistair?«
Flott, gelassen. »Oh Claire, sind Sie es?«
»Was zum Teufel geht hier vor? Wie hat das Fernsehen davon erfahren?«
»Keine Ahnung. Aber solche Sachen sickern naturgemäß irgendwann durch.«
»Woher wissen die meinen Namen? Warum wurde Max Williams mit hineingezogen?«

»Wie ich schon sagte, ich habe keine Ahnung.«
»Warum haben Sie mich nicht angerufen?«
»Habe ich versucht. Sie waren nicht da.«
»Das Projekt sollte vertraulich sein.«
»Tja, nun ist es draußen, und wir sollten das Beste draus machen. Sehen Sie das Ganze als exzellente Werbung.«
»Aber wie stehe ich jetzt da? Was soll ich tun?«
»In den nächsten ein bis zwei Tagen werden Sie sich vorkommen wie auf der Achterbahn. Bleiben Sie ruhig. Verhalten Sie sich gar nicht. Geben Sie keine Interviews. Sitzen Sie es einfach aus, in einer Woche ist alles vorbei.«
»Alistair, Sie hatten mir versprochen, meinen Namen rauszuhalten. Das war Teil der Vereinbarung.«
»Daran lässt sich nun nichts mehr ändern. Denken Sie an das Sprichwort, Claire, jede Publicity ist gute Publicity. Mädchen, danach sind Sie gemacht. Gemacht.«
Ich lege auf. Ich höre den Anrufbeantworter ab. Die Stimmen plärren mir entgegen. *The Press* will ein Interview. Die *Sunday Star-Times* und die *Sunday News.* Hannah Moore schreit, mein Verhalten sei unmoralisch, ich sei nichts weiter als eine verlogene Schlampe. Lisa Evens schluchzt, sie habe mir vertraut, wie habe ich sie nur so hintergehen können? Marie und Linda klingen besorgt, *was ist los, alles in Ordnung?* Eine Anrufersendung im Radio will mich als Studiogast. Catherine Johnstone will dringend mit mir sprechen.
Travis Crill war wieder in den Medien. Eine *Frau* schrieb ein Buch über ihn. Mein Gesicht prangte von der Titelseite der Tageszeitungen. Lisa Evens trat vermummt in einer Talkshow auf und sagte, ich hätte sie unter Vorspiegelung falscher Tatsachen zu einem Interview überredet und damit alle Frauen verraten. Max war in den Fernsehnachrichten, er verließ die Hauptwache mit verkniffenem Gesicht und zischte ein *Kein Kommentar.* Die Sprecherin einer Opfer-

beratung sagte, diese Art von Medieninteresse stelle für alle Vergewaltigungsopfer eine große Belastung dar, weil es sie zwinge, das Durchgemachte erneut zu durchleben. Anruferinnen schimpften in Live-Radiosendungen, ich sei eine Schande für alle Frauen.

So ging es weiter, bis zu der Hundeattacke am Wochenende, gefolgt von dem vermissten Kind, das zwölf Stunden nach seinem Verschwinden schlafend in einer Gartenlaube entdeckt wurde. Bilder von einem zusammengenähten Gesicht. Interviews mit den Nachbarn, die sich schon früher bei den Behörden über den Hund beschwert hatten. *Ich habe mich kaum noch getraut, einen Fuß vor die Tür zu setzen, selbst nicht, um einkaufen zu gehen.* Bilder von einer weinenden Mutter, die einen glücklich strahlenden, blonden Engel in die Arme schließt.

Ich ließ den Anrufbeantworter eingeschaltet. Hörte die Nachrichten ab, drückte auf die Löschtaste. Ich war eine Betrügerin, eine Lügnerin, eine verdammte Schlampe, eine falsche Hexe. Im Supermarkt warfen die Leute mir Blicke zu, bevor sie sich abwandten. Irgendwann stand das Telefon wieder still. Max hatte nicht angerufen.

## 53.
## Oktober

Warum hast du das getan warum hast du das getan warum warum warum warum warum warum?

Du hast alles kaputt gemacht kaputt gemacht kaputt gemacht kaputt es ist kaputt kaputt.

Hast herumgeschnüffelt. Auf Lügner gehört. Lügen verbreitet.

Dabei hätte ich dir vergeben können. Wir hätten es besprechen, gemeinsam zu einer Lösung kommen können. Du hättest zu mir kommen, deinen Kopf an mich lehnen, um Verzeihung bitten können. Denn letztendlich hätte ich nachgegeben. Wirklich, Claire, das hätte ich.
Dann sah ich dich. Du warst im Fernsehen, mit deinem Freund, der Polizistensau. Ihr habt gelacht.
Über mich.
Du hast mich betrogen. Betrügst mich. Du treulose Schlampe. Schlampe Fotze Hure.
Aber weißt du, was? Durch jene finstere Zeit hast du mich zur Wahrheit geführt. Du warst der Auslöser.
Eine Ironie des Schicksals, aber wahrscheinlich kannst du nicht darüber lachen.
Denn du bist es nicht. Nicht du nicht du.
Sondern eine mit einem sanfteren Herzen. Lieblich und gut und unverdorben.
Ich halte ihren Brief in meinen Händen. Ich küsse ihre sanften Worte.
Du bist es nicht.
Sie ist es.

## 54.
## Annie

Mum weinte viel. Sie versuchte, es vor mir zu verbergen, aber ich konnte sie hören, ich konnte ihr vom Gesicht ablesen, dass sie es zu unterdrücken versuchte. Wir mussten den Anrufbeantworter pausenlos eingeschaltet lassen. Mum hörte sich die Nachrichten nie an, wenn ich in der Nähe war. Nicht, nachdem sie das Gerät einmal abge-

hört und diese hysterische Stimme sie als verlogene Schlampe bezeichnet hatte. Sie verbot mir, die Nachrichten abzuhören. Ich musste Mum versprechen, nicht mal in die Nähe ihres Computers zu gehen, wenn sie nicht zu Hause war. Ich musste ihr versprechen, mich nie wieder in ihre Arbeit einzumischen.
Max rief nicht mehr an und kam nicht mehr vorbei. Früher, wenn er anrief und ich am Telefon war, hatte er manchmal diese lustige Gangsterstimme nachgeahmt, *hey, Kleines, wo ist deine Alte?* Ich hatte so getan, als gefiele mir das nicht, als könne ich ihn nicht leiden, dabei hatte ich ihn eigentlich gemocht.
Wieder und wieder fragte ich mich, warum ich den Brief abgeschickt hatte. In dem Moment, in dem er aus meinen Fingern gerutscht und im Briefkasten gelandet war, hatte ich hineingreifen und ihn wieder rausholen wollen. Ich weiß noch, wie ich vor dem Briefkasten stand und mich fragte, wann das Postauto käme und ob ich den Brief möglicherweise zurückbekommen könnte. Wie sehr habe ich mir gewünscht, zu jenem Tag zurückzukehren. Dann hätte ich den Brief niemals geschrieben und mit mir rumgeschleppt, ich hätte ihn niemals eingeworfen.
Alles, was passierte, war meine Schuld. Dass das Fernsehen von dem Buch erfuhr, dass Max nicht mehr kam, die gruseligen Anrufe, alles. Ich bildete mir ein, Travis Crill sei über meinen Brief so erbost gewesen, dass er allen Leuten von dem Buch erzählte. Es war meine Schuld.
Marie und Linda kamen zu Besuch. Sie brachten Kuchen, Wein und Blumen mit. Um Mum aufzuheitern, wie sie sagten. Es war ein bisschen so wie in den alten Zeiten, alles war wieder normal, als sie bei uns im Wohnzimmer saßen, redeten und Wein tranken. Ich stand hinter der Tür und lauschte angestrengt. Ich wollte Mum lachen hören, ich wollte, dass ihre Stimme wieder richtig klang. Ich hörte, wie Linda

Mum riet, Max anzurufen und zu Kreuze zu kriechen, ihn nicht einfach ziehen zu lassen. Mum sagte, nach allem, was passiert sei, rechne sie kaum damit, ihn jemals wiederzusehen.
Ich wollte Max anrufen und ihm erzählen, wie sehr Mum ihn vermisste. Ich wollte ihm sagen, dass Mum ihn niemals unglücklich machen wollte, das Ganze sei nicht ihre Schuld, und sie habe ihn wirklich gern, warum konnte er ihr keine zweite Chance geben? Aber ich rief nicht an. Ich wollte nicht noch mehr falsch machen.
In der Schule wussten alle von Mum und dem Buch. Ich wurde angestarrt. Die Lehrer taten so, als sei nichts passiert, aber sie waren überfreundlich zu mir und beobachteten mich heimlich, so als könne ich jeden Moment ausflippen.
Auch Savannah war nett zu mir. Sie kam mit einem Berg Schokolade vorbei. Sie versuchte, mich zum Lachen zu bringen. Sie nannte unser Haus einen Prominentenwohnsitz und behauptete, Mum sähe im Fernsehen aus wie ein Filmstar. Wir taten dasselbe wie früher. Wir schmierten uns Schlammmasken ins Gesicht, manikürten uns gegenseitig die Fingernägel, stopften uns mit Pizza voll und sahen DVDs an. Aber irgendwie war es anders. Es passte nicht mehr. Ich wusste, dass Joe nicht in der Stadt war. Und ich wusste, Savannah wäre vermutlich bei ihm, wenn er da wäre. Trotzdem, sie war meine Freundin und sie war für mich da.
Irgendwann kamen die Anrufe nicht mehr ganz so oft, und später dann gar nicht mehr. Auch im Fernsehen und im Radio tauchte das Thema nicht mehr auf. Mum sagte, anscheinend ist es vorbei, Gott sei Dank. Sie ging wieder ans Telefon, zunächst ganz zögerlich und mit einem Finger an der Gabel, für den Fall, dass sie wieder einmal jemand beschimpfen wollte. Ich wusste, dass sie auf einen Anruf von Max hoffte, aber Max war nie am Apparat.

Ich war in der Schule. Wir hatten gerade Mittagspause. Ich saß in der Bibliothek. Mein Handy klingelte, und Ms. Moore warf mir einen bösen Blick zu. Eigentlich sollten wir unsere Handys in der Schule ausschalten.
»Entschuldigung«, flüsterte ich und griff in meine Tasche, um das Handy abzuschalten. Auf dem Bildschirm blinkte Savannahs Name.
»Annie«, sagte Ms. Moore mit strenger Stimme, so als sei ich eine Kriminelle kurz vor dem Rückfall.
Ich nahm meine Tasche und ging nach draußen. Ich ging in die Toilette und rief Savannah an.
»Annie? Annie?«, sagte sie. Sie weinte.
»Was ist los?«
»Ich muss hier weg.«
Sie schluchzte so heftig, dass ich sie kaum verstehen konnte. »Erzähl mir, was los ist. Was ist passiert?«
»Etwas Schreckliches. Du musst mir helfen.«
»Was denn? Wo bist du?«
»Ich fahre rum. Ich weiß nicht, wohin.« Sie schluchzte fürchterlich und machte *hu-uuu*, als sei sie völlig verzweifelt.
»Savannah, hör mir zu. Ich werde dir helfen. Was soll ich tun?«
»Ich bin in der Nähe der Schule. Kannst du rauskommen?«
»Ich darf mir nicht noch mehr Ärger einhandeln. Ich darf Mum nicht noch mehr aufregen.«
»Ich dachte, du wärst meine Freundin. Du hast gesagt, du würdest mir helfen.«
»Ich bin deine Freundin.«
»Wenn das stimmen würde, kämst du raus.«
Ich wusste nicht, was ich tun sollte.
Was, wenn ich in der Schule blieb und sie etwas Unvernünftiges tat, zum Beispiel das Auto zu Schrott fuhr? Was,

wenn sie verletzt wurde, und ich war schuld, weil ich sie nicht aufgehalten hatte?

»Bitte, Annie. Bitte.«

»Ich muss mir irgendwas einfallen lassen. Ich will nicht, dass Mum angerufen wird. Ich bin gleich da. Warte einfach draußen auf mich, okay?«

»Ich kann nicht zur Schule kommen.«

»Warum nicht?«

Noch lauteres Geheul.

»Okay. Am Ende der Straße. An der Bushaltestelle.«

Ich musste ins Schulsekretariat gehen. Aber was sollte ich sagen? *Mir ist schlecht?* Geh ins Krankenzimmer und leg dich hin, und wenn es dir in einer halben Stunde nicht bessergeht, rufen wir deine Mutter an. *Meine Mutter hat angerufen, ich muss sofort nach Hause.* Ohne ausdrückliche Erlaubnis der Eltern ist es dir nicht gestattet, das Schulgelände zu verlassen. Wir werden deine Mutter zurückrufen und bei ihr nachfragen. *Ich muss zum Zahnarzt?* Wo ist deine Terminkarte?

Terminkarte? Ich war kurz vor den Ferien beim Zahnarzt gewesen. Ich hatte eine Terminkarte. Ich wühlte in meiner Tasche. Mist. Wahrscheinlich hatte ich sie weggeworfen. Oder die Karte steckte in meiner anderen Tasche.

Aber nein, da war sie. Zerknüllt, aber vielleicht klappte es trotzdem. Ich strich sie glatt und trug den neunzehnten Oktober, ein Uhr dreißig ein, mit demselben schwarzen Stift wie vor den Ferien. Ich steckte die Karte wieder ein, ging zum Sekretariat. *Mach ein entspanntes Gesicht, du musst so aussehen, als sei alles in Ordnung.* Oje, da saß Ms. Collins. Sie war ganz schön streng.

»Entschuldigen Sie, Ms. Collins«, sagte ich, »aber ich habe einen Termin beim Zahnarzt.« Klang meine Stimme piepsig?

»Hast du eine Terminkarte?«

»Äh … mal sehen.«
Ich öffnete meine Tasche und kramte darin herum, als suche ich danach. »Da ist sie.«
Ich reichte ihr die Karte. War sie misstrauisch? Fehlte mir gerade noch, dass die Schule Mum anrief und ihr von meinem Fluchtversuch berichtete. *Bitte lass sie nicht auf die Idee kommen, beim Zahnarzt anzurufen. Bitte lass sie nicht bei Mum anrufen.*
»Wir erwarten von euch eigentlich, dass ihr euch Termine außerhalb der Unterrichtszeit geben lasst.«
»Ja, ich weiß. Aber ich hatte eine Entzündung. Das muss noch mal kontrolliert werden. Ich habe keinen Termin nach der Schule bekommen können.« Geschmeidig glitt die Lüge aus meinem Mund. Wann hatte ich das gelernt?
»Wann bist du zurück?«
»Der Zahnarzt hat eine Stunde eingeplant, mit Röntgen und so. Deswegen …«
Sie seufzte. Sie schaute noch einmal auf die Karte, gab meinen Namen und den des Zahnarztes in den Computer ein. »Das wird hoffentlich nicht wieder vorkommen.«
Ich versuchte, zerknirscht auszusehen. »Auf gar keinen Fall. Tut mir leid, Ms. Collins.«
»Also gut. Du kannst gehen.«
»Danke, Ms. Collins.«
Ich ging langsam aus dem Sekretariat, über den Parkplatz, durchs Schultor. Dann rannte ich los. Ich fühlte mich zittrig, hatte Angst. Ich wusste, dass es falsch war, was ich tat. Aber etwas Schlimmes musste passiert sein. Savannah hatte noch nie geweint.
Ihr Auto stand an der Bushaltestelle. Als ich näher kam, stieß Savannah die Beifahrertür auf. »Komm schon«, schrie sie, »steig ein. Keiner darf mich sehen. Wo warst du?«
Ich sprang ins Auto, und sie fuhr mit quietschenden Reifen los. »Was ist los? Was ist passiert?«

Sie fuhr weiter. »Ich muss hier raus. Ich muss von hier weg.«
Sie fuhr zu schnell.
»Savannah. Hör mir zu. Was ist los? Halte an und erzähl es mir.«
»Ich habe es dir doch gesagt«, kreischte sie. »Ich muss von hier weg. Ich werde nicht anhalten.«
Ich machte mich steif und klammerte mich am Sitz fest. Ich sagte ihr, sie solle langsamer fahren. Ich sagte ihr, sie solle sich beruhigen, ich würde tun, was ich könnte. Sie fuhr immer weiter, wortlos. Sie sah wild und wütend aus, Tränen liefen ihr übers Gesicht.
Sie bog von der Hauptstraße ab, fuhr durch eine Nebenstraße, blieb vor einem Park stehen. Sie ließ den Kopf zwischen die Arme sinken und weinte. Noch niemals hatte ich jemanden so weinen hören. Es klang, als verursache ihr das Weinen Schmerzen, als kratze und zerre jeder Schluchzer von innen an ihr.
»Annie, Annie«, sagte sie immer wieder.
»Was ist los? Bitte, Savannah, sag es mir.«
»Ich bin schwanger.«
»Aber du nimmst doch die Pille. Hast du mir selbst gesagt.«
»Ich habe zugenommen. Die Pille hat mich fett gemacht, deswegen habe ich sie abgesetzt.«
»Was willst du jetzt tun?«
»Meine Mum hat es rausbekommen. Sie hat es Dad erzählt. Jetzt wollen sie mich in die Staaten zurückschicken. Sie wollen mich zu einer Abtreibung zwingen. Ich darf Joe nicht sehen. Ich darf mich nicht von Joe verabschieden.«
»Wann? Wann musst du abreisen?«
»Sofort. Sie sagen, ich muss sofort fliegen, und wenn ich ankomme, holt meine Schwester mich ab und fährt mich direkt in die Klinik. Es ist mein Baby, Annie. Ich sollte das

Recht haben, selbst zu entscheiden, aber sie lassen mich nicht.«
»Sie können dich nicht zwingen.«
»Doch, können sie. Du kennst sie nicht. Ich bin abgehauen. Es ging nicht anders. Sie werden mich suchen. Mein Auto. Sie werden die Polizei einschalten.«
»Savannah, du musst nach Hause. Du musst mit deinen Eltern reden. Ich bin mir sicher, dass sie dir zuhören werden.«
»Nein!« Sie schrie. Sie zitterte am ganzen Leib. »Neiiin. Ich gehe nicht nach Hause.«
Ich saß auf dem Beifahrersitz und starrte auf den Eingang zum Park. Ich wollte, dass Savannah mit dem Weinen aufhörte. Ich wollte aus dem Auto steigen und zur Schule zurückgehen und pünktlich zu Hause bei Mum sein. Ich wollte das alles nicht. Ich wollte nicht über Babys und Abtreibungen nachdenken müssen.
Aber Savannah war meine Freundin. Sie steckte in Schwierigkeiten. Ich musste ihr helfen.
»Okay. Wir müssen in Ruhe nachdenken. Hör auf zu weinen. Du musst dich beruhigen.«
Sie zitterte, dann richtete sie sich auf. Ich reichte ihr ein Taschentuch, und sie wischte sich das Gesicht ab.
»Ich will zu Joe«, sagte sie. »Ich muss mit ihm reden.«
»Willst du zu ihm nach Hause?«
»Das geht nicht. Wahrscheinlich hat meine Mum längst angerufen. Vielleicht hat sie es sogar seinen Eltern erzählt.« Sie fing wieder zu weinen an.
»Savannah, hör zu. Alles wird gut. Viele Mädchen werden schwanger. Es ist nicht so schlimm. Es gibt eine Lösung.«
Aber ich wusste, es war schlimm. Es war schlimm, mit sechzehn schwanger zu werden. In dem Alter war man zu jung, um ein Baby zu versorgen. Und eine Abtreibung erleben zu müssen. Es war schrecklich.

»Ich will zu Joe.«
»Okay. Was willst du tun?«
Sie drehte sich zu mir um. Ihre Augen glänzten, so als wäre ihr plötzlich eine tolle Idee gekommen. »Annie, mir ist was eingefallen. Es ist viel verlangt, ich weiß. Aber könnten wir nicht in euer Strandhaus? Niemand würde mich dort vermuten. Ich könnte in Ruhe mit Joe reden.«
»Savannah, ich weiß nicht. Ich muss nach Hause.«
»Es wäre nicht für lange. Ich will nur mit ihm reden. Nur kurz, Annie, versprochen.«
Ich sah auf meine Uhr. »Es ist ein Uhr. Um vier muss ich zu Hause sein.«
»Okay. Ich rede mit Joe, und dann bringe ich dich pünktlich nach Hause zurück.«
»Du wirst nach Hause fahren und mit deinen Eltern reden?«
»Klar. Sobald ich Joe gesehen habe.«
»Und du versprichst, dass ich pünktlich zu Hause bin?«
»Annie, hör zu, ich verspreche es. Okay?«
Ich schaute zu, wie sie Joe eine SMS schrieb. Wir fuhren auf den Highway. Ich spürte einen harten, schmerzenden Knoten in meiner Magengrube. Ich sollte nicht mitfahren. Ich wusste, ich sollte nicht mitfahren.
Savannah weinte nicht mehr. Sie schwieg. Sie redete nicht über die Schwangerschaft oder über ihre Pläne, darüber, was ihre Eltern gesagt hatten und wie ihre Mum es herausbekommen hatte. Sie fuhr und starrte geradeaus.

## 55.
# Claire

Ich saß am Computer und las ein Kapitel Korrektur. Ich hob gedankenverloren den Kopf, ließ den Blick über die Straße schweifen, versuchte, einen unbeholfen formulierten Satz zu verbessern.

Ein Streifenwagen. Dort, am Ende unserer Straße. Ich hatte in unserer Straße noch nie einen Streifenwagen gesehen.

Max?

Ich beobachtete das Auto, das langsam rollte, so als suche der Fahrer etwas Bestimmtes. Ich beobachtete, wie eine Polizistin und ein Polizist ausstiegen, die Hausnummer auf meinem Briefkasten überprüften, das Gartentor öffneten, auf die Haustür zugingen.

Alex. Beim letzten Mal war es wegen Alex gewesen. Mein Herz begann zu rasen. Schmerzhaft. Voller Angst.

*Annie. Diesmal ist es wegen Annie.*

Ich rannte zur Tür, riss sie auf.

»Mrs. Wright?«

»Gab es einen Unfall?«

»Nein, kein Unfall. Wir würden uns gern mit Annie unterhalten.«

»Sie ist nicht hier. Sie ist in der Schule.«

»Könnten wir reinkommen, Mrs. Wright?«

»Ja. Kommen Sie herein. Was ist passiert?«

Sie folgten mir ins Wohnzimmer. Setzten sich nebeneinander aufs Sofa. Stellten sich mir vor. Die Frau machte einen sympathischen Eindruck. Der Mann wirkte distanziert, kritisch.

»Annie ist in der Schule«, wiederholte ich, »wozu wollen Sie mit ihr sprechen?«

»Tut mir leid, aber Annie ist nicht in der Schule«, sagte die Frau.
»Muss sie aber sein. Sie ist heute Morgen mit ihrer Schultasche aus dem Haus gegangen.«
»Wir waren eben dort«, sagte der Mann. »Man hat uns gesagt, sie sei am frühen Nachmittag gegangen und nicht wiedergekommen.«
»Warum hat die Schule mich nicht benachrichtigt?«
»Annie hat sich im Schulsekretariat entschuldigt. Sie hatte eine Karte dabei, auf der ein Zahnarzttermin vermerkt war.«
»Ich wusste nicht, dass sie heute einen Termin hatte.«
»Ich fürchte, sie hatte keinen. Wir haben in der Zahnarztpraxis angerufen«, sagte die Polizistin.
»Wie wir gehört haben, ist Annie dem Unterricht auch schon früher unentschuldigt ferngeblieben«, warf der Mann ein.
Er runzelte die Stirn. In seinen Augen war ich die unverantwortliche Mutter, Annie die wild gewordene Tochter.
»Ein einziges Mal«, erwiderte ich in scharfem Ton.
»Soweit Sie wissen«, antwortete er.
Ich konnte es nicht glauben. Zwei Polizeibeamte, die nach einem die Schule schwänzenden Mädchen suchten? Und wo zum Teufel steckte Annie?
»Sind Sie deswegen gekommen? Fangen Sie Schulschwänzer ein?«
»Nein.« Diesmal sprach die Frau. »Leider nicht.«
»Warum sind Sie dann hier?«
»Wir müssen unbedingt mit Annie reden.« Der Mann. Seine Stimme klang ernst, vieldeutig.
»Ich bin Annies Mutter. Sicher können Sie auch mir sagen, worum es geht.«
Sie wechselten einen Blick. Der Mann nickte. Die Frau ergriff das Wort.

»Wir vermuten, dass Annie etwas mit einem Ladendiebstahl zu tun hat.«
»Ladendiebstahl? So etwas würde meine Tochter niemals tun.«
»Wir verfügen über Hinweise, die auf das Gegenteil schließen lassen.«
»Was für Hinweise? Hören Sie, Sie müssen sich irren. Annie wäre zu so etwas nie fähig.«
»Das sagen alle Eltern.« Der Mann wirft mir einen mitleidigen Blick zu.
»Bitte erklären Sie mir, um welche Art Hinweis es sich handelt.« Meine Stimme war eiskalt.
»Da ist eine weitere junge Person im Spiel, die uns bei den Ermittlungen unterstützt hat. Diese Person hat eine Aussage gemacht, die Ihre Tochter belastet. Wir glauben, dass sich die konkreten Straftaten über einen längeren Zeitraum erstrecken und eine ganze Reihe von Gütern betreffen.«
Junge Person, Straftaten, Güter, Ermittlungen. Du lieber Gott, wer brachte den Polizisten bei, sich so auszudrücken?
»Eine weitere *junge Person?* Sie meinen Savannah? Sie sollten ihr keinen Glauben schenken.«
»Wir haben einen Durchsuchungsbefehl. Wir würden uns gern Annies Zimmer ansehen.«
Annies Zimmer. Die Vorhänge mit den Mohnblumen, die wir zusammen ausgesucht hatten, die roten Kissen, die Poster. Ihre Klamotten auf dem Fußboden, Bäri auf dem Bett. Ich stehe in der Tür. Die Frau zieht eine Liste aus der Tasche. Sie öffnet den Kleiderschrank. Sie nimmt Oberteile, Jeans, einen Rock heraus. Der Mann öffnet eine Schublade. Er hält Ohrringe, ein Armband in die Höhe. Sie schaut auf die Liste und nickt.
»Tut mir leid, aber wir müssen das mitnehmen«, sagt sie und sieht mich an.

»Diese Sachen hat Annie von Savannah bekommen.«
Die Polizisten verziehen keine Miene.
»Hören Sie, glauben Sie im Ernst, Annie würde diese Sachen offen und für alle sichtbar im Zimmer herumliegen lassen, wenn sie sie gestohlen hätte?«
Sie antworten nicht. Sie legen die Kleidung zusammen und stecken sie mit den Ohrringen und dem Armband in einen schwarzen Plastiksack. Sie sagen, sie würden wiederkommen, um mit Annie zu sprechen.
Ich versuche es in der Schule. *Tut mir leid, Annie ist noch nicht wieder da.*
Ich versuche es auf Annies Handy. *Annie. Nachrichten nach dem Ton.* Wo ist sie? Wo zum Teufel steckt sie? Ich spreche ihr auf die Mailbox, sie solle zu Hause anrufen. Ich versuche es bei Savannahs Eltern, hinterlasse die Nachricht, ich sei auf der Suche nach Annie. Savannahs Handy. Niemand geht ran.
Max. Max wird wissen, was zu tun ist. Er mag Annie. Er wird helfen, selbst wenn er mich hasst. Ich rufe ihn an.
»Claire? Ich habe versucht, dich anzurufen. Ich bin schon unterwegs.«
»Max, die Polizei war hier. Annie ist verschwunden. Ich …«
»Claire, ich möchte, dass du alle Türen verriegelst und sicherstellst, dass alle Fenster geschlossen sind. Lass niemanden ins Haus. Niemanden. Wir sind in fünf Minuten da, okay?«
»Die Türen verriegeln?«
»Claire, tu es einfach.«
Ich schließe die Türen ab. Ich werfe einen Blick auf die Uhr. Fast fünf. Ich versuche es noch einmal auf Annies Handy. Ich hinterlasse eine zweite Nachricht.
*Annie? Wo bist du?*
Ich stehe am Fenster. Beobachte die Straße. Wünsche mir

mit aller Kraft, dass Annie die Straße herbeigeschlendert kommt, die Schultasche über dem Arm.

*Es ist mir egal. Es ist mir egal, was du getan hast. Ist mir egal, wie viele Armbänder, Ohrringe, Tops. Ich will, dass du nach Hause kommst. Du musst nach Hause kommen.*

## 56.
## Annie

Ich hätte es wissen müssen. Als ich Joes Wagen schon vor unserem Strandhaus stehen sah, hätte ich es wissen müssen. Aber ich konnte nicht mehr klar denken. Ich war zu sehr mit Savannahs Schwangerschaft beschäftigt und damit, was sie jetzt tun sollte. Ich war zu sehr damit beschäftigt, mich zu fragen, wie ich es rechtzeitig nach Hause schaffen und was ich Mum erzählen würde, falls ich zu spät käme. Ich dachte an die Schule, ich hoffte, dass sie den Zahnarzttermin nicht überprüfen und nicht bei Mum anrufen würden.

Er stieg aus dem Auto und kam uns entgegen.

»Hallo, Joe.«

Savannah stieg aus dem Auto, und sie umarmten sich. Ich schaute zu. Joe sah aus wie immer. Weder beunruhigt noch verängstigt, gar nichts. Vielleicht hatte Savannah ihm noch nicht erzählt, dass sie fürchtete, schwanger zu sein. Vielleicht hatte er keine Ahnung. Ich fragte mich, was er tun würde, wenn er es erfuhr.

Ich lief ums Haus zum Schuppen, um den Schlüssel zu holen. Vielleicht sagte sie es ihm in diesem Moment. Ich fragte mich, was ich inzwischen tun sollte. Ich wollte nicht dabei sein.

Ich ging zurück, um die Haustür aufzuschließen, aber sie standen schon im Flur und unterhielten sich leise.
»Wie seid ihr reingekommen?«
Savannah wurde ein bisschen rot. »Der Schlüssel war unter der Veranda. So wie beim letzten Mal.«
»Aber Mum hat ihn woanders hingetan.«
»Dann muss sie einen Zweitschlüssel unter der Veranda gelassen haben.«
»Nein, das ist unmöglich. Sie würde doch keine zwei Schlüssel hierlassen. Sie ...«
»Sie muss es getan haben, okay? Er hing da. Genau dort. Ich habe im Moment genug andere Sorgen, als mich zu fragen, wo deine Mutter den Schlüssel hintun würde, okay?« Savannah schrie mich an. Sie sah aus, als würde sie gleich wieder weinen. Und wieder hätte ich es wissen müssen. Ich hätte wissen müssen, dass sie log.
*Sie hatte einen eigenen Schlüssel. Zu unserem Strandhaus.*
»Äh ... Ich gehe dann mal am Strand spazieren«, sagte ich. »Ich lasse euch zwei allein.«
»Bleib hier und trink einen Schluck Saft mit uns«, sagte Savannah und warf mir einen eindringlichen Blick zu, so als brauche sie mich jetzt. »Joe hat Saft und Kekse mitgebracht.«
»Na ja, wenn ihr meint.«
»Meinen wir, Annie-Fanny.« Sie kam zu mir und umarmte mich.
Joe holte Kräcker und eine Flasche Wodka-Orange aus der Tasche.
»Das ist kein Saft«, sagte ich.
»Was anderes habe ich nicht«, sagte er. »Hey, Annie, entspann dich, okay?«
Savannah öffnete den Schrank und holte Gläser heraus.
»Ich möchte nicht«, sagte ich. »Und du musst fahren, Savannah.«

»Nur einen, okay? Ich brauche nur *einen* Drink, um mich zu beruhigen. Ich fahre erst in zwei Stunden wieder. Das ist schon okay. Trink was mit uns, Annie, nur ein Glas, und bleib ein bisschen bei mir, und dann kannst du runter an den Strand. Ich bitte dich nur um diesen einen Gefallen, Annie, um einen klitzekleinen Gefallen, okay?«

»Na schön. Aber nur einen.«

»Wir setzen uns auf die Veranda. Da scheint die Sonne.«

Joe nahm Savannah die Gläser ab, und ich folgte ihr auf die Veranda. Joe brachte uns die Getränke nach draußen. Ich wusste nicht, was ich sagen sollte. Sollte ich über die Schule reden, über banales Zeug, und so tun, als sei nichts passiert, oder sollte ich Joe fragen, wie er über Savannahs Schwangerschaft dachte?

Der Drink schmeckte scheußlich und viel zu süß. Ich kippte ihn hinunter. Ich wollte weg.

Savannah fing an, mich alle möglichen Sachen zu fragen. Ob ich immer noch auf die Uni wolle, ob ich immer noch Regie studieren wolle, ob meine Mutter den Medienrummel verkraftet habe, ob ich meine Prüfungen bestanden hätte? Ich wusste, ihr war all das egal, ich wusste, sie wollte mich nur irgendwie zum Bleiben bringen. Ich dachte, sie hätte Angst vor dem Gespräch mit Joe. Heute weiß ich, dass ich mich irrte.

Ich sagte, ich wolle zum Strand hinunter, aber sie sagte immer wieder, nein, noch nicht, magst du uns nicht mehr, Annie?

Sie kicherte die ganze Zeit und knutschte mit Joe. Da auf der Veranda war es wirklich heiß. Plötzlich wurde mir schwindlig. Mir war ein bisschen schlecht. Ich dachte, dass ich das warme, widerliche Wodka-Orangenzeug zu schnell getrunken hätte. Aber dann fühlten sich meine Augen merkwürdig an, ich sah silberne und schwarze Punkte auf- und abtanzen. Ein Summen dröhnte in meinen Ohren wie von weit entfernten Grillen. Ich stand auf und starrte Savannah an. Sie erwiderte meinen Blick, dann schaute sie zur Seite.

Meine Knie wurden weich. Ich hatte sie nicht mehr unter Kontrolle, ich setzte ein Bein vor das andere, indem ich mich angestrengt konzentrierte, indem ich mir in Erinnerung rief, wie es gemacht wurde. Ich watete durch zähflüssigen Beton.

Ich schaffe es durch den Flur in Mums Zimmer. Durch den Nebel und die Explosion fremdartiger Lichter hindurch kann ich es hören.

*Pass auf dich auf, Annie.*

Ich lasse mich hinters Bett fallen, rappele mich auf, hoch auf die Knie, ich schiebe und falle, schiebe und falle. Das Bett muss vor die Tür.

*Pass auf dich auf, Annie.*

Ich bleibe erschöpft liegen, um mich auszuruhen. Dann schiebe ich, ich schiebe und es steht richtig, ich krabbele hinauf und ziehe mich über die Kante, ich falle auf den Rücken, das Zimmer dreht und dreht sich, mein Herz klopft so schnell, so laut, ich höre es trommeln und schlagen.

Ich wache auf und erbreche mich. Auf Mums Bett, *Mums Bett,* halt dich gut an Mums Bett fest, du musst festhalten, alles bewegt sich alles bewegt sich schnell schneller alles wird schwarz.

# 57.
# Claire

Ich sah das Auto. Max und ein uniformierter Polizist. Max gab sich reserviert. Professionell. Sie folgten mir ins Haus.

»Claire, wir sind hier, weil Travis Crill momentan vermisst wird.«

»Crill wird vermisst? Wie konnte das passieren?«

»Er wurde ins Krankenhaus eingeliefert. Mehr wissen wir noch nicht. Wir tun alles, um ihn zu finden. Wir glauben, dass er möglicherweise versuchen wird, Kontakt zu dir aufzunehmen.«

»Zu mir?«

»Claire, es besteht kein Grund zur Sorge. Wir werden ihn finden.«

»Es ist Oktober. Er weiß alles über mich. Ich sehe aus wie die anderen. Ich habe eine Valentinskarte bekommen. Er hat mich berührt. Als ich ihn besucht habe. Er hat mich angefasst, so wie die anderen. Oh mein Gott, er wird kommen.«

Ich zittere, ich stehe mitten in meinem Wohnzimmer, ich zittere am ganzen Leib, und meine Stimme ist heiser und von Angst erstickt.

»Claire, setz dich. Setz dich hin. Tief durchatmen, Claire. Dir wird nichts passieren. Wir sind hier.« Seine Stimme klingt so sanft, dass mir Tränen in die Augen steigen und überlaufen.

»Wann warst du bei ihm?«

»Kurz bevor … kurz bevor die *Story* rauskam. Er hat um ein Treffen gebeten. Er hat mich angefasst.«

»Wo war der Wärter?«, unterbricht Max aufgebracht.

»Er war dabei. Aber Crill ging es plötzlich … schlecht. Er

stand auf und fing an zu wanken. Er hat den Arm nach mir ausgestreckt, um sich abzustützen.«

Max wirft dem Polizisten einen flüchtigen Blick zu. »Deswegen hat er sich ins Krankenhaus bringen lassen. Behauptete, er würde öfter ohnmächtig. Hast du dich beschwert? Weil er dich berührt hat?«

»Nein. Ich dachte mir nichts dabei. Nicht in dem Augenblick. Es ging alles zu schnell.«

»Hast du seitdem Kontakt zu ihm gehabt?«

»Nein.«

»Ist heute irgendetwas Ungewöhnliches vorgefallen?«

»Was meinst du mit ungewöhnlich?«

»Anrufe. Besucher.«

»Nein. Wann ist er geflohen?«

»Vermutlich am Vormittag.«

»Vermutlich? Werden gefährliche Kriminelle nicht bewacht?«

»Anscheinend nicht.« Seine Stimme klingt wütend, abgehackt. »Noch etwas. In Crills Zelle haben wir dieses Foto gefunden. Kennst du dieses Haus?«

Ich muss flüstern. »Es gehört mir.«

»Dir? Aber es ist doch nicht dieses Haus.«

»Es ist ein Ferienhaus. Es steht am Strand.«

Max schaut zur Seite. »Ein Strandhaus? Ich wusste gar nicht, dass du ein Strandhaus besitzt, Claire.«

»Ich war … ich hätte es dir erzählt.«

»Ja. Nun ja. Wie vieles andere auch.« Wieder ganz professionell. »Wir brauchen die Adresse.«

»Max. Annie ist noch nicht da. In der Schule wird sie vermisst.«

»Seit wann?«

»Heute Nachmittag. O Gott. Und Crill ist frei.«

»Claire.« Max kommt zu mir, packt mich bei den Schultern und schüttelt mich sanft. Der Polizist tritt ans Fenster und

bleibt mit dem Rücken zu uns stehen. »Dass Annie sich abgesetzt hat, wird nichts mit Crill zu tun haben. Hör mir zu. Ständig machen sich irgendwelche Teenager davon oder kommen zu spät nach Hause, da gibt es tausend Gründe. Aber sie kommen nach Hause zurück. Annie wird zurückkommen.«
Und da fällt es mir wie Schuppen von den Augen. Ich hatte es übersehen, es nicht erkannt. Ein schreckliches Detail, das mir während dieser letzten, schrecklichen Wochen verlorengegangen war.
»Er kannte sie. Er wusste, dass sie Annie heißt. Woher kannte Crill den Namen meiner Tochter?«

## 58.
## Annie

Ich wachte im Dunkeln auf. Verschwitzt. Meine Kleider waren nass, meine Haut brannte. Lärm.
Es ist laut. Ein Hämmern. Die Tür, es ist die Tür.
Ein Ruck. Noch ein Ruck. Ich liege auf einem Bett. Ich bewege mich. Das Bett bewegt sich. Irgendwas will rein, es will zu mir.
Ich krieche an die Kante, ich falle, hocke mich hin, stemme mich mit dem Rücken dagegen, stemme die Beine gegen die Wand, ich sträube mich mit aller Macht.
Ich lausche. Noch mehr Lärm. Motorengeheul. Auf der Straße. Das Dröhnen von Autoradios. Geschrei und Gelächter, flackernde Lichter. Jemand kichert, laut und schrill, kichert immer weiter. Ich halte durch, das Bett wird gerückt, aber ich halte durch. *Pass auf dich auf, Annie, pass auf dich auf.*

*Zicke. Du verdammte Zicke.* Das Hämmern hört auf. *Annie-Fanny. Annie-Fanny? Lass mich rein.*
Sei still. Bleib sitzen. Beine durchgedrückt. Warte. Lausche. Ein Geruch. Kotze. Gesicht und Kleidung klebrig davon. Mein Kopf. Mein Kopf tut so weh.
Hau ab. Du musst. Steh auf. Lichter drehen sich in meinem Kopf, immer im Kreis herum, runter, runter auf den Boden.
Zieh dich hoch. Festhalten, da ist das Bett. Vorsicht. Schlepp dich zur Wand, stütz dich ab, halte durch, erst ein Bein, dann das andere, geh durchs Zimmer. *Mums Zimmer? Mums Zimmer.* Die Tür. Die Terrassentür. Der Türknauf. Schalte das Licht nicht ein.
Taste mit beiden Händen nach dem Türknauf, dreh den Schlüssel um, vorsichtig, vorsichtig. Öffne die Tür langsam, leise, schlüpf in die Dunkelheit hinaus, drück die Tür zu.
Du schaffst es bis ans Gartenende, duck dich in den Flachs. Geschrei Gezeter klirrende Flaschen Splittern.
Muss wieder schlafen.
Nicht hinlegen. Nicht hier. Im Garten werden sie dich finden. Beine versagen. Auf den Boden und kriechen. Durch den Flachs, durch die Lücke in der Hecke.
Etwas sticht, schürft, schneidet in deine Hände. Brocken. Harte Betonbrocken überall auf dem Boden. Kleine, bunte Vierecke glitzern im Licht. Zertrümmert. Sie haben sie zertrümmert.
Kriech weiter. Schnell. Kriech am Zaun entlang, such die Lücke, den Pfad, durch die Lupinen, das Gestrüpp, Sand, ruh dich aus, kriech weiter, immer weiter, der Weg zum Strand.
*Annie, pass auf dich auf.*

## 59.
# Claire

Was soll ich tun? Warten, bis er kommt? Rumsitzen und warten, bis Crill in mein Haus einbricht?«

»Du bist in Sicherheit«, sagte Max. »Wir werden ihn finden. Jemand wird bei dir bleiben. Eine Polizistin. Und ein Streifenwagen vor dem Haus.«

»Du gehst?«

»Ich muss. Ich leite den Einsatz. Ich muss gehen.«

»Aber was ist mit Annie? Was wird sie denken, wenn sie den Streifenwagen vor dem Haus sieht? Sie wird sich nicht hereintrauen. Man wirft ihr Ladendiebstahl vor, Max. Das ist Unsinn, aber sie wird Angst haben.«

»Annie macht das schon. Sie wird nach Hause kommen.«

»Aber ich will nicht hierbleiben. Ich will Annie suchen. Es wird dunkel. So spät war sie noch nie dran. Ich muss sie finden.«

»Du musst hierbleiben.«

»Wirst du nach ihr suchen? Sie ist bestimmt mit Savannah unterwegs. Max, du musst sie suchen, irgendetwas stimmt da nicht, das weiß ich.«

*Bitte nimm mich in den Arm, bitte vergib mir, bitte finde Annie.*

»Ich habe Alex verloren. Ich darf Annie nicht verlieren.«

Eine Polizistin kommt ins Zimmer. Max spricht mit lauter, amtlich klingender Stimme. »Claire, darf ich dir Officer Sally Owens vorstellen. Sie wird bei dir bleiben, bis die Sache geklärt ist.«

Ich antworte nicht.

*Und dich habe ich auch verloren.*

## 60.
# Annie

Stimmen. Geraschel. Da ist etwas. Kriech weiter. Immer weiter. Hör das Meer, ganz in der Nähe, es wird lauter, riech das Salz. Auf dem Sand. Ausruhen. Keuchen.
Kriech weiter. Stimmen. Weg von den Stimmen. Der Sand ist kalt und nass. *Geh nachts nicht an den Strand, Annie, geh niemals nachts allein da runter.* Still. Schlepp dich dort hinauf. In den Dünen bist du sicher. So weit hinauf, wie du kannst, dann lass dich rollen rollen rollen. Finde die Senke. Eiskalt. Zittern. Es fängt an deinen Füßen an und kriecht in Wellen an deinem Körper hoch, das Zittern.
Grab dich ein. Bedecke deinen Körper. Der Sand ist leicht und locker und seidig, noch warm von der Sonne. Bleib still liegen, reiß die Augen auf, halte Wache, lausche.
Ist da jemand?

## 61.
# Claire

Ich saß auf dem Sofa am Fenster, hatte die Arme um meinen Körper geschlungen, ich hielt mich selbst umarmt und beobachtete die Straße. Es war dunkel. So dunkel. Wo blieb sie? Wo blieb Annie?
Sally Owens fragte mich, ob sie mir einen Tee kochen solle. Ich schüttelte den Kopf. Ich starrte auf die Straße.
Das Telefon klingelte. Ich stürzte hin. Die Polizistin warf mir einen warnenden Blick zu und nahm ab, bevor ich es tun konnte. »Hier bei Claire Wright.«

Sie lauschte. »Wer spricht da, bitte?«
Sie legte eine Hand über die Muschel und drehte sich zu mir um. »Hier ist eine Frau, die mit Ihnen sprechen will. Sie sagt, sie ist die Mutter von Savannah.«
Ich greife zum Hörer. »Hier ist Claire. Ist Annie bei Ihnen?«
»Nein. Ich bin auf der Suche nach Savannah.«
»Sie ist nicht hier. Ich habe versucht, Annie und Savannah anzurufen.«
»Wissen Sie, ob Savannah mit Annie unterwegs ist?«
»Nicht mit Sicherheit. Ich gehe aber davon aus, dass sie zusammen sind. Hören Sie, was ist los? Die Polizei war hier. Die haben Kleidung mitgenommen, die Savannah Annie geschenkt hat. Sie sagten, die Sachen seien gestohlen.«
»Ich schätze, ich muss die Wahrheit sagen. Savannah hatte in der Vergangenheit ein Problem mit Ladendiebstählen. Sie war in Behandlung, aber ganz offensichtlich ist das Problem wieder aufgetaucht.«
Ich verspürte das hysterische Verlangen, laut loszulachen. Ein Problem? Behandlung? Es klang so, als gehe es um Problemhaut. »Sie hat es schon mal getan?«
»Sie hat es nicht nötig. Sie bekommt ein großzügiges Taschengeld. Ihre Therapeutin in den Staaten hat uns erklärt, es ist eine Krankheit. Sie behält nie, was sie anschafft.«
»Also hat sie es Annie gegeben? Und hat Annie des Ladendiebstahls bezichtigt, als sie erwischt wurde?«
»Sie meint es nicht böse. Aber wann immer das geschieht, streitet Savannah alles ab und schiebt die Schuld jemand anderem zu. Aus diesem Grund sind die Mädchen jetzt bestimmt zusammen. Savannah wird sich ausgerechnet haben, dass alle Annie für die Schuldige halten, wenn sie mit ihr zusammen ist.«
»Warum haben Sie mich nicht gewarnt und mir gesagt, dass so etwas passieren kann?«

»Savannah ging es nicht gut. Wir dachten, dass ihr ein Neuanfang guttun würde. Wir waren hoch erfreut, als sie sich mit Annie angefreundet hat. Sie wirkte so glücklich. Wir wollten ihr das nicht verderben.«
»Und deswegen wird meine Tochter jetzt vermisst und des Ladendiebstahls verdächtigt?«
»Die Polizei wird Ihnen keine Schwierigkeiten mehr machen. Wir haben uns einen Anwalt genommen, der die Sache aus der Welt schaffen wird. Die Mädchen werden nach Hause kommen. Ich bin mir sicher, dass ihnen nichts zugestoßen ist.«
»Hoffentlich. Mein Gott, hoffentlich.«
Ich legte auf. Sally Owens beobachtete mich. »Teenager«, seufzte sie.

## 62.
## Annie

Lärm von allen Seiten. Rascheln und Scharren, Geschrei und Geheul, das pulsierende Wummern der Musik.
So kalt ich zittere mein Mund so trocken ich kann nicht atmen nicht richtig atmen es rasselt ein und aus ein und aus eiskalt die Sterne silbrige Punkte kommen näher ein und aus versuch zu zählen bleib wach eindösen aufwachen eindösen aufwachen Dunkelheit.

## 63.
# Claire

Ich war wütend. Fühlte mich nutzlos. Ich schaute auf die Uhr. Es war schon nach elf.

»Warum haben wir noch nichts gehört?«, fragte ich. »Warum sagen die uns nicht wenigstens, was los ist?«

»Versuchen Sie, ruhig zu bleiben«, sagte Sally.

»Bleiben Sie ruhig, wenn Ihre Tochter vermisst wird und ein Vergewaltiger durch die Gegend läuft? Mein Gott, haben Sie überhaupt eine Ahnung, wie ich mich fühle?«

»Ich glaube schon, aber Sie müssen uns jetzt vertrauen.«

»Warum finden sie Annie nicht? Das kann doch so schwer nicht sein.«

»Möchten Sie eine Tasse Tee? Ich koche Ihnen gern eine.«

»Ich sagte Ihnen schon, dass ich keinen Tee möchte. Sie können sich gern einen machen. Ich möchte keinen. Okay?«

»Ja. Danke.«

Ich schaute zu, wie sie in aller Ruhe den Wasserkocher füllte und einschaltete, das Glas mit den Teebeuteln öffnete, einen Beutel in einen Becher hängte. Du liebe Güte. Ich konnte es nicht ertragen. Wo war Annie?

*Wo war Crill?*

»Ich muss schlafen. Macht es Ihnen etwas aus, wenn ich ins Bett gehe?«

»Gute Idee. Machen Sie sich keine Sorgen. Ich werde aufpassen. Ruhen Sie sich aus. Ich wecke Sie, sobald ich Neuigkeiten habe.«

Ich gehe ins Badezimmer und drehe die Wasserhähne voll auf, so dass sie es hört. Ich betätige die Toilettenspülung, gehe ins Schlafzimmer, knipse die Nachttischlampen an, schließe die Tür. Ich öffne und schließe Schubladen, klappere mit der Schranktür, streiche über die Kleiderbügel. Ich

lege mich aufs Bett, voller Unruhe. Ich behalte die Uhr im Auge. Ich warte zwanzig Minuten. Ich schalte das Licht aus. Ich liege reglos da und lausche.
Ich schlüpfe in eine weite, dunkle Jacke, ziehe mir die Kapuze über den Kopf und öffne das Fenster. Langsam, ganz langsam. Ich spähe in die Dunkelheit. Ich klettere über das Fenstersims, lasse mich in den Garten fallen, schleiche über den Rasen bis zur Einfahrt. Ich habe meine Autoschlüssel in der Hand.
Der Streifenwagen steht drei Häuser weiter auf der gegenüberliegenden Straßenseite. Er schaut in die andere Richtung. Ich schleiche mich gebückt durch die Einfahrt, öffne die Autotür und klettere auf den Sitz. Ich löse die Handbremse und lasse den Wagen auf die Straße rollen.
Ich muss es jetzt tun, bevor man mich sieht.
Ich drehe den Zündschlüssel, lege den Gang ein, trete aufs Gaspedal. Als ich die Hauptstraße erreicht habe, schalte ich die Scheinwerfer ein. Ich fahre schnell, eine kurze Strecke nur, dann biege ich in die nächste Seitenstraße ein. Ich halte an, schalte das Licht aus, warte. Ja, er hat mich gesehen. Da kommt er über die Hauptstraße gejagt, er rast vorbei.
Ich lasse den Kopf auf das Lenkrad sinken.
Wo soll ich hin?
Wenn Savannah ihr von der Polizei erzählt hat, haben sie sich vielleicht versteckt.
Ich lasse den Motor an, folge der Hauptstraße aus der Stadt hinaus und fahre auf die Berge zu.

## 64.
# Annie

Dunkel. Kalt. Kein Gefühl. Meine Hände, Beine, schwarze Streifen, flackernde, zuckende Lichter, Gesichter, ein Wasserschwall klatscht in mein Gesicht, und die Sterne fallen, zucken, ein zuckendes, wirbelndes Licht, Dunkelheit.

*Mum? Mum?*

Ich will zu meiner Mutter.

Atmen. Ganz schwach. Geflüster. Meines?

Ist hier noch jemand?

## 65.
# Claire

Der Mond schien nicht, und die Straße war so spärlich beleuchtet, dass ich kaum etwas erkennen konnte. Als ich den halben Weg geschafft hatte, fing es an zu regnen. Der Regen prasselte auf die Windschutzscheibe, und innerhalb von Minuten flossen Sturzbäche von den steilen Hängen am Straßenrand. Die Straße war schmal und selbst unter optimalen Bedingungen gefährlich. Ich bremste ab; der Wagen geriet ins Schlingern. Während ich mich Meter für Meter vorwärtsarbeitete, lief mir der Schweiß über den Rücken. Die Leute hinter mir fuhren so dicht auf, dass mich grelles Scheinwerferlicht blendete. Sie fuhren schnell, riskierten waghalsige Überholmanöver. Ich stieg auf die Bremse, die Räder drehten durch.

Nun ging es bergab, in den Kurven brach das Auto aus, ich

hatte den Fuß immer auf der Bremse. Alex hatte mir das Autofahren beigebracht, *keine Panik, beim Bergabfahren sanft auf die Bremse treten.* Hinter der nächsten Biegung ein Felsbrocken mitten auf der Straße, Himmel, das war knapp, wie sagt man so schön, *das Herz schlägt bis zum Hals,* das war es, *mein Herz schlug mir bis zum Hals.* Eine, zwei, drei Kurven, eine scharfe Biegung und abwärts ins Dorf, dahinter wieder bergauf, das Auto holperte über den losen Schotter, inzwischen goss es in Strömen, ich konnte kaum noch etwas sehen.

Vielleicht waren sie gar nicht dort. Vielleicht war Annie längst zu Hause. Und wo war Crill? War er hinter mir, verfolgte er mich? Lauerte er da draußen irgendwo, um den richtigen Moment abzupassen?

Ich erinnerte mich an Hannah Moore, die sich zu mir beugte, an ihren starren Blick, die verkrampften Hände, *beinahe wäre er ungeschoren davongekommen. Er wird freikommen. Er wird es wieder tun.*

Claire, hör auf damit. Die Polizei wird Crill finden. Vielleicht ist er schon wieder im Gefängnis. Sie werden ihn finden. Du bist in Sicherheit. Du musst Annie suchen.

Zu beiden Seiten der Straße standen Autos dicht geparkt. Ich kam nicht bis ans Haus heran. Du liebe Güte, was war da los? Überall junge Leute, ein Schwall von Teenagern schob sich über die Straße. Und dazu der Lärm. Wummernde Bässe, irgendjemand schrie. Wie in Panik. Hysterisch. Ich parkte das Auto hinter einem Van und rannte zum Haus. Glas. Überall Glasscherben, und immer noch goss es wie aus Kübeln. Ich bahnte mir einen Weg durch die Jugendlichen. Polizeibeamte. Streifenwagen. Krankenwagen. Vor dem Gartentor stand eine junge Polizistin. »Tut mir leid, Miss, Sie können da nicht rein. Wir räumen das Haus.«

»Das Haus gehört mir. Meine Tochter ist da drin.«

Ich zwängte mich an ihr vorbei und lief über den Gartenpfad. Die Haustür stand sperrangelweit offen, im Flur drängten sich Leute.
»Annie? Annie?«
Ich jagte von einem Zimmer ins nächste und hielt Ausschau. Überall Leute, in allen Räumen, auf den Betten, auf dem Fußboden.
Zwei Polizisten schoben sich Seite an Seite vorwärts, um die Zimmer systematisch zu räumen.
*Raus hier, Leute, immer schön weiter, ihr müsst jetzt gehen.*
Ich rannte die Treppe hinauf, stieß die Tür auf. Auf dem Bett lag jemand.
Ich knipste das Licht an. Sie starrten mich verwirrt an. »Haut ab. Raus aus dem Zimmer meiner Tochter. Sofort!«
Die Treppe runter. In mein Zimmer. Savannah saß an einen Jungen gelehnt auf meinem Bett. Als sie den Kopf hob, um mich anzusehen, waren ihre Augen glasig, ihr Blick unstet.
»Wo ist Annie?«
Sie zuckte die Achseln. Schaute weg.
Ich schlug zu. Ich schlug sie mit aller Kraft. »Du kleine Hexe, wo ist Annie?«
Die Worte, der Schlag kamen nicht von mir, es waren die Worte und Gesten einer verrückten Frau, verrückt vor Angst.
Savannah legte sich eine Hand an die Wange und fing zu weinen an. »Es ist nicht meine Schuld. Es war nicht meine Schuld, Claire.«
Ich bahnte mir einen Weg in den Garten.
»Annie. Annie!«
Ich rufe ihren Namen, sehe fremde Gesichter. Ein Polizist kniet am Boden über einer stöhnenden, sich erbrechenden Gestalt.
Annie?

Was würde sie tun? Was würde Annie tun? Vielleicht war sie am Strand, vielleicht versteckte sie sich da unten, saß im Dunkeln und fürchtete sich.
Ich stolperte, fiel fast über die Betonbrocken auf dem Weg. Sie hatten den Vogelbrunnen zertrümmert.
Ich bückte mich, um einen Brocken in die Hand zu nehmen.

## 66.
## Annie

Hör genau hin.
Da ist etwas. Da bewegt sich etwas. Bleib ganz ruhig. Sei ganz still.
*Pass auf dich auf, Annie.*
Da ist etwas. Hör hin. Da bewegt sich etwas durch die Dunkelheit.

## 67.
## Claire

Den Pfad hinunter. Der Regen schlägt mir entgegen. Ich stolpere durch die Lupinen, durch das Gestrüpp.
»Annie?« Ich schreie ihren Namen.
Flut. Die Brandung tost. Vielleicht war sie so verängstigt, so betrunken, dass sie ins Wasser gegangen ist. Ich renne ans Ufer und starre auf das Wasser, versuche, in der Finsternis irgendwelche Umrisse auszumachen.

Lauf. Lauf weiter. Den Strand entlang. Rüber zu den Felsen. In welche Richtung? Welche Richtung?
»Annie! Annie!«
Und da oben in den Dünen ist jemand. Jemand mit einer Taschenlampe. Groß, im Dunkeln schlecht zu erkennen. Ein Polizist? Max? Ist das Max?
Ich renne auf ihn zu. Ich renne, bis ich ganz nah bei ihm bin. Und dann halte ich inne.
Denn im Schein der Taschenlampe ist es deutlich zu erkennen. Die schwarze Sturmmütze. Das Blitzen des Messers, die eisblauen Augen. Und ich höre, welchen Namen er in die Nacht hinausruft.
Und da begreife ich.
Ich bleibe reglos stehen. Ich senke den Kopf. Die Kapuze bedeckt mein Haar und einen Teil meines Gesichts.
»Travis«, sage ich und versuche mit sehr ruhiger, sehr lieblicher Stimme zu sprechen. »Travis.«
Und er kommt mit ausgestreckten Armen auf mich zu, seine leuchtenden Augen sind weit aufgerissen. »Annie. Du siehst hübsch aus, Annie.«
Ich spüre seine Hände. Ich spüre mein Herz klopfen, die blanke Angst trocknet meinen Mund aus, der Ekel lässt mich fast würgen. Aber ich muss warten, warten, bis er nah genug ist. Ich muss es tun. Ich muss.
Langsam hebe ich den Arm, langsam und kontrolliert ziehe ich den Ellbogen zurück, und dann stoße ich die Hand vor, so schnell ich kann, so heftig ich kann, und schlage zu. Schlage ihm den Betonbrocken auf den Kopf. *Wie fest muss man zuschlagen, um zu töten?* Ich spüre sein Fleisch nachgeben, das klebrige Blut, ich spüre ihn zucken, ich höre ihn keuchen, aber nein, es war nicht fest genug, und nun schlägt er zu, er stürzt sich auf mich, drückt mich zu Boden. Er reißt mir die Kapuze vom Kopf und starrt in mein Gesicht.

»Du. Du bist es. Schlampe. Fotze.«
Ich liege im Sand, er kniet mit seinem ganzen Gewicht auf mir, er erstickt mich, er drückt mich nieder, und er hat das Messer. *Schlampe, Fotze, Hure, du wirst bezahlen für alles, was du mir angetan hast,* und ich weiß, ich werde jetzt und hier sterben, hier draußen in der Dunkelheit, mein Körper wird geschändet, etwas wird hineingerammt, ein Messer wird in meine Kehle gesteckt.
Aber so darf es nicht sein, bitte, lass mich nicht so sterben, ohne sie gesehen zu haben, ich werde meine Annie nie wiedersehen und auch sie wird hier sterben, er wird sie finden, du lieber Gott, er wird sie finden.
Ich halte ganz still. Ich flüstere. *Travis. Travis. Ich bin es, Travis. Ich liebe dich, Travis,* und ich spüre, wie er erschaudert, dass er mir zuhört, und dann winde ich mich herum, ich stemme mich mit aller Kraft gegen ihn, ich hole zum Schlag aus, und das Messer zuckt, es schneidet in meinen Arm, ich fühle den Stich und den Schock, ich fühle das Blut fließen, aber ich bin wieder auf den Beinen und trete zu, ich schlage mit Fäusten auf ihn ein, das Messer ist weg, ich habe eine Chance, aber da ist er schon wieder über mir, und ich stürze, sein Körper zerdrückt mich, und ich versuche, ihm zwischen die Beine zu treten, ihn in die Augen zu stechen, aber seine Schulter zwingt mich nieder, drückt mich in den Sand.
*Denk nach. Denk nach, Claire.*
Seine Hände sind an meinem Hals, zerren an meiner Kleidung.
Ich spüre seine Finger auf meiner Haut.
Schlampe Schlampe Schlampe Schlampe Schlampe
Ich drehe den Kopf zur Seite. Ich sehe sie im Schein der Taschenlampe. Die Splitter der bunten Mosaiksteinchen, den Betonklumpen, der dort liegt, knapp außer Reichweite.

Nicht so. Ich werde nicht so sterben.
Ich winde mich, ich stemme mich gegen ihn, ich rutsche. Stemmen und schieben. Wir bewegen uns durch den Sand, ineinander verschlungen, ineinander verschlungen, wir sind nah dran, fast da, stemmen und schieben und beißen, seine Hände sind an meinem Hals, wollen sich festklammern.
Ich strecke die Hand aus, kann den Brocken mit den Fingerspitzen fast berühren. Mir ist schwindlig, übel, ich ersticke, mir ist schwarz vor Augen, ich sehe rote Wirbel. Seine Hände drücken fester zu. Er drückt mich mit seinem Körpergewicht nieder.
Einfach. Es wäre einfacher, jetzt aufzugeben.
*Annie. Annie.*
Kämpfe, Claire. Aufbäumen und stemmen und winden. Ein Mal noch. Ein Mal noch.
Ich strecke die Hand aus und fühle, greife zu.
Und schlage ihm den Brocken an den Kopf.
Wieder. Wieder. Wieder.
Er sackt auf mir zusammen. Ich schiebe ihn zur Seite. Er liegt auf dem Rücken im Sand. Ich versuche aufzustehen. Blut läuft über meinen Körper, sein Blut, meines, es ist heiß und vermischt sich mit dem Regen, und ich zittere, zittere, höre meinen rasselnden Atem, der sich mit dem dumpfen Krachen und Tosen des Meeres vermischt.
Ich hocke neben ihm im Sand. Ich befinde mich in meinem Körper und stehe gleichzeitig daneben.
Was tun? Was tun?

## 68.
# Claire

Zuerst kann ich ihn nur hören. Das Geräusch von schnellen Schritten, Rufe. Und dann entdecke ich ihn. Max. Er leuchtet mich mit der Taschenlampe an, lässt den Lichtkegel über Crills Körper gleiten.
»Claire. Um Gottes willen, Claire, was tust du hier? Was ist passiert?«
»Ich glaube, ich habe ihn umgebracht.«
Er kniet nieder, legt eine Hand an Crills Hals. »Er atmet. Ich kann seinen Puls fühlen. Ich werde die Sanitäter holen.«
Er dreht sich zu mir um. »Claire, du bist voller Blut. Komm, ich bringe dich hier weg.«
»Ich gehe nicht ohne Annie.«
»Claire, du bist verletzt, du blutest. Ich bringe dich zurück.«
»Annie ist hier irgendwo. Ich weiß es.«
»Zuerst kümmern wir uns um dich. Ich bringe dich jetzt zurück, und dann schicken wir Leute runter, die nach ihr suchen. Claire, o Gott, Claire, sieh dich an.«
Er zieht mich an sich und umarmt mich sanft. Der Regen hat sich gelegt.
Ich lasse mich an seine Brust sinken, mir ist schwindlig vor Schmerzen und von dem Schock.
Aber ich werde sie hier nicht allein lassen. Auf keinen Fall.
»Komm. Kannst du gehen, Claire? Hier, ich stütze dich.«
»Ich komme nicht mit.«
Ich richte mich auf, ich versuche angestrengt, in der Dunkelheit zu sehen und trotz der Brandung zu hören.
Ein Geräusch. Ein Flüstern im Dunkeln.

»Max, hör mal!«
Er leuchtet mit der Taschenlampe in die Dünen.
Ich wanke auf den schwachen, leisen, rauhen Ton zu. Atmet da jemand, da unten in der Senke? Eine Ausbuchtung im Sand.

Ich halte sie im Arm, schirme sie mit meinem Körper ab. Sie riecht nach Salz und Erbrochenem und nach der süßen, lieben Annie.
*Annie. Annie. Ich bin hier.*
Ihr kleiner Körper ist von einer dicken, klammen Sandschicht bedeckt, sie ist reglos und steif und ihre Haut eiskalt.
*Stirbt sie? Wird sie sterben?*
»Gib sie mir, Claire. Gib sie mir. Kannst du gehen, Claire? Schaffst du es zu gehen?«
»Ja. Nimm sie.«
Er nimmt sie auf die Arme und rennt los. Ich stolpere hinterher. Den Pfad hinauf, am Haus vorbei auf den Krankenwagen zu.
Sie liegt auf der Trage unter dem Licht. Sie prüfen ihren Puls, ziehen ihre Augenlider hoch, leuchten ihr mit einer Lampe in die Pupillen, suchen sie von oben bis unten ab. *Keine sichtbaren Verletzungen.* Sie wird in eine Decke gehüllt, die wie Alufolie aussieht. Ich sehe ihr Gesicht im Krankenwagenlicht. Es ist grau. Ihre Augen sind nach oben verdreht. Sie bewegt sich nicht.
»Wir müssen sie ins Krankenhaus bringen«, sagt der Rettungssanitäter.
»Ich fahre mit. Lassen Sie mich mitfahren.«
Der Sanitäter schaut zu mir auf, starrt. Max kommt schnell zu mir, fängt mich auf.
Ich liege auf einer Trage, irgendjemand bindet meinen Arm ab und erklärt mir, meine Tochter sei in guten Händen, ich

solle versuchen, mich zu entspannen, *die Wunde ist oberflächlich und wird schnell verheilen, aber jetzt müssen Sie sich entspannen, ruhen Sie sich aus.*
Annie ist weg, und Max ist an meiner Seite. »Sie wird wieder gesund«, sagt er. Er nimmt meine freie Hand. »Ich weiß es.«
Ich bringe vor Angst kein Wort heraus. Sie schieben mich in den Krankenwagen.

## 69.
## Claire

Angeblich hat sie großes Glück gehabt. Man sagt mir, sie käme wieder in Ordnung. Sie stehe unter Schock. Unterkühlung und ein Schock, und der Blutuntersuchung nach hat sie ein Medikament namens Rohypnol genommen.
Ich lege Bäri zu ihr ins Bett, streiche ihr über die Hand, bis sie die Augen öffnet.
»Ich habe das Zeug nicht genommen«, sagt sie. Ihre Stimme ist belegt.
»Ich weiß«, sage ich.
Sie schließt die Augen wieder. »Mum?«
»Ich bin hier, Annie.«
Sie schläft ein, wacht auf. Schläft ein, wacht auf.
»Mum? Mum? Die haben deinen Vogelbrunnen kaputt gemacht.«
»Das ist egal. Ruh dich aus.«
»Mum?«
»Ich bin hier.«
»Savannah ist schwanger. Ich musste ihr helfen. Sie …«

»Ist schon gut, Annie. Darüber brauchst du jetzt nicht nachzudenken. Schlaf weiter.«
Max kommt. Er bringt Kaffee und Muffins. Er setzt sich an die andere Bettseite und betrachtet Annie. Er langt herüber und nimmt meine Hand.
»Crill?«, flüstere ich.
Er runzelt die Stirn und schüttelt den Kopf.
»Was? Was?«
»Er ist verschwunden. Als die Sanitäter an den Strand kamen, war er weg.«
»Er ist immer noch frei?«
»Wir werden ihn finden. Kümmere dich um Annie. Und um dich.«

Am vierten Tag darf Annie duschen und ihre eigenen Kleider anziehen. Sie isst Schokoladenkuchen und Käsebrötchen, die ich für sie in der Cafeteria gekauft habe. Ich habe ihr erklärt, dass Savannahs Eltern einen Anwalt eingeschaltet haben und für die Sachen, die Savannah gestohlen hat, bezahlen werden. Sie fliegen in die USA zurück. Es wird keine Anzeige geben. Ich habe ihr erklärt, dass Savannah nicht schwanger ist.
»Sie ist eine solche Lügnerin, Mum. Ich war so dumm, ihr zu glauben. Sie hat mir was in den Drink gemischt. Joe hat ihn mir gegeben, aber es war ihre Idee.«
»Ich habe sie geschlagen.«
»Nein. Wirklich? Mum, das glaube ich nicht. Du hast Savannah *geschlagen?*«
»Ja. Und jetzt schäme ich mich dafür. Aber ich hatte solche Angst, und ich war so wütend.«
Wir lachen. Und wir weinen.
Kate, Charlotte und Sarah kommen mit Blumen vorbei und einem blauen Teddy, der einen Luftballon festhält. Annies Augen füllen sich mit Tränen.

»Ms. Dowling hat uns alles erzählt«, sagt Kate.
Sie fängt zu weinen an.
Morgen wird Annie entlassen.

## 70.
## Annie

Ich hätte sterben können. Ich habe gehört, wie sie das im Krankenhaus zu Mum gesagt haben. »Wenn sie sich nicht übergeben hätte. Wenn sie das Zeug noch eine Stunde im Körper gehabt hätte, höchstens zwei, wäre Ihre Tochter wahrscheinlich gestorben. Das Mädchen hat Glück gehabt.«

Eines ist seltsam. Wenn man angeblich bewusstlos ist, hört man alles. Zum Beispiel, als Mum mich entdeckte, habe ich sie gehört, ich wusste, sie ist da. Ich habe sie weinen gehört. Ich habe Max gehört. Ich habe die Leute im Krankenwagen gehört, sie sagten, eine schlimmere Party hätten sie noch nie gesehen, und was die Eltern sich eigentlich dabei dächten, ihre Kinder zu solchen Partys gehen zu lassen? Ein paar von den Kindern waren nicht älter als dreizehn. Was dachten sich die Eltern dabei? Falls sie überhaupt etwas dachten. Ich hörte, wie einer zu Mum sagte, ich hätte diese Droge genommen.

Das Schlimmste ist, dass man etwas sagen will, schreien will, nein, ihr irrt euch, und dass man es nicht kann. Weil die Stimme versagt. Man kann sich nicht einmal bewegen. Vermutlich ist es ein bisschen wie tot sein.

Ich hätte sterben können.

Ich versuche, nicht allzu oft darüber nachzudenken, aber manchmal wache ich nachts auf und kann nichts dagegen tun, und dann laufen eisige Schauer über meinen Körper, und mein Mund ist trocken wie Schmirgelpapier. Als ich da draußen im Sand lag und fror und nicht mehr richtig atmen konnte und diese verrückten Sachen gesehen und gehört habe, wollte ich nicht sterben. Ich bin doch noch ein Kind. Ich wollte nicht sterben.

Kate und Charlotte und Sarah kamen mich besuchen. Sie kamen ins Krankenhaus, aber Mum hat sie bald wieder rausgescheucht. Sie sagte, ich bräuchte Ruhe. Sie kamen wieder, kaum dass ich zu Hause war.

Als ich sie sah, wurde ich traurig und wütend und glücklich zugleich, alles durcheinander. Ich wollte, dass sie wieder meine Freundinnen waren, aber dann wiederum hatte ich nie gewollt, dass sie sich von mir abwenden. Ich wusste nicht, wie ich es anfangen sollte, aber ich wusste, wir würden darüber reden müssen. Also habe ich sie einfach gefragt.

»Wir sind seit dem Kindergarten befreundet. Warum habt ihr mich fallenlassen?«

Sie sagten, sie hätten gedacht, ich wollte nicht länger mit ihnen befreundet sein. Sie erzählten mir Sachen, die passiert waren.

Kate sagte, im Schulcamp habe sie einen Zettel bekommen, auf dem stand, sie halte sich wohl für besonders cool, dabei sei es einfach nur peinlich, wenn sie sich aufspielte und so tat, als wisse sie alles. Warum sie nicht einfach die Klappe halten und zur Abwechslung mal zuhören könne. Sie hatte SMS von meinem Handy bekommen, in denen sie als Zicke und fette Kuh beschimpft wurde, sie solle endlich verschwinden, sie solle sich verpissen.

Sarah und Charlotte sagten, sie hätten Savannah gehasst, sie hätten Angst vor ihr gehabt. Während der Zeit, in der wir angeblich alle befreundet waren, hätte ständig irgendjemand nachts bei ihnen zu Hause angerufen und dann auf-

gelegt. Sie sagten, sie hätten mit mir reden wollen, aber ich hätte nicht zugehört.
Aber ich hätte zugehört. Ganz bestimmt. Und ich hätte Kate niemals solche SMS geschickt. Das hätte sie wissen müssen. Warum haben sie so schnell aufgegeben? Warum habe ich *sie* aufgegeben? Warum hat Kate mir nie etwas von alldem gesagt?
Mum sagte, alle hätten Fehler gemacht, und wenn man es mit einer so starken Persönlichkeit wie Savannah zu tun bekommt, sieht man eben nicht mehr klar.
Savannah schrieb mir. Na ja, eigentlich war es so, dass ihre Mum den Brief an meine Mum weiterleitete, zusammen mit einer Entschuldigung; was passiert war, täte ihr sehr leid. Es sei Bestandteil von Savannahs Therapie, einen Brief zu schreiben und um Verzeihung zu bitten.
Mum gab mir den Brief. Ich sagte, ich wolle ihn nicht lesen. Mum meinte, das müsse ich selbst entscheiden. Zuerst wollte ich den Brief einfach zerreißen und wegschmeißen, aber das gelang mir nicht. Schließlich öffnete ich den Umschlag doch. Da stand: *Liebe Annie-Fanny.* Ich wurde wütend. Ich steckte den Brief sofort in den Umschlag zurück.
Ich schickte ihn an Savannah zurück. Ich legte einen Brief von mir dazu. Ich schrieb ihr, ich wolle kein Bestandteil ihrer Therapie sein. Ich schrieb, es habe mich beinahe das Leben gekostet, Bestandteil ihrer Therapie zu sein. Ich schrieb ihr, dass der Schlag, den Mum ihr verpasst hatte, auch von mir gekommen sei, und dass ich hoffte, er sei fest gewesen und habe wirklich weh getan. Als ich den Brief abschickte, fühlte ich mich richtig gut, aber später schämte ich mich ein bisschen.
Mum sagte, sie könne nur hoffen, dass ich nach alldem nicht beschließen würde, niemandem mehr zu vertrauen.
Aber was sollte ich tun? Ich hatte Savannah geliebt. Ich hatte sie für meine allerbeste Freundin gehalten, dabei war ich

ihr vollkommen egal. Am Ende war es ihr sogar egal gewesen, ob ich ins Gefängnis ging oder starb.

Ich verstehe nicht, wie Menschen andere so gedankenlos verletzen können. Warum sind sie so? Und woran erkennt man solche Menschen? Woher soll ich wissen, wann ich einer zweiten Savannah begegne? Woran kann man merken, ob der andere Böses im Schilde führt, bevor es zu spät ist?

Ich weiß, dass etwas Schreckliches mit Travis Crill passiert ist. Ich weiß, dass Mum in Gefahr war. Aber sie hat sich geweigert, mir davon zu erzählen, sie sagte bloß, alles sei gut ausgegangen und ich selbst hätte genug anderes zu verarbeiten. Ich bräuchte nur zu wissen, dass wir jetzt in Sicherheit waren und alles vorbei war.

Als ich den Brief an Travis Crill schrieb, meinte ich jedes Wort so, wie ich es sagte. Ich wollte wirklich, dass es ihm besserging. Aber vermutlich gibt es Menschen, denen es niemals bessergehen wird. Vielleicht wird es auch Savannah niemals bessergehen. Ich weiß es nicht.

In letzter Zeit habe ich viel geweint. Ich habe mit Mum geweint, ich habe mit Sarah und Charlotte und Kate geweint, und ich habe allein geweint. Ich werde jetzt damit aufhören. Ich habe genug geweint.

In zwei Wochen finden die Prüfungen statt. Mum sagte, vielleicht sei es besser, sie ausfallen zu lassen, sicher hätte die Schulleitung Verständnis.

Aber ich werde teilnehmen, und ich werde bestehen. Ich werde mir das nicht von Savannah und Travis Crill kaputt machen lassen. Mum sagt, überanstrenge dich nicht, Annie, falls du nicht gut abschneidest, kannst du es im nächsten Jahr aufholen. Aber ehrlich gesagt, weiß ich, dass ich gut abschneiden werde. Ich werde besser abschneiden, als alle für möglich halten.

Und noch etwas. Wenn ich das Jahr zurückdrehen und alles

noch einmal entscheiden könnte. Wenn ich allmächtig wäre und verhindern könnte, dass Savannah und ihre Eltern nach Neuseeland kommen, wenn ich den Streit mit meinen Freundinnen und Mums Buch über Crill verhindern könnte … tja, ich würde es nicht tun.

Ich würde überhaupt nichts ändern.

Ich habe falsche Entscheidungen getroffen und schlimme Fehler gemacht. Das weiß ich. Aber ich habe es überstanden. Ich habe herausgefunden, dass ich es allein schaffen kann.

Falls es sein muss, schaffe ich es auch allein.

## 71.
## Claire, Januar 2005

Jeden Morgen wache ich mit den einfallenden Sonnenstrahlen auf, mit dem rauschenden Meer und dem blauen Himmel. Wir sitzen bei Kaffee, Toast und Erdbeermarmelade auf der Veranda in der Sonne. Wir gehen den Pfad zum Strand hinunter, stapfen durch den tiefen, feinen Sand, bleiben stehen, um die Seevögel zu beobachten, die am Ufer auf Krebsjagd gehen.

Nachmittags liegt Annie mit einem Buch in der Hängematte. Hin und wieder streckt sie einen langen, makellos geformten Fuß aus, um sich vom Stamm abzustoßen und die Hängematte in Bewegung zu setzen. Ich bewundere ihren perfekten Fuß. Manchmal schläft sie ein. Sie schläft wie früher, ihr Gesicht ist entspannt, ihre Augenlider ruhig. Abends betrachten wir den Sonnenuntergang. Er ist jedes Mal anders. An bewölkten Tagen glüht er in warmem Orange und Rot und klarem, intensivem Gelb. An wolkenlosen Tagen

wirkt er gedämpfter. An einem Abend, der Tag war besonders heiß gewesen, schimmerte der ganze Himmel blasslila. So sehen unsere Tage aus. Still, unbeschwert und sicher.
Das Buch ist fertig. Ich habe Tag und Nacht geschrieben, um meinen Teil der Vereinbarung einzuhalten. Ich brachte es in Alistair Downes' Kanzlei. Seine Sekretärin nahm es entgegen, und man bezahlte mir die letzte Rate. Ich bezweifle, dass es jemals veröffentlicht wird. Es wird keine Tantiemen geben, keinen Film, keinen extravaganten Urlaub, keine Ersparnisse auf der Bank.
Stück für Stück habe ich die Ereignisse rekonstruiert, doch vieles davon ist reine Spekulation. Manches werde ich nie erfahren.
Ich bin überzeugt, dass Downes mich beschatten ließ. Ich bin überzeugt, dass er derjenige war, der das Buch an die Medien verraten hat. Ich bin überzeugt, dass er es von Anfang an so geplant hatte. Der ganze Rummel würde die Verkaufszahlen nach oben treiben, wen kümmerte es da schon, wer darunter zu leiden hatte, wer verletzt wurde?
Aber wer hatte mir am Valentinstag die Karte gebracht, wer besorgte Crill ein Foto von meinem Strandhaus? Max sagt, Crill sei reich gewesen, und mit Geld sei alles möglich, selbst im Gefängnis. Aber hat Crill uns wirklich vor all den Jahren beobachtet, als ich uns in Sicherheit wähnte? Vielleicht war es das Beste, nicht darüber nachzudenken. Sich die Möglichkeiten nicht auszumalen.
Ich weiß nur, dass Crill wieder auftauchte, seine Leiche wurde ein paar Kilometer strandabwärts angespült. Vielleicht ist er in die Wellen gekrochen, benommen, orientierungslos in der Dunkelheit. Vielleicht ging er freiwillig ins Wasser. Wie ich schon sagte, es ist das Beste, nicht darüber nachzudenken.
Annie und ich befinden uns in jener Lücke, die zwischen einem gerade vergangenen und dem neuen Jahr klafft. Jene

Lücke, die sich auftut, wenn etwas Bedeutendes geschehen ist und man erst einmal tief durchatmen muss, bevor man weitermachen kann.
Wieder einmal wurde ich daran erinnert, wie verletzlich wir alle sind, auch wenn ich alles, was mir im Leben wichtig ist, retten konnte. Ja, Annie ist noch bei mir, obwohl ich sie beinahe verloren hätte. Und Max und ich gehen sehr vorsichtig und behutsam miteinander um, trotzdem spüre ich, dass alles in Ordnung kommen wird.
Aber immer wieder geschehen Dinge, die niemand vorhersehen oder erklären kann. Jemand mit bösen Absichten bricht in dein Haus ein. Man wird von einem unerwarteten Todesfall erschüttert. Manches hat man vielleicht selbst losgetreten. Man denkt, man habe alles unter Kontrolle. Aber sobald die eigene kleine Welt einen heftigen Schubs bekommt, gerät alles ins Wanken, und man findet sich in einer neuen Ordnung und auf einem völlig anderen Kurs wieder. Obwohl man denkt, man habe alles im Griff, gibt es keine Garantien.
Manchmal wache ich nachts auf. Dann denke ich an Travis Crill. Ich denke an den kleinen, verletzten Kinderkörper, an den Jungen, der nach seiner Mutter jammert, der allein und verschreckt und mit entsetzlichen Schmerzen unter einer grellen Krankenhauslampe liegt. Ich denke an Augen wie blaues Glas, an das Monster, das sich in fremde Häuser einschlich, das Monster, das mich angefallen hat und umbringen wollte.
Ich denke an den Mann, der nachts im Meer versank.
Was soll man tun? Sich einschließen? Türen und Fenster gegen mögliche Eindringlinge mit Gittern sichern? Den Atem anhalten, lauschen und warten?
Ich beobachte den Sonnenuntergang. Für eine geschlagene halbe Stunde, bevor der Himmel sich verdunkelt, tue ich nichts anderes als zu beobachten.

Ich beobachte, wie die Farben den Himmel erobern und die letzten blauen Stellen übermalen. Ich beobachte, wie die Hauswand sich violett, goldgelb und jadegrün einfärbt. Ich beobachte, wie die Sonne aufbegehrt und sich in eine blutrote Scheibe verwandelt, wie sie kurz über dem Horizont verweilt und dann hinter den Bergen verschwindet, bevor alles dunkel wird.

# Danksagung

Dieser Roman wurde durch ein Stipendium der Foxton Fellowships 2007 gefördert.

Ich möchte Dianne und Peter Beatson für dieses großzügige Stipendium danken, das mir beim Schreiben des »Vogelbrunnens« so sehr geholfen hat. Danke auch an Amie Richardson, die mich dazu ermuntert hat, den Roman zu schreiben, die mir Mut gemacht und Ratschläge gegeben und nach der ersten Lektüre einfühlsame und kluge Hinweise gegeben hat.

Dank an das Team bei Penguin für die Unterstützung und Ermutigung, als es an die Veröffentlichung ging. Und schließlich danke an Gepke, die wissen wollte, wie es ausgeht, und an meine ganze Familie für ihren unerschütterlichen Beistand und Zuspruch.

Torkil Damhaug

# Die Bärenkralle

## Thriller

Mitten in Oslo werden innerhalb kürzester Zeit drei Frauen auf bestialische Weise ermordet. Kommissar Viken steht vor einem Rätsel, denn die schweren Verletzungen deuten auf den Angriff eines Bären hin. Doch wann hat man das letzte Mal von Bären in der Stadt Oslo gehört? Dann entdeckt der Kommissar, dass der beliebte Arzt Alex Glenne alle Toten kannte. Ist Glenne ein geisteskranker Serientäter? Die Wahrheit wird sich als noch viel grauenvoller erweisen…

»Psychologisch ausgeklügelter Thriller.«
*Freundin*

Droemer